HEYNE <

Zum Buch

Die Aufgetauchte Welt steht in Flammen. Um ihre Heimat zu retten, begibt sich die Halbelfe Nihal auf die gefährliche Suche nach acht magischen Elfensteinen, mit denen sie die Macht des Tyrannen brechen kann. Mittels Zauberkraft gelingt es ihr, den Fundort der kostbaren Steine zu visualisieren. Jeder Elfenstein ist in einem Schrein verborgen und wird von einem Wächter gehütet. Die Freigabe der Steine ist mit gefahrvollen Prüfungen verbunden. Als Nihal die Kräfte schwinden, übernimmt ihr Gefährte, der Magier Sennar, die Suche nach dem nächsten Elfenstein. Aber Sennar ist ein Nichtgeweihter. Er darf den heiligen Boden, auf dem die Schreine ruhen, nicht betreten. Berührt er die magischen Steine, wird großes Unglück über die Aufgetauchte Welt kommen. Wird es Nihal und Sennar gelingen, alle Elfensteine aufzuspüren und im Talisman der Macht zu vereinen? Werden sie den Tyrannen in der letzten, alles entscheidenden Schlacht besiegen?

Zur Autorin

Licia Troisi, 1980 in Rom geboren, ist Astrophysikerin und arbeitet bei der italienischen Raumfahrtagentur in Frascati. An der »Drachenkämpferin«-Saga arbeitete sie knapp zwei Jahre, bevor sie das Manuskript einem der größten italienischen Verlage vorlegte. Mittlerweile sind mehrere Hunderttausend Exemplare verkauft.

Lieferbare Titel

Die Drachenkämpferin – Im Land des Windes
Die Drachenkämpferin – Der Auftrag des Magiers

LICIA TROISI

DIE DRACHEN KÄMPFERIN

DER TALISMAN DER MACHT

ROMAN

Aus dem Italienischen
von Bruno Genzler

WILHELM HEYNE VERLAG
MÜNCHEN

Die Originalausgabe
Cronache del mondo emerso – Il talismano de potere
erschien bei Arnoldo Mondatori Editore SpA, Mailand

Verlagsgruppe Random House FSC-DEU-0100
Das für dieses Buch verwendete FSC-zertifizierte Papier *Holmen Book Cream*
liefert Holmen Paper, Hallstavik, Schweden.

Vollständige deutsche Taschenbuchausgabe 06/2009

Printed in Germany 2009
Umschlagillustration: © Paolo Barbieri
Umschlaggestaltung: © Nele Schütz Design, München
Satz: Christine Roithner Verlagsservice, Breitenaich
Druck und Bindung: GGP Media GmbH, Pößneck

ISBN: 978-3-453-53303-5

www.heyne.de

Für Giuliano, mit Dank für alles

Ich heiße Sennar und bin Zauberer. Nihal habe ich vor fünf Jahren kennengelernt, hoch oben auf der Terrasse von Salazar, einer Turmstadt im Land des Windes, als ich sie im Zweikampf besiegte und ihren Dolch gewann. Sie war dreizehn, ich fünfzehn Jahre alt. Seit damals ist viel geschehen. Der Tyrann, der bereits über vier der acht Länder der Aufgetauchten Welt herrschte, eroberte auch noch Salazar, und Nihals Vater Livon wurde dabei getötet. Kurze Zeit später fand Nihal heraus, dass sie die letzte Überlebende des Volkes der Halbelfen ist, das der Tyrann Jahre zuvor ausgelöscht hatte. Wild entschlossen, Kriegerin zu werden, um so den Tod ihres Vaters und das Massaker an ihrem Volk zu rächen, bestand sie die harten Aufnahmeprüfungen, die ihr der Oberste General Raven abverlangte, und wurde Schülerin an der Akademie der Drachenritter. Dort auf der Akademie lernte sie Laio kennen, ihren einzigen Freund in jenen einsamen Monaten der Ausbildung. Dann kam der Tag ihrer ersten Schlacht, und darin fiel der Mann, in den sie sich verliebt hatte, der Drachenritter Fen. Dieser war jedoch der Geliebte Soanas gewesen, jener Zauberin, die Nihal mit den magischen Künsten vertraut gemacht hatte. Für ihre weitere Ausbildung wurde sie schließlich dem Gnomen Ido zugeteilt, bei dem sie endlich auch ihren eigenen Drachen erhielt. Er heißt Oarf.

Zu jener Zeit übertrug mir der Rat der Magier, dem ich angehöre, eine bedeutende Mission. Und so kam es, dass ich vor ungefähr einem Jahr zu einer Reise in die Untergetauchte Welt aufbrach, ein Kontinent, über den viel fabuliert wurde, dessen genaue Lage aber niemand kannte. Ziel meiner Fahrt war es, die Bewohner jener Welt um militärischen Beistand in unserem Kampf gegen den Tyrannen zu bitten.

Es war eine beschwerliche Reise. An Bord eines Piratenschiffes unter dem Kommando Kapitän Rools und seiner Tochter Aires stach ich in See. Großen Gefahren hatten wir zu trotzen, gewaltigen Stürmen und dem Schlund eines Ungeheuers, das das Unterwasserreich bewachte. Der letzten Prüfung stellte ich mich allein. Ich ließ mich in einem Beiboot aussetzen und erreichte den einzigen bekannten Zugang zur Untergetauchten Welt, einen enormen Wasserkrater, der alles verschlang.

Ich glaubte, sterben zu müssen. Die Gewalt des Strudels, das schlingernde Boot, das bald schon in tausend Splitter zerbarst, während das Wasser in meine Lungen eindrang und mich zu ersticken drohte …

Doch ich konnte mich retten und erreichte die Untergetauchte Welt. Nachdem mich eine einheimische Familie gefunden und einige Tage gepflegt hatte, machte ich mich auf die Suche nach dem Grafen, dem ich mein Ersuchen vortragen konnte.

Zalenia, wie die dortigen Bewohner ihre Heimat nennen, ist gefährlich für alle, die wie ich aus der Aufgetauchten Welt stammen. Denn jedem, der sich erkühnt, in die Tiefen jenes Reiches hinabzusteigen, droht die Todesstrafe. Kurz darauf nahm man mich gefangen und warf mich in einen Kerker, wo mir, gänzlich unerwartet, Hilfe zuteil wurde. Ich lernte ein wunderschönes Mädchen kennen, Ondine mit Namen, die süßeste und traurigste Erinnerung an jene drei Monate, die ich tief unter dem Meeresspiegel verbrachte.

Ondine umsorgte mich in meiner Zelle und half mir, als die letzte Hoffnung verloren schien, indem sie sich beim Grafen Varen für mich einsetzte. Nachdem ich dann selbst mit Varen sprechen und ihn von meinem Vorhaben überzeugen konnte, wurde ich zu König Nereo vorgelassen. Ondine hatte ich auf die Reise in die Hauptstadt, wo der Souverän residierte, mitgenommen, weil ich sie brauchte und weil ich sie zu lieben glaubte.

In Zalenia erreichte ich, was ich mir erhofft hatte – doch zu einem hohen Preis.

Während ich vor den Augen des gesamten Volkes König Nereo anflehte, uns militärisch beizustehen, versuchte ein Abgesand-

ter des Tyrannen ein Attentat auf den Herrscher. Damit hielt der Krieg nun auch dort, in einer bis dahin friedlichen Welt, Einzug.

Als mein Auftrag erfüllt war, schien es mir, als kehrte ich nun in die Wirklichkeit zurück, und mir wurde klar, dass ich mich in meinen Gefühlen für Ondine getäuscht hatte. Ich ließ sie in ihrer Welt zurück, musste ihr aber beim Abschied ein Versprechen geben, das ich eines Tages hoffe einlösen zu können.

Während ich in meiner Mission unterwegs war, ist auch in der Aufgetauchten Welt viel geschehen. Nihal wurde Drachenritter und forderte den stärksten Krieger des feindlichen Heeres heraus, den Mann, der Salazar zerstört hatte: den Gnomen Dola. Sie konnte ihn bezwingen, musste sich dazu jedoch eines verbotenen Zaubers bedienen, der die Heerscharen der Geister, die sie bedrängten, noch weiter vermehrte.

Die härteste Phase jenes Kampfes kam aber erst, als Nihal bereits gewonnen hatte. Da erfuhr sie, dass ihr Gegner Idos Bruder war. Wie Dola hatte auch ihr Lehrer früher einmal dem Tyrannen gedient und war zudem an der Ausrottung der Halbelfen beteiligt gewesen. Doch Ido und Nihal verbindet etwas Besonderes, ein Band, das sich nicht einfach zerreißen lässt, und so gelang es ihnen, auch noch diese Prüfung zu meistern.

Nihal und ich fanden uns wieder, und auch Soana kehrte zu uns zurück. Sie war umhergereist auf der Suche nach der Magierin Rais, die einmal ihre Lehrmeisterin gewesen war, und richtete Nihal nun aus, dass diese sie zu sehen wünschte.

Gemeinsam suchten wir sie auf. Rais ist eine boshafte Greisin. Mit hasserfülltem Blick verriet sie uns, dass Nihal einem Gott mit dem eigentümlichen Namen Shevrar geweiht sei und dass es allein in Nihals Hand liege, die Welt vom Tyrannen zu befreien. Dazu müsse sie die acht magischen Edelsteine zusammentragen, die auf Heiligtümern in den acht Ländern der Aufgetauchten Welt verteilt seien, und sie nebeneinander in einen Talisman einfügen. Damit lasse sich dann ein mächtiger Zauber ausüben, mit dem die Aufgetauchte Welt von der Schreckensherrschaft zu erlösen sei.

Wir erfuhren auch, dass die Albträume, die Nihal so lange schon quälten, von Rais hervorgerufen wurden, um die Halbelfe dazu zu drängen, sich in dieses Abenteuer zu stürzen. Ich brachte Nihal von Rais fort und überzeugte sie davon, sich nicht auf den Weg zu machen, sich auf nichts von dem einzulassen, was Rais von ihr erwartete.

Doch die Ereignisse überstürzten sich, als der Tyrann eine neue, entsetzliche Armee aufstellte. Es gelang ihm, die Geister unserer Gefallenen wiederauferstehen zu lassen, und so mussten wir gegen unsere toten Waffengefährten kämpfen, denen unsere Schwerthiebe nichts anzuhaben vermochten.

Soana und ich konnten immerhin einen Zauber entwickeln, der es dem Eisen ermöglicht, die Leiber der Toten zu durchdringen, sodass sie sich in Rauch auflösten. Doch dies änderte nichts mehr an dem Debakel. An einem einzigen Tag ging ein Großteil des Landes des Wassers verloren, und Nihal wurde vom Geist ihres geliebten Fen verwundet.

Die Lage ist verzweifelt, und das Eintreffen der Truppen aus Zalenia nur eine schwache Hoffnung. Ich weiß, warum Nihal an jenem Abend bei der Versammlung des Rates einfach aufgestanden und gegangen ist. Ein Teil von mir versteht ihre Beweggründe. Aber ich konnte es nicht zulassen, dass sie allein, nur in Gesellschaft der Geister ihrer Albträume, in das feindliche Gebiet aufbricht. Aus diesem Grund habe ich meine Entscheidung getroffen und alles aufs Spiel gesetzt. Für sie.

Freie Länder

Und so kam es, dass die Götter, erzürnt über das hochmütige und törichte Betragen der Bewohner Vemars, deren Ende beschlossen. Damit richteten sie ihren Zorn gegen jenes Land, das sie Jahre zuvor gesegnet hatten, und es entstand ein entsetzliches Wirrsal. Das Meer erhob sich, bis es den Himmel berührte, das Festland stürzte in die Tiefe, und Feuerfluten begruben Vemar unter ihren wahnwitzigen Strömen. Drei Tage und drei Nächte vermengten sich Erde und Meer, während die Menschen zu den Göttern flehten, um deren Zorn zu besänftigen. Am vierten Tag erhob sich Vemar zum Himmel, wurde umgestürzt und in die Fluten zurückgeworfen. An der Stelle aber, wo es gelegen hatte, war nur noch eine weite, makellos gerundete Bucht. Vemar, der »Augapfel« der Götter, existierte nicht mehr, es war ersetzt worden durch den Golf von Lamar, den »Zorn« der Götter. Die Türme inmitten der Bucht verkünden seitdem, dass niemand mächtig genug ist, um sich zu den Göttern zu erheben.

ANTIKE GESCHICHTEN, KAPITEL XXIV,
AUS DER KÖNIGLICHEN BIBLIOTHEK DER STADT MAKRAT

1

Beginn einer langen Reise

Nihal mummelte sich bis über die Nase in ihren Umhang ein. Um diese Jahreszeit war es schon kalt im Wald. Die Pinien rauschten in einem eisigen Wind, der ihr Lagerfeuer zu löschen drohte.

Die Letzte aus dem Volk der Halbelfen – wie ihre blauen Haare und die spitz zulaufenden Ohren bezeugten – war durch ein Fieber geschwächt und wurde gequält von den Stimmen der Geister, die ihre Albträume beherrschten. Sie betrachtete das Medaillon, das sie am Hals trug, jenen Talisman, der sie das Leben kosten und gleichzeitig die Rettung der Aufgetauchten Welt bedeuten konnte, und verlor sich im Anblick der acht leeren Fassungen, die so viele Fragen und Zweifel aufwarfen.

Ihre Gefährten Sennar und Laio lehnten schlummernd an einem Baumstamm. Auch Oarf, ihr Drache, schlief; an ihrem Rücken, der auf seiner smaragdgrünen, schuppigen Haut ruhte, konnte Nihal seine langsamen, regelmäßigen Atemzüge spüren.

Sechs Tage zuvor hatten sie sich auf den Weg gemacht, nach einem weiteren Besuch bei der Zauberin Rais. Vor dem Feuer sitzend, schloss die Halbelfe die Augen und konzentrierte sich auf Oarfs beruhigenden Atem, um die Erinnerung an diese Begegnung zu vertreiben. Erneut sah sie die fast weißen Augen der Greisin und deren krumme Finger vor sich, und ihr war, als könne sie sogar ihre hasserfüllte Stimme hören.

Obwohl der Wind bitterkalt war, schwitzte die Halbelfe. Erneut betrachtete sie den Talisman. Der Edelstein in der Mitte funkelte in der Dunkelheit, im rötlichen Schein des Lagerfeuers, so wie er in Rais' Hütte die verpestete Luft erhellt hatte. Die Worte der Zauberin dröhnten durch Nihals Schädel.

»Der Talisman wird dir, und nur dir allein, Sheireen, verraten, wo die Heiligtümer zu finden sind. Bist du dorthin gelangt und hast den magischen Edelstein erhalten, so sprich die Worte der Eingeweihten: *Rahhavni sektar aleero*, ›ich erflehe die Macht‹. Füge den Edelstein daraufhin in die passende Vertiefung des Amuletts ein, und seine Kraft wird auf dich übergehen. Zuletzt begib dich in das Reich des Tyrannen, in das Große Land, und rufe die acht Naturgeister herbei, indem du sie einzeln beim Namen nennst: *Ael*, Wasser; *Glael*, Licht; *Sareph*, Meer; *Thoolan*, Zeit; *Tareph*, Erde; *Goriar*, Finsternis; *Mawas*, Luft; *Flar*, Feuer. Dadurch werden alle acht Steine aktiviert und ihre Geister beschworen. Der Talisman wird deine Lebenskraft aufsaugen und sich davon nähren, um die Geister herbeizurufen. Die Kraft, die dir damit genommen wird, wird sich im Talisman sammeln. Sie kann entweder für einen weiteren Zauber genutzt werden – aber dadurch ginge sie ganz verloren und du stürbest –, oder sie wird freigesetzt, indem man den Talisman mit einer Klinge aus schwarzem Kristall zerschlägt. Doch vergiss nicht, der Talisman ist nur für dich allein bestimmt; trägt ihn ein anderer, so verliert er Glanz und Macht und beraubt den unrechtmäßigen Träger seiner Lebenskraft.«

Nihal erschauderte. Sie steckte den Talisman zurück und zog ihren Umhang noch fester um sich.

In aller Eile waren sie aufgebrochen, denn ihre Mission duldete keinen Aufschub. Sie selbst hatte darauf gedrungen, nicht zu warten, bis die Wunde an ihrer Schulter verheilt war, die ihr der Geist des gefallenen Fen zugefügt hatte, sondern sich gleich auf den Weg zu machen.

Nihal hätte es lieber gesehen, wenn Laio, ihr Knappe, im Hauptlager zurückgeblieben wäre, aber er wollte sich ihnen unbedingt anschließen. Sogar Ido, ihr Lehrer, hatte das einsehen müssen. »Es wäre sicher besser, ihn hierzulassen«, grummelte er zwischen zwei Pfeifenzügen. »Er ist einfach kein Krieger und überhaupt nicht für den Kampf geschaffen. Aber Laio würde sich niemals damit abfinden, im Lager zu bleiben und hier auf dich zu warten. Auch wenn du dich heimlich auf den Weg machtest, er würde dir folgen und sich wieder in Lebensgefahr bringen. Nein, ich sehe keine andere Möglichkeit: Du musst ihn mitnehmen.«

Der Knappe ließ sich nicht lange bitten, packte unverzüglich seine Sachen, mit einem Lächeln, das sein von blonden Locken eingerahmtes Gesicht erstrahlen ließ, und fieberte ungeduldig dem Aufbruch entgegen.

Als Nihal zum ersten Mal den Talisman befragte, tat sie es widerwillig. Solange sie seine Kräfte nicht erprobt hatte, konnte sie sich vormachen, nichts weiter zu sein als Nihal, die Drachenritterin. Sheireen, die Geweihte, jener Name, mit dem Rais sie angesprochen hatte, war mehr der Schatten eines Albtraums für sie.

Doch kaum hatte sie das Medaillon zur Hand genommen, da überkam sie eine Vision.

Ein verworrenes Bild. Nebel. Ein Sumpf. Und in der Mitte ein verschwommenes, bläuliches Gebäude. Dazu ein Wort: »*Aelon*«. Und eine Richtungsangabe. »Nach Norden, den Großen Fluss entlang, bis dorthin, wo er sich ins Meer ergießt.« Das war alles.

Dann stimmte es also. Sie war die Geweihte.

Von den düsteren Umrissen der Bäume umgeben, lag Nihal da und fand keinen Schlaf. Das Fieber war noch gestiegen, und die Wunde an der Schulter pochte. Sie schien sich entzündet zu haben.

Nihal blickte zu ihren Begleitern, dem Zauberer und dem Knappen, und ihr Blick blieb an Sennars rotem Haarschopf hängen, der unter seinem Umhang hervorschaute, und wieder einmal fragte sie sich, ob es ihnen tatsächlich gelingen würde, den Weg bis zu Ende zu gehen.

Am Morgen darauf brachen sie erst auf, als die Sonne bereits hoch am Himmel stand. Sie zogen nach Norden, während es leicht zu schneien begann und der Wind die Baumkronen schüttelte und sich Oarfs Flügeln entgegenstemmte.

So flogen sie über Ebenen mit verschneiten Wäldern und über die Nebenflüsse des Saar. Zwischen dem kahlen Geäst erblickten sie von Menschen bewohnte Dörfer und Bäume, auf denen die Nymphen lebten. Nihal spürte, dass sie ihrem Ziel schon recht nahe waren.

»Hier müsste es sein«, rief sie irgendwann und ließ Oarf tiefer fliegen.

Unter ihnen teilte sich der Große Fluss in unzählige Arme, die den Boden tränkten, und die Bäume traten zurück und machten einem Feuchtgebiet Platz. Das mussten die Sümpfe sein, die Nihal bei der Befragung des Talismans erblickt hatte. Sie flogen näher heran, doch bald trübte dichter Nebel ihre Sicht. Hier und dort erblickten sie das dürre Geäst des einen oder anderen Baumes.

»Wir müssen ganz runter, sonst sehen wir gar nichts«, meinte Laio.

Kaum hatten sie wieder, umfangen vom weißlichen Licht des Nebels, festen Boden unter den Füßen, da stieg ihnen der Geruch fauligen Wassers in die Nase. Die Sümpfe.

Sie setzten sich auf einen Baumstamm, um zu beraten, was zu tun sei.

»Solange sich der Nebel nicht lichtet, können wir nicht weiterfliegen«, erklärte Sennar.

»Aber wir wissen doch gar nicht, wie weit das Heiligtum noch entfernt und wie ausgedehnt das Sumpfgebiet ist«, gab Laio zu bedenken.

Nihal schwieg. Kalte Schauer liefen ihr über den Rücken, und ihr Gesicht glühte. Sie versuchte, sich zu sammeln, und hörte nicht, was Laio und Sennar sagten. Schließlich entschied sie: »Wir müssen zu Fuß weiter.«

»Einverstanden«, antwortete Laio und machte Anstalten aufzustehen.

»Du kommst nicht mit«, hielt Nihal ihn zurück.
Laio erstarrte. »Warum das denn?«
»Es ist besser, wenn du bei Oarf bleibst.«
»Ach, du willst mich doch nur aus dem Weg haben«, empörte sich der Knappe, um gleich darauf jedoch eine reuige Miene aufzusetzen.
Nihal blickte ihn streng an. »Wie du vorhin selbst gesagt hast: Wir wissen nicht, wie weit es überhaupt noch ist. Oarf ist erschöpft, und du musst dich um ihn kümmern.«
»Schon, aber ...«
»Kein Aber. Mein Entschluss steht fest. Sennar und ich machen uns morgen auf den Weg. Und du bleibst hier.«

An diesem Abend fand Nihal keinen Schlaf. Das Fieber war noch weiter gestiegen, und der Gedanke, dass sie in Kürze das erste Heiligtum betreten würde, versetzte sie in freudige Erregung und ängstigte sie zugleich. Sennar würde bei ihr sein, doch der Entschluss des Magiers, sie bei diesem Abenteuer zu begleiten und dafür seine Stellung im Rat aufs Spiel zu setzen, war eine zusätzliche Bürde für diese bereits arg belastete Mission.

Als Nihal vor dem Rat der Magier ihren Entschluss mitgeteilt hatte, sich in dieses Abenteuer zu stürzen, war Sennar ruckartig aufgesprungen.
»Ich bitte um die Erlaubnis, sie zu begleiten.«
Nihal drehte sich zu ihm um. »Sennar!«
»Ausgeschlossen«, antwortete Dagon, »wir brauchen dich hier. Ohne deine magischen Künste wäre die Niederlage noch viel verheerender ausgefallen.«
»Bitte erlaubt mir, mit ihr zu dieser Mission aufzubrechen«, beharrte Sennar. »Auch ihr können meine magischen Künste von Nutzen sein.«
Dagon blickte ihn lange an. »Dann geben wir ihr eben einen anderen Zauberer mit. Du bist uns zu wertvoll, als dass wir auf dich verzichten könnten.«
»Auch Nihals Fähigkeiten sind wertvoll für unser Heer.«
»Du bleibst hier, Sennar. Die Sache ist entschieden.«

In diesem Moment ließ sich Sennar zu einer unerhörten Geste hinreißen. Er riss sich das Medaillon vom Hals, das seine Zugehörigkeit zum Rat bezeugte, das Symbol all der Werte, an die er geglaubt und für die er gekämpft hatte. »Dann bin ich gezwungen, meinen Abschied aus dem Rat zu nehmen.«

Ein verblüfftes Raunen durchlief den Saal.

»Ist dir der Rat so wenig wert?«, ergriff Sate, der Vertreter des Landes der Sonne, das Wort.

»Der Rat ist mein Leben, doch es gibt viele Wege, der Aufgetauchten Welt zu dienen. Der Drachenkämpferin Nihal bei ihrem schwierigen Unternehmen beizustehen, ist einer davon.«

»Wer soll deinen Platz einnehmen?«, fragte die Nymphe Theris. Soana erhob sich von ihrem Sessel. »Solange Sennar fort ist, stelle ich mich als Vertretung zur Verfügung.«

Dagon dachte lange nach. »Einverstanden«, erklärte er schließlich. »Sennar, ich stimme deinem Aufbruch zu. Doch wisse: Der Rat behält sich das Recht vor, dich nicht wieder in seinen Reihen aufzunehmen, wenn du zurückkehrst.«

Sennar nickte.

Nihal starrte in die Flammen, die mit ihrem rötlichen Schein die bitterkalte Nacht erhellten. Der Nebel, der sie umgab, schien alles verschluckt zu haben.

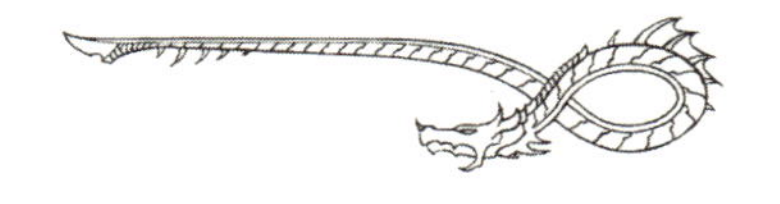

2

Aelon oder Von der Unzulänglichkeit

Als sich Nihal und Sennar am nächsten Morgen in die Sümpfe wagten, wurden sie bald immer mutloser. Der Nebel war so dicht, dass sie kaum die Hand vor Augen erkennen konnten, und sie mussten darauf achten, beieinander zu bleiben, weil sie sonst Gefahr liefen, sich nicht wiederzufinden.

Sie kamen sich vor wie in einer anderen Welt. Die Luft roch widerlich, und der Boden war derart von Feuchtigkeit durchtränkt, dass sie bei jedem Schritt bis über die Knöchel einsanken. Allein das Quaken der Frösche und das Krächzen der Raben durchbrachen die Stille.

Je länger sie unterwegs waren, desto mühsamer schleppte sich Nihal vorwärts. Irgendwann blieb sie zurück. Als Sennar es bemerkte, machte er kehrt und ergriff ihre Hand.

»Was ist ...?«

»So können wir uns nicht verlieren«, antwortete der Magier. »Wenn wir bloß genau wüssten, wo sich das Heiligtum befindet, könnte ich uns hinzaubern.«

»Solch einen Zauber beherrschst du?«

»Ja, aber es geht nur für kurze Entfernungen und für Orte, deren genaue Lage ich kenne. ›Flugzauber‹ heißt das, obwohl man dabei eigentlich gar nicht fliegt.«

»Hört sich gut an.«

Sennar lächelte. »Eines Tages werde ich's dir beibringen.«

Schnell verloren sie ihr Zeitgefühl. Um sie herum war alles grau in grau, und es kam ihnen so vor, als wären sie Stunde um Stunde nur im Kreis gelaufen. Ein Baum war wie der andere, alle Steine sahen gleich aus.

Mit einem Mal brach die Finsternis herein, und es war Nacht. Inmitten der Sümpfe irrten sie umher und hatten nicht die leiseste Ahnung, wie weit es noch sein mochte. Hier ein Nachtlager aufzuschlagen, war unmöglich, sie mussten einen Unterschlupf finden, doch in dieser feuchten Weite war das leichter gesagt als getan.

Nihal wusste nicht mehr, wo Sennar genau war, bis plötzlich eine Lichtkugel in der Hand des Zauberers aufleuchtete und sein Gesicht erhellte; er wirkte erschöpft und mitgenommen, die Narbe auf seiner Wange, die Nihal ihm vor mehr als einem Jahr in einem Wutanfall beigebracht hatte, stach aus seinem blassen Gesicht hervor. Seine blauen Augen strahlten jedoch Zuversicht aus.

»Hier in den Sümpfen können wir nicht schlafen«, meinte er, »aber wir werden schon eine Lösung finden. Halte durch!«

Vom Schein seiner Lichtkugel geleitet, stapfte der Magier wieder los.

Noch eine Weile streiften sie umher, bis Sennar irgendwann auf einen Felsblock deutete, der aus den Sümpfen herausragte, breit genug, um sich darauf ein behelfsmäßiges Lager einzurichten. Sie legten sich, in ihre Umhänge gewickelt, nieder und versanken bald schon, von Müdigkeit überwältigt, in einen tiefen, traumlosen Schlaf.

Am nächsten Morgen war Nihals Stirn schweißgebadet, und ihre Schläfen glühten. Die Wunde schien nicht heilen zu wollen.

»Halb so wild, wir sind ja sicher bald am Ziel«, entgegnete sie auf Sennars besorgten Blick.

»Nein, so können wir nicht weiter. Du hast dich überanstrengt. Am besten geben wir Laio Bescheid und suchen uns irgendein Dorf. Wenn es dir dann besser geht, machen wir uns noch mal auf den Weg.«

Nihal schüttelte den Kopf. »Nein, ich habe keine Ruhe, bis wir nicht den ersten Edelstein gefunden haben. Danach kann ich mich immer noch erholen«, erklärte sie und wollte sich erheben, spürte jedoch sofort, dass ihre Beine zitterten.

Sennar nötigte sie, sich wieder hinzusetzen. »Wenn du unbedingt weiterwillst, muss ich dich wohl oder übel tragen.«

Wieder schüttelte Nihal den Kopf.

»Es ist doch immer wieder das Gleiche mit dir«, verlor Sennar die Geduld. »Du musst dir endlich auch einmal helfen lassen. Deshalb habe ich mich doch dazu durchgerungen, aus dem Rat auszutreten. Ich wusste ja, dass du mich brauchst.«

Schließlich gab Nihal klein bei und ließ sich von ihrem Freund auf die Schultern nehmen.

Auf diese Weise schleppten sie sich den ganzen Morgen vorwärts. Bei jedem Schritt sank Sennar bis zu den Knien im Schlamm ein. Dann endlich lichtete sich der Nebel, und sie erblickten etwas am Horizont. Zunächst glaubte Nihal, ihr Fieber sei weiter angestiegen und spiegele ihr eine Erscheinung vor. Sie sah, wie ein Bauwerk aus dem Nebel auftauchte, das aber frei im Nichts zu schweben schien. Je näher sie kamen, desto sicherer fühlte sie, dass sie ihrem Ziel ganz nahe waren.

»Das muss es sein«, sagte sie. »Vielleicht haben wir ja Glück.«

Das Bauwerk schien nicht mehr weit entfernt, und doch mussten sie sich noch lange durch den Sumpf kämpfen, bis sich irgendwann die Umrisse klarer abzuzeichnen begannen. Es war ein mit zahllosen Spitzen und Türmchen verziertes Bauwerk von der Farbe kristallklaren Wassers.

Vor dem Palast angekommen, blieben sie stehen. In der Mitte der Fassade öffnete sich ein spitzbogiges Tor; die Mauern wirkten wie eine riesengroße Stickerei, durch deren Öffnungen das Licht ein- und austrat. Mehr noch aber verblüffte das Material, aus dem der Palast gefertigt war: Wasser. Das Wasser stieg von den Sümpfen auf und bildete die Mauern, umspülte sprudelnd die Fialen und stürzte dann wasserfallartig herab, um das Tor zu formen. Wasser, es war aufsteigendes und herabfallendes Flusswasser, aus dem der ganze Palast bestand.

Nihal streckte die Hand aus, um ihn zu berühren, und ihre Finger durchdrangen die Mauern und wurden vom Wasser umspült. Sie zog die Hand zurück und legte sie an ihre Wange: Sie war nass.

»Welch ein Wunderwerk«, murmelte Sennar.

Das Mädchen hob den Blick und bemerkte über dem Tor einen Schriftzug in eleganten, verschnörkelten Buchstaben: »*Aelon*«. »Lass uns hineingehen«, forderte sie den Magier auf.

Sie zog das Schwert und überschritt die Schwelle. Vorsichtig blickte Sennar sich um und folgte ihr.

Auch der Fußboden war aus Wasser, trug aber dennoch ihr Gewicht. Das Innere war vollkommen leer. Hatte der Palast von außen nicht übermäßig groß gewirkt, so vermittelte er nun einen völlig anderen Eindruck. Sie erblickten einen langen Gang, in dem nichts war außer dem Plätschern des Wassers, das von den Wänden widerhallte. Der Korridor schien keinen Anfang und kein Ende zu haben und verlor sich in der Finsternis.

Nihal witterte Gefahr und umfasste noch fester das Heft ihres Schwertes. Sie warf einen Blick auf das Medaillon: Der mittlere Edelstein strahlte in seiner Fassung.

Am Ende des Ganges, wo sich wahrscheinlich der gesuchte Stein befand, war nichts zu erkennen. Nihal ging vor, und Sennar folgte ihr. So liefen sie eine Weile, bis die Halbelfe plötzlich stehen blieb.

Sennar blickte sich um. »Was ist denn los?«, fragte er.

Nihal antwortete nicht. Ihr war, als habe sie eine Stimme gehört oder ein Lachen.

Sennar ließ seine Hand aufleuchten, um jederzeit mit einem Zauber eingreifen zu können.

»Ich dachte, ich …« Erneut spitzte Nihal die Ohren, hörte jetzt aber nichts anderes mehr als das Rauschen des Wassers. »Doch ich hab mich wohl getäuscht.«

Sie liefen weiter. Das Rauschen wurde immer leiser, bis es ganz verklungen war. Nihal hätte nicht sagen können, wie weit sie bereits in das Innere des Heiligtums vorgedrungen waren. Jetzt blieb sie stehen und ließ das Schwert sinken.

In diesem Moment tauchten plötzlich unzählige Gesichter auf der flüssigen Wand auf, reckten sich den beiden entgegen und vergrößerten sich dann zu den ätherischen Körpern junger Mädchen. Man hätte sie für Nymphen halten können, wäre da nicht dieses bösartige Funkeln in ihren Augen gewesen. Sennar und Nihal drückten sich aneinander. Die Halbelfe hob ihr Schwert und versuchte, die Wesen zu treffen, doch sie waren aus Wasser, und die Klinge durchdrang sie, ohne irgendwelche Spuren zu hinterlassen.

Plötzlich hörten sie ein Geräusch hinter sich. Nihal umklammerte ihr Schwert, drehte sich um und sah, wie aus der Wasserwand eine Frau, gleichfalls aus Wasser, hervorzutreten begann. Zunächst ihr Gesicht, aus dem die Augen sich mit einem eiskalten, bösen Blick auf die beiden Besucher richteten, dann tauchten Schultern, Brüste, schließlich Unterleib und Beine auf.

Die Frau wurde immer größer, bis sich ihre gigantische Gestalt mächtig über Nihal und Sennar aufbaute. Sie war majestätisch und wunderschön, und ihre vollkommenen Gesichtszüge strahlten eine Furcht einflößende Kraft aus.

Das Schwert in Nihals Hand zitterte.

Ganz plötzlich öffnete die Frau die Lippen zu einem rätselhaften Lächeln, das jedoch im nächsten Augenblick so schnell erlosch, wie es gekommen war. »Wer bist du?«, fragte die Frau.

Unwillkürlich antwortete Nihal mit zittriger Stimme: »Ich bin Sheireen.«

»*Sheireen tor anakte?*«

Nihal war verwirrt. »Sheireen, ich bin Sheireen und komme in friedlicher Absicht«, stammelte sie.

Die Frau schwieg einen Moment. »Wem bist du geweiht?«, fragte sie dann in einer Nihal verständlichen Sprache.

»Shevrar. Ich bin Shevrar geweiht.«

Die Miene der Frau schien sich aufzuhellen. »Shevrar, der Gott des Feuers und der Flammen, aus denen alles gezeugt ward, aber auch der Gott jener Glut, die alles zerstört. Durch Ihn entsteht alles, durch Ihn stirbt alles. In den Schmiedefeuern jener Vulkane, die Ihm geweiht sind, wird die todbringende Klinge für den Krieg geschmiedet, doch der Schein Seines Feuers schenkt auch all jenen Leben und Wärme, die Ihn lieben. Leben und Tod, Anfang und Ende sind in Ihm.«

Nihal hörte zu, verstand aber nicht.

»Und dieser dort?«, fragte die Frau. »Wer ist dieser Unreine in deiner Begleitung?«

»Ich bin Sennar«, antwortete der Angesprochene mit fester Stimme, »Mitglied im Rat der Magier.«

Die Frau starrte ihn einen Moment lang an, und plötzlich bewegten sich zwei Zipfel ihres Gewandes auf Sennar zu, wurden immer länger, wanden sich um seine Arme und Beine und fesselten ihn. »Du hättest dich nicht bis hierher vorwagen dürfen. Deine unreinen Füße sind nicht würdig, den Boden meiner Wohnstatt zu berühren.«

Sennar versuchte, sich zu bewegen, doch obwohl es nur Wasser war, das ihn festhielt, gelang es ihm nicht.

»Lass ihn frei! Ich bin es, an die du dich wenden musst. Er hat mich nur auf meiner Mission begleitet«, rief Nihal.

Die Frau schwieg eine Weile, während ihr prüfender Blick auf Nihal ruhte. »Ich spüre etwas Finsteres in dir, etwas, das einer Geweihten nicht zu eigen sein dürfte.«

Nihal war sich darüber im Klaren, nicht vollkommen rein zu sein, denn sie wusste, wie stark der Hass war, den sie auf den Tyrannen verspürte. »Ich bin nicht vollkommen und vielleicht auch nicht würdig, deine Kräfte zu erhalten«, erklärte sie. »Aber das Schicksal hat es so gewollt, dass es mir als Einziger gelingen kann, die acht Edelsteine zusammenzubringen. Nicht für mich bitte ich dich, sondern für alle, die unter der Tyrannei leiden: Für sie musst du es tun. Es ist ihre letzte Hoffnung, eine Hoffnung, die ich ihnen nicht versagen will. Und ich hoffe, auch du wirst dies nicht tun.«

Nihal spürte, wie der forschende Blick dieses Geschöpfes bis in ihre Seele vordrang, und hoffte, dass ihm all das Dunkle, das dort zu finden war, verborgen blieb.

Plötzlich lächelte die Frau versöhnlich. »So sei es, Sheireen, ich habe verstanden, um was du mich bittest, und habe in deine Seele geblickt. Ich weiß, dass du die Macht nicht missbrauchen wirst.«

Die Frau ließ die Auswüchse ihres Wassergewandes wieder zurückschnellen, und Sennar war frei; dann führte sie eine Hand zu ihrem Gesicht, riss sich ein Auge aus der Höhle und reichte es Nihal. Die Halbelfe nahm den Edelstein entgegen. Er war glatt und glitzerte in einem blassblauen Licht. Die schäumenden Fluten des Saar schienen in ihm eingeschlossen zu sein.

»Sheireen, du stehst erst am Anfang. Viele, viele Meilen wirst du noch zurücklegen müssen und nach mir andere Wächter treffen. Sei auf der Hut, denn nicht alle werden so wie ich sein. Sie werden sich dir in den Weg stellen. Nun aber liegt bereits eine enorme Macht in deiner Hand. Missbrauche sie nicht, sonst werde ich selbst es sein, die dir nachstellt, um dich zu töten. Mögen dir die Schritte immer leichtfallen auf deinem Weg, und möge dein Herz jenes Ziel erreichen, nach dem es strebt. Und nun tue, was du zu tun hast«, schloss die Frau.

Nihal nahm den Edelstein fest in die Hand und fügte ihn in die passende Vertiefung ein. »*Rahhavni sektar aleero*«, murmelte sie.

Da begannen die Wasser zu sprudeln, aus denen das Heiligtum errichtet war, die Wände zerflossen, die Türmchen lösten sich auf, und auch die Frau wurde in den sich bildenden Strudel hineingezogen. Einen Augenblick lang sah es so aus, als wollten die gewaltigen Wassermassen auf Nihal einstürzen. Doch dann flossen sie alle in dem Edelstein zusammen.

Die Halbelfe schloss die Augen, und als sie sie wieder öffnete, waren um sie herum nichts als Nebel und Sümpfe.

Hinter sich hörte sie einen Seufzer der Erleichterung, drehte sich um und blickte in Sennars lächelndes Gesicht.

»Im Grunde war das ziemlich leicht«, sagte er.

Nihal nickte. »Vielleicht hat sie gespürt, dass wir es ehrlich meinen. Jetzt müssen wir aber los.«

Doch plötzlich verließen Nihal die Kräfte. Sie sackte auf die Knie in den Schlamm.

»Was ist los?«, fragte Sennar besorgt.

»Es geht schon ..., mir ist nur ein wenig schwindelig ...«

Der Zauberer legte ihr die Hand auf die Stirn.

»Du glühst ja. Lass mich mal die Wunde sehen«, forderte er sie auf.

Bevor sich Nihal wehren konnte, hatte er schon ihren Verband gelöst. An einigen Stellen war die Wunde wieder aufgegangen, und hier und dort waren klare Anzeichen einer Entzündung zu erkennen.

Sennar versuchte zwar, sich nichts anmerken zu lassen, doch sie spürte, wie besorgt er war.

»Wir müssen Laio herbeirufen«, erklärte der Zauberer.

Nihal war zu keinem klaren Gedanken fähig. Ihre Augen brannten, und eiskalte Fieberschauer durchfuhren ihren ganzen Leib. »Das hat doch keinen Sinn ...«, widersprach sie. »Wie soll er uns mit Oarf denn finden?«

Sennar legte ihr seinen Umhang um, damit ihr warm wurde. »Ich werde ihm den Weg beschreiben. Du kannst nicht weiter, und ich weiß nicht, wie ich dir helfen soll. Mit meiner Magie kann ich zwar Verletzungen behandeln, aber gegen solch ein Fieber bin ich machtlos. Vielleicht können ja die Kräuter deines Knappen mehr ausrichten.«

»Aber ich ...«

»Mach dir keine Gedanken, ruh dich einfach aus.«

Er nötigte sie, sich auf einem umgestürzten Baumstamm in ihrer Nähe niederzulegen, pfiff dann einmal kurz, und schon flatterte ein schwarzer Rabe zu ihnen herab. Der Zauberer riss sich einen Stoffzipfel von seinem Gewand ab und schrieb mit Zauberkraft eine kurze Mitteilung für Laio darauf. Dann wickelte er die Botschaft um ein Bein des Vogels und flüsterte ihm etwas ins Ohr, woraufhin sich der Rabe wieder in die Lüfte erhob. Der Magier wandte sich wieder Nihal zu, deckte die entzündete Wunde auf und begann eine Heilformel zu sprechen.

Einige Stunden später traf Laio bei ihnen ein. Sennar hatte ein magisches Feuer entzündet, sodass der Junge sie ohne Schwierigkeiten hatte finden können. Problematischer wurde es dann allerdings, Oarf zu besteigen, denn wäre der Drache in den Sümpfen gelandet, wäre er dort für immer versunken. So musste Sennar Nihal so weit hochstemmen, dass Laio sie hinaufziehen konnte. Dann sprang er, klammerte sich an Oarf fest und zog sich mit Laios Unterstützung auf den Drachenrücken hinauf.

Laio erschrak, als er die Halbelfe ansah. »Was ist denn passiert?«, fragte er besorgt.

Nihal öffnete den Mund, um ihm zu antworten, doch Fieber und Schüttelfrost ließen es nicht zu.

»Die Wunde ist wieder aufgegangen und hat sich entzündet«, erklärte Sennar.

»Und was sollen wir jetzt tun? Die passenden Kräuter habe ich nicht dabei, und hier wüsste ich auch nicht, wo ich sie suchen sollte. Wir sind so tief im Sumpfgebiet, und es ist kalt ...«

Bevor sie die Augen schloss, sah Nihal noch, wie Sennar Laios schmächtige Schultern umfasste. »Ganz ruhig. Vor allem dürfen wir nicht in Panik geraten. Wir müssen uns zu einem geschützten Ort durchschlagen, besser noch einem Dorf, alles andere wird sich dann ergeben. Bis dahin kann ich mich mit meinem Zauber um die Wunde kümmern. Und jetzt los«, hörte sie den Magier noch sagen.

Dann fiel sie, vom Fieber überwältigt, in tiefen Schlaf, während der Drache die Flügel ausbreitete und aufflog.

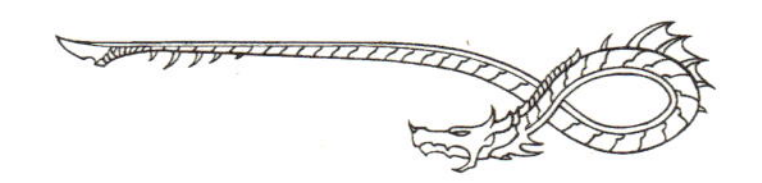

3

Sennars Entscheidung

Oarf flog, so schnell er konnte, und bald ließen sie die Sümpfe hinter sich und schwebten über weiten Waldgebieten. Es hatte wieder zu schneien begonnen, und Sennar drückte Nihal ganz fest an sich, um sie gegen den Wind zu schützen.

Von Dörfern war aber weit und breit keine Spur, und unter den Flügeln des Drachen zog lediglich das dichte Meer der Baumkronen vorbei. Lange Zeit waren sie nun schon in der Luft, hatten aber immer noch nichts gesichtet, was ihnen weitergeholfen hätte.

Plötzlich deutete Laio auf einen Punkt am Horizont. »Sennar, was ist denn das da hinten?«

Sennar blickte in die angegebene Richtung. Vor ihnen in der Ferne lag eine zunächst noch kaum auszumachende schwarze Linie. Doch bald schon zeichneten sich die Umrisse immer deutlicher ab, und sie hatten die Realität in ihrer ganzen Grausamkeit vor Augen: Es war die Front.

»Das ist doch nicht möglich ...«, murmelte Laio.

»Doch, das ist es. Vor zwei Wochen sind wir aufgebrochen, und wie du weißt, war die Lage damals schon sehr verzweifelt.«

»Ja, schon, aber so weit kann der Feind doch unmöglich vorgerückt sein«, rief Laio.

»Wir fliegen allerdings auch sehr hoch, das heißt, er ist noch nicht so nahe, wie man glauben könnte. Dennoch, es ist ein Drama.«

Rasch überdachte Sennar die Lage: Der Tyrann musste, den Saar entlang vorrückend, den gesamten Süden des Landes und Teile des Westens erobert haben. Wohin sollten sie sich jetzt bloß wenden? Loos war noch weit, und andere Orte kannte er nicht. Es blieb also bloß der Wald.

»Das Beste wird sein, sich Richtung Nordosten zu halten, dort sind wir noch am sichersten«, erklärte der Zauberer schließlich.

»Kennst du denn dort ein Dorf?«, fragte Laio.

»Nein, vielleicht müssen wir auch mit dem Wald vorliebnehmen.«

»Dort im Wald ... kenne ich ...« Nihals Stimme klang matt.

»Was meinst du?«, fragte Sennar nach.

»Dort im Wald kenne ich jemanden ..., der kann uns vielleicht helfen. Ich erkläre euch, wie wir zu ihm gelangen. Aber es muss dunkel sein, wenn wir zu ihm kommen.«

Mit Mühe wies Nihal ihnen den Weg. Sie flogen, bis der Abend hereinbrach und sich eine weitere eiskalte Nacht über das Land des Wassers zu legen begann. Erst dann landeten sie auf einer kleinen Lichtung, auf der Oarf kaum Platz zum Aufsetzen hatte. In der Mitte der verschneiten Wiese ragte ein Felsblock hervor.

»Was wollen wir denn hier, Nihal?«, fragte Sennar verwirrt.

»Warte nur, das wirst du schon sehen.«

Sie mussten sich nicht lange gedulden. Mit einem Mal erwachte der Fels unter der Schneedecke zum Leben, und Sennar beobachtete, wie im Mondschein ein Greis mit einem runzligen Gesicht und einem endlos langen, schlohweißen Bart Gestalt annahm.

Der Greis musterte sie der Reihe nach in aller Ruhe und lächelte angesichts der Verblüffung seiner Besucher. Dann hefteten sich seine lebhaften Augen auf die feucht glänzenden von Nihal. »Ich habe immer gewusst, dass wir uns einmal wiedersehen, Nihal«, begrüßte er sie.

»Du hast dich gar nicht verändert, Megisto.« Nihal lächelte. »Meine Freunde und ich brauchen einen Unterschlupf.«

»Nichts leichter als das. Meine Höhle ist ohnehin zu groß für mich. Ich freue mich, euch als meine Gäste begrüßen zu dürfen.«

Er führte sie in seine Grotte, wo Sennar als Erstes Nihal half, sich auf dem Strohlager des Alten niederzulegen. Die Halbelfe hatte hohes Fieber und wälzte sich bald schon in einem unruhigen Schlaf.

Megisto machte sich sogleich an die Arbeit, erhitzte Wasser über dem Feuer und trug Stroh für neue Lager zusammen. Wie und wohin er sich auch bewegte, immer folgte ihm das unheimliche Klirren der Ketten, die er an Knöcheln und Handgelenken trug.

Sennar beobachtete ihn verwundert. Wie kann sich ein so alter Mann mit diesen Gewichten nur derart behände bewegen?, fragte er sich. Schließlich wandte er den Blick von seinem Gastgeber ab und versuchte, sich irgendwie bei Nihal nützlich zu machen. Doch Laio schob ihn sachte zur Seite.

»Ich glaube, das ist eher meine Aufgabe«, erklärte er mit einem Lächeln.

Mit prüfendem Blick verschaffte sich der Knappe ein Bild von Nihals Zustand, wandte sich dann an Megisto und fragte ihn nach einigen Kräutern, deren Name Sennar noch nie gehört hatte.

»Nein, die habe ich nicht da. Aber ich weiß, wo sie wachsen. Wenn du willst, bringe ich dich hin«, antwortete der Greis.

Laio nickte. Wenn auch ungern, musste sich Sennar eingestehen, dass der Knappe jetzt, weit mehr als er selbst, Herr der Lage war.

»Wachst du hier bei ihr?«, fragte Laio.

»Gewiss«, murmelte der Magier.

So blieben er und Nihal allein in der Stille der Höhle zurück. Noch einmal versuchte Sennar, ihr mit seiner Magie zu helfen. Doch vergeblich.

Irgendwann öffnete Nihal die Augen, die geschwollen und gerötet waren.

»Wie fühlst du dich?«, fragte Sennar sogleich.

»Lass nicht zu, dass ich auch so werde …«, murmelte sie.

»Wovon redest du?«, unterbrach sie der Magier, obwohl er genau wusste, was sie meinte. Auch ihm hatte sich der Gedanke schon aufgedrängt: Stürbe Nihal, würde sie sich wohl auch in das Heer jener Geister einreihen, die für den Tyrannen kämpften.

»Lass nicht zu, dass ich zu einem todbringenden Gespenst werde. Dann lösch lieber meinen Geist für immer aus.«

»Hör doch auf mit dem Unsinn«, rief Sennar mit erregter Stimme.

»Mit deiner Magie wärest du doch dazu imstande, oder nicht? Du musst einen Weg finden, mich für immer sterben zu lassen …«

»Du wirst nicht sterben«, versicherte ihr Sennar, bemüht, in erster Linie sich selbst davon zu überzeugen.

Doch Nihal war schon wieder eingeschlafen.

Kurz darauf kehrten Laio und Megisto mit allen nur denkbaren Kräutern in die Höhle zurück.

Laio machte sich sofort an die Arbeit und stellte aus den Kräutern einen Brei her, mit dem er Nihals Wunde bestrich. Bis tief in die Nacht behandelte er sie immer wieder auf diese Weise, bis sich Nihals Stirn tatsächlich ein wenig kühler anfühlte und ihr Schlaf friedlich wurde.

Megisto legte Sennar eine Hand auf die Schulter. »Ich glaube, es ist Zeit, dass ihr beide, du und dein Freund, euch auch etwas ausruht.« Dann bereitete er ihnen eine Kastaniensuppe zu und reichte dazu schwarzes Brot.

Während sie die Suppe aßen, konnte Sennar den Blick nicht von ihrem Gastgeber abwenden. Bei ihrer Ankunft war er zu erschöpft und besorgt um Nihal gewesen, um sich darüber Gedanken zu machen, in welchem Zusammenhang er dessen Namen schon einmal gehört hatte. Irgendwann war es ihm dann eingefallen: Bald nach Soanas Rückkehr hatte

Nihal ihm von Megisto und ihrer Einführung in die Schwarze Magie erzählt, mit deren Hilfe sie Dola hatte besiegen können. Sennar betrachtete den Greis. Niemals hätte er in diesem Mann, dessen Leib von der Last der Jahre und den Ketten gequält wurde, einen der grausamsten Gefolgsleute des Tyrannen vermutet.

Kaum hatten sie fertig gegessen, da überfiel sie die Müdigkeit, und sie legten sich zur Ruhe auf den Strohlagern, die Megisto für sie hergerichtet hatte.

Und dennoch konnte Sennar nicht einschlafen, dachte weiter über die Worte nach, die Nihal in ihrem Fieberwahn gemurmelt hatte.

Wozu bin ich eigentlich mitgekommen, wenn ich ihr noch nicht einmal in dieser schlimmen, aber doch einfachen Lage helfen kann?

Nun musste sich Sennar eingestehen, dass er Laio gegenüber sehr ungerecht gewesen war, hatte er doch geglaubt, dieser würde nur eine Last für sie sein. Doch den ganzen langen Weg bis in das Sumpfgebiet hatte sich Laio nicht ein einziges Mal beschwert, obwohl ihn der Magier manches Mal abends dabei überrascht hatte, wie er sich nach den langen Stunden auf dem Rücken des Drachen das schmerzende Kreuz massierte. Und misstrauisch hatte er auch beobachtet, wie der Knappe mit seinen vielen Kräutern herumhantierte, wobei sich die von ihm hergestellten Pasten in den seltsamen Farben dann doch als sehr wirksam gegen Nihals Fieber erwiesen.

Sennar lauschte Nihals Atemzügen. Er machte sich große Sorgen um sie. In ihren violetten Augen las er, dass sie alles für ein Gelingen ihrer Mission opfern würde, und spürte, dass sich in ihrem Innern eine alte Wunde geöffnet hatte, die sie in den Abgrund zu ziehen drohte. Noch nie war ihm Nihal so weit von ihm entfernt vorgekommen. Er dachte zurück an die letzten Worte, die er zu Ondine gesprochen hatte, dort unten in ihrer Welt auf dem Meeresgrund, und er verfluchte sich, weil es ihm nicht gelang, dieses Versprechen zu halten.

Der nächste Tag in der Höhle verging langsam, während draußen der Schnee sachte über dem Wald niederging. Als sie erwachten, war Megisto schon fort, war bereits wieder zu Fels erstarrt. Er hatte ihnen mit Ambrosia gefüllte Becher und ein wenig Brot zurechtgestellt. Nachdem sie sich gestärkt hatten, wechselten sich Sennar und Laio mit der Wache an Nihals Lager ab.

So wurde es Nachmittag, und während sich nun der Knappe wieder um die Halbelfe kümmerte, dachte der Magier über den Fortgang ihrer Mission nach. Der nächste Edelstein, den es zu suchen galt, war der seiner Heimat, des Landes des Meeres. Er konnte nicht von sich sagen, es besonders gut zu kennen. Als Kind hatte er nur die dortigen Schlachtfelder gesehen, doch immerhin würden sie sich in einem Gebiet bewegen, das ihm vertraut war.

Am Abend schlief Nihal immer noch, das Fieber aber schien weiter gefallen zu sein. Nach Sonnenuntergang kehrte Megisto in die Höhle zurück und brachte Käse und Brot mit. Sennar machte Feuer, und die drei ließen sich zum Essen davor nieder.

Der Magier biss in ein Stück Käse, warf dann einen Blick auf Nihal, die ruhig schlummernd dalag, und sagte zu Laio: »Kompliment. Deine Kräuter haben das geschafft, was meine Zauberei nicht vermocht hat.«

Vor Staunen wäre Laio beinahe das Brot aus der Hand gefallen. Seine Augen strahlten vor Stolz, und Sennar kam nicht umhin zu lächeln.

Am Morgen des dritten Tages ihres Aufenthalts in Megistos Höhle öffnete Nihal die Augen. Neben ihr lag der im Halbschlaf dösende Sennar.

»Na? Gut geschlafen?«, fragte er lächelnd, als er merkte, dass Nihal sich regte.

Mühsam hob Nihal den Kopf. »Wie lange sind wir schon hier? Wir müssen uns wieder auf den Weg machen. Uns bleibt keine ...«

Sennar unterbrach sie. »Laio hat offenbar verhindern können, dass wir dich verlieren. Du willst doch nicht, dass all seine Bemühungen umsonst waren?«

Nihal sank auf das Lager zurück. »Ich hab mächtig Hunger«, stöhnte sie.

»Laio muss gleich zurück sein. Dann gibt's was zu essen.«

Kurz darauf traf der Knappe ein und brachte Beeren und Nüsse, die er im Wald gefunden hatte. Als er sah, dass Nihal wach war, lief er zu ihr und umarmte sie stürmisch, wobei er ihre Wunde völlig vergaß. Nihal stöhnte auf. »Oh, Entschuldigung, tut mir leid«, stammelte Laio verlegen, während er sich mit geröteten Wangen von ihr löste.

Als sie am Nachmittag dieses Tages mit Sennar allein war, begann Nihal zu drängen. Sie erklärte, es gehe ihr gut, sie hätten ohnehin schon zu viel Zeit verloren, und nun gelte es, unverzüglich aufzubrechen.

»Nein, das ist noch zu früh für dich, und das weißt du auch«, versuchte der Magier, sie umzustimmen. »Wenn wir uns jetzt auf den Weg machen, wird es dir bald wieder so schlecht gehen wie vor ein paar Tagen.«

»Der Krieg wartet nicht, bis es mir genehm ist. Wir dürfen nicht noch mehr Zeit verlieren.«

»Das wollen wir ja auch gar nicht.«

»Aber das tun wir, wenn ich hierbleibe.«

»Nicht, wenn ich an deiner Stelle gehe.«

Nihal blickte ihn an. »Das kannst du nicht, und das weißt du genau. Nur ich allein darf den Talisman tragen und die Edelsteine einfügen.«

»Hast du vergessen, dass ich ein Magier bin? Auch wenn ich mein Medaillon abgeben musste, bin und bleibe ich doch Mitglied des Rates.«

»Ich verstehe nicht, wie du ...«

Sennar wandte sich ab. Er konnte sie nicht anblicken, denn er fürchtete, sie würde die Lüge in seinen Augen erkennen. »Ich kenne viele, viele Zauber, mit denen sich enorme Kräfte binden lassen. Einer davon wird es mir sicher möglich machen, den Talisman zumindest eine Weile von seiner Kraftquelle abzuschneiden, sodass ich ihn gefahrlos mit mir führen kann.«

»Aber was ist mit dem Wächter?«

»Wenn er sieht, dass ich den Talisman trage, wird er sicher nichts gegen mich einzuwenden haben.«

»Aber du weißt doch gar nicht, wo sich das Heiligtum befindet ...«, beharrte Nihal weiter.

»Dann musst du mir den Weg dorthin zeigen.«

Sennar schwieg. Auch Nihal dachte nach.

»Das ist viel zu gefährlich. Ich will das nicht«, sagte sie schließlich.

Sennar kniete sich neben sie und ergriff ihre Hände. »Ich lasse dich nicht eher hier fort, bis deine verwundete Schulter ganz geheilt ist.« Er zwang sich zu einem Lächeln.

»Was soll für einen Mann, der bereits in die Untergetauchte Welt hinabgefahren ist, so schwer daran sein, ein Heiligtum aufzusuchen?«

Sie erwiderte das Lächeln nicht. »Das ist Erpressung ...«

»Ich versuche bloß, dir zu helfen.«

Nihal schwieg, und Sennar drückte noch fester ihre Hände. »Schwöre mir, dass du dich nicht unnötigen Gefahren aussetzt, schwöre mir, dass du gleich zu mir zurückkehrst, falls der Zauber nicht wirkt«, gab die Halbelfe schließlich nach.

Sennar errötete. »Ich verspreche es dir.« Dann stand er auf. »Lass uns mal den Talisman befragen und schauen, wohin mich mein Weg führen soll«, schlug er mit bemühter Fröhlichkeit vor.

Nihal zögerte einige Augenblicke, dann nahm sie das Amulett zur Hand.

Sennar beobachtete, wie sie die Augen schloss und sich sammelte.

Als die Halbelfe zu reden anhob, klang ihre Stimme ganz fremd, so als käme sie aus einem Abgrund. »Im Meer, wo sich die Felsen den Wellen entgegenstemmen und die Wellen an den Steinen nagen. Hoch schäumt und spritzt die Gischt, und der Sturm heult durch die Felsspalten. Die Küste. Zwei schwarze Schatten, die sich dicht beieinander vor dem Horizont abzeichnen. Zwei Türme. Nein, zwei mächtige Gestalten, zwei Felsnadeln.« Nihal öffnete die Augen.

»Ist das alles?«, fragte Sennar enttäuscht.

»Ja, mehr habe ich nicht sehen können.«

Sennar seufzte. »Kannst du mir denn keine Richtung angeben?«

Erneut schloss Nihal die Augen, doch Sennar bemerkte, wie sich ihre Wangen vor Anstrengung röteten, und unterbrach sie. »Lass es lieber, wenn es dich zu sehr erschöpft.«

Nihal öffnete die Augen. »Du musst dem Lauf der Sonne folgen, während sie aufgeht.«

»Also gen Osten ...«

»Dann das Wort ›Felsnadel‹, es ist mir wie ins Hirn gebrannt. Es wird wohl wichtig sein«, fügte Nihal hinzu.

»Ich werd dran denken.« Sennar stand auf. »Ich geh jetzt auch mal Beeren suchen im Wald«, erklärte er knapp.

Entschlossenen Schritts verließ er die Höhle, so als wolle er rasch Abstand gewinnen von der Lüge, die er Nihal gerade erzählt, und der enormen Tragweite der Entscheidung, die er getroffen hatte.

In der beißenden Kälte der Abenddämmerung wartete Sennar lange vor dem Fels. Er musste unbedingt mit Megisto sprechen, und zwar allein.

Während er auf die Dunkelheit wartete, dachte er wieder an den Talisman. Er hatte Nihal belogen, er kannte keinen Zauber, der dessen Kräfte binden konnte.

Endlich erwachte der Fels langsam zu neuem Leben. Megisto schien nicht überrascht, Sennar zu sehen. »Du musst mit mir reden?«, fragte er, so als kenne er die Antwort bereits.

Sennar nickte und erzählte dann in einem Atemzug all das, was er auch Nihal gesagt hatte.

Megisto hörte aufmerksam zu, und als Sennar geendet hatte, schwieg er zunächst eine Weile. »Es gibt keinerlei Magie, weder eine Schwarze noch eine erlaubte des Rates der Magier, die solch enorme Kräfte versiegeln könnte«, bemerkte er schließlich.

Sennar senkte den Blick. Er hatte sich bereits gedacht, dass er dem Greis nichts vormachen konnte. »Aber ich kann doch die Wirkung abmildern, wenn ich die Formel immer wieder neu spreche ...«

»Das ist aber sehr riskant«, fiel ihm Megisto ins Wort.

Langsam wurde der Magier nervös. Das war nicht das, was er eigentlich hatte hören wollen. »Kann sie denn wenigstens bei dir bleiben, wenn ich fort bin?«

»Warum nicht? Aber du möchtest sicher, dass ich sie auch beruhige, dass ich dich decke, dass ich ihr versichere, dass dein Unternehmen nicht zu gefährlich sei ...«

Er blickt in meine Seele, erkennt, was ich denke ... »Ja«, gab Sennar zu.

»Gut, ich werde es tun, solange es mir möglich ist«, erklärte Megisto. »Aber du solltest wissen, dass ich dein Verhalten nicht gutheiße.«

»Für mich ist nur wichtig, dass Nihal bei dir bleiben kann. Ich selbst habe keine andere Wahl.«

»Dann pass wenigstens gut auf dich auf«, antwortete Megisto, während er aufstand.

Im Morgengrauen des folgenden Tages machte sich Sennar zum Aufbruch bereit. Megisto war schon verschwunden und hatte die drei in der Höhle zurückgelassen.

Der Magier hatte alles vorbereitet. Seine wenige Habe hatte er in einem Quersack verstaut und auf dem Fußboden eine Reihe von schmalen Streifen ausgelegt, die aus langen, faserigen Blättern von einem blassen Grün bestanden. Auf jedem einzelnen war ein blaues Runenzeichen eingeritzt. Sie gehörten zu dem stärksten Blockierungszauber, den er kannte.

»Gib mir den Talisman«, forderte er Nihal auf.

Die Halbelfe streckte die Hand aus. In dem Moment, da Sennars Finger das Medaillon berührten, begann sich der

Edelstein aus dem Land des Wassers zu verfinstern, und der Magier spürte, wie seine Kräfte nachließen. Er verbarg den Talisman in seiner geschlossenen Faust, und während er sich gegen seinen Schwächeanfall stemmte, drehte er sich um und legte ihn auf die Blätter. Sobald er losließ, nahm der Edelstein wieder seine natürliche Farbe an.

Sennar wickelte das Amulett in die Blätter und stimmte eine Litanei an. Dann nahm er es wieder zur Hand und zeigte es Nihal mit einem Lächeln. »Wie du siehst, ist es jetzt unschädlich.«

Nihal verzog keine Miene. »Überleg's dir noch mal. In zwei Tagen könnte ich wohl wieder auf den Beinen sein.«

Sennar schulterte seinen Reisesack. »Sobald ich den Edelstein gefunden habe, gebe ich euch Bescheid und teile euch mit, wo ich mich aufhalte«, erklärte er.

»Pass gut auf dich auf«, ermahnte ihn Laio, als sie sich voneinander verabschiedeten.

Nihal richtete sich von ihrem Lager auf und umarmte ihn. Sie küsste ihn auf die Wange, und bevor sie sich wieder von ihm löste, flüsterte sie ihm ins Ohr: »Bitte, dir darf nichts zustoßen.«

Sennar wandte sich ab und folgte seinem Weg.

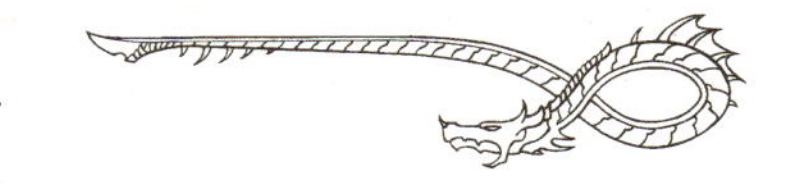

4

Sennar im Land des Meeres

Nach viertägiger Wanderung durch eine verschneite Landschaft gelangte Sennar in sein Heimatland. Zunächst ging es durch den Seewald, wo bereits der herbe Geruch des Meeres viele Erinnerungen an seine Kindheit in ihm wachrief.

Es war der fünfte Tag seines Marsches, und erst jetzt wurde ihm so richtig bewusst, wie arg er Nihal beschwindelt hatte. Als er etwas Proviant aus seiner Tasche nahm, sah er, wie ein seltsamer Rauch daraus aufstieg. Er griff hinein und holte den Talisman hervor. Wie er feststellte, hatte er schon die Blätter zu zersetzen begonnen, und an mehreren Stellen war bereits der Edelstein aus dem Land des Wassers zu sehen. Gleichzeitig spürte der Magier, dass das Amulett seine Kräfte absaugte, und erneut sah der Stein trüb und bedrohlich aus.

Sennar verlor keine Zeit. Er warf das Amulett zu Boden und begann es mit frischen Blättern neu zu umwickeln. Dann machte er sich wieder auf den Weg.

Nach weiteren anderthalb Tagen erreichte er Laia, das Geburtsdorf seiner Mutter. Er war noch nie dort gewesen, aber es erinnerte ihn stark an das Dorf, in dem er seine Kindheit verbracht hatte: klein, mit dicht beieinander stehenden Häusern, die Luft getränkt von dem beißenden Geruch des Salzwassers. Keine Menschenseele war zu sehen, die Fensterläden waren alle verrammelt.

Das Dorf lag am Kleinen Meer, einer faszinierenden Laune der Natur. An der südlichen Küstenlinie der Barahar-Bucht, einer der beiden großen Buchten, die die zentrale Halbinsel weiter nördlich einrahmten, drang das Meerwasser tief in das Landesinnere vor, breitete sich aus und bildete so ein Binnenmeer, das wie ein großer Salzsee aussah und durchdringend nach Ozean roch.

Es war Nachmittag, als der Magier dort eintraf. Der graue Himmel spiegelte sich in dem silbrigen Wasser des Kleinen Meeres. Ein Unwetter drohte, und heftiger Wind war bereits aufgekommen.

Abends fand Sennar eine Unterkunft in einem kleinen Gasthaus, einem Gebäude aus Stein und Holz direkt am Wasser. Es war schlicht, ja ärmlich, und bot nicht mehr als einen größeren runden Raum mit ein paar Bänken aus grobem Holz, doch das Bier war gut und preiswert. Während er den nächtlichen Blick auf das Kleine Meer genoss, auf den Schnee, der auf die Wasseroberfläche fiel, überlegte er, welche Richtung er nun einschlagen sollte. Nihal hatte von Osten gesprochen, also befand sich das Heiligtum möglicherweise auf der anderen Seite der Halbinsel. Auf schnellstem Weg musste er daher die Küste erreichen und sich dann nach Barahar, dem größten Hafen im Land des Meeres, wenden. Dort angekommen, würde er entlang der Küste weiterziehen und hoffen, auf einen Hinweis zu stoßen.

Am nächsten Morgen stand er zu früher Stunde auf und traf auf die Wirtin, eine beleibte Frau mit roten Wangen, von Schweiß glänzender Haut und einem üppigen, aus der Bluse hervorquellenden Busen. Sie war damit beschäftigt, Gläser zu polieren, und tat das mit einem solchen Eifer, dass Sennar sich wunderte, dass keines dabei zerbarst. Ohne Umschweife fragte er sie, ob sie schon einmal von den »Felsnadeln« gehört habe.

»Ja, möglich«, antwortete sie nachdenklich, »das müssen irgendwelche Klippen sein.«

»Das denke ich auch. Aber wo finde ich die?«

Die Wirtin schüttelte den Kopf. »Tut mir leid. Ich habe keine Ahnung. Aber hier in der Gegend sicher nicht.«

So machte sich Sennar wieder auf den Weg. Die letzten Häuser Laias blieben hinter dem Zauberer zurück, und vor ihm öffnete sich die weite verschneite Ebene, die zwischen dem Kleinen Meer und der Barahar-Bucht lag.

Drei Nächte schlief Sennar unter dem Sternenzelt. Am Morgen des vierten Tages sah er die Stadt Barahar, die sich in der Ferne vor dem tiefblauen Hintergrund des Meeres abzeichnete. An einer Weggabelung wandte er sich nach Osten in Richtung der Brücke, die die Meerenge überspannte, und gelangte endlich vor die mächtigen, aus einem einzigen Marmorblock gehauenen Tore Barahars. Als er darunter hindurchging, zerlumpt und hungrig, wie er war, fühlte er sich so klein und verloren wie selten zuvor.

Vom Land des Meeres kannte der Zauberer nur die kleinen Dörfer zwischen Land und Meer, wellengepeitscht im Winter und sich vom Fischreichtum nährend im Sommer. Diese Stadt jedoch war groß und fremdartig, und der Duft des Ozeans wurde von einer Unzahl anderer Gerüche überlagert. Die typische Bauweise der Häuser, gemauerte Hütten mit Strohdächern neben größeren Gebäuden aus Stein, erkannte Sennar wieder, aber alles andere war fremd: breite, schnurgerade Straßen anstelle des üblichen Labyrinths enger Gassen; weite, rechteckige Plätze anstelle kleiner runder Dorfplätze. Aber vor allem die Menschen wirkten fremd auf ihn, nicht freundlich und natürlich, sondern kalt und gleichgültig.

Da er nun die Küste erreicht hatte, wusste Sennar nicht so recht weiter. Vielleicht war das gesuchte Heiligtum, die geheimnisvollen Felsnadeln, gar nicht mehr weit. Es konnte sich aber auch irgendwo anders, auf der anderen Seite der Halbinsel befinden. Wie sollte er das so genau wissen?

Fast den ganzen Morgen streifte er durch die Gassen der Stadt und hörte sich um, fand aber niemanden, der ihm weiterhelfen konnte. Nur ein alter Kaufmann erklärte, schon einmal von diesen Felsnadeln gehört zu haben, und meinte, sie müssten sich wohl im Osten befinden, vielleicht in der Gegend von Lome.

Erst als Sennar das letzte Wirtshaus betrat, in dem er sich noch nicht erkundigt hatte, merkte er, wie hungrig er war. Doch er trug kein Geld bei sich.

Der Wirt, ein untersetzter Mann mit weit zurückweichendem Haar und einem ordentlichen Bierbauch, hatte Mitleid mit ihm. »Komm später noch mal vorbei, dann schaue ich, ob ich Reste für dich habe«, brummte er.

Sennar bedankte sich.

»Ich kann dir aber nichts versprechen«, fügte der Wirt gleich darauf hinzu. »Das sind keine normalen Tage, mit dem Kommen und Gehen der vielen Soldaten.«

»Wieso? Hat es hier einen Angriff gegeben?«

»Nein, das nicht«, antwortete der Wirt. »Aber eigenartige Soldaten haben gestern Abend spät noch mit ihren Schiffen im Hafen angelegt. Man munkelt, sie kämen aus der Untergetauchten Welt, aber Genaueres weiß man nicht.«

»Im Hafen, sagt Ihr? Wie komme ich am schnellsten dorthin?«, stieß Sennar atemlos hervor.

Der Mann blickte ihn verwundert an. »Draußen gleich rechts, und dann immer geradeaus ...« Er hatte noch nicht zu Ende gesprochen, da war der Zauberer schon zur Tür hinaus.

Endlich waren also die so lange sehnlichst erwarteten Truppen eingetroffen. Während er zum Hafen lief, kamen Sennar all die Menschen in den Sinn, die er in Zalenia kennengelernt hatte: Graf Varen, König Nereo ... und Ondine. Es drängte ihn, die Soldaten zu sehen, die von so weit hergekommen waren, um ihnen beizustehen, und deren Hilfe nicht zuletzt ihm selbst zu verdanken war. Dem Weg folgend, den der Wirt ihm beschrieben hatte, hörte er bald schon das Rauschen des Meeres.

Kurz darauf erblickte er die Schiffe. Es mochten wohl um die fünfzig sein, lang und majestätisch, schnörkellos elegant und transparent, wie es für Zalenia typisch war. Mit eingeholten Segeln lagen sie in einer langen Reihe im Hafen vor Anker. Die Soldaten trugen auffallend leichte Rüstungen und waren mit langen Lanzen und schmalen Schwertern bewaffnet. Sie erinnerten ihn an die Wachen, die ihn in Zalenia so grob behandelt hatten, doch jetzt überkam ihn bei ihrem Anblick eine eigenartige Sehnsucht nach der Untergetauchten Welt.

Während der Magier dieses Bild der vor Anker liegenden Flotte genoss, wurde jemand von einem der Schiffe auf ihn aufmerksam, kam an Land und ging auf ihn zu. »Ich wusste doch, dass wir uns eines Tages wiedersehen würden.«

Sennar, der den Sprecher nicht bemerkt hatte, drehte sich abrupt um: Diese Stimme kam ihm bekannt vor. Als er Graf Varen vor sich sah, war ihm, als habe er einen alten Freund wiedergetroffen. Der Graf war immer noch der stattliche, kräftige Mann, den er kannte, mit schütterem Haar, das, wie es in seinem Volk Brauch war, zu einem Pferdeschwanz zusammengebunden war. Doch seine früher schneeweiße Haut war nun bernsteinfarben getönt: Er schien also die Tiefen Zalenias bereits vor einer Weile verlassen zu haben. Sennar vergaß alle Ehrerbietung und umarmte ihn, was der Graf ebenso herzlich erwiderte.

Varen lud ihn auf sein Schiff ein und führte ihn in seine Kajüte; sie lag in einem Halbschatten, der an das tiefe Blau der Unterwasserwelt Zalenias erinnerte. In diesem matten Licht schien sich der Graf ganz in seinem Element zu fühlen und holte gleich eine Flasche mit einer lilafarbenen Flüssigkeit hervor. Haifischschnaps, dachte Sennar. Seit mehr als einem Jahr hatte er keinen mehr getrunken.

Der Graf stellte die Flasche auf dem Tisch ab, griff zu zwei Gläsern und schenkte ein. »Den hat mir gestern ein Soldat vorbeigebracht. Es sei das typische Getränk dieses Landes, meinte er.«

Sennar lächelte. »Da hat er Recht.«

Der Graf leerte sein Glas auf einen Zug. Sennar tat es ihm nach, hatte aber Mühe, ein Husten zu unterdrücken, weil ihm das Gesöff in der Kehle brannte.

»Hier oben bei euch ist alles noch heller, als ich gedacht hatte«, stellte der Graf fest, »ich weiß gar nicht, wie ich mich daran gewöhnen soll.«

»Keine Sorge«, beruhigte ihn Sennar, während er sich noch mal nachschenkte, »ich habe mich ja irgendwann auch an das tiefblaue Licht in eurer Welt gewöhnen können. Das ist nur eine Frage der Zeit.«

Der Graf blickte ihn väterlich an. »Mir war gar nicht bekannt, dass sich der Rat der Magier jetzt im Land des Meeres versammelt«, sagte er.

Sennar seufzte. »In der Tat sollte in diesem Jahr das Land des Wassers Versammlungsort sein, doch dieses ist ja, wie Ihr wahrscheinlich wisst, fast vollständig in die Hände unserer Feinde gefallen, und der Rat musste fliehen.«

»Ich hörte von einem Heer, das aus gefallenen Soldaten bestehen soll. Meine Männer sind sehr besorgt«, berichtete Varen mit finsterer Miene. Er schenkte sich noch einmal nach und wandte seinen Blick dann wieder Sennar zu.

»Wieso haltet Ihr Euch nicht bei den anderen Räten auf?«

»Im Grunde bin ich kein Rat mehr.«

»Hat man Euch abgesetzt?«

»Nein, ich bin freiwillig gegangen.«

Varen musterte Sennar mit fragender Miene. Der Magier entzog sich seinem Blick und sah in das Licht, das zwischen den Brettern einsickerte, mit denen das Bullauge verschlossen war. »Ich bin in einer neuen Mission unterwegs«, erklärte er dann, und dabei war ihm, als sei der Talisman in seiner Tasche plötzlich schwerer geworden. »Und dazu musste ich mein Amt als Vertreter des Landes des Windes vorübergehend aufgeben.«

»Ach, vorübergehend«, wiederholte der Graf erleichtert. »Dann werdet Ihr also nach Eurer Rückkehr wieder Mitglied des Rates sein?«

»Ja«, log Sennar. »Aber was ist mit Euch? Ich bin überrascht, Euch in unserer Welt zu sehen.«

Der Graf lächelte. »Nun, nach Eurer Abreise wandte ich mich wieder meinen Pflichten in Sakana zu, und eine Weile verlief alles ruhig. Dabei verspürte ich jedoch etwas in meinem Innern, das ich nur schwerlich hätte beschreiben können … Jedenfalls kam mir mein Leben plötzlich öde und leer vor. Ich langweilte mich. Wenn ich hinauf zum Himmel blickte, zur Wasseroberfläche also, musste ich daran denken, dass dort oben unter den Wolken, die ich noch nie gesehen hatte, ein großer Kampf geführt wurde. Schließlich machte ich mir klar, dass sich das Leben und der Kampf, wie ich sie suchte, dort abspielten. Und so brachte ich Seine Königliche Hoheit dazu, mich zu einem Befehlshaber unserer Truppen zu machen.«

Sennar starrte auf sein Glas und fuhr mit einem Finger über den Rand. Dann überwand er sich und fragte geradeheraus: »Was wisst Ihr von Ondine?«

»Nun, als Ihr von uns gingt, habe ich sie, Eurem Wunsch gemäß, in mein Gefolge eingereiht und mit nach Sakana genommen.«

»Und … wie ging es ihr?«

»Sie war sehr, sehr traurig.«

Sennar senkte den Blick.

»Ich schlug ihr vor, in meine Dienste zu treten. Das sei besser für sie, dachte ich, als Gefangene zu betreuen. Zunächst lehnte sie das Angebot ab, weil sie ihre Eltern nicht allein lassen wollte. Doch schließlich konnte ich sie überzeugen.«

Sennar strich wieder gedankenverloren über den Rand des Glases. Schließlich kippte er den Schnaps in einem Zug hinunter.

»Ich habe nie so recht verstanden, warum Ihr Zalenia eigentlich verlassen habt«, fuhr der Graf fort. »Ich weiß ja, was Ihr für sie empfandet und dass sie Eure Gefühle erwiderte.«

Der Gedanke an Ondine wärmte Sennar das Herz; wie gern hätte er ihr mädchenhaftes Gesicht wiedergesehen, ihr weiches Haar, ihre blassroten Lippen. Doch er wusste auch, dass er sie auf diese Weise nur noch tiefer verletzen würde.

»Sie hat mich gebeten, Euch nur eine Frage zu stellen, falls ich Euch wiedersehen sollte.« Sennar blickte vom Tisch auf.

»Sie wollte wissen, ob Ihr Euer Versprechen gehalten habt, und lässt Euch ausrichten, falls nicht, würde sie früher oder später einen Weg finden, sich an Euch zu rächen.«

Der Magier lächelte. »Um ganz ehrlich zu sein, bin ich noch nicht so richtig dazu gekommen. Doch auch diese Mission, in der ich unterwegs bin, hat mit dem Versprechen zu tun. Aber seid doch bitte so nett und erzählt ihr, wenn Ihr sie wiederseht, dass ich mein Versprechen bereits eingelöst hätte. Dass ich jetzt glücklich sei.«

Der Graf lächelte und fügte dann wieder ernst hinzu: »Ihr seht abgerissen und hungrig aus, Sennar. Kommt, erzählt mir, was mit Euch geschehen ist. Und was ist das für eine neue Mission?«

Der Zauberer wusste nicht, was er antworten sollte. Der Graf war zwar ein vertrauenswürdiger Mann, aber die Mission war so heikel, dass er noch nicht einmal ihm davon berichten konnte.

»Das kann ich Euch leider nicht sagen. Das Ziel meiner Fahrt muss geheim bleiben.«

»Ich frage nicht aus Neugier«, stellte der Graf klar. »Ich mache mir nur Sorgen um Euch. Ich möchte Euch gern helfen, wenn ich kann.«

»Ja, vielleicht könntet Ihr mir tatsächlich helfen ...«

»Und wie?«, drang der Graf auf ihn ein.

»Ich bin auf der Suche nach einem bestimmten Ort irgendwo an der Küste. Bislang war ich zu Fuß unterwegs, und ein Reitpferd würde mir die Aufgabe sehr erleichtern.«

Der Graf lehnte sich auf seinem Stuhl zurück und dachte nach. »Noch heute komme ich mit dem befehlshabenden General der hiesigen Truppen zusammen. Falere ist sein Name. Wenn Ihr mich begleitet, fragen wir ihn, ob er Euch nicht einen Drachenritter mitgeben kann.«

Verblüfft knallte Sennar sein Glas auf die Tischplatte. »Einen Drachenritter?! Aber die Ritter werden doch alle im Krieg gebraucht ... Nein, ich dachte doch wirklich nur an ein Pferd ... ich glaube nicht ...«

Der Graf beugte sich zu ihm vor. »Wie wichtig ist Eure Mission für den Ausgang dieses Krieges? Sie hat doch wohl mit dem Krieg zu tun, oder?«

»Ja, sie ist von ungeheurer Wichtigkeit«, antwortete Sennar.

Der Graf lehnte sich wieder zurück. »Dann ist ein Ritter als Begleiter für Euch wohl das Mindeste«, erklärte er und kippte den letzten Schluck Haifischschnaps hinunter.

Sennar wurde verpflegt und begleitete schließlich den Grafen zu seiner Unterredung mit Falere.

Der General traf auf einem prachtvollen Drachen ein, und als der Magier sah, wie dieses Tier vom Himmel herabschwebte, stockte ihm vor Ergriffenheit der Atem.

Es war ein Blauer Drache, und einen Drachen dieser Rasse hatte Sennar seit seiner Kindheit nicht mehr gesehen. Sie waren kleiner als die üblicherweise vom Ritterorden genutzten Tiere und hatten etwas von einer Schlange. Auch dieser hier besaß einen langen, feingliedrigen Leib, relativ kleine, flinke Pfoten und riesengroße Flügel. Am Leib war seine Haut von einem leuchtenden, an den Flügeln von einem dunkleren Blau. Unter solchen Drachen war Sennar praktisch aufgewachsen, war doch sein Vater Knappe eines Ritters vom Orden der Blauen Drachen gewesen, und so betrachtete er jetzt verzaubert dieses prachtvolle Tier und verlor sich in Kindheitserinnerungen.

Falere war ein noch recht junger General, ein blonder Mann mit einem Allerweltsgesicht voller Sommersprossen, dessen linke Seite von einer langen Narbe durchzogen war. Er begrüßte die beiden mit einer Verneigung, blickte Sennar jedoch misstrauisch an.

»Dies ist Sennar, der Vertreter des Landes des Windes im Rat der Magier«, beeilte sich der Graf zu erklären.

Sennar hätte ihn gerne unterbrochen, kam aber nicht mehr dazu. Vielleicht wusste dieser General bereits, dass das Land des Windes eigentlich von Soana vertreten wurde. Besorgt bemerkte er Faleres verwunderte Miene.

»Ach, Ihr seid das, verzeiht«, antwortete der General aber und verneigte sich dann erneut. Offenbar sagte ihm der Name Sennar etwas, aber über die neueren Entwicklungen war er wohl nicht unterrichtet.

Sie machten sich auf den Weg zu einer der Kasernen Barahars, einem für den Orden der Drachenritter typischen massiven, blockartigen Gebäude. Dort betraten sie einen großen, schmucklosen Raum, in den durch ein kleines Fenster Licht einfiel, nahmen Platz und besprachen strategische Fragen, wie viele Soldaten wohin zu entsenden seien und dergleichen mehr. Sennar konnte nützliche Informationen beisteuern, hielt sich aber zunächst noch mit seinem Anliegen zurück. Doch als sich die Gelegenheit im Gespräch ergab, wurde er deutlicher. »Meine Aufgaben im Rat werden zurzeit von einer anderen Person wahrgenommen. Ich selbst bin in einer besonderen Mission unterwegs, um ...« Jetzt fiel ihm plötzlich keine gute Erklärung ein.

»Es handelt sich um eine geheime Mission im Auftrag des Rates«, sprang ihm der Graf bei.

»Verstehe«, bemerkte Falere nur und verbreitete sich dann weiter über Truppenstärken und Bewaffnungsmöglichkeiten.

Zwei weitere Stunden vergingen, bevor der Graf den passenden Moment für gekommen hielt, die Sache noch einmal vorzubringen. »Mein Freund, der Rat, verfügt über keine Reitmöglichkeit. Sein Auftrag duldet aber keinen Aufschub, daher dachte ich, dass es vielleicht möglich sei, ihm einen Ritter beizugesellen.«

Jetzt blieb Faleres Miene nicht mehr gleichgültig. Fassungslos blickte er Graf Varen an. »Mein Herr, in Ihrer Welt dort unten kenne ich mich nicht aus, aber hier oben bei uns ist die militärische Lage verzweifelt, und wir brauchen jeden verfügbaren Mann, und vor allem jeden Ritter in der Schlacht.«

»Ein Pferd würde mir schon genügen«, warf Sennar ein, doch der Graf brachte ihn mit einer Handbewegung zum Schweigen.

»Wie gesagt, er ist im Auftrag des Rates der Magier unterwegs. Daher denke ich, er hat wohl Anspruch darauf ...«

Sennar begann sich unwohl zu fühlen. Varen hingegen ließ sich nicht aus der Ruhe bringen und reihte gleichgültig ein Märchen ans andere.

»Und warum hat er kein Dokument bei sich, das über seinen Auftrag Auskunft gibt?«

»Er musste Hals über Kopf aufbrechen«, antwortete der Graf.

Sennar hätte sich gern in Luft aufgelöst. Faleres skeptischer Blick ruhte auf ihm, und er kam sich wie in einer Falle vor. Darüber hinaus hatte offenbar das Amulett auch die neuen Blätter wieder zersetzt, denn er verspürte einen leichten Schwindel. »In der Tat ... es handelte sich um eine ganz plötzliche Entscheidung. Ein Drache käme mir sehr gelegen, aber wenn es nicht möglich sein sollte ...«, versuchte es Sennar noch einmal.

Plötzlich hellte sich Faleres Miene auf. »Ja, warum eigentlich nicht. Ihr habt einen guten Ruf. Nicht zuletzt kam ja dieses Bündnis mit der Untergetauchten Welt auf Euren Einsatz hin zustande ...«

»So ist es«, bestätigte Sennar. Der Schweiß war ihm ausgebrochen, und er spürte, dass sein Atem schneller ging.

Falere griff zu einem Pergament und schrieb etwas darauf. »Ich stelle Euch den Drachenritter Aymar zur Verfügung, für drei Tage, mehr kann ich Euch nicht zugestehen. Er wird morgen am Hafen auf Euch warten.« Er reichte Sennar das Pergament.

Sennar wusste, dass er unverzüglich den Zauber erneuern musste, denn das Schwindelgefühl wurde immer stärker, und ein heftiger Druck auf der Brust nahm ihm den Atem. »Ich danke Euch vielmals«, sagte er, während er das Schreiben zur Hand nahm, »doch nun habe ich noch etwas Dringendes zu erledigen. Wenn mich die Herren entschuldigen wollen ...«, verabschiedete er sich hastig und stürmte aus dem Raum, gefolgt von den ratlosen Blicken des Grafen und des Generals.

Erst außerhalb der Kaserne, an einer Straßenecke, blieb er stehen. Als er den Talisman hervorholte, spürte er, wie ihn die Kräfte verließen, während ihm ein stechender Schmerz die Brust zerriss. Zum Glück hatte er weitere Blätter dabei. Heftig keuchend kritzelte er die Runenzeichen darauf und versiegelte dann den Talisman.

Kaum war auch das letzte Stückchen des Edelsteins wieder verborgen, spürte er sofort, wie sich seine Lungen blähten und er wieder zu Atem kam.

Als er den Blick hob, sah er den Grafen vor sich stehen.

Varen beugte sich nieder und sah Sennar mit sorgenvoller Miene an. »Ihr seid ja blass wie ein Leintuch ... Wollt Ihr mir nicht verraten, was mit Euch los ist?«

»Gar nichts«, antwortete Sennar mit einem gezwungenen Lächeln. »Wenn Ihr wirklich mein Freund seid, so bedrängt mich bitte nicht weiter. Vergesst alles, was Ihr in dieser Gasse gesehen habt, und wenn ich fort bin, so vergesst am besten auch, mich überhaupt getroffen zu haben.«

»Ihr müsst ...«

»Ich bitte Euch«, ließ Sennar nicht locker.

»Gut, wenn es so sein muss, im Hinblick auf einen erfolgreichen Ausgang Eures Unternehmens ...«

»Ja, so ist es«, schloss der Magier. Er lehnte sich mit dem Kopf gegen die Hauswand hinter ihm zurück und blickte den Grafen dankbar an.

Die Nacht schlief Sennar in einer Kajüte, die Varen ihm auf seinem Schiff zur Verfügung stellte, und brach dann morgens beizeiten auf. Eilig verabschiedete er sich von dem Grafen, wobei es ihm nicht gelang, dessen besorgtem Blick standzuhalten.

»Gebt gut auf Euch acht und riskiert nicht mehr als nötig«, ermahnte ihn Varen.

Sennar zwang sich zu einem Lächeln. »Wenn diese Geschichte ausgestanden ist, werden wir uns wiedersehen und zusammen feiern.«

Am Kai wartete bereits der Drachenritter. Sein Blauer Drache war recht klein, und auch er selbst kam Sennar jung und unerfahren vor. Als er den Magier erblickte, erging er sich sofort in einer hastigen Verbeugung. »Drachenritter Aymar zu Euren Diensten«, stellte er sich vor.

War ihm Falere bereits sehr jung erschienen, so kam ihm Aymar jetzt wirklich wie ein Bübchen vor. Er hatte kastanienbraunes, gelocktes Haar, das ihm bis auf die Schultern fiel, und einen schmächtigen Körper, der wirkte, als sei er zu schnell und ganz unvermittelt gewachsen, und dadurch dem Jüngling insgesamt ein unbeholfenes Aussehen gab. Ein Kind im Körper eines Erwachsenen. Der Magier musterte ihn misstrauisch.

»Nun, wir haben drei Tage, um die gesamt Küste dieses Landes abzufliegen«, erklärte ihm Sennar, und der junge Ritter riss die Augen auf. »Deshalb müssen wir jede Tages- und jede Nachtstunde ohne Pause nutzen.«

»Aber … mein Drache ist solch einer Anstrengung nicht gewachsen …«, erwiderte Aymar.

Sennar unterbrach ihn mit einer Handbewegung. »Ich weiß, dass es hart ist. Mit den Blauen Drachen kenne ich mich aus. Aber Tatsache ist auch, dass wir nur drei Tage haben, und Zeit ist bei diesem Unternehmen der entscheidende Faktor. Daher bitte ich dich: Versuch dein Bestes.«

Der andere nickte, wenig überzeugt.

Als Sennar den Drachen besteigen wollte, hielt Aymar ihn zurück. »Mein Drache wird Euch nicht aufsitzen lassen, Herr. Das muss ich ihm befehlen.«

Sennar lächelte. »Ich bin Magier, du wirst sehen, dass ich mich auf ihm halten kann«, antwortete er, und in der Tat, als er aufsprang, ließ es sich der Drache ohne Widerstand gefallen. Er wandte sich wieder dem Jüngling zu, der wie angenagelt dastand und ihn fassungslos anblickte. »Komm, je eher wir aufbrechen, desto früher sind wir am Ziel.«

Da gab sich der Ritter einen Ruck und stieg ebenfalls auf. Dies war ein ungewöhnlich schwieriges Unterfangen, das erst bei seinem zweiten Versuch von Erfolg gekrönt war. Und ganz unbeholfen wirkte Aymar dann, als er mit unnatürlich durchgedrücktem Kreuz auf dem Rücken seines Drachen saß. Sennars Bedenken wuchsen.

»Alles in Ordnung?«, fragte er zaghaft.

»G-gewiss«, stotterte das Bübchen. Er zog heftig an den Zügeln, aber das Einzige, was er damit bei dem Drachen erreichte, war ein mürrisches Knurren. Aymar versuchte es wieder und wieder, bis das Knurren schließlich in ein böses Fauchen überging. »Das ist mir noch nie passiert ... Aber ich bin ja auch noch nicht lange Drachenritter ...«, versuchte er, sich zu rechtfertigen.

Ach, tatsächlich? »Darf ich mal?«, fragte Sennar.

Aymar errötete bis zu den Haarwurzeln. »Natürlich.«

Der Magier beugte sich zum Hals des Tieres vor und raunte ihm einige Worte ins Ohr. »Versuch's jetzt mal, aber mit Gefühl«, forderte er den Jungen auf.

Aymar zog an den Zügeln, und dieses Mal gelang es ihnen tatsächlich, sich in die Lüfte zu erheben.

»Im Umgang mit Drachen braucht man Geduld und Fingerspitzengefühl, aber auch Respekt«, erklärte Sennar.

Aymar schluckte die Belehrung. »Ich danke Euch vielmals«, murmelte er.

»Noch etwas ...«, fügte Sennar hinzu, »du kannst mich ruhig duzen.«

»Wie Ihr wünscht.«

Sennar ließ sich nicht beirren. Er bestand darauf, dass sie so schnell wie möglich vorwärtskamen, und als die Sonne ins Meer eintauchte und der Tag der Finsternis wich, wollte er immer noch weiter. Es war ein kräftezehrender Flug, ein Wettlauf gegen die Zeit. Erst als es schon tiefe Nacht war und sie bereits die Mittlere Wüste erreicht hatten, landeten sie.

Sie kampierten im Freien, in einer sternenklaren, aber bitterkalten Nacht. Sobald er sich unbeobachtet wusste, prüfte Sennar das Amulett und stieß einen Seufzer der Erleichterung aus. Die Blätter waren noch heil.

Als der Magier erwachte, war die Sonne noch nicht aufgegangen, aber ein blasses Weiß überzog schon den Horizont. Aymar neben ihm schlief noch mit dem Kopf auf dem langen Hals des Drachen.

Sennar stieß ihn an, doch diese erste Aufforderung verpuffte. Der Drache schlug die Augen auf, aber der Ritter schlief seelenruhig mit frommem Gesichtsausdruck weiter.

Was ist das für ein Ritter, der bei der Berührung durch einen Fremden nicht wach wird?!

Sennar versuchte es noch einmal, nun aber sehr viel unsanfter. Der Junge schrak auf, und unwillkürlich fuhr seine Hand zum Schwert, allerdings ohne es zu finden.

»Nur die Ruhe, ich bin's«, brummte der Magier ein wenig gereizt.

Aymar rieb sich die Augen und blickte sich um.

»Es ist ja noch stockdunkel ...«

Sennar hob den Blick zum Himmel. »Nicht mehr ganz. Außerdem hatte ich dir ja erklärt, dass wir die drei Tage, die ich dich bei mir habe, voll ausnutzen müssen.«

Der Junge errötete. »Ihr habt Recht, verzeiht.« Er begann sich fertig zu machen, doch konnte er kaum die Augen offen halten.

Bei Nihal haben sie sich furchtbar angestellt. Aber so ein Versager wie der schafft es problemlos zum Drachenritter.

Schließlich gelang es ihnen, aufzubrechen. Der Magier überlegte, dass er jetzt seit dreizehn Tagen unterwegs war und sein Ziel immer noch nicht erreicht hatte. Er dachte an Nihal, die sich mittlerweile erholt haben musste und gewiss darauf brannte, sich in Marsch zu setzen. Sennar war froh, jetzt nicht in Laios Haut zu stecken.

Sie flogen, so schnell sie konnten, und wunderbarerweise ohne Hemmnisse, sodass sie noch am Vormittag Lome erreichten. Die Stadt erstreckte sich an der halbmondförmigen Lamar-Bucht und war einer der bedeutendsten Häfen im Land des Meeres. Die Kaserne, zu der sie unterwegs waren, lag abseits des Gewimmels der Innenstadt direkt am Meer.

»Da bin ich ausgebildet worden«, erklärte Aymar, während sie darauf zuhielten.

»Nicht in Makrat?«, wunderte sich Sennar.

Aymar lächelte. »Zwar gehören wir alle zum Orden, aber wir Ritter der Blauen Drachen verbringen die meiste Zeit unserer Ausbildung traditionsgemäß im Land des Meeres.«

In der Tat unterschied sich das Gebäude von den typischen Kasernen des Ordens. Mit seiner schlanken Bauweise erinnerte es an die antiken Paläste dieses Landes. Viele Jahre zuvor hatten sich die Ritter der Blauen Drachen von den anderen Drachenrittern abgespalten und eine kleine eigenständige Truppe gebildet. Erst mit dem Friedensschluss unter König Nammen hatten sie sich dann wieder dem Orden angegliedert.

Sie landeten in einer Arena im Innenhof der Kaserne. Kaum am Boden, kauerte sich der Drache brav zusammen. Sennar sprang ab und machte sich unverzüglich auf den Weg in die Stadt, um Nachforschungen anzustellen.

Er wanderte von Wirtshaus zu Wirtshaus und hörte sich überall um, doch am Abend musste er sich niedergeschlagen auf den Rückweg machen, weil ihm niemand hatte weiterhelfen können.

Er betrat die Kaserne und nahm in dem Saal, wo auch die Drachenritter speisten, ein karges Mahl ein. Ein Tag noch, nur noch ein Tag, dann würde er sich wieder allein durchschlagen müssen. Vielleicht, so dachte er mutlos, hatten sie den gesuchten Ort schon hinter sich gelassen, ohne etwas davon mitzubekommen. Schließlich hatten sie sich die gesamte Nordküste der Halbinsel nicht näher ansehen können, und dort konnte sich das Heiligtum durchaus befinden. Nüchtern betrachtet musste er sich eingestehen, dass er eine Nadel im Heuhaufen suchte.

»Sie sind unermesslich hoch und scheinen im Mondlicht zu glitzern.«

Er hatte zu viel gewollt und war gescheitert.

»Von Lamar aus kann man sehen, wie sie sich in der Ferne aus dem Meer erheben.«

Es war ihm nicht gelungen, Nihal zur Seite zu stehen und für sie einzuspringen. Zunächst hatte er ihre Wunde erfolglos behandelt und sich nun in dieser ausweglosen Situation verrannt.

»Der Wind pfeift durch die Felsspalten, und die Gischt der Brandung spritzt mächtig auf.«

Es blieb ihm nichts anderes übrig, als die Küste Zoll für Zoll abzusuchen und auf Nihal zu warten.

»Aus der Ferne wirken sie des Nachts wie zwei Schatten, die sich von der Finsternis abheben wie zwei hohe Türme.«

Ruckartig drehte sich Sennar um. Nur Fetzen der Unterhaltung zweier Soldaten neben ihm waren an sein Ohr gedrungen, er hatte nicht darauf geachtet, worüber sie sprachen, doch diese letzten Worte machten ihn plötzlich hellhörig.

»Worüber sprecht ihr da? Was erhebt sich da wie Türme in der Ferne?«, fragte er aufgeregt. Als Nihal ihm das Heiligtum beschrieb, hatte das ganz ähnlich geklungen.

Einer der Soldaten blickte ihn leicht erstaunt an. »Na, die beiden hohen Felsen draußen in der Lamar-Bucht, die Meridiane des Meeres, die Arshet-Klippen.«

Das hörte sich sehr vielversprechend an. »Ich suche einen Ort, der ganz ähnlich aussehen muss, oder zumindest glaube ich das … Genauer gesagt, könnten diese Arshet-Klippen etwas mit ›Felsnadeln‹ zu tun haben?«, fragte Sennar.

Der Soldat lächelte: »Ja, meine Großmutter hat mir erzählt, *arshet* sei ein elfisches Wort und bedeute ›Felsnadel‹. Und in der Tat sind die Arshet-Klippen zwei riesengroße Felsen, hoch und spitz, und sehen aus wie Nadeln oder wie Fialen irgendeines prächtigen Palastes.«

»Tausend Dank!«, rief Sennar dem Soldaten noch zu, während er schon hinausrannte, um seinen jungen Ritter zu suchen.

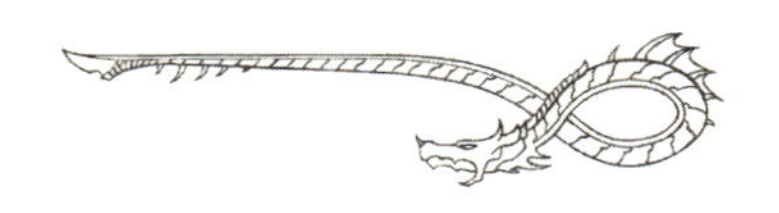

5

Sarephen oder Vom Hass der Menschen

Nihal kam rasch wieder zu Kräften. Auch wenn sie es nie hätte zugeben wollen, sie hatte einfach Ruhe gebraucht. Jetzt spürte sie, wie sich ihr Körper erholte, ihre Muskeln die frühere Stärke zurückgewannen. Seit ihrer vorherigen Verwundung, damals durch Dola, hatte sie sich keine richtige Pause mehr gegönnt, und nun erst merkte sie, wie sehr ihr das gefehlt hatte.

Tagsüber kümmerte sich Laio um sie und behandelte sie mit seinen warmen, stinkenden Umschlägen; abends war es Megisto, der ihr wohlschmeckende Suppen zubereitete. Doch unbeschwert konnte Nihal diese Erholungspause nicht genießen. Seit Sennars Aufbruch verspürte sie ständig eine unterschwellige Nervosität in der Magengegend. Auch wenn die Abschiedsworte des Zauberers zuversichtlich klangen, in seinem Tonfall hatte sie etwas wahrgenommen, das sie misstrauisch stimmte. Der Talisman war eine Gefahr für ihn.

An einem Abend bemerkte Nihal, dass sich Megisto sonderbar verhielt. Laio hatte sich schon schlafen gelegt, und sie ruhte auf ihrem Lager und starrte in die Flammen des Feuers, das in einer Nische der Höhle langsam erlosch.

Der Alte saß schweigend davor und stocherte mit einem Stöckchen in der Glut. Nihal fühlte sich unruhig. Sie wusste, dass Megisto die Gabe der Weissagung besaß. Hin und wieder öffneten sich unvermittelt vor seinen Augen die Pforten der Zukunft, und der Greis überblickte, nur einen Moment lang und in verschleierten Bildern, den Lauf der Dinge. Bei ihrer ersten Begegnung hatte Megisto auf diese Weise Soanas Heimkehr vorausgesehen.

»Was hast du? Warum bist du so einsilbig?«

Der Greis riss sich aus seinen Gedanken und hob den Blick, der finster wirkte. Die Halbelfe erschrak.

»Wieso blickst du mich so an? Was ist denn geschehen?«

Der Greis antwortete nicht und stocherte weiter in der Glut herum. Träger Rauch stieg auf. Das Feuer war erloschen.

»Was ist denn los? So sprich doch!«

Nihal schüttelte ihn, doch Megisto ließ sich nicht aus der Ruhe bringen. Behutsam löste er ihre Hand von seinem Arm und drehte sich zu ihr um.

»Bevor er sich auf den Weg machte, trug mir Sennar auf, mich um dich zu kümmern und dich nicht in Sorge zu versetzen, was sein Schicksal betrifft.«

Nihal spürte, wie ihr etwas die Kehle zuschnürte, eine dunkle Vorahnung, die langsam Gestalt annahm.

»Ich glaube, ich kann mein Versprechen nicht länger halten«, setzte der Greis hinzu.

»So sprich! Was hat Sennar mir verschwiegen?«

»Als ich heute Morgen erwachte, öffneten sich vor mir die Pforten der Zukunft, und ich sah, was ihm zustoßen wird. Es gibt keinerlei Magie, die die Mächte des Talismans wirkungsvoll bändigen könnte. Bereits die Kraft des einen Edelsteins darin setzt Sennar furchtbar zu. Wenn er endlich zu dem Heiligtum gelangt ist, wird er erschöpft und gezeichnet sein. Und wird daher sterben.«

Wie ein Felsblock krachte diese Prophezeiung in die Stille der Höhle.

»Wann wird das denn sein?«, fragte Nihal mit erstickter Stimme.

»Das kann ich dir nicht sagen. Wie du weißt, sind meine Visionen immer verschleiert ... Bald jedoch. Es kann sich nur um Tage handeln.«

»Wo befindet er sich jetzt?«

»Das weiß ich nicht. Aber ich weiß, dass es in einer weiten Bucht, der Lamar-Bucht, geschehen wird. Dort erheben sich auf offener See zwei mächtige Klippen. Und dort wird es geschehen.«

Nihal ergriff ihr Schwert und machte sich daran, ihre Habseligkeiten zusammenzupacken. Sie rüttelte Laio wach, der kaum zu sich kam, und wandte sich dann erneut an Megisto. »Warum hast du mir nicht gesagt, dass er mich hinters Licht führt?«, fragte sie zornig.

»Du weißt doch selbst, warum Sennar mit dir zusammen zu dieser Mission aufgebrochen ist. Ich wollte ihn in diesem Wunsch unterstützen. Und das habe ich getan, solange ich konnte.«

Nihal und Laio machten sich fertig zum Aufbruch, und als sie ihren Drachen bestiegen, hatte das Morgengrauen gerade erst damit begonnen, den Himmel ein wenig aufzuhellen.

»Danke«, murmelte die Halbelfe an den Greis gewandt, bevor sie sich in die Lüfte erhoben.

Doch Megisto war bereits wieder zu Fels geworden.

Aymar musste seine ganze Überredungskunst, die allerdings eher beschränkt war, und seinen gesunden Menschenverstand in die Waagschale werfen, um Sennar dazu zu bringen, mit dem Aufbruch bis zum Morgengrauen zu warten.

Kaum hatte die Sonne den Horizont ein wenig gefärbt, stürmte der Magier in die Kammer des Ritters und warf ihn aus dem Bett.

»Es ist Zeit«, rief er.

Er schleifte den noch halb Schlafenden zu seinem Drachen, und sie stiegen auf.

Sennar hatte gehofft, dass Aymar ihn auf einer der Arshet-Klippen absetzen könne, doch der junge Ritter erklärte, das sei vollkommen unmöglich. Kein Drache könne dort landen. Dort gebe es keine ebene Fläche, und wenn die Klippen dazu noch so spitz und scharf seien, sehe er erst recht keine Möglichkeit. Er könne ihn nur nach Lamar bringen. Von dort müsse er eben mit einem Boot übersetzen. Zum Glück hatte der Graf Sennar mit ein wenig Geld ausgestattet.

Sie erreichten Lamar, als die Sonne bereits seit einigen Stunden untergegangen war. Sennar sprang vom Drachen ab, verabschiedete sich von Aymar mit einem flüchtigen Dankeschön und hastete Richtung Hafen.

Die Stadt war sehr groß, ein Labyrinth von Gassen, die in kleine Plätze mündeten, und Sennar hatte Mühe, sich nicht zu verirren. Als er endlich am Kai angelangt war, empfing ihn ein Wirrwarr von ankernden Schiffen. Der Mond stand hoch, und Sennar wusste, dass es zu dieser späten Stunde sehr schwierig sein würde, ein Boot aufzutreiben. Am fünften Landungssteg fand er jedoch eine barmherzige Seele, die bereit war, ihn anzuhören.

»Ein Boot? Um diese Zeit?«, fragte der alte Mann, an den er sich gewandt hatte. Die Last der Jahre hatte dessen Rücken gebeugt, und er war vollkommen kahl. »Und wozu überhaupt?«, setzte er noch hinzu, während er mit schwieligen, knöchernen Händen ein Tau aufwickelte.

»Ich muss zu den Arshet-Klippen«, erklärte Sennar hastig und zeigte ein paar Münzen vor. »Es soll auch Euer Schaden nicht sein.«

»Darum geht es mir nicht«, erwiderte der Alte, der dennoch einen flüchtigen Blick auf das Geld warf. »Sich nachts zu orientieren, ist keine leichte Sache. Kannst du überhaupt mit einem Boot umgehen?«

»So schwer kann das doch nicht sein ...«, bemerkte Sennar, worauf ihm schallendes Gelächter entgegenschlug.

Als sein Lachen endlich verklungen war, schaute ihn der Alte erneut an. »In ein paar Stunden fahren ein paar Fischer aufs Meer hinaus. Am besten schließt du dich denen an.«

»Und wo finde ich die?«

»Es ist noch viel zu früh«, antwortete der Alte. »Ich weiß ja nicht, wo du herkommst, aber bei uns isst man um diese Zeit noch zu Abend.«

Als hätte ich Zeit, ans Essen zu denken ...

Sennars Gedanke wurde jedoch widerlegt von seinem Magen, der gerade jetzt zu knurren begann. Der Magier errötete leicht.

»Hör mal, junger Freund«, erklärte der Alte und schaute ihn vergnügt an, »du scheinst mir doch eher schlecht beieinander zu sein, und in dieser Verfassung wirst du ohnehin nicht weit kommen. Warum isst du nicht etwas mit mir zusammen, und danach bringe ich dich zu einem befreundeten Fischer.«

»Ich weiß nicht, ob mein Geld für beides reicht, für Boot und Abendessen …«

Der Alte verzog empört das Gesicht. »Wo kommst du bloß her? Hier im Land des Meeres jedenfalls gilt die Gastfreundschaft noch etwas. Komm mir also nicht mit solch blödsinnigem Gerede.« Damit zog er die Tür auf und ließ Sennar in seine Hütte eintreten, die direkt an der Mole lag.

Er bot ihm von einer Fischsuppe an, ganz ähnlich jener, die seine Mutter ihm häufig gekocht hatte. Duft und Geschmack riefen bei Sennar zahlreiche Erinnerungen wach, und es schmerzte ihn, nicht die Muße zu haben, in seinem Heimatdorf vorbeizuschauen und seine Mutter zu besuchen.

Als es Zeit war, verließen sie die Hütte, und während sie am Kai entlangliefen, stellte der Alte ihm die Frage, die Sennar schon befürchtet hatte. »Was willst du eigentlich bei den Arshet-Klippen?«

Sennar schwieg einen Moment. Es fiel ihm einfach keine glaubhafte Ausrede ein. »Ich suche da was …«, brummte er schließlich nur.

»Und das wäre?«, ließ der Alte nicht locker.

Sennar seufzte. »Tut mir leid, aber das ist eigentlich ein Geheimnis, ja, es ist tatsächlich ein richtiges Geheimnis … Ich kann es Euch nicht verraten.«

»Nun ja, es hat eben jeder so seine Leichen im Keller«, gab sich der Alte mit einer philosophischen Bemerkung zufrieden, und Sennar pries innerlich die Zurückhaltung seiner Landsleute.

Sie gelangten zu einem Kai, an dem sich bereits viele Fischer drängten. Ihre Boote, die dort vor Anker lagen, waren mit Laternen am Heck ausgestattet, die mit ihrem schwachen Lichtschein die Nacht ein wenig erhellten. Der Alte trat auf einen der Fischer zu, einen groß gewachsenen, muskulösen Mann mit tiefbrauner Haut, und unterhielt sich eine Weile mit ihm. Dann winkten sie Sennar herbei, und ohne ein Wort bedeutete der Fischer ihm, in das Boot zu steigen. Der Magier kam der Aufforderung sogleich nach, und bald darauf stachen sie in See.

Das Meer war ruhig, denn die Lamar-Bucht lag geschützt, und die Wellen brachen weiter draußen, noch bevor sie die Küste erreichten. Sennar beobachtete das Wasser, das friedlich unter dem Kiel vorbeizog, und den gekrümmten Rücken des Mannes, der sich vor ihm in die Riemen legte.

Der Fischer war es, der schließlich das Schweigen brach. »Kennt Ihr die Geschichte dieser Bucht? Ich meine, wisst Ihr, warum sie so rund ist?«

Sennar verneinte.

Und der Mann begann zu erzählen: »Vor langer, langer Zeit soll hier auf einem Berg ein glückliches Volk gelebt haben in einer wunderschönen Stadt ganz aus Gold. Dieses Volk war wohlgelitten von den Göttern, die es mit blühendem Wohlstand segneten. Irgendwann jedoch machte sich Habgier in den Herzen der Menschen breit. Ihre prächtige Stadt und der Frieden, in dem sie lebten, genügten ihnen nicht mehr. Sie stiegen zu Tal und plünderten und zerstörten alle Städte im weiten Umkreis. So wurden sie mächtig und gefürchtet und hielten ihre Herrschaft mit Willkür und Waffengewalt aufrecht. Gerade das aber war es, was ihnen zum Verhängnis werden sollte. Denn die Götter, erzürnt über ihr schändliches Tun, beschlossen, die goldene Stadt zu vernichten und ihre Bewohner sterben zu lassen. Und so kam es, dass sie in einer einzigen Nacht den ganzen Berg umstürzten und auf den Kopf stellten. Die Stadt ging unter, und an ihrer Stelle blieb nichts als ein großer runder Krater übrig. Dann hoben die Götter die Arshet-Klippen, riesengroß und mächtig, aus dem Meer empor und ließen sie bis in den Himmel wachsen. Noch niemand hat sie je bezwungen, denn die Wände bestehen aus Fels, so scharf wie Klingen, wie zum Beweis, dass es keinem Menschen je gelingen wird, hinauf zu den Göttern zu gelangen«, schloss der Fischer und blickte Sennar mit zufriedener Miene an.

»Ich will nicht bis hinauf zu den Göttern. Mir geht es um etwas anderes«, erklärte der Magier und blickte dann wieder auf das dunkle Wasser, das den Kiel des Bootes umspülte.

Nein, er war nicht unterwegs zu den Arshet-Klippen, um sich bis zu den Göttern aufzuschwingen, war sich aber bewusst, dass er dennoch ein Schänder war. Denn seine Hände waren unrein und durften die Edelsteine nicht berühren. Sennar schüttelte den Kopf und nahm sich vor, nicht mehr darüber nachzudenken.

Langsam glitt das Boot durch die Nacht, unter einem Mond, der bedrohlich hell am Himmel stand. Sennar sah darin eine Art Warnung und spürte, wie ihm ein kalter Schauer über den Rücken lief.

Das Amulett in seiner Tasche verbreitete eine immer stärkere Hitze. Die Blätter waren wieder fast zersetzt, und Sennar musste tief einatmen, um das beklemmende Gefühl im Brustkorb auszuhalten.

Nihal gönnte Oarf keine Pause; sie zwang ihn, den ganzen Tag durchzufliegen und dann die Nacht auch noch, ohne sich auch nur einmal auszuruhen. Die Muskeln des Drachen zitterten vor Anstrengung.

»Nicht nachlassen! Nicht nachlassen!«, flehte Nihal.

Im Morgengrauen des folgenden Tages machten sie endlich Rast, doch Nihal nahm keinen Bissen zu sich. Als sie in der Nacht trotz aller gegenteiligen Bemühungen einige Augenblicke eingeschlummert war, hatte sie im Traum Sennars Gesicht vor Augen gesehen. Es war unter denen der anderen Toten. Ein erloschenes Antlitz, bleich, mit dem gleichen leeren Blick, den sie bei Fen gesehen hatte. Entsetzt war sie aus dem Schlaf hochgefahren.

Laio, der neben dem immer noch schwer atmenden Drachen seine Mahlzeit einnahm, versuchte, sie aufzurichten. »Keine Angst, wir schaffen das schon. Megisto hätte dir das alles niemals erzählt, wenn er nicht sicher wäre, dass du Sennar retten kannst. Es wird alles gut gehen, sei unbesorgt.«

Diese Worte konnten sie jedoch nicht trösten. Der einzige Mensch, der dies hätte schaffen können, befand sich in Lebensgefahr.

Bald machten sie sich wieder auf den Weg und überflogen das Kleine Meer und die Mittlere Wüste. Als die Sonne unterging, beobachteten Nihal und Laio, wie der rote Feuerball ins Meer eintauchte. Die Lamar-Bucht war nicht mehr weit.

Nach einer Stunde schweigend verbrachter Überfahrt konnte Sennar in der Ferne endlich die Umrisse der Arshet-Klippen erkennen. Es waren tatsächlich zwei riesengroße Schatten in der nächtlichen Finsternis. Unsagbar hoch waren sie, und sogar auf diese Entfernung erkannte er die scharfen Vorsprünge, mit denen die Wände besetzt waren. Sie glitzerten silbrig und schienen das Mondlicht widerzuspiegeln. Sennar spürte, wie seine Angst wuchs.

»Ihr könnt es Euch immer noch überlegen«, sagte der Mann.

Sennar antwortete nicht und betrachtete weiter die immer mächtiger werdenden Umrisse vor ihm. »Nein«, rief er schließlich, »was ich zu tun habe, ist viel zu wichtig.«

Der Mann schüttelte den Kopf. »Ich setze Euch aber ein Stück vor den Klippen ab. Wie Ihr dann weiterkommt, müsst Ihr schon selbst sehen. Das sind keine normalen Felsen, sondern geheiligte Mahnmale der Götter. Kein Ungeweihter darf seinen Fuß darauf setzen. Ich will nichts damit zu tun haben.«

Sie fuhren noch eine Weile, bis der Mann plötzlich in einiger Entfernung von den Felsen die Ruder sinken ließ. Hier, weiter draußen vor der Küste, war das Meer aufgewühlter, und die Wellen brachen sich am Fuß der Arshet-Klippen, um sich dann zu schäumenden Mauern aufzubauen. Der Wind heulte. Es war alles so, wie Nihal es beschrieben hatte.

»Wir sind am Ziel. Steigt aus«, forderte der Fischer Sennar auf.

Der Magier erhob sich und spürte sogleich, wie seine Beine nachgaben. In seinem Kopf drehte sich alles. Er musste sich am Rande des Bootes festhalten, um nicht zusammenzubrechen.

»Alles in Ordnung?«, fragte der Mann.

Sennar nickte. In seiner Tasche spürte er das Gewicht des Talismans und die Hitze, die er ausstrahlte. Er riss sich zusammen und blickte auf das Wasser. Es musste eiskalt sein. »Danke für die Überfahrt«, sagte er, doch der Mann antwortete nicht. Er bedeutete Sennar nur, endlich zu verschwinden, und wandte dem Magier und den finsteren Felsen schnell den Rücken zu.

Sennar sprach eine Zauberformel, und schon zeichnete sich ein leuchtender Steg auf der Wasseroberfläche ab. Zum Glück trennten ihn nur wenige Ellen von der Felswand, und die legte er in aller Eile zurück. Er sah noch, wie der Fischer aus Leibeskräften ruderte, um so schnell wie möglich von dort wegzukommen, und dann stand er allein den beiden Kolossen gegenüber, die abweisender nicht hätten wirken können.

Sennar schaute sich um, konnte aber keinen Eingang entdecken. Ob sich das Heiligtum oben auf den Klippen befand?

Ohne Vorwarnung gab sein Laufsteg plötzlich nach, und Sennar stürzte in das eiskalte Wasser. Offenbar war die Kraft des Talismans noch weiter angewachsen, was nur bedeuten konnte, dass der zweite Edelstein tatsächlich in der Nähe war.

Der Magier überlegte, dass es wohl besser sei, seine Kräfte für die Auseinandersetzung mit dem Wächter zu schonen, und verzichtete auf weitere Zauber. Er schwamm bis zum Fuß einer der Arshet-Klippen, wo ihn eine Welle erfasste, die ihn beinahe gegen den Fels geschmettert hätte. Mit beiden Armen klammerte er sich fest und verschnaufte.

Als er den Blick hob, bemerkte er ein gutes Stück über sich einen Spalt von vielleicht drei Ellen Höhe. Der Eingang zum Heiligtum. Darüber prangte ein Schriftzug, den Sennar jedoch nicht lesen konnte.

So machte er sich nun daran, den glitschigen, scharfkantigen Fels hinaufzuklettern. Es war mühsam, aber schließlich erreichte er sein Ziel. Mit einer letzten Kraftanstrengung zog er sich hoch und hatte den Eingang vor Augen. Nun konnte er auch die bedrohlich große Schrift darüber lesen: »*Sarephen*«.

Sennar überlegte. *Sareph*, »Meer«, hatte Nihal gesagt. Er war am Ziel. Als er einen Augenblick vor dem Eingang zögerte und dabei zu Atem zu kommen versuchte, blickte er hinunter und erschauderte.

Zwischen dem Schwarz der spitzen Felsen schimmerte etwas Helles auf. Knochen. Knochen von Schiffbrüchigen oder aber von Leuten, die vor ihm, so wie er jetzt, die Götter herausgefordert hatten. Um seine Angst zu vertreiben, trat Sennar entschlossen ein, und Finsternis umfing ihn.

Die Nacht war düster und eiskalt. Oarf war mit seinen Kräften am Ende. Da tauchten plötzlich aus der Dunkelheit die Umrisse der Arshet-Klippen auf. Unermesslich, abweisend, schwärzer noch als die Nacht. Auf beängstigende Weise erinnerten sie an die Festung des Tyrannen.

»Na endlich!«, rief Nihal. »Wir sind da!«

Halte durch, Sennar, ich flehe dich an, halte durch!

In früheren Tagen hatte Sennar häufig die gigantische Feste des Tyrannen betrachtet und sich vorgestellt, wie sie wohl innen aussehen mochte. Nun, da er sich im Innern dieses Heiligtums befand, stellte er überrascht fest, dass es dem Bild, das er sich von der Behausung des Tyrannen gemacht hatte, verblüffend ähnlich war.

Ganz oben befand sich eine runde Öffnung, so hoch oben, dass sie winzig wirkte, obwohl sie riesengroß sein musste; sie ließ Licht in das Innere fallen und einen Stückchen Himmel und den Mond erkennen. Der untere Teil war rund und breit, und in der Mitte erhob sich ein mächtiger spitzer Fels, der bis zu der oberen Öffnung hinaufreichte. Um diesen Felsen herum wand sich eine Treppe mit kleinen unregelmäßigen, aus dem Stein herausgehauenen Stufen. An den steilen Innenwänden öffneten sich hier und da schmale Schächte, durch die immer wieder weiße Gischt spritzte.

Eine Weile stand Sennar unentschlossen da, weil ihm der Mut zum Weitergehen fehlte. Dann fasste er sich ein Herz und trat auf den inneren Felsen zu. Das Echo seiner Schritte klang gespenstisch.

Er setzte den Fuß auf die erste Stufe, die glitschig war und schmal, und begann hinaufzusteigen. Von einem Wächter war nichts zu sehen. Er hörte bloß das Rauschen des Meeres, das sich an den Klippen brach, und das Heulen des Windes. Die Schritte des Magiers auf den Felsstufen waren unsicher, und sein Atem ging mehr und mehr in ein Keuchen über.

Sennar hatte Angst. Aber das war es nicht, was seine Schritte zaghaft machte. Es war der Talisman, der in seiner Tasche zuckte und danach drängte, sich den zweiten Edelstein einzuverleiben. Immer wieder rutschte der Magier aus und drohte zu stürzen, kämpfte sich aber stetig weiter hinauf auf diesem Weg, der einfach kein Ende nehmen wollte. Als er zu der Stelle hinunterblickte, von der er aufgestiegen war, kam sie ihm meilenweit entfernt vor; und hinauf zur Spitze schien es noch ebenso weit zu sein.

Am schlimmsten aber war, dass der Ort so verlassen schien, was aber, wie Sennar wusste, nicht sein konnte. Irgendwo in der Dunkelheit musste sich ein Wächter verbergen, der vielleicht nur darauf wartete, dass ihn die letzten Kräfte verließen, um dann umso leichteres Spiel zu haben. Der Magier spürte seine Anwesenheit, konnte aber absolut nichts erkennen.

Nihal lenkte Oarf einmal um die Arshet-Klippen herum. Da war nichts. Nur das weißliche Schimmern von Knochen und Schädeln auf dem Schwarz der Felsen und das wütende Rauschen der aufgewühlten See.

Sie suchte nach einer Stelle, wo Oarf landen konnte, konnte aber keine entdecken. Da fasste Nihal einen Entschluss. »Laio, flieg du mit Oarf ans Ufer zurück.«

Der Knappe schaute sie verblüfft an. »Aber ...«

»Kein Aber! Hier findet Oarf nirgendwo Halt. Fliegt ihr an Land zurück und wartet dort auf mich.«

Mit diesen Worten zog Nihal ihr Schwert, ließ Oarf so weit wie möglich hinuntergehen und sprang. Sie landete vor einem hohen Felsspalt, der der Eingang sein musste. Mit pochendem Herzen trat sie ein in die Dunkelheit.

Plötzlich blieb Sennar stehen. »Ich weiß, wer du bist!«, rief er. »Komm heraus!«

Ihm antwortete nur sein Echo, das von den Innenwänden widerhallte und zu einem Chor wirrer Stimmfetzen anschwoll. Dann wieder Stille.

»Ich bin wegen des Edelsteins gekommen. Wir brauchen seine Kräfte!«, hob Sennar wieder an, doch das Echo übertönte seine Worte. Dieses Gewirr von Klängen und Stimmen setzte ihm mächtig zu, und er verlor die Geduld. »Verdammt, so zeig dich doch! Ich bin nicht hier, um gegen dich zu kämpfen. Mir geht es nur um den Stein!«

Erneut hallten von allen Seiten die Stimmfetzen wider.

»Zeig dich! Komm heraus!«, schrie der Magier wie von Sinnen.

Es kam so plötzlich, dass er nicht wusste, wie ihm geschah: Ein riesengroßer Fangarm packte ihn am Hals, zog ihn hinauf fast bis zum Mond, hinaus in die eiskalte Nacht, um ihn dann wieder in den Abgrund hinabtauchen zu lassen. Von panischem Schrecken ergriffen, wollte Sennar schreien, doch kein Laut entwich seiner Kehle, weil ihm der Fangarm die Luft abschnürte.

Noch einmal schlug er auf der Treppe auf, dann verlor er das Bewusstsein.

Als er wieder zu sich kam, sah er ein entsetzliches Ungeheuer mit zehn Köpfen, das sich mit seinen unzähligen verschlungenen Tentakeln um den Felsenturm wand.

Wo hatte sich das bloß versteckt?

Eines der Gesichter reckte sich mit höhnischer Grimasse zu ihm vor und zeigte dabei ein glitzerndes Gebiss mit langen scharfen Zähnen. Und erneut packte ihn ein Fangarm, diesmal am Fuß, und hob ihn in die Lüfte. Der Magier brüllte aus voller Kehle und merkte plötzlich, wie ihm das Amulett aus der Tasche glitt und in der Finsternis verschwand.

Wieder riss ihn das Ungeheuer hoch, und Sennar begriff, dass es ihn gegen den Felsendorn schleudern wollte. Hastig murmelte er eine Zauberformel, doch sie blieb wirkungslos. Er war dem Angreifer hilflos ausgeliefert.

Das ist das Ende. Das ist nun wirklich das Ende.

Dann hörte er ein lautes Brüllen und spürte gleich darauf, wie sich eine warme, glitschige Flüssigkeit über seinen ganzen Körper ergoss. Der Griff löste sich, und Sennar stürzte hinab ins Leere. Als er auf den Treppenstufen aufschlug, war er bereits bewusstlos.

Keuchend umklammerte Nihal ihr Schwert und baute sich vor dem Ungeheuer auf. Nur einen kurzen Augenblick betrachtete sie den Feind, und schon stürzte sie sich auf ihn.

Flink wich sie allen nach ihr schlagenden und greifenden Tentakeln aus, entschlüpfte wie eine Schlange, huschte hierhin und dorthin und schaffte es auf diese Weise schließlich, dicht vor den Leib der Bestie zu gelangen. Dann schlug sie zu.

Einer der Fangarme krümmte sich ruckartig zusammen und fiel ins Leere. Ein Schwall stinkender warmer Flüssigkeit schoss aus dem Stumpf hervor, und das Brüllen der Bestie übertönte sogar das Toben des Meeres.

Nihal ließ nicht locker. Wieder wich sie aus, kam näher heran und warf sich auf das schon geschwächte Ungeheuer.

Wieder ein Hieb, dann noch einer und wieder einer, und bei jeder Attacke neuerliches Schmerzensgebrüll des Ungeheuers und frische Blutströme.

Schließlich verlor die Bestie das Gleichgewicht und wich ins Leere zurück. Nihal fiel mit ihr. Sie krachten zu Boden, und sofort rappelte die Halbelfe sich auf, nahm wieder Kampfstellung ein, bereit, erneut zum Sprung anzusetzen. Doch etwas hielt sie zurück.

Sie hörte, wie ein enormer Brecher gegen die Klippen krachte. Ein Riesenschwall schäumenden Meerwassers drang durch einen der Spalte in das Heiligtum ein, stieg sogleich mit rasender Geschwindigkeit zur oberen Öffnung hin an, um dann tosend wie ein Wasserfall herniederzustürzen. Als sie unten aufschlug, nahm die Wassermasse sofort Gestalt an. Es war eine menschliche Gestalt, die mit einem Dreizack bewaffnet war. Die mittlere Spitze der Waffe funkelte strahlend hell.

»Zähme deinen Zorn«, tönte das Wesen.

Statt einer Antwort stürzte sich Nihal auf den Wächter. »Aus dem Weg!«

Der Mann aus Schaum, nun ganz dicht vor Nihals Gesicht, ließ den Dreizack sinken. »Glaube nicht, dass du mich besiegen kannst«, murmelte er. Seine Stimme klang so tief und tönend, dass Nihal erschrak. »Was sucht ihr beide hier, du und dein Freund?«

Die Antwort – ihre Mission, der Talisman, alles – war im Moment für die Halbelfe in weite Ferne gerückt: Geblieben war die blinde Wut und die Sorge um Sennar.

»Nun?«

Nihal versuchte, ihre Gedanken zu ordnen. Dann sah sie in einer Ecke am Boden etwas funkeln. Es war der Talisman.

»Wir ... wir sind wegen des Edelsteins hier.«

Das Wesen lächelte spöttisch. »Ach, immer diese Machtgier ...« Es lachte ein gemeines Lachen. »Wie könnt ihr bloß so töricht sein?«, rief es mit dumpfer Stimme. »Seit Jahrhunderten schon wache ich über Sarephen, in der Einsamkeit dieser Türme, die die Götter einst als ewige Mahnung hier errichteten. Viele habe ich zum Eingang dieses Heiligtums gelangen sehen: Manch einer war auserwählt, und ich gewährte ihm den Stein. Doch viele andere waren auch unrein und betraten diesen geweihten Boden allein mit dem Ziel, Macht zu erlangen. Ihre Herzen dürsteten danach, andere Wesen zu unterjochen; alles, was sie antrieb, war das ungezügelte Verlangen zu herrschen, zu besitzen, nach eigenem Gutdünken über das Leben anderer zu gebieten. Viele von ihnen starben bereits, bevor sie meiner ansichtig wurden, die übrigen wurden von mir selbst getötet. Und doch fürchteten sie nicht den Tod: In ihrer Herrschsucht, ihrer Machtgier waren sie jeden Preis zu zahlen bereit. So wie dein Freund, der sich, wohl wissend, nicht würdig zu sein, Sarephen zu berühren, bis hierher vorwagte.«

»Darum ging es ihm nicht ... Mit Macht hatte es nichts zu tun.«

Das Wesen musterte sie lange. »Eine Halbelfe«, murmelte es dann.

»Ja«, rief Nihal. »Ja! Eine Halbelfe! Ich darf den Edelstein berühren. Stell dich uns nicht in den Weg, gewähre mir den Stein und erlaube mir, meinen Freund zu retten ...«

»Wozu brauchst du den Stein?«

»Um den Tyrannen zu stürzen.«

Der Wächter lächelte spöttisch. »Ach, der Tyrann ... auch so ein von Machtgier verblendeter Homunkulus.«

»Ich habe den Talisman dabei.« Nihal lief zu dem glitzernden Gegenstand am Boden und hob ihn auf, um zu zeigen, dass sie ihn berühren konnte. »Siehst du? Einen Edelstein habe ich bereits.« Sie deutete auf Ael.

Der Wächter betrachtete den Stein. »Wie kann das sein, dass dir Ael überlassen wurde, einem Geschöpf so voller Hass und Wut?«

Nihal wusste nicht, was sie antworten sollte. Es stimmte ja. Doch ihr Verlangen nach dem Stein schwand mehr und mehr und machte der Sorge um Sennars Schicksal Platz.

»Nun, wozu brauchst du den Edelstein? Doch nicht für das, was du vorhin sagtest …?«

»Nein …«, murmelte Nihal. »Ich möchte nur noch hier hinaus. Ich wünsche mir nichts anderes mehr, als meinen Gefährten in den Arm zu nehmen und zu spüren, dass er noch lebt. Aber ohne den Edelstein kommen wir nicht weiter.«

Mit undurchdringlicher Miene blickte der Wächter Nihal an. Da traf sie plötzlich ein Schlag mit dem Dreizack, und Nihal fiel das Amulett aus den Händen.

Auch sie selbst stürzte zu Boden, so als sei ihr Leib mit einem Mal aller Kräfte beraubt.

Der Wächter drehte den Dreizack um, richtete ihn auf sich selbst und löste den Edelstein aus der mittleren Spitze. Dieser war von einem dunklen Blau, und die Tiefe des Ozeans schien in ihm eingeschlossen. Er hielt ihn hoch. Zunächst schien er im Schein des Mondes zu funkeln, dann dessen Licht in sich aufzunehmen. Schließlich legte der Wächter ihn vor Nihal auf den Boden.

»Du stehst erst am Anfang deines Abenteuers, dein Herz ist verwirrt und verängstigt. Weniger nachgiebige Wächter als ich hätten dir den Stein nicht überlassen. Aber gib deine Suche nicht auf, niemals, oder die Macht wird niemals dein sein.«

Und damit löste sich der Wächter, so wie er gekommen war, in unzählige Ströme Meerwasser auf und floss durch die Spalten in den Arshet-Klippen in den Ozean zurück. Auch das Ungeheuer verschwand, und Nihal blieb allein in der unermesslichen Weite des Heiligtums, in dem nun wieder Stille einkehrte. Hastig stürzte sie sich auf den Stein, hob ihn in die Höhe, und während sie ihn in seine Fassung einpasste, sprach sie die Formel: »*Rahhavni sektar aleero.*« Ihre Stimme zitterte.

Der Edelstein fügte sich glatt in die Fassung ein. Nihal sprang auf und rannte zu Sennar.

Der Magier lag bäuchlings auf den Stufen, seine Hand auf dem glitschigen Fels war kalt und weiß.

Nihal drehte ihn um und rief seinen Namen, doch er, bleich wie der Tod, antwortete nicht. Immer wieder rief sie ihn, mit immer kreischenderer Stimme. Dann begann sie zu schluchzen. »Du hattest mir doch versprochen, dass dir nichts zustößt …«, stöhnte sie unter Tränen.

Völlig der Verzweiflung hingegeben, merkte sie zunächst nicht, dass sich Sennars Augen langsam öffneten. Als sie ihm den Blick zuwandte, deutete der Magier ein schwaches Lächeln an.

»Du hast dich ein wenig verspätet«, sagte er mit schwacher Stimme.

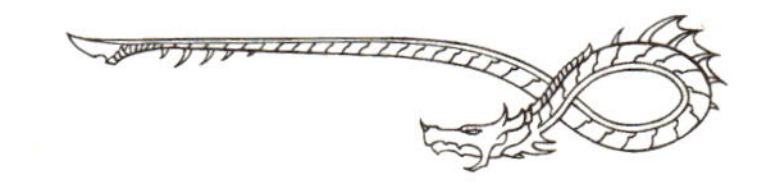

6

Eis

Als sie abends beim Essen zusammensaßen, war Nihal ungewöhnlich wortkarg. Sennar konnte sich dieses kühle Verhalten ihm gegenüber zunächst nicht erklären, das in so heftigem Gegensatz stand zu der warmherzigen Sorge um ihn, die sie noch im Heiligtum gezeigt hatte. Aber er brauchte nicht allzu lange, um hinter den Grund für ihre schlechte Laune zu kommen. Er hatte sie belogen, und das wollte sie ihm nicht durchgehen lassen.

Am nächsten Tag wachten sie beim Morgengrauen auf. Der rosafarbene Schein, der gemächlich den Horizont erhellte, versetzte Sennar in gute Laune. Nihal jedoch machte sogleich dem Idyll ein Ende; sie rüttelte Laio wach und hielt alle beide barsch zur Eile an, man müsse wieder aufbrechen.

So setzten sie ihre Reise fort, hielten sich Richtung Süden, ihrem Ziel entgegen, dem Land der Sonne, das sie auf dem Weg über den Inneren Wald erreichen wollten.

Sennars Eindruck vom Abend ihres Wiedersehens bestätigte sich in den folgenden Tagen. Nihal zeigte sich kühl und abweisend und richtete kaum das Wort an ihn. Tagsüber flogen sie in ununterbrochenem Schweigen, abends schlugen sie ein Lager auf, um zu essen und zu schlafen, und hockten dann stumm wie Fische da und starrten ins Feuer.

Am vierten Tag endlich beschloss Sennar, etwas zu tun. Diese Spannung war nicht mehr auszuhalten.

Er nutzte die Gelegenheit bei der Wachablösung. Es war tiefste Nacht, und Nihals Wache würde bald enden. Sennar war etwas früher als nötig aufgewacht und hatte sich die passenden Worte zurechtgelegt. Als es dann Zeit war, berührte ihn Nihal nur an der Schulter.

Sennar drehte sich sofort zu ihr um. »Was ist los mit dir?« Kaum hatte er die Worte ausgesprochen, schalt er sich selbst schon einen Schwachkopf. Hatte er sich dazu das Gehirn zermartert, um dann das Gespräch auf diese idiotische Weise zu beginnen?

»Was meinst du?«

Sennar senkte den Blick. »Ich hab's doch nur für dich getan ...« *Toll ... Noch so eine Floskel ...*

»Darum habe ich dich nie gebeten.«

»Ich bin wirklich kein unnötiges Risiko eingegangen, ich schwöre es dir. Ich habe alle Vorkehrungen getroffen ... Ich bin ja nicht tollkühn, das weißt du.«

»Hör auf, mich anzulügen!«, schrie Nihal. »Dieses ganze Ammenmärchen von einem Zauber, der die Kräfte des Talismans versiegeln kann ... Und Megisto hast du auch noch mit hineingezogen.«

»Was hätte ich denn sonst tun sollen? Dir ging es schlecht, aber du wolltest dir ja keine Pause gönnen. Ich hatte einfach keine andere Wahl.« Sennar begann langsam die Geduld zu verlieren.

»Warum bist du bloß so vernagelt?!« Nihal sprang auf. »Stell dir doch mal vor, wie ich mich gefühlt hätte, wenn du gestorben wärest! Hast du denn wirklich keine blasse Ahnung?«

Sennar starrte sie nur mit offenem Mund an; der Ärger, den er gerade noch verspürt hatte, war ihm im Hals stecken geblieben.

Nihal drehte sich um. »Ich will nicht noch mehr Tote auf dem Gewissen haben!«

Das war der Tropfen, der das Fass zum Überlaufen brachte. Sennar hätte nicht genau sagen können, was er sich von

Nihal bei seiner Rückkehr erwartet hätte. Vielleicht ein Dankeschön, sicher aber nicht solch kühle, feindselige Worte. »Keine Angst, es lag mir fern, dein Gewissen noch weiter zu belasten. Ich glaubte, dir helfen zu können, aber offenbar hältst du mich weiterhin nur für eine Last. Aber du kannst ganz beruhigt sein: Ich habe es gar nicht eilig zu sterben – ganz im Gegensatz zu dir.«

Die Ohrfeige, die Nihal ihm verpasste, schallte durch die Stille des Waldes.

Der Magier wich nicht zurück, blickte nur verdutzt auf Nihal, die Mühe hatte, die Tränen zurückzuhalten. Erst jetzt wurde ihm die Tragweite seiner Worte so richtig bewusst. Aber er kam nicht dazu, sich zu entschuldigen, denn sie drehte sich von ihm weg und legte sich zum Schlafen nieder.

Gleich am folgenden Morgen, während ihre Kameraden noch schliefen, machte sich Nihal daran, den Talisman zu befragen. Nach der Auseinandersetzung mit Sennar hatte sie stundenlang wach gelegen.

Sie schloss die Augen und sah etwas extrem Helles vor sich, das wie tausend Sonnen strahlte. Das musste das Heiligtum sein. Dann erblickte sie eine Morgendämmerung, die Sonne, die hinter einem Gebirge aufging. Ihr kam es so vor, als betrachte sie dieses Panorama von einem Dach aus, einer weiten, von hohen Gipfeln gesäumten Fläche. Eine Hochebene also. Schließlich eine Richtung: nach Osten. Sie öffnete die Augen wieder.

Kurz darauf nahmen sie in aller Eile etwas zu sich und flogen dann los, unterwegs zu dem letzten Ziel ihrer Mission, das nicht im Feindesland lag. Danach würde es richtig schwierig werden.

Nach sechs Tagen erreichten sie Makrat. Laio hatte darauf gedrungen, in der Hauptstadt des Landes der Sonne Station zu machen und in der Akademie vorbeizuschauen, in der er und Nihal sich kennengelernt hatten. Der Gedanke an ein frisch gemachtes, sauberes Bett, um einmal richtig auszuschlafen, lockte alle drei. Und so suchten sie sich ein Gasthaus etwas außerhalb und beschlossen, dort eine Nacht zu bleiben.

Als die Sonne unterging, machte sich Nihal auf zu einem Streifzug durch die Stadt. Sie tauchte ein in das Gewirr von Makrat, an dem sich seit ihrer Zeit in der Akademie kaum etwas verändert hatte. Geschäftige Menschen wimmelten wie eh und je durch die Straßen, und gleich vor den Toren hatten unzählige Flüchtlinge ihre Lager aufgeschlagen, ein Wald von Zelten erstreckte sich längs der äußeren Stadtmauer. Das war es, was Nihal an dieser Stadt abstieß, Pracht und Reichtum gleich neben der bittersten Armut, diese dreist zur Schau getragene Fröhlichkeit, das Glitzern der Juwelen der Damen, die durch die Straßen promenierten. Es war ein Ort dünkelhafter Unwissenheit, ein Ort, der das Leid einfach verdrängte, während sie selbst sich innerhalb dieser Stadtmauern immer traurig gefühlt hatte.

Sie gelangte in die Nähe der Akademie, ging aber nicht bis vor das Tor, um nicht Gefahr zu laufen, dem Obersten General Raven, der ihr immer Steine in den Weg gelegt hatte, zu begegnen. Der Anblick dieses trutzigen Gebäudes war indes nicht so unerträglich, wie sie befürchtet hatte. Fast hoffte sie, ihren Fechtlehrer Parsel wiederzusehen, jenen Mann, der dort als Erster ihre Fähigkeiten erkannt hatte, oder auch Malerba, jenen verwachsenen Gnom, mit dem sie damals vieles geteilt hatte.

Schließlich trugen die Füße sie zu dem Platz vor der Brüstung, von dem aus die Festung des Tyrannen besonders bedrohlich aussah und wohin sie sich häufig geflüchtet hatte. Auch jetzt setzte sie sich und versank in Gedanken.

»Störe ich?«

Nihal schrak hoch. Als sie sah, dass die Person hinter ihr Sennar war, gab sie sich sofort betont zurückhaltend.

Der Magier setzte sich und blickte sie eine Weile an, bevor er das Wort ergriff. »Ich wusste, dass ich dich hier treffen würde«, sagte er schließlich.

Die Halbelfe antwortete nicht und starrte weiter auf die düsteren Umrisse der Tyrannenfeste.

»Verzeih mir bitte, was ich an jenem Abend gesagt habe. Es war dumm und gemein von mir. Ich hab's wirklich nicht so gemeint«, fuhr Sennar fort.

»Du musst mich nicht um Verzeihung bitten. Was du gesagt hast, stimmt ja. Ich benehme mich dumm und unerträglich, seitdem wir zu dieser verfluchten Reise aufgebrochen sind. Es tut mir leid.« Sie blickte wieder über die Brüstung. »Vielleicht hoffte ich tatsächlich, diese Mission nicht lebend zu überstehen, vielleicht wollte ich deshalb nicht warten, bis die Wunde verheilt war. Dabei habe ich eigentlich keine Angst, verstehst du?« Sennar nickte. »Ich hatte bloß das Gefühl, keine andere Wahl zu haben. Die Vorstellung, auf Gedeih und Verderb diesem Schicksal ausgeliefert zu sein, treibt mich um.« Sie blickte ihm in die Augen.

»Ich glaube eigentlich auch, dass diese Mission dein Schicksal ist«, erwiderte er. »Doch wird es sich darin nicht erschöpfen. Es stimmt, du warst nicht frei in deiner Entscheidung, dieses Unternehmen zu beginnen. Aber in deinem Leben wird es noch mehr als dieses Abenteuer geben. Ist erst einmal alles ausgestanden, werden sich dir neue Wege öffnen. Und niemand wird dich dabei zu einer bestimmten Wahl zwingen können. Nur du allein weißt dann, was du zu tun hast. Diese Reise ist nicht mehr als eine Etappe.«

»Vielleicht hast du Recht«, antwortete Nihal. »Aber ich spüre, dass von dieser Mission nicht nur das Schicksal der Aufgetauchten Welt abhängt. Es gibt da noch etwas anderes, was ich noch herausfinden muss, wobei ich noch nicht einmal weiß, wo ich suchen soll.« Nihal seufzte. »Früher bin ich immer hierhergekommen, wenn ich mir den Sinn meines Lebens klarmachen wollte, meinen Hass auf den Tyrannen.« Sie deutete auf die düsteren, bedrohlichen Umrisse der Feste. »Heute ist das anders. Gewiss hasse ich den Tyrannen immer noch, aber ich weiß nicht mehr so richtig, was ich tun soll. Ich spüre ja, dass dieser Hass nicht der Sinn meines Lebens sein kann. Aber worin sonst könnte er bestehen?«, fragte sie resigniert, während sie sich zu Sennar umwandte.

Der Magier antwortete nicht, und so saßen sie beide schweigend da und blickten auf das Domizil des Tyrannen, das sich so mächtig vor ihnen aufbaute.

»Eins jedoch weiß ich sicher«, murmelte Nihal nach einigen Augenblicken. »Was du damals vor dem Rat gesagt hast, ist wahr. Ohne dich kann ich es nicht schaffen.«

Sennar lächelte sie an, nahm sie in den Arm und drückte sie an sich. Nach einer Weile löste sich Nihal von ihm und erwiderte das Lächeln. Im Dunkeln machten sie sich gemeinsam auf den Weg zurück in das Gasthaus.

Am folgenden Morgen war Sennar in Makrat unterwegs, um ein wenig über ihr nächstes Ziel herauszufinden. Um die Mittagszeit kehrte er zurück und erzählte, die Hochebene, die sie suchten, müsse weiter östlich in den Sershet-Bergen, an der Grenze zum Land der Tage, liegen. Wie er von einem alten Bettler am Stadttor erfahren hatte, war dort seit Jahrhunderten niemand mehr gewesen, weil es da außer Schnee und ewigem Eis absolut nichts gab.

Nihal überlegte, dass dies ein eigenartiger Ort für das Heiligtum der Sonne war. Zudem herrschte jetzt gerade tiefster Winter, und kein Mensch wusste, was sie dort oben erwartete.

»Wo liegt das Problem?«, fragte Laio ruhig. »Oarf hat sich doch gut erholt und wird uns eben hinfliegen. Ihr werdet sehen, das wird ein Kinderspiel.« Dann erstrahlten die Augen des Knappen. »Es wird das erste Mal sein, dass ich ein solches Heiligtum betrete.«

»An deiner Stelle würde ich mich nicht so darüber freuen«, erwiderte Sennar.

Leider lagen die Dinge bei Weitem nicht so einfach, wie Laio sich das vorgestellt hatte, und als sie nach einer Tagesreise an den Fuß der Sershet-Berge gelangten, war sofort klar, dass ihr Unternehmen kein Spaziergang werden würde.

Vor ihnen erhob sich eine Wand aus nacktem Fels. Zwar stiegen die Berge zunächst noch mit grasbewachsenen Hängen sanft von der Ebene aus an, wurden jedoch schon bald immer steiler und ragten schließlich fast senkrecht auf. Die Gipfel waren wolkenverhangen und nicht zu sehen. Sogar Laio, der sonst nicht zu Schwarzseherei neigte, setzte angesichts dieses Bildes eine verzagte Miene auf.

»Schaut euch mal die Gipfel an!«, meinte Sennar. »Nach den schweren Wolken zu urteilen, scheint dort oben alles andere als gutes Wetter zu herrschen.«

Nihal blickte besorgt zur Felswand. »Das kann Oarf kaum schaffen. Im senkrechten Flug ermüden seine Flügel viel schneller, und das üble Wetter macht alles nur noch schwerer ...«

»Wir haben aber keine andere Wahl«, entschied Sennar knapp. »Entweder wir fliegen mit Oarf hinauf, oder wir kraxeln unser ganzes Leben in diesen Bergen herum.«

Abends schlugen sie am Fuß der Berge ihr Lager auf, und am folgenden Tag machten sie sich im Morgengrauen auf den Weg.

»Ich muss erneut sehr viel von dir verlangen, mein Oarf«, flüsterte Nihal ihrem Drachen ins Ohr. »Aber glaub mir, ich tue alles dafür, dass es das letzte Mal sein wird.«

Oarf blickte sie stolz mit seinen roten Augen an und richtete sich in voller Größe vor ihr auf.

Nihal lächelte. Dann saßen sie alle auf, und der Drache erhob sich in die Lüfte.

Zu Beginn lief alles normal. Mit ausgebreiteten Schwingen schwebte der Drache ohne große Kraftanstrengung dahin. Doch der schwierige Teil sollte noch kommen.

Den ganzen Morgen glitten sie über die grasbewachsenen Hänge zu Füßen des Gebirges, bis sich mit einem Mal das Felsmassiv bedrohlich vor ihnen erhob und der eigentliche Aufstieg begann. Oarf konnte nicht mehr gleiten, sondern musste mächtig mit den Flügeln schlagen, um immer höher hinaufzukommen. Steiler und steiler wurde es. Nihal spürte, wie sich die Muskeln der Drachenflügel unter ihren Beinen anspannten.

Sie lehnte sich zum Kopf des Tieres vor. »Komm, du schaffst es«, flüsterte sie Oarf ins Ohr, und der Drache gab alles.

Abends kampierten sie bereits in beträchtlicher Höhe. Laio kümmerte sich um den Drachen. Immer eisiger wurde der Wind und der Himmel immer düsterer. Noch bevor sie sich schlafen legten, begann es zu schneien.

»Das hat uns gerade noch gefehlt!«, seufzte Laio.

Drei Tage lang flogen sie immer weiter hinauf, und am Abend des dritten Tages schlugen sie ihr Lager direkt unter der Wolkendecke auf.

Als sie hoffnungsvoll nach oben blickten, konnten sie noch nicht einmal die Andeutung eines Gipfels ausmachen.

Am ersten Abend hatte Sennar bereits ein magisches Feuer zu entzünden versucht, damit sie sich ein wenig daran wärmen konnten. Doch es war zu schwach und ging gleich wieder aus, sobald der Magier eingeschlafen war. Und so waren sie gezwungen, sich, in ihre Umhänge eingehüllt, unter Oarfs Flügeln zusammenzukauern, um nicht zu erfrieren.

Am nächsten Tag wagten sie sich in die Wolken, und es wurde alles noch schwieriger. Der Wind war eiskalt, und durch das dichte Schneetreiben konnten sie weder etwas sehen, noch richtig atmen. Oarf gab sein Bestes, doch es ging immer noch senkrecht bergauf, und die Strecke, die sie tagsüber zurücklegten, wurde immer kürzer.

»Vielleicht nimmt das überhaupt kein Ende mehr. Vielleicht fliegen wir immer höher hinauf und finden gar keinen Gipfel, und über den Wolken wohnen die Götter«, meinte Laio irgendwann, und Nihal verstand nicht, ob ihn der Gedanke schreckte oder erregte.

Die beiden folgenden Tage flogen sie immer noch durch die Wolken, und als sie endlich daraus auftauchten und den Blick hoben, bot sich ihnen ein einzigartiges Schauspiel. Jetzt begriff Nihal, warum man diesen Ort zum Sitz des Heiligtums erwählt hatte.

Es war ein Triumph des Lichtes. Die Sonne, die die Gipfel beschien, war von einer unglaublichen Helligkeit, und sogar der kobaltblaue Himmel schien zu strahlen; das Gletschereis reflektierte die Sonnenstrahlen und brach sie in unzählige blendende Farben. Soweit das Auge reichte, waren um sie herum Hunderte solcher Berggipfel; strahlender Fels überall. Diese Pracht, diese Schönheit, stimmte sie zuversichtlich und stärkte ihre Hoffnung, dass nun alles gut würde.

Obwohl das gleißende Licht nicht imstande war, Kälte und Wind abzumildern, fiel ihnen der letzte Teil des Weges leichter. Umgeben von den Gipfeln, die sich grau vor dem tiefblauen Himmel abzeichneten und über einem weißen, wattigen Wolkenmeer erhoben, flogen sie dahin, und Laio lehnte sich immer wieder weit vor, um einen Blick hinunterzuwerfen.

»Unter uns ist nur das Nichts!«, rief der Knappe vergnügt, während er auf die Wolken deutete, die das Tal verhüllten.

Nihal und Sennar aber begannen, sich Sorgen zu machen. Die Gipfel waren einfach zu hoch. Es würde ihnen niemals gelingen, das ganze Gebirge zu überblicken und so die gesuchte Hochebene zu finden. Daher blieb ihnen nichts weiter übrig, als erneut den Talisman zu befragen. Nihal konzentrierte sich, und obwohl sie wieder nur den blendenden Glanz des Heiligtums sah, spürte sie vage, dass sie sich weiter östlich halten mussten, um genau in der Mitte des Gebirges das zu finden, wonach sie suchten.

Weitere zwei Tage flogen sie durch dieses gleißende Licht, bis am Morgen des dritten Tages das Ziel plötzlich vor ihnen lag. Fassungslos starrten sie es an und fragten sich stumm, wie es um alles in der Welt mitten im Winter und auf dieser unermesslichen Höhe solch einen Ort geben konnte.

7

Glael oder Von der Einsamkeit

Nihal, Sennar und Laio bestaunten ungläubig das weite Grün, das sich vor dem Graubraun der Berge abzeichnete. Sie sahen, wie die Sonne eine Ebene voller bunter Blumen erstrahlen ließ, die so stark dufteten, dass ihr Wohlgeruch bis zu ihnen drang. Sprachlos schwebten sie auf diese Ebene nieder, stiegen ab und wunderten sich über das angenehm milde Klima. In diesem verlassensten Winkel der Erde herrschte bereits Frühling. Es war früher Morgen, und die rosafarbenen Sonnenstrahlen legten sich auf unzählige prächtige Blütenblätter auf einer Wiese, die glänzte von Tau. Es schien eine eigene Welt zu sein, isoliert und allem entrückt.

Laio warf sogleich seinen Umhang von sich und wälzte sich lachend im Gras zwischen den Blumen. »Dies ist wirklich die Wohnstatt der Götter!«, rief er.

Die Ebene war nicht sehr groß, und als sie sich dem Rand der Wiese näherten, stellte Nihal fest, dass von dort oben weite Teile des Landes der Sonne und einige Zipfel anderer Länder zu sehen waren. Sie erblickte Makrat als helles Pünktchen, nicht weit entfernt vom Großen Nebenfluss, und dann den Kleinen Nebenfluss, seinen jüngeren Bruder, und den Hantir-See, der silbrig im ersten Licht des Tages glänzte. Sie erkannte sogar den Wald in der Nähe des Hauptlagers, wo sie lange gedient hatte, und meinte gar das Hauptlager selbst zu erkennen. Von dort oben war vielleicht auch die Gegend auszumachen, in der das Dorf von Eleusi und Jona lag. Dann schweifte ihr Blick noch weiter, und ihr Herz verlangsamte seine Schläge.

Zur anderen Seite, dort, wo die dichten Wälder des Landes der Sonne einer Wüste Platz machten, lag das Heimatland ihres Volkes, das Land der Tage mit all dem, was von den Halbelfen übrig geblieben sein mochte.

»Schau mal da hinten«, rief Laio, »siehst du den schwarzen Punkt dort im Süden?«

»Was ist das?«, fragte Sennar, der zu ihnen getreten war und ebenfalls das Panorama bestaunte.

»Das müsste das Land der Nacht sein«, erklärte der Knappe. »Ich habe nicht so lange dort gelebt und kenne es nicht sehr gut, aber es ist meine Heimat …«

»Wir müssen jetzt mal das Heiligtum suchen«, warf Nihal ein.

»Da müssen wir gar nicht erst lange suchen«, entgegnete Laio, während er sich umdrehte und die Hand ausstreckte.

Nihal blickte in die angegebene Richtung und sah ein riesengroßes Gebäude, das sich an einem Rand der Ebene erhob. Es war prachtvoll und schien ganz aus Gold zu sein. Die Halbelfe fragte sich, wieso es ihr nicht schon vorher aufgefallen war. Der zentrale Bau war rund und niedrig; darüber aber wölbte sich eine mächtige goldene, zwiebelförmige Kuppel, auf deren Spitze eine Kugel prangte: eine Art Sonne, ebenfalls aus Gold. An den Seiten standen weitere Gebäude, niedriger und mit ähnlichen Kuppeln ausgestattet. Das ganze Bauwerk war überreich verziert mit Türmchen und Spitzbögen und erstrahlte in einem blendend hellen Licht.

Nihal zog ihr Schwert, und während sie die Augen mit einem Arm gegen die gleißende Helligkeit abschirmte, ging sie auf das Gebäude zu.

»Wer weiß, welche Wunder uns dort drinnen noch erwarten«, rief Laio und machte Anstalten, auf den Palast zuzulaufen.

»Warte!« Nihal hielt ihn am Arm zurück. »In solch einem Heiligtum gibt es Wächter, und die sehen es nicht gern, wenn Menschen die Schwelle überschreiten. Am besten wartet ihr beide, du und Sennar, hier.«

»Kommt nicht infrage!«, protestierte Laio und entwand sich ihrem Griff. »Wozu sind wir denn sonst überhaupt mitgekommen? Wir müssen dir doch beistehen, sollte es einen Kampf geben oder wenn du sonst Hilfe brauchst. Entweder alle oder keiner.«

Nihal blickte Sennar fragend an.

»Je nachdem, wie die Lage ist, rennen wir wieder hinaus, und du gehst allein weiter«, schlug der Zauberer vor.

Hintereinander in einer Reihe bewegten sie sich auf den Palast zu, über dem in seltsam gewundenen Lettern, die schwer zu entziffern waren, das Wort »*Glael*« stand. Licht. Nihal blickte sich lange um und trat ohne Zögern mit gezücktem Schwert ein.

»Folgt mir, aber lasst ein wenig Abstand«, forderte sie ihre Gefährten auf, doch Laio war schon an ihr vorbei und wollte hinein.

Sennar hielt ihn an einer Schulter zurück. »Offenbar kannst du es gar nicht erwarten, dich in Schwierigkeiten zu bringen«, meinte er mit säuerlicher Miene, »dennoch solltest du darauf hören, was dein Ritter dir sagt.«

Laio blickte ihn verärgert an, ordnete sich aber hinter Nihal ein.

Das Innere des Palastes war von geradezu erdrückender Pracht und überladen mit Gold und Verzierungen. Sie standen in einem weitläufigen Mittelschiff zwischen Säulenreihen, die das mächtige Gewölbe trugen. Es war zwischen den Rippen offen, sodass das Sonnenlicht, das durch die Kuppel drang, geometrische Muster auf den Fußboden zeichnete. Links und rechts waren kleinere Seitenschiffe mit zahlreichen Nischen, in denen Statuen standen. Alle waren beschriftet, jedoch mit Buchstaben, die Nihal nicht kannte. Die Darstellung eines imposanten Mannes erregte ihre Aufmerksamkeit. Er war groß und sein Blick stolz und ungezähmt. Aus einer Hand loderte eine Flamme auf, die er aber zu beherrschen schien, und in der anderen hielt er eine überlange Lanze.

Ohne sich über den Grund im Klaren zu sein, war Nihal fasziniert von dieser Gestalt und betrachtete sie eine Weile. Es kam ihr so vor, als seien die Augen des Mannes auf sie gerichtet, und ihr war, als rufe er nach ihr.

»Was ist los?«, hörte sie Sennars Stimme hinter sich.

Sie fuhr herum. »Nichts, nichts, alles in Ordnung.«

Nihal ging weiter und stellte fest, dass das Mittelschiff auf einen Altar zulief, der mit den goldenen Blättern einer Kletterpflanze dekoriert war. Auf einem hohen Sockel, von einem schmalen Lichtstrahl erfasst, ruhte der gesuchte Edelstein, der absonderlich leuchtete.

»Ist er das?«, fragte Laio gespannt.

»Ich glaube … ja«, murmelte Nihal.

Sie war verwirrt. Sollte das alles so einfach sein? Gab es hier niemanden, der den Edelstein bewachte? Sie steckte das Schwert in die Scheide und trat auf den Altar zu. Da vernahm sie einen seltsamen Klang. Sie lauschte.

»Was …?«, wollte Laio fragen, aber Sennar brachte ihn mit einer Handbewegung zum Schweigen.

Immer deutlicher erhob sich eine Art Gesang, der sich fast wie ein Schlaf-, ja, wie ein Kinderlied anhörte. Er kam nicht von einer bestimmten Stelle des Saales, er war überall, und es gab kein Echo, keine Tiefe in diesen Klängen. Es war, als gebe es diese bloß in ihren Köpfen, sodass sie sich gegenseitig fragend anschauten, um zu sehen, ob die anderen sie auch hörten.

Zunächst war der Gesang nicht klar zu verstehen, dann bildeten sich mehr und mehr Silben heraus, Worte, vielleicht Sätze. Der Sinn blieb unklar, doch in Nihals Ohren klangen die Worte ähnlich wie jene, die der Wächter im Heiligtum des Wassers an sie gerichtet hatte, oder wie die Formel, die sie selbst sprach, wenn sie einen Edelstein in den Talisman einfügte. Kein Zweifel, es war Elfengesang. Die Stimme eines Mädchens, traurig und aufwühlend.

»Wer bist du? Wer singt da?«, rief Nihal.

Die Stimme schwieg.

»Ich bin Sheireen, eine Halbelfe; Glael führt mich her«, rief Nihal mit lauter Stimme.

Stille.

»Ich benötige die Kräfte des Edelsteins, um den Tyrannen zu besiegen, der sich vorgenommen hat, unsere Welt zu vernichten. Bewachst du den Stein?«

Die Stimme begann wieder zu singen, doch nun nicht mehr in der Elfensprache, und ihre Worte waren zu verstehen.

Licht, mein Licht,
Wo ist mein Licht?
Die Schatten haben es verschluckt,
Aufgenommen in ihre finstere Brust.
Sonne, meine Sonne,
Wohin zog meine Sonne?
Die Nacht hat sie geraubt,
Hinabgezerrt in die Finsternis.
Leben, mein Leben,
Wo ist mein Leben?
Aus meinen Händen rann es,
verwelkte wie eine Blume im Gestrüpp.

Ein Lachen besiegelte den letzten Vers, und ein beunruhigendes Gefühl der Kälte schlich sich in Nihals Herz. Sie zog ihr Schwert, und das Ratschen des schwarzen Kristalls, der aus der Scheide glitt, hallte in der Stille nach.

Da ertönte ein Schrei: »Kein Blut. Kein Blut auf diesem Boden! Kein Hass in diesen Mauern. Lass die Klinge sinken!«

Unverzüglich steckte Nihal das Schwert zurück. »So hör doch, ich bin Sheireen … bitte, zeig dich!«

»Oh, ich kenne Sheireen, und ich kenne Shevrar. Darüber hinaus gehört das Feuer dem Licht. Doch Shevrar zerstört, während das Licht Neues entstehen lässt, nicht wahr?«, antwortete die Stimme. »Wenn aber Licht Leben bedeutet, warum ist dann alles so tot hier? Es ist so kalt … Mir ist so kalt … Wärme mich, Jüngling …«

Laio schrie auf.

Sennar war sofort bei ihm. »Was ist denn los?«, fragte er.

»Ich weiß es nicht … Aber mir war, als habe mich etwas berührt, eine kalte Hand …«, antwortete der Junge.

»Verflucht!« Sennar blickte sich um.

»Fürchte dich nicht, Jüngling, mir ist bloß so kalt …«, sagte die Stimme. »Warm ist das Fleisch, aber nicht das Gold dieser Mauern.« Sie hob wieder zu singen an.

Nihal wusste nicht, was sie tun sollte. Sie kniff die Augen zusammen, sah sich in alle Richtungen um, konnte aber nichts erkennen. Der Edelstein jedoch lag vor ihr, unbewacht. Sollte die Stimme ruhig weitersingen, sie selbst war nur an den Kräften des Steins interessiert. Noch näher trat sie auf den Altar zu und streckte die Hand zu ihm aus. Da wurde es finster. Nur noch ein Lichtstrahl verblieb, mitten im Saal.

»Bleib stehen!«, rief die Stimme, die plötzlich entschlossen und herrisch klang. »Er gehört mir, niemand darf ihn sich nehmen. Alle, die ihn in Händen hielten, sind tot.«

»Nein, du irrst dich. Ich werde nicht sterben! Ich bin eine Halbelfe, ich kann seine Kräfte beherrschen. Deswegen bin ich hier.«

Der Lichtstrahl begann durch die Halle zu tanzen, von einer Ecke zur anderen, doch vor allem um Laio herum.

»Du lügst, du lügst«, trällerte die Stimme. »Siehst du nicht, dass ich allein bin? Vor vielen, vielen Jahren brachte man mich her, um über diesen Stein zu wachen, und ich wartete, wartete lange … Die Sonne ging auf und unter am Himmel, ging wieder auf und wieder unter … Jahrelang … Jahrtausendelang. Ich war immer allein, hier, in dieser Kälte. Es war vielleicht vor tausend Jahren, als zum letzten Mal jemand kam, aber ich verweigerte ihm den Edelstein …«

»Was muss ich tun, damit du ihn mir gibst?«, fragte Nihal.

Der Lichtstrahl verharrte. »Ich will Wärme.«

»Zeig dich und erkläre mir, was du damit meinst.«

Erneut begann sich der Lichtstrahl durch den Raum zu bewegen, während sich die Finsternis langsam ein wenig aufhellte. »Hier bin ich, siehst du mich nicht? Ich bin das Licht. Vor langer Zeit besaß auch ich einen Leib, aber den verlor ich mehr und mehr ... Und nun ist mir kalt, ich bin allein ...«

»Das verstehe ich nicht ...«, warf Nihal ein.

»Gib mir Wärme, und ich überlasse dir den Stein«, rief die Stimme lachend.

Der Lichtstrahl hob nun an, Laio zu streicheln, strich über seine blonden Locken, seine roten Wangen. Der Knappe schien sich zu amüsieren bei diesem Spiel, seine Finger folgten dem leuchtenden Strahl.

»Ja«, fuhr die Stimme fort, »du besitzt Wärme ... Ich verlange ja nicht viel, gerade genug, dass ich diesen Kerker hier verlassen kann, etwas von der Welt sehe und nicht mehr so allein bin. Es hat ja keinen Sinn, hier zu sein. Die Elfen sind vor vielen Jahren fort, und ich bewache hier einen Gegenstand ohne Wert ... Nehmt ihn nur mit, aber lasst mir das Fleisch da ...«

»Ich glaube, dieser Wächter ist nicht mehr ganz bei Trost«, bemerkte Sennar, während er näher trat.

»Was soll ich tun?«, fragte Nihal ihn leise, doch als Antwort erhielt sie nur einen ratlosen Blick.

»Willst du nun den Stein?«

»Ja«, antwortete Nihal.

»Dann gib ihn mir, und du sollst ihn bekommen.«

»Von wem sprichst du?«

»Von dem Jüngling«, kam die Antwort mit schmeichelnder Stimme.

Laio warf Nihal einen verschreckten Blick zu und begann zurückzuweichen.

»Ich ... ich verstehe nicht, was du meinst«, stammelte das Mädchen.

»Doch, du verstehst mich sehr genau. Ich will den zarten Jungen in deiner Begleitung, den Jüngling. Er ist so warm ... Jetzt schon vertreibt seine Wärme die Kälte aus meinem Herzen ... Überlasse mir sein Fleisch und seine Wärme, und der Edelstein ist dein.«

Laio hastete dem Ausgang zu, doch unversehens nahm der Strahl die Gestalt einer Jungfrau an, streckte einen Arm aus und verschloss den Ausgang. Weitere Türen gab es nicht, nur die eiskalten goldenen Wände. Dann streckte sich der Arm zu dem Altar aus und ergriff den Edelstein.

»Fleisch im Tausch gegen eine große Macht ...«, sprach die Stimme, und das Licht wandelte sich zu einem Frauengesicht, einem wunderschönen Gesicht, das aber irre wirkte und traurig. »Bist du mit dem Tausch einverstanden? Im Grunde verlange ich ja nicht viel von dir. Vielleicht erkennst du den Schmerz, der mich in meiner Einsamkeit quält.« Die Stimme klang jetzt klagend. »Es steht in deiner Macht, mir zu helfen, diesen Ort zu verlassen, den ich so hasse ...«

Lange betrachtete Nihal dieses angsterfüllte und gleichzeitig verführerische Gesicht, so als erliege sie einem Zauber. Die Augen fielen ihr zu.

»Nihal«, rief Sennar.

Der Magier rannte zu ihr, und die Halbelfe kam zu sich. Sie trat von dem Licht zurück und zog ihr Schwert.

»Vielleicht willst du mir lieber den Mann überlassen. Der ist zwar nicht so frisch wie das Bürschlein, aber ich wäre einverstanden ...«

»Schluss mit dem törichten Gerede! Ich habe nicht vor, mich von meinen Freunden zu trennen, von keinem der beiden, aus keinem Grund der Welt!«, rief Nihal.

»Dann gib mir deinen Leib«, antwortete die Stimme.

»Nein!«, schrie Nihal. »Gib mir deinen Edelstein und lass uns gehen!«

Da wurde das Gesicht zornig, blickte Nihal lange an, und plötzlich war der Raum wieder lichtdurchflutet, und der Strahl verschwand.

Nihal stand nur entgeistert da, und auch Sennar blickte sich verwirrt um.

»Wo zur Hölle ...?«, fluchte der Magier und wandte sich dann zu Laio um. »Nihal ...«, murmelte er erschrocken.

Auch die Drachenkämpferin schaute zum Knappen. Langsam zog Laio die Lider hoch, und Nihal wurde angst und bange. Laios Augen glitzerten golden und hatten Iris und Pupille verloren. Ein seltsames Lächeln lag auf seinen Lippen, und als er sprach, war seine Stimme jene, die gerade noch den Raum erfüllt hatte.

»Du wolltest ja nicht zustimmen. Du wolltest mir ja nicht helfen. Gut, so habe ich mir nicht nur genommen, was ich haben wollte, sondern bestrafe dich auch noch für deine Grausamkeit.«

Nihal trat einige Schritte zurück. »Lass Laio in Frieden ...«

»Ich hatte dich nur gebeten, mir zu helfen, aber du hast mir deine Hilfe verweigert ...«, sagte Laio und trat auf sie zu.

Nihal blieb nichts anderes übrig, als erschrocken zurückzuweichen.

Laio streckte eine Hand nach der Halbelfe aus, und als er die Handfläche öffnete, erfasste sie ein blendender Lichtstrahl und schleuderte sie in die Finsternis.

Der Knappe rannte zum anderen Ende der Halle, und die Tür, die vorhin verschwunden war, war wieder da, größer und mächtiger als zuvor.

»Was sucht ihr noch länger hier in der Einsamkeit und Verzweiflung, in der Kälte, unter der ich so lange gelitten habe?«, rief die Frauenstimme durch Laios Mund.

Der Knappe hatte fast schon die Tür erreicht, als Sennar sich vor ihm aufbaute. Ein zweiter Lichtstrahl schoss aus Laios Hand hervor, brach sich aber an einem silbernen Schutzring, den der Magier rasch gezaubert hatte.

»Warte noch einen Moment, bevor du gehst«, sagte Sennar in ruhigem Ton. Er blickte hinter Laio und sah Nihal noch am Boden liegen. Er konnte nicht zu ihr, konnte ihr jetzt nicht helfen, sonst wären sie für alle Ewigkeit dort drinnen gefangen gewesen.

»Ich verstehe dich ja«, begann er. »All die langen Jahre in dieser Einsamkeit ... das war sicher nicht leicht ...«

Laio blickte ihn nur argwöhnisch an.

»Ich kenne die Einsamkeit und die Kälte ..., ja, ich verstehe dich.« Sennar bemerkte, dass Nihal eine Hand bewegte.

»Wer bist du? Ein Magier?«, fragte Laio.

»Du hast es nicht nötig, diesen Jüngling zu rauben«, fuhr Sennar fort. »Zudem ist es doch deine Aufgabe, den Edelstein zu bewachen, oder?«

Laio blickte ihn nur sprachlos an.

»Du wurdest eingesetzt, um stets über diesen Stein zu wachen, oder täusche ich mich? Dazu allein hat man dich geschaffen ...«

»Du hast Recht, aber ich bin so allein ...« Ein Anflug von Trauer huschte über Laios goldene Augen, während sich Nihal langsam erhob und die Situation erfasste.

»Du vergehst dich an einem Unschuldigen. Ich glaube nicht, dass dir dergleichen gestattet ist.«

»Nein, aber mir ist kalt, gar so kalt ...«

»Deine Aufgabe besteht nur darin, zu entscheiden, wer des Edelsteines würdig ist und wer nicht. Mehr steht dir nicht zu, oder? Der Junge, den du dir nehmen willst, hat sich nichts zuschulden kommen lassen. Du darfst ihn nicht einfach bei dir behalten. Das ist ganz furchtbar, was du da vorhast, weißt du das?«

Laio ließ die Arme hängen und schaute betrübt zu Boden. Nihal zog ihr Schwert, doch Sennar gab ihr mit einer Geste zu verstehen, dass der Moment zum Handeln noch nicht gekommen war.

»Kennst du Ael?«, fragte Sennar.

Laio hob den Kopf. »Den ehrwürdigen Herrn der Wasser, Wächter des Edelsteins im Land des Wassers ... Gewiss kenne ich ihn.«

Sennar drehte sich zu Nihal um. »Sheireen, zeig ihm, wo Ael sich jetzt aufhält«, forderte er sie auf, doch Nihal blickte ihn nur verständnislos an.

»Der Talisman«, erklärte Sennar.

Nihal tastete unter ihrem Umhang herum und fand ihn. Ruhig und bedächtig trat sie auf Laio zu, der sie aus eiskalten Augen anblitzte. Als die Halbelfe ihm den Talisman entgegenstreckte, verdüsterte sich seine Miene.

»Kennst du dieses Amulett?«, fragte Sennar.

Laio nickte.

»Dann weißt du auch, was es mit diesen Edelsteinen auf sich hat. Dies ist Ael, denn seine Essenz ist dort drinnen eingeschlossen.«

Laio betrachtete ihn interessiert.

»Ael ist nicht mehr allein, er hat sein Heiligtum verlassen und wacht jetzt über den Stein, den wir an uns genommen haben. Dies ist der einzige Weg für dich, dieses Heiligtum zu verlassen, das dir so verhasst ist: Komm mit uns. Du wirst nicht mehr allein sein, wirst von Land zu Land reisen für die Sache des Friedens. Nur auf diese Weise kannst du von hier fort.«

»Nein, nein, ich will nicht! Das Fleisch dieses Jungen ist so warm ...«, protestierte Laio.

»Lass von ihm ab«, befahl Sennar. »Er gehört dir nicht, sein Leben ist nicht dein. Du würdest nur eine große Schuld auf dich laden.« Er nahm den Talisman aus Nihals Händen und hielt ihn Laio vor das Gesicht. »Dies ist die Rettung, hier ist dein Platz, hier wirst du auch Wärme finden. Du willst doch diesem Jungen mit dem reinen Herzen nicht noch größeres Leid zufügen, oder?«

Nihal war unterdessen hinter Laio getreten und wartete mit dem Schwert in der Hand.

»Lass ihn los«, drängte Sennar weiter. »Lass ihn frei und tue deine Pflicht.«

Hin und her schwang der Talisman vor Laios Augen, die ihm wie in Trance folgten. Rechts, links, rechts, links ... Schließlich schloss der Knappe die Augen, und sofort wurde es finster. Dann zerriss ein greller Lichtstrahl die Dunkelheit und schoss in den jetzt am Boden liegenden Stein. Fast gleichzeitig hörten sie, wie jemand zu Boden stürzte.

»Laio!«, rief Nihal. Auf allen vieren suchte sie den Fußboden ab und fand ihn schließlich. »Laio, was ist mit dir?«, fragte sie besorgt, während sie seinen Kopf in beiden Händen hielt.

»Lasst uns so schnell wie möglich von hier verschwinden, kommt!«, rief Sennar dazwischen.

Im Dunkeln tastete Nihal nach dem Edelstein, ergriff ihn, lud sich dann Laio auf die Schultern und lief, gefolgt von Sennar, zur Tür, die plötzlich unendlich weit entfernt schien. Endlich traten sie in das grelle Licht der Hochebene hinaus.

Nihal legte Laio ins Gras und begann seinen Namen zu rufen. Nach einigen Augenblicken schlug der Knappe die Augen auf und legte sich eine Hand auf die Brust.

»Ist ... ist alles in Ordnung?«, fragte der Junge mit seltsam klingender Stimme.

Nihal atmete erleichtert auf. »Ja, alles in Ordnung«, antwortete sie mit einem Lächeln. Dann sprach sie die Formel und fügte den Edelstein in seine Fassung ein.

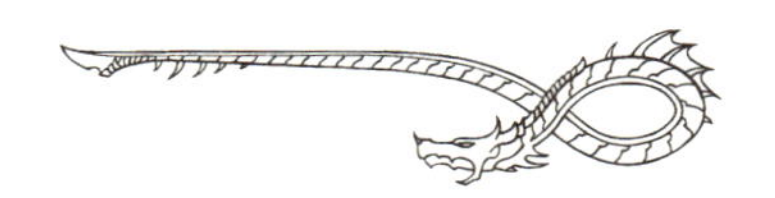

8

Idos Wahn

Es war Abend, und Ido war allein. Und er war nicht müde. Vor seinem Zelt auf einer Anhöhe sitzend, schaute er mit leerem Blick über die Landschaft. Er fühlte sich schwermütig, und das Panorama, das sich ihm bot, schaffte es nicht, seine Stimmung aufzuhellen. Er blickte auf die in das Mondlicht getauchte Ebene, das silberne Band des Flusses, der sie durchzog, und hätte diese Landschaft hinreißend schön gefunden. Wäre da nicht etwas am Horizont gewesen, eine dunkle, unscharfe Linie, dort, wo Himmel und Erde aufeinanderstießen. Die Stellungen des Feindes.

Der Gnom war kein Typ, der leicht den Mut verlor, doch an diesem Abend fühlte er sich alt und erschöpft.

Er strich sich über seinen langen Bart und zog dann an seiner Pfeife.

Du alter Narr. Es ist jetzt nicht der richtige Zeitpunkt, den Kopf hängen zu lassen. Im Grunde ist es nur so, dass Nihal dir fehlt: Deswegen fühlst du dich so niedergeschlagen.

Ja, das war es. Seit zwei Monaten war Nihal nun schon fort.

Normalerweise ließ sich Ido nicht so leicht anrühren, doch als er Nihal nachgeschaut hatte, wie sie auf ihrem Oarf neuen Abenteuern entgegenflog, hatte er gespürt, wie sich sein Herz verkrampfte. Er war wieder allein.

Die Traurigkeit werde gewiss bald verfliegen, hatte er sich damals gesagt, der Krieg werde ihn wieder ganz in Anspruch nehmen und er sich so stark und unerschrocken fühlen wie zuvor. Doch so war es nicht. Die Tage wollten einfach nicht vergehen. Er hatte sich in ein Lager im Land des Wassers nahe der Front versetzen lassen und versuchte dort, seine Schwermut zu vertreiben, indem er sich Hals über Kopf in das Schlachtgetümmel stürzte. Ja, er schonte sich nicht, entwarf Schlachtpläne, führte Truppen gegen den Feind und kämpfte mit allem, was in ihm steckte.

Abends jedoch fühlte er sich einsam, saß allein in seinem Zelt und rauchte nervös. Ido wurde immer einsilbiger, denn er hatte wirklich keine Lust, sich zu unterhalten. So merkte er, dass es ihm in all den zurückliegenden Jahren nicht gelungen war, mit irgendjemandem engere Freundschaft zu schließen.

Er fühlte sich um Jahre zurückversetzt in die Zeit, als er im Heer der Freien Länder zu kämpfen begann. Wieder war sein Leben geprägt von eintönigen Abläufen: Training, Schlachten, Ausruhen, ein Tag wie der andere. Hin und wieder bestieg er Vesa, seinen scharlachroten Drachen, und blieb dann manchmal sogar den ganzen Tag fort. Doch jedes Mal, wenn er so über das Kriegsgebiet flog, stellte er betrübt fest, dass ihre Kampflinie wieder ein Stück zurückgewichen war. An einen Geländegewinn war nicht zu denken. Eine Niederlage nach der anderen mussten sie hinnehmen.

Hör endlich auf, so herumzugrübeln!

Er wandte den Blick ab von der Landschaft zu seinen Füßen, nahm noch einen letzten Zug und klopfte dann seine Pfeife aus. Am nächsten Morgen würde es wieder einen Angriff geben, eine weitere Gelegenheit, diese verdammte Schwermut im Schlachtgetümmel zu ertränken. Dann zog er sich in sein Zelt zurück.

Am nächsten Morgen war die Luft eiskalt. Der Atem bildete vor dem Mund kompakte Wölkchen. Ido saß auf dem Rücken seines Drachen und wartete darauf, sich gleich wieder in den Kampf zu stürzen. Mavern auf seinem Drachen stand neben ihm.

»Du siehst müde aus, Ido«, sagte der General.

»Muss am Alter liegen«, versuchte Ido zu scherzen.

»Ich denke, Gnomen altern nicht so schnell wie Menschen.«

»Schon, aber altern tun sie auch.«

Mavern lächelte. Ido seufzte und richtete den Blick wieder geradeaus. Deutlich sah er vor sich die feindlichen Linien, umfangen von einer eisigen Stille, einer Stille, wie sie nur über einem Geisterheer liegen konnte. Es war ein Bild, das er gut kannte, an das er sich aber immer noch nicht gewöhnt hatte. Er konzentrierte sich nicht auf die erste gräuliche Linie, sondern auf die dahinter aufgestellten Fammin, jene Ungeheuer mit den langen Krallen und dem rötlichen Fell, die ihm wenigstens nicht diese tödliche Kälte in die Knochen jagten.

Das Angriffsgebrüll riss ihn aus seinen Gedanken; sogleich gab er Vesa die Sporen, und sie schwangen sich in die Lüfte.

Er stürzte sich in den Kampf, jagte von oben mit seinem Drachen auf die feindlichen Stellungen zu. Hin und wieder wurde er selbst von Feuer spuckenden Vögeln attackiert, wusste sich ihrer aber zu erwehren. Ja, es schien tatsächlich eine Schlacht wie jede andere zu sein.

Bis er eintraf. Ido spürte, wie die Luft vibrierte, und wusste, dass es ein Drachenritter sein musste. Nur Drachenflügel erzeugten einen solch dumpfen, tiefen Ton. Und etwas in ihm erwachte.

Endlich ein Gegner, der diesen Namen verdient.

Er stieg weiter hinauf und drehte sich dann um, um zu sehen, wer wohl dieser Feind sein mochte. Was ihn auf den ersten Blick am stärksten beeindruckte, war dieses Rot, und mit einem Mal kam ihm ein Bild in den Sinn.

Er erinnerte sich an einen ganz in Rot ausstaffierten Ritter, der an jenem verhängnisvollen Tag dabei war, als der Schutzwall der Nymphen zerbarst. Wie hätte Ido ihn auch vergessen können? Er war es gewesen, der Nihal gezwungen hatte, gegen Fen zu kämpfen. Angesichts des scharlachroten

Ritters auf seinem schwarzen Drachen stand dem Gnomen plötzlich wieder alles vor Augen:

Wie gelähmt starrte Nihal auf den wiederauferstandenen Fen, während dieses Gespenst sie bereits zu attackieren begann. Ido lief zu ihr und hörte dabei ein niederträchtiges, höhnisches Lachen.

»Töten oder getötet werden, Ritter!«, rief der scharlachrote Krieger, der auf einem schwarzen Drachen über ihm kreiste.

»Nihal! So kämpfe doch endlich!«, schrie Ido.

Dann stürzte er sich auf den fremden Ritter, stach, von einer unbändigen Wut erfüllt, auf ihn ein. Er sah ihm nicht ins Gesicht und achtete auch nicht auf seine Rüstung. Aber er hatte ihn getroffen, bevor sie dann im Verlauf der Schlacht getrennt wurden und Ido den Ritter aus den Augen verlor.

Jetzt spürte Ido wieder den gleichen Hass wie an jenem Tag in sich hochkochen. Heute würde niemand sie trennen, heute würde er den Ritter büßen lassen für das, was er Nihal angetan hatte. Der Gnom fühlte sich von neuer Kraft erfüllt. Er gab Vesa die Sporen, stürzte sich auf den Ritter vom Orden der Schwarzen Drachen, schlug kräftig gegen dessen Schwert und entfernte sich dann wieder ein Stück.

»Dein Feind bin ich«, zischte er.

Der Ritter drehte sich zu ihm um. Er war sehr stattlich, die rote Rüstung schützte jeden Zoll seines Leibes, und auch sein Gesicht war verdeckt. Ein Dämon, so rot wie Blut. Sogar sein Schwert war rot, so scharlachrot wie Vesas Haut. Noch nicht einmal seine Augen konnte Ido erkennen. Als stehe er einer Kriegsmaschine gegenüber, so kam er sich vor.

Der Ritter zeigte sein Schwert als eine Art Gruß und warf sich dann sogleich auf ihn. Und schon entbrannte ein erbitterter Zweikampf. Der Fechtstil des Ritters war dem Idos recht ähnlich: Er bewegte sich nicht mehr als nötig und führte dafür die Schläge aus dem Handgelenk heraus. Dies hätte die Auseinandersetzung interessant machen können, hätte Ido sich nicht vom Zorn blenden lassen.

Ein Hieb erwischte den Gnomen an der Hand, und er zog sich auf Vesa zurück.

Nur die Ruhe, bleib ganz ruhig, verflucht noch mal!

Unter dem Visier seines Feindes drang höhnisches Lachen hervor:

»Du machst dich wohl noch warm ...«

Erneut warf sich Ido auf den Ritter und bedrängte ihn noch heftiger. In all den zurückliegenden Jahren hatte er sich in einem Kampf noch nie so aus der Fassung bringen lassen, hatte nie einen Feind dermaßen gehasst und nie die Ruhe verloren.

So nahe wie möglich flog er an den Gegner heran und ließ Vesa die schwarze Bestie mit Krallen und Zähnen attackieren. Immer hektischer wurde der Kampf, doch der Ritter auf dem Schwarzen Drachen ließ sich nicht verunsichern und parierte jeden Schlag.

Er war ein großartiger Fechter, wie Ido ihm zugestehen musste. Stark und mutig, aber auch gewitzt und gewandt. Ein außergewöhnlicher Gegner. Wie lange schon hatte er sich nicht mehr mit einem solchen Feind gemessen.

Eine winzige Unaufmerksamkeit, eine etwas unbesonnene Bewegung, ein kleiner Fehler in der Einschätzung: Jedenfalls traf der Stoß des Feindes sein Ziel, und Idos Helm flog davon. Der Gnom verlor das Gleichgewicht und musste sich an Vesa festklammern, um nicht abzustürzen. Als er sich wieder gefangen hatte, zeigte die Schwertspitze des Ritters direkt auf seine Kehle. Ido fand kaum die Zeit zu fluchen:

Es ist aus.

»Das war's wohl für dich«, höhnte der Ritter, und mit einem blitzschnellen, präzisen Hieb durchschnitt sein Schwert die Luft.

Unwillkürlich schloss Ido die Augen und spürte, wie ihm die Klinge die Brust aufschlitzte.

Ihm blieb die Luft weg, und er merkte, wie er fortgerissen wurde. Als er die Augen wieder öffnete, stellte er fest, dass Mavern ihn auf seinen Drachen geladen hatte und mit ihm davonflog. Vesa war unterdessen damit beschäftigt, den Drachen des scharlachroten Ritters aufzuhalten.

»Wir sind noch nicht miteinander fertig, Feigling«, brüllte der Ritter Ido nach.

Nur widerwillig ließ Ido sich behandeln. Er war wütend und hatte Mavern bereits heftige Vorhaltungen gemacht.

»Was zur Hölle fällt dir bloß ein, dich da einzumischen?«, hatte er ihm röchelnd vorgeworfen, als die Schlacht zu Ende war.

»Falls es dir entgangen sein sollte, ich hab dir das Leben gerettet«, antwortete der General.

»Ach was, ich kam ganz gut allein zurecht!«

»Deine aufgerissene Brust spricht eine andere Sprache.«

»Du hättest einfach nicht eingreifen dürfen. Schluss, aus!«

Mavern hatte keine Lust, das Streitgespräch fortzusetzen. »Dir ist offenbar nicht klar, was du da redest.«

So blieb Ido schließlich allein mit dem Magier, der ihn pflegte. Die Wunde war lang, aber nicht sehr tief.

Eigentlich war der Gnom wütend auf sich selbst. Wie ein Idiot hatte er sich verhalten. Vierzig Jahre tummelte er sich nun schon auf den Schlachtfeldern, aber niemals zuvor hatte er in einem Zweikampf so kläglich versagt, hatte sich wie ein Grünschnabel vorführen lassen. Vor allem aber hatte er bis zu dieser Stunde niemals vor einem Gegner Reißaus genommen.

Ausgerechnet ich, der ich Nihal ein ums andere Mal erklärt habe, wie wichtig es ist, Ruhe zu bewahren, muss wie ein einfacher Soldat drauflosschlagen.

Viel stärker als die Wunde schmerzte ihn das letzte Wort, das ihm der Feind nachgerufen hatte: »Feigling.«

Ein paar Tage musste Ido das Lager hüten. Die Wunde hatte sich entzündet, und der Magier, der ihn behandelte, war unnachgiebig gewesen. Er hatte Ido in sein Zelt verbannt und ihm sogar den einzigen Trost, das Pfeifchen, untersagt.

So blieb dem Gnomen nichts anderes übrig, als wieder und wieder über das Geschehen und seinen Feind nachzugrübeln. Bald war er wie besessen davon.

Als unwürdig empfand er nun die Freude und die Erregung, die ihn während des Duells ergriffen hatten, ein Verhalten, das ihn an seine düstersten Zeiten im Dienste des Tyrannen erinnerte. Dann waren die Scham wegen der Niederlage und die Erinnerung an jene so verächtlich nachgerufene Beleidigung, die ihm immer noch in den Ohren widerhallte. Und nicht zuletzt die an ihre erste Begegnung auf dem Schlachtfeld, als der Ritter Nihal so grausam mitgespielt hatte. All das vermengte sich nun in seinem Kopf, wuchs sich im Fieber zu einem Wahn aus. Allein in seinem Zelt liegend, wurde Ido von seiner Vergangenheit eingeholt und gequält. Gewiss hatte er nicht vergessen, weswegen er sich vom Tyrannen abgewandt hatte und wofür er heute das Schwert führte. Dennoch ging ihm der scharlachrote Krieger nicht aus dem Kopf. In der Leere, die Nihal hinterlassen hatte, erhielt der Kampf für ihn so eine neue Bedeutung.

Als Ido wieder gesund war, verflüchtigten sich viele der Albträume, die ihn auf dem Krankenlager gequält hatten, jedoch nicht seine Begierde, sich erneut mit dem Ritter auf dem Schwarzen Drachen zu messen. Als Erstes beschloss der Gnom, sein Schwert schlagkräftiger zu machen. Er hatte es satt, auf dem Schlachtfeld die meiste Zeit damit zuzubringen, auf Schatten einzustechen. Trotz der Zauber, mit denen die Magier die Waffen vor der Schlacht belegten, waren mindestens sechs oder sieben Hiebe nötig, um auch nur einen der vom Tyrannen wiedererweckten Toten aus dem Feld zu schlagen.

Daher bat Ido um einen Tag Urlaub, um Soana zu treffen.

Die Zauberin, die auch Nihal in den magischen Künsten unterwiesen hatte, hielt sich gerade im Hauptlager im Land des Wassers auf, wo sie der Nymphe Theris bei der Aufstellung von Truppen zur Seite stand. Es war nicht weit bis dorthin, und binnen einer Stunde traf Ido bei ihr ein.

Sie wirkte geschäftig und faszinierend wie immer. Seit dem Tod ihres Geliebten Fen trug sie stets schwarze Gewänder, die ihre Blässe noch stärker hervorhoben. Sie war gealtert. In ihrem ebenholzfarbenen Haar erkannte Ido hier und da graue Strähnchen, und ein Netz feiner Fältchen fasste ihre dunklen Augen ein. Aber sie war immer noch wunderschön.

Die Magierin empfing den Gnomen wie einen alten Freund. Sie hatte eine etwas kühle, zerstreute Art, eine Aura, die sie unerreichbar erscheinen ließ, doch Ido schätzte gerade diese Distanz zwischen ihnen. Und darüber hinaus gab es da etwas, das sie über jede Verschiedenheit hinweg verband, und das war Nihal.

Sie unterhielten sich über die militärische Lage und den Frontverlauf, und Ido erklärte ihr die Situation.

Als der Gnom geendet hatte, blickte Soana ihn nachdenklich an. »Ich muss genau wissen, wozu dir das Schwert dienen soll, damit ich es mit dem passenden Zauber belegen kann. Die Formeln, die vor der Schlacht gesprochen werden, reichen dir wohl nicht?«

Ido seufzte. »Nein, die sind nicht effektiv genug. Zudem verfügen die Offiziere des Tyrannen über Waffen, deren Schlagkraft durch obskure Formeln vervielfacht wird. Und mit diesen muss ich mich messen können. Ich brauche ein Schwert, das es mit den Teufeleien des Tyrannen aufnehmen kann.«

Soana runzelte die Stirn. »Du bittest mich also, dir mit einem verbotenen Zauber zu helfen?«

»Du weißt genau, dass ich das nie tun würde.«

»Was möchtest du dann?«

Ido zögerte. »Mein Bruder besaß eine ganz besondere Rüstung. Sie war fast lebendig, denn wurde sie beschädigt, reparierte sie sich von ganz allein. Was lässt sich gegen eine solche Rüstung ausrichten?« Der Gnom brach ab und schlug die Augen nieder. Zum ersten Mal sprach er nun über seinen Bruder nach dessen Hinrichtung, die nach dessen Niederlage gegen Nihal vollzogen worden war.

Soana dachte lange nach. »Solchem Zauber ist nicht leicht beizukommen, vor allem nicht mit legalen Formeln.«

Nun war für Ido der Moment gekommen, ihr die ganze Wahrheit zu gestehen. »Ich will Rache nehmen an einem Ritter, der mich besiegt und Nihal sehr wehgetan hat.«

»Der scharlachrote Ritter ... Deinoforo«, sagte Soana mit düsterer Miene.

Ido nickte nur. Das war also der Name seines Feindes.

»Wie lange hast du Zeit?«, fragte die Zauberin, während sie aufstand.

»Morgen muss ich wieder los.«

»Gib mir dein Schwert und eine Nacht Zeit zum Nachdenken.«

Ido übernachtete im Lager. Am nächsten Morgen wachte er beizeiten auf und begab sich unverzüglich zu Soana.

Die Zauberin war schon auf den Beinen. An einem Stuhl lehnte Idos Schwert. Es glitzerte bläulich und wirkte fast durchsichtig. Der Gnom erschrak: Dieses Schwert war sein Leben.

»Es war nicht leicht«, sagte Soana. Ihre Stimme klang müde, und sie hatte Ringe um die Augen. »Fast alle meine magischen Kräfte musste ich dafür aufwenden.«

Ido hatte ein schlechtes Gewissen. »Es war nicht meine Absicht, dir eine schlaflose Nacht zu bereiten ...«

Soana lächelte. »Ach, ich habe das mit Vergnügen gemacht. Es erinnerte mich an die schönen Zeiten, als ich Livon in seiner Werkstatt aufsuchte und alle Schwerter weihte, die er geschmiedet hatte.«

Für einen Moment verdüsterte ein Schatten ihren Blick, doch Soana war Ido nicht unähnlich, kontrolliert und abgeklärt. Sie reichte dem Gnomen das Schwert, und ihr gezeichnetes Gesicht wirkte wieder heiter. »Ich habe es mit einer stärkeren Form jenes Feuerzaubers belegt, den wir vor der Schlacht für alle Waffen einsetzen. Und darüber hinaus habe ich es noch mit einem Lichtzauber gehärtet, dem stärksten, den ich kenne. Das sind ganz spezielle Formeln, die zwar noch erlaubt sind, den verbotenen Zaubern aber schon recht nahekommen. Bisher habe ich nur sehr selten auf sie zurückgegriffen.«

Ido verbeugte sich, während er zu dem Schwert griff. »Vielen Dank …«

»Mit dieser neuen Waffe wirst du mit Leichtigkeit die Toten besiegen können. Und gleichzeitig hilft sie dir gegen eine Rüstung, die gehärtet wurde durch einen Zauber, bei dem dunkle Mächte angerufen wurden. Leider lässt sich die Dunkelheit nur mit noch schwärzeren Schatten besiegen. Mit anderen Worten: Um einem verbotenen Zauber beizukommen, bedarf es eines anderen noch stärkeren verbotenen Zaubers.«

»Keine Sorge, was du für mich getan hast, reicht mir schon. Es zählt ja nicht nur das Schwert, sondern auch der Arm, der es führt.«

Soana lächelte, während Ido die Waffe in die Scheide steckte.

»Es wird Zeit für mich, noch mal tausend Dank«, sagte er.

»Gern geschehen, für einen alten Freund. Komm wieder, wenn du etwas brauchst«, antwortete Soana. »Auf alle Fälle aber sei stets bemüht, kühlen Kopf zu bewahren.«

Ido setzte eine verwunderte Miene auf, doch das Versteckspiel konnte er sich bei Soana sparen.

»Du bist ja jetzt allein, da kann es leicht passieren, dass der Kampf zum Wahn wird und man sich hinreißen lässt. Doch selbst ein Drachenritter, egal wie schwer er Nihal verletzt haben mag, ist ein Feind wie andere auch.«

Ido lächelte. »Ich werd's mir merken.«

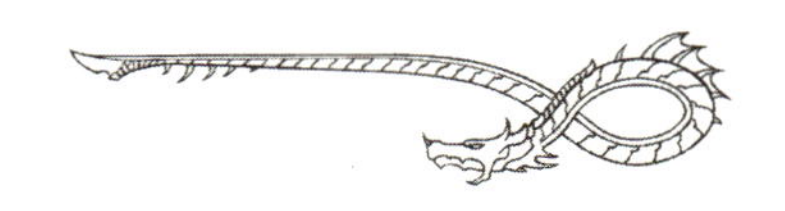

9

Ein Abschied

Am nächsten Tag machten sich Nihal, Sennar und Laio wieder auf den Weg. Um die milde Wärme der Wintersonne auszunutzen, flogen sie über den Wolken, von Gipfel zu Gipfel. Erst am dritten Tag sanken sie unter die Wolkendecke und nach weiteren vier Tagen gelangten sie zur Tiefebene.

Am Abend vor ihrem Eintreffen im Hauptlager, wo Nihal bei Ido ihre Ausbildung zum Drachenritter abgeschlossen hatte, nahm die Halbelfe Sennar zur Seite.

»Wir halten uns hier nur einen Tag auf und finden heraus, wie wir am besten die Front durchqueren, und dann geht's gleich weiter«, sagte sie.

»Warum so eilig?«, fragte Sennar.

»Weil Laio mit Sicherheit glaubt, wir würden drei Tage bleiben«, antwortete sie, ohne ihn anzusehen.

»Du willst doch nicht etwa ...«

Nihal drehte sich ruckartig um. »Ich muss es tun.«

Sennar schüttelte den Kopf. »Es wird dir nicht gelingen, ihn hierzulassen, das weißt du.«

»Er kann aber nicht mitkommen. Das ist zu gefährlich.«

»Ich denke, das solltest du dir lieber noch mal überlegen«, antwortete Sennar. »Das kannst du ihm einfach nicht antun.«

Nihal blickte lange zu Boden, und der Magier erkannte, wie schwer ihr das Vorhaben fiel. »Ich habe keine andere Wahl«, seufzte sie schließlich. »Hast du vergessen, was im letzten Heiligtum geschehen ist?«

»Na wenn schon. Das hätte mir oder auch dir genauso passieren können. Vergiss nicht, Laio hat dir das Leben gerettet.«

»Laio ist weder Krieger noch Magier. Es war von Anfang an ein Fehler, ihn mitzunehmen. Die Gefahr ist zu groß. Dies ist die letzte Gelegenheit, ihn vor dem Tod zu bewahren.«

»Aber …«

»Was ist eigentlich in dich gefahren?«, fiel ihm Nihal ungehalten ins Wort. »Du und Laio habt euch doch nie ausstehen können. Glaubst du denn, das wäre mir entgangen? Also warum ist es dir plötzlich so wichtig, ihn mitzunehmen?«

Sennar wusste nicht, was er antworten sollte. Dabei war ihm klar, dass es zwar im Augenblick um den Knappen ging, Nihal das Gleiche aber auch eines Tages mit ihm selbst machen könnte. So saß er nur schweigend da, den Blick zu Boden gerichtet.

»Mein Entschluss steht fest«, beendete Nihal die Diskussion.

Den ganzen Tag lang mied Sennar den Blick des Knappen. Es kam ihm so vor, als habe er einen Todeskandidaten vor sich, der von seinem Schicksal noch nichts wusste. Unterdessen schwelgte Laio in Erinnerungen an die im Hauptlager verbrachten Monate.

»Wie lange bleiben wir eigentlich?«, fragte er, nachdem er eine Anekdote zum Besten gegeben hatte, die sich um einen der häufigen Zornesausbrüche des Gnomen drehte und die vielsagenden Rauchwölkchen, die er dazu aus seiner Pfeife ausgestoßen hatte.

»Drei Tage«, erklärte Nihal, und diese Worte besiegelten das Schicksal des jungen Knappen.

Als sie im Hauptlager eintrafen, war die Luft schon wärmer. Mehr als zwei Monate waren seit ihrem Aufbruch vergangen, und der Frühling war nun nicht mehr weit.

Sie fanden alles so vor, wie sie es verlassen hatten: der Palisadenzaun ringsum, die Holzhütten in exakten Reihen, die weite Arena.

Die meisten kannten sie und jubelten, als sie die Abenteurer heimkehren sahen. Zu Nihals großer Überraschung waren unter denen, die ihren Knappen freudig begrüßten, nicht wenige junge Mädchen. Dass Laio ein Herzensbrecher sein könnte, ging über ihre Vorstellungskraft.

Nihal überließ den Jüngling seinen Bewunderinnen und drehte allein eine Runde durch das Lager. Dabei kam sie an der Unterkunft vorbei, die sie damals bewohnt hatte, als sie hier stationiert war, und dann auch an Idos Hütte. Wie hätte sie sich gefreut, ihrem Lehrmeister zu begegnen, doch mit Sicherheit befand sich der Gnom jetzt an der Front im Land des Wassers, wo die Lage noch kritischer war. Sie gelangte zur Arena, in der sie Oarf kennengelernt und mit ihm trainiert hatte und wo sie zum ersten Mal gegen Ido gekämpft hatte – und von ihm besiegt worden war. Schließlich kam sie auch zu der Stelle bei den Stallungen, wo sie an einem Nachmittag vor fast anderthalb Jahren Sennar verletzt hatte. Die Narbe auf der Wange des Magiers war jetzt nur noch im Gegenlicht zu erkennen. Aber sie war da und erinnerte daran, wie weh sie ihm getan hatte.

Am Nachmittag suchte Nihal den Kommandanten auf und erkundigte sich, wie am besten die Front zu überwinden und die Grenze zu überschreiten sei.

Nelgar brütete eine ganze Weile über einer Karte. Sein gutmütiges Gesicht war ernst und konzentriert; wenn man ihn so sah, hätte niemand gedacht, dass dieser klein gewachsene, untersetzte Mann einer der mächtigsten Generäle des Heeres der Freien Länder war.

»Die einzige Möglichkeit sehe ich in den Sershet-Bergen«, erklärte er schließlich.

Nihal seufzte. Da kamen sie gerade her.

»Die Gegend ist sehr, sehr unwegsam«, fuhr Nelgar fort. »Das heißt, dort werden sich nur wenige feindliche Soldaten aufhalten, und niemand wird euch bemerken. Es ist ein schwerer Aufstieg bis zum Pass, und dahinter befindet ihr euch dann im Feindesland«, fügte er hinzu. »Aber was willst du dort eigentlich?«, fragte er unvermittelt.

»Das darf ich Euch nicht sagen. Meine Mission ist geheim. Ich bitte Euch auch, Stillschweigen darüber zu bewahren, dass wir hier waren«, antwortete Nihal verlegen. »Und um einen weiteren Gefallen möchte ich Euch bitten.«

»Schieß los!«

»Ich werde heute Nacht aufbrechen, möchte aber nicht, dass Laio mitkommt. Das wäre einfach zu gefährlich für ihn. Ich bitte Euch: Hindert ihn daran, mir zu folgen, wenn er merkt, dass ich fort bin.«

»Wenn ich mich recht entsinne, war Laio doch immer auf Schritt und Tritt bei dir. Es wird nicht leicht sein, ihn aufzuhalten.«

»Wenn nötig, so sperrt ihn eben in eine Zelle«, antwortete sie. Nelgar starrte sie verblüfft an. »Ich will einfach nicht, dass ihm was passiert.«

Am Abend legte sich Laio erst spät zum Schlafen nieder, und Nihal und Sennar mussten den Aufbruch verschieben. Die Halbelfe lag wach auf ihrem Lager und wartete darauf, dass die Atemzüge ihres Knappen tief und regelmäßig klangen. Als sie merkte, dass er eingeschlafen war, stand sie auf. Sie warf noch einen letzten Blick auf den Freund, gab ihm einen leichten Kuss auf die Wange und eilte hinaus, bevor sie ihren Entschluss bereuen konnte.

Sennar wartete draußen auf sie. Nihal wich seinem Blick aus und lief zu den Stallungen.

»Ich muss zu Oarf«, rief sie nur und eilte davon.

Die Stallungen waren an diesem Abend mit vielen Drachen besetzt, aber nur einer war wach. Nihal näherte sich ihm, lächelte ihn an und streichelte seinen Kopf. Oarf blickte sie traurig und flehend an. Nihal schmerzte das Herz bei der Vorstellung, ihn zurücklassen zu müssen, aber sich mit einem Drachen auf feindlichem Gebiet aufzuhalten, wäre glatter Selbstmord.

»Verzeih mir, Oarf. Du weißt, am liebsten hätte ich dich immer bei mir. Aber es geht nicht. Wir müssen in ein Gebiet, das von Feinden besetzt ist, und wir dürfen nicht entdeckt werden. Es tut mir so leid.«

Der Drache schüttelte den Kopf, um Nihals Hand abzuschütteln.

»Sei nicht so abweisend. Ich weiß, dass du mich verstehen kannst.«

Zum ersten Mal brachte der stolze Blick des Tieres Nihal in Verlegenheit.

»Ich komme bald zurück. Ehrenwort.«

Oarf starrte sie aus seinen roten Augen an.

»Lebwohl«, sagte Nihal, während sie sich erhob. Und ohne sich noch einmal umzublicken, verließ sie die Stallungen.

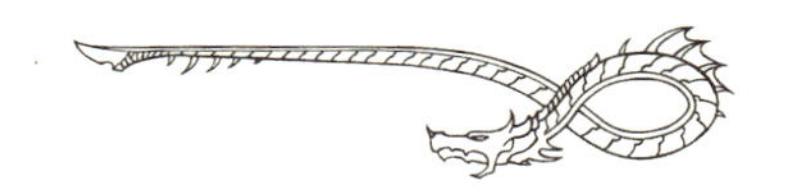

In Feindesland

Jede Nacht durchläuft der Jäger den gesamten Himmelsbogen von Ost nach West. Er besteht aus zwanzig Sternen, von denen die ersten beiden auffallend hell funkeln. Der eine hat die Farbe des Meerwassers, der andere die rauchender Glut. Sie sind Zwillinge am Himmel und umtanzen einander in ewigen, vollkommenen Drehungen. Iresh habe ich sie genannt, die Tänzer.

Aufzeichnungen des Königlichen Astronomen,
im Observatorium von Seferdi, Fragment

10

Düstere Vorzeichen

Zu Pferd verließen Sennar und Nihal das Hauptlager, entschlossen, rasch so viele Meilen wie möglich zwischen sich und Laio zu bringen. Während sie spornstreichs im Mondlicht davongaloppierten, lauschte Nihal angestrengt auf jeden Laut in ihrem Rücken: Rascheln, Rauschen, Hufgetrappel. Aber niemand schien ihnen zu folgen.

Binnen acht Tagen erreichten sie wieder die Hänge der Sershet-Berge, und nach weiteren zwei Tagen gelangten sie in die Nähe des ersten Passes. In einem Dorf ließen sie die Pferde zurück und begannen mit dem Aufstieg. Zunächst ging es noch sanft bergauf, und erst im letzten Abschnitt wurde der Weg sehr steil. Am Morgen des dritten Tages standen sie am Pass.

Früher einmal, bevor der Tyrann diese Gegend unterwarf, hatte es einen blühenden Handel zwischen dem Land der Sonne und dem Land der Tage gegeben, und Fleiß und Erfindungsgabe von Menschen und Halbelfen hatten viele Übergänge in diesem Gebirge geschaffen. Damals, in Friedenszeiten, waren diese Pässe häufig begangen worden, und obwohl unzugänglich, waren die Berge nie so verwaist gewesen. An den Wegen, die die beiden Länder verbanden, waren Gasthäuser und Märkte entstanden, wo sich die Kaufleute stärken und ihre Ware feilbieten konnten.

Jetzt war das anders, keiner der Pässe wurde noch genutzt. Viele waren zerstört worden im Lauf der Schlachten, die auf das Massaker an den Halbelfen folgten; andere hatte man unpassierbar gemacht, um Grenzüberschreitungen zu verhindern, wieder andere waren einfach durch mangelnde Nutzung unwegsam geworden. Niemand wusste, welche noch gangbar waren.

Nihal und Sennar hofften, dass sie beim ersten Versuch Glück haben würden, und zunächst schien es ihnen tatsächlich hold zu sein.

Der Pass war in einem annehmbaren Zustand und das Wetter gut. Doch kaum hatten sie ihn überquert und blickten in das Tal hinunter, erkannten sie etwas, das ihr Unterfangen sehr erschweren sollte.

»Das hätten wir uns ja auch denken können ...«, murmelte Sennar.

Eine riesengroße Mauer baute sich, soweit das Auge reichte, vor ihnen auf, zog sich durch das Gebirge und versperrte ihnen einige hundert Ellen unterhalb den Weg. Diese Mauer aus Stein und Felsblöcken war gewaltig. Im Abstand von etwa dreihundert Ellen erkannten sie Wachtürme, zwischen denen Fammin hin und her patrouillierten.

Bevor sie zu ihrer Mission aufgebrochen waren, hatten sich Nihal und Sennar mit Ido über die Lage in den vom Tyrannen beherrschten Ländern unterhalten, und dabei hatte der Gnom eine Mauer erwähnt, jedoch auch ausdrücklich erklärt, dass sie nicht das Innere der Gebirge durchziehe. Und nun standen sie davor. Der Tyrann war nicht untätig gewesen in den letzten zwanzig Jahren.

»Hier kommen wir unmöglich durch«, seufzte Sennar.

»Und was sollen wir tun?«

»Da bleibt uns nicht viel Auswahl: Wir müssen es bei einem anderen Übergang versuchen.«

Sie stiegen ein gutes Stück ab und dann wieder auf. Das Wetter war umgeschlagen, und ein heftiger Schneesturm erfasste sie.

Nihal fürchtete bereits den Moment, da sie ihr verlorenes Heimatland betreten würde, denn je näher sie dem Ort kamen, wo die Gräueltaten stattgefunden hatten, desto schlimmer quälten sie die Stimmen in ihrem Kopf.

Nach weiteren fünf Tagesmärschen erreichten sie den zweiten Pass, wo sie erneut eine böse Überraschung erwartete: Den Übergang gab es praktisch nicht mehr. Anstelle eines Pfades, der sich zwischen den Gipfeln hindurchgeschlängelt hätte, fanden sie nur Felsblöcke und Geröll vor, die ein Weiterkommen unmöglich machten. Wahrscheinlich ein Werk der Fammin.

Und so blieb ihnen nichts anderes übrig, als tief gebückt durch den Schneesturm zu wandern und nach einem anderen Übergang zu suchen. Nach weiteren vier Tagen gelangten sie in Sichtweite eines dritten Passes, doch im dichten Schneetreiben konnten sie nicht erkennen, in welchem Zustand er sich befand.

»Vielleicht bleibst du hier, und ich schau mir das mal aus der Nähe an«, schlug Sennar vor.

»Was fällt dir denn ein? Wir gehen natürlich zusammen.«

»Bleib nur, ich will mich auch mal nützlich machen. Warte hier auf mich.«

Einen Arm schützend vor die Stirn gelegt, kämpfte sich Sennar weiter durch den Schneesturm. Eine Weile stapfte er so vor sich hin, bis er irgendwann abrupt stehen blieb. Er nahm den Arm zur Seite, um besser sehen zu können, und stöhnte verzweifelt auf: Vor ihm tat sich ein Abgrund auf.

Er wagte sich vor bis zum Rand und blickte zaghaft hinunter. Etwas tiefer erkannte er einen schmalen Pfad, der sich zwischen zwei Bergen hindurchschlängelte. Der Übergang war frei.

Sogleich kehrte er zu Nihal zurück. »Da ist ein Steilhang. Aber der Pass ist frei!«, rief er.

»Spuren von Fammin?«, fragte Nihal.

Diese Worte wirkten auf Sennar wie eine kalte Dusche. »Darauf habe ich gar nicht geachtet. Aber von der Befestigungsmauer ist hier jedenfalls nichts mehr zu sehen.«

»Vielleicht kommen wir nur mit einem deiner Zauber weiter«, sagte sie und ging vor zu der Stelle.

Als sie an dem Steilhang standen, überlegten sie gemeinsam, was zu tun sei. Sie hatten keine Seile mit, um sich hinunterzulassen, und es ging einige Dutzend Ellen senkrecht in die Tiefe. Nihal lachte.

»Kannst du mir mal verraten, was es hier zu lachen gibt?«, fragte Sennar.

»Ich hab mir nur vorgestellt, wie du da hinunterkraxelst.«

»Ich habe da bestimmt weniger Probleme als du«, antwortete Sennar, trat einen Schritt vor und sprang.

»Sennar!«, schrie Nihal.

Der Magier hob den Blick und sah, wie sie sich vorbeugte und einen Seufzer der Erleichterung ausstieß.

Manchmal war es schon nützlich, schweben zu können.

»Du bist ja ein schöner Kavalier ...«, lamentierte Nihal. »Lässt man eine Dame so stehen?«

»Ich sehe hier keine Damen«, antwortete er, »bloß kühne Ritter ...«

Nihal lachte und begann hinunterzuklettern. Im ersten Abschnitt kam sie problemlos zurecht. Auf den letzten Ellen fand ihre Linke jedoch plötzlich keinen Halt, und sie schlug heftig auf dem Boden auf. In aller Eile rappelte sie sich hoch.

Sennar ließ sich die Gelegenheit nicht entgehen. »Beim nächsten Mal muss ich dich wohl unter den Arm klemmen ...«

»Das lag nur an der Kälte«, rechtfertigte sich die Halbelfe verlegen. »Ich spüre meine Hände nicht mehr; die sind wie Eis.« Sie streckte sich, tastete sich ab, ob alles heil war, und zog dann ihr Schwert.

Auch Sennar wurde wieder ernst und bereitete sich darauf vor, eine Zauberformel zu sprechen.

Nur ein kurzes Stück des Pfades vor ihnen war zu überblicken. Er wand sich zwischen den Felsen entlang und war so schmal, dass sie wohl im Gänsemarsch würden gehen müssen. Zu einer Seite erhob sich eine steile Felswand, auf der anderen gähnte eine tiefe Schlucht; und jenseits davon wieder Fels.

»Ich gehe vor«, schlug Sennar vor.

Nihal hatte nichts dagegen einzuwenden und blieb hinter ihm. Vorsichtig bewegten sie sich, denn der Boden war stellenweise mit Eis überzogen, und ein falscher Schritt hätte genügt, um sofort in die Tiefe zu stürzen. Immer weiter führte der Pfad um eine Bergflanke herum. Von Fammin war nichts zu sehen. Die Landschaft hatte sich nicht verändert, sodass sie sich durchaus noch im Land der Sonne hätten wähnen können. Doch sie befanden sich schon auf feindlichem Gebiet.

Vier Tage brauchten sie für den Abstieg aus den Sershet-Bergen. Auf der dem Land der Tage zugewandten Seite war das Gebirge weniger steil, und am zweiten Tag hatte der Sturm sich gelegt.

Nihal wusste, dass sie in den ersten Märztagen vom Hauptlager aufgebrochen waren; sie mussten sich also jetzt in der zweiten Monatshälfte befinden, doch der Kälte nach zu urteilen, war es noch tiefster Winter. Die Landschaft war nun völlig anders als im Land der Sonne; statt Wald wuchs hier spärliches Gras von kränklichem Gelb, und daneben gab es nichts anderes als Fels. Zersplittert, abgeschliffen von Wasser und Eis, rau und zernagt. In den vier Tagen des Abstiegs sahen sie kein einziges Mal die Sonne; ja, sie ahnten noch nicht einmal, wo sie hinter der dichten Wolkendecke stehen mochte.

»Wenn sich das Wetter nicht bald bessert, sitzen wir in der Klemme«, bemerkte Sennar mit einem besorgten Blick zum Himmel.

»Wieso? Können wir uns denn zur Orientierung nicht mit deiner Magie behelfen?«

»Zaubern möchte ich hier lieber nicht; Magier bemerken sofort die Präsenz anderer Magier. Man könnte uns dadurch aufspüren.«

Bevor sie weiter in das Tal hinabstiegen, zog sich Nihal ihren Umhang über den Kopf, und Sennar tat es ihr nach.

So marschierten sie hintereinander her durch die Abenddämmerung, bis ihnen plötzlich hinter einer Biegung klar wurde, dass sie angekommen waren. Vor ihnen lag das Land der Tage.

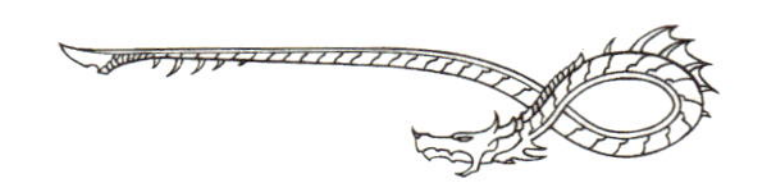

11

Laios Abenteuer

Am Morgen, an dem Sennar und Nihal aufgebrochen waren, wachte Laio spät auf und dachte, dass seine Gefährten sich wohl irgendwo im Lager aufhielten. So drehte er sich auf die andere Seite und schlief weiter.

Die Sonne stand schon hoch, als er endlich aufstand und aus dem Zelt trat.

Nach einiger Zeit wunderte er sich, dass er Nihal und Sennar nirgendwo begegnete, und ihn beschlichen die ersten Zweifel. So groß war das Hauptlager nicht: Eigentlich hätte er ihnen über den Weg laufen müssen.

Als er sie auch beim Mittagessen nicht erblickte, hielt er sich nicht erst mit Essen auf, sondern rannte sofort zu Nelgar.

Die Miene des Generals verfinsterte sich, als Laio zu ihm hereinstürzte. »Was führt dich zu mir?«, fragte er.

»Wisst Ihr vielleicht, wo ich Nihal finden kann? Sie ist jetzt nicht zum Essen gekommen, und den ganzen Morgen habe ich sie noch nicht gesehen.«

Nelgar senkte den Blick. »Nach der Mittagspause lasse ich nach ihr und Sennar suchen«, erklärte er beiläufig.

»Wisst Ihr denn nicht, wo sie sein könnten?«, ließ Laio nicht locker.

»Nein, das weiß ich nicht.«

Für Laio klang das wenig überzeugend, und er wurde immer misstrauischer. »Was verheimlicht Ihr mir?«

Schon bei diesem ersten Ansturm knickte Nelgar ein. Mit einer Hand fuhr er unter seinen Waffenrock, zog ein Pergament hervor und reichte es ihm ohne ein Wort.

Laio entfaltete es und las.

Es tut mir wirklich sehr, sehr leid. Lange habe ich gegrübelt und hin und her überlegt; glaub mir, der Entschluss ist mir nicht leichtgefallen. Aber jetzt weiß ich, dass es so am besten ist. Ich bin aufgebrochen. Wenn alles gut geht, bin ich, wenn Du diesen Brief liest, schon ein ordentliches Stück vorangekommen. Hoffentlich kannst Du mir verzeihen.

Ich handele nicht so, weil ich vielleicht glaube, dass Du überflüssig bist, oder weil ich Dich nicht bei mir haben will. Im Gegenteil brauche ich Dich, und eben deswegen konnte ich es Dir nicht erlauben, mit uns zu kommen. Ich könnte es nicht ertragen, wenn Dir etwas zustößt.

Bitte sei so klug und komm mir nicht nach. Bleib im Lager oder begib Dich zu Ido; das wird vielleicht das Beste sein. Unsere Armee braucht Dich, und Ido wäre mit einem tüchtigen Knappen gedient.

Um Deine Aufgabe zu erfüllen, musst Du nicht bei mir sein. Deine Pflichten liegen in den Freien Ländern, und ich erwarte von Dir, dass Du sie erfüllst. Wenn ich zurückkomme, wird der Tag ganz nahe sein, auf den wir alle so sehnlich warten. Dazu wirst Du mir dann wieder die Rüstung anlegen und mein Schwert reichen. So wie immer.

Pass gut auf Dich auf,

Nihal

Obwohl sein Gesicht Bände sprach, faltete Laio bemüht gefasst den Brief zusammen und erklärte in für ihn ungewohnt ernstem Ton: »Ich bitte um ein Schwert und ein Pferd.«

»Hast du alles gelesen?«, fragte Nelgar.

»Natürlich«, antwortete Laio, immer noch todernst.

»Wozu brauchst du dann ein Pferd und eine Waffe?«

»Ihr kennt mich doch; das muss ich wohl nicht erklären.«

Nelgar seufzte. »Ich habe versprochen, auf alle Fälle zu verhindern, dass du ihr folgst.«

»Und ich meinerseits werde alles daran setzen, sie zu finden. Daher bitte ich Euch, eingedenk der langen Zeit, die ich hier meinen Dienst tat, erspart uns beiden ein großes Theater. Gebt mir ein Pferd und lasst mich ziehen!«

»Das kann ich nicht.«

Laio spürte in sich die gleiche Entschlossenheit, die ihn ein Jahr zuvor dazu befähigt hatte, sich gegen seinen Vater zu stellen und seinen eigenen Weg zu gehen. Und auch dieses Mal würde er sich nicht aufhalten lassen. »Gebt mir eine Waffe und ein Pferd!«

»Jetzt gib endlich Ruhe, sonst lasse ich dich in Ketten legen.«

»Auch davon ließe ich mich nicht aufhalten.«

»Das ist doch der reinste Schwachsinn!«, verlor Nelgar die Geduld. »Du kannst dir doch wohl selbst vorstellen, welchen Gefahren du ausgesetzt wärest in einem feindlichen Land. Nihal ging es nur darum, dich zu schützen.«

»Nihal hat über meinen Kopf hinweg entschieden. Aber ich bin kein Kind mehr, auch wenn ihr alle mich immer noch so behandelt. Ich weiß, dass sie mich mehr braucht als Ihr hier im Lager. Das ist kein Schwachsinn, sondern mein Entschluss«, erklärte er mit fester Stimme.

»Wenn dies dein Entschluss ist, so lässt du mir keine andere Wahl.« Nelgar rief zwei Wachsoldaten herbei. »Sperrt ihn irgendwo ein und passt gut auf ihn auf.«

Die beiden Männer blickten sich ratlos an; dann ergriff einer von ihnen das Wort: »Aber ... er ist doch einer von uns ...«

»Ihr sollt hier nicht diskutieren, sondern gehorchen!«, machte Nelgar kurzen Prozess.

Die Soldaten wandten sich Laio zu, der sich ein wenig wehrte, doch die beiden waren sehr viel stärker als er. Im Nu hatten sie ihn bewegungsunfähig gemacht.

»Wenn Ihr glaubt, ich würde aufgeben, so habt Ihr Euch getäuscht«, rief der Knappe, während die Wachen ihn wegschleppten.

Eingesperrt in einem dunklen, feuchten Raum, verbrachte Laio die Nacht. Anfangs standen ihm die Tränen in den Augen, so furchtbar machtlos fühlte er sich. Vor allem aber kam er sich wie ein Idiot vor. Ähnlich wie damals zu Zeiten seiner Ausbildung in der Akademie, als er von allen Schülern der Schwächste gewesen war und jedermann sich über ihn lustig gemacht hatte.

Die ganze Nacht zerbrach er sich den Kopf darüber, wie er aus dem Lager fliehen könnte. Mit ein wenig Glück, dachte er, dürfte das eigentlich nicht so schwierig sein. Er war kein Feind und wurde daher nicht übermäßig streng bewacht. Die Hände hatten sie ihm nicht gebunden und ihn auch nicht durchsucht, bevor sie ihn allein ließen.

Er betrachtete die Wände des Raumes; sie waren aus großen quadratischen Blöcken gemauert, und einer davon wirkte ein wenig wacklig. Ein Tag Arbeit würde wohl genügen, um ihn ganz zu lösen und sich so einen Fluchtweg zu schaffen. Er suchte in seinen Taschen und fand noch das alte Messer, das er immer benutzt hatte, als er allein im Wald lebte, bevor er dann Idos, später Nihals Knappe wurde. Die Klinge war zwar stumpf, aber für sein Vorhaben durchaus zu gebrauchen. Er musste nur den Kalk herauskratzen, der den Quader mit den anderen Steinen verband.

Den ganzen Tag über konnte sich Laio fast ohne Unterbrechungen an der Wand zu schaffen machen. Nur am Vormittag und am frühen Nachmittag kam eine Wache vorbei, um ihm etwas zu essen zu bringen und zu schauen, was er machte. Und bei diesen Gelegenheiten merkte Laio, wie sehr das lange Zusammensein mit Nihal und Sennar sein Wahrnehmungsvermögen geschärft hatte. Beide Male nämlich hörte er die Wachen rechtzeitig genug, um den Kalk am Boden in eine Ecke zu schieben und ein paar Decken darüberzuwerfen.

Dann setzte er sich rasch so vor die Wand, dass der Hereinkommende nichts merken konnte.

In der zweiten Nacht seiner Gefangenschaft war alles zur Flucht vorbereitet. Als es dunkel war, kroch Laio ins Freie. Und das Glück stand ihm zur Seite: Die Wache döste in einer Ecke. Auf Zehenspitzen schlich Laio auf den Soldaten zu und zog ihm das Schwert aus der Scheide. Dann hüllte er sich in einen schwarzen Umhang und hastete auf den Palisadenzaun zu, der das Lager umgab.

Den Gedanken an ein Pferd musste er schweren Herzens aufgeben: Durch das Haupttor zu verschwinden, wäre zu schwierig geworden. Er musste über den Zaun. Er suchte sich eine Stelle, die nicht überwacht wurde, und kletterte hinüber.

Dann rannte er in den Wald hinein.

So schnell er konnte, entfernte er sich vom Lager, zunächst lief er, dann, als er außer Atem war, marschierte er raschen Schritts. Er wollte das Lager möglichst weit hinter sich lassen, bevor es hell wurde und man ihm vielleicht jemanden auf die Fersen setzte.

Die ganze Nacht wanderte er ohne bestimmtes Ziel durch den Wald. Erst als die Sonne aufging, fragte er sich, welche Richtung er überhaupt einschlagen sollte. Er wusste, dass er zur Grenze gelangen und dabei auf der Hut sein musste, sich nicht an die Front zu verirren. Doch seine diesbezüglichen Kenntnisse stammten noch aus dem Vorjahr, als er im Hauptlager gelebt hatte. Und jetzt hatte er keine Ahnung, wie weit die feindliche Armee bereits vorgerückt war.

Am Waldrand setzte er sich ins Gras und überlegte, was zu tun sei. Das Land der Sonne war ihm eher fremd, und er kannte im Grunde nur den Weg, der in die Hauptstadt Makrat führte. Während er sich ins Gedächtnis zu rufen versuchte, wie eigentlich die Grenze verlief, verzagte er immer mehr. Er hatte nicht die leiseste Ahnung, wie er jetzt weiter vorgehen sollte, und es kam ihm so vor, als sei seine Reise bereits beendet, bevor sie eigentlich angefangen hatte.

Er ließ den Wald hinter sich und begann die Ebene zu durchwandern. Es war ein weites Gebiet, wo von irgendwelchen Heeren nichts zu sehen war. Das könnte wohl die richtige Gegend sein, um die Grenze zu überqueren, überlegte er. Den ganzen Morgen marschierte er. Seine gesamte Selbstsicherheit war verraucht, und immer häufiger dachte er, wie dumm er doch gewesen war, sich über Nelgars und Nihals Anordnungen hinwegzusetzen.

Als er schon nahe der Grenze war, erblickte er eine schwarze Linie am Horizont. Vor ihm, in der Ferne, standen Truppen. Dort konnte er also unmöglich hinüber. Mittlerweile quälte ihn zudem der Hunger, denn zu allem Unglück hatte er keinerlei Proviant für den langen Weg eingesteckt. So blieb ihm nur eins: Er musste nach einem Dorf Ausschau halten.

Nach einem halben Tagesmarsch erkannte er die ersten Häuser eines Dörfchens. Es waren nicht mehr als ein Dutzend insgesamt, die um einen länglichen Platz herum standen. Die Front war nahe, und die Angst hatte die Menschen von den Straßen vertrieben. Ein Wirtshaus war allerdings geöffnet, mit einer Stube, in der man sich stärken konnte, und einem angebauten Stall als Unterkunft für Mensch und Tier. Zum Glück hatte Laio einiges an Geld in der Tasche. Unterwegs mit Sennar und Nihal hatte er die Reisekasse gehütet und trug den Geldbeutel immer am Körper, selbst wenn er schlief.

Nun aß er etwas und beschloss dann, sich bei jemandem in der Gaststube zu erkundigen. Der Wirt, ein stattlicher Mann mit kugeligem Bauch und gutmütigem Gesichtsausdruck, flößte ihm Vertrauen ein. Er trat auf ihn zu und fragte, wie die Lage an der Front sei.

Der Mann schaute ihn misstrauisch an und heftete dann den Blick auf Laios Schwert. »Du schaust nicht wie ein Soldat aus«, sagte er.

Laio errötete. »Ich bin ein Knappe und unterwegs zu meinem Ritter.« Das war noch nicht einmal gelogen.

»Rund zehn Meilen von hier entfernt wird gekämpft«, antwortete der Wirt, nun gelassener. »Feindliche Stellungen gibt es fast überall längs der Grenze. Die einzige von Truppen unbesetzte Gegend sind die Sershet-Berge. Bis dort hinauf dringen gewöhnlich noch nicht einmal die Fammin vor.«

So musste er also über das Gebirge. Nach Auskunft des Wirtes war der Weg sehr weit, und Nihals und Sennars Vorsprung war groß. Der Knappe rechnete hin und her und kam zu dem Schluss, dass es das Klügste wäre, all sein Geld in ausreichend Proviant für den Weg und zudem ein Pferd zu stecken. Das tat er dann auch, und kaum hatte er sein Mahl beendet, saß er auf und ritt los.

In wildem Galopp jagte er der Grenze zu. Aber auch wenn es ihm gelänge, sie zu überqueren, dachte er, bliebe das Problem, wie er Nihal finden sollte. Er wusste ja nicht, wohin sie unterwegs war, hatte nicht die leiseste Ahnung, wo das gesuchte Heiligtum lag, und würde dort im Feindesland auch niemanden nach dem Weg fragen können.

So versuchte er, die Sache noch einmal in Ruhe zu durchdenken: Auch das nächste Heiligtum würde sich wahrscheinlich wieder, so wie die anderen, in einer sehr unzugänglichen Gegend befinden, und wenn Nihal und Sennar sich dort den Edelstein geholt hatten, würden sie sicher den kürzesten Weg über die Grenze in das Land der Nacht einschlagen. Und dort würde er dann zu ihnen stoßen können. Sein Vater, der aus dem Land geflohen war, als er selbst noch ein Kind war, hatte ihm viel davon erzählt, und Laio glaubte fest, sich dort zurechtfinden zu können. Aufgemuntert durch diese Gedanken, hielt er weiter auf die Sershet-Berge zu.

Vier Tage nach seinem Aufbruch führte der Weg nun immer steiler bergauf. Laio erinnerte sich in groben Zügen, wie die Pässe verliefen; Ido hatte ihm vor langer Zeit davon erzählt, während er, Laio, dessen Rüstung poliert hatte. Seine Erinnerungen an die Erzählungen des Gnomen waren jedoch vage und widersprüchlich, und daher beschloss er, es gleich mit dem ersten Pass zu versuchen. Doch das war ein Fehler.

Ohne besonders auf der Hut zu sein, trabte er den Pass hinauf, aber kaum oben angekommen, erfasste ihn ein Schneesturm, der ihm die Sicht auf die mächtige Befestigungsmauer nahm, die sich vor ihm aufbaute. Da der Pass selbst aber in gutem Zustand schien, dankte er seinem Schicksal und trieb sein Pferd weiter an.

So ritt er dahin, als er plötzlich auf eine Patrouille von Fammin stieß, die die Gebirgshänge kontrollierte.

Als er die Feinde erblickte, suchte er sogleich sein Heil in der Flucht. Doch zu spät. Sein Pferd wurde niedergestreckt, und Laio stürzte zu Boden, kam aber sofort wieder hoch und rannte, so schnell ihn die Beine trugen, mit dem Schwert in der Hand den Berg hinauf. Zum letzten Mal richtig gekämpft hatte er im Haus seines Vaters, als dieser ihn, um doch noch einen Ritter aus ihm zu machen, zu einem Duell gegen einen seiner Soldaten gezwungen hatte. Er versuchte, nicht den letzten Mut zu verlieren, und umklammerte noch fester sein Schwert. Würde er hier sterben, wäre alles sinnlos gewesen.

Am Fuß einer Felswand war seine Flucht zu Ende. Sie zu überwinden, war aussichtslos. Jetzt blieb ihm nur noch eins: Er drehte sich um und warf sich auf seine Verfolger. Einen von ihnen konnte er zwar verwunden, doch im Nu war er überwältigt; er spürte, wie eine Schwertklinge seine Schulter aufriss und ihn gleichzeitig von Kopf bis Fuß ein entsetzlicher Schmerz durchfuhr. Er wurde ohnmächtig und war in der Gewalt seiner Feinde.

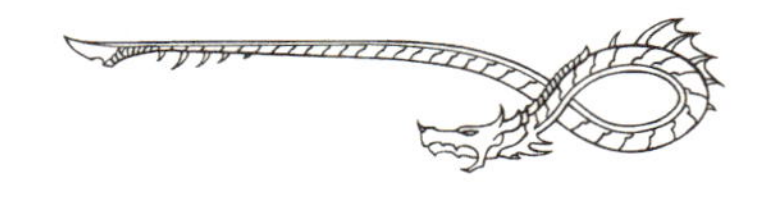

12

In der Wüste

Nihal hatte sich häufig gefragt, wie ihre Heimat wohl aussehen mochte, und war überzeugt, dass sie wunderschön sein müsse, voller Wälder und Quellen mit klarem Wasser, wo immer die Sonne schien und der Frühling ewig währte. Im Traum hatte sie manchmal herrliche Landschaften gesehen, Städte, prächtige Paläste. Aber was jetzt vor ihr lag, hätte von diesem Bild, das sie sich gemacht hatte, nicht weiter entfernt sein können.

Zu ihren Füßen erstreckte sich eine endlose Ebene von einem kraftlosen Gelb, aus der sich hier und da seltsam unförmige Ansammlungen von Gebäuden abhoben, die wohl Städte sein wollten, in Wirklichkeit aber bloß deren groteske Karikaturen waren. Verbunden waren sie durch breite, gerade Straßen, die ein die Landschaft zerschneidendes Netz bildeten. An mehreren Stellen stiegen dichte Rauchsäulen auf, die die Luft verpesteten. Nur hier und da standen in dieser Ödnis Baumgruppen, deren Grün aber bleich und leblos wirkte.

Nihal ließ den Blick über diese Landschaft schweifen. Überall nur dieses trostlose, monotone Bild. Im Osten reichte die Wüste bis an diese besiedelte Ebene heran und streckte ihre sandigen Klauen danach aus. Im Westen erkannte sie ein weites grünliches Gebiet mit großen schwarzen Tupfen: Sümpfe.

Dort erblickte Nihal etwas, das ihre Aufmerksamkeit erregte. Eigenartige weiße Gebäude, die sich von diesem kränklich wirkenden Grün abhoben. Sie wusste nicht, wieso, aber sie erinnerten sie an etwas, das sie kannte. Sie schloss die Augen, und das Schwarz hinter den geschlossenen Lidern füllte sich mit Bildern.

Sie sah das Land der Tage, wie es fünfzig Jahre zuvor ausgesehen hatte, als dort das Wüten der Fammin und die Grausamkeit des Tyrannen noch unbekannt waren. Sie sah ein üppiges Land mit weiten Wäldern, unterbrochen von Wiesen und Auen, auf denen Blumen farbenprächtige Mosaike bildeten. Sie sah zahlreiche Städte, hoch, hell, prächtig, mit Zinnen bewehrt. Im Hintergrund, in südlicher Richtung, erkannte sie einen See, in dessen Wasser sich der Himmel so kristallklar spiegelte, als sei ein Teil des Firmaments auf die Erde gefallen, als Geschenk der Götter an jenes fleißige Volk, das dort lebte. Prächtige Wälder überall, in allen Schattierungen von Grün: dunkel in dichterer Vegetation, hell dort, wo die Blätter gerade erst gesprossen waren, smaragdgrün, wo besonders viel Wasser aus den Quellen sprudelte. Dies war das Land der Tage, das Land, in dem Nihals Vorfahren über Jahrhunderte gelebt hatten, das Land, das sie zu lieben spürte und dem sie sich zugehörig fühlte. Ein Ort, an dem sie sich nicht als Fremde fühlen konnte.

Ich bin daheim … endlich daheim …

Dann öffnete sie die Augen, und die Wirklichkeit holte sie wieder ein. Nichts von dem, was sie gesehen hatte, existierte noch. Die Wälder waren größtenteils von einer Wüste verschlungen worden, abgeholzt von Fammin, um Befestigungsanlagen zu bauen und Platz für neue Kasernen zu schaffen. Die Blumenwiesen hatte der Rauch erstickt. Das klare Wasser war verschmutzt oder versiegt, die reine Luft verpestet. Die jetzt schon viele Jahre währende Herrschaft des Tyrannen hatte alles Schöne dieser Gegend hinweggefegt. Noch nicht einmal Spuren davon waren geblieben. Die letzten Bruchstücke durfte Nihal hüten, die dieses Land so sehen konnte, als habe sie selbst dort gelebt.

»Nihal, was ist los mit dir?«, flüsterte Sennar.

Nihal riss sich zusammen. Sie spürte, dass ihre Wangen feucht von Tränen waren. Mit dem Handrücken fuhr sie darüber und deutete in die Ferne, in Richtung der Sümpfe. »Dort stand Seferdi, die Hauptstadt, ›Weiße Stadt‹ genannt. Kein Kristall der gesamten Aufgetauchten Welt habe so herrlich geglänzt wie der königliche Palast, erzählte man, und auf viele Meilen hin habe man sein Glitzern gesehen.« Sie zeigte auf eine andere Stelle. »Dort unten war der Alte Wald von Bersith, den König Nammen so liebte.«

»Woher weißt du das alles?«, fragte Sennar flüsternd.

»Durch die Geister, die mir erscheinen. Was hat man bloß aus meiner Heimat gemacht?«

Sennar trat noch näher zu ihr und nahm sie in den Arm.

Beim Abstieg ins Tal verhielten sie sich so vorsichtig wie möglich und entschieden sich immer für die unwegsamsten Pfade und Wege, auch wenn es einen Umweg bedeutete und sie dadurch erheblich länger brauchten. In der weiten Ebene unter ihnen wimmelte es sicher von Fammin.

Als es dunkel wurde, fanden sie Zuflucht in einer dunklen feuchten Höhle, die ihnen in einer Bergflanke aufgefallen war. Dort machte sich Nihal sogleich daran, den Talisman zu befragen. Es fiel ihr schwer, sich zu sammeln, denn die dröhnenden Stimmen in ihrem Kopf wollten einfach nicht schweigen. Schließlich aber erkannte sie, welche Richtung sie einschlagen mussten.

»In der Wüste, ein Palast ... weiter östlich.«

»Na toll, dieses ganze vermaledeite Land ist eine einzige Wüste ...«, bemerkte Sennar. »Nur um hierher zu gelangen, haben wir zwei Wochen gebraucht. Und mich friert hier, obwohl es doch Frühling ist.«

Sie beschlossen, am Fuß der Berge entlang weiterzuziehen, bis die Städte hinter ihnen lägen und die ersten Ausläufer der Wüste in Sicht kämen. Während der ersten Tage ihrer Wanderung fühlten sie sich noch sicher. Sie stießen weder auf Dörfer noch auf Wachsoldaten: überall Einöde.

Mit der Zeit wurde Nihal immer abweisender und verschlossener. Wenn Sennar das Wort an sie richtete, antwortete sie nur einsilbig. Sie schaffte es nicht mehr, der Stimmen in ihrem Schädel Herr zu werden, die unablässig auf sie einredeten. Es war wie ein Sprechgesang im Takt ihrer Schritte, dessen Bedeutung sie oft nicht verstand, Worte, Stimmen, Seufzer, Schreie, abgerissene Sätze, die von Tod und Massakern erzählten. Wenn die Nacht herabsank und sie endlich einschlafen konnte, quälten die Träume sie so arg, dass sie froh war, wenn sie endlich die Wache übernehmen konnte.

Hatte sich Nihal früher die Wüste vorgestellt, so hatte sie an tiefrote Sonnenuntergänge über einem Meer von Sanddünen, an eine menschenleere, aber wunderschöne, wilde Landschaft gedacht.

Die Gegend, die sie nach fünftägiger Wanderung im Morgengrauen erreichten, war völlig anders. Hier und dort erhoben sich zwar einige Dünen, aber darüber hinaus war es ein hartes, ausgedörrtes, mit grauem Kies bedecktes Land. Sogar die karge Vegetation hatte etwas Bedrohliches. Es waren bräunliche oder giftgrüne Pflanzen mit langen Dornen und eigentümlichen Blüten. In grotesken Formen streckten sie sich dem bleiernen Himmel entgegen und warfen unheimliche Schatten.

Es war kalt. Die Sonne schaffte es nicht, die Wolkendecke zu durchdringen, und eine Stunde war wie die andere: Das Licht am Himmel änderte sich nicht. Der Morgen kündete sich mit einem tristen blassen Lichtschein an, der kaum die grauen Wolken in weißliches Licht zu tauchen vermochte, und der neue Tag begann im ewig gleichen Halbschatten der Wolken und dem Krächzen der Raben; irgendwann setzte ein trostloser gelblicher Sonnenuntergang ein, der das wenige Licht hinwegnahm, das den Tag erhellt hatte. Die Nächte waren eiskalt und still.

Nach drei Tagen gingen ihre Vorräte zur Neige, und sie waren gezwungen, sich von den Wurzeln zu ernähren, die sie aus dem Wüstenboden ausgruben. Wasser hatten sie noch, aber länger als eine Woche würde es nicht reichen, und sie wussten nicht, wie lang der Weg sein würde, der noch vor ihnen lag. Überall um sie herum war nichts als Einöde, nacktes Gestein und jene verwachsenen Pflanzen, die sie auszulachen schienen.

Langsam verloren sie ihr Zeitgefühl. Sie wussten nicht mehr, wie lange sie schon in dieser Wüste umherirrten. Gleiche Nächte folgten gleichen Tagen, das Licht wich der Dunkelheit und die Dunkelheit dem Licht, aber keiner der beiden hätte noch sagen können, wo jetzt Osten oder Westen war. Sie befanden sich inmitten des Nichts. Nihal war nahe daran, den Verstand zu verlieren, und Sennar fühlte sich furchtbar hilflos.

»Keinen Schritt weiter!«, rief Nihal plötzlich und fiel auf die Knie. »Führ mich weg von hier! Führ mich weg! Und bring sie zum Schweigen! Schweigt endlich!«

Sennar beugte sich über sie und nahm sie in den Arm. In diesem Moment erhob sich ein eisiger Wind und fegte rasend schnell über das Ödland.

»Wir müssen hier fort! Das sieht nach schwerem Sturm aus!«, rief Sennar. So als höre sie ihn gar nicht, blieb Nihal am Boden liegen. »Ich bitte dich, steh auf!«, drängte der Magier sie, doch sie war wie gelähmt.

Da zog Sennar sie hoch und stapfte mit ihr im Arm blindlings durch den Sturm. Der aufgewirbelte Staub nahm ihm die Sicht, und auch mithilfe eines Zaubers konnte er sich nicht orientieren, weil er nicht die leiseste Ahnung hatte, wonach er suchen sollte.

»Halte durch! Das ist gleich wieder vorbei«, versuchte er, Nihal Mut zu machen, erhielt aber keine Antwort. »Sprich! Sag doch was!«

Doch er spürte nur eine kalte Hand, die sich auf Brusthöhe in seinem Gewand festgekrallt hatte.

13

Thoolan oder Vom Vergessen

Sennar und Nihal wurden vom Sturm überwältigt. In kürzester Zeit war alles um sie herum nur noch eine einzige graue Wand aus Staub. Sie kamen nicht mehr weiter. Nihal, die offenbar das Bewusstsein verloren hatte, mit sich schleifend, tastete Sennar sich blindlings vor. Schließlich fiel er auf die Knie, um sich in sein Schicksal zu ergeben und vom Sand begraben zu lassen. Da drang eine schwache Stimme an sein Ohr.

Sennar senkte den Kopf und erkannte, dass Nihal vollkommen ruhig zu ihm sprach. »Ich spüre einen großen Frieden ..., gehe weiter, geradewegs vor dir ...«

Offenbar erkannte Nihal irgendetwas. So machte sich der Zauberer noch einmal selbst Mut und rappelte sich wieder auf.

»Weiter ... immer weiter ..., ich spüre, dass mein Kopf langsam leerer wird ...«, murmelte Nihal.

Irgendwann war auch Sennar, als erblicke er etwas durch diese graue Wand hindurch – ein Licht. Der Wind ließ langsam nach und legte sich ganz. Und plötzlich breitete sich eine unheimliche Stille aus.

Sie standen vor einem seltsamen Palast, dem alle Winde, die sie gepeitscht hatten, entsprungen zu sein schienen. Es handelte sich um ein würfelförmiges Gebäude, in das eine Reihe von Quadern, Pyramiden und Parallelflächen eingelassen waren, was ihm insgesamt ein grotesk wirres Aussehen gab. Besonders absurd wirkte ein großes hölzernes Mühlrad, das an einer Seite aufragte. Über eine offene Leitung wurde Wasser an der Außenmauer entlanggeführt, ergoss sich dann auf das Rad und setzte es in Bewegung. Anstatt nun aber ein Bächlein zu bilden, floss es in entgegengesetzter Richtung in eine andere Rinne weiter, die einige Handbreit über dem Boden den Sockel umlief, um dann entgegen aller Gesetze der Schwerkraft wieder anzusteigen und erneut in die obere Leitung einzumünden. Ein unendlicher, unerklärlicher Kreislauf.

Die Außenwände waren fast alle kunstvoll dekoriert, doch kein Bild passte zum anderen. Sahen sie auf einer Seite ein geometrisches Muster, so prangte auf einer anderen ein großes Wandbild, auf wieder einer anderen ein Mosaik, und daran schloss sich eine einzige Glaswand an. Alle Farben bissen sich. Es schien weniger ein Gebäude zu sein als eine wüste Ansammlung von Gebäudeteilen, die ein Blinder zusammengestoppelt hatte.

»Du kannst mich jetzt runterlassen«, sagte Nihal, »mir geht's schon wieder viel besser.«

Sennar wandte den Blick von dem seltsamen Gebäude ab und gehorchte. »Bist du sicher, dass alles in Ordnung ist?«, fragte er.

Nihal lächelte. »Plötzlich ist mein Kopf wie leer geräumt«, sagte sie. Sie atmete tief durch und kostete die Stille in ihrem Geist aus. Es war wirklich entsetzlich gewesen. Sie hob den Blick zu dem Gebäude. »Das ist das Heiligtum.«

»Was hältst du davon?«, fragte Sennar.

»Es kommt mir so vor, als wolle es mich beschützen, und lädt mich ein einzutreten.«

Eine Freitreppe führte zum Eingang hinauf, einer kleinen Tür an der Hauptfassade. Darüber hing eine Art Balkon, an dem einige Pflanzen herunterrankten. Zwischen diesen aber ragte majestätisch ein Baum auf, und es war völlig unerklärlich, wie er unter diesen beengten Verhältnissen überhaupt wachsen konnte.

»Vielleicht hast du Recht. Aber ich finde das Gebäude eher schauerlich«, erklärte Sennar. Er schob sie zur Seite. »Doch egal wie, ich gehe lieber vor, nur für den Fall, dass dort Gefahren lauern.«

»Du musst dich wirklich nicht immer so aufspielen«, erwiderte Nihal, aber er war bereits eingetreten.

Sie folgte ihm. Doch kaum hatte sie einen Fuß in den Palast gesetzt, da verlor sie die ganze Selbstsicherheit, die sie kurz zuvor noch verspürt hatte. Das Innere war, gelinde gesagt, verwirrend. Sie wusste nicht, wie sie sich orientieren sollte. Es handelte sich um ein Gewusel von Treppen, die hinauf- und hinabführten, sich nach links, nach rechts, in alle Richtungen wanden. Nihal konnte nicht erkennen, woher sie kamen und wohin sie führten, oben und unten schien keine Bedeutung mehr zu haben. Sie erblickte Türen, wo eigentlich die Decke sein sollte, und Lampen, die vom Fußboden hingen. Ein Labyrinth. Und doch spürte die Halbelfe immer noch, dass die Stille in ihrem Kopf und ihr plötzliches Wohlbefinden von diesem Ort ausgingen.

»Und jetzt?«, fragte Sennar.

»Keine Ahnung.«

Der Magier ging weiter hinein, und Nihal blickte sich noch aufmerksamer um, um irgendwo einen Anhaltspunkt zu finden. Ganz oben befanden sich zwei Türen, weitere drei an der rechten Seite, fünf öffneten sich zur Linken, eine im Fußboden. Und überall um sie herum nichts als Treppen.

»Vielleicht könntest du es mal mit einem Zauber versuchen?«, schlug sie vor.

»Was soll das bringen? Hier weiß man ja noch nicht einmal, wo oben und wo unten ist.«

»Dann müssen wir es eben auf einen Versuch ankommen lassen«, sagte Nihal, und schon begann sie, die erstbeste Treppe hinaufzusteigen.

Sennar folgte ihr. Die Treppe schien kein Ende nehmen zu wollen. Und endlich oben angekommen, stießen sie nur auf eine Wand, die ihnen den Weg versperrte.

»Offenbar habe ich mich getäuscht«, sagte Nihal.

Sie machte kehrt, merkte dabei aber schnell, dass die lange Treppe, die sie nun hinabstiegen, eine ganz andere war als jene, die sie heraufgekommen waren. Genauer, sie war es, hatte sich aber vollkommen verändert. Vor allem war sie viel kürzer, und der Raum, in den sie führte, war ein anderer als der, von dem sie aufgestiegen waren.

»Aber wir können doch nur diese Treppe genommen haben«, meinte Sennar ratlos.

»Ja, das denke ich auch. Ich bin die Treppe hinauf-, oben auf die Wand gestoßen und wieder hinuntergegangen. Eine andere Treppe war da ja nicht.«

Jedenfalls standen sie nun in einem anderen Raum: Vor sich hatten sie nur noch eine Tür. Sie durchquerten sie und gelangten in ein anderes Zimmer. Auch dort befand sich nur eine weitere Tür, sie traten hindurch und stießen auf eine dritte Tür. Wieder gingen sie hindurch und fanden wieder eine und noch eine und wieder eine. Auf diese Weise durchschritten sie eine unendliche Zahl von Türen, eine kleiner als die andere, und gelangten so in den x-ten Raum, einen Raum, der nun wieder Treppen, aber keine Türen mehr aufwies.

Nihal rannte auf die erstbeste Treppe zu und stürmte sie wütend hinauf. Oben angekommen, öffnete sich ein bodenloser Abgrund zu ihren Füßen. Entmutigt stöhnte sie auf.

»Ich habe mal etwas über Labyrinthe gelesen«, nahm Sennar die Situation in die Hand. »Ich meine mich zu erinnern, dass man eine Hand an die Wand legen muss und sie keinen Moment wegziehen darf, während man daran entlanggeht. Vielleicht hilft uns das.«

Sennar legte seine Rechte an die Wand und ging los. Nihal folgte ihm. Sie stiegen verschiedene Treppen hinunter, durchquerten eine Reihe von Türen und gelangten schließlich in einen Raum ohne Ausgänge. Als sie sich umdrehten, stellten sie fest, dass auch der Eingang, durch den sie gekommen waren, verschwunden war.

»Was zum Teufel ...«, murmelte Sennar.

Nihal blickte sich verloren um.

Und jetzt?

Sie sah zu Sennar. Er hatte ihr den Rücken zugewandt, und seine Schultern zitterten; jetzt hob er eine Hand, und ein Strahl schoss hervor und durchbrach die Wand.

Sennar drehte sich zu ihr um. »Jetzt haben wir eine Tür«, grinste er, und schon eilte er auf den Durchgang zu.

Es war jedoch nur eine vorübergehende Lösung. Kaum hatten sie den Raum verlassen, irrten sie schon wieder in einem Labyrinth aus Sälen, Treppen und Türen umher.

So streiften sie durch den rätselhaften Palast, verloren ihr Zeitgefühl, wurden wütend, bemühten sich wieder, kühlen Kopf zu bewahren und sich irgendwie zu orientieren. Immer wieder versuchte es Sennar mit tausenderlei Zaubern, aber schließlich gaben sie auf und ließen sich auf einen kleinen Absatz niedersinken.

»Mir fällt absolut nichts mehr ein«, stöhnte Sennar.

Nihal saß da, den Kopf zwischen den Knien, und starrte auf den Fußboden. Wenigstens quälten sie keine Stimmen. Das war ja schon etwas. »Wie lange sind wir hier drinnen schon umhergeirrt?«, fragte sie.

»Keine Ahnung ... ein paar Stunden aber bestimmt. Und wenn das so weitergeht, kommen wir hier nie mehr hinaus.«

»So ein Unsinn«, erwiderte sie verblüfft. »Zwei Tage laufen wir sicher schon hier herum.«

»Bist du verrückt? Wir haben doch gar nichts gegessen. Außerdem ... zählst du die Säle zusammen, in denen wir waren, kommst du auf nicht mehr als dreißig ... So unendlich lange sind wir also noch nicht hier.«

»Es waren viel mehr als dreißig ... Bei hundert habe ich aufgehört zu zählen.« Sie spürte, wie ihr ein Rinnsal kalten Schweißes den Rücken hinunterlief.

»Du hast tatsächlich die Räume gezählt?«, fragte Sennar in ängstlichem Ton.

»Zunächst ja ... Gestern Abend habe ich irgendwann aufgehört.«

»Nihal, wir haben hier keinen Abend erlebt!«

»Und ob! Wir haben uns doch in dem runden Saal ausgeruht, dem mit den vielen Säulen, und dort auch ein paar Stunden geschlafen.«

»Ich habe überhaupt nicht geschlafen.«

»Natürlich hast du geschlafen. Mit deinem zusammengerollten Umhang als Kopfkissen.« Sie ergriff seinen Umhang und zeigte ihn ihm. »Sieh mal, wie verknittert der ist.«

Sennar nickte. Tatsächlich sah es so aus, als sei er zusammengerollt gewesen. »Und du meinst, wir haben auch etwas gegessen?«, fragte er nach.

»Ja.«

»Was denn?«

»Zwei von den Wurzeln, die wir ausgegraben haben, und das zweite Krüglein Wasser haben wir ausgetrunken.«

Sennar nahm den Beutel mit den Wurzeln und öffnete ihn. Es fehlte keine, und das Krüglein war fast voll.

Nihal blickte ihn kopfschüttelnd an. »Dabei bin ich sicher, dass wir etwas gegessen und auch geschlafen haben …«

»Und ich bin mir genauso sicher, dass es nicht wahr ist.«

Die Halbelfe sprang auf und zückte ihr Schwert. »Irgendjemand hält uns hier zum Narren …« Sie blickte sich um, konnte aber nichts erkennen.

»Das kann nur der Wächter sein.«

Nihal fuhr herum.

»Was ist los?«, fragte Sennar.

»Ich hab was gehört. Folge mir.«

So rannten sie wieder eine Treppe hinauf auf der Suche nach irgendwem oder irgendwas, das sie aus diesem Albtraum erlösen könnte. Bald aber musste sich Nihal eingestehen, dass sie sich wohl getäuscht oder die Spur verloren hatte.

»So ein Pech«, murmelte sie, »aber ich hab doch was gehört.« Sie drehte sich zu Sennar um und stellte fest, dass sie allein war. Sie wusste noch nicht einmal mehr, wo sie in den Saal hereingekommen waren. »Sennar …«, rief sie zaghaft, doch nur ihr eigenes Echo antwortete ihr. »Sennar!«, rief sie noch einmal, nun entschlossener. Nichts. »Sennar!«, schrie sie und rannte los.

Wo bin ich? Was ist mit Sennar passiert?

Sie war dermaßen außer sich, dass sie nicht mehr darauf achtete, wohin sie lief, und nicht merkte, dass das Licht immer schwächer wurde und schließlich ganz erlosch. Sie war allein und hatte jeden Anhaltspunkt verloren. Sie wusste nicht, wie groß der Saal war, in dem sie sich befand, noch, wie er geformt war. Sie wusste auch nicht, wie herein- oder hinauszukommen war. Da blieb sie stehen und hörte ihr Herz wie wahnsinnig schlagen. Panik ergriff sie. Auf der Suche nach einer Wand streckte sie tastend eine Hand aus, doch ihre Finger griffen ins Leere.

»Wo bin ich? Sennar! Sennar! Wo bist du?« Da spürte sie die Gegenwart von irgendjemandem in der Nähe und zückte rasch ihr Schwert. »Wer bist du?«, rief sie.

Ein schwaches Licht erhellte den Raum um sie herum, und sie vernahm eine Stimme.

»Willkommen!«

»Wo ist Sennar?«, rief Nihal zurück, noch bevor sie fragte, wo sie sich befand und wer da zu ihr sprach.

»Der ist in Sicherheit. Er schaut sich ein wenig in meinem Palast um«, sprach die Stimme.

Nihal blickte sich ängstlich um. Längs der Wände verliefen Arkaden mit weiten Bögen, die von massiven Säulen getragen wurden. Durch die offene Gewölbedecke konnte Nihal den Nachthimmel sehen, der seltsam hell wirkte und voller riesengroßer Sterne und Planeten war, die sie nicht kannte.

»Führ mich zu ihm, ich bitte dich ...«, flehte sie.

Durch einen Bogen des Gewölbes erschien die Gestalt einer alten Frau, deren weißes Haar zu einem langen Pferdeschwanz geknotet war. Ihr Gesicht wirkte gelassen, aber streng, und sie trug ein langes, weißes Kleid, das in der Taille mit einer silbernen Schnur gegürtet war. Ihr Gang war majestätisch, und Nihal fielen besonders ihre tiefblauen Augen auf.

»Er ist in Sicherheit. Sieh doch selbst ...«, sagte sie.

Durch eine Arkade erblickte Nihal den Magier, der eine Treppe hinaufstieg.

»Warum unterhalten wir beide uns nicht ein wenig allein, Sheireen?«, fügte die Alte hinzu.

Nihal zuckte zusammen, als sie den Namen hörte.

Die Alte erschien in einer anderen Arkade, direkt neben ihr. »Verzeih, ich hätte dich nicht bei dem Namen nennen sollen, den du so hasst. Du bist Nihal, nicht wahr?«

»Und wer bist du?«, fragte das Mädchen.

»Thoolan«, antwortete die Alte, »die Hüterin der Zeit, jene Frau, die den vierten Stein bewacht, den du dir holen möchtest. Dazu bist du doch gekommen, nicht wahr?« Sie zeigte auf einen grauen Edelstein, der in der Mitte ihrer Stirn zwischen den Augen funkelte.

Nihal war erleichtert. »Ja, deswegen bin ich gekommen«, gestand sie ruhig.

»Gut«, fuhr Thoolan fort, »denn ich habe die Absicht, ihn dir zu überlassen. Ich glaube nämlich, dass du mehr als alle anderen seiner würdig bist.« Sie schwieg einen Moment und fügte dann, fast flüsternd, hinzu: »Wenn du ihn haben willst, so gebe ich ihn dir.«

Endlich ein besonnener Wächter, dachte Nihal. »Dann übergib ihn mir und lass mich ziehen. Dieser Ort hier macht mich nervös.«

Die Alte lächelte. »Das kann ich verstehen ... Ich hingegen liebe ihn. Hier ist alles so, wie ich es mir wünsche: die Zeit, der Raum, das Leben.«

»Woher weißt du eigentlich, dass ich die acht Steine für den Talisman zusammentrage? Die anderen Wächter waren nicht eingeweiht.«

»Ich gebiete über die Zeit«, antwortete Thoolan. »Ich weiß vieles, was anderen verborgen ist.«

Nihal schwieg und wartete, dass die Alte ihr den Edelstein übergab. Doch diese blickte sie nur, ebenfalls schweigend, an. Nihal schlug die Augen nieder.

»Du fragst dich, wieso ich dir den Stein nicht gebe?«, hob sie dann wieder an. »Ganz einfach, weil ich weiß, dass du ihn gar nicht haben möchtest.« Thoolan lächelte.

»Natürlich will ich ihn … Ich brauche ihn, um den Tyrannen zu besiegen.«

»Mir kannst du nichts vormachen, Nihal. Ich lebe seit über tausend Jahren. Viele standen schon dort, wo du jetzt stehst, und verlangten nach dem, was ich zu hüten beauftragt bin. Ich kann in dich hineinblicken und deutlich in dir lesen, ich kenne deine Sippe. Du möchtest den Edelstein gar nicht.« Die Frau setzte sich auf den Boden und schlug die Beine übereinander, und Nihal tat es ihr gleich. Plötzlich vertraute sie ihr.

»Hör mir zu, Nihal. Dieser Auftrag, den du übernommen hast, bedeutet dir gar nichts. Eigentlich willst du meinen Stein gar nicht haben, genauso wenig wie du die anderen haben wolltest. Aber du holst sie dir, damit der Tyrann nicht die gesamte Aufgetauchte Welt an sich reißt. Das heißt, obwohl du dieses Unternehmen hasst und ebenso den Talisman, der an deinem Hals hängt, tust du, was du für deine Pflicht hältst, weil dir nichts anderes einfällt. So ist es doch, oder?«

Sie hatte Recht.

»Aber pass auf, Nihal, was du da tust, ist überhaupt nicht notwendig.«

Nihal blickte ruckartig auf.

»Du glaubst, der Tyrann sei schuld an allen Übeln der Welt, und man hat dir erzählt, wenn er erst vernichtet sei, kehre wieder Frieden ein. Aber das ist nicht wahr. Frieden hat es in unserer Welt niemals gegeben.«

»Und die fünfzig Jahre unter Nammen?«, fragte Nihal erstaunt.

Thoolan lächelte. »Nammen herrschte nur ein Jahrzehnt, dann raffte ihn ein tödliches Fieber in der Blüte seiner Jahre hinweg. Nach ihm gelangte ein Despot auf den Thron, der herrschte, als sei alles – Wasser, Luft, Erde und Leben – sein persönliches Eigentum. Damit niemand seine Macht gefährdete, tötete er viele Magier oder trieb sie ins Exil, indem er sie als Verräter brandmarkte. Er führte einen Bürgerkrieg gegen seine Feinde im Innern und spaltete das Land der Tage. Zur selben Zeit ergriff im Land des Feuers Marhen die Macht, indem er das Blut von Molis Vater Daeb vergoss, der selbst durch Vatermord auf den Thron gelangt war. Im Land des Wassers wiederum bekämpften sich Menschen und Nymphen, denn Erstere trachteten danach, Letztere zu vertreiben. Und so war es überall: Zwar herrschte kein Krieg zwischen den verschiedenen Ländern, doch überall wurde gekämpft, oder das Unrecht obsiegte.«

»Das kann nicht stimmen«, widersprach Nihal. »Alle sagen, dass vor der Unterdrückung durch den Tyrannen Frieden herrschte!«

»Das hat dir nur Soana erzählt«, erwiderte die Alte, »doch von Ido weißt du eigentlich schon, dass es sich so nicht verhielt. Auch wenn die Länder nicht miteinander im Krieg lagen, so herrschte doch kein Friede. Wer jene Epoche nicht selbst erlebt hat, spricht von glücklichen Zeiten, denn wüssten die Bewohner dieser Welt, dass es niemals Frieden gegeben hat, verlören sie die Hoffnung und stürben.«

»Das kann nicht sein ...«, widersprach Nihal noch einmal, nun aber schon weniger überzeugt.

»Grausamkeit und Hass sind in den Herzen aller Geschöpfe dieser Welt verwurzelt, und der Tyrann ist nichts als ein Kind dieses Hasses: Von ihm wurde er gezeugt, und von ihm nährt er sich. Könntest du ihn heute auch besiegen, würde morgen ein neuer Tyrann erstehen. Leben und Tod – von Anbeginn an folgen sie aufeinander; immer schon bekämpften sich Gut und Böse. Denn dies ist das Wesen dieser Welt. Es war nicht der Tyrann, der das Böse in die Welt brachte.«

Nihal war vollkommen verwirrt. »Dann glaubst du also wirklich, dass das, was ich tue, unnütz ist?«

»Ich sage dir nur, dass du es gar nicht tun musst, wenn dir nicht danach ist.«

»Aber meine Brüder und Schwestern wurden ausgerottet, überall wird unablässig Leben vernichtet.«

Thoolan lächelte. »Für die Toten kannst du nichts mehr tun. Und was die Lebenden betrifft, so kannst du sie unmöglich alle retten, und ich weiß auch, dass dies gar nicht dein Ziel ist. Du bist zu dieser Mission aufgebrochen, weil du dich verpflichtet fühltest, aber nicht, weil sie dir am Herzen liegt.«

Nihal wusste nicht, was sie antworten sollte. Die Alte hatte die Wahrheit gesagt: Sie trug die Edelsteine für den Talisman zusammen, weil sie glaubte, dass dies ihr Schicksal sei, dass sie kein anderes Ziel habe, und weil sie, wäre sie ihm nicht gefolgt, nicht gewusst hätte, was sie mit ihrem Leben hätte anfangen sollen.

Die Alte blickte sie voller Mitgefühl an. »Ich weiß, was du erleiden musstest: Livons Tod, die Ausrottung deines Volkes, das Gefühl der Verlassenheit. Ich kenne dein Herz und die Schmerzen, die es nicht zur Ruhe kommen lassen.«

Nihal war sich bewusst, dass in ihrem Blick nun etwas Flehendes lag, der tiefe Wunsch, verstanden und getröstet zu werden.

»Ich weiß auch, dass du in der Schlacht viele Male gehofft hast, dass der Tod dich hinwegrafft.«

»Nein, du irrst«, erwiderte Nihal. »Ich habe mir nie gewünscht zu sterben. Wie könnte ich auch, da ich weiß, dass mit mir mein Volk ausstürbe?«

»Warum lügst du?«, fragte Thoolan betrübt. »Als du gegen Idos Willen in den Kampf zogst, hast du, während du tötetest, im Grunde deines Herzens gehofft, selbst auch getötet zu werden. Und als du gegen den wiederauferstandenen Fen kämpftest, blicktest du in freudiger Erwartung auf das Schwert, das auf dich herniederfuhr. In jenem Moment wolltest du nichts anderes, als ausgelöscht werden, und du warst froh, von der Hand jenes Mannes zu sterben, den du liebtest.«

»Nein, so war es nicht ..., du irrst dich ...«, versuchte Nihal zu widersprechen, doch ihre Sicherheit wankte. Wieso wusste diese alte Frau Dinge, die sie sich selbst niemals eingestanden hatte?

»Für deine Todessehnsucht brauchst du dich nicht zu schämen«, sprach die Alte in ruhigem Ton weiter. »Es ist nur verständlich, ja folgerichtig, dass sich jemand, der so viel erlitten hat wie du, die Auslöschung dieses Schmerzes ersehnt. Darüber hinaus hat jedes Wesen ein Recht auf Glück, und einem Übel zu entkommen, ist eine Wohltat.«

»Warum erzählst du mir das alles, anstatt mir den Edelstein zu geben?«, fragte Nihal.

»Weil ich Mitleid mit dir habe und dir Gelegenheit geben möchte, jenes Glück zu erlangen, das dir zusteht. Dies ist mein Reich«, fuhr Thoolan fort, »hier bin ich Herrin und Herrscherin. Hier gibt es keine Vergangenheit und keine Zukunft, kein Oben und kein Unten, alles liegt in meinen Händen und verhält sich nach meinem Willen. Und so biete ich dir an, für immer hier bei mir zu bleiben.«

»Bist du denn genauso wahnsinnig wie Glael?«, stieß Nihal hervor. »Erträgst auch du die Einsamkeit nicht?«

»Nein, ich liebe diesen Ort und seine Stille. Die Einsamkeit ist Balsam für meine Seele, denn nur durch sie finde ich zu mir selbst und kann die Welt verstehen. Ich brauche niemanden sonst. Was ich dir vorschlage, hat nichts mit dem zu tun, was Glael von dir verlangte. Ich biete dir an, bei mir zu bleiben, um dir Freude zu schenken. Zeit ist an diesem Ort ohne Bedeutung. Daher hat auch alles, was dir in deinem Leben zugestoßen ist, seine Bedeutung verloren: Dein Vater wurde nicht erschlagen, dein Volk niemals ausgerottet, und Fen lebt und erwidert deine Liebe.«

Während Thoolan sprach, erschienen nach und nach Gestalten unter den Arkaden. Nihal sah Livon an der Arbeit in seiner Schmiedewerkstatt, sah Straßen und Plätze einer Stadt voller Halbelfen und auch Fen in seiner goldenen Rüstung. Ergriffen betrachtete Nihal die Szenen. Und als sie die Hand ausstreckte, um ihren Vater zu berühren, der gerade ein Schwert schmiedete, drehte Livon sich zu ihr um und lächelte sie an. »Warum kommst du nicht zurück zu mir in meine Werkstatt? Weißt du noch, welchen Spaß es dir als kleines Mädchen machte, mir zu helfen?«

Erschrocken zog Nihal die Hand zurück, doch Livon blickte sie unverwandt an. »Seit wann hast du denn Angst vor mir?«

»Das ist doch alles unmöglich«, rief Nihal. Sie drehte sich zu Thoolan um. »Mit eigenen Augen habe ich Livon sterben sehen, auch Fen und die Halbelfen – es gibt sie nicht mehr. Das sind doch alles alberne Illusionen!«

Thoolans Gesicht erstrahlte zu einem rätselhaften Lächeln. »Wieso nennst du diese Illusionen albern? Alle, die du dort siehst, hast du geliebt. Du kannst sie berühren, sie sprechen mit dir, sie erwarten dich.«

»Aber sie sind nicht echt!«

»Außerhalb dieses Ortes vielleicht nicht. Doch hier in diesen Mauern sind sie es«, erwiderte die Alte. »Und wären sie auch Illusionen, worin besteht letztendlich der Unterschied zur Wirklichkeit? Entschließt du dich zu bleiben, wird dies hier zu deiner Wirklichkeit, und was du jetzt Illusionen nennst, wird tatsächlich existieren. Wer kann schon sagen, was die Wirklichkeit ist, die Welt des Leids dort draußen oder die geliebten Personen, die diesen Ort hier bewohnen? Du hast die Wahl. Die Entscheidung liegt bei dir.«

Nihal blickte Livon in die Augen. Er schien nur darauf zu warten, dass sie zu ihm unter die Arkade trat.

»Hier werde ich dir jeden Wunsch erfüllen. Du kannst dein Leben noch einmal von vorn beginnen, als wäre nichts geschehen. Keine Erinnerung an erlittenen Schmerz wird dich quälen, und du wirst das ganz normale Mädchen sein, das du immer sein wolltest.«

In dem Bogen an der Decke erschien das Bild einer jungen Frau mit spitz zulaufenden Ohren und blauen Haaren, damit beschäftigt, ein Zimmer aufzuräumen und einer ganzen Schar lärmender Kinder etwas zu essen zu kochen.

»Das könntest du sein«, erklärte Thoolan.

Ja, manchmal hatte sie sich das vorstellen können. Dann hatte sie davon geträumt, eine Familie zu haben, eine ganz normale junge Frau zu sein und ein ganz normales Leben zu führen. Bekanntschaft mit diesem Traum hatte sie auch bei Eleusi gemacht.

»Nihal, ich biete dir an, was du dir immer gewünscht hast: Den Tod, ohne tot zu sein. Als dich, bevor du hierher fandest, draußen in der Wüste die Stimmen der Geister quälten, hast du dir nur noch Frieden gewünscht, einen Frieden, den du schon seit langer Zeit nicht mehr in dir findest. Dein Frieden liegt jetzt hier in meiner Hand, und ich will ihn dir schenken. Du brauchst bloß die Hände auszustrecken und zuzugreifen.«

Frieden ... Wünschte sie sich solch einen Frieden überhaupt? Ja, das tat sie. Wollte sie noch einmal von vorn beginnen? Ja, das war das Einzige, woran ihr wirklich lag.

»Hier würde deine Suche enden. Denn hier an diesem Ort gibt es nichts zu suchen, und das Leben ist einfach. Nihal, dort draußen erwartet dich neuer Schmerz, und wenn du wieder hinausgehst, werden Dinge geschehen, die dich furchtbar leiden lassen. Ich weiß es, denn ich habe es gesehen. Aber hier drinnen würde ich niemals zulassen, dass dir etwas zustößt.«

Nihal streckte eine Hand zu Fen aus. Seit seinem Tod waren mehr als zwei Jahre vergangen, doch da sie ihn nun wiedersah, spürte sie, dass sie ihn noch immer so wie damals liebte. Auch Fen streckte eine Hand zu ihr aus, und ihre Finger berührten sich. Dann umarmte er sie, kam mit seinem Gesicht ganz nahe an sie heran und küsste sie schließlich, genauso wie er es in ihren Träumen getan hatte. Doch nun war alles ganz real, seine Lippen auf den ihren, ihr beschleunigter Herzschlag, die Berührung seiner Hände an ihrem Rücken. Ja, dies war wirklich Frieden. Warum hätte sie diesen Traum zurückweisen sollen? Lange genug hatte sie jetzt gelitten, und wenn sie weitersuchte, würde sie ihrem Glück auch nicht näher kommen. Nein, ihr Leben war völlig verfehlt, und die einzige Möglichkeit, glücklich zu werden, bestand darin, es aufzugeben. Wie Thoolan sagte: Wer zu viel leidet, hat ein Recht, dem Schmerz zu entfliehen.

Es stimmte: Alles, was sie umgab, war echt. Und auch wenn nicht, war die tiefe Freude echt, die sie angesichts dieser Bilder empfand. Ja, sie würde einwilligen, sie würde diesen verfluchten Talisman zertreten, würde alles andere vergessen und dort bei den geliebten Personen bleiben. Es wäre Wahnsinn gewesen, sich solch eine Gelegenheit entgehen zu lassen. Sie nahm den Kopf zurück und blickte Fen ins Gesicht. Er lächelte wohlwollend, und sie erwiderte dieses Lächeln in Frieden mit sich selbst. Sie wollte sich gerade zu Thoolan umdrehen, um ihr mitzuteilen, dass sie einwilligte, als plötzlich eine Stimme in ihrem Schädel widerhallte.

»Was ist dir, Nihal?«, fragte Fen besorgt.

»Ich …«, begann sie, wusste aber nicht, was sie antworten sollte. Immer weiter hallte die Stimme in ihrem Kopf nach.

»Bleib hier, Nihal, hier bei mir, ich bitte dich. Vergiss alles, was nichts mit uns beiden zu tun hat«, flehte Fen sie an.

Nihal drehte sich zu ihm um und lächelte ihn zerstreut an, doch in dieser Stimme nahm sie immer deutlicher eine Aufforderung wahr. Sie löste sich aus der Umarmung.

Jemand rief sie besorgt beim Namen. Sie lauschte, woher die Stimme kam, und bewegte sich in diese Richtung. Nun stand sie vor einer der Arkaden, die den Raum umliefen, und jenseits davon sah sie Sennar, der dort auf und ab ging und nach ihr rief. Es war seine Stimme, sein Rufen.

»Hier bin ich, Sennar«, rief Nihal zurück.

Sie trat unter die Arkade und ging auf ihn zu.

Sennar drehte sich ruckartig um und blickte sie erstaunt an. »Wo hast du denn gesteckt?«

»Ich war bei der Wächterin«, antwortete Nihal. Während sie das sagte, erinnerte sie sich an Thoolans Angebot, an Fen und alles Übrige. Sie drehte sich um und erblickte die alte Frau hinter sich.

»Ist das deine Antwort?«, fragte diese mit ernster Stimme.

Nihal senkte den Kopf. »Ja.«

Ein verständnisvolles Lächeln ließ Thoolans Gesicht erstrahlen. »Nun denn, wenn dies deine Entscheidung ist …«

Sie griff an ihre Stirn und nahm den Edelstein in die Hand. »Hier, du sollst ihn haben. Ich habe dich auf die Probe gestellt, Sheireen. Aber du sollst wissen, dass mir dein Glück wirklich am Herzen liegt, und wärest du bei mir geblieben, hätte ich dir mit all meinen Kräften gedient und dir gegeben, was ich dir versprochen habe.«

Nihal nahm den Stein entgegen, während Sennar sie immer verwirrter anblickte.

»Warum liegt dir etwas an mir?«, fragte Nihal die Alte.

»Weil ich die Halbelfen sehr liebte. Deshalb wollte ich etwas für sie tun und dich unter meine Fittiche nehmen.« Sie seufzte. »Aber vielleicht ist es tatsächlich besser, wenn du deinen Weg allein findest. Du hast dich entschieden, und zwar für einen sehr steinigen Weg. Bleib aber deiner Entscheidung treu und suche dein Glück. Es wird schwer für dich werden, denn bevor deine Reise endet, wirst du Schweres zu erleiden haben. Aber ich habe Vertrauen zu dir. Sei stark. Ich selbst will versuchen, die Albträume von dir fernzuhalten. Auch wenn ich keinen großen Einfluss darauf habe, denn Rais hat ihren Zauber mit einem Siegel gesichert. Aber immerhin kann ich dafür sorgen, dass sie dich nicht unablässig, Tag und Nacht, quälen. Mein Stein in deinem Talisman wird sein Möglichstes tun.«

Nihal blickte sie tief bewegt an. »Danke«, murmelte sie.

»Nun, worauf wartest du noch?«, antwortete die Alte brüsk. »Vollziehe den Ritus.«

Nihal holte den Talisman hervor, hielt dann aber inne. »Eine Frage noch, bevor wir auseinandergehen. Stimmt es, was du mir zu der fünfzigjährigen Friedenszeit Nammens gesagt hast? Oder wolltest du mich auf die Probe stellen?«

»Nein, es stimmt alles. Leider. Und du solltest dir darüber Gedanken machen, wenn du die Hintergründe deiner Mission voll und ganz begreifen willst.«

Einen Moment lang stand Nihal, mit dem Talisman in den Händen, nur reglos da.

»Zögere nicht, Nihal. Die Welt, für die du dich entschieden hast, erwartet dich«, machte ihr die Alte Mut.

Da sprach Nihal die Formel: »*Rahhavni sektar aleero.*«

Sie spürte die Kraft durch ihre Hände fließen, und der Edelstein glitt in seine Fassung. Da erhob sich ein Wind und fegte durch den Saal jenes rätselhaften Palastes und trug Thoolan und ihre Zauberwelt davon.

Als sich der Wind wieder gelegt hatte, standen Nihal und Sennar in einem schmucklosen, dunklen Raum. Keine Treppen, keine Türen, keine angrenzenden Räume. Der Zauber, der sie zwei Tage lang umfangen hatte, war verschwunden.

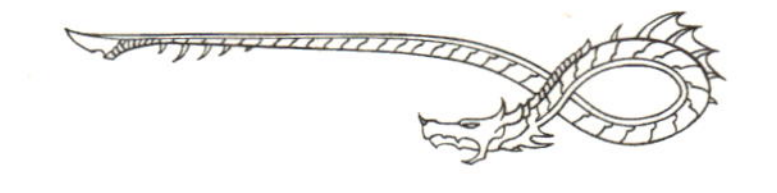

14

Der Trinkspruch des Verräters

»*Wie geht's dir?*«, fragte Sennar Nihal, als sie den Palast verlassen hatten und sich wieder in der Wüste befanden.

Nihal schwieg einen Augenblick. »Ganz gut«, antwortete sie schließlich. In der Tat waren die Stimmen in ihrem Kopf leiser geworden und klangen nur noch wie ein schwaches Echo.

Sennar seufzte erleichtert und überschüttete sie dann mit Fragen: wer diese Alte gewesen sei, wo sie selbst gesteckt habe, als er sie überall suchte, für welchen Weg sie sich entschieden habe.

Nihal wusste nicht, was sie antworten sollte. Sie fühlte sich noch wie betäubt. Sie erzählte von Thoolan, der Gebieterin der Zeit, erzählte von den Arkaden und was sie darunter gesehen hatte, berichtete auch von Fen, aber nicht von dem Kuss.

»Und warum hast du beschlossen, doch nicht bei ihr zu bleiben?«

»Ich weiß es nicht …, vielleicht kam mir das alles doch zu unecht vor«, antwortete sie, war sich ihrer Worte aber nicht sicher. »Komm los, wir müssen uns wieder auf den Weg machen«, fügte sie hinzu, um dieses Gespräch zu beenden.

Thoolan hatte ihnen ein kostbares Geschenk gemacht: mit Wasser gefüllte Krüge und etwas Proviant. So ausgerüstet, würden sie es durch die Wüste schaffen.

Sechs weitere Tage wanderten sie durch die trostlose Landschaft, während der Wind, der über die Ebene peitschte, dichte Staubwolken um sie herum aufwirbelte. Die ganze Zeit über wirkte Nihal in sich gekehrt.

Am sechsten Abend, als sie irgendwo rasteten, beratschlagten sie, in welche Richtung sie nun ziehen sollten.

»Wenn wir geradewegs weiter durch die Wüste wandern, können wir ziemlich sicher sein, nicht auf Feinde zu stoßen«, sagte Sennar.

Er holte eine zerknitterte Landkarte hervor, die sie schon dann und wann benutzt hatten. Sie war zwar sehr alt, aber das Einzige, was Sennar über die vom Tyrannen beherrschten Gebiete gefunden hatte. Seit fünfzig Jahren waren von den besetzten Ländern keine neuen Karten mehr gezeichnet worden. Allerdings konnten in fünfzig Jahren auch keine Gebirge verschwunden sein.

»Wenn wir uns Richtung Süden halten, gelangen wir zu diesen Bergen dort, den ...« Er versuchte, den Namen zu entziffern.

»Den Rehvni«, unterbrach Nihal ihn. »Das bedeutet ›südlich‹.«

Er blickte sie an. »Ja, kann sein. Kurzum, wenn wir uns nicht hängen lassen und mit unseren Vorräten haushalten, müssten wir es eigentlich schaffen.«

Nihal war nicht richtig bei der Sache.

»Ich wäre dir wirklich dankbar, wenn du mir endlich mal ein wenig Aufmerksamkeit schenken würdest«, verlor Sennar jetzt die Geduld. »Seit wir in diesem verdammten Heiligtum waren, siehst du mich kaum noch an ...«

Nihal riss sich zusammen und blickte ihm in die Augen. »Wenn du das für den besten Weg hältst ...«

»Gewiss ist er das«, versetzte Sennar kurz angebunden, verärgert über die Gleichgültigkeit seiner Freundin.

Er faltete die Karte zusammen, und sie machten sich wieder auf den Weg.

Je weiter sie kamen, desto stärker zweifelte Sennar an der Richtigkeit seiner Entscheidung. Die Ebene mit ihrem Geröll und den weißlichen Knochenresten hier und da zwischen den

Felsen wollte kein Ende nehmen. Schweigend schleppten sie sich vorwärts.

»Ich möchte nach Seferdi«, sagte Nihal eines Abends plötzlich.

Sennar fiel das Stück Dörrfleisch zu Boden, in das er gerade beißen wollte. »Wie bitte?«

Nihal schlug die Augen nieder. »Du hast mich schon richtig verstanden.«

Seit Tagen grübelte sie schon darüber. Sie wusste, wie verrückt diese Idee war, wie schmerzhaft ein Besuch in der wahrscheinlich vollkommen zerstörten Stadt der Halbelfen sein würde. Doch der Wunsch ließ sich nicht länger unterdrücken. Die Bilder, die sie bei Thoolan gesehen hatte, und die Stimmen der Geister, die sie quälten und ständig an die Ausrottung ihrer Brüder und Schwestern mahnten, hatten Spuren hinterlassen, die sie nicht ignorieren konnte. Je länger sie in ihrem Heimatland unterwegs waren und je näher der Zeitpunkt rückte, da sie es wieder verlassen würden, desto stärker wurden ihre Sehnsucht und ihr Bedürfnis, hier etwas zu entdecken, das von ihrem Volk Zeugnis gab.

»Nein, ich habe es nicht verstanden«, antwortete Sennar, »oder wenigstens hoffe ich, dass ich es nicht richtig verstanden habe.«

»Ich weiß auch, dass es Wahnsinn ist ..., aber ich muss es einfach tun.«

»Vor ein paar Tagen habe ich dich gefragt, ob du einverstanden bist, dass wir weiter durch die Wüste ziehen, und du hast zugestimmt. Im Land des Wassers hattest du es so eilig, dass du dich sogar halbtot auf den Weg machen wolltest. Und jetzt möchtest du plötzlich einen Abstecher in eine Stadt im Feindesland machen?« Die Stimme des Magiers klang schneidend.

»Ja, du hast Recht, ich war einverstanden mit dem Weg durch die Wüste«, räumte sie ein, »und ich weiß auch, wie gefährlich das werden kann, aber ...«

»Ich verstehe dich wirklich nicht«, sagte Sennar noch einmal, jetzt aber ruhiger. »Warum willst du solch ein Risiko auf dich nehmen?«

»Weil ich meine Wurzeln finden möchte.«

Sennar schüttelte den Kopf. »Das verstehe ich auch nicht. Du bist doch gar nicht unter Halbelfen, sondern unter Menschen aufgewachsen und hast immer nur unter Menschen gelebt. Du bist eine von uns: Warum willst du das nicht einsehen? In Seferdi wirst du nur das finden, was du ohnehin schon zur Genüge kennst: Leid und Tod.«

Nihal blickte zu Boden. »Vielleicht hast du Recht, aber ich kann nicht anders. Ich weiß auch nicht, wie ich es erklären soll ... Ich spüre einfach, dass hier meine Wurzeln liegen. Alles hat mit diesem Land zu tun, was ich bin, was ich hätte sein können, was ich einmal sein werde. Ich möchte sehen, was von meinem Volk erhalten ist.«

»Warum willst du dir bloß so wehtun?«, fragte Sennar mit leiser Stimme.

»Ich muss einfach ... Ich werde nie ein Mensch, und ich werde auch nie eine Halbelfe sein, wenn ich nie gesehen habe, wie sich Seferdi, die ›Weiße Stadt‹, hell leuchtend zwischen den Wäldern erhebt. Versuch doch bitte, mich zu verstehen.«

»Einverstanden, wie du willst«, gab sich Sennar schließlich geschlagen.

Sie wandten sich also in westliche Richtung und konnten binnen zwei Tagen die Wüste hinter sich lassen. Doch die Landschaft, die sie nun vor Augen hatten, veranlasste sie beinahe, ihr nachzutrauern: eine endlos weite Ebene, besetzt mit schwarzen Höckern. Es waren Türme, die durch helle, wie Narben wirkende Straßen verbunden und von je einer Handvoll offenbar planlos errichteter Häuser umstanden waren. Kein Baum war zu sehen, bloß das blendende Grau der Ebene. Darüber hinaus war die Einöde der Wüste ein einigermaßen sicherer Ort gewesen, während es in dieser Gegend von Fammin nur so wimmelte.

»Überleg's dir gut«, versuchte Sennar, während er mit Nihal am Rand dieser Ebene stand, seine Gefährtin noch einmal umzustimmen. »Du kannst deine Meinung immer noch ändern. Ich würde dann schauen, dass ich in einer dieser, nun ja ... Städte unsere Vorräte auffrischen kann. Du wartest in der Wüste auf mich, und dann ziehen wir weiter gen Süden.«

Nihal zog die Kapuze ihres Umhangs tief ins Gesicht. »Komm, lass uns keine Zeit verlieren«, erklärte sie nur und marschierte los, in die Ebene hinein.

Am letzten Tag ihres Aufenthalts in der Wüste hatten sie fasten müssen. Nur Wasser war noch übrig. Sie waren ausgehungert und hätten sich ohnehin früher oder später in bewohntes Gebiet vorwagen müssen. Am Morgen waren sie nicht auf Fammin gestoßen. Am Nachmittag aber machten sie in der Ferne Gestalten aus und wunderten sich, als sie erkannten, dass es Menschen waren.

Der erste war ein bewaffneter Mann zu Pferd, der sie aber keines Blickes würdigte und ohne Hast seiner Wege zog. Der zweite lenkte einen Karren, auf dem sich ein Dutzend Fammin in Ketten drängten. Bei diesem Anblick umklammerte Nihal das Heft ihres Schwertes, bis diese Bestien, die sie so hasste, endlich aus ihrem Blickfeld verschwunden waren. Dann atmete sie erleichtert auf und entspannte sich ein wenig.

Gegen Abend gelangten sie zu einer jener Ansammlungen von Häusern, die wohl kaum Städte zu nennen waren. Es waren eher befestigte Zitadellen mit niedrigen Gebäuden – Wohnhäusern, Schenken, Waffenschmieden –, die von einer hohen Mauer umgeben waren. Und genau in der Mitte erhob sich ein Turm als Herzstück der Anlage. Alle Gebäude waren aus dunklem Stein errichtet, wahrscheinlich Basalt, der der ganzen Stadt etwas Düsteres gab. Ein dichter Nieselregen hatte eingesetzt und erfüllte die Luft mit einem leichten Modergeruch.

»Wir haben keine andere Wahl, wir müssen hinein«, seufzte Sennar.

Sie umliefen die Stadtmauer und gelangten zum einzigen Eingang, einem von zwei Fammin bewachten Tor. Sich einfach ungesehen hineinzuschleichen, war unmöglich: Sie mussten an ihnen vorbei.

»Lass mich reden. Du ziehst die Kapuze ganz tief ins Gesicht und hältst den Mund«, wies Sennar sie an.

Aufgeregt näherten sie sich den Wachposten. Sie waren noch einige Schritte entfernt, als einer der beiden schon seine Lanze senkte und ihnen den Weg versperrte.

»Wer seid ihr?«, fragte er mit kehliger Stimme.

»Waffenhändler«, antwortete Sennar.

»Und woher kommt ihr?«

Die Wache schien ihm zu glauben.

»Aus dem Land des Feuers.«

»Wie Gnomen seht ihr aber nicht aus.«

Nihal griff nach dem Schwert, während ihr kalter Schweiß ausbrach.

»Das sind wir auch nicht; wir sind Menschen aus dem Land des Feuers. Wir suchen eine Bleibe für die Nacht.«

Der Fammin blickte ihn misstrauisch an. »Was trägt denn dein Begleiter da unter seinem Gewand?«

Bevor Nihal reagieren konnte, hatte Sennar bereits den Saum ihres Umhangs zur Seite gezogen und zeigte ihm das Schwert. »Ein Werk von meiner Hand. Ein schönes Stück, nicht wahr? Aus dem besten schwarzen Kristall aus dem Land der Felsen gefertigt, eine Kostprobe meines Könnens für mögliche Käufer.«

Der Fammin hob seine Lanze an. »Nun gut, ihr könnt eintreten«, sagte er und zog das schwere Tor auf.

Geschwind trat Sennar über die Schwelle, und Nihal folgte ihm.

Gleich hinter dem Tor stießen sie auf eine nicht sehr hohe Hauswand aus dunklem Stein, so nahe an die Stadtmauer herangebaut, dass kaum ein Durchgang blieb. Und von dort zweigte wiederum eine Reihe ebenso schmaler, düsterer Gassen ab.

Vorsichtig ging Sennar noch etwas weiter und schob Nihal dann in eine solche Gasse.

»Was ist in dich gefahren?«, protestierte sie.

Sie verabscheute diesen Ort, die Stadtmauer nahm ihr die Luft zum Atmen, und der Regen ließ sie immer gereizter werden. Da war ihr die Trostlosigkeit der Wüste noch lieber gewesen als dieses beklemmende Städtchen, in dem es von Fammin nur so wimmelte.

»Pst«, machte Sennar, mit dem Finger vor dem Mund. Dann begann er eine Litanei zu sprechen, schloss die Augen und legte ihr, als er diese wieder öffnete, eine Hand an die Stirn. Nihal überkam ein seltsames, warmes Gefühl.

»Was hast du gemacht?«, fragte sie erschrocken.

»Das ist ein Zauber, den mir Flogisto im Land der Sonne gezeigt hat; damit lässt sich nach Belieben das Äußere einer Person verändern. Du siehst jetzt übrigens wie ein hübscher Bursche aus«, erklärte Sennar mit einem Lächeln.

Nihal fuhr mit den Händen ihre Gesichtszüge nach und erkannte sich nicht wieder. Anstelle ihrer glatten Haut spürte sie die Stoppeln eines schlecht rasierten Bartes; die Nase war breiter, die Stirn höher. Sofort befühlte sie ihre Ohrmuscheln. Sie waren rund. Welch eigenartiges Gefühl.

»Das hält den ganzen Abend. Länger aber nicht. Wenn wir eine Schenke gefunden haben, so behalte dein Gesicht dennoch lieber bedeckt und iss einfach nur. Dieser Zauber ist lediglich eine Vorsichtsmaßnahme; je weniger wir auffallen, umso besser für uns.«

Sennar zog sich wieder den Umhang über den Kopf, und sie gingen weiter.

Lange streiften sie in den Gassen zwischen den düsteren Gebäuden umher. Es schien ein undurchschaubares Gewirr von Durchgängen und Sträßchen, die sich an den unerwartetsten Stellen in den seltsamsten Winkeln schnitten. Unmöglich, sich in diesem Labyrinth zu orientieren, und bald mussten sie sich eingestehen, dass sie sich verirrt hatten.

»Ich weiß einfach nicht mehr, wo wir sind«, murmelte Sennar.

Nihal schwieg und bemühte sich, Abscheu und Ekel zu unterdrücken. Sie lief mit gesenktem Kopf, darauf bedacht, sich nicht umzublicken. Plötzlich vernahm sie seltsame Geräusche und blieb stehen, die Hand auf dem Schwert.

»Was ist los?«, fragte Sennar.

Nihal blickte sich um, konnte aber nichts erkennen. Es dauerte etwas, bis ihr klar war, dass die Geräusche aus den Häusern kamen. Sie spitzte die Ohren, und was sie hörte, klang nach vielen Körpern, die an einem engen Ort zusammengepfercht waren, nach keuchendem Atem und kehligen Rufen. Sie nahm ein Gefühl von Schmerz wahr und glaubte, keine Luft mehr zu bekommen, so als sei sie selbst gefangen.

Vielleicht eine Stunde irrten sie so umher, ließen sich durchnässen bis auf die Knochen von diesem feinen, doch unerbittlichen Nieselregen. Sie wollten schon aufgeben, als sie plötzlich eine Gestalt erblickten. Nihal blieb stehen.

»Wer seid Ihr?«, fragte der Schatten, der nur ein paar Schritte von ihnen entfernt war. Die Stimme klang wenig bedrohlich, sondern fast freundlich.

Sennar nahm die Sache in die Hand. »Wir sind reisende Kaufleute auf der Suche nach einem Wirtshaus.«

Der Schatten kam noch näher. »Was wollt Ihr dann hier, wenn Ihr ein Wirtshaus sucht? Das hier ist die Kaserne, da gibt es kein Wirtshaus.«

Nun, da er bei ihnen stand, konnten sie ihr Gegenüber erkennen: Es war ein Mann mit einem weiten roten Umhang und einer Lanze in der Hand – wahrscheinlich eine Wache.

»Wir sind zum ersten Mal in der Gegend und kennen uns nicht aus ...«, antwortete Sennar etwas unsicher.

Der Mann musterte sie genauer und ließ seinen Blick länger auf Nihals Gestalt ruhen. Dann zuckte er ein paarmal mit den Schultern, um den Regen abzuschütteln. »Man merkt, dass Ihr Fremde seid ... Hier gibt es nur die Zellen der Fammin; wenn Ihr ein Gasthaus sucht, müsst Ihr hoch in die

Stadt, die Straße dort hinauf, Ihr könnt es gar nicht verfehlen.«

Sennar bedankte sich, fasste Nihal am Arm und verschwand mit ihr die Straße hinauf, die der Mann ihnen gezeigt hatte.

Nihal war verstört. Dann rührten also die Gefühle, die sie vorhin wahrgenommen hatte, von den Fammin. Das kam ihr völlig unmöglich vor. Denn es war ja nicht nur Wut, sondern auch Niedergeschlagenheit und Trauer wegen eines unabänderlichen Schicksals.

Sie liefen ein weiteres Stück, ließen die Zellen hinter sich und erreichten ein Wohngebiet, das eigentliche Städtchen, auf einer Anhöhe mit ärmlichen Häusern, die alle gleich aussahen. Darüber thronte eine trutzigen Festung, die wahrscheinlich die Kommandozentrale dieses Ortes war.

Aus einem Eingang drangen Lärm und Geschrei. Das schien eine Art Taverne zu sein, und Nihal und Sennar traten schließlich ein.

Kaum hatten sie die Köpfe zur Tür hineingesteckt, umfingen sie durchdringender Biergeruch, Grölen und ordinäres Gelächter. Der Schankraum war klein, dicht verraucht von unzähligen Pfeifen und voller Soldaten, die sich um die Tische drängten.

Nihal wäre am liebsten wieder gleich hinausgegangen, zwang sich aber zu bleiben. Schließlich hatte sie es auch nicht anders gewollt. Sennar hielt geradewegs auf den Mann zu, der anscheinend der Wirt war, und sprach ihn an. Der Lärm war ohrenbetäubend, und Nihal verstand kein Wort. Sie überließ alles dem Magier, der sie nun zu einem etwas abgelegenen Tisch in einer Ecke führte. Nihal nahm auf dem Stuhl an der Wand Platz, der ihr geschützter vorkam, und Sennar setzte sich neben sie.

»Die Zimmer sind oben«, sagte der Magier. »Wir essen etwas und gehen dann gleich hinauf, und morgen früh, im ersten Tageslicht, brechen wir unsere Zelte hier wieder ab.«

Ein Bediensteter brachte ihnen eine Brühe, die als Verpflegung einer Söldnertruppe angemessener gewesen wäre und auf der eigenartige Fasern schwammen, von deren Herkunft Nihal lieber nichts wissen wollte; dazu zwei Krüge Bier, immerhin gut eingeschenkt, und einen Kanten dunklen Brotes.

Die Stimmung in der Wirtsstube war fröhlich und aufgekratzt. Eine Gruppe Soldaten an einem Tisch prostete sich immer wieder, die Bierkrüge schwenkend, unter lautem Gelächter zu. Offensichtlich hatten sie etwas zu feiern.

Nihal verabscheute diese Leute. Verräter waren sie, ja genau das waren sie, eine Bande schmutziger Verräter, die sich in einer üblen Spelunke verkrochen hatten. Sie bedauerte es, ihnen nicht auf dem Schlachtfeld zu begegnen. Hier, hinter der Front des Feindes, war sie gezwungen, gute Miene zum bösen Spiel zu machen. Den Kopf tief über die Schüssel gebeugt, löffelte sie in Windeseile die Brühe in sich hinein.

Plötzlich stand einer der Soldaten mit dem Krug in der Hand auf. »He, hört mir alle mal zu«, rief er mit vom Alkohol schwerer Zunge. »Verdammt sei, wer heute Abend nicht mit uns feiert! Ihr beiden dort in der Ecke, auch ihr seid gemeint!«, fuhr er, an Nihal und Sennar gewandt, fort.

»Halt mich zurück«, raunte Nihal Sennar zu.

Der Magier nahm sie beim Wort und ließ unbemerkt eine Hand auf ihr Schwert gleiten.

»Heute Abend können wir alle ausgelassen feiern. Unser Heer hat erneut zwei Städte im Land des Wassers unterworfen, in Kürze wird das ganze Land in unserer Hand sein. Lasst uns anstoßen auf den Tyrannen und seine nahe Herrschaft über die gesamte Aufgetauchte Welt!«

Grölend hoben alle Gäste ihre Krüge. Sogar Sennar fühlte sich gezwungen mitzutun, wenn auch ohne Überzeugung. Nur Nihal rührte sich nicht und löffelte weiter ihre Suppe.

»He, was bist du denn so mürrisch?«, fragte eine Stimme neben ihr.

Als Nihal aufblickte, sah sie, nur eine Handbreit entfernt, das gerötete Gesicht eines Soldaten vor sich. Er stank nach Bier, seine Haut war sonnenverbrannt wie die eines Bauern, und ein höhnisches, dreistes Lächeln verzerrte seine Züge. Die Halbelfe hatte nur noch den Wunsch, ihm dieses idiotische Grinsen auszutreiben. Aber sie drehte den Kopf in der Kapuze und wandte den Blick ab.

»Mein Freund hier ist nicht sehr gesellig«, beeilte sich Sennar zu erklären.

»Das seh ich, zur Hölle!«, röhrte der Mann, während er seinen bis zum Rand gefüllten Bierkrug durch die Luft schwenkte und dabei einen Gutteil verschüttete. Dann griff er sich, ohne langes Hin und Her, einen Stuhl und setzte sich zu ihnen an den Tisch. Ungeachtet Sennars besorgtem Blick, brachte er sein Gesicht wieder ganz nahe an das Nihals heran. »Nun, mein Freund. Welche Laus ist dir denn über die Leber gelaufen?«

»Er ist stumm«, warf Sennar rasch ein, »und taub«, fügte er gleich noch hinzu.

Nihal aß weiter.

»So ein Pech«, bemerkte der Mann. »Jetzt machen wir hier so ein fröhliches Fest, und der arme Hund kann's nicht genießen.«

Es folgte ein Augenblick verlegenen Schweigens. Aber anstatt sich nun zu trollen, streckte der Mann plötzlich Sennar die Hand entgegen. »Avaler, Kommandant unserer Garnison bei Tanner, an der Grenze zum Land der Sonne.«

Nihal zuckte zusammen. Von diesem Ort hatte sie schon gehört; dort in der Nähe wohnte Eleusi.

»Varen, aus dem Land des Feuers«, erwiderte Sennar, ohne die Hand zu drücken, die der Mann ihm entgegenstreckte, »Waffenhändler. Und das ist Livon, mein Lehrling.«

»Donnerwetter. Noch so jung und hat schon einen Lehrling ...«

»Nun, ich bin zum ersten Mal unterwegs in diesem Land, um meine Ware feilzubieten. Bis letztes Jahr arbeitete ich noch für einen Gnomen.«

Unter der Tischplatte suchte Sennar Nihals Hand. Die Halbelfe ergriff sie und spürte, dass sie eiskalt war. Sie blickte kurz auf zu ihrem Freund und sah den Schweiß, der ihm auf der Stirn stand.

»Gnomen sollen ja die besten Waffenschmiede überhaupt sein«, bemerkte der Mann.

»In der Tat. Er war ein fantastischer Lehrmeister.« Noch fester drückte Sennar Nihals Hand.

»Ihr habt Glück, zurzeit läuft im Krieg alles wie geschmiert. Gewiss, Dolas Tod war ein schwerer Schlag für uns, aber letzten Endes war er nicht unser einziger tüchtiger Feldherr, und wir haben diesen Rückschlag ganz gut verdaut.«

Sennar senkte den Blick und aß weiter.

»Wohin seid ihr unterwegs?«, gab Avaler keine Ruhe.

»Zu einem alten Kunden meines Meisters. Mir wurde gesagt, er wohne nicht weit von den Ruinen Seferdis, aber ich kenne den Weg dorthin nicht.«

»Seltsam. Im weiten Umkreis von Seferdi gibt es keine einzige Stadt«, antwortete der Kommandant mit düsterer Miene.

Nihal hielt den Atem an. Sennar hatte sich zu weit vorgewagt.

»Ach so, jetzt weiß ich. Du meinst sicher das Lager von Rothaur«, rief Avaler plötzlich aus.

»Ganz richtig, du nimmst mir das Wort aus dem Mund«, antwortete Sennar.

»Ich habe nicht gleich daran gedacht, weil es ja nicht direkt bei Seferdi liegt. Rothaur ist die letzte Festung vor den Sümpfen. Man findet leicht dorthin: von hier aus immer Richtung Westen. So gelangt ihr nach Messar, und von dort dann noch ein paar Meilen nach Süden. Die Straße ist in gutem Zustand, und eine Reihe von Dörfern liegt auf dem Weg. Seid ihr gut zu Fuß, braucht ihr nicht länger als vier Tage.«

Eine Reihe von Dörfern ... Aufmerksamkeit ist ja auch genau das, was wir brauchen.

»Mein Vater war übrigens beim Massaker von Seferdi dabei«, fuhr der Offizier gleichgültig fort.

Nihal erzitterte, und Sennar drückte ihre Hand.

»Tatsächlich?«, antwortete der Magier bemüht gelangweilt, während er sich wieder seiner Suppe zuwandte.

»Und ob! Mein Vater gehörte zu den Ersten, die in den Dienst des Tyrannen traten. Er hatte eben sofort begriffen, woher der Wind wehte.«

Nihal ließ den Löffel lautstark in die Schüssel fallen, und Sennar machte Anstalten aufzustehen.

»Wohin willst du?«, fragte Avaler. »Die Nacht ist noch jung, und wir wollen doch feiern.« Er zwang Sennar, sich wieder hinzusetzen, und füllte aus seiner Karaffe dessen und Nihals Krug. »Die Runde geht auf mich, zum Gedenken an meinen Alten.« Er nahm einen ordentlichen Schluck und sprach dann weiter. »Mein Vater hat mir oft von der Zerstörung Seferdis erzählt. Es war das erste Mal, dass die verfluchten Fammin eingesetzt wurden. Aber damals gab es noch nicht so viele wie heute. Das sind ja im Grunde Tiere, und wenn ihnen niemand Befehle erteilt, wissen sie gar nicht, was sie tun sollen. Ich war noch klein, da erzählte mir mein Vater von dieser Stadt, wie groß sie war, wie strahlend weiß. Der Angriff erfolgte in der Dunkelheit, ein Teil der Truppen machte sich gleich über die Halbelfen her, der andere stürmte den königlichen Palast. In der einen Nacht wurde die Hälfte der Einwohner niedergemetzelt. Als Erster aber der König.«

Der Offizier schenkte sich noch einmal nach und trank in Ruhe. »Ein verfluchtes Pack, diese Halbelfen, so entsetzlich hochmütig. Mein Vater hasste sie, und ich natürlich auch. Bevor dieser verdammte Nammen auftauchte, waren wir aus dem Land der Nacht ganz dicht davor, den Zweihundertjährigen Krieg zu gewinnen. Zudem waren diese Halbelfen ja üble Hexen und Hexenmeister, konnten die Gedanken der Leute lesen und feierten abartige, gotteslästerliche Riten in ihren Häusern ... Tja, die haben wirklich ihr verdientes Ende gefunden.«

Nihal sprang auf, und Sennar tat es ihr nach.

Da sprang auch Avaler auf und versperrte Nihal den Weg. »Zur Hölle! Ich sagte doch, es ist noch zu früh zum Gehen!«

Sennar drängte sich zwischen die beiden. »Lass ihn doch, er kann dich nicht hören. Aber ich denke auch, es ist spät geworden, und wir haben heute einen langen Weg zurückgelegt. Glaub mir, es war reizend, dir zuzuhören, aber jetzt müssen wir wirklich los, ich bin todmüde.« Er verrenkte sich fast den Unterkiefer bei dem Versuch, ein glaubwürdiges Gähnen hinzubekommen.

»Dann macht doch, was ihr wollt ...«, grummelte Avaler und machte den Weg frei.

Nihal stürzte aus der Wirtsstube und die Treppe hinauf. Sennar rannte ihr nach und ergriff ihren Arm.

»Bleib ganz ruhig«, flüsterte er ihr besänftigend zu.

Kaum hatten sie ihre Kammer betreten, da warf Nihal wütend ihren Umhang zu Boden. »Dieser Bastard ...«, fluchte sie. »Und ich dachte, nur die Fammin hätten die Halbelfen ausgerottet ..., dabei ... oh, diese Bastarde!«

Sie zog das Schwert und ließ es auf ein Tischchen neben einem der beiden Betten niederfahren. Das Holz zersplitterte in tausend Teile.

Noch vor Sonnenaufgang machten sie sich wieder auf den Weg. Immer noch regnete es, als sie die Stadt verließen, ein sachter, stetiger Regen, einem mutlosen Weinen ähnlich.

Nur ein weiteres Mal mussten sie sich eine Unterkunft suchen. Die Stadt, die sie betraten, war genauso wie die andere, nur etwas kleiner vielleicht. Nach Mitternacht gelangten sie zu der Herberge, und daher war nicht mehr viel los. Schweigend aßen sie und zogen sich dann ebenso schweigend auf ihr Zimmer zurück, um gleich im Morgengrauen wieder aufzubrechen.

Am Abend des folgenden Tages stellten sie fest, dass die Luft immer modriger roch. Es war ein vertrauter Geruch, den sie von den Sümpfen im Land des Wassers her kannten. Nihal wusste, dass in diesem Gebiet einmal ein herrlicher Wald gestanden hatte, der Bersith-Wald. Wie es aussah, hatte ihn eine heimtückische Krankheit befallen, hervorgerufen möglicherweise durch die Jauche aus den Fammin-Städten, die über Flüsse und Bäche in den Waldboden gelangt war. Jedenfalls war vom Bersith-Wald nur noch ein stinkendes Sumpfgebiet übrig geblieben.

»Es ist nicht mehr weit«, murmelte Nihal, während die langen Schatten schon von der Dunkelheit kündeten.

Der Untergrund, auf dem sie sich bewegten, wurde nun immer weicher, und die verhassten Fammin-Städte, an denen sie vorübergekommen waren, verschwanden hinter dem Horizont. Vor ihnen breitete sich jetzt nur noch dunkler, von fauligem Wasser getränkter Boden aus.

Gleichzeitig blitzten vor Nihals geistigem Auge, begleitet vom quälenden Gemurmel der Stimmen, wirre Bilder auf: jahrhundertealte Bäume, zwischen deren Zweigen die Sonnenstrahlen ihr neckisches Spiel trieben; der Glanz einer wundervollen Stadt mit prächtigen Marmorbauten, über der sich majestätisch weiß der königliche Palast mit seinem imposanten kristallenen Turm erhob.

In diesem Moment erhellte allerdings kein Lichtschein das Dunkel der Nacht. Dennoch: Dort lag Seferdi, dessen war sich Nihal sicher.

Plötzlich blieb die Halbelfe stehen.

»Was ist los?«, fragte Sennar.

»Die Stadt liegt dort hinter dem Hügel«, murmelte Nihal.

»Niemand zwingt dich dazu«, gab Sennar ihr noch einmal zu bedenken, nachdem er zu ihr aufgeschlossen hatte. »Wir können die Stadt immer noch links liegen lassen und durch die Sümpfe weiterziehen.«

Nihal antwortete nicht und marschierte stattdessen auf den Hügel zu. Sie waren erst ein kurzes Stück seitlich um ihn herum gewandert, als sich plötzlich die Umrisse der Stadt vor ihnen abzeichneten.

Anstelle der hohen, schneeweißen Stadtmauer, die sie aus ihren Visionen in den letzten Tagen kannte, erblickte Nihal nun die gelblichen Ruinen einer an mehreren Stellen durchbrochenen Backsteinmauer, zu deren Füßen Schutt und Steine lagen. Darüber, dort, wo einst die höchsten Gebäude gestanden hatten, wo sich die ganze mächtige Silhouette der Stadt erhoben hatte, war jetzt nichts als eine schaurige Leere im fahlen Licht des Mondes.

In gespenstischer Stille bewegte sich Nihal langsam auf die Stadtmauer zu. Dann stand sie vor dem Eingangstor. Es war hoch und schmal, und auf dem Sturz kauerten die Statuen zweier Löwen, wie um die Stadt zu bewachen. Am Boden aber lag, aus den Angeln gerissen, das mächtige Holztor mit den Eisenbeschlägen; die metallenen Kanten waren vom Rost zernagt, das Holz durch und durch verfault. Nihal bückte sich und erblickte die verblassten, kaum noch erkennbaren Reste eines Flachreliefs. In der Mitte klaffte ein breiter Riss, wahrscheinlich von dem Rammbock, der vierzig Jahre zuvor, in einer Nacht wie dieser, das Tor durchbrochen hatte. Der andere Flügel hing noch schief in den Angeln. Es schien unglaublich, dass er auf diese Weise all die Jahre überdauert hatte.

Nihal richtete sich auf und schritt, eingeschüchtert und befangen, unter den Löwen hindurch, die sie mit ihren pupillenlosen Augen zu mustern schienen. Nun stand sie in der Stadt und kam sich vor wie in einer anderen Welt.

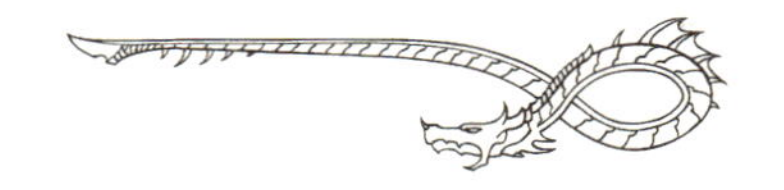

15

Laio und Vrašta

Laio war sich nicht ganz sicher, ob er wirklich schon erwacht war. Als er die Augen öffnete, war um ihn herum nichts als Finsternis. Erst das Gewicht der Ketten um Knöchel und Handgelenke brachte ihn, zusammen mit einem stechenden Schmerz in der Schulter, in die Wirklichkeit zurück.

Er versuchte den Kopf zu heben, um zu sehen, wo er sich befand, erinnerte sich dann aber wieder, was geschehen und dass er ein Gefangener war. Wieder kamen ihm die Tränen so wie einige Tage zuvor in der Zelle im Hauptlager. Nicht nur, dass es ihm nicht gelungen war, Nihal zu finden, nein, jetzt hatte er sich auch noch erwischen lassen.

Als er sich umdrehen wollte, um die Größe seiner Zelle abzuschätzen, verhinderten die Ketten dies, und ein entsetzlicher Schmerz fuhr ihm durch die Schulter. Er ließ den Kopf sinken. Aus anderen Zellen hörte er Kettenrasseln, Geschrei, heisere Stimmen, Gelächter. Es war eine Welt unheimlicher Geräusche, die ihn betäubten und ängstigten.

Er hätte nicht sagen können, wie lange er schon so dalag. Da sah er plötzlich, wie sich in der Zellentür eine Klappe öffnete. Das einfallende, obwohl matte Licht blendete ihn. Als er sich daran gewöhnt hatte, sah er, dass die Zelle winzig war, gerade mal groß genug, dass er mit seinem schmächtigen Körper hineinpasste.

In der Öffnung tauchte jetzt das furchterregende, brutale Gesicht eines Fammin auf. Laio erstarrte, als er die gelblichen

Reißzähne sah, die Schweinsäuglein, die unnatürlich langen, mit Krallen besetzten Gliedmaßen.

»Was wollt Ihr von mir? Was habt Ihr mit mir vor?«, rief er panisch.

Der Fammin öffnete die Tür und trat ein, und Laio sah, dass er eine Schüssel in Händen hielt, wahrscheinlich sein Abend- oder Mittagessen. Er hatte keine Ahnung, welche Stunde es war.

Ungerührt stellte der Fammin das Essen auf dem Boden ab und bedachte den Gefangenen dabei mit einem merkwürdigen, ja neugierigen Blick, der, wie Laio fand, nicht zu seinem brutalen Gesicht passte. In den Augen lag Trauer, sie hatten etwas Menschliches.

Dann ging der Fammin wortlos wieder hinaus und schloss die Tür hinter sich ab, ließ aber die Klappe einen Spalt offen, sodass ein wenig blasses Licht in die Zelle fallen konnte.

Die nächste Begegnung mit einem Fammin war weniger beruhigend. Zwei Tage später wurde plötzlich die Zellentür aufgerissen, und eine dieser Bestien trat entschlossenen Schritts ein. Dieser Fammin war größer als jener, der ihm das Essen brachte, und das borstige Fell, mit dem seine Arme überzogen waren, war von dunklerer Farbe; seine Augen funkelten böse. Laio hätte nie gedacht, dass Fammin so verschieden sein konnten.

Die Bestie löste die Ketten des Jungen und schleifte ihn über den Boden in einen anderen Raum, in dem sich ein Mann und einige weitere Fammin aufhielten. Laio ahnte schon, was nun geschehen würde, und begann zu zittern. Er versuchte, sich Mut zu machen, sagte sich, dass dies der Moment war, da er zeigen konnte, was in ihm steckte, schlotterte aber bald am ganzen Leib.

Zunächst stellte ihm der Mann einige Fragen, auf die Laio beharrlich schwieg. Immer bedrohlicher wurde die Stimme, immer lauter, doch Laio schwieg eisern weiter. Es war seine eigene Dummheit, die ihn in diese Situation gebracht hatte, seine eigene Verantwortung, und die musste er nun selbst tragen. Nie im Leben hätte er verraten, dass auch Nihal und Sennar im Land der Tage unterwegs waren.

Sie entkleideten seinen Oberkörper, und an diesem Tag ließen sie es dabei bewenden, ihn auszupeitschen, bis sein Rücken mit blutigen Striemen überzogen war. Laio schrie, heulte, fühlte sich verloren und verzweifelt. Die Schmerzen wurden bald unerträglich, viel schlimmer noch als die von seiner verwundeten Schulter, aber er hielt durch, biss sich auf die Zunge und verriet nichts.

Unaufhörlich peitschten die Fammin auf ihn ein, hielten nur inne, damit der Mann weitere Fragen stellen konnte, um sich dann mit umso größerem Eifer wieder ans Werk zu machen, bis Laio in völliger Finsternis versank und glaubte, sterben zu müssen.

In seiner Zelle kam er wieder zu sich. Sein Rücken brannte, wie von glühenden Holzscheiten versengt. Nur der Gedanke, dass er den Mund gehalten hatte, tröstete ihn. Aber wie lange würde ihm das noch gelingen?

Zwei Tage lang ertrug Laio diese Behandlung, und zwei Tage lang schwieg er. Er schrie und biss sich auf die Lippen, bis sie bluteten, nur um nicht zu verraten, was er wusste. Als man ihn in die Zelle zurückschaffte, war er noch bewusstlos, aber immerhin versorgte man seine Wunden. Seine Peiniger konnten es sich nicht erlauben, ihn sterben zu lassen, bevor sie den Grund für seinen Aufenthalt jenseits der Grenzen erfahren hatten.

Bald war Laio keines klaren Gedankens mehr fähig. Auch sein Körpergefühl hatte er verloren, und so lag er, nur noch vor sich hin dämmernd, in einer Ecke der Zelle.

Am dritten Abend geschah etwas Eigenartiges. Als der Fammin, der ihm wie immer das Essen brachte, die Zelle öffnete, konnte ihn Laio zunächst gar nicht erkennen. Durch die halb geschlossenen Lider nahm er ein blasses Licht wahr und dann erst, dass jemand neben ihm stand. Er öffnete die Augen und sah, dass der Fammin ihn anstarrte.

»Warum redest du nicht?«, fragte dieses Wesen mit rauer Stimme.

Laio antwortete nicht.

»So bringt man dich um. Warum sagst du denn nicht, was du weißt?«, fragte der Fammin weiter. »Es hat doch keinen Sinn, auf diese Weise zu sterben. Man stirbt doch nur auf Befehl, weil man nicht anders kann.« Der Fammin hielt einen Moment nachdenklich inne. »Hat dir jemand befohlen, nichts zu sagen?«, fragte er dann.

Jetzt öffnete Laio die Augen und hob den Kopf in Richtung dieses Geschöpfes. Er verstand nicht, was der Fammin von ihm wollte.

»Hat es dir jemand befohlen?«, wiederholte dieser.

Laio schüttelte den Kopf und ließ ihn dann auf die Brust sinken.

»Und warum redest du dann nicht?«

»Weil ... weil ich nichts zu sagen habe ...«

»Entweder bist du ein Spitzel, oder du suchst jemanden, sagt unser Anführer«, ließ der Fammin nicht locker.

»Da irrt er sich«, antwortete Laio matt.

»Und warum schweigst du dann?«, begann das Geschöpf wieder von vorn.

»Manche Dinge tut man, weil ... weil man sie für richtig hält. Ich werde sterben ..., weil ich erkannt habe, dass es keine andere Möglichkeit gibt ...«

»Das verstehe ich nicht«, murmelte der Fammin.

Er blickte Laio verwirrt an, griff dann zu einem schmierigen Gefäß, das er dabeihatte, drehte seinen Gefangenen auf den Bauch und begann ihm den Rücken mit einer Salbe einzureiben. Sie wirkte kühl und erfrischend, und sofort fühlte sich Laio ein wenig besser.

»Und was ist mir dir? Warum tust du das?«, fragte Laio nun den Fammin.

»Du sollst nicht sterben, bevor du die Wahrheit erzählt hast, sagt unser Anführer. Deshalb versorge ich dich«, antwortete der Fammin.

»Manche Dinge tut man aber nur, weil man spürt, dass sie richtig sind.«

»Was heißt denn das, ›richtig‹?«

»Nun, wie soll ich sagen ..., richtig ist etwas, das zum Guten führt.«

Das Geschöpf blickte Laio immer verwirrter an. Und wieder fragte sich der Junge, wie ein Fammin solche Augen haben konnte.

»Wie heißt du?«, fragte Laio.

»Vrašta.«

Dieser Name erinnerte ihn an etwas. »Danke«, murmelte er.

Ab dem vierten Tag setzte man im Verhör glühende Eisen ein. Wieder stellte der Mann seine Fragen und befahl dann, wenn Laio nicht antwortete, einem Fammin, die Haut des Gefangenen an den verschiedensten Stellen mit dem Folterwerkzeug zu brandmarken. Der Junge schrie, flehte um Gnade, sogar um Vergebung, redete aber nicht.

»So wirst du das nicht bis in alle Ewigkeit durchhalten, das ist dir doch klar, oder?«, zischte der Mann irgendwann, während er sein Gesicht ganz nahe an das Laios heranbrachte. »Ich kann dich foltern, solange ich will, und ich werde dich nicht sterben lassen, bevor du mir nicht erzählt hast, was ich hören will. Meinetwegen können wir noch Jahre so weitermachen.«

Laio schwieg. Auch diese Worte machten ihm keine Angst mehr.

Der Mann lächelte. »Ich kenne euch gut, euch Bewohner der Freien Länder. Dein Verhalten beweist mir, dass du jemanden schützen willst. Nun, das wird ihm auch nichts nützen. Sollte ein Feind in dieses Land eingedrungen sein, so werde ich ihn aufspüren. Vielleicht habe ich ihn sogar schon gefunden. Dein Leiden ist also vergeblich, Bürschlein, du bist kein Held, du bist bloß ein blutendes Stück Fleisch in meiner Hand.«

Laio empfand nichts mehr, keine Angst, keinen Hass auf seinen Peiniger, nichts. Sein Leben war bloß Schmerz, Essen und Trinken. Weiter nichts. Er hatte keine Kraft mehr zu denken und auch keinen Überlebenswillen. Das Einzige, worauf es ihm ankam, war, sein Schweigen nicht zu brechen.

Jeden Abend suchte Vrašta ihn auf und kümmerte sich um seine Wunden. Mittlerweile freute sich Laio schon auf diese angenehme Frische der Salbe auf seiner Haut und begann Zutrauen zu diesem Ungeheuer zu fassen. Durch die behaarten Hände, die über seinen Rücken fuhren, spürte er das Mitleid dieses Wesens und glaubte immer mehr, dass es sich nicht nur um ihn kümmerte, weil man es ihm befohlen hatte.

Und immer wieder hatte der Fammin etwas zu fragen.

»Tun eigentlich alle Menschen nur das, was sie selbst für richtig halten?«

»Nein, nur die, die stark genug sind«, antwortete Laio und dachte an Nihal.

»Sind alle Menschen wie du?«

»Zum Glück nicht.«

»Warum zitterst du?«

»Weil ich Angst habe.«

»Was ist Angst?«

»Das Gefühl, das dich zum Beispiel in einer Schlacht überkommt, wenn du dem Feind ins Auge blickst.«

»Das kenne ich nicht. Wenn ich kämpfe, denke ich an gar nichts. Dann töte ich nur.«

»Hast du denn keine Angst vor dem Tod?«

»Warum sollte ich? Leben oder Tod, wo ist da der Unterschied?«

»Macht es dir Spaß zu töten?«

»Ich weiß es nicht. Es gibt nichts, was mir Spaß macht oder keinen Spaß macht. Für mich gibt es nur Befehle.« Er hielt einen Moment nachdenklich inne. »Ein paar von uns, ›Verirrte‹ werden sie genannt, töten nicht gern. Sie wollen nicht töten. Zwar gehorchen sie ihren Befehlen, wie alle anderen auch, aber sie sind nicht so grausam. Wenn man sie erwischt, werden sie hingerichtet. Sie weinen dann, wenn sie sterben müssen, glauben aber, dass es besser ist, tot zu sein als zu leben.«

»Für jeden gibt es Dinge, die er mehr mag als andere. Du magst es doch, mir den Rücken einzureiben, oder? Mir kommt es jedenfalls so vor.«

»Ja, vielleicht.«

»Ich tue es wirklich für jemanden«, gestand Laio eines Abends im Fieberwahn dem Fammin. »Der Mann, der mich foltert, hat Recht: So etwas tut man nur, um jemanden zu schützen.«

»Und für wen tust du das?«, wollte Vrašta wissen.

»Für eine Freundin. An ihr liegt mir mehr als an jedem anderen auf der Welt.«

»Was ist eine Freundin?«

»Das ist jemand, ohne den du nicht sein willst, jemand, dem du zugetan bist, bei dem es dir gut geht«, erklärte Laio und stöhnte im Fieber.

»Dann bist du mein Freund«, erklärte Vrašta.

Obwohl ihm das niemand befohlen hatte, blieb der Fammin die ganze Nacht über bei ihm.

Mehrmals sprach Laio in seiner Gegenwart von Nihal und Sennar – und wurde dabei von denen gehört, die ihn niemals hätten hören dürfen.

Am nächsten Morgen bestellte der Anführer Vrašta zu sich. »Ich möchte, dass du den Gefangenen entkommen lässt.«

Vrašta fragte sich nicht nach dem Sinn dieser Aufforderung: Es war ein Befehl, und einem Befehl konnte sich kein Fammin widersetzen.

»Du erzählst ihm, dass du ihn zu seinen Freunden begleiten willst. Auf diese Weise lässt du dich zu ihnen führen, und wenn ihr sie gefunden habt, tötest du sie.«

Schweigend stand der Fammin da, zum ersten Mal in seinem Leben von Zweifeln geplagt. Er spürte, dass er Laio nicht töten wollte. Laio war ja sein erster Freund, und für seine

Freunde war man zu großen Taten bereit, und ganz gewiss tötete man sie nicht.

»Was zur Hölle ist los mit dir?«, fragte der Mann, nachdem er ihn aufmerksam gemustert hatte. »Du willst mir doch wohl nicht erzählen, dass du nicht mehr töten willst? Bist du jetzt auch schon so ein Verirrter?«

»Nein, nein, ich werde tun, was Ihr verlangt«, antwortete Vrašta. Es war ein Befehl, und über einen Befehl diskutierte man nicht.

Der Mann entspannte sich auf seinem Stuhl. »Mach ihm vor, dass du ihm helfen willst. Das ist ein Grünschnabel, der wird drauf reinfallen. Und lass ihn am Leben, solange er dich nicht zu seinen Freunden geführt hat. Und danach machst du ihn kalt.«

Vrašta spürte, wie sich sein Magen unangenehm zusammenzog, antwortete aber noch einmal, dass er gehorchen werde.

Dieses unangenehme Gefühl war noch nicht gewichen, als der Fammin später, es war bereits dunkel, Laios Zelle betrat. Er öffnete die Tür und sah, dass Laio mit den Armen an der Wand aufgehängt war, der Kopf war ihm auf die Brust gesunken. Man hatte ihn wieder gefoltert. Der Anführer hatte Vrašta auftragen, den Gefangenen erst nach Sonnenuntergang aufzusuchen und dann vorsichtig hinauszubringen, damit dieser wirklich den Eindruck habe, dass alles heimlich vor sich gehe.

Vrašta trat auf Laio zu und schüttelte ihn. Der Junge öffnete die Augen, und seine Miene hellte sich auf, als er den Fammin erblickte.

»Kommst du mich behandeln?«

Der Druck, der Vrašta auf dem Magen gelegen hatte, war hinaufgewandert und schnürte ihm jetzt die Kehle zu. Der Fammin fragte sich, was das für ein eigenartiges Gefühl sein mochte, das er noch nie verspürt hatte, zögerte aber nicht: Er erzählte Laio genau das, was sein Anführer ihm aufgetragen hatte.

»Ich lasse dich raus.« Mit diesen Worten löste er die Eisen, mit denen Laio an die Wand gekettet war. Der Junge blickte ihn ungläubig an.

»Hat man dir das befohlen?«, fragte er.

Vrašta war verblüfft. »Nein, es ist mein Wille«, erklärte er schließlich. In gewisser Hinsicht stimmte das sogar. Er wollte, dass es Laio gut ging, dass man ihn nicht länger quälte, und draußen würde er nicht mehr leiden müssen.

»Wenn du das tust, wird man dich töten«, sagte Laio. Er nahm den freien Arm herunter. »Lass es lieber sein.«

Der Fammin war überrascht. Das hatte der Anführer nicht vorhergesehen. »Aber ich komme mit dir und helfe dir, deine Freundin zu finden. Mir wird nichts geschehen.«

Da willigte Laio ein. Vrašta befreite ihn von den Ketten, ließ ihn in einen Sack schlüpfen, lud ihn sich auf die Schulter und machte sich auf den Weg hinaus aus dem Kerker. Er tat alles so, wie sein Anführer es ihm aufgetragen hatte, schlich an den Mauern entlang und blickte sich immer wieder verstohlen um. Dabei waren seine Bemühungen überflüssig, denn der Junge auf seinen Schultern war friedlich eingeschlafen.

Als Laio am folgenden Morgen erwachte, lehnte er an einem Baum und blinzelte im grellen Tageslicht. Sein ganzer Körper schmerzte, und besonders sein Rücken brannte. Er hob die Arme und stellte fest, dass sie fast bis zu den Schultern verbunden waren: Offenbar hatte Vrašta sich darum gekümmert. Er drehte den Kopf und sah, dass der Fammin neben ihm lag und ihn anblickte. Er bedachte ihn mit einem dankbaren Lächeln.

»Wenn du willst, führe ich dich zu deinen Freunden«, sagte Vrašta.

»Die sind zwei Tage vor mir von zu Hause aufgebrochen, und ich habe keine Ahnung, wo wir sie finden könnten«, antwortete Laio.

»Ich habe eine gute Spürnase. Hast du vielleicht irgendetwas dabei, das sie öfter berührt haben ...«

Laio war noch sehr mitgenommen und hatte Mühe, seine Gedanken zu ordnen, und so dauerte es etwas, bis ihm der Geldbeutel einfiel. Nihal hatte ihn auf der Reise häufiger in der Hand gehabt. Als er sich aufrichten wollte, um ihn hervorzuholen, durchfuhr ein stechender Schmerz seinen ganzen Körper.

Vrašta beugte sich mitfühlend zu ihm vor. »Tut's sehr weh?«

»Ich habe einen Beutel dabei, den auch meine Freundin benutzte, aber ich komme jetzt nicht dran. Er steckt unter meinem Wams.«

Vrašta nickte, so als wisse er davon.

Da fiel Laio Nihals Brief wieder ein, und er schalt sich einen Dummkopf. Wenn Vrašta von dem Beutel wusste, hatte er auch von dem Pergament gehört. Es lag auf der Hand, dass man ihn durchsucht und beides bei ihm gefunden hatte. Wahrscheinlich ahnte der Anführer, der ihn foltern ließ, eben durch Nihals Brief, dass weitere Feinde in das Land der Tage eingedrungen waren.

Vorsichtig betastete Vrašta nun Laios Oberkörper und holte den Beutel hervor. Er war leer und voller Blutflecke. Der Fammin roch daran und schnüffelte dann in der Luft.

»Hier sind sie wohl nicht vorbeigekommen. Das wird keine einfache Suche werden«, stellte er fest.

Den Morgen über ruhten sie sich noch aus, denn Laio war zu schwach, um weiterzuziehen. Vrašta versorgte noch einmal seine Wunden, suchte Wasser für ihn und brachte ihm zu essen, war beflissen und lächelte stets. Schließlich machten sie sich auf den Weg.

Solange sie unterwegs waren, trug Vrašta Laio auf den Schultern. Der Fammin hatte flinke Beine und einen ausgezeichneten Geruchssinn, und beides kam ihnen bei der Suche nach Spuren von Nihal und Sennar sehr gelegen. Im Laufschritt durchmaß er die unermessliche Weite der trostlosen Ebene und rastete nur, um Laio zu versorgen, ihm zu essen und zu trinken zu geben. Immer häufiger plauderte der Junge nun mit dem Fammin im liebevollen Ton eines älteren Bruders. Eines Abends erzählte er ihm von Nihal, von der Armee, von seinem Leben. »Ich bin froh, dass ich unter der Folter geschwiegen habe«, erklärte er zum Schluss.

»Hättest du geredet, wärest du nicht so misshandelt worden«, antwortete Vrašta.

»Aber ich hätte meine Freunde verraten, und es gibt nichts Schlimmeres als Verrat.«

»Was bedeutet das, ›Verrat‹?«

»Das ist so wie Lügen, man verspricht eine Sache und tut dann das Gegenteil. Meine Freunde wissen, dass sie sich auf mich verlassen können, dass sie, komme, was wolle, nie etwas Böses von mir zu erwarten haben. Freunden gegenüber muss man immer ehrlich sein.«

Vrašta versetzte es einen Stich, und er begann zu verstehen: War er tatsächlich Laios Freund, durfte er keinesfalls tun, was er im Schilde führte. Seit Tagen wurde der Fammin immer wieder von Gefühlen überwältigt, die er nicht kannte und nicht einordnen konnte.

Bevor er Laio kennengelernt hatte, hatte Vrašta noch nicht einmal gewusst, was Worte wie »Freundschaft« oder »Wohlergehen« bedeuteten. Kämpfen war sein einziger Lebensinhalt gewesen. Mit unzähligen Gefangenen hatte er schon zu tun gehabt, und der eine oder andere war auch von ihm gefoltert worden. Dabei hatte er weder Freude noch Schmerz empfunden: Man hatte es ihm befohlen, und kein Fammin konnte sich einem Befehl widersetzen.

Nun aber begann er zu verstehen, dass es neben seinen Pflichten, denen er sich nicht entziehen konnte, noch eine andere Welt gab, ein Leben, das sich ihm öffnete und das aus unzähligen verschiedenen Gefühlen und Empfindungen bestand, mit denen er jetzt erst in Berührung kam und die ihn neugierig machten, auch wenn sie unangenehm oder schmerzhaft waren. Jetzt erinnerte er sich wieder, was einmal ein Verirrter, den er hatte hinrichten müssen, zu ihm gesagt hatte. »Wünschst du dir denn nie, einfach nur zu leben? Das zu tun, was du tun willst?« Vrašta hatte nicht verstanden, was er meinte, denn er wusste nicht, was Leben bedeutete. Nun jedoch ahnte er es, und ihm wurde klar, dass er Laio nicht verraten wollte. Eben daher rührte der Druck im Magen, der Kloß im Hals: Er wollte etwas nicht tun.

An einem Nachmittag schließlich stieß Vrašta auf die Spuren von Laios Freunden und begriff, dass sie nach Seferdi unterwegs waren.

Abends schlief Laio neben ihm und atmete ruhig. Vrašta rüttelte ihn sanft, der Junge schrak auf und rieb sich die Augen. »Feinde?«, fragte er und bemühte sich, wach zu werden.

»Ich habe dich verraten.« Als es heraus war, fühlte sich Vrašta sofort besser.

Laio verstand nicht. »Was?«, fragte er, noch schlaftrunken.

»Mein Anführer hat mir befohlen, dich freizulassen. Ich soll mit dir deine Freunde finden und euch dann alle umbringen.«

Plötzlich war Laio hellwach und richtete sich auf. »Und nur deswegen hast du mich befreit?«

»Man hat es mir befohlen«, antwortete Vrašta.

»Willst du mich denn umbringen?«

»Nein«, antwortete Vrašta sofort.

Laio blickte dem Fammin fest in die Augen. »Hier bin ich, wenn du mich töten willst, so tue es jetzt. Los!«

Vrašta senkte den Blick. »Ich habe dich verraten ...«, wiederholte er.

»Das stimmt nicht. Du hast mich nicht nur befreit, weil man es dir befahl. Und du hast mich auch nicht hierher geführt, um mich und meine Freunde zu verraten. Nein, du hast es getan, weil du es so wolltest.«

Vrašta blickte ihn an. »Ein Fammin kann keinen Befehl verweigern. Die Verirrten, die ich kennengelernt habe, wollten nicht töten, aber sie mussten. Denn dafür hat der Tyrann sie erschaffen.«

»Aber es war deine Entscheidung, mir jetzt die Wahrheit zu sagen, und du selbst hattest auch beschlossen, dich so gut um mich zu kümmern. Das hatte dir niemand befohlen. Siehst du, auch du kannst tun, was du für richtig hältst, auch du hast die Wahl.«

»Ich will nicht gezwungen werden, dich zu töten. Ich will dich nicht verraten … Du bist mein Freund«, sagte Vrašta traurig.

Da streckte Laio eine Hand zu ihm aus und streichelte seine Wange. Diese Geste löste ein neues Gefühl bei Vrašta aus; er fühlte sich getröstet und gestärkt.

»Ich vertraue dir und weiß, dass du mich nicht umbringen wirst. Da du mir jetzt alles gestanden hast, habe ich nichts mehr zu befürchten. Führe mich nur zu Nihal und Sennar.«

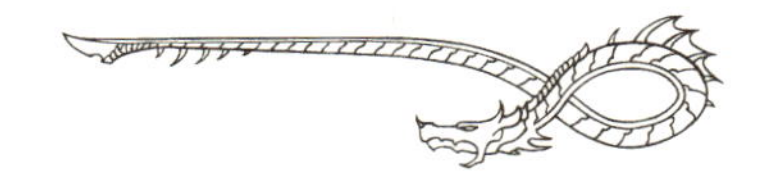

16

Unsagbares Grauen

Vor Nihal öffnete sich eine lange Straße mit großen, recht-winklig behauenen Pflastersteinen. Sie war so breit, dass zwei Wagen bequem aneinander vorbeikamen, und führte in die Stadt hinein. Die Steinplatten hatten sich verschoben, und in den Zwischenräumen wuchs wildes, dorniges Gestrüpp. Wahrscheinlich die Hauptstraße, in früheren Zeiten wurde sie gewiss vom Laubwerk majestätischer Bäume gesäumt. Von einigen erkannte sie noch die verkohlten Stämme, andere waren nur noch Gerippe aus verdorrtem Geäst, die sich ver-krüppelt vor einem bleiernen Himmel abzeichneten. Auf den abgestorbenen Ästen hockten unzählige Krähen, und deren Krächzen war der einzige Laut, der die dämmrige Einsamkeit durchbrach.

Die Straße war übersät mit Geröll, Glasscherben und so-gar noch Waffen hier und dort, die vielleicht jenen aus den Händen geglitten waren, die versucht hatten, die Stadt zu ret-ten. Darum herum die Trümmer niedergebrannter, zerstörter Häuser. Nihal bog in eine Seitenstraße ein. Auch hier die gleiche Verwüstung, die gleichen Trümmer. Sie erblickte so-gar Stoffreste, die auf wundersame Weise all die Jahre über-dauert hatten.

Die Halbelfe betrat ein Haus. Einige Möbel waren noch heil, doch das meiste lag zertrümmert und vermodert über den Boden verstreut. In der Mitte eines Raumes fand sie einen gedeckten Tisch, so als warte er nur auf die Rückkehr der

Hausbewohner. In den anderen Räumen bot sich ihr ein ähnliches Bild: umgestürztes Mobiliar, über den Boden verteilte Papiere, blutbefleckte Leintücher.

Sie verließen das Haus und durchstreiften die Straßen und Gassen der Stadt. Überall das gleiche Bild: verfallene Häuser, rußgeschwärzte Mauern, Blut auf Pflaster und an Wänden ...

»Das ist doch nicht normal, dass Blut nach fast vierzig Jahren noch so rot aussieht«, bemerkte Sennar. »Irgendjemand muss durch einen Zauber dieses Bild der Zerstörung festgehalten haben.«

Wie betäubt wanderte Nihal zwischen den Ruinen umher, unfähig, irgendetwas zu fühlen. Alles wirkte so fremd. Es gab nichts in dieser Stadt, das zu ihr sprach, die Stille des Todes erstickte jedes Geräusch und hinderte sie daran, ganz zu begreifen, was sie dort vor sich sah.

So gelangten sie zu einem großen Platz. Nihal erinnerte sich vage, dass dort jede Woche ein Markt abgehalten worden war. Früher hatten sich dort die Leute gedrängt, und in der Mitte hatte ein Springbrunnen mit einem schneeweißen runden Becken gesprudelt, aus dem eine schlanke Säule aus schwarzem Marmor aufgeragt hatte. Nun war der Platz übersät mit verbogenen Eisengestellen, die wohl einmal zu den Marktständen gehört hatten. Das Pflaster war vollständig geschwärzt von der Feuersbrunst, nur der Brunnen in der Platzmitte, an den Nihal sich erinnerte, schimmerte unwirklich weiß. In dem Becken stand trübes, sumpfiges Wasser, aus dem, einem Trauergesang ähnlich, das Quaken von Fröschen ertönte.

Sie streiften weiter umher und gelangten zur Rückseite des königlichen Palastes. Er lag in Trümmern, und der Boden war ringsum mit Bruchstücken jenes Kristalls übersät, aus dem er einmal errichtet worden war. Beim Einsturz hatte der Turm das Dach des Gebäudes durchschlagen und auf diese Weise den Thronsaal freigelegt. Unbeschädigt, schneeweiß im Glanz des Kristalls, ragten die Säulen zum Himmel auf, doch das einzige Gewölbe, das sie noch tragen konnten, war eine Kuppel aus Wolken. An einer hinteren Wand erhob sich inmitten von Schutt und Trümmern der Thron, ebenfalls aus Kristall, mit einer Sitzfläche aus verblichenem Samt, der wahrscheinlich einmal scharlachrot gewesen war. Nihal stellte sich vor, wie Nammen auf dem Höhepunkt seiner Macht auf diesem Thron saß und den vor ihm versammelten Regenten seinen Entschluss verkündete, die von seinem Vater in langen Kriegen besiegten Länder nicht zu unterwerfen, sondern in ihnen die alten Rechte wieder einzusetzen. Dieser Thron inmitten der Trümmer gab ein trostloses, lächerliches Bild ab: Das Symbol der Macht thronte im Schutt. Eine ganze Zivilisation war ausgelöscht worden, und Nihal, die so wenig von diesem Volk wusste und in ihren Albträumen nur bruchstückhafte Bilder von Tod und Zerstörung gesehen hatte, war die Letzte, die davon Zeugnis geben konnte.

Sie durchstreiften den Palast und gelangten in einen großen Saal, in dem wahrscheinlich einmal die Festbankette gegeben wurden. Wie durch ein Wunder war eine hintere, mit einem imposanten Flachrelief verzierte Wand unbeschädigt geblieben. Darauf sah Nihal Angehörige ihres Volkes bei ihren alltäglichen Verrichtungen dargestellt. Ein Symbol in einer Ecke erregte ihre Aufmerksamkeit. Es war das Wappen ihres Volkes. Als sie sich wieder den Szenen des Reliefs zuwandte, stellte sie irgendwann fest, dass alle Krieger des Halbelfenheeres dieses Wappen trugen. Sie betrachtete es lange und prägte es sich ein.

In einem anderen Saal fanden sie die Überreste einer Einrichtung, die offenbar einmal zu einem Observatorium gehört hatte, das vom Interesse der Halbelfen für das Weltall und seine Geheimnisse zeugte. An einer Wand hing eine zerfetzte Sternenkarte, und am Boden lag zerstört ein Teleskop. Offenbar hatten die Eindringlinge blindlings darauf eingeschlagen, denn die Linsen waren zerbrochen und das Gehäuse vollkommen verbeult. Der Fußboden war mit Papieren und Karten übersät, viele davon angesengt. Auf einigen waren noch Sätze in unbekannten Sprachen zu lesen oder Anmerkungen zu den Bahnen von Sternen und Planeten: die Arbeit eines Lebens, wie Asche in alle Winde zerstreut.

In einem anderen Saal stießen sie auf die Statue einer Frau, einer Halbelfe, die offenbar in einer Tanzbewegung dargestellt war. Ihr Gesicht drückte tiefe Freude und Heiterkeit aus, doch der Körper lag mit abgebrochenen Armen am Boden. Da konnte Nihal ihre bis dahin unterdrückten Gefühle nicht länger zurückhalten. Vor der Darstellung dieser Frau ging sie in die Knie und ließ ihren Tränen freien Lauf.

»Komm, lass uns lieber gehen«, versuchte Sennar, sie zu beruhigen. »Du hast gesehen, was du sehen wolltest, jetzt sollten wir uns wieder auf den Weg machen. Komm!« Er beugte sich zu ihr hinab und half ihr aufzustehen.

»Ja, du hast Recht, aber es war gut, dass ich gekommen bin«, schluchzte Nihal. »Es war notwendig, damit ich nie vergesse, was geschehen ist, und immer der Toten gedenke.«

»Auch wenn du wolltest, die Toten könntest du ohnehin nicht vergessen«, antwortete Sennar. »Und ich auch nicht nach dem, was ich hier gesehen habe«, fügte er mit finsterer Miene hinzu.

Sie traten aus dem Palast und machten sich auf den Weg, um diese traurige Stadt so schnell wie möglich hinter sich zu lassen. Dabei gelangten sie in eine Straße, in der sie zuvor nicht gewesen waren. Plötzlich spürte Nihal, wie Sennar den Arm um sie legte und sie fest an sich drückte, um ihr das Bild zu ersparen, das sich ihnen dort bot.

»Was ist denn da?«

»Ist doch egal!«

»Nein, lass mich sehen.«

»Warum denn? Das musst du dir wirklich nicht auch noch antun.« Sennars Stimme zitterte. »Schau bitte nicht hin!«

Doch Nihal machte sich frei und drehte sich um.

Zu beiden Seiten der Straße reihte sich ein Galgen an den anderen, an deren Stricken noch die Gehenkten baumelten. Auf den Gerüsten hockten Hunderte von Krähen wie dämonische Geister als Wächter der Toten. Aufgeknüpft waren Männer, Frauen und Kinder, die Gesichter unkenntlich, die Kleidung zerfetzt, die Augenhöhlen leer und wie vor Schreck geweitet.

»Jemand muss dafür gesorgt haben, dass das Bild dieses Massakers erhalten blieb«, sagte Sennar mit leiser Stimme. »Irgendwer hat eine verbotene Formel verwendet, um die Zeit daran zu hindern, die Spuren dieser Gräuel auszulöschen.«

Voller Entsetzen hatte Nihal zu schreien begonnen, und Sennar nahm sie in den Arm und zwang sie, den Blick abzuwenden. »Wir hätten niemals hierherkommen dürfen. Komm, lass uns endlich gehen«, sagte er, während er sie stützte und ihr Gesicht an seiner Brust barg.

Durch die Gasse der Gehenkten hindurch liefen sie in Richtung Stadttor, rannten davon, bis die Stadt endlich hinter ihnen lag. Erst dann hielten sie an und ließen sich zu Boden sinken, um Atem zu schöpfen.

Doch schon nach kurzer Zeit stand der Magier wieder auf und fasste die immer noch weinende Halbelfe unter. »Komm, nur weg hier«, forderte er sie auf.

Sennar nahm Nihal an der Hand, und so liefen sie weiter. Langsam wurde es dunkel. In diesem Sumpfgebiet einen Platz zum Lagern zu finden, würde nicht leicht werden. Als sich der Untergrund ein wenig fester anfühlte, beschloss Sennar, dass sie dort nächtigen sollten. Mit ihren Umhängen richtete er ihnen ein Lager ein und entfachte ein kleines Feuer.

»Ruh dich heute Nacht mal richtig aus«, sagte er zu Nihal, »ich werde allein Wache halten.«

»Aber du musst doch auch schlafen ...«, entgegnete sie schwach.

»Nein, das geht schon, und mir ist auch nicht danach«, erklärte Sennar kurz angebunden und deckte sie dann mit seinem Umhang zu. Es war Frühling, Mitte April, wenn er richtig gerechnet hatte, aber die Nacht war eiskalt.

Der Magier kauerte sich vor dem Feuer zusammen und blieb allein mit seinen Gedanken, umgeben vom Quaken der Frösche und dem modrigen Gestank, der aus den Sümpfen aufstieg. Er fühlte sich erschöpft und leer. Beim Anblick der Opfer, die noch an den Stricken baumelten, war ihm, als hätten die Ermordeten nach ihm gerufen und ihn gedrängt, ihren Tod zu rächen. Ein noch nie erlebter Zorn hatte ihn erfasst, und zum ersten Mal verstand er, was Nihal dazu getrieben hatte, Kriegerin zu werden. Ja, zum ersten Mal in seinem Leben hatte er selbst das Verlangen zu töten verspürt.

Bedrückt und schweigsam setzten sie ihren Weg am nächsten Morgen fort. Zwei Tage lang marschierten sie durch die Sümpfe, bis es irgendwann um sie herum immer dunkler wurde. Es war aber nicht die Dunkelheit der Nacht. Es war Vormittag, als sie hereinbrach, und sie hatten den Eindruck, die Sonne habe plötzlich beschlossen, nun frühzeitig wieder unterzugehen. Die Wolken überzogen sich mit jenem blassen Gelb, das für die Sonnenuntergänge im Land der Tage typisch war. Dabei war es noch nicht einmal Mittag.

»Man merkt, wir kommen jetzt in das Land der Nacht«, sagte Sennar.

Sie wanderten weiter, bis am Nachmittag die im Halbschatten liegenden Sümpfe in ein finsteres Waldgebiet übergingen. Plötzlich vernahm Nihal ein Geräusch.

Sie blieb stehen, lauschte und legte die Hand ans Schwert. Sennar rührte sich ebenfalls nicht mehr und spitzte die Ohren. Eine Weile hörten sie nichts mehr, dann wieder ein Rascheln. Diesmal erkannte Nihal, woher es kam, bewegte sich mit gezücktem Schwert in diese Richtung und sprang ins Gebüsch.

Sie landete auf einem Geschöpf, das sie im Eifer des Gefechts nicht erkennen konnte, dessen Borsten sie aber unter den Fingern fühlte. Sie warf es zu Boden, hielt es dort fest und setzte ihm das Schwert an die Kehle. Da vernahm sie ein anderes Geräusch neben sich.

»Hört auf, das ist ein Freund!«, rief eine fast kindliche Stimme, in der etwas Leidendes mitschwang.

Überrascht betrachtete Nihal das Geschöpf, das unter ihrer Schwertklinge lag: Es war ein Fammin. Er starrte sie an, und sie verlor sich in diesem Blick und spürte, wie ihr Zorn und die Lust zu töten verrauchten. Sie hatte etwas erblickt in diesen Augen, das sie sich nicht erklären konnte.

»Ja, zum Teufel, wo kommst du denn jetzt her?«, hörte sie Sennar fragen.

Nihal lockerte den Griff und drehte sich zu dem Magier um. Vor ihm stand Laio, bleich und mit blutverschmiertem Wams. Aber er lächelte.

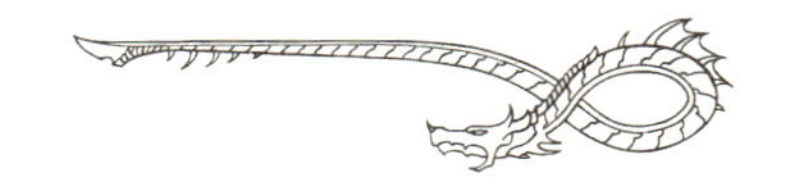

17

Ido in der Akademie

Als Ido sein neues Schwert in der Schlacht ausprobierte, war er mit dem Resultat mehr als zufrieden. Unter den mächtigen Hieben seiner Waffe verflüchtigten sich unverzüglich die Gespenster, und die Lage entwickelte sich entschieden zum Besseren hin. Der Gnom bedauerte allerdings, Soanas Kunst nicht an seinem Hauptgegner erproben zu können, denn schon lange war von dem scharlachroten Ritter nichts mehr zu sehen.

Ido versuchte, die Worte der Magierin nicht zu vergessen – »Selbst ein Drachenritter, egal wie schwer er Nihal verletzt haben mag, ist ein Feind wie andere auch« –, aber das fiel ihm nicht leicht.

Zog er auf das Schlachtfeld, hielt er als Erstes nach etwas Tiefrotem Ausschau. Doch immer ohne Erfolg. Und so begann er sich bald zu langweilen. Die Kämpfe boten wenig Abwechslung, und mit jedem Tag empfand er die Stimmung bedrückender.

Ein verspäteter Frühling hatte endlich Einzug gehalten, als im Land der Sonne eine große Versammlung des Rates der Magier stattfand, zu der auch die militärische Führung geladen war.

Und sie kamen wirklich alle: die Regenten der Freien Länder, die höchsten Generäle sowie alle Magier des Rates. Obwohl damit an die hundert Personen an dem Treffen teilnahmen, lief die Sitzung sehr geordnet ab. Eine Stimmung von Tod und Trostlosigkeit lag über der Versammlung und sorgte dafür, dass die Gemüter ruhiger blieben als gewohnt.

Vier Monate nach dem erstmaligen Auftauchen der Gespenster auf den Schlachtfeldern war die Lage alles andere als erfreulich. Über die Hälfte des Landes des Wassers war in der Hand des Tyrannen, und die andere Hälfte war ernsthaft bedroht. Ein Großteil der zur Verfügung stehenden Truppen war längs dieser gefährdeten Front zusammengezogen, aber die Anzahl der Soldaten reichte dennoch nicht aus, um den Vormarsch des Feindes aufzuhalten. Weitere Truppen frei zu machen, war nicht möglich, denn auch das Land der Sonne war in Gefahr und musste beschützt werden.

»So kann das nicht mehr lange weitergehen. Letztlich sind wir an beiden Fronten zu schwach und laufen Gefahr, dass der Tyrann unser Reich überrennt«, erklärte Sulana, die Königin des Landes der Sonne.

Die Versammlung schwieg. Die von den Generälen gelieferten Berichte verhießen nichts Gutes, und mittlerweile machte nur noch ein Gedanke in der Versammlung die Runde: Wahrscheinlich würde das Land des Wassers bald schon kapitulieren müssen.

»Ich werde nicht zulassen, dass mein Reich untergeht.«

Die Worte Gallas, des Herrschers des Landes des Wassers, ließen die Versammelten aufhorchen.

»Meine Gemahlin ist für dieses Reich gestorben, Tausende von Nymphen gaben ihr Leben, um es zu beschützen. Ihnen zu Ehren darf ich nicht nachlassen, für seinen Erhalt zu kämpfen.«

»Eure Majestät, wir kämpfen ja schon mit allen Kräften, aber sie reichen eben nicht aus, wie wir vorhin dargelegt haben …«, wandte Mavern ein.

»Wir müssen alles auf eine Karte setzen«, ließ Galla den General gar nicht ausreden, »und sollten daher eine große Offensive beginnen, die uns dann eine längere Atempause ermöglicht.«

Ido schüttelte den Kopf. Zwar verstand er, was in dem Regenten vorging, aber das war einfach eine verrückte Idee. Darüber hinaus war Galla kein Militär, sondern König eines friedlichen Landes.

»Das würde nichts bringen. Unsere Kräfte sind erschöpft; das wäre unser Untergang«, warf Soana ein.

»Soll das Land des Wassers denn wirklich geopfert werden? Wollt Ihr es ganz aufgeben? Die Bewohner dieses Landes kämpfen an Eurer Seite, obwohl das Kriegshandwerk nie ihre Sache war. Fällt das Land des Wassers den Feinden in die Hände, ist es auch mit unserer Unterstützung vorbei. Und mehr denn je zählt doch jeder Mann, gerade heute, da der Tyrann über die Möglichkeit verfügt, seine Armeen unablässig mit neuen Soldaten zu versorgen.«

»Ich denke, Seine Majestät hat Recht«, meldete sich Theris zu Wort, die Nymphe, die das Land des Wassers vertrat. »In unserer Lage wäre der Verlust eines weiteren Freien Landes wirklich katastrophal. Wir müssen das Risiko eingehen und einen Versuch wagen. Und sei es nur, um Zeit zu gewinnen und unsere Verteidigung besser zu organisieren.«

Schließlich kamen sie überein, einen Angriff zu wagen. Ido verband damit keine großen Hoffnungen. Das freie Land des Wassers war auf weniger als die Hälfte seiner Größe zusammengeschrumpft, und überall herrschten Not und Verzweiflung. Gallas Worten zum Trotz waren die Truppen, die das Land zur Verfügung stellen konnte, kaum der Rede wert und bestanden fast ausschließlich aus Männern, für die das Schlachtfeld fremdes Terrain war. Dieses Land vor dem Zugriff des Tyrannen zu bewahren, würde allenfalls dazu dienen, die Moral der Soldaten zu heben. Dennoch trug der Gnom der Versammlung seine Zweifel nicht offen vor. Es wäre zu grausam gewesen jenen gegenüber, die verzweifelt nach einem Fünkchen Hoffnung suchten, und auch den Feind um nur eine Meile zurückzudrängen, war immer noch besser als gar nichts.

Die Offensive wurde für den folgenden Monat geplant.

Einige Tage später traf ein Kurier im Lager ein und fragte nach Ido. »Der Oberste General Raven wünscht Euch in der Akademie zu sehen«, erklärte er ohne lange Vorrede, nachdem man ihn in das Zelt des Gnomen geführt hatte.

Zunächst war Ido nur verblüfft, dann begann er sich zu ärgern. Wenn Raven ihn zu sich bestellte, konnte das mit Sicherheit nichts Gutes bedeuten. Das Verhältnis der beiden war erheblich gestört. Raven hatte sein Misstrauen dem Gnomen gegenüber nie ablegen wollen, und dieser seinerseits verübelte es dem General, dass der ihm seit seinem Übertritt in das Heer der Freien Länder unablässig Knüppel zwischen die Beine geworfen hatte.

Dennoch, wenn der Oberste General etwas befahl, blieb nichts anderes übrig, als zu gehorchen. Daher bestieg Ido seinen Vesa und flog wieder einmal nach Makrat in die verhasste Akademie.

Auch jetzt musste er wieder die übliche Prozedur über sich ergehen lassen. Das hieß eine Stunde sinnlosen Wartens, bevor er in den Audienzsaal vorgelassen wurde und Raven sich dazu herabließ, ihn zu empfangen.

Wie üblich begnügte sich Ido mit einer flüchtigen Verneigung. Das Knie gebeugt hatte er nie vor diesem aufgeblasenen Kerl und hatte auch nicht vor, jetzt damit anzufangen.

»Meinst du nicht, du solltest endlich mal mit diesen infantilen Gesten aufhören?«, begrüßte Raven ihn gereizt.

Eigenartigerweise war diesmal nicht sein geliebtes Hündchen bei ihm, und auch seine Rüstung wirkte an diesem Tag, anders als sonst, ungewöhnlich nüchtern.

»Daran solltest du dich mittlerweile gewöhnt haben«, antwortete Ido.

»Auch du hast die Dienstgrade zu respektieren.«

Ido schnaubte. »Diese Unterredungen sind für uns beide keine Freude. Sehen wir doch zu, dass wir sie so rasch wie möglich hinter uns bringen.«

»Einverstanden. Also, die militärische Lage ist alles andere als rosig, das weißt du besser als ich. Wir haben zu wenige Soldaten, vor allem angesichts der ungeheuren Anzahl von Kriegern, die der Tyrann in die Schlacht werfen kann. Die Lage ist kritisch und verlangt drastische Maßnahmen.«

»Das ist mir nicht neu. Wenn ich mich nicht irre, haben wir doch gerade erst im Rat darüber debattiert.«

Es war nicht zu übersehen, dass Raven seinen Zorn nur mit Mühe zügeln konnte, und fast bereute es Ido, ihn so gereizt zu haben.

»Sehr gut, du willst also, dass ich gleich zur Sache komme ... Ich habe mich mit den Lehrern dieser Akademie beraten, und wir haben einen Entschluss gefasst. Schüler, deren Ausbildung schon weiter fortgeschritten ist, sollen jetzt mit in die Schlacht ziehen.«

Unwillkürlich verdrehte Ido die Augen. »Du meinst die Jungen, die noch nicht persönlich von einem Drachenritter ausgebildet werden?«

»Ganz richtig.«

»Aber das sind doch noch Kinder, die nie ein Schlachtfeld aus der Nähe gesehen haben ... Ich weiß wirklich nicht, was das bringen soll ...«

»Erstens werden sie hier ordentlich ausgebildet, und zweitens sagte ich ja schon, dass die Situation dramatisch ist. Wir brauchen Soldaten, so viele wir auftreiben können. Ein Krieger mit unvollständiger Ausbildung ist immer noch besser als ein Bauer oder ein Schäfer, der zum ersten Mal ein Schwert zur Hand nimmt, wie wir sie in früheren Schlachten schon eingesetzt haben.«

»Schön und gut, aber was hat das alles mit mir zu tun?«, fragte Ido ungeduldig. Und bereits während er die Frage stellte, beschlich ihn so eine Ahnung ...

Der wird mich doch nicht ...

»Dich haben wir für die Auswahl und Vorbereitung der Jungen eingeplant«, verkündete Raven.

Verdattert stand Ido da und sagte kein Wort.

»Selbstverständlich kommt dir auch die Aufgabe zu, sie in die Schlacht zu führen. Sie sollen deine persönliche Truppe sein, eine Schar von vielleicht hundert Jungen, die ich selbst mit weiteren dreihundert erfahreneren Soldaten aufstocken werde.«

Ido blickte aus dem Fenster. Er hätte sich nicht gewundert, wenn draußen ein Esel vorbeigeflogen wäre. Aber es standen nur Wolken am Himmel.

»Letztendlich hast du bei diesem Dämon mit den blauen Haaren recht gute Arbeit geleistet. Daher halte ich dich auch für die geeignetste Person für diese Aufgabe«, schloss Raven.

Eine Zeit lang herrschte im Saal vollkommene Stille, bis Ido irgendwann in schallendes Gelächter ausbrach.

»Die Lage ist dramatisch und keineswegs komisch!«, rief Raven ihn zur Räson. »Oder fühlst du dich der Aufgabe vielleicht nicht gewachsen?«

Ido riss sich zusammen. Es war nicht ratsam, vor dem Obersten General allzu lange den Spaßmacher zu spielen. Schließlich war er immer noch sein Vorgesetzter, auch wenn er den Mann für einen selbstherrlichen, eingebildeten Dummkopf hielt.

»Die Frage ist nicht, ob ich mich der Aufgabe gewachsen fühle«, erwiderte der Gnom mit einem ironischen Lächeln, »sondern warum du mich für geeignet hältst ...«

»Glaubst du denn, ich sei aus purem Zufall Oberster General geworden? Hältst du mich für beschränkt?«, ereiferte sich Raven. »Wir befinden uns im Krieg, wie gesagt, in einer sehr schwierigen Lage ... Du weißt genau, dass ich dir immer misstraut habe, und kannst dir vorstellen, wie schwer es mir fällt, mich jetzt an dich zu wenden. Aber du bist ein listiger, mit allen Wassern gewaschener Krieger, und in unserer Lage brauchen wir Männer wie dich. Das Wohl der Freien Länder hat Vorrang vor irgendeinem kleinlichen Starrsinn oder unserer gegenseitigen Abneigung.«

Wie angenagelt stand Ido an seinem Platz, mit offenem Mund, unfähig, etwas zu erwidern. Raven schien nicht mehr der Mann zu sein, den er gekannt hatte.

»Parsel wird dir bei der Auswahl der Jungen zur Seite stehen«, sprach Raven weiter, »und selbstverständlich wird dir eine Unterkunft hier in der Akademie zur Verfügung stehen. Von meiner Seite wäre das alles, oder hast du mir noch irgendeinen Blödsinn zu erwidern? Nun gut, Parsel wartet draußen auf dich.«

Er gab Ido noch nicht einmal die Zeit, etwas zu erwidern, wandte sich ab und verließ in der selbstgefälligen Manier, die man von ihm kannte, den Raum.

Ido kam sich blamiert vor, als er sich ebenfalls zum Gehen wandte. Er war stolz auf seinen neuen Auftrag, aber auch wütend auf sich selbst, weil er sich wie ein Narr benommen hatte. Das Ende der Welt schien tatsächlich nahe: Während er selbst sich zwanghaft auf irgendeinen persönlichen Feind versteifte und sich im Zweikampf bezwingen ließ, war aus Raven plötzlich ein besonnener Mensch geworden.

Ido hatte von Parsel gehört, weil Nihal ihn ein paarmal erwähnt hatte. Allem Anschein nach war er der einzige Lehrer gewesen, der sie während ihres Aufenthalts in der Akademie ordentlich behandelt hatte.

Parsel war ein groß gewachsener, schlaksiger Mann mit dunklem Haar, einem mächtigen Schnurrbart und einer eher groben Art. Ido hatte Schwierigkeiten, diesen mürrischen Typ, der da vor ihm stand, mit dem Bild zusammenzubringen, das er sich nach Nihals Erzählungen gemacht hatte. Aber er wunderte sich auch nicht allzu sehr. Schließlich wimmelte es in der Akademie von Leuten, die ihn schief anblickten und von oben herab behandelten. Und deswegen verachtete er sie umgekehrt auch.

Vor allem die Schüler, die hier ausgebildet wurden, waren fast ausschließlich verhätschelte Papasöhnchen, der Nachwuchs einer dünkelhaften Offizierskaste. Da war Nihal eine höchst seltene Ausnahme gewesen, Laio die Regel. Um dort zugelassen zu werden, musste der Vater zumindest Ritter sein oder vielleicht auch ein hoher Würdenträger bei Hof. Hungerleider wurden nicht gern gesehen. Und als wenn das noch nicht gereicht hätte, waren es praktisch nur Menschen, keine Angehörigen anderer Rassen, Bübchen aus reichem Hause also, die ständig damit beschäftigt waren, sich gegenseitig zu beurteilen. Gewiss, es gab auch Ausnahmen, doch innerhalb dieser Mauern bestand die Mehrheit der Schüler aus hirnlosen Marionetten. Bis sie dann ihre erste Schlacht erlebten und schlagartig erwachsen wurden.

Idos Geschichte hatte sich nach Dolas Tod im militärischen Umfeld herumgesprochen, und so wurde er nun gleich aus zwei Gründen abgelehnt: Er war nicht nur ein Gnom, sondern auch ein ehemaliger Feind. Der kurze Gang an Parsels Seite durch die Flure der Akademie bestätigte nur die schlechten Erinnerungen, die er mit diesem Ort verband. Wer immer ihm auch entgegenkam, jeder blickte ihn argwöhnisch an.

Parsel zeigte ihm seine Unterkunft für die folgenden Wochen, eine kleine, spartanisch eingerichtete Kammer. Das wenige Licht fiel durch ein schmales Fensterchen gleich unter der Decke. Ido fühlte sich an die Zelle erinnert, in der er gefangen saß, nachdem er sich vom Tyrannen losgesagt und sein Schicksal in die Hände des Rates gelegt hatte. Und er meinte zu ersticken.

»Etwas Besseres war nicht frei«, erklärte Parsel trocken.

Ido riss sich zusammen. »Immer noch komfortabler als die Zelte, an die ich gewöhnt bin.«

Kurz besprachen sie die Aufgaben, die auf sie warteten, dann verabschiedete sich Parsel bis zum nächsten Tag, an dem sie mit der Auswahl der Schüler beginnen würden, und ging hinaus.

Es dauerte nicht lange, bis Ido auch der zweite Grund wieder klar wurde, weswegen er sich nicht gern in der Akademie aufhielt. Jemand pochte an der Tür, und gleich darauf humpelte Malerba über die Schwelle.

Ido wollte ihn gar nicht anschauen. Als er ihn zum ersten Mal gesehen hatte, war ihm der Schreck in die Glieder gefahren. Er wusste damals nichts von der Geschichte dieses Geschöpfs, aber ein Blick genügte, um zu wissen, dass er ein Gnom und gefoltert worden war. Und Ido hatte gespürt, wie sehr er ihm, unter seiner deformierten Gestalt, eigentlich ähnlich war, und der Zorn übermannte ihn. Er dachte an sein Volk, das man so schwer misshandelte, an die Labore, in denen sie als Versuchstiere gehalten wurden für die Experimente des Tyrannen. Anstatt seinem Volk zu helfen, hatte er zwanzig Jahre lang dessen Pläne unterstützt, hatte sich nicht daran gestört, dass seine Brüder und Schwestern in den Verliesen der Tyrannenfeste gefoltert wurden. Dieser Gedanke war unerträglich, und ebenso unerträglich war folglich die Gesellschaft dieses verunstalteten Geschöpfs.

Als er Ido erblickte, lächelte Malerba mit seinem zahnlosen Mund. Vielleicht spürte er in seinem verwirrten Hirn, dass sie beide etwas verband. »Der große Krieger …«

Ido drehte sich von ihm weg. »Ja, ja, der große Krieger … Erledige, was du zu erledigen hast, und dann geh.«

Er hörte Malerbas helles Lachen, dem eines glücklichen Kindes ähnlich, und einige hingenuschelte sinnlose Worte. Dann kam das bedauernswerte Geschöpf näher und streichelte Ido über den Arm.

»Ich auf dich gewartet … schön … schön … froh … Der große Krieger …«

Ido entzog sich der Berührung. Er wusste, wie herzlos er sich verhielt, doch Malerbas Nähe schmerzte ihn zu sehr. »Schon gut, danke. Aber geh jetzt.«

Rückwärts tapsend, die Augen auf Ido gerichtet, verließ Malerba die Kammer und schloss die Tür hinter sich.

Ido ließ den Blick über die kahlen Wände des Raumes wandern, die einfache Pritsche, während durch das schmale Fensterchen undeutlich Lärm und Stimmengewirr aus Makrat zu ihm drangen. *Das kann ja heiter werden …*

Am nächsten Morgen begann die Arbeit. Parsel persönlich kam ihn zu früher Stunde wecken.

»Ich dachte, du wärest schon auf den Beinen. Je eher wir die Sache hinter uns bringen, desto besser für alle«, klagte der Fechtlehrer.

Es hat schlecht begonnen und wird noch schlimmer enden …

Eilig zog sich Ido an und machte sich fertig. Das Frühstück ließ er ausfallen – Parsels spitze Bemerkung hatte ihm ohnehin den Appetit verdorben – und ging gleich in die Arena hinunter.

Parsel wartete bereits. Aus dem morgendlichen Dunst tauchten die Gestalten von rund dreihundert Jungen auf, gut die Hälfte der Schülerschaft der Akademie also. Es war, vom Alter und Aussehen her, ein recht ungleicher Haufen, und Ido hatte den Verdacht, dass man sie nicht nach ihrer Ausbildungszeit gewählt, sondern nach dem Zufallsprinzip herausgepickt hatte.

»Hast du sie ausgesucht?«, fragte er Parsel.

Der Lehrer schüttelte den Kopf. »Von meinen Schülern ist gerade mal ein Dutzend dabei, die anderen wurden von ihren jeweiligen Lehrern geschickt.«

Ido schnaubte. Da deutete sich eine langwierige, eintönige Arbeit an.

Ido und Parsel teilten die Jungen auf und begannen mit den weiteren Auswahlverfahren. Zunächst ging es darum, sie gegeneinander kämpfen zu lassen, um weitere Kandidaten herauszusieben. Mindestens eine halbe Stunde dauerte die Prüfung für jeden Schüler, was die beiden Lehrer in Atem hielt und darüber hinaus die normalen Abläufe in der Akademie durcheinanderbrachte.

Bald machte sich Unmut im gesamten Gebäude breit. Die anderen Lehrer murrten über die Störungen ihrer eigenen Arbeiten, und viele Schüler sträubten sich, die Beurteilungen der beiden Prüfer einfach so hinzunehmen. War er einmal nicht mit seiner Aufgabe beschäftigt, verließ Ido seine Kammer nicht. Diese bedrückende Atmosphäre nahm ihm jede Lust dazu.

Aber auch der Auftrag selbst konnte ihn nicht begeistern. Von wegen neue Verantwortung, von wegen ein Beweis bisher unbekannter Wertschätzung vonseiten Ravens. Es war nur ein weiterer Reinfall.

Und was die künftigen Krieger anging, so blickten sie ihn meist nur gleichgültig an. Es war offensichtlich, dass diese Jungen keinerlei Respekt vor ihm hatten.

Dennoch bemühte sich Ido, ganz unparteiisch vorzugehen. Er studierte die Fechtkünste der Schüler, ignorierte, soweit möglich, Bemerkungen und genervte Blicke, verteilte sogar hier und da Ratschläge, die dann üblicherweise mit wenig überzeugt klingendem Gemurmel aufgenommen wurden.

Sortierte er jemanden aus, erntete er dafür nicht selten hasserfüllte Blicke.

Interessant, wie sehr sie darauf brennen, ins Gras zu beißen, solange sie noch nie gekämpft haben, und wie kleinlaut sie dann werden, sobald ihnen der Geruch der Schlacht in die Nase steigt.

Von den hundertfünfzig Schülern, die Ido auf Herz und Nieren prüfte, blieben nach einer Woche noch sechzig übrig. Parsel hingegen hatte rund hundert ausgewählt, aber bei beiden Gruppen war das letzte Wort noch nicht gesprochen. Zum Schluss würden sie alle gegen ihre Prüfer kämpfen müssen, um zu zeigen, was wirklich in ihnen steckte.

Als die ersten Entscheidungen gefallen waren, wurde die Atmosphäre in der Akademie noch frostiger. War Ido in den Fluren des Gebäudes unterwegs, sah er an jeder Ecke tuschelnde Jungen zusammenstehen. Der Gnom hatte die Kommentare und die überheblichen Blicke, mit denen man ihn hier bedachte, längst gründlich satt.

Zudem ging man mit Parsel ganz anders um. Gewiss waren einige Jungen auch mit dessen Urteil oft nicht zufrieden, doch ließen sich alle Unstimmigkeiten stets durch ein paar freundliche Erklärungen beilegen, während Idos Entscheidungen jedes Mal lange, mühsame Auseinandersetzungen nach sich zogen.

Der Gnom jedoch war kein Typ, der seinen Ärger lange in sich hineinfraß; drückte ihn ein Stein im Schuh, holte er ihn eben heraus. Und so kam es, dass die Lage sich eines Abends verschärfte.

Ido saß im Speisesaal vor seiner Suppe und versuchte, das übliche Gemurmel um ihn herum von sich fernzuhalten. Er spürte, dass er eher unerfreuliche Dinge aufgeschnappt hätte, und hatte eigentlich nicht vor, seine Zeit mit Streiten zu vergeuden. Er wollte nur noch seinen Auftrag zu Ende bringen und dann schleunigst von dort verschwinden. Zwei Schüler jedoch unterhielten sich zu laut und zu nahe bei ihm. Er erinnerte sich an die beiden, er hatte sie am Vorabend geprüft. Einer von ihnen, ein spindeldürrer Junge mit Haaren so blond, dass er wie ein Albino aussah, war nicht weitergekommen.

»Er hat mich rausgeschmissen ...«

»Mach dir nichts draus, du wirst noch mehr Chancen bekommen.«

»Der Krieg wartet aber nicht auf mich.«

»Ach was, der Krieg ist noch lange nicht zu Ende.«

»Das sagst du nur, weil du noch dabei bist. Der Zwerg hat ja keine Ahnung. Ich war immer der beste Fechter meiner Klasse ...«

»Pst, nicht so laut, er könnte dich hören ...«

»Soll er mich doch ..., dieser Hornochse. In Parsels Gruppe wäre mir das nicht passiert.«

Ido legte den Löffel neben den Teller und drehte sich langsam zu dem Schüler um. »Wiederhole mal, was du gerade gesagt hast«, forderte er ihn in ruhigem Ton auf.

Die beiden Jungen rührten sich nicht und aßen weiter.

Da stand der Gnom auf, ging zu den beiden hin und tippte dem Schüler, den er aussortiert hatte, auf die Schulter.

Ein Zittern durchlief den Körper des Jungen, der sich aber weiterhin gleichgültig gab. Seine Augen waren auffallend hell, seine Hände nervös, und sein Gesichtsausdruck wirkte aufreizend dreist.

»He, dich meine ich. Jetzt wiederhole noch mal für mich, was du eben zu deinem Freund gesagt hast. Oder hast du nicht den Mut dazu? Los, sag's mir ins Gesicht.«

Der gesamte Speisesaal verstummte.

Einen Augenblick schien der Junge verunsichert, dann setzte er eine entschlossene Miene auf. »Ich habe gesagt, dass es ein Fehler war, mich durchfallen zu lassen«, erklärte er arrogant. Sein Freund stieß ihn mit dem Ellbogen an, doch er ignorierte es.

Ido lächelte. »So, so, du weißt also besser als ich, der ich seit vierzig Jahren Soldat bin, was einen guten Krieger auszeichnet.«

»Jedenfalls wird ein mittelmäßiger Krieger durch lange Erfahrung auch nicht besser.«

An einem Nebentisch sprang einer der Lehrer auf.

»Dohor! Was fällt dir ein, so mit einem Vorgesetzten zu sprechen?!«

»Lasst nur, soll sich das Bürschlein doch erst mal Luft machen«, antwortete Ido, immer noch mit einem Lächeln, und wandte sich dann wieder an Dohor. »Du solltest dir deinen Mut lieber für später aufsparen, wenn du mal in die Schlacht ziehst, und nicht dazu benutzen, um hier den Maulhelden zu spielen.«

Dohor sprang auf. »Ich bin kein Maulheld! Ich weiß, was ich kann und dass ich sofort für eine Schlacht bereit wäre. Alle hier in diesem Raum können bestätigen, dass ich der Beste meiner Klasse bin, alle wissen, wie gut ich mit dem Schwert umgehe, und alle hier denken, was ich auch denke: dass es einfach unwürdig ist, von einem wie Euch beurteilt zu werden.«

Die Stille wurde immer bedrückender.

»Dieser Ton ist nicht mehr zu entschuldigen«, mischte sich wieder der Lehrer von vorhin mit tönender Stimme ein.

»Vielen Dank, aber ich komme schon allein zurecht«, bremste ihn Ido, immer noch gelassen. Er wandte den Blick wieder Dohor zu. »Ich dachte, ich hätte mich klar ausgedrückt am ersten Tag, als ich mich euch vorstellte: Ich kann nichts anfangen mit Burschen wie dir, mit Höflingen, die wie mit dem Lehrbuch in der Hand kämpfen, den Kopf voller hirnrissiger Ideen über Ehre, Duelle und so weiter. Aber jetzt sehe ich, dass du dümmer bist, als ich dachte. Du traust meinem Urteil nicht? In Ordnung, soll mir niemand nachsagen, ich könne mich keines Besseren belehren lassen. Nimm deine Waffe und komm mit.«

Der Junge rührte sich nicht.

»Hast du nicht gehört? Wir gehen raus in die Arena, und dort kannst du mir zeigen, was du draufhast.«

Dohor schaute hilfesuchend zu seinem Lehrer, der mit den Kollegen am Tisch saß. Doch der warf ihm nur einen ratlosen Blick zu.

Es war Parsel, der nun einschritt. »Hör mal, Ido, keine Frage, der Junge hat es dir gegenüber an Respekt fehlen lassen und soll dafür bestraft werden. Aber lass es dabei bewenden, begib dich nicht auf sein Niveau ...«

»Ich begebe mich nicht auf sein Niveau«, erwiderte Ido gereizt. »Er will eine zweite Chance, und die soll er haben. Wenn er wirklich so ein fantastischer Kämpfer ist, soll er mit mir rauskommen. Noch besser, kommt alle mit hinaus und bildet euch selbst ein Urteil.« Er blickte wieder zu Dohor. »Ich erwarte dich in zehn Minuten in der Arena.« Damit verließ er den Speisesaal und begab sich in seine Kammer, um sein Schwert zu holen.

Während er die verlassenen Flure entlangging, fühlte er sich weder zornig noch beleidigt. Er war ruhig, vielleicht auch ein wenig betrübt. Selbst wenn er bis zu seinem Lebensende an der Seite dieser Leute kämpfte, würde das nicht genügen, um ihren Respekt zu gewinnen.

In weniger als zehn Minuten war er wieder unten. Die Arena war schon gut gefüllt, nur Dohor ließ auf sich warten.

Schließlich erschien er, das Gesicht bleich wie ein Leintuch. Er trug ein ledernes Wams, und seitlich am Gürtel baumelte ein Schwert, das wie das klassische Familienerbstück aussah. Ido hatte ihn richtig eingeschätzt: das verzogene Söhnchen irgendeines dünkelhaften Kommandanten.

Noch ein letztes Mal versuchte Parsel zu vermitteln. »Ido, du machst dich doch nur lächerlich ... Ich meine, er ist doch nur ein Junge, der zu weit gegangen ist, mehr nicht. Die anderen Lehrer sind auch befremdet ob deines seltsamen Vorhabens.«

»Hätte er das bei einem von euch gewagt, wärt ihr alle einverstanden und würdet noch von einer gelungenen Erziehungsmethode sprechen. Erspar mir also deine Moralpredigt, du weißt genau, dass ich im Recht bin. Und ebenso gut weißt du, dass es hier nicht nur um einen kleinen Jungen geht, der es zu weit getrieben hat.«

Parsel schwieg und verkniff sich weitere Einwände.

Der Schüler nahm in der Mitte der Arena Aufstellung und blieb dort wie angewurzelt stehen.

»Nun, was ist? Willst du nun kämpfen oder Löcher in die Luft starren?«, provozierte Ido ihn.

»Ihr habt noch keine Kampfstellung eingenommen …«

»Das machen die Fammin auch nicht … Ein großer Krieger wie du müsste das eigentlich wissen. Los, jetzt komm schon her.«

Mit einem tiefen Ausfallschritt stürmte Dohor auf Ido ein, und dem genügte es, seitlich auszuweichen. Schon während er den Hieb setzte, schien der Junge zu ahnen, dass seine Taktik nicht aufgehen würde, und versuchte es gleich noch mal mit einem Schlag von der Seite. Mit einem Sprung wich Ido aus, Dohor verlor das Gleichgewicht, und im nächsten Moment hatte ihm der Gnom die Schwertspitze an die Kehle gesetzt.

»Tja, sieht so aus, als wäre der Kampf schon entschieden. Aber vielleicht warst du bloß nicht ganz bei der Sache, hattest nicht genügend Zeit, mir dein großes Talent zu beweisen. Also machen wir es doch so: Wer von drei Angriffen die meisten gewinnt, ist Sieger, einverstanden?«

Dem Jungen schien allmählich klar zu werden, was er sich da eingebrockt hatte, denn er nickte ergeben.

Die beiden trennten sich wieder. Auch diesmal blieb Ido fest an seinem Platz, und Dohor versuchte, ihn anzugreifen. Jetzt probierte er es mit einem Hieb von oben, doch wieder wich der Gnom geschwind zur Seite aus, und der Schlag ging ins Leere. Seit Beginn dieser Farce hatte Ido noch nicht ein Mal sein Schwert benutzen müssen. Wieder versuchte es Dohor und noch einmal, aber Ido huschte wie ein Wiesel hin und her. Da plötzlich schlug er zu. Er traf das Schwert seines Gegners, das in hohem Bogen davonflog. Und wieder setzte er dem Jungen die Klinge an die Kehle.

»Du musst dein Schwert schon richtig festhalten …«

Dohor reagierte nicht, stand nur mit verschreckter Miene vor ihm und keuchte.

»Zwei von dreien, mein Junge. Da habe ich wohl gewonnen. Aber nimm's nicht tragisch, heute will ich mal großzügig sein. Deshalb schlage ich vor: Wenn du den nächsten gewinnst, nehme ich dich in meine Truppe auf. Einverstanden?«

»Ich …«, versuchte der Junge mit flehendem Blick einzuwenden, aber Ido ließ ihm nicht die Zeit, den Satz zu beenden.

»Ausgezeichnet, wir verstehen uns. Nun denn, ich bin zwar großzügig, aber auch nicht dumm, das heißt, diesmal werde ich angreifen.«

Ido und Dohor gingen wieder ein paar Schritte auseinander. Sobald Ido sah, dass Dohor Aufstellung genommen hatte, attackierte er. Wie üblich focht er nur aus dem Handgelenk. Seine kurzen Beine, die bei der Horde verzogener Burschen für so viel Heiterkeit sorgten, standen fest am Boden, und auch seinen Oberkörper bewegte er kaum. Nur seinen Arm schwang er hin und her.

Dohor wusste nicht, wie er reagieren sollte. Er versuchte zu parieren, doch Idos Schwert war wahnsinnig schnell und kam aus allen Richtungen. Der Junge wehrte sich nach Kräften, konnte aber lediglich zurückweichen, bis er irgendwann nur noch ein paar Schritt von dem Waffenständer am hinteren Ende der Arena entfernt war. Er geriet in Panik, strauchelte und stürzte zu Boden. Erneut war Idos Schwert auf seine Kehle gerichtet.

»Na, einen schlechten Tag erwischt? Oder wie ist es möglich, dass so ein toller Fechter wie du keinen einzigen meiner Schläge parieren konnte? Sag's mir!«

Dohor, den Tränen nahe, lag keuchend am Boden und brachte kein Wort heraus.

»Verausgab dich nicht weiter, ich werde dir erklären, wie die Sache aussieht. Die Sache sieht nämlich so aus, dass du ein unreifes Kerlchen und noch kein Soldat bist und dich grenzenlos überschätzt. Es sieht so aus, dass du vielleicht schon Talent haben könntest, aber viel zu überheblich und eingebildet bist. Du hast noch sehr viel zu lernen über die Technik des Schwertkampfes und erst recht über den Krieg. Anstatt hier rumzuflennen, dass ich dich nicht genommen habe, solltest du mir lieber danken. Damit habe ich dir nämlich das Leben gerettet. Eine Schlacht hättest du nicht so lange überlebt, wie dieser Zweikampf gedauert hat.«

Ido steckte sein Schwert zurück und verließ die Kampfbahn, im allgemeinen Schweigen, das nur durchbrochen wurde von Dohors Schluchzern der Wut und der Scham.

Nach der Lehrstunde in der Arena änderte sich für Ido schlagartig die Situation. Die Jungen blickten ihn nur noch verängstigt an, die anderen Lehrer gingen ihm aus dem Weg. Es war nicht unbedingt das, was der Gnom sich erhofft hatte, aber Furcht war immer noch besser als Hohn und Spott, und so gab er sich mit dem Erreichten zufrieden.

Sein Auftritt an jenem Abend hatte allerdings auch einige unschöne Begleiterscheinungen. Ido merkte es erst, als die zweite Phase der Auswahl begann und die ausgesuchten Schüler aufgerufen waren, gegen ihren Lehrer zu kämpfen.

In Kampfmontur und mit dem langen Schwert an der Seite betrat der Gnom die Arena. Die Schüler, rund achtzig an der Zahl, hatten sich bereits versammelt. Es herrschte vollkommene Stille, und Ido wunderte sich darüber. Rasch ließ er den Blick über die Gesichter wandern und bemerkte nur verschüchterte Mienen.

Er stellte die Prüfungsmodalitäten vor und fügte noch die ein oder andere überflüssige Erklärung an, wobei er sich die ganze Zeit unwohl fühlte unter all den verschreckten Blicken, die auf ihn gerichtet waren.

Endlich kam er zur Sache.

»Du da, in der ersten Reihe, mit dir fangen wir an.«

»Mit mir?«, antwortete der Junge mit großen Augen.

»Ich glaube nicht, dass ich schiele, also ja, mit dir.«

Ido hatte sich einen schon recht erfahrenen Schüler ausgesucht. Es war ein großer Kerl mit schwarzem Haar und dunkler Haut, dem er schon einiges zutraute. Besser, mit einem Guten anzufangen, um das Eis zu brechen, hatte er sich gesagt.

Unsicheren Schritts trat der Junge auf ihn zu. Trotz seines gebräunten Gesichts sah man, dass er blass war.

Ido wusste nicht recht, wie er vorgehen sollte. »Aufstellung«, sagte er trocken.

Der Junge gehorchte, wenig überzeugt, und als der Gnom angriff, schien er wie gelähmt: unkoordinierte Bewegungen, ungenaue Hiebe, zu späte Paraden, ein ganzer Katalog von Fechtfehlern, die dazu führten, dass sein Schwert schon nach wenigen Angriffen in den Sand flog.

»Was ist?«, rief Ido ungeduldig.

Der Junge stand in der Mitte der Arena und ließ die Arme hängen. Sein Blick wirkte panisch. »Vergebt mir … ich …«

Auch auf diese Distanz konnte Ido seine Angst riechen. Er hörte sogar sein Herz, das wie wahnsinnig schlug. Und er begann zu verstehen. »In Ordnung, noch mal von vorn. Du bist aufgeregt. Das habe ich nicht bedacht …« Tatsächlich konnte er nicht fassen, was da los war, sah aber ein, dass es zu nichts führen würde, wenn er weiter den unnachgiebigen Lehrer spielte. »Bevor ihr jetzt alle bleich wie Leintücher vor mir antretet, sollten wir mal ein paar Dinge klären. Ich bin nicht hier, um irgendjemanden aufzufressen oder zu demütigen. Vergesst einfach, was ihr gestern in der Arena gesehen habt. Natürlich erwarte ich nicht von euch, dass ihr mich besiegt.

Und dass ich euch nicht besiegen will, sollte auch klar sein. Bleibt also ganz ruhig und gebt euer Bestes. Verstanden?«

Das »Ja« der rund achtzigköpfigen Schülerschar war kaum zu verstehen.

Ido stieß die Luft aus. *Was hab ich mir da bloß aufgehalst ...?* »So, jetzt los, heb dein Schwert auf und greif mich an. Ich warte.«

Der Junge nahm all seinen Mut zusammen, umfasste sein Schwert und begann anzugreifen. Ido seinerseits tat fast nichts, beschränkte sich nur darauf, fast lustlos Schlag auf Schlag zu parieren. Nach vielleicht zehn Minuten dieses müden, langweiligen Duells ließ er die Waffe sinken.

»Na, war das so furchtbar?«, fragte er und zwang sich zu einem Lächeln.

Der Junge schien sich über die versöhnlichen Worte zu freuen und antwortete schüchtern lächelnd mit einem Nein, das sehr nach einem Seufzer der Erleichterung klang.

»Wunderbar. Der Nächste.«

Niemand rührte sich.

»Der Nächste, hab ich gesagt«, wiederholte der Gnom, jetzt fast streng. Ein hagerer Blonder trat vor, der aber, wie Ido wusste, sehr zäh sein konnte. Er war ihm schon in der ersten Auswahlrunde aufgefallen. Zwar war er kein begnadeter Fechter, dafür aber ein großer Kämpfer, der mit Leidenschaft und Entschlossenheit zur Sache ging.

Mit konzentrierter Miene stellte sich der Junge zum Angriff auf. Ido lächelte: Endlich stand ihm jemand gegenüber, der wusste, worauf es ankam. Und so entwickelte sich ein Gefecht, bei dem Ido schon mehr auf seine Kosten kam und gar so etwas wie Stolz auf seine Lehrerrolle verspürte.

Rund drei Tage dauerten die Ausscheidungskämpfe, und schließlich hatte Ido seine Rekrutenschar beisammen, insgesamt rund hundertzwanzig Jungen, weniger als die Hälfte der Ausgangsgruppe.

Als er sie jedoch zum ersten Mal vor sich aufgereiht sah, verließ ihn etwas der Mut. Zwei Wochen gab man ihm, um aus diesen Burschen Krieger zu machen, eine Aufgabe, die kaum zu bewältigen war. Bei Nihal hatte er drei Monate gebraucht. Gewiss, sie hatte er zum Drachenritter ausbilden müssen, aber andererseits war die Halbelfe auch besonders begabt gewesen. Hier hingegen hatte er es mit Jungen zu tun, deren Eignung zum Krieger höchstens befriedigend war.

Parsel schien seine Gedanken zu erraten. »Sie müssen ja nicht die Speerspitze unseres Heeres bilden. Bloß brauchbare Soldaten sollen sie sein, die unsere Sturmtruppen unterstützen können«, bemerkte er.

Ido seufzte.

Der Gnom hielt es für notwendig, die jungen Rekruten für ihre Kurzausbildung fern von der Akademie in einem Lager im Land des Wassers einzuquartieren. Ein Anliegen, das zu einer langen, hitzigen Auseinandersetzung mit Raven führte.

Der Oberste General stänkerte an dem Vorhaben herum, murrte und erklärte, die Rekruten seien immer noch seine Schüler und ihr Platz sei daher die Akademie.

»Um Krieger werden zu können, müssen sie sich aber an gewisse Abläufe und brutale Anblicke gewöhnen. Dort an der Front haben sie Gelegenheit, Kriegsatmosphäre zu schnuppern, und sind dann darauf vorbereitet, wenn unsere Offensive beginnt«, erwiderte Ido.

»Du suchst doch nur einen Grund, um von hier fortzukönnen. Bei uns gefällt es dir nicht, das weiß ich doch, und du kannst es gar nicht erwarten, deine Zelte hier abzubrechen. So sieht es aus«, erwiderte der General.

»Und du zierst dich nur, weil es dir Spaß macht, mir Knüppel zwischen die Beine zu werfen.«

Parsel musste vermitteln, und überraschenderweise unterstützte er Idos Vorstellungen. Nur dadurch erhielt der Gnom freie Hand und konnte endlich die Akademie verlassen.

Kaum war er aus dem großen Tor getreten, da fiel ihm das Atmen wieder leichter, und noch besser fühlte er sich, als er auch Makrat hinter sich gelassen hatte. Während er auf Vesa langsam dahinflog, zog unter ihm ebenso gemächlich die Karawane der Schüler entlang. Je weiter sie sich von der Hauptstadt entfernten, desto wohler fühlte sich der Gnom, und sogar die Aussicht, bald diesen Haufen ausbilden zu müssen, kam ihm jetzt weniger öde vor.

Sie legten viele Pausen ein, und diese Gelegenheiten nutzte Ido, um den angehenden Soldaten etwas über Kampfführung beizubringen und Kenntnisse aufzufrischen, die ihnen bereits in der Akademie vermittelt worden waren. Aus Erfahrung wusste er, dass sich die Schüler am wenigsten für Strategie interessierten und am liebsten ständig selbst zu den Waffen griffen.

So erzählte er ihnen von den zahllosen Schlachten, die er selbst geschlagen hatte, erläuterte ihnen die Aufstellung der Heeresteile und die Schlachtpläne, die sie verfolgt hatten. Und das machte ihm sogar Spaß, hatte er auf diese Weise doch Gelegenheit, noch einmal in seine Vergangenheit einzutauchen, sich vieler Erlebnisse, die er fast vergessen hatte, zu erinnern. Währenddessen hingen die Jungen an seinen Lippen und lauschten gebannt. Hin und wieder ließ sich auch jemand zu einem verblüfften »Ohh!« hinreißen, andere fragten nach. Und langsam begann der Gnom, die Jungen ins Herz zu schließen.

Er erzählte ihnen auch vom Feind, der ihnen gegenüberstehen würde, seinen Waffen, seinen Soldaten. Natürlich hatten die Jungen schon viel von den Fammin oder den Feuervögeln gehört, im Unterricht in der Akademie aber noch nicht eingehender darüber gesprochen, weil dieses Thema erst in der Vorbereitung auf die erste Schlacht, eine Art Zwischenprüfung auf dem Weg zum Ritter, behandelt wurde.

Während sie unterwegs waren, fand Ido sogar noch Zeit, selbst zu trainieren. Dann suchte er sich, in Vesas Begleitung, ein ruhiges Plätzchen im Wald und arbeitete dort etwa an seiner Wendigkeit, obwohl es da nicht viel zu verbessern gab. Ungeduldig dachte er an die Schlacht, die ihnen in Kürze bevorstand, und immer häufiger hatte er das Bild des scharlachroten Ritters vor Augen, den er während der Tage in der Akademie fast vergessen hatte. Er war wie besessen von dem Wunsch, diesen Krieger in die Knie zu zwingen, und hatte ständig die Beleidigung im Ohr, die dieser ihm nach ihrem letzten Kampf entgegengeschleudert hatte: »Feigling.«

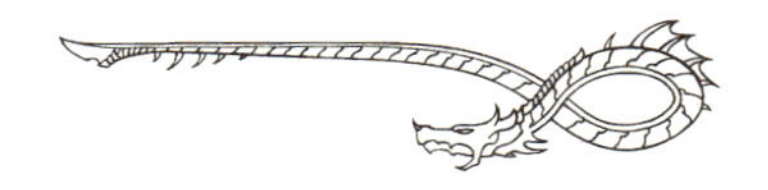

18

Der Verirrte

Als sie Laio betrachtete, verwandelte sich Nihals Wiedersehensfreude rasch in Sorge. Sein Gesicht wirkte fahl, seine Arme steckten in Verbänden, und sein Wams war voller Blut.

»Was ist geschehen?«, fragte sie erschrocken.

Laio lächelte. »Das ist eine lange Geschichte.«

Als Erstes dachte Nihal daran, den Fammin zu fesseln. Doch nahm sie bei ihm ähnliche Gefühle wahr wie einige Tage zuvor in der fremden Stadt außerhalb der Zellen, in denen diese Geschöpfe gehalten wurden. Nur waren sie jetzt noch eindringlicher.

Die Halbelfe konnte sich nicht erklären, woher sie rührten, und fand es unglaublich, dass ein Fammin so tief betrübt und gefügig sein konnte.

Als sie dann beim Essen zusammensaßen, erzählte Laio den beiden Freunden seine Geschichte. Stolz beschrieb der Knappe seine Flucht aus der Zelle, den Übergang über den Pass, die Gefangennahme und die Folter und ließ dabei keine Kleinigkeit aus. An seinem Gesichtsausdruck erkannte Nihal, wie gut es ihm tat, endlich auch einmal bewundert zu werden, und immer wieder blickte er zu Sennar hinüber, in ständiger Erwartung einer anerkennenden Bemerkung vonseiten des Magiers.

Schließlich erzählte er auch von Vrašta.

»Ich denke, um deine Wunden sollte ich mich auch mal kümmern«, sagte Sennar, als Laio geendet hatte.

Der Junge starrte ihn an und war erst beruhigt, als der Magier lächelte. Dann wandte er sich an Nihal. »Bist du sauer auf mich?«

Nihal zögerte eine Weile, bevor sie antwortete. »Ich weiß nicht.«

»Glaub mir, ich habe nicht aus einer Laune heraus gehandelt«, rechtfertigte sich Laio, und Nihal bemerkte, dass seine Stimme nicht mehr so hell wie früher klang, eher eine Männerstimme geworden war. »Ich möchte Herr meines Schicksals sein, deswegen habe ich es getan. Und ich weiß, ich kann dir hier nützlicher sein als im Hauptlager oder sonst irgendwo.«

»Aber ... wie hast du dich bloß zurichten lassen ...«, murmelte Nihal.

»Das war der Preis, den ich für meinen Entschluss zahlen musste. So ist das im Leben«, erklärte er. Mit einem Lächeln stand er auf und entfernte sich ein wenig mit Sennar.

Abgesehen von der großen Wunde an der Schulter, die sich zu entzünden drohte, verheilten die anderen Verletzungen schon, aber sie waren so zahlreich, dass der Magier seine Zeit brauchte, bis er sie alle behandelt hatte. Als er endlich fertig war, schlummerte Laio friedlich ein.

Der Magier gesellte sich wieder zu Nihal, die gedankenverloren am Feuer saß.

»Was hast du mit dem Fammin vor?«, fragte er.

»Ihn töten, es gibt keine andere Möglichkeit«, antwortete Nihal kühl.

»Glaubst du denn nicht, was Laio erzählt hat?«

»Die Fammin sind todbringende Maschinen, nichts weiter.«

Seit ihrem Rundgang durch Seferdi spürte Nihal in sich das Verlangen zu töten, und nun bot sich ihr die Gelegenheit dazu. Sie hatte Laios Körper gesehen, als Sennar ihn behandelte: kein Fitzelchen Haut, das nicht von Peitschenhieben aufgerissen oder von glühenden Eisen verbrannt war.

Von allen Misshandlungen war Nihal die Folter am unerträglichsten.

»Laio vertraut ihm aber und mag ihn sogar«, gab Sennar zu bedenken. »Wollte der Fammin uns wirklich töten, hätte er ihm doch nicht alles gebeichtet. Ich weiß, du bist noch aufgewühlt und zornig durch das Grauen, das wir in Seferdi gesehen haben, aber ich glaube, du solltest noch mal darüber nachdenken ...«

Mit einer unwirschen Geste brachte Nihal ihn zum Schweigen. »Was soll das? Die Fammin sind unsere Feinde, Schluss, aus!«

»Dieser hier hat Laio aber das Leben gerettet«, erwiderte Sennar.

»Ja, aber nur, um uns auf die Spur zu kommen und uns dann alle zu töten.«

»Sprich doch mal mit ihm«, schlug Sennar vor. »Frag ihn aus und finde heraus, was er tatsächlich vorhat. Danach entscheiden wir.«

In dem Gefühl, dass diese Kreatur gleich neben ihr lag, konnte Nihal ohnehin nicht schlafen, und so beschloss sie, auf der Stelle mit dem Fammin zu reden. Mit einem Fußtritt weckte sie ihn und baute sich vor ihm auf. Wie von selbst fuhr ihre Hand zur Waffe, doch sie beherrschte sich und tötete ihn nicht. Es war sein Blick, der sie zurückhielt: Diese tiefe Traurigkeit, die in ihm lag, hinderte sie daran, das Schwert zu ziehen und ihm den Kopf abzuschlagen. »Ich hab mit dir zu reden«, sagte sie.

Der Fammin blickte sie nur ruhig an.

Nihal setzte sich. »Hast du einen Namen?«

»Vrašta.«

Die Halbelfe zuckte zusammen. Das war ein Wort aus der verbotenen Formel. Allein der Klang jagte ihr einen Schauer über den Rücken.

»Das ist ein Wort, das der Tyrann bei seinen Zaubern einsetzt«, erklärte Vrašta jetzt auch. »Alle Fammin tragen solche

Namen, damit sie, wenn man sie ruft, sogleich unter einem Zauberbann stehen, der sie zum Gehorsam zwingt.«

»Dann werden euch also auf diese Weise Befehle erteilt?«

»Ja«, bestätigte Vrašta. »Einen einfachen Befehl könnte ein Fammin sogar verweigern, aber wird er beim Namen gerufen, ist das unmöglich.«

»Du bist hier, um uns zu töten, nicht wahr?«, fragte Nihal.

»Ich möchte Laio nichts tun«, antwortete Vrašta ausweichend.

»Ach, ich kenne euch doch. Vor ungefähr drei Jahren«, begann Nihal zu erzählen, »drangen zwei deiner sauberen Kameraden in unser Haus ein und erschlugen meinen Vater, vor meinen Augen. Und man sah, dass es ihnen Vergnügen bereitete. Ich kann Mordlust erkennen und erblickte sie in ihren Gesichtern. Ihr seid alle gleich: Ihr liebt Blut.«

»Ich liebe überhaupt nichts. Ich möchte nur, dass es Laio gut geht.«

»Du hast es dir zunutze gemacht, dass Laio so unbedarft ist. Aber mich kannst du nicht hinters Licht führen. Ich bin ein Drachenritter, mit deinesgleichen habe ich genügend Erfahrungen gesammelt.«

»Warum hast du mich dann nicht getötet?«

Die Frage brachte Nihal aus dem Konzept. Es fiel ihr schwer, mit dieser Kreatur umzugehen. Sie spürte, dass sie den Fammin hasste, und doch hatte er etwas, das ihr selbst ähnlich war. Jedenfalls glich er nicht den Fammin, gegen die sie sonst kämpfte. »Ich bin anders als ihr«, antwortete sie schließlich. »Ich töte nicht aus reiner Mordlust.«

»Du bist eine Halbelfe.« Nihal schrak zusammen. »Ich weiß das, weil sich viele Menschen damit brüsten, sie ausgerottet zu haben«, erklärte Vrašta.

»Ihr Fammin wart es doch, die sie töteten.«

»Nein, da irrst du dich«, antwortete Vrašta. »Viele Jahre sind seither vergangen, doch ein paar von denen, die an dem Massaker teilnahmen, leben noch und sind heute hohe Feldherrn. Und nicht selten habe ich mitbekommen, wie sie von Seferdi erzählten. Zahlreiche Städte im Land der Tage wurden von Fammin zerstört, doch Seferdi wollten die Menschen lieber selbst dem Erdboden gleichmachen.«

»Du lügst«, stieß Nihal hervor.

»Sie schickten zwar einen Trupp Fammin in die Stadt, um Verwirrung zu stiften, doch die eigentlichen Täter waren fast alle Männer, unter ihnen auch viele Zauberer. Der letzte König der Halbelfen hatte nämlich alle Magier des Landes verwiesen, und nun gedachten sie sich zu rächen. Begleitet von den stärksten Kriegern, rückten sie in die Stadt ein und setzten das Massaker in Gang. Als dann schließlich alles vorbei war, belegte einer der mächtigsten Magier Seferdi mit einem Zauber, der dafür sorgte, dass die Gehenkten an den Galgen nicht verwesten und dieses Bild des Grauens erhalten blieb.«

Nihal zog ihr Schwert und richtete es auf ihn. »Nimm diese ganzen Lügen zurück!«, schrie sie.

»Es stimmt aber«, antwortete Vrašta ruhig. Nihal spürte, dass er keinerlei Angst vor dem Tod hatte. »Ja, wir töten, aber es sind Menschen, die es uns befehlen. Allein sind wir hilflos. Menschen befehlen uns, Städte auszulöschen, also tun wir es. Sie haben uns so geschaffen, dass wir das Töten lieben, also lieben wir es. Sie befehlen, und wir können uns nicht widersetzen.«

Nihal bebte vor Zorn, wusste aber, dass es die Wahrheit war. Auf den Schlachtfeldern hatte sie immer mit solchen Verrätern zu tun, hatte sie auch in dem Gasthaus erlebt, in dem sie vor einiger Zeit übernachtet hatten. Sie setzte dem Fammin die Klinge an die Kehle.

»Du kennst die Fammin nicht, sonst würdest du mir glauben«, fuhr Vrašta ruhig fort. »Es gibt auch Fammin, die gar nicht töten wollen. Die Menschen können sich das nicht erklären. Verirrte werden sie genannt. Sie reden von Gefühlen und davon, dass Töten Unrecht sei, und dergleichen mehr.«

»Solche Fammin gibt es nicht«, schnaubte Nihal, doch bereits während sie dies aussprach, beschlichen sie Zweifel. Denn so erklärten sich die Gefühle, die sie von den Fammin in den Zellen und auch von Vrašta ausgehen spürte.

»Die Verirrten, so sagen sie, leiden beim Töten. Sie wollen es nicht, aber sie müssen, weil die Menschen es ihnen befehlen. Werden wir von einem Menschen beim Namen gerufen, spielt es keine Rolle mehr, was wir wollen oder empfinden.« Der Fammin hielt inne und dachte nach. »Ich weiß, dass ich Laio nicht töten will, mehr weiß ich auch nicht.«

»Gibt es denn viele Verirrte?«, wollte Nihal wissen.

»Noch nicht, aber ihre Zahl nimmt zu. Die Menschen hassen sie. Sie schicken sie in den Kampf und ergötzen sich an ihrem Leid, wenn sie sie beim Namen rufen und ihnen besonders grausame Befehle erteilen. Manche Verirrte lassen sich schließlich auch mit Absicht töten.«

»Bist du auch so ein Verirrter?«, fragte Nihal.

»Nein«, erklärte Vrašta, doch Nihal merkte, dass die Antwort zögerlich kam.

Er war ein Verirrter, Nihal spürte es, wollte es aber nicht wahrhaben, genauso wenig wie sie seinen Worten Glauben schenken wollte. Die Fammin waren Ungeheuer, unzählige von ihnen hatte sie auf dem Schlachtfeld niedergemetzelt. Und doch wusste sie, dass Vrašta die Wahrheit sprach. Aber wo lag dann das Gute und wo das Böse? Waren die Menschen nicht die wahren Ungeheuer? Und war nicht auch sie selbst, die ja aus freiem Antrieb tötete, nicht schlechter als jene, die zum Töten gezwungen wurden?

Vrašta blickte ihr ins Gesicht. »Töte mich!«, forderte er sie auf.

Nihal war zu verblüfft, um etwas zu erwidern.

»Ich möchte Laio nicht töten. Von ihm habe ich gelernt, was das Leben sein kann. Er ist mein Freund, er hat mir beigebracht, was Freundschaft ist. Doch sollte mich jemand beim Namen rufen, müsste ich ihn töten, und dich auch. Aber das will ich nicht. Also töte mich!«

Nihal biss die Zähne zusammen, um eine Entschlossenheit bemüht, die ihr vollkommen fehlte. »Und ob ich das tue. Darum musst du mich nicht bitten.«

Sie nahm das Schwert in beide Hände, hob es an und richtete den Blick auf den Hals des Fammin. Jetzt brauchte sie es nur noch niederfahren zu lassen, und das Problem wäre gelöst. Dieses Wesen war eine Gefahr, sie musste es beseitigen. Das Schwert in ihren Händen zitterte.

»Töte mich«, bat Vrašta sie noch einmal. Seine Stimme klang jetzt menschlich, hatte nicht mehr diese kehlige Färbung, die Nihal immer wieder an Livons Tod erinnerte. Es war kein Mörder, der hier um den Tod bat, sondern ein Gefangener. Nihal ließ das Schwert sinken.

»Jetzt nicht, ich will nicht«, murmelte sie.

»Aber ich bin eine Bedrohung ...«, protestierte Vrašta.

»Ich werde nicht zulassen, dass du mich oder meine Gefährten tötest«, beruhigte ihn Nihal. »Solange ich da bin, bist du harmlos.« Und begleitet vom Schmerz des Fammin, ging sie davon.

Am nächsten Morgen, als alle auf den Beinen waren, verkündete Nihal ihre Entscheidung: »Vrašta kommt mit uns, als eine Art Gefangener. Wir können ihn nicht zurückschicken, denn er würde von uns berichten, und würden wir ihn töten ...«

Sie zögerte. Es widerstrebte ihr einzuräumen, dass sie sich gescheut hatte, ihn zu töten. Dann sah sie Laios hoffnungsvollen Blick und fuhr fort. »Und töten wir ihn, schickt man vielleicht andere Fammin aus, um ihn zu suchen, und wir liefen Gefahr, aufgespürt zu werden.«

Die Erklärung war nicht sehr schlüssig, aber niemand machte sie darauf aufmerksam.

»Gegebenenfalls tun wir so, als hätte er uns gefangen genommen, so kommen wir vielleicht ungehindert durch das feindliche Gebiet«, schloss Nihal. Sie erwartete keine Einwände und wich Vraštas Blick aus, der als Einziger gänzlich unzufrieden schien mit dieser Entscheidung. Sie stand auf, und bald darauf setzten sie sich wieder in Marsch.

Einen Tag nach dem Wiedersehen mit Laio kamen sie in das Land der Nacht. Das Licht in dem Sumpfgebiet war den ganzen Tag über dämmrig gewesen, und ganz plötzlich brach die Dunkelheit herein. Es war eine eigenartige Finsternis. Kein Stern stand am Himmel und auch kein Mond, über allem lag nur ein eigenartiges diffuses Licht, ein wenig wie in einer Vollmondnacht.

»Da wären wir also«, bemerkte Laio. Nihal wandte ihm den Blick zu. »Das ist meine Heimat, das Land der Nacht.«

Laio war erst zwei Jahre alt gewesen, als er diese Gegend verließ, und hatte so gut wie keine Erinnerungen daran. Seine Eltern waren so lange dort wohnen geblieben, wie sie ihre Ablehnung der Tyrannenherrschaft und ihre Unterstützung des örtlichen Widerstands hatten geheim halten können. Als dann ein erster Verdacht auf sie fiel, zogen sie es vor, ihrem Sohn zuliebe aus dem Land zu fliehen. Aufnahme fanden sie im Land des Wassers, wo Laios Vater dann jene düstere Villa errichten ließ, in der Nihal einmal Gast gewesen war. Laios Mutter starb während ihrer zweiten Schwangerschaft, und so blieben Vater und Sohn allein zurück. Häufig erzählte Pewar dem Jungen von ihrer Heimat, von jenem in ewige Finsternis getauchten Land, das er so liebte. Und so hatte sich auch in Laio ein Heimatgefühl entwickelt, und immer schon hatte er sich danach gesehnt, sein Geburtsland einmal zu sehen.

Als sie ihr Nachtlager aufgeschlagen hatten, sonderte Nihal sich ein wenig von den anderen ab und befragte zum ersten Mal den Talisman. Dabei spürte sie, dass dessen Kräfte zugenommen hatten, nicht verwunderlich, da schon die Hälfte der Edelsteine in ihre vorbestimmte Fassung eingefügt waren. So waren die Angaben dieses Mal auch sehr viel genauer als zuvor: Es ging nach Süden, und Nihal sah krüppelige Bäume, mit Ästen, die sich vielfach gewunden dem Himmel entgegenreckten. Ein sterbender Wald.

»Mein Vater hat mir oft davon erzählt«, bemerkte Laio, als Nihal von ihren Visionen berichtet hatte. »Im Süden des Landes liegt ein großes Waldgebiet, Mool-Wald genannt, früher einmal einer der schönsten Wälder der gesamten Aufgetauchten Welt. Doch seit der Tyrann das Gebiet beherrscht, stirbt er mehr und mehr ab.«

So wanderten sie in Richtung Süden weiter. Nach den ersten beiden Tagesmärschen war ihnen klar, was es bedeutete, in ewiger Nacht zu leben. Es war fast unmöglich, zu festen Zeiten zu schlafen, und so legten sie sich nieder, wenn sie der Schlaf überkam. Zudem war es nun in der Dunkelheit, da sie nicht sehen konnten, wo sie den Fuß aufsetzten, noch mühsamer als bei Tag, das Sumpfgebiet zu durchqueren. Und auch die Orientierung fiel ihnen schwerer, sodass Sennar immer wieder gezwungen war, seine Zauberkräfte einzusetzen, unter der Gefahr, dass andere Magier auf sie aufmerksam wurden. Mehr als einmal kamen sie vom Weg ab und stellten irgendwann fest, dass sie im Kreis gelaufen waren. Schließlich gingen auch noch die Vorräte zur Neige, und so mussten sie sich mit dem behelfen, was sie gerade fanden: Wurzeln und Kräuter. Hin und wieder gelang es Vrašta auch, ein Kaninchen oder Ähnliches zu fangen.

Als sie den Fluss Looh durchwatet hatten, fanden sie sich in einer weiten Steppenlandschaft wieder, die überzogen war mit einem gelblich-grünen Flaum, den man kaum Gras nennen konnte. Nach einer kurzen Rast machten sie sich wieder auf den Weg.

In jenen Tagen war Vrašta immer häufiger anzumerken, dass ihn etwas beunruhigte. Bis dahin hatte er sich stets sorglos und ergeben gezeigt. Nur Nihal spürte etwas von seinen inneren Qualen. Der Fammin trug Laio auf den Schultern, setzte seinen Spürsinn zum Wohle seiner Reisegefährten ein und marschierte, ohne müde zu werden. Abends übernahm er die Wache, auch wenn es nicht von ihm verlangt wurde. Mit der Zeit klang die Stimme des Fammin immer weniger kehlig und hörte sich fast menschlich an; seine Augen waren klarer geworden.

»Warum geht es dir so schlecht?«, fragte ihn Nihal eines Abends, während sie gemeinsam vor dem Feuer saßen und Wache hielten.

Der Fammin blickte sie erstaunt an. »Wie kommst du darauf?«

»Ich spüre, dass du traurig bist, dass dich etwas sehr schmerzt.«

Vrašta seufzte. »Ja, ich denke an mein Schicksal. Seit ich Laio kenne, merke ich erst, wie vieles ich vorher nicht verstanden habe. Und ich weiß nicht, ob ich mich freuen soll, dass ich jetzt klarer sehe. Vielleicht wäre es besser für mich gewesen, wenn ich nichts von der Welt erfahren hätte.«

Nihal schwieg.

»Vielleicht bin ich doch den Verirrten ähnlich«, fuhr Vrašta fort. »Wenn ich daran zurückdenke, was sie mir erzählten, merke ich, dass ich sie jetzt verstehe. Ich möchte nicht mehr ich selbst sein, möchte nicht mehr töten müssen, und weiß doch, dass ich irgendwann wieder dazu gezwungen werde. Ach, ich wäre lieber tot. Würdest du mich töten, wenn ich dich darum bitte?«

Nihal dachte lange nach, bevor sie antwortete. »Jedenfalls würde ich niemals zulassen, dass du einem von uns etwas antust«, erklärte sie dann.

An einem Tag, während sie durch die Steppe wanderten, fiel Sennar auf, dass Vrašta immer wieder die Nase reckte und schnupperte.

»Witterst du irgendetwas?«, fragte der Magier, doch der Fammin schüttelte den Kopf.

In der dritten Woche erreichten sie endlich den Mool-Wald. Das fahle Licht dieses Schattenlandes umgab ein Gewirr kahler Äste, die sich, so weit das Auge reichte, vielfach verschlungen vor dem Himmel abzeichneten. Aber auch in diesem Zustand, durch die Klauen des Tyrannen seiner Lebenskraft beraubt, hatte sich der Wald noch etwas von seiner ursprünglichen Pracht bewahrt.

Nicht der ganze Wald war tot. Als sie tiefer in das Dickicht eindrangen, stießen sie immer häufiger auf junge Bäume mit frischem Laub. Auch wenn sie kränklich aussahen – sie lebten. Als sie schließlich zu einer kleinen Lichtung gelangten, die von dichtbelaubten Bäumen gesäumt war, beschlossen sie, dort zu rasten.

Vrašta ging auf die Jagd, und Nihal nutzte die Gelegenheit, um noch einmal den Talisman zu befragen. Es war ihr lieber, wenn der Fammin dann nicht in der Nähe war. Die Halbelfe schloss die Augen und erkannte an den auftauchenden Bildern, dass das Heiligtum nicht mehr weit war. Vielleicht hatten sie ja Glück und würden zur Abwechslung einmal mit weniger Hindernissen zu kämpfen haben.

Als Vrašta zurückkehrte, merkten ihm Nihal und Sennar sofort an, dass da etwas nicht stimmte.

»Ist alles in Ordnung?«, fragte Nihal und legte unwillkürlich die Rechte an das Schwert.

»Ja, ja«, antwortete Vrašta, blickte ihr aber nicht in die Augen.

»Bist du sicher?« Sie zog die Waffe und hielt sie ihm unter das Kinn.

»Lass ihn doch. Wieso traust du ihm immer noch nicht?«, rief Laio, während er vortrat.

Nihal senkte das Schwert. Sie wusste, dass Vrašta den Tod nicht fürchtete, sondern nach ihm verlangte. Daher würde sie auf diese Weise nicht das Geringste aus ihm herausbekommen.

»Lasst uns lieber aufbrechen«, schlug sie vor, und so verzichteten sie auf eine längere Rast und machten sich wieder auf den Weg.

Lange wanderten sie, bis sie vollkommen erschöpft eine Lichtung erreichten, die größer, aber auch kahler war als die vorherige. Dort schlugen sie ihr Lager auf. Laio war noch nicht vollkommen wiederhergestellt, und mittlerweile waren sie bereits achtzehn Stunden am Stück marschiert. Vrašta wirkte immer noch beunruhigt.

Ein paar Stunden später war nur noch Nihal wach. Sennar hatte länger der Müdigkeit standgehalten, war dann aber doch eingenickt, und Laio schlief schon lange tief und fest. Auch Vrašta schien zu ruhen. Doch plötzlich riss der Fammin seine in der Dunkelheit rot schimmernden Augen auf und schrak hoch. Sein Atem keuchte, sein Blick war nicht mehr klar und bedrückt, sondern wutentbrannt.

Als sie ihn so sah, legte Nihal augenblicklich die Hand an das Schwert.

»Sie rufen mich«, murmelte Vrašta. Seine Stimme war rau, fast ein Grunzen.

Nihal rüttelte die Gefährten wach und zog ihre Waffe.

»Wer ruft dich?«, fragte sie, an Vrašta gewandt.

»Sie sind in der Nähe«, antwortete er nur. Seine Stimme klang immer fremder.

»Egal, was passiert, du musst zum Heiligtum gelangen«, sagte Sennar.

Nihal drehte sich um und sah, dass er sich zum Kampf fertig machte. Laio stand verschlafen, mit dem Schwert in der Hand, neben ihm.

»Wie meinst du das?«, fragte Nihal.

»Du darfst nicht sterben. Werden wir überfallen, dann flieh in Richtung Heiligtum«, wiederholte der Magier.

»Und euch soll ich eurem Schicksal überlassen?«

»Unsere Aufgabe ist es, dir den Rücken freizuhalten«, antwortete Laio.

Nihal zögerte.

»Jetzt stell dich nicht so an!«, ließ Sennar nicht locker. Seine Stimme klang noch entschlossener. Er lauschte.

Nihal hörte hinter sich Vraštas keuchenden Atem wie den eines gehetzten Tieres. Sie drehte sich um und sah seine Augen, die vor Zorn rot glühten.

»Lauf!«, rief Sennar. Nun hörten sie ganz deutlich Schritte, die zwischen den Bäumen näher kamen.

Da ergriff Vrašta Nihals Arm und zog sie mit Gewalt in das Dickicht, wo ihre Freunde sie nicht sehen konnten. Nur mit Mühe konnte sie sich frei machen. Ihr Arm brannte. »Was ist in dich gefahren?«, schrie sie ihn an.

»Sie sind mir gefolgt«, antwortete Vrašta mit solch rauer Stimme, dass sie seine Worte kaum noch verstehen konnte. »Ich habe sie gestern schon in der Ferne gesehen. Es sind meine Leute aus dem Kerker. Sie rufen mich. Sie wissen, dass ich sie verraten habe, und befehlen mir jetzt, euch zu töten, Laio zu töten.« Ein brutales Lächeln huschte über sein Gesicht.

Nihal hob ihr Schwert, ließ es aber nicht niederfahren. Sie sah in Vrašta keinen Feind, fürchtete nur seine Verwandlung. Der Fammin schüttelte den Kopf, und einen Moment lang wirkte sein Blick so klar wie all die Tage zuvor, aber Nihal erkannte darin einen solchen Schrecken, dass es sie noch mehr graute.

»Ich habe dich hierher geschleift, damit du mich umbringst«, erklärte er mit einer Stimme, die teils menschlich, teils wie ein bedrohliches Grunzen klang. »Ich wollte nicht, dass du mich vor Laios Augen tötest.«

»Ich kann nicht ...«

»Töte mich!«, schrie Vrašta.

»Du hast Laio das Leben gerettet, bist mit uns gewandert, hast für uns gejagt ... Ich kann nicht ...« Unzählige Fammin hatte sie im Lauf der Jahre getötet, doch dieser hier war kein Feind. Es wäre Mord gewesen.

»Du musst es tun ... sonst werde ich Laio töten ... Aber ich will nicht ... Setz meinem Leben ein Ende!«, schrie Vrašta wieder, und seine Stimme dröhnte durch den Wald.

Nihal hörte Waffenklirren und einige dumpfe Schläge. Offenbar hatten ihre Freunde den Kampf aufgenommen. Sie vernahm Schritte zwischen den Bäumen, kehlige Rufe, und sah, wie sich Vrašta vor ihren Augen verwandelte und sein Gesicht zu einer brutalen Fratze wurde.

»Töte mich. Warum willst du es nicht tun, verfluchte Halbelfe? Hasst du mich so sehr? Gleich wirst du mich nicht wiedererkennen!«

Nun hörte auch Nihal deutlich, wie Vraštas Name durch den Wald hallte. Der Fammin nahm seinen Kopf zwischen die Hände und presste mit solcher Gewalt seine Schläfen zusammen, dass ihm bald schon Blut durch die Finger rann. Seine Augen quollen hervor, und nochmals flehte er sie an, ihn zu töten.

Nihal hob das Schwert, schloss die Augen und stieß die Klinge bis zum Heft in Vraštas Unterleib. Als sie wieder hinsah, kniete der Fammin vor ihr in einer großen Blutlache und blickte sie glücklich an. Seine Augen wirkten jetzt wieder klar, sein Gesicht entspannt, und er lächelte.

»Danke ...«, murmelte er noch, dann kippte sein Oberkörper nach vorn und er brach zusammen.

Wie versteinert stand Nihal da. Zum ersten Mal verstand sie nun, was Töten wirklich bedeutete. Das Schwert in ihren Händen zitterte, und sie fühlte sich besudelt vom Blut eines Unschuldigen. Sie achtete nicht auf die Schritte der Feinde, die herbeigelaufen kamen, und als dann vier Fammin zwischen dem kahlen Geäst hervorbrachen, war sie nicht darauf vorbereitet. Sie fuhr herum und streckte ihr Schwert aus.

Niemals zuvor hatte sie angesichts des Feindes gezögert. Nur ein Mal hatte sie Angst gehabt vor einer Schlacht, aber zu töten noch nie. Nun war alles anders. Sie war gesättigt von Blut und empfand Ekel bei dem Gedanken, noch mehr zu vergießen.

Die Fammin warfen sich auf sie, und ein Axthieb verwundete sie an der Schulter. Nihal machte einen Satz zurück und streckte wieder das Schwert zu den Angreifern vor.

»Haut ab! Ich will nicht gegen euch kämpfen!«, schrie sie.

In jeder der vier brutalen Fratzen, die sie umringten, erkannte sie einen Widerschein von Vraštas Lächeln, jeder dieser Angreifer konnte ein Verirrter sein, der nur notgedrungen einem Befehl gehorchte. Wie hätte sie da gegen sie kämpfen sollen?

So ergriff sie die Flucht, versuchte, so schnell sie konnte, davonzurennen, brach durch das Geäst, das ihre Haut aufkratzte, fiel hin, rappelte sich wieder auf, rannte weiter. Hinter sich, ganz nah, hörte sie die Schritte der Feinde.

Ein zweiter Hieb riss ihr ledernes Oberteil auf. Nein, zu fliehen war unmöglich, sie musste sich dem Kampf stellen. So blieb sie stehen und drehte sich um. Als die Fammin sahen, dass sie zum Kampf bereit war, zögerten sie einen Augenblick.

»Ich will euch nicht töten. Verschwindet, und es wird euch nichts geschehen«, rief Nihal noch einmal.

Als Antwort erhielt sie nur höhnisches Gelächter. Da schloss Nihal die Augen und begann auf die Feinde einzuschlagen. Von ihren Gesichtern wollte sie nichts sehen, fürchtete sich, etwas Menschliches darin zu erkennen. Es dauerte eine Weile, bis der Erste tot am Boden lag. Schon warf sie sich auf den Zweiten, wurde noch einmal verwundet, kämpfte aber weiter, bis alle Fammin niedergestreckt vor ihr lagen. Dann rannte sie wieder los, verfolgt von dem Abscheu, den sie vor sich selbst empfand.

Irgendwann blieb sie stehen. Sie spürte, dass sie am Ziel war.

Vor ihr öffnete sich eine Art Höhle, mit Wänden aus den Stämmen abgestorbener Bäume und einem Gewölbe aus dürrem Geäst. Nihal trat ein und lief weiter, und je tiefer sie eindrang, desto dunkler wurde es.

Ihr war, als würde sie eine Ewigkeit rennen. Die Luft um sie herum hatte eine eigenartige Beschaffenheit angenommen, umhüllte sie wie eine Decke, wie Wasser. Da stolperte sie über irgendetwas und stürzte zu Boden, und wie sie so dalag, spürte sie, wie sich der Knoten, der ihr die Kehle zugeschnürt hatte, endlich löste, und sie brach in haltloses Schluchzen aus. Unzählige Gedanken schossen ihr durch den Kopf: der Anblick Vraštas, der lächelnd starb, das gerade im

Wald verübte Blutbad, ihre Freunde, die ohne sie kämpfen mussten, der verwundete und gefolterte Laio, Sennar.

Sie weinte so lange, dass sie glaubte, nie mehr aufhören zu können, dass sie bis in Ewigkeit allein dort im Dunkeln liegen und Tränen vergießen würde.

Doch irgendwann vernahm sie eine Stimme: »Wer bist du?«

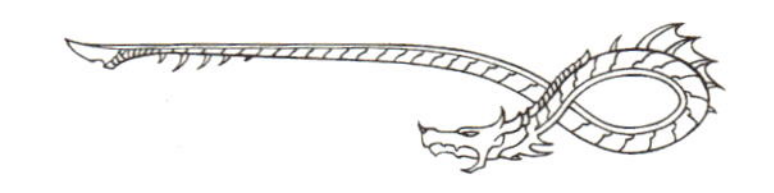

19

Goriar oder Von der Schuld

Laio mühte sich, den Schlaf ganz abzuschütteln, und stellte sich mit dem Schwert in Händen zum Kampf auf. Immer näher hörte er die Schritte kommen.

»Glaubst du wirklich, dass du in deinem Zustand kämpfen kannst?«, fragte Sennar. »Deine Wunden sind doch noch gar nicht verheilt.«

Laio lächelte, blieb aber kampfbereit stehen. »Ich hab's satt, euch zur Last zu fallen. Ich bin euch ja nicht gefolgt, um mich von euch verteidigen zu lassen.«

Sennar erwiderte das Lächeln, wandte sich ab und rief sich die Zauberformel in Erinnerung, die er beim Ansturm der Feinde sprechen wollte.

Ganz nahe hörten sie die Schritte, dazu eine Stimme, die aus vollem Hals Vraštas Namen rief. Die Stimme eines Mannes. Laio umklammerte sein Schwert noch fester. Bei seinem letzten Kampf hatte er nicht zeigen können, was in ihm steckte, doch das würde nun anders sein.

Und schon brachen sieben Fammin aus dem Unterholz hervor auf die Lichtung. Schnell sprach Sennar die Formel und konnte so einen von ihnen sofort außer Gefecht setzen. Die anderen waren einen Moment verwirrt, und das erlaubte es dem Magier, die Verteidigung zu organisieren. Er lockte vier der verbliebenen sechs Fammin zu sich heran, errichtete eine notdürftige Schutzmauer, und der Kampf entbrannte.

Auch Laio nutzte die Verwirrung und schlug von hinten einen Fammin nieder. Dann begann er zu fechten. Es war, als falle ihm mit einem Mal all das wieder ein, was er einst in der Akademie gelernt hatte. Er parierte und attackierte, mit konzentrierten, genauen Bewegungen. Er wusste, dass unter den Feinden auch Verirrte sein konnten, aber den Gedanken verdrängte er.

Der erste Fammin lag reglos am Boden, und so hatte er es nur mit dem zweiten zu tun. Der war stark und offensichtlich ein erfahrener Kämpfer, aber Laio konnte seine ganze Leidenschaft und Wendigkeit in die Waagschale werfen. Er wurde am Arm verwundet, nutzte die darauffolgende kurze Unaufmerksamkeit des Fammin und traf ihn.

Laio jubelte, als er seinen Gegner zu Boden sinken sah. Er hatte es geschafft. Er hatte Nihal beschützt.

Da traf ihn plötzlich ein Schwertstreich am Bein, und der Knappe erkannte, dass der zweite Fammin noch nicht besiegt war. Er nahm den Kampf wieder auf. Beide waren sie verwundet, aber Laio war zudem durch eine lange Genesungszeit geschwächt. Bald machten sich seine alten Verletzungen wieder schmerzhaft bemerkbar, sein Blick verschleierte sich, und immer schwerer fiel es ihm, das Schwert zu führen.

Mit dem Mut der Verzweiflung schlug er noch einmal mit voller Wucht zu, und der Fammin ging getroffen zu Boden. Um Luft ringend, sank auch Laio auf die Knie. Dann hob er den Blick und sah Sennar, der noch mit zwei Fammin beschäftigt war; zwei weitere lagen am Boden.

»Ich helfe dir!«, rief Laio dem Magier zu und machte Anstalten aufzustehen. In diesem Moment aber verspürte er einen furchtbaren Schmerz im Rücken, und sein Körper gehorchte ihm nicht mehr.

»So, jetzt hast du lange genug den Helden gespielt«, hörte er noch eine Stimme hinter sich.

Ohne einen Klagelaut ging Laio zu Boden. Der Mann, der die Fammin anführte, hatte ihn von hinten erwischt und stand nun mit einem gemeinen Lächeln im Gesicht über ihn gebeugt da. Sennar hatte Laios Ruf gehört, sich sogleich umgedreht und noch gesehen, wie der Knappe zu Boden sank. Und der gleiche Zorn wie in Seferdi überkam ihn, nichts anderes gab es mehr für ihn als den am Boden liegenden Freund und das Lächeln dieses Mannes, dieses Verräters.

Mit einem Sprung wich er einem Hieb seiner Gegner aus und rannte zu dem Knappen. Laios Augen waren geschlossen, sein Rücken blutüberströmt.

Die Fammin blieben stehen, und der Mann baute sich vor Sennar auf.

»Versuch gar nicht erst, dich zu verteidigen«, spottete er und holte zum Schlag aus.

Doch mit einem Mal hielt er inne, sein Arm auf halber Höhe. Über die Lippen des Magiers kam ein eigenartiger Singsang, und ein grüner Blitz schoss aus seiner Hand. Getroffen ging der Mann zu Boden und blieb leblos liegen.

Totenstille machte sich breit. Die Fammin verharrten, wo sie waren. Da ihnen nun keiner mehr Befehle gab, wussten sie nicht, was sie tun sollten. Sennar wusste es umso besser. Er begann eine Formel zu sprechen, zunächst leise, dann immer lauter, und in seinen Händen erschien eine kleine, silbern leuchtende Kugel. Immer größer wurde sie, und als sie groß genug war, ließ Sennar sie mit einem Schrei los.

Zum ersten Mal in seinem Leben hatte er, von der Gewalt eines jähen, tiefen Hasses getrieben, eine verbotene Formel gesprochen.

Im Umkreis von zehn Ellen überflutete das Licht den Raum um ihn herum, und als es wieder erlosch, blieben nur Asche und verkohlte Leiber zurück. Keine Bäume, keine Feinde mehr.

In dieser unwirklichen Stille hörte Sennar nichts als seinen keuchenden Atem. Ihm war, als habe ihn der Wahnsinn gestreift, als sei er in die Tiefen der Hölle hinabgesunken. Er kam wieder zu sich, als ihm bewusst wurde, zum ersten Mal in seinem Leben getötet zu haben. Und er erschrak, denn gleichzeitig wurde ihm klar, dass ihm das keineswegs leidtat, sondern ihn sogar mit einer unbändigen Freude erfüllte. Er blickte zu Laio hinüber.

Eine lange, von einem Schwerthieb verursachte Wunde zog sich über seinen ganzen Rücken, und sein Gesicht war fahl. Sennar legte ihm eine Hand auf den Hals. Er lebte, es war also noch nicht alles verloren.

Der Magier blickte sich um, darauf bedacht, über das hinwegzublicken, was von dem Mann und den Fammin übrig war, und zwang sich nachzudenken. Der Zauber, den er angewandt hatte, war schon unter normalen Bedingungen viele Meilen weit sichtbar, umso mehr in einem Land, das in ewigem Halbschatten lag. Gewiss war jemand aufmerksam geworden, es war also zu riskant, an Ort und Stelle zu bleiben. Zudem hatten ihn der Kampf gegen die Fammin und die verbotene Formel alle Kräfte gekostet, sodass er Laios Wunde nicht behandeln konnte. Es blieb ihnen also nichts anderes übrig, als das Weite zu suchen. Zwar wäre es besser gewesen, die Leichen zu verstecken, doch allein schon bei deren Anblick grauste es ihn. So schulterte er Laio und machte sich auf die Suche nach einem sichereren Ort.

Wie ein Verzweifelter hastete er durch das Gehölz, und an mehr als einer Stelle hatte er den Eindruck, dort schon einmal vorbeigekommen zu sein. Schließlich entdeckte er eine Art Höhle, nicht größer als ein tiefes Loch im Erdreich. Sie sah nicht sehr vertrauenerweckend aus, aber für sie beide war sie groß genug. Laio vor sich her schiebend, kroch er hinein.

Die Höhle musste wohl ein verlassener Tierbau sein, denn auf dem Boden lagen vereinzelte Knochen herum, und in einer Ecke war eine Art Lager aus Blättern. Dort bettete Sennar Laio bäuchlings und hockte sich dann selbst auf den Boden, mit dem Rücken an einer Wand, und versuchte, zu Kräften zu kommen.

Kaum hatte er die Augen geschlossen, sah er wieder Szenen des Kampfes vor sich: Laio, der zu Boden ging, das höhnische Gelächter des Mannes, den er getötet, das Blutbad, das er selbst angerichtet hatte. Noch nie im Leben hatte er jemanden getötet, noch nicht einmal den Magier, der damals das Attentat auf Nereo, den König der Untergetauchten Welt, verüben wollte, und er fühlte sich verloren, fassungslos angesichts der Leichtigkeit, mit der er es jetzt getan hatte. In seinem Kopf schwirrten Worte umher, die er früher aus Soanas Mund oder von anderen Lehrern gehört hatte: *Einen Menschen zu töten ist das schlimmste Vergehen gegen die Natur, und die Magie des Tyrannen gründet sich auf Mord*. Er hatte eine verbotene Formel angewandt, eine der verheerendsten sogar, er hatte seine Seele der Hölle vermacht. Und immer noch freute er sich im Grunde seines Herzens über das angerichtete Blutbad. Die Scham überwältigte ihn.

Nach ungefähr einer Stunde fühlte er sich stark genug für einen Zauber. Zunächst ließ er Nihal eine Botschaft zukommen, beugte sich dann zu Laio vor und sprach die stärkste Zauberformel, die ihm seine Kräfte ermöglichten. Jetzt erst erkannte er genau, wie schwer Laio verletzt war: Die Wunde zog sich nicht nur den ganzen Rücken entlang, sondern war auch besonders tief; zudem hatte Laio viel Blut verloren. Nachdem er die Formel ein paarmal gesprochen hatte, stellte er fest, dass der Zauber ohne Wirkung blieb. Doch er gab nicht auf und wiederholte unablässig die Worte, während er in seinen nun warmen leuchtenden Händen alle ihm verbliebenen Kräfte bündelte.

»Wer bist du?«

Es war die Stimme eines Mannes, und doch hatte sie etwas Nicht-Menschliches. So dunkel und tief klang sie, dass sie aus schwärzester Nacht zu kommen schien wie eine Stimme der Toten, die sich aus einer Krypta erhob. Nihal antwortete nicht.

»Was suchst du hier an diesem heiligen Ort?«

Nihal weinte weiter leise vor sich hin.

»Vergiss deinen Schmerz und sprich mit mir«, forderte die Stimme sie auf.

Nihal hatte den Eindruck, als lege sich ein Arm um ihre Schultern. Sie beruhigte sich etwas und zwang sich, die Augen zu öffnen, doch die Dunkelheit war vollkommen. Sie kam sich wie ins Nichts eingetaucht vor.

»Ist dies ein Heiligtum?«, fragte sie schließlich.

»Ja, dies ist Goriar, das Heiligtum der Finsternis: der Finsternis des Vergessens, der Finsternis des großen Trostes, der Finsternis des Todes, der jeden Schmerz hinwegnimmt, der Finsternis des traumlosen Schlafes, in dem die Seele zur Ruhe kommt«, antwortete die Stimme.

»Dann brauche ich dich, denn mein Herz lechzt nach dem Nichts«, sagte Nihal.

»Wie heißt du?«

»Sheireen«, antwortete sie mit dem Namen, den sie hasste. »Schenk mir Vergessen, denn ich bin eine Mörderin.«

Nihal hatte das Gefühl, jemand habe vor ihr Platz genommen. Der Arm wanderte von ihrer Schulter zum Gesicht, und eine warme, beruhigende Hand berührte ihre Wange.

»Ich kenne dich«, sagte die Stimme. Nihal nahm das Amulett zur Hand, das jetzt in der Dunkelheit funkelte. »Du führst meine Schwester Glael mit dir, die du der Einsamkeit entrissest.«

»Du bist Glaels Bruder?«, fragte das Mädchen.

»Licht und Schatten gehören zusammen, Sheireen. Sie ist die andere Hälfte meiner selbst. Sie weist mich zurück und bestärkt mich gleichzeitig. Kein Licht kann hell erstrahlen ohne Schatten, aber auch kein Schatten könnte klar sich abzeichnen ohne Licht.«

Nihal senkte den Blick. »Ich bin hier wegen des Edelsteins und müsste dich jetzt anflehen, ihn mir zu überlassen. Doch nun weiß ich nicht mehr, was ich tun soll. Meine Hände triefen vom Blut Unschuldiger. Ich bin nicht mehr würdig, das Amulett zu tragen.«

Ihr war, als schließe die Finsternis sie noch enger ein.

»Ich fühle, dass dein Herz voller Schmerz ist und deine Worte aufrichtig sind. Unzähligen hat dein Schwert den Tod gebracht, darunter auch Unschuldigen. Dennoch ist deine Seele im tiefsten Innern rein geblieben.«

»Ich wollte Vrašta nicht töten!«, schrie Nihal. »Er war ein Gefährte, fast schon ein Freund; Laio hat er das Leben gerettet. Ich wollte es nicht tun!«

»Das weiß ich.«

»Ich wollte keine Unschuldigen töten, auch die Fammin im Wald wollte ich nicht töten!« Erneut rannen ihr die Tränen über die Wangen. »Ich bitte dich: Schenk mir Vergessen! Schenk es mir!«

Plötzlich schwand das Gefühl, gehalten zu werden, das sie bis dahin verspürt hatte, und sie kam sich allein und verlassen vor.

»Das hat dir Thoolan bereits angeboten, doch du lehntest ab«, sagte die Stimme.

»Aber jetzt möchte ich das Bewusstsein meiner selbst verlieren, und das kannst du mir schenken«, erwiderte Nihal.

»Das ist es aber nicht, was du brauchst«, erklärte Goriar.

»Ich möchte mich nicht mehr so besudelt fühlen, so grausam, so schuldig!«

Die Hand umfasste ihr Kinn und zwang sie, den Kopf zu heben. Nihal spürte einen warmen Atem im Gesicht. Als Goriar wieder zu sprechen anhob, war seine Stimme sehr, sehr nahe. »Der Schmerz, den du jetzt fühlst, die Gewissensqualen, sind unverzichtbar. Du musst sie aushalten. Als du von Thoolan scheiden wolltest, sagte sie dir, dass großes Leid auf dich warte, aber du ließest dich nicht aufhalten. Das, was du jetzt spürst, ist noch gar nichts. Viel mehr noch wird geschehen, und es wird dir das Herz zerreißen, und das schon bald. Aber durch diesen Schmerz wirst du lernen, was Leben heißt.«

»Früher glaubte ich, es sei gut, möglichst viele Fammin zu erschlagen. Das war falsch. Doch nun ist es zu spät«, stöhnte Nihal.

»Da hast du Recht, doch aus den Trümmern dieser Erkenntnis kannst du neue Einsichten gewinnen. Du hast verstanden, dass das Böse alles durchdringt, dass es eine Kraft ist, die nicht erst durch den Tyrannen in die Welt gebracht wurde, sondern seit jeher besteht.«

»Was soll ich nun tun?«, fragte Nihal.

»Das kann ich dir nicht sagen. Es ist dein Weg.«

»Ach, ich bin auch nicht besser als die Mörder meines Vaters ...«

»Was bringt es dir, dich in deinem Schmerz zu suhlen? Du musst einen Weg finden, der dich hinausführt, hinaus aus dieser Dunkelheit, ans Licht.«

Nihal wurde langsam ruhiger. »Mein ganzes Leben schon weiß ich nicht genau, wohin ich gehen soll ...«, murmelte sie.

»Dies ist das Wesen der Suche, die du dir vorgenommen hast. Nur wer sich verloren fühlt, wird den rechten Weg suchen.«

»Und nun?«

»Nun musst du nachdenken, über dich, über die Welt und über deine Mission. Ich kann dir nur versichern, dass deine Seele nicht verloren ist. Daher weiß ich, dass ich dir meinen Edelstein überlassen kann.«

Nihal trocknete sich Augen und Wangen. Da sah sie plötzlich, wie sich die undeutliche Gestalt eines Mannes vor ihr abzeichnete. Wie ein gräulicher Schein wirkte er vor dem düsteren Hintergrund der Höhle, und er lächelte majestätisch und entspannt. Auf seiner Brust prangte ein schwarzer Fleck.

»Wäre dir heute nicht die Ursache deines Schmerzes klar geworden, hätte ich dir das hier nicht geben können.« Der dunkle Fleck löste sich von seiner Brust und schwebte auf Nihal zu.

»Dies ist der Edelstein, nach dem du gesucht hast, der fünfte, und du bezahlst dafür mit dem Schmerz, der aus der Erkenntnis entstanden ist. Diese Erkenntnis ist wie ein Licht, das dich aus diesem Schattenreich hinausführt. Nutze sie gut und nähre sie in dir.«

Nihal streckte eine Hand nach dem Stein aus.

»Vergiss nie den Schmerz, der dich heute überkam. Und nun vollziehe den Ritus«, forderte Goriar sie mit einem wohlwollenden Lächeln auf.

Nihal nahm den Edelstein entgegen und fügte ihn, während sie die Formel sprach, in seine Fassung ein. Die Finsternis wich, und der Talisman erstrahlte in neuem Glanz. Als die Halbelfe aufblickte, war sie wieder allein inmitten eines Tunnels aus toten Bäumen.

Eine Weile noch verharrte Nihal in dem Tunnel. Sie war erschöpft, so als habe sie in den zurückliegenden Stunden ganze Jahre gelebt, und hatte das Bedürfnis nach Ruhe. Doch plötzlich wurde ihr bewusst, wie viel Zeit vergangen war, und mit Sorgen dachte sie an Sennar und Laio. Die beiden waren in Gefahr. Sennar war kein Krieger und Laio nur ein verwundeter Knappe.

Sie sprang auf und rannte los, mit dem Schwert in der Hand.

Der Wald lag in einer tiefen Stille. Als Nihal zu der Lichtung kam, wo alles angefangen hatte, blieb sie stehen und starrte fassungslos auf das Bild, das sich ihr bot.

Selten hatte sie solch eine Zerstörung gesehen. Im Umkreis von zehn Ellen waren die Bäume verschwunden, wie von einem mächtigen Feuer zu Asche verbrannt, und am Boden lagen acht verkohlte Leichen. Ihr Zustand und die Dunkelheit ließen nicht mehr viel von ihnen erkennen, doch Nihal war sich sicher, dass es sich um sieben Fammin handelte, der achte schien ein Mann zu sein.

In der plötzlichen Furcht, es könne sich um einen ihrer Freunde handeln, stürzte sie zu dem Leichnam, bemerkte aber schnell einen Brustharnisch, der von keinem der beiden stammte. In der Mitte klaffte er auseinander. Nihal wurde klar, dass dieses Massaker Sennars Werk war. Er und Laio schienen in Sicherheit zu sein. Eine derartige Gewalttat jedoch schien nicht zu dem Sennar, wie sie ihn kannte, passen zu wollen. Der Magier hatte sich nicht nur gegen Feinde verteidigt, sondern die

Fammin geradezu ausgelöscht. Nihal beschlich eine ungute Vorahnung.

Da erst bemerkte sie den bläulichen Rauch, in den sie gehüllt war. Eine Botschaft. Sie holte ihre Zaubersteine aus dem Quersack und entschlüsselte die Nachricht. Sie war kurz und bündig: ›In der Höhle im Wald, schnell.‹

Nihal sprang auf und blickte sich nach den Fußspuren ihrer Freunde um. Sie fand nur ein Paar, tief und ausgetreten, wie von jemandem, der schwer beladen gelaufen ist. Sie rannte los.

Es dauerte nicht lange, bis sie die Höhle fand. Sie steckte den Kopf hinein und rief: »Seid ihr da drinnen?«

Niemand antwortete, doch in einem schwachen Lichtschein erkannte Nihal Sennars niedergeschlagenes Gesicht. Blitzschnell fügten sich in ihrem Kopf alle Hinweise zu einem entsetzlichen Gedanken zusammen. Sie stürzte in die Höhle.

»Was ist geschehen?«, rief sie. Doch die Frage war überflüssig, denn sie sah Laios schwer verwundeten Rücken und sein aschfahles Gesicht.

»Ich erklär's dir später, hilf mir erst einmal«, forderte Sennar sie auf.

Nihal fühlte sich wie gelähmt, und es gelang ihr kaum, den Blick vom blutdurchtränkten Wams ihres Knappen abzuwenden.

Nihal, dort draußen erwartet dich neuer Schmerz, und wenn du wieder hinausgehst, werden Dinge geschehen, die dich furchtbar leiden lassen. Ich weiß es, denn ich habe es gesehen … Viel mehr noch wird geschehen, und es wird dir das Herz zerreißen, und das schon bald … Thoolans und Goriars Worte dröhnten durch ihren Schädel.

Sennar umfasste ihre Schultern. »Willst du mir nicht endlich helfen?«

Nihal nickte, unterdrückte ihre Tränen, besann sich und begann ebenfalls, sich um Laio zu kümmern.

Stundenlang sprachen Nihal und Sennar die Formeln aller möglichen Heilzauber. Besonders Sennar schien unermüdlich; in Strömen rann ihm der Schweiß über die Stirn, doch sein Gesicht blieb konzentriert, seine Hände ruhig.

Nihal quälte sich mit dem Gedanken, dass wahrscheinlich alles anders gekommen wäre, wenn sie das Baumheiligtum erst später aufgesucht hätte. Sie dachte auch zurück an all die Erlebnisse, die sie mit Laio verbanden: wie sie sich damals in der Akademie kennengelernt hatten, die gemeinsame Reise zu Pewar und wie es der Knappe verstanden hatte, sich nicht von seinem Vater brechen zu lassen. Sie erinnerte sich an jede Schlacht, an die Augenblicke, wenn Laio ihr vor dem Kampf das von ihm geschliffene Schwert gereicht hatte, wie er ihr die Bänder ihrer Rüstung schnürte und sie noch mahnte, nur gut auf sich aufzupassen. Ihr Bild von ihm hatte nichts mit dem Jungen zu tun, der jetzt, unter ihren geöffneten Handflächen, vor ihr lag. Das war nicht Laio, das konnte nicht Laio sein.

Irgendwann – es wäre wohl in der Nacht gewesen, hätte man in diesem Land ewiger Dunkelheit überhaupt von Nacht sprechen können – fiel Nihal auf, dass Sennar vollkommen erschöpft war. Immer wieder sackte sein Kopf auf die Brust, seine Hände zitterten. Erst jetzt sah sie, dass auch Sennar verwundet war: Er blutete am Arm.

»Du solltest dich besser mal ausruhen«, sagte sie zu ihm.

Doch der Magier antwortete nicht. Er machte einfach weiter, obwohl das Licht, das seine Handflächen ausstrahlten, nun immer schwächer wurde.

Nihal ergriff seine Hand. »Das bringt nichts, wenn du so müde bist. Ruh dich aus.«

»Ich ...«

»Lass nur, ich kümmere mich um ihn.«

Schließlich gelang es ihr, ihn zu überzeugen. Kaum hatte er seinen Kopf auf dem Boden niedergelegt, da fiel er schon in tiefen Schlaf.

Ohne Licht zog der neue Tag herauf, in der Dunkelheit, die dieses Land ewig umfing. Sennar erwachte als Erster, und einen kurzen Moment lang war ihm, als habe er geträumt. Dann sah er Nihal, die neben Laio eingenickt war, und begriff, wie unausweichlich die Wirklichkeit war. Körperlich fühlte er sich erfrischt, doch in der Seele müde und alt. Nihal ein wenig zur Seite schiebend, untersuchte er den Schwerverletzten. Die Blutung war gestillt, doch die Wunde sah nicht weniger entsetzlich aus als zuvor. Der Atem des Jungen kam unregelmäßig.

In diesem Moment begriff Sennar, was geschehen würde, und schaffte es, den Gedanken anzunehmen. Er konnte nichts mehr für Laio tun. Und da all seine Zauber nicht wirkten, würde sich der Knappe schon bald in die Geisterarmee des Tyrannen einreihen. Dennoch machte er sich noch einmal daran, alle nur möglichen Heilformeln zu sprechen, denn er hatte sich geschworen, nichts unversucht zu lassen. Dabei wusste er, dass es sinnlos war.

Als Nihal erwachte, hatte Sennar nicht den Mut, sie anzublicken.

»Wie geht's Laio?«

»Das kann ich so noch nicht sagen«, antwortete Sennar ausweichend. »Aber vielleicht solltest du mal versuchen, draußen irgendwelche Heilkräuter zu finden.«

»Was glaubst du denn, wann er aufwacht?«, fragte Nihal am Abend.

Sennar ließ den Blick auf ihr ruhen. Er hatte den Eindruck, sie habe beschlossen, die Wahrheit zu leugnen, und rede sich ein, Laio sei schon auf dem Weg der Besserung. Er fand keine passenden Worte, ihr zu antworten.

»Du hast mir immer noch nicht erzählt, was da auf der Lichtung passiert ist«, drang Nihal weiter auf ihn ein.

»Doch, das habe ich. Laio hat zwei Fammin getötet, bevor ihn der Mann, der sie befehligte, von hinten erwischte«, antwortete der Magier mit erschöpfter Stimme.

»Dann muss ich ihm gratulieren, wenn er aufwacht. Dadurch ist er ein echter Krieger geworden«, bemerkte Nihal mit einem Lächeln.

Sennar ließ den Kopf gegen die Erdwand zurücksinken. Wie lange würde sie sich noch etwas vormachen können?

»Meinst du nicht, du solltest es jetzt noch mal mit einem anderen Zauber versuchen?«, fragte sie.

»Ich hab doch schon alles versucht.«

Die Miene der Halbelfe erstarrte. »Was willst du damit sagen?«

»Dass ich keine anderen Zauber mehr kenne, die ihm helfen könnten. Ich habe alles gegeben. Ich wüsste nicht, was ich noch versuchen sollte.«

»Aber er ist immer noch nicht aufgewacht ...«, protestierte sie.

Sennars Antwort bestand aus einem hilflosen Blick.

»Du darfst aber nicht aufgeben. Ich weiß doch, dass alles gut wird«, beschwor sie ihn, aber ihre Stimme klang nicht mehr so sicher wie zuvor.

»Nihal, es hat doch keinen Sinn, auf etwas zu hoffen, das gar nicht eintreten kann«, murmelte Sennar.

»Was redest du denn da? Hast du denn vergessen, wie oft du mir das Leben gerettet hast? Damals in Salazar etwa war ich schwerer verwundet als Laio jetzt.«

»Erstens waren deine Wunden nicht so tief, und zweitens geht es Laio jetzt noch viel schlechter als dir damals.«

Da packte Nihal Sennar am Wams und schüttelte ihn. »Du gehörst zum Rat der Magier. Du bist einer der besten Zauberer der Welt. Es muss doch was geben, was du noch nicht ausprobiert hast! Du kennst doch Hunderte von Zaubern!«

»Seine Wunde ist nicht zu heilen«, erklärte er langsam mit versteinerter Miene.

Nihal versetzte ihm eine Ohrfeige. »Er ist mein Knappe, er hat mir das Leben gerettet! Er ist mein Freund! Ich lasse nicht zu, dass er stirbt!«

Sennar antwortete nicht und wandte den Blick ab.

»Du musst aber etwas tun!«, schrie Nihal ihn an. »Solange er atmet, musst du es versuchen. Du kannst ihn doch nicht einfach sterben lassen!«

»Ich möchte ja nichts sehnlicher, als ihm helfen, doch egal, wie viele Zauberformeln ich spreche, sein Leben verrinnt unter meinen Händen. Es ist so, als wolle man einen reißenden Fluss mit bloßer Hand eindämmen.«

Nihal brach in Tränen aus. »Nein …, ich will nicht …«, stöhnte sie mit einer Stimme, die nicht mehr die ihre war.

Neue Hoffnung keimte am Morgen des dritten Tages auf. Kaum war Nihal erwacht, erblickte sie zwei kleine glitzernde Punkte im Dunkel der Erdhöhle. In der Befürchtung, irgendein Feind könnte sie entdeckt haben, griff sie zum Schwert, doch rasch erkannte sie, dass es zwei Augen waren, die das schwache Licht, das durch den Höhleneingang drang, zurückwarfen.

»Laio!«, rief sie. Sie warf sich über ihn und streichelte seinen Kopf. Ein mattes Lächeln stahl sich auf die Lippen des Jungen.

»Nihal …«

Auch Sennar erwachte, und als er Laio bei Bewusstsein sah, glaubte auch er wieder, dass nicht alles verloren sei. Einige Augenblicke fühlten sich alle drei getröstet durch diese neue Hoffnung.

Laio war sehr schwach und konnte kaum sprechen. Immer wieder überkamen ihn Hustenanfälle, die ihm den Atem nahmen. Als Erstes fragte er nach Vrašta.

Nihal wusste nicht, was sie antworten sollte. Auch Sennar blickte sie fragend an, und so erzählte sie, sie habe ihn losgeschickt, um die Umgebung nach weiteren Feinden abzusuchen, und er werde sicher bald zurückkommen. Laio schien es zu glauben, Sennar aber musterte sie misstrauisch, verzichtete jedoch zu Nihals Glück darauf, weitere Fragen zu stellen.

Überzeugt, dass nun das Schlimmste überstanden sei und Laio genesen würde, machten sich Sennar und Nihal wieder daran, verschiedene Heilformeln zu sprechen. Doch auf die Wunde hatte das keinen Einfluss, sie schien sich jetzt sogar noch entzündet zu haben.

»Erinnerst du dich noch, mit welchen Heilkräutern du Nihal damals bei Megisto behandelt hast?«, fragte der Magier Laio.

Der Knappe murmelte ein paar Namen und schloss dann die Augen, wie um neue Kraft zu schöpfen.

»Sieh mal, ob du etwas davon finden kannst, und bring so viel wie möglich, und auch Wasser. Aber pass auf, vielleicht sind tatsächlich noch Feinde in der Nähe«, forderte der Magier Nihal auf.

Die Halbelfe nickte und schlich sich aus der Erdhöhle.

Sennar machte sich wieder ans Werk und merkte dabei, dass Laio ihm nachdenklich zuschaute.

»Wie steht's um mich?«, fragte er irgendwann.

Diese Frage hatte der Magier befürchtet. Und er schwieg.

Einige Augenblicke Stille, dann wieder Laios schwache Stimme: »In dem Kerker bei den Fammin wurde ich ja auch gefoltert und verwundet. Aber das nun ist anders ...« Er machte eine Pause, um zu Atem zu kommen. »Ich fühle mich, als hätte ich gar keinen Körper mehr, nicht mal die Wunde schmerzt ... Es ist, als schliefe jetzt alles ein.«

Sennar schwieg weiter.

»Sag mir, wie es um mich steht«, ließ Laio, um eine lautere Stimme bemüht, nicht locker. »Ich will die Wahrheit wissen.«

Sennar blickte nur auf seine Hände, die er weiter über Laios Rücken hielt. »Die Wunde ist sehr lang und sehr tief, und ich weiß nicht mehr, wie ich sie behandeln soll. Sie hat sich schon entzündet, und mir sind die Zauberformeln ausgegangen.«

Laio schwieg einige Augenblicke. Sein Gesicht war nun noch ernster als zuvor. »Komm ich durch?«, fragte er schließlich.

»Ich weiß es nicht, aber ich denke schon«, antwortete Sennar mit einem gezwungenen Lächeln.

»Wenn ich im Sterben liege, musst du mir das sagen«, murmelte Laio.

Sennar dachte an den Kampf auf der Lichtung, an die Selbstsicherheit in den Augen des Knappen, und dass er mit einem Mal einen Mann in ihm gesehen hatte. »Ich kann nichts mehr für dich tun«, sagte er schließlich.

Der Magier beobachtete, wie Laio die Lider zusammenpresste, um die Tränen zurückzuhalten. Es gelang ihm nicht ganz, eine Träne rann ihm über die Wange.

»Wäre ich ein richtiger Mann, hätte ich keine Angst ...«, murmelte er nach einer Weile.

»Nur Dummköpfe haben keine Angst vor dem Tod«, erwiderte Sennar.

»Nihal hat keine Angst zu sterben.«

»Aber darüber ist sie gewiss nicht glücklich.«

Laio lächelte schwach.

»Du hast dich tapfer geschlagen auf der Lichtung, ganz zu schweigen davon, wie du der Folter widerstanden hast, um uns zu schützen. Deine Angst kann nicht ungeschehen machen, was du zu leisten imstande warst.«

»Ich würde dir gern glauben ...« Ein erneuter Hustenanfall erstickte Laios Stimme.

»Jetzt kann niemand mehr sagen, dass du noch kein Mann bist«, fügte Sennar hinzu, und nun war er es, der gegen die Tränen ankämpfen musste.

Laio lächelte. Er wirkte jetzt fast ruhig. »Sag Nihal nicht, dass ich geweint habe.«

»Versprochen.«

Nihal hatte ihr Zeitgefühl verloren. Vielleicht war schon mehr als ein Tag vergangen, seit Laio die Augen geöffnet hatte, aber sie hätte es nicht mit Bestimmtheit sagen können. Ihr war, als seien sie in diesem Bau, in dieser Finsternis schon seit Ewigkeiten eingeschlossen. Sennar hatte den Eingang der

Erdhöhle mit Zweigen getarnt und ein magisches Feuer entzündet, das ein bläuliches Licht verbreitete. Durch das vor der Höhle aufgehäufte Laub konnte die Luft jedoch nicht zirkulieren, und so war es in dem Bau stickig warm. Einige Male hatte Nihal darüber hinaus auch Schritte gehört, die den Boden über ihnen erzittern ließen. Wahrscheinlich waren es nur Tiere gewesen, doch die Halbelfe war unruhig. Sobald jemand das Blutbad auf der Lichtung entdeckte, würden sich die Feinde auf ihre Spuren heften.

Sennar schlief zusammengekauert in einer Ecke. Blass und kraftlos, wie Nihal ihn noch nie erlebt hatte, war er plötzlich, während er Laio noch behandelte, in sich zusammengesunken. Sie hatte die Wunde des Knappen mit einem Kräuterumschlag versorgt und auch weiter Zauberformeln gesprochen. Um die Verletzung herum hatte sich ein gelblicher Hof gebildet, der sich rasch über den ganzen Rücken ausbreitete. Immer weniger überzeugt sprach Nihal die magischen Formeln.

Laios Augen waren geschlossen. »Hör ruhig auf mit der Behandlung«, sagte er mit einem Mal.

»Wieso ...?«

»Hör einfach auf, ich bitte dich«, wiederholte Laio.

»Wie willst du denn ohne unsere Behandlung wieder auf die Beine kommen?«, antwortete sie und zwang sich zu einem Lächeln.

»Ich spüre gar nichts mehr, vom Hals an abwärts, ich kann kaum noch die Finger bewegen ... Ich bitte dich, hör auf mit den Zauberformeln.«

Nihal gehorchte. Sie zog die Hände zurück und schwieg.

»Was für eine sinnlose Reise habe ich da unternommen ...«, murmelte Laio.

Nihal war den Tränen nahe. »Red keinen Unsinn.«

»Wieso? Eigentlich wollte ich dir eine Hilfe sein, aber in den Freien Ländern war ich mehr eine Last für dich. Dann habe ich mich schnappen lassen und lief Gefahr, euch an die Feinde zu verraten. Und jetzt halte ich euch hier in diesem

Loch auf ...« Seine Worte gingen in einem Hustenanfall unter, und im Nu waren die Blätter, auf denen er mit dem Gesicht lag, blutbesprenkelt. Als er wieder zu sprechen anhob, klang seine Stimme noch schwächer. »Ich bin euch gefolgt, nur um euch meinem Tod beiwohnen zu lassen.«

»Du wirst nicht sterben!«

»Wie gern hätte ich das Abenteuer bis zum Ende mit dir durchgestanden und dir am Tag der letzten Schlacht geholfen, deine Rüstung anzulegen, so wie du mir in dem Brief geschrieben hast.« Er rang nach Luft. »Wie gern hätte ich erlebt, wie du den Sieg erringst und endlich glücklich wirst. Aber es ist mir noch nicht einmal gelungen, dich zu beschützen.«

»Du hast mir das Leben gerettet, hast mir beigestanden, wenn ich allein war, warst mir immer ein echter Freund. Du hast so viel für mich getan ... Sennar hat mir von den Fammin auf der Lichtung erzählt. Du bist ein Krieger, ein Held.« Jetzt liefen ihr die Tränen hinunter.

Laio lächelte und wurde dann wieder ernst. »Sag mir die Wahrheit: Vrašta ist doch tot, oder?«

Nihal nickte.

»Dacht ich's mir ...«, murmelte Laio traurig und schwieg dann einige Augenblicke. »Nimmst du mich in den Arm?«, bat er sie dann.

Der Knappe versuchte zu lächeln, doch Nihal sah die Furcht in seinen Augen. Behutsam hob sie ihn vom Lager hoch und nahm ihn in beide Arme. Laio legte den Kopf an ihre Schulter.

»Es tut nicht weh ... Jetzt geht's mir gut«, raunte er. Sein Atem war jetzt ruhig und regelmäßig.

Lange hielt ihn Nihal so an sich gedrückt, bis sie spürte, dass sein Körper leblos in ihren Armen lag.

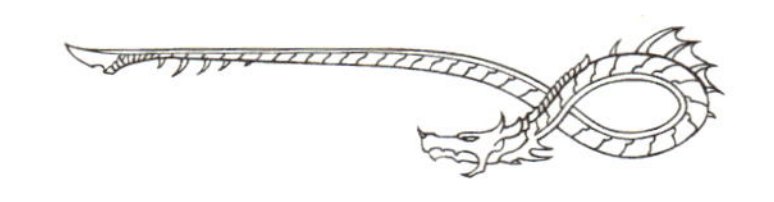

20

Ein Grund weiterzumachen

Gern hätte Nihal Laio die letzte Ehre erwiesen, die einem Ritter zustand, und seinen Leichnam auf einem Scheiterhaufen verbrannt. Wie damals bei Fen. Doch im Land der Nacht mit seiner ewigen Finsternis konnte man noch nicht einmal ein Feuerchen anzünden, ohne sogleich entdeckt zu werden, geschweige denn einen Scheiterhaufen. So würde sie ihren toten Knappen nur in einem einfachen Grab, das ihn vor seinen Feinden schützte, beisetzen können, in der Erde seines Heimatlandes, das er nur einmal kurz hatte sehen können.

Sie warteten einen Tag, bis sie ihr Versteck verließen, zum einen, weil ihnen der Schmerz Kraft und Lust genommen hatte, sich sogleich wieder auf den Weg zu machen, zum anderen, weil mehrmals die Erde über ihnen von Schritten gebebt hatte. Wahrscheinlich Fammin. Man war ihnen auf der Spur und jagte sie.

Am nächsten Tag richtete Nihal Laios Leichnam her. Sie gab ihm das Schwert in die Hände, mit dem er noch wenige Tage zuvor wie ein Held gekämpft hatte, und schnitt sich dann ein Haarbüschel ab, das sie ihm auf die Brust legte, damit ein Teil von ihr bei ihm blieb.

Als sie dann vorsichtig den Bau verließen, war alles still um sie herum. Offenbar waren die Jäger anderswo unterwegs. Mit bloßen Händen begann Nihal, die Erde vor dem Eingang auszuheben, riss sich die Finger auf, brach sich Fingernägel ab, grub aber immer weiter, bis so viel Erde und Steine aufgehäuft waren, dass der Eingang ganz verborgen und Laios Grab für immer verschlossen war.

»Komm, es reicht«, sagte Sennar irgendwann, während er ihr eine Hand auf die Schulter legte, und kniete dann mit gefasster Miene vor dem Erdhaufen nieder. »Ich habe die ganze Zeit darüber nachgedacht, während wir in der Höhle bei ihm wachten ... Wenn ich nichts unternehme, wird auch er zum Gespenst werden.« Er schlug die Augen nieder. »Ihm mit einem Zauber das Leben retten, konnte ich nicht, aber vielleicht kenne ich die richtige Formel, um seinem Geist Frieden zu schenken. Vor einiger Zeit las ich von einem verbotenen Zauber, mit dem sich die Seele Verstorbener mit einem Siegel belegen lässt. Ich habe mit Flogisto darüber gesprochen, aber er riet mir, sie rasch wieder zu vergessen, weil sie eine Frucht des Bösen sei. Aber ich kann doch nicht zulassen, dass sich Laio in das Gespensterheer des Tyrannen einreiht. Nein, ich muss versuchen, seinen Geist zu versiegeln.«

Er blickte zu Nihal auf, suchte nach einem Zeichen der Zustimmung, doch ihr Miene war wie versteinert. »Es wird eine Zeit lang dauern, und danach werde ich eine Weile über keine Zauberkräfte mehr verfügen. Du musst nichts weiter tun als aufpassen, dass niemand kommt.«

Nihal nickte. Sennar wandte sich der Grabstätte zu und versuchte, sich die Formel in Erinnerung zu rufen, die er bloß ein Mal gelesen hatte. Obwohl er gerade erst auf der Lichtung einen verbotenen Zauber eingesetzt hatte, war er bereit, dieses Vergehen zu wiederholen, um Laios Geist zu retten.

Als er die Formel zu sprechen begann, ein Singsang, der einem das Blut in den Adern gefrieren ließ, senkte Nihal den Kopf und hielt sich die Ohren zu. Die Seele voller Hass und Verzweiflung, sprach Sennar unermüdlich die Worte, und diese Gefühle bewirkten, dass sich die Formel seinem Willen beugte und sich unter seinen Händen nach und nach eine Barriere aufbaute. Sie würde das Grab verschließen und erst dann wieder auflösen, wenn der Tyrann vernichtet war, wodurch auch Laios Geist wieder frei würde. Eine Stunde dauerte es, dann spürte der Magier, dass er all seine magischen Kräfte verloren hatte und mit ihnen auch die Hoffnung, die ihn bis dahin getragen hatte. Mit einem Mal fühlte er sich ziellos und verloren, seine Hände wurden kalt, und der Zauber verließ ihn. Laio war gerettet.

»Ich bin fertig«, erklärte er niedergeschlagen.

Nihal antwortete nicht.

Eine Weile verharrten sie noch vor dem Grab. Es war Sennar, der sich als Erster aus seiner Erstarrung löste. »Was so unschuldig ist und rein, kann sich wohl nicht behaupten auf dieser Welt«, murmelte er und wusste dabei nicht genau, ob er zu sich selbst, zu Nihal oder zu dem Freund sprach, den sie jetzt verlassen würden. »Vielleicht warst du der Einzige, der die Aufgetauchte Welt hätte retten können, denn deine Hände waren rein und dein Geist unschuldig.«

Er stand auf und zwang Nihal, es ihm nachzutun. »Wir müssen los, ich glaube, ich höre Schritte.«

Und so machten sie sich wieder auf den Weg.

Hintereinander und mit wachen Sinnen wanderten sie schweigend durch die Stille. Mehr als einmal mussten sie sich im Gebüsch verstecken, weil sie Schritte oder verdächtige Geräusche gehört hatten. Sie waren es leid, zu töten, und nicht zum Kampf aufgelegt. Das Schwert, das beim Laufen Nihals Oberschenkel streifte, kam ihr nun wie eine Last vor. Sennar spürte seine Wunden, konnte sie aber, da all seine magischen Kräfte erschöpft waren, nur mit einigen Heilkräutern behandeln, die er Laio hatte benutzen sehen.

Nach drei Tagen gelangten sie an den Ludanio, jenen großen Fluss, der das Land der Nacht teilte. Zunächst erblickten sie nur ein breites trockenes Flussbett voller spitzer Steine. Früher einmal ein mächtiger Strom, war der Ludanio nun fast ausgetrocknet und hatte dieses steinerne Bett hinterlassen, das gewiss einige Meilen breit war. Sie durchquerten es, so rasch sie konnten, waren sie hier doch, ohne jede Deckung, eine leichte Beute für jeden Angreifer.

So erreichten sie den eigentlichen Fluss, dessen trübes, stinkendes Wasser zwischen Ufern aus verdorrtem Gras träge dahinfloss. Nihal erinnerte er an den Abwasserkanal bei Salazar, in den sie an dem Tag, als ihr Vater starb, hatte springen müssen. Sie rasteten nicht, sondern wateten gleich hindurch, um anschließend die andere Seite des ausgetrockneten Flussbetts zu durchqueren. Das dauerte einen ganzen Tag, und als sie endlich wieder Deckung fanden zwischen den abgestorbenen Bäumen des einst prächtigen Mool-Waldes, atmeten sie erleichtert auf.

Durch den Wald ging es weiter. Sie verweilten nur, wenn sie vollkommen erschöpft waren, und mehr als einmal kam es vor, dass sie übereilt wieder aufbrechen mussten, weil einer der beiden, während der andere schlief, Schritte oder gar Stimmen vernommen hatte. In vollkommenem Schweigen wanderten sie dahin, aber es war nicht das Schweigen zweier Menschen, die sich nichts zu sagen hatten. Nein, sie schwiegen, weil sie wussten, dass der andere den gleichen Schmerz teilte und es keine Worte gab, mit denen sie einander hätten trösten können.

So wanderten sie zehn Tage lang durch einen immer dichter werdenden Wald aus abgestorbenen Bäumen und Dornenhecken, aber Schritte oder plötzliche Stimmen hörten sie nicht mehr. Offensichtlich glaubten die Feinde, dass die Gejagten einen anderen Weg eingeschlagen hatten.

Sie waren entnervt von der ewigen Finsternis, ihren unerträglichen Schatten, von der Luft, die muffig und abgestanden roch, so als habe die Finsternis alles vermodern lassen. Und als sie nun endlich wieder Licht sahen, hatten sie das Gefühl, dadurch auch wieder freier atmen zu können. Denn jetzt am zehnten Tag erblickten sie im Westen einen hellen Streifen am Horizont, wie ein widersinniges Morgengrauen, das sich anstatt im Osten im Westen zeigte.

»Es ist nicht mehr weit bis zur Grenze«, sagte Sennar. »Vielleicht solltest du mal den Talisman befragen.«

Je weiter sie zogen, desto heller wurde der Lichtstreifen, der jetzt schon allem um sie herum klarere Konturen verlieh: Die Umrisse der Bäume hoben sich deutlich gegen den Himmel ab, sie begannen, zarte Farben zu erkennen. Es war, wie neu geboren zu werden, und die Welt kam ihnen jetzt anders vor, als sie sie gekannt hatten. Sogar die Trauer, die sie immer noch beherrschte, schien im Licht ein wenig leichter zu werden.

Langsam belebte sich auch der Wald, so als erwache er aus einem langen Schlaf: Grüne Flecken zeigten sich plötzlich zwischen gelblichem Farn, belaubte Äste zwischen trockenem Gehölz.

Am nächsten Tag war das Licht schon fast normal hell, und die Natur wurde immer grüner und üppiger. Schweigend wanderten sie dahin, Sennar voraus und Nihal hinter ihm, als der Magier plötzlich stehen blieb.

»Was ist los?«, fragte Nihal, mit der Hand bereits am Schwert.

Sennar drehte sich um, und in seinem Gesicht stand das erste Lächeln seit langer Zeit. »Warte hier«, sagte er und verschwand im Gebüsch.

»Was ist denn passiert?«, rief ihm Nihal nach, während sie das Schwert zog.

»Sei unbesorgt!«, antwortete er ihr aus der Ferne.

So stand Nihal allein im Wald mit dem Schwert in der Hand und wusste nicht, was sie tun sollte. Besorgt blickte sie in die Richtung, in die der Magier verschwunden war, und als sie kein Geräusch mehr hörte, rief sie nach ihm, erhielt aber keine Antwort.

»Sennar!«, rief sie noch einmal. »Sennar!«

In diesem Moment sah sie ihn aus dem Dickicht auftauchen. Sein Gesicht war ein wenig zerkratzt, und seine Hände waren gerötet von Schrammen; er hatte sie zu einer Schale zusammengelegt und presste etwas an die Brust.

Nihal lief ihm entgegen. »Darf man vielleicht mal erfahren, was du da treibst?«, fragte sie gereizt.

Sennar lächelte wieder und öffnete die Handflächen. Darin erblickte Nihal etwas Rotes.

»Was hast du denn da?«

»Siehst du das nicht? Ist es schon so lange her, dass wir sie gemeinsam im Wald gesammelt haben?«, fragte Sennar. »Das sind Himbeeren.«

Diese Früchte riefen unzählige Erinnerungen bei ihr wach. Sie blickte Sennar an und meinte, ihn wieder so zu sehen, wie sie ihn kennengelernt hatte, bevor diese ganze Geschichte ihren Anfang nahm. Sie legte ihm eine Hand auf die Wange. »Ich möchte nicht, dass du dir noch mal für mich wehtust ...«, sagte sie, während sie ihm über einen Kratzer streichelte, und umarmte ihn dann.

Sie machten es sich bequem, um die Himbeeren zu genießen. Während ihr betörend süßer und gleichzeitig ein wenig säuerlicher Geschmack seinen Mund füllte, fühlte sich Sennar erstmals seit langer Zeit wieder etwas unbeschwerter. Er hatte die Hoffnung verloren und war ganz in seinem Schmerz versunken, doch nun spürte er, dass es an der Zeit war, wieder daraus aufzutauchen und sich an das Ziel ihrer Mission zu erinnern.

Die Welt, in die er hineingeboren war, war alles andere als perfekt – genauso wenig wie er selbst, vor allem jetzt, nach dem, was er getan hatte. Und doch gab es immer irgendwelche Ideale oder Personen, für die es sich zu kämpfen lohnte, die es nicht verdient hatten, einfach ausgelöscht zu werden. Er durfte nicht noch einmal zulassen, dass ihn der Hass überwältigte, durfte sein Vertrauen nicht verlieren und niemals aufgeben. Wenn sie nur fest genug daran glaubten, würde es ihnen vielleicht gelingen, aus den Trümmern eine neue Zeit entstehen zu lassen.

Er betrachtete Nihal, die schweigend ihre Himbeeren aß.

»Du darfst den Mut nicht sinken lassen«, sagte er ganz unvermittelt. »Es ist eine schwere Zeit, aber wenn auch wir uns der Verzweiflung ergeben, ist alles aus.«

Nihal hörte auf zu essen. »Ich kann gar nicht anders, als ständig an Laio zu denken, an all das, was wir zusammen erlebt haben. Ich vermisse ihn so …«

Sennar blickte zu Boden. »Laio hat sein Ziel erreicht, bevor er gestorben ist. Er hat dich beschützt, hat seine Angst besiegt und ist zum Krieger geworden.« Er hob den Blick zu ihr. »Wir müssen unseren Weg weitergehen und den Schmerz annehmen, vor allem ihm zuliebe. Als du Thoolan nicht nachgabst, hast du eine Entscheidung getroffen, du hast dich für das Leben entschieden. Lass diese Entscheidung nicht unnütz sein.«

Nun erzählte Nihal dem Zauberer, wie sie Vrašta getötet hatte, und von dem Kampf gegen die Fammin vor ihrem Eintritt in Goriars Heiligtum. »Ich habe es so satt, das ganze Blut, den Krieg, den Tod. Ich habe es satt, zu töten«, schloss sie, und ihre Stimme klang ein wenig gelöster.

Sennar wandte den Blick von ihr ab und schaute wieder zu Boden. Nihal beobachtete ihn besorgt, dann senkte auch sie den Blick. »Wäre es nicht so tragisch, könnte man es fast komisch nennen …«, murmelte der Magier.

»Was denn?«

Sennar schaute auf. »Als ich mit Laio auf dieser Lichtung kämpfte, habe ich einen Mann getötet und die Fammin, die bei ihm waren.« Er zögerte. »Und zwar mit einem verbotenen Zauber.« Ruckartig hob Nihal den Kopf. »Das aber nicht nur, um uns zu verteidigen, sondern auch aus dem Verlangen heraus zu töten, weil ich mir wünschte, dass nichts von ihnen übrig bleiben sollte.«

Voller Zorn, aber auch mit einer gewissen düsteren Ruhe sprach er diese Worte. Er wusste, dass Nihal ihn verstand, dass sie seinen Schmerz teilte. »Und so habe ich, wie du siehst, während du den Abscheu vor dem Töten entdecktest, Lust daran erfahren«, schloss der Magier mit einem traurigen Lächeln.

Nihal blickte ihn wortlos an.

»Jetzt bin ich also auch ein Mörder, aber das soll mich nicht daran hindern, meinen Weg zu gehen, solange es noch jemanden gibt, der mich braucht.«

Seine Worte verklangen an Nihals Schulter, die ihn umarmt hatte und fest an sich drückte.

Sennar erwiderte die Umarmung, streichelte ihren Rücken, folgte der weichen Krümmung ihrer Wirbelsäule, ließ seine Hand wieder hinauf zu den Schultern wandern und dann im Nacken, unter dem Haaransatz, ruhen. In diesem Moment spürte er, wie sehr er sie brauchte, empfand ein unbändiges Verlangen, ihr so nahe wie möglich zu sein. Doch gerade als er sie küssen wollte, entfernte sie sich plötzlich von ihm und löste sich aus seiner Umarmung. Ihr Gesicht war gerötet, und sie war zu verlegen, um ihn anzuschauen. Auch Sennar senkte den Blick und schloss die Augen. Er beruhigte sich wieder, nannte sich einen Hornochsen und steckte sich, weiter zu Boden blickend, ein paar Himbeeren in den Mund.

»Lass uns heute hier rasten ...«, schlug Nihal mit leiser, aufgewühlter, fast erschrockener Stimme vor.

Schweigend aßen sie weiter. Zum ersten Mal seit fast einem Monat sahen sie wieder einen Sonnenuntergang, und nach und nach deckte die Finsternis ihre Verlegenheit zu.

Später, nach einem still eingenommenen und kargen Mahl, besprachen sie, vor der entfalteten Karte sitzend, die Situation. Sie befanden sich schon nahe der Grenze zum Land des Feuers. Durch Idos Erzählungen wussten sie, dass es dort Hunderte von Vulkanen gab, die als Schmiedeöfen genutzt wurden. In den Tälern zwischen den Vulkanen hatte das Volk der Gnomen seine Städte errichtet und sie mit Brücken und Tunnel verbunden.

»Die Verbindungswege werden alle überwacht sein und von Feinden nur so wimmeln«, bemerkte Sennar.

Nihal seufzte. »Und was können wir da tun?«

Sennar starrte auf einen Punkt in der Dunkelheit vor ihm. »Ich weiß es auch nicht.«

Nach einigen Augenblicken des Schweigens richtete sich Nihal plötzlich ruckartig auf. »Ich hab's! Die Kanäle!«, rief sie.

Sennar blickte sie fragend an.

»Ido hat mir davon erzählt«, fuhr sie fort. »Im Land des Feuers gibt es ein unterirdisches Kanalsystem für die Wasserversorgung, das das ganze Gebiet durchzieht und mit dem Land der Felsen verbindet. Die dortigen Gnomen haben es für ihre Brüder im Land des Feuers gebaut.«

»Aber wir wissen doch gar nicht, wo sich der Eingang befindet«, gab der Magier zu bedenken.

»Doch«, antwortete Nihal mit einem Lächeln und zeigte auf eine Stelle auf der Karte. »Ido hat ihn mir gezeigt. Er befindet sich nicht weit von der Grenze zum Land der Nacht.«

Sennar blickte zu ihr auf. »Das heißt, wir werden uns die ganze Zeit unterirdisch fortbewegen müssen«, sagte er, wenig begeistert.

»Es ist wahrscheinlich nicht die einzige Möglichkeit«, antwortete Nihal, »auf alle Fälle aber die sicherste.«

Bis jetzt hatten sie sich die Wache immer aufgeteilt, doch in dieser Nacht wurde Sennar seiner Aufgabe nicht gerecht. Die Anstrengungen ihrer Wanderung sowie das Aufflammen der Gefühle am Nachmittag hatten ihn die letzten Kräfte gekostet. Irgendwann, während er wachte, überkam ihn der Schlaf, und er schlummerte tief und fest, den Kopf an einen Baumstamm gelehnt. Doch es war eine denkbar ungeeignete Nacht, um während der Wache einzunicken.

Nihals geschärfte Sinne waren es dann, die sie retteten. Ein plötzliches Gefühl der Gefahr, das sie zunächst nicht hätte bestimmen können, riss sie aus dem Schlaf. Sie griff zum Schwert und weckte Sennar.

»Was ist denn los?«, fragte er gähnend.

»Ich weiß es nicht ...«, antwortete die Halbelfe. Sie horchte in das Dunkel. »Verfügst du wieder über deine magischen Kräfte?«

»Nicht ganz, doch ein paar anständige Angriffszauber werde ich schon noch hinbekommen«, versprach der Magier.

Plötzlich sprang Nihal auf. »Lauf!«, rief sie, und beide nahmen die Beine in die Hand.

Das Geschrei und die trommelnden Schritte der Feinde, die jetzt aus der Deckung hervorbrachen, dröhnten durch den Wald. Nihal hatte nicht genau erkennen können, um wie viele es sich handelte, unterschied aber mindestens drei verschiedene Stimmen und vernahm Schritte aus vier verschiedenen Richtungen.

Die Halbelfe schloss zu Sennar auf und ergriff seine Hand. Sie wollte ihn nicht verlieren, sie würden zusammen fliehen. So rannten sie keuchend aufs Geratewohl durch den Wald. Zu allen Seiten schien der Pfad von Hecken und Büschen eingeschlossen. Ihre Verfolger waren Fammin, das spürte Nihal, und daher fürchtete sie sich, den Kampf aufzunehmen. Sie wollte nicht wieder töten.

Immer näher kamen die Schritte und Rufe. Plötzlich spürte Nihal, wie sie am Knöchel gepackt wurde, sie verlor Sennars Hand und stürzte. Der Magier blieb stehen, und in diesem Moment ließ ein Fammin seine Streitaxt auf das Mädchen niederfahren. Doch Nihal war schneller. Sie drehte sich weg, zog ihr Schwert und schlug zu. Getroffen sank der Fammin zu Boden, und Nihal sprang wieder auf. Der Wettlauf ging weiter.

»Was glaubst du, wie weit wird es noch bis zu diesen Kanälen sein?«, fragte Sennar im Laufen.

Ein Pfeil zischte über ihre Köpfe hinweg. Der Magier reagierte, indem er flugs eine Barriere entstehen ließ, die sie ein wenig schützte. »Einige Meilen, schätze ich«, keuchte Nihal.

»Das schaffen wir nie im Leben ...«

Da unterbrach eine steile Böschung abrupt ihren Lauf, und sie stürzten hinunter. Im letzten Moment bekam Nihal eine hervorstehende Wurzel zu fassen, und es gelang ihr gleichzeitig, mit der anderen Hand Sennar zu packen. Über sich hörten sie Schritte näher kommen.

»Ich kann es wenigstens versuchen ...«, murmelte Sennar.

»Was?«, fragte Nihal atemlos.

»Den Flugzauber«, antwortete der Magier.

»Schaffst du das?«

»Wir haben keine andere Wahl. Ich muss mich fest auf die Grenze konzentrieren und an die Stelle erinnern, die du mir auf der Karte gezeigt hast.«

Er schloss die Augen. Die Stimmen kamen immer näher, die Rufe klangen bedrohlicher. Da sprach der Magier die Formel, und im Nu waren die beiden verschwunden.

Sie fanden sich an einem lichtdurchfluteten Ort, einer pflanzenlosen, wüstenhaften Ebene wieder. Nach den vielen Tagen im Dämmerlicht blendete sie die Sonne.

Als Nihal die Augen wieder öffnete und sich umdrehte, sah sie den Wald vielleicht hundert Ellen hinter ihnen liegen. Sennar neben ihr atmete schwer.

»Alles in Ordnung?«, fragte sie ihn.

Der Magier kam langsam wieder zu Atem. »Einigermaßen, aber vom Zaubern habe ich für heute genug.«

»Wir sind noch nicht weit genug entfernt, wir müssen hier weg.« Die Halbelfe rappelte sich auf und zog auch Sennar hoch.

So liefen sie weiter. Die Gegend, in der sie sich jetzt befanden, war noch gefährlicher als jene, die sie gerade verlassen hatten. Da gab es keine Schlupflöcher, nichts, hinter dem sie sich hätten verstecken können; alles war flach und ausgedorrt, und sie gaben eine leichte Beute ab.

»Ich hätte es gern besser gemacht, aber ich konnte mich nicht mehr an die genaue Stelle erinnern und kenne mich in der Gegend nicht aus«, entschuldigte sich Sennar atemlos.

»Immerhin sind wir erst mal ein Stück von dort weg«, tröstete ihn Nihal.

Die Schächte, die den Zugang zum unterirdischen Kanalsystem des Landes des Feuers ermöglichten, konnten nicht mehr weit sein, doch als sich Nihal suchend umblickte, sah sie nur, wie sich alle Umrisse in jenem unerträglich grellen

Licht und der flimmernden Hitze auflösten. Bloß am Horizont zeichneten sich schwere schwarze Wolken und gigantisch hohe Berge gegen den Himmel ab.

Am Ende seiner Kräfte schleppte sich Sennar hinter ihr nur mühsam vorwärts. »Wie weit wird es wohl noch sein?«, fragte der Magier.

»Ich habe nicht die leiseste Ahnung …«, antwortete Nihal knapp.

Da spürte die Halbelfe plötzlich, wie sich der Boden zu ihren Füßen öffnete. Beide fielen und versanken in der Finsternis. Das Letzte, was Nihal wahrnahm, war ein heftiger Stich im Nacken, dann nichts mehr.

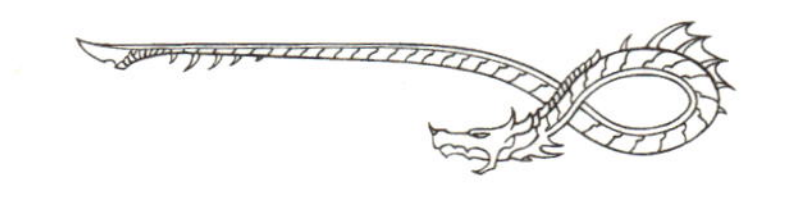

Dem Ende entgegen

In der Stadt aus Fels ist alles in der Farbe des Gebirges gehalten. Mehr noch als anderswo zeigten sich hier der Erfindungsreichtum und die besondere Kunstfertigkeit der Gnomen. Die Straßen sind erfüllt vom Lärm spielender Kinder und voller fröhlicher Passanten, und um Mittag lässt der König eine Glocke läuten, deren Klang sich rasch bis in den hintersten Winkel der Stadt verbreitet.

Geografie der Aufgetauchten Welt, ABSATZ XXXVII,
AUS DER KÖNIGLICHEN BIBLIOTHEK DER STADT MAKRAT

21

Idos Krieger

Als Ido und seine Schüler nach einer Woche das Lager erreichten, stellten sie fest, dass die Front noch näher gerückt war. Wie vorherzusehen, reagierten die Jungen bestürzt. All das Blut, die Verwundeten, die Leichenberge, die Angst … das waren Dinge, die sie sich in der behüteten Atmosphäre der Akademie nicht hatten vorstellen können.

»Das ist der Krieg, das ist diese schmutzige Angelegenheit, die man euch in der Akademie als einen sauberen Schwerttanz verkauft hat. Hier gibt es keine Kampfregeln, keinen Anstand. Hier gibt es nur töten oder getötet werden. Vergesst eure Ehre, vergesst eure Lehrbücher und denkt nur daran, wofür wir hier kämpfen«, erklärte er den Neulingen, die ihn verängstigt anstarrten.

Er führte die Jungen auch durch zerstörte Dörfer, zwischen rauchenden Trümmern und am Wegesrand faulenden Leichen hindurch. Er zeigte ihnen die Verzweiflung der Überlebenden, der Witwen und Waisen, die weit aufgerissenen, ins Nichts starrenden Augen jener Leute, die alles verloren hatten.

Die einen wandten den Blick ab, andere hörte er abends in ihrem Zelt weinen. Das war richtig. So musste es sein. Ein Krieger, der nicht erfüllt war von Abscheu vor dem Krieg und der Ungerechtigkeit, konnte im Kampf nicht sein Bestes geben.

Angesichts der Tränen eines seiner jüngsten Schüler gab sich Ido rau und lakonisch: »Anstatt zu heulen, solltest du lieber mal nachdenken. Öffne dein Herz für das, was du hier siehst, und frage dich, warum es das gibt. Und wenn du darüber nachgedacht hast, so frage dich, was du tun kannst, damit sich so etwas nicht wiederholt. Dann verstehst du auch, dass du dein Schwert nicht führst, weil dein Vater es dir in die Hand drückte, als du noch kaum laufen konntest, weil du stärker sein willst als andere oder damit sich die Mädchen nach dir umdrehen, wenn du vorübergehst, sondern für ein sehr viel edleres Ziel.«

All das, was ihm in seinen langen Jahren im Krieg selbst klar geworden war, versuchte Ido seinen Schülern zu vermitteln, und diese Aufgabe spornte ihn an, denn sie bedeutete nicht nur, Soldaten auszubilden, sondern junge Männer zu formen, die später einmal für die Sache des Friedens würden einstehen können – wenn er denn jemals kommen sollte.

Vielleicht sollte ich das jetzt häufiger machen, vielleicht sollte ich mich auch um andere Schüler kümmern – das war ein Gedanke, bei dem er sich eines Tages überraschte. Wäre dies nicht auch eine gute Gelegenheit, die eigene Vergangenheit zu bewältigen?

Dann wurde das richtige Verhalten in der Schlacht eingeübt, die Duelle jeder gegen jeden, in denen gelernt werden sollte, was zu tun war, wenn die Feinde von allen Seiten anstürmten. Ido war ein strenger Lehrmeister. Von seinen Schülern verlangte er die gleiche Disziplin und das gleiche Engagement wie von sich selbst. So laugte er sie aus mit Kämpfen und theoretischem Unterricht. »Einem echten Krieger wird nichts geschenkt«, antwortete er, wenn sich jemand beschwerte.

Neben der Ausbildung seiner jungen Soldaten war Ido auch an der letzten Vorbereitungsphase für die geplante Offensive beteiligt. Der Frühling ging zu Ende, und der Tag der Schlacht rückte näher. Zahlreiche Lagebesprechungen wurden abgehalten, und dabei kam man überein, dass Ido und seine Leute, eine etwa vierhundertköpfige Abteilung, darunter die Jungen aus der Akademie, in der ersten Linie stehen sollten. Die angehenden Ritter hingegen, die bereits das Drachenreiten beherrschten, sollten ihnen die Feuervögel vom Leibe halten. Das ganze Lager wirkte chaotisch in jenen Tagen: hektische Angriffsvorbereitungen, Soldaten überall, das Brüllen Dutzender Drachen, die sich in den Ställen drängten.

Als Ido den Jungen den Tag des Angriffs und ihre Aufgabe dabei mitteilte, bemerkte er, wie Angst die Reihen durchlief.

»Aber wir sind doch noch gar keine fertigen Krieger«, jammerte einer.

»Doch, das seid ihr. Die Ausbildung, die ihr von mir erhalten habt, ist mehr als ausreichend. Und zudem verfügt ihr noch über die Kenntnisse aus der Akademie«, erwiderte Ido.

»Schon, aber die erste Linie müsste es ja nicht unbedingt sein …«, versuchte ein anderer einzuwenden.

»Dafür haben wir euch aber ausgesucht und ausgebildet. Ihr seid keine gewöhnlichen Soldaten, vergesst das nicht.« Ido ließ seinen Blick über die eingeschüchterten Gesichter der Jungen wandern. »Lasst euch nicht von der Angst beherrschen. Als ihr in die Akademie eintratet, habt ihr eine Wahl getroffen. Ihr habt euch dazu entschlossen, euer Leben für ein Ideal aufs Spiel zu setzen, und nun ist der Moment gekommen, für diese Entscheidung geradezustehen. Angst ist eine normale, ja notwendige Reaktion. Sie zeigt, dass ihr euer Leben liebt, und Liebe zum Leben braucht es, um diese Aufgabe zu bewältigen. Doch ihr müsst eure Angst beherrschen. Ihr seid alle Teil eines Ganzen. Der Tod des einen macht es allen anderen möglich, weiterzukämpfen. Daran müsst ihr denken. Ihr kämpft nicht vergebens. Und wie gesagt, ihr habt alle die besten Voraussetzungen, nicht abgeschlachtet zu werden.«

Wie im Flug verging die Zeit, der kühle Frühling dieses Jahres war den ersten warmen Tagen des sich ankündigenden Sommers gewichen, und der Morgen der Schlacht war da.

Das Lager quoll über von Soldaten. Seit dem Morgengrauen gingen zwischen den Zelten Befehle und Anweisungen hin und her, Karren ratterten vorbei, Drachen wurden von einer Lagerseite zur anderen getrieben.

Ido wachte besonders früh auf, und das mit klopfendem Herzen. Das war ihm noch nie passiert, es sei denn, als er noch ein junger Bursche war und für den Tyrannen kämpfte. Er schalt sich einen Dummkopf und stand auf.

Die Luft war spannungsgeladen. Eine große Schlacht stand bevor, das spürten alle.

Ido begab sich zu seinen Soldaten und fand sie alle wach und aufgeregt vor.

»Ich verstehe eure Erregung, doch solltet ihr versuchen, Ruhe zu bewahren. Vertreibt alle Gedanken an den Tod und andere Dinge, die euch von der Schlacht ablenken könnten. Ab jetzt gibt es nur noch euer Schwert und den Feind, sonst nichts. Besinnt euch auf euren Körper, seid hellwach und lasst euch weder von Angst noch von Mordlust beherrschen. Das ist nicht der Sinn eures Kampfes.«

Er sah sie nicken, hundertzwanzig Gesichter, die an seinen Lippen hingen.

Seit Laios Weggang musste Ido ohne Knappe auskommen, und so ließ er sich nun von einem seiner Schüler helfen, von Caver, dem blonden Jungen, der mit solcher Leidenschaft gegen ihn gekämpft hatte. Dann blieb er allein und begann sein Schwert zu polieren. Das tat er immer vor der Schlacht. Dabei konnte er sich entspannen und zur richtigen Konzentration finden.

Nachdem Soana sich seines Schwertes angenommen hatte, sah es aus wie matter Kristall, es schien leichter und schimmerte im Halbdunkel des Zeltes. Heute jedoch beruhigte es ihn nicht, immer wieder mit dem Tuch über die Klinge zu fahren. Im Grunde seines Herzens spürte er eine Erregung, die auf erschreckende Weise jener Sucht zu kämpfen ähnelte, die ihn in Diensten des Tyrannen beherrscht hatte.

Als er zu Vesa in den Stall trat, hatte sich seine Erregung noch nicht gelegt. Und auch der Drache war so unruhig wie sein Ritter.

»Vielleicht werden wir doch langsam alt«, sprach Ido ihn an, während er ihm über die roten Schuppen strich. »Früher brauchten wir uns nur in die Augen zu blicken, und schon wurden wir ruhig.«

Der Drache schnaubte, und der Gnom blieb noch einige Augenblicke bei ihm, so lange, bis er zu der für den Kampf unverzichtbaren Konzentration gefunden hatte.

Es dauerte länger als eine Stunde, bis das ganze Heer Aufstellung genommen hatte, und Ido nutzte die Gelegenheit, um eine Ansprache an seine Truppen zu halten und sie bestmöglich für die Schlacht anzuordnen. Zwischen den Reihen sah er viele bekannte Gesichter. Soana zum Beispiel, gefolgt von einer ganzen Schar Magier, die die Aufgabe hatten, die Schwerter mit Zaubern zu belegen. Etwas weiter entfernt erblickte er Mavern, der die Truppe der jungen Drachenritter in die Schlacht führte. Und in seiner Nähe Nelgar, der heute befehlshabende General. Schließlich fiel ihm noch etwas Ungewöhnliches auf.

Ein ihm unbekannter Krieger, der auf einem Fuchs ritt. Er trug eine bläuliche, kunstvoll gearbeitete Rüstung und ein langes, über und über mit Ornamenten verziertes Schwert. Als der Reiter das Visier seines Helmes anhob, erkannte ihn Ido und seufzte: Galla.

Dabei hatte der Gnom geglaubt, die Sache sei aus der Welt. Während einer der letzten Versammlungen hatte sich Galla nämlich erhoben und darum gebeten, mit in die Schlacht ziehen zu dürfen.

»Meine Gattin hat für dieses Reich ihr Leben gelassen, und ich habe bislang überhaupt noch nichts zum Kampf beigetragen, außer von meinem sicheren Palast aus an Planungen teilzunehmen. Immer mehr meiner Untertanen sterben. Da kann ich nicht länger die Hände in den Schoß legen«, erklärte er.

Allen war bekannt, dass Galla seit dem Tod seiner Gemahlin nicht mehr er selbst war. Sie war seine große Liebe gewesen, und mit ansehen zu müssen, wie sie sich in eine Dampfwolke auflöste, als Deinoforo am Tag der Schlacht gegen das Totenheer mit dem Dreizack die Schutzmauer der Nymphen sprengte, hatte ihn innerlich gebrochen.

»Majestät, Ihr seid kein Soldat, und Euer Land bedarf Eurer Führung. Ihr dürft Euch nicht in Lebensgefahr begeben«, hatte Mavern ihn zur Vernunft zu bringen versucht.

»Und wenn mein Land verloren geht? Was bleibt dann von mir? Nein, mein Platz ist bei meinem Volk.«

An jenem Tag hatte ihn niemand von seinem Vorhaben abbringen können, doch später hatte Ido den Eindruck, dass ihn Theris, die Nymphe, die das Land des Wassers im Rat der Magier vertrat, doch umstimmen konnte.

»Wir haben alles versucht, das kannst du mir glauben.«

Ido drehte sich um. Neben ihm stand Nelgar.

»Er ist unbeirrbar«, fügte der Befehlshaber hinzu.

Ido seufzte wieder. »In gewisser Weise verstehe ich ihn auch. Es ist ja edel von ihm, das Schicksal seines Volkes teilen zu wollen. Aber andererseits auch grenzenlos dumm. Im Grunde wünscht sich dieser Mann nichts anderes, als zu sterben.«

»Uns bleibt nichts anderes übrig, als ihn seinem Schicksal folgen zu lassen und zu hoffen, dass er den Kampf heute überlebt. Dazu müssen wir ihn schützen, so gut es eben geht.«

Bei Sonnenaufgang war das Heer aufgestellt und zur Schlacht bereit. Von einem bleiernen Himmel fiel leichter Nieselregen.

Ido atmete tief durch. Der Feind vor ihnen wirkte wie eine graue Masse, getüpfelt vom Schwarz der Drachenritter. Einer, zwei ... drei Drachenritter. Wenigstens in diesem Punkt schienen sie gleich stark. Auch auf diese Entfernung konnte Ido Deinoforo in dessen glühend roter Rüstung ausmachen, rot wie Feuer. Er stand vor allen anderen, würde also die feindlichen Truppen kommandieren.

Hinter ihm erblickte der Gnom Hunderte unruhiger Fammin und hinter diesen die geflügelten Ungeheuer, deren Krächzen die Luft erfüllte. Und schließlich die Gespenster. Viele waren es, wie üblich. Ido sah sie nicht lange an, denn immer noch hatte er sich nicht an diesen Anblick gewöhnt. Sein Geist weigerte sich, das Grauen an sich heranzulassen.

Dann kam der Befehl zum Fertigmachen. Ido zog sein Schwert, und plötzlich überkam ihn seine gewohnte Ruhe.

Endlich.

Die Fammin stimmten ihr Schlachtgebrüll an, und Ido hörte, wie ein paar junge Krieger hinter ihm erschrocken zusammenzuckten.

»Bleibt ruhig, das ist alles Theater«, versuchte der Gnom, sie zu beschwichtigen.

Einen kurzen Moment vor dem Losschlagen herrschte noch einmal Totenstille. So wie immer. Eine Stille, die jedoch eine Ewigkeit zu dauern schien und während derer jedem Soldaten unzählige Gedanken durch den Kopf gingen. An das Leben, an den Tod, an Freunde, an Geliebte ... In Idos Geist jedoch war nur Platz für den feuerroten Fleck in der Ferne.

Dann kam der Befehl zum Angriff, und die Schlacht begann.

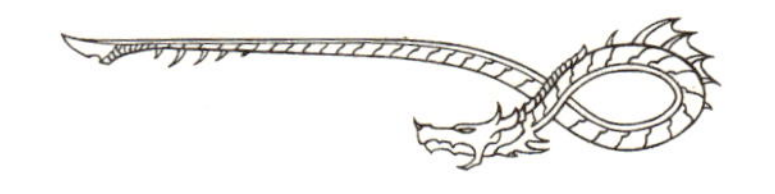

22

Zweikämpfe

Die beiden Heere prallten aufeinander, und sofort entbrannten blutige Kämpfe. Wie geplant, ging Ido zunächst gegen die Feuervögel vor und hatte dabei noch ein Auge auf seine Soldaten, um ihnen immer wieder Befehle zu geben. Der Ansturm seiner neuen Truppen kam nicht recht in Gang; zögerlich verharrten die Jungen vor der Flut der anrückenden Fammin, und der Gnom war gezwungen, ihnen bei deren ersten Angriffen zu Hilfe zu eilen.

»Ich kann aber nicht die ganze Zeit eure Amme spielen! Los jetzt!«, spornte er sie an.

Mit einem Feuerstoß Vesas bahnte er ihnen eine Gasse und wandte sich dann wieder dem Geschehen am Himmel zu.

Es machte ihm keinen Spaß, im Regen zu kämpfen. Vesa machte das Fliegen mehr Mühe, und die Tropfen behinderten die Sicht. Er zwang sich, sich einzig der Schlacht zu widmen. Im Nu war er ganz bei sich selbst, spürte in der Hand das beruhigende Gewicht seines Schwertes, an der Handfläche das aufgeraute Metall der Stelle, wo einmal der nun weggekratzte Eid auf den Tyrannen eingraviert war.

Schwungvoll wie immer ging er zur Sache und stiftete gehörig Verwirrung unter den Feuervögeln. Auch Mavern neben ihm schonte sich nicht. Am Boden nahm das wütende Hauen und Stechen seinen Lauf. Hin und wieder aber warf der Gnom unwillkürlich einen Blick hinter die Linien, auf der Suche nach etwas Rotem. Schließlich sah er es, entfernt und undeutlich. Deinoforo hatte noch nicht in den Kampf eingegriffen. Er lenkte seine Soldaten aus den hinteren Reihen, erteilte Befehle und beobachtete die Szene.

Am liebsten hätte sich Ido sogleich auf ihn gestürzt, doch dieses Vergnügen hob er sich für später auf. Er wollte den Ausgang der Schlacht nicht aus eigensüchtigen Motiven gefährden. Lange Zeit kämpfte er so am Himmel, bis er irgendwann beschloss, die Feuervögel nun Vesa allein zu überlassen. Mit einem Sprung war er am Boden, blickte sich um und verschaffte sich Klarheit über die Stellungen seiner Männer. Er sammelte sie um sich und führte sie mit gezücktem Schwert zum Angriff auf die Gespenstersoldaten, die die Ebene überfluteten, grau im Grau des Regens.

Stunde um Stunde wurde gekämpft, die Ritter am Himmel attackierten die Feuervögel, während die Fußsoldaten im Kampf Mann gegen Mann Zoll um Zoll Boden gutmachten. Der Sonnenuntergang war nicht mehr fern.

Die Lage hatte sich erfreulicher entwickelt als erwartet, und Ido war bester Stimmung. Soweit er das überblickte, hatte es unter seinen Leuten keine großen Verluste gegeben. Deinoforo, der weiterhin reglos im Regen auf seinem schwarzen Drachen saß, war nun näher gekommen. In regelmäßigen Abständen stieß das Tier rötliche Rauchwolken aus seinen geweiteten Nüstern aus, doch der Ritter blickte gleichmütig vor sich hin und rührte sich nicht.

Wenn du nicht kommen willst, muss ich dich eben holen. Ido hatte den Gedanken kaum zu Ende gedacht, als ihn ein Feuerstoß nur um Haaresbreite verfehlte. Er blickte hoch. Ein feindlicher Ritter setzte die Schüler der Akademie auf ihren Drachen einer harten Bewährungsprobe aus.

»Vesa«, rief der Gnom seinen Drachen herbei. Er sprang auf und warf sich an Maverns Seite auf den Drachenritter des Tyrannen.

Es mochte damit zu tun haben, dass alle zu sehr mit sich selbst beschäftigt waren und inmitten einer heftig tobenden

Schlacht niemand die Amme für einen jungen, durch einen Verlust in den Wahnsinn getriebenen König spielen konnte, jedenfalls hatte sich Galla bis zu diesem Moment prächtig allein geschlagen. Anfangs hatten die Generäle noch versucht, ihn zurückzuhalten, doch wie eine Furie stürmte er voran.

Er hatte keine richtige militärische Ausbildung genossen und war mit Sicherheit kein erfahrener Krieger, doch die Kraft der Verzweiflung trieb ihn an. Ohne zu zaudern, warf er sich auf die Feinde, tötete viele Gegner und kämpfte sich bis zu den ersten Linien durch, um dort, hoch zu Pferd, mit seinem Gemetzel fortzufahren. So stark und unbesiegbar schien er, dass ihn die Generäle irgendwann aus den Augen ließen. Letztendlich hatte dieser Mann in dem Moment, da er das Schlachtfeld betrat, sein Schicksal selbst gewählt. So sollte er sich diesem auch stellen.

Doch niemand wusste so genau, worauf Galla eigentlich aus war, was er wirklich suchte. Dabei hätte man sich das leicht denken können, es kam nur niemand darauf – mit Ausnahme des Feindes.

Immer wieder schaute sich Galla nach Deinoforo um, und als er ihn nicht weit entfernt erblickte, galoppierte er geradewegs auf ihn zu.

»Ich fordere dich heraus, Elender, ich fordere dich zum Zweikampf!«, rief er.

Er schleuderte eine Lanze, die er sich irgendwo gegriffen hatte, auf den Ritter, verfehlte ihn um ein gutes Stück und verlangsamte sein Tempo.

»Wie du wünschst«, antwortete der Ritter gelassen. Mit einem Sprung war er am Boden und ließ seinen Drachen auffliegen, der sich sogleich in den Kampf am Himmel stürzte. »Es ist wohl wegen deiner Frau ...«, rief er höhnisch, während er sein scharlachrotes Schwert zog.

Galla antwortete nicht. Seine Wut kannte keine Grenzen, und er fühlte sich stark genug, Astrea zu rächen.

»Aber es ist auch recht so«, fügte Deinoforo hinzu, »letztendlich ist es immer Rache, die uns zur Tat treibt.«

Er hob das Schwert zum Zeichen des Einverständnisses, und Galla tat es ihm gleich. Die Waffe in seinen Händen zitterte. Er stieß einen Schrei aus und warf sich auf Deinoforo.

So kreuzten sie die Klingen, und höchstwahrscheinlich hatte Galla das Gefühl, sich dabei ganz achtbar aus der Affäre zu ziehen. In Wirklichkeit aber spielte Deinoforo nur Katz und Maus mit ihm. Mit eleganten Bewegungen hielt er ihn auf Distanz, parierte Schlag auf Schlag, griff aber selbst nicht an. Galla hingegen attackierte pausenlos, während ihm Tränen der Wut über die Wangen seines Knabengesichts rannen. Astreas Antlitz, die Erinnerung an den Tag, als sie starb, an unzählige gemeinsam erlebte glückliche Momente, das damals noch nicht verheerte, üppige Land des Wassers, Bilder des Glückes und des Schmerzes, all das vermengte sich in seinem Geist und spornte ihn an, immer weiter zu kämpfen, bis der Feind endlich tot wäre. Vielleicht würde auch er dann in Frieden ruhen können, bei der Frau, die er so geliebt hatte.

Auch sein letzter Hieb verfehlte das Ziel, und der Zweikampf kam ins Stocken. Galla keuchte, während Deinoforo ganz Herr seiner selbst war.

»Nun gut, du hattest Gelegenheit, dich auszutoben. Jetzt bin ich an der Reihe. Gespielt haben wir lange genug«, höhnte der Ritter.

Dann ging alles sehr schnell. Deinoforos Schwert tanzte hin und her, zeichnete blutrote Blitze in das Halbdunkel des Sonnenuntergangs, und Gallas Bemühungen zu parieren waren vergeblich. Der letzte Stoß riss ihm den Unterleib auf. Er hatte nicht einmal mehr die Zeit zu schreien. Zu Füßen seines Feindes sank er auf die Knie.

»Ehre dir, denn du wurdest besiegt von der Hand des Stärksten dieser Schlacht«, sprach Deinoforo, wandte sich ab und ließ Galla in einer Blutlache am Boden liegen.

Ein paar Schritte von Deinoforo entfernt landete der schwarze Drache. Der Ritter saß auf und flog zu Nelgar. »Die Sonne geht gleich unter, es hat keinen Sinn weiterzumachen«, rief er, das Schwert in der Scheide.

Nelgar auf seinem Drachen rührte sich nicht, er war auch zu überrascht, um etwas zu antworten.

»Euer König ist tödlich verwundet, und in Kürze bricht die Dunkelheit herein. Ich gestatte Euch, den Verletzten zu bergen. Morgen nehmen wir den Kampf wieder auf.«

Dann verschwand er so unvermutet, wie er gekommen war, und seine Truppen zogen sich fast lautlos hinter die Linie, die sie am Morgen eingenommen hatten, zurück. Grabesstille legte sich über das Schlachtfeld, das letzte Tageslicht erlosch.

Noch lebend fand man Galla und trug ihn in sein Zelt. Einige eilends herbeigerufene Priester sowie auch Soana, schüttelten betrübt den Kopf, als sie die klaffende Wunde sahen, die Deinoforo dem König im Unterleib beigebracht hatte.

Fast die ganze Nacht lag er stöhnend im Fieberwahn oder schrie vor Schmerz.

»Tötet ihn! Jemand muss ihn töten und Astrea rächen!«, rief er in seinen wenigen klaren Momenten.

Dann kam die letzte Phase seines Todeskampfes, er erstarrte immer mehr, sein Atem kam nur noch röchelnd, bis schließlich nichts mehr war als Stille und Kälte.

Ido hatte sich außerhalb des Zeltes aufgehalten. Es regnete nicht mehr, aber das Feld war eine einzige Schlammwüste.

»Das Land des Wassers hat keinen König mehr«, erklärte Nelgar knapp, als er die letzte Wohnstatt Gallas verließ.

Ido legte die Hand vor die Augen. Nach Astrea nun auch Galla. Nun regierte niemand mehr jenes kleine Land, das mehr und mehr überrannt wurde, schon fast bis zu den Sonnenbergen. Sie hatten sich vorgenommen, dem König zu helfen und ihn zu beschützen. Stattdessen hatten sie ihn alleingelassen mit seinem verwundeten Herzen, seinem Wahn.

Ein Verzweifelter lässt sich nicht aufhalten.

Tja, vielleicht stimmte das, aber sie hatten es noch nicht einmal versucht. Ido hätte nie vermutet, dass Galla in dieser Schlacht das gleiche Ziel wie er selbst verfolgen könnte und auch hinter Deinoforo her gewesen war. Dabei wäre das doch nicht schwer zu erraten gewesen.

Der Gnom ballte die Fäuste und dachte an Gallas letzte Worte.

Ich werde es tun. Ich werde ihn morgen für dich töten. Dann könnt ihr beide, du und deine Gemahlin, endlich Ruhe finden, schwor er.

Bevor er sich zurückzog, schritt Ido seine Truppen ab. Sie hatten nicht mehr als vielleicht zwanzig Opfer zu beklagen, überwiegend Jungen aus der Akademie.

Er machte keine großen Worte, lobte sie für ihr Verhalten in der Schlacht, war aber darüber hinaus noch weniger zum Reden aufgelegt als gewöhnlich. Bald suchte er sein Zelt auf und legte sich nieder. Früh am nächsten Morgen würde die Schlacht weitergehen, und er musste sich ausruhen.

Doch er fand keinen Schlaf. Er dachte an Deinoforo und dessen Ehrenkodex. Der Ritter hatte Nelgar mit dem Schwert in der Scheide aufgesucht und ihm eine Waffenruhe wegen eines gefallenen Feindes angeboten. Eine unerwartete Geste der Barmherzigkeit. Er musste an die Schreie des sterbenden Königs denken. Im Grunde seines Herzens fühlte er sich diesem jugendlichen Herrscher sehr verbunden, es war der gleiche Hass, der sie einte. In der Schlacht hatten sie denselben Feind gesucht. Galla hatte ihn gefunden und war deshalb gestorben. Ein unschuldiges Opfer mehr.

»Tötet ihn! Jemand muss ihn töten und Astrea rächen!«

Diese letzten Worte des Königs waren an ihn, Ido, gerichtet. Es war ein Fehler gewesen, Deinoforo nicht anzugreifen und sich mit den Fammin und dem Geisterheer aufzuhalten. Unverzüglich, ohne zu zaudern, hätte er sich auf den Ritter der Schwarzen Drachen stürzen sollen. Aber morgen würde er diesen Fehler nicht noch einmal begehen. Erst mit diesem Gedanken gelang es ihm, einzuschlafen, während draußen der Regen erneut das Schlachtfeld aufzuweichen begann.

Als Ido erwachte, regnete es immer noch. Es war noch sehr früh, und der Gnom widmete sich sogleich seinem Schwert.

An diesem Morgen fühlte er sich ruhig wie immer vor wichtigen Entscheidungen.

Sorgfältig polierte er seine Rüstung, an der der verkrustete Schlamm des Vortages klebte, und schaute dann kurz bei seinen Schülern vorbei.

Als er zu seinen Truppen stieß, war alles genauso wie am Tag zuvor, so als sei in den letzten vierundzwanzig Stunden überhaupt nichts geschehen: dieselben Linien, auf denen die beiden Heere einander erwarteten, der gleiche feine Nieselregen, der die Rüstungen hinunterrann und das Gelände aufweichte. Der Unterschied war nur, dass man im Heer der Freien Länder trauerte. Der Tod des Königs hatte die Moral der Truppe geschwächt.

Ido blickte zu Deinoforo hinüber, der wieder dieselbe Position wie am Vortag eingenommen hatte.

Der Befehl zum Angriff kam, und Ido und seine Soldaten stürmten los. Diesmal aber trieb auch Deinoforo seinen Drachen an und griff in das Geschehen ein. Sogleich nahm der Kampf eine andere Wendung. Die Truppen der Freien Länder hatten Mühe, auf die feindlichen Attacken zu reagieren, und die ersten Soldaten fielen unter den Schwerthieben der Fammin.

Deinoforo war überall in den Lüften, griff immer wieder mit seinem Drachen von oben an, hielt sich aber aus längeren Zweikämpfen heraus.

An diesem Tag zauderte Ido nicht. Er war sich vollkommen im Klaren über sein Ziel und würde es um jeden Preis erreichen. Zwischen ihm und dem Mann, den er suchte, flatterten Hunderte von Feuervögeln, doch für den Gnomen stellten sie kein großes Hindernis dar, und er musste ja auch nicht allein mit ihnen fertig werden. So kämpfte er sich immer näher heran, den Blick beständig auf den Feind gerichtet und dessen Drachen, der seine Kreise über der Ebene zog.

Ido hatte seine Soldaten am Boden fast vergessen. Hin und wieder spornte er sie an und gab ihnen kurze Anweisungen. Aber darüber hinaus beherrschte Deinoforo all seine Gedanken, und bald schon fühlte sich der Gnom allein auf dem Schlachtfeld, so wie früher, viele Jahre zuvor.

»He, Ido, deine Leute, verflucht!«, rief ihm jemand aus weiter Entfernung zu, aber er hörte ihn nicht.

Er hatte es satt, abzuwarten und sich mit dem lästigen Federvieh aufzuhalten. Er riss Vesa hoch, das Tier bäumte sich auf und schoss dann geradewegs auf den feindlichen Reiter zu. Ein erster Hieb als Warnung, wie auch beim ersten Mal, als ihre Wege sich kreuzten.

Deinoforo parierte und rief dem Angreifer zu: »Offenbar brennst du darauf, gegen mich zu kämpfen.«

Ido antwortete nicht. Ein eigenartiger Laut, einem Winseln ähnlich, drang unter Deinoforos Visier hervor. Er lachte.

»Mir soll's recht sein. Im Grunde bist du ein brauchbarer Gegner, trotz deiner Feigheit«, fügte er hinzu.

Sofort griff Ido wieder an. Deinoforo ließ sich nicht überraschen und parierte ohne Schwierigkeiten. So begann das Spiel der Klingen, während auch die Drachen versuchten, sich gegenseitig zu verletzen.

Ido war zornig, aber sehr konzentriert, und kein Hieb verfehlte sein Ziel. Ihm war, als könne er den Zweikampf von außen beobachten, und so fiel es ihm leicht, jede Bewegung des Gegners vorherzusehen. Sie waren sich ebenbürtig. Und sie kämpften auf ähnliche Weise, mit der gleichen eiskalten Ruhe bei jeder Parade.

Ohne Vorteil für die eine oder andere Seite trennten sie sich, die Drachen keuchten schwer von der Anstrengung.

»Genau genommen habe auch ich eine Rechnung mit dir offen«, rief Deinoforo. Seine Stimme klang leicht schnaufend. »Du hast meinen Herrn verraten und dich der Sache dieser erbärmlichen Würmer verschrieben.«

Ido lachte. »Was ich tat, nennt man nicht Verrat, sondern Einsicht, Heilung vom Wahnsinn.«

Und schon nahmen sie den Kampf wieder auf, fochten unverdrossen, präzise und fehlerlos wie zuvor. Der Rhythmus wurde schneller, und immer geschwinder kreuzten sich die

Klingen unter den schweren Regenwolken. Keinem der beiden gelang es jedoch, die Deckung des anderen zu durchbrechen: Jeder Hieb, jeder Stoß, egal von welcher Seite, wurde pariert.

Wieder trennten sie sich, und beim erneuten Angriff versuchte es Ido mit einer anderen Taktik. Er schoss auf den schwarzen Drachen los und feuerte Vesa an, sich in einer Pfote der feindlichen Bestie zu verbeißen. Auf diese Weise näher an seinen Gegner herangekommen, begann er, immer schneller zu attackieren.

Das Reiten jedoch war nun schwieriger geworden, und Ido hatte Mühe, sich im Sattel zu halten.

Verdammt! Wie schafft Nihal das in solchen Situationen?

Schließlich musste Vesa seine Beute loslassen, konnte dem schwarzen Drachen aber ein Stück Haut ausreißen.

»Schau mal, was du damit erreicht hast, Ido!«, rief ihm Deinoforo nach.

Und vor den Augen des Gnomen schloss sich die Wunde des Drachen.

Einige Augenblicke studierten sie einander mit keuchendem Atem. Sie waren erschöpft, und dabei war es noch keinem der beiden auch nur einmal gelungen, den anderen wirklich zu treffen. Ido spürte, dass seine Hände, die das Schwert hielten, zitterten.

Ich muss der Sache ein Ende machen.

Mit einem Schrei warf er sich auf den Feind, und so hob das Duell wieder an, mit der gleichen nervenaufreibenden Ausgewogenheit wie zuvor. Auch unterhalb der beiden Ritter wütete der Kampf immer heftiger, aber davon merkten sie nichts.

Langsam wurden die Paraden ungenauer, und der ein oder andere Hieb fand sein Ziel, aber keinem wollte es gelingen, den anderen zu verletzen. Wie in einem ewigen Tanz trennten sich die Drachen und kamen wieder zusammen. Da durchtrennte ein Hieb einen Riemen an Idos Rüstung, und der Gnom suchte Abstand.

»Machst du's wie beim letzten Mal?«, höhnte Deinoforo.

Ich muss die Sache beenden … ich bin erschöpft.

Ido betrachtete die Rüstung seines Feindes, die kein Stückchen Haut ungeschützt ließ: Es musste sich um einen magischen Harnisch handeln, wie auch Dola ihn getragen hatte. Gegen seine Gewohnheit, beschloss der Gnom, seine letzte Karte auszuspielen: seine Kraft. Er nahm das Schwert in beide Hände.

Wieder stürzte sich Deinoforo auf ihn, und Ido stellte sich ihm mit allen verbliebenen Kräften entgegen. Dort, wo sein Schwert die Rüstung traf, stoben seltsame Funken auf.

Mittlerweile waren beide erschöpft, und immer ungenauer wurden ihre Bewegungen. Da wagte Deinoforo einen Ausfall. Ido versuchte auszuweichen, doch sofort änderte das Schwert des Ritters seine Richtung.

Der Gnom sah, wie die Klinge auf ihn zukam, auf seinen Kopf, seine Augen. Unwillkürlich bewegte er noch sein Schwert zur Seite, gegen die Hand des Feindes.

Er sah einen Blitz, hörte einen unmenschlichen Schrei, und wurde noch gewahr, wie sein Schwert Muskeln, Knochen und Sehnen durchschnitt. Gleichzeitig spürte er einen entsetzlichen, unbeschreiblichen Schmerz am Kopf, der ihm den Atem nahm. So als habe die ganze Welt sich blutrot gefärbt, sah er nur noch Rot, und dann Schwarz, ein umfassendes schwarzes Nichts. Als er versuchte, die Augen zu öffnen, spürte er, wie er gepackt und in dieses Nichts hineingezogen wurde. Er erkannte gerade noch, wie eine rote Hand, noch ein Schwert umklammernd, hoch in die Luft flog und trudelnd abstürzte. Dann übermannte ihn der Schmerz, und er verlor die Besinnung.

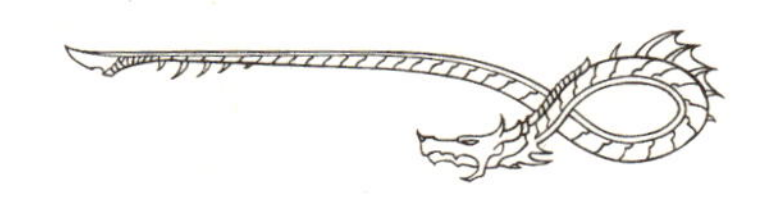

23

In Wasser und Finsternis

Noch bevor Nihal die Augen aufschlug, spürte sie, wie die Dunkelheit um sie herum in Mund und Kehle eindrang. Dann nahm sie ein Gewicht auf dem Unterleib wahr, und erst jetzt fragte sie sich, was geschehen war.

Als sie die Lider hob und sich umblickte, fand sie die Bestätigung: Dunkelheit. Ausgerechnet jetzt, da sie nach einem Monat Düsterkeit wieder ans Licht gelangt waren. Sie fasste auf ihren Bauch und spürte eine Hand; sie tastete weiter herum, bis sie eine zerzauste Mähne fand. Sennar.

»Sennar …«, rief sie mit sanfter Stimme. Sie rüttelte ihn. »Sennar …«

Sie spürte, wie er sich bewegte.

»Alles in Ordnung?«, fragte der Magier erschöpft.

»Ja, und bei dir?«

Sennar nahm die Hand von ihrem Bauch, und sie hörte seine Kleider in der Dunkelheit rascheln. »Ja, ich glaube, ich bin ganz heil«, sagte der Magier. »Hast du eine Ahnung, wo wir uns befinden könnten?«, fragte er nach einigen Augenblicken.

»Mach mal ein wenig Licht, dann wissen wir es.«

Sennar lehnte sich gegen die Felswand zurück. »Könntest du nicht auch mal ein bisschen zaubern? Der Lauf und der Flugzauber haben mich so viel Kraft gekostet …«

Nihal ließ ein zaghaftes bläuliches Feuerchen aufflammen. Es brannte in ihrer Hand, und ein zarter Lichtschein verbreitete sich im Umkreis von wenigen Ellen um sie herum. Sie befanden sich in einer Art Tunnel und waren wohl, nachdem sie eingebrochen waren, ein Stück hinuntergerutscht, denn um sie herum war lose Erde zu sehen. Der Gang war so eng und niedrig, dass sie wahrscheinlich nur kriechend hindurchkommen würden. Und er war kein Werk der Natur, denn an den Wänden waren die Spuren von Meißel und Spaten zu erkennen.

»Das kann nur ein Tunnel für die Wasserversorgung sein«, meinte Sennar.

»Aber man hört gar kein Wasser ...«

»Ido hat dieses Land vor zwanzig Jahren verlassen. Seitdem kann sich viel geändert haben, vielleicht führen einige Kanäle eben kein Wasser mehr.«

Nihal drehte sich zu Sennar um. Der Magier sah blass und erschöpft aus. »Wir sollten uns vielleicht heute erst mal hier ausruhen. Wenn wir uns ein wenig erholt haben, sehen wir weiter«, schlug sie vor, und der Magier stimmte zu.

Nihal schaffte es jedoch nur, einige Stunden liegen zu bleiben, und beschloss dann, die Umgebung zu erkunden. Sie überließ Sennar seinem Erholungsschlaf und stieg hinauf zu der Stelle, bei der sie eingebrochen waren. Es war nicht weit, denn sie waren nicht mehr als vielleicht zehn Ellen hinuntergerollt; an dieser Stelle schien der Stollen plötzlich steiler anzusteigen. Weiter oben erblickte sie das Loch, in das sie gefallen waren, und das Licht, das von dort einsickerte, blendete sie fast.

Einige Augenblicke starrte Nihal noch hinauf in das Licht, kehrte dann zurück zu der Stelle, wo Sennar noch schlief, und erkundete den Gang in die andere Richtung. Ein weites Stück drang sie vor, was nicht so einfach war, denn der Durchgang wurde immer enger. Aus Angst, sich zu verirren, hielt sie an der ersten Gabelung an und lauschte. Von fern war ein Geräusch zu hören, rhythmisch wie das Plätschern von Wasser im Zulauf eines Brunnens. Sie war erleichtert: Sie hatten tatsächlich die Kanäle gefunden.

Als Sennar aufwachte, fühlte er sich gestärkt, und obwohl Nihal zunächst protestierte, bestand er darauf, sich sogleich auf den Weg zu machen. Je eher sie sich aufrafften, desto früher würden sie die Sonne wiedersehen.

Anfangs mussten sie auf allen vieren vorwärtskriechen, und als sie an die erste Gabelung kamen, wählten sie den Stollen, der zu dem Geräusch des Wassers führte. Immer weiter und weiter drangen sie mühsam vor, und mit der Zeit kam zu der Anstrengung auch eine wachsende Sorge, weil sie einfach nicht auf Wasser stießen. Beständig hörten sie es ganz in der Nähe fließen und plätschern, und obwohl sie mittlerweile schon Stunden dem Geräusch folgten, war keine Spur davon zu entdecken. Die Wände waren trocken, und es hatte den Anschein, als wolle der Weg sie narren, indem er sie immer wieder nahe an das Ziel führte, um sich dann plötzlich mit einer Biegung wieder davon zu entfernen. Immer weiter folgten sie ihm, hinauf und hinunter; an einigen Stellen waren sie gezwungen, sich hinabzulassen, an anderen wiederum, ein Stück hinaufzuklettern. Doch alle Mühen waren umsonst. Den ganzen Tag über blieb das Wasser unerreichbar.

»Wir können doch nicht bis in alle Ewigkeit auf gut Glück hier herumkriechen. Würden wir doch wenigstens dieses verfluchte Wasser finden, dann könnten wir seinem Lauf folgen«, schimpfte Nihal, als sie sich zu einer Rast niedergesetzt hatten.

Erneut hatten sie ihr Zeitgefühl verloren. Wie im Land der Nacht wussten sie weder, ob es Morgen oder Abend war, noch, wie lange sie schon unterwegs waren.

Den ganzen nächsten Tag und auch den folgenden krochen sie auf diese Weise suchend durch die Gänge. Nihals magisches Feuer war zu schwach, um mehr als nur den unmittelbaren Bereich um sie herum zu erhellen, und so kamen sie sich in diesem System von Gängen, die alle gleich aussahen, immer verlorener vor.

Als sie sich an einer Stelle wieder nur kriechend fortbewegen konnten, griff Nihals Hand plötzlich ins Leere, und der

Magier hörte sie schreien, während sie in die Tiefe stürzte. Sogleich war er an der Stelle, wo sie abgestürzt war, beugte sich vor und grinste unwillkürlich, als er hörte, dass Nihals Sturz mit einem lauten Platschen endete. Endlich Wasser. Ohne zu zögern, sprang Sennar hinterher, und als er wieder auftauchte, war Nihal neben ihm und lachte.

Sie befanden sich in einer kreisrunden Halle, in der hoch das Wasser stand, abgesehen von einem kleinen trockenen Absatz an einer Seite, auf den einige Stufen hinaufführten. Durch eine Öffnung vielleicht dreißig Ellen über ihnen stürzte das Wasser in das große Becken, um von dort in fünf breite Kanäle, die sternförmig an den Wänden angeordnet waren, einzumünden. Nihal und Sennar kletterten auf den erhöhten Absatz, um sich auszuruhen.

Ihr Proviant ging zur Neige, und die Wurzeln, die sie noch im Land der Nacht gesammelt hatten, waren nass geworden. Sie aßen dennoch davon und versuchten, sich den Rest einzuteilen. An Wasser würde es ihnen hier unten gewiss nicht mangeln, doch die fehlende Verpflegung würde zum Problem werden.

Um herauszufinden, welchem der fünf Kanäle, die alle gleich aussahen, sie folgen mussten, hatte Nihal den Talisman befragt, jedoch nur sehr viel Wasser und eine Art Inselchen zu sehen bekommen. Auch die Richtungsangabe war nicht ganz klar, aber anscheinend Westen.

Um sich zu orientieren, holte Sennar den Dolch hervor, den er Nihal damals bei ihrer ersten Begegnung abgenommen hatte, und murmelte einen Zauberspruch. Und sogleich schoss aus der Klingenspitze ein Blitz, der nach Westen zeigte. Allerdings erhellte das Licht genau die Wand zwischen zwei Kanälen, sodass sie gezwungen waren, sich aufs Geratewohl für einen der beiden zu entscheiden.

Sie machten sich auf den Weg, und Sennar übernahm nun das magische Feuer. Nachdem er sich drei Tage lang aller Zauber enthalten hatte, war er wieder ganz bei Kräften, und mit der von ihm entzündeten Flamme konnten sie sehr viel genauer erkennen, was vor ihnen lag.

Zweifellos hatten sie es hier mit einem großartigen Bauwerk zu tun: ein System unzähliger größerer und kleinerer Kanäle, in denen sauberes, klares Wasser munter dahinfloss, und alle mit schmalen Laufstegen ausgestattet. Offenbar waren die Kanäle früher einmal sorgfältig instand gehalten worden, und diesem Zweck hatten wohl die Gänge gedient, in denen sie tagelang herumgeirrt waren. In regelmäßigen Abständen befanden sich große Hallen, einige davon geradezu majestätisch angelegt, hoch und mit Friesen und Flachreliefs verziert. Die größten verfügten noch dazu über Schächte, die nach draußen führten und Luft sowie Licht einließen, was Sennar und Nihal ein wenig die Beklemmung nahm.

Bei solch einer größeren Halle, wo ein Lichtstrahl das Dunkel durchdrang und für anmutiges Glitzern auf der klaren Wasseroberfläche sorgte, beschlossen sie zu rasten. Sie streckten sich auf der Freifläche aus und genossen das Licht.

Plötzlich sprang Nihal auf. »Ich hab Lust zu baden«, erklärte sie. »Schließ die Augen.«

Der Magier rührte sich nicht, betrachtete nur im Gegenlicht Nihals Gesicht.

»Hast du nicht gehört? Los!«, forderte sie ihn noch einmal auf, und Sennar bemerkte, dass eine leichte Röte ihre Wangen überzog.

Er lachte verlegen und nahm die Hände vor die Augen. Dann hörte er, wie sie sich auszog, ihren Umhang raschelnd von den Schultern gleiten ließ, die Riemen ihres ledernen Oberteils löste, ihre Beinkleider zu Boden fielen. Bei jedem Geräusch presste er die Hände fester vor das Gesicht. Der Abend nur wenige Tage zuvor fiel ihm ein, als sie zusammen Himbeeren gegessen hatten und er sie fast geküsst hätte. Er war verblüfft, als er ihre Schritte auf dem Felsen hörte, weil sie so leicht klangen, so anders als das Marschieren, das er von ihr gewohnt war. Die Schritte einer Frau.

Langsam, fast unwillkürlich spreizte er die Finger vor seinen Augen, doch eigentlich wollte er ihr gar nicht zusehen. Er hörte das Geräusch des Wassers, das von ihrem Körper durchschnitten wurde, um sich dann hinter ihr wieder zu schließen. Schließlich stand er auf und nahm die Hände herunter. Flink und elegant schwamm sie und wirkte noch schlanker, als er gedacht hatte. Es war das erste Mal, dass er sie so sah.

Schließlich erreichte sie den Wasserfall am Ende des Beckens, kletterte auf den Laufsteg und blieb lange unter dem prasselnden Wasser stehen. Sennars Blick fiel auf ihren Rücken, der bis zur Hälfte schwarz war.

»Was hast du denn da?«, rief er, bereute es aber sofort, sie gestört zu haben, denn Nihal drehte ruckartig den Kopf, und er bemerkte gerade noch, wie ihre Augen verärgert aufblitzten, bevor sie erneut in das Wasser eintauchte.

»Ich hatte dich doch gebeten, nicht zu gucken!«

Sennar legte wieder eine Hand vor die Augen.

»Jetzt ist es auch egal.«

Er hörte, wie sie sich wieder im Wasser bewegte, aber nicht mehr so unbefangen wie zuvor. »Ich wusste ja nicht, dass du draußen warst ..., wie sollte ich denn ahnen ...?« Er merkte, dass er errötet war, und hoffte, seine Hände würden sein Gesicht ausreichend verdecken.

»Jetzt kannst du auch gucken!«, rief Nihal.

Sennar nahm die Hand von den Augen. »Was hast du denn da auf dem Rücken?«, fragte er.

Nun war sie es, die den Blick abwandte. »Das sind Drachenflügel, eine Tätowierung.«

»Wann hast du das denn machen lassen?«

»Als ich zum Ritter geschlagen wurde ..., ist so eine Art Tradition. Fast jeder Drachenritter hat eine«, erklärte sie, während sie weiterschwamm. »Gefällt sie dir nicht?«

»Ich weiß nicht so recht«, sagte er. »Die Flügel sind so groß, die nehmen ja praktisch den ganzen Rücken ein.«

»Dreh dich um«, forderte ihn Nihal auf. So leichtfüßig,

wie sie in das Wasser gegangen war, kam sie nun heraus. »Als ich achtzehn wurde, habe ich mir zwei Dinge gegönnt: ein richtiges Kleid und diese Tätowierung. Jetzt kannst du gucken.«

Sennar öffnete die Augen und sah, dass sie sich in ihren Umhang gehüllt hatte. Aus dem dunklen Stoff schauten nur ihr Gesicht, die spitzen Ohren und die blauen Haare hervor.

So eingepackt streckte sie sich genau unter dem Lichtstrahl neben Sennar aus. »Habe ich dir nie erzählt, dass ich immer schon davon geträumt habe, einfach davonzufliegen?«, fragte sie ihn.

»Nein, aber ich hab's immer gewusst«, antwortete er.

Nihal wandte ihm das Gesicht zu. Sie lächelte: »Deswegen habe ich mir zwei Flügel stechen lassen. Es sind Drachenflügel, weil Oarf mein Gefährte ist und wir zusammengehören, und sie sind geschlossen, weil ich bisher noch nicht abgehoben habe. Eines Tages werde ich meinen Weg finden, und die Flügel auf meinem Rücken werden sich öffnen. Dann kann ich davonfliegen.«

Ohne dass er den genauen Grund hätte benennen können, stimmten Sennar diese Worte traurig.

»Laio haben sie gefallen, er meinte, sie passen zu mir«, fügte Nihal hinzu.

Die schmerzliche Erinnerung an den toten Freund überkam sie, und beide verstummten.

Die Erleichterung, endlich das Wasser gefunden zu haben, währte nicht lange. Sie hatten geglaubt, nun sei es einfacher, einer bestimmten Richtung zu folgen, aber das erwies sich als Irrtum. Dazu waren es zu viele Kanäle, die sich in einem dichten Netz immer wieder neu in den seltsamsten Winkeln schnitten und kreuzten.

Hatten sie einige Meilen zurückgelegt, gelangten sie zu einem Becken, liefen weiter und fanden sich bei einem anderen Sammelbecken wieder. Irgendwann wussten sie nicht mehr, ob sie sich im Kreis bewegten oder immer wieder zu neuen, ganz ähnlichen Orten kamen; es war, als beschreibe das Wasser nur Bögen und Schlingen und wolle nirgends wirklich hinführen.

Nihal versuchte es noch einmal mit dem Talisman, aber das Bild blieb seit dem ersten Tag unverändert: viel Wasser und eine Insel, etwas anderes konnte sie nicht erblicken. Hinzu kam, dass es immer wärmer wurde.

Anfangs schienen die Kanäle noch kühl und gut belüftet, aber bald schon wurde es immer stickiger und die Luftfeuchtigkeit unerträglich; sie konnten kaum atmen, und lange schon wanderten die beiden schweißgebadet durch diese stickige Düsternis.

Je weiter sie vordrangen, desto schlechter wurde der Zustand der Laufstege, sodass sie streckenweise durch das knietiefe Wasser waten mussten. Manchmal hatten sie dabei Glück, und das Wasser floss träge dahin, manchmal aber gerieten sie auch in eine starke Strömung und mussten an der glitschigen Felswand Halt suchen, um nicht fortgerissen zu werden.

In den Kanälen, die sie am vierten Tag erkundeten, fielen ihnen die Zeichen des Verfalls sofort auf. Sehr viele Laufstege waren zerstört, an manchen Stellen war das Gewölbe eingebrochen, und die Trümmer versperrten den Weg, die Ornamente der größeren Hallen waren von Schimmel zerfressen.

Mehr noch als Sennar war Nihal der Situation überdrüssig. Das Halbdunkel schlug ihr aufs Gemüt, Feuchtigkeit und Wärme nahmen ihr den Atem, und zudem wurde sie immer mutloser, denn mittlerweile stand fest: Sie hatten sich verirrt. Orientierungslos wanderten sie umher, und die Halbelfe hatte längst das Gefühl, dass sie den langen Weg, der hinter ihnen lag, vergeblich zurückgelegt hatten.

»So kann das nicht weitergehen«, sagte sie eines Abends. Seit mittlerweile zehn Tagen waren sie dort unten eingeschlossen, und ihre Nahrungsvorräte waren aufgebraucht. Die letzte Wurzel hatten sie gerade geteilt. »Es ist doch offensichtlich, dass wir dem Heiligtum hier unten nicht näher kommen. Wir müssen einen Weg hinaus finden, und sollte er auch geradewegs in den Rachen des Feindes führen.«

Sennar nickte nicht sehr überzeugt.

»Ich weiß«, fügte Nihal hinzu, als sie seinen Gesichtsausdruck sah, »auch das wird nicht leicht werden. Aber schließlich ist das hier doch ein Leitungssystem, das heißt, das Wasser muss auch irgendwohin geleitet werden. Mit ein wenig Glück werden wir schon einen Weg hinaus finden.«

So setzten sie ohne Nahrung und in dieser erstickenden Hitze eine Wanderung fort, die einfach kein Ende nehmen wollte. Hin und wieder bebte der Boden unter ihren Füßen, und sie hörten Donnern und Grollen, so als stimme die Erde ein Klagelied an.

»Wir sind eben im Land der Vulkane. Mehr als hundert soll es hier geben, hat Ido gesagt. Das Donnern wird schon normal sein«, bemerkte Sennar, als wieder einmal die Erde bebte.

Nihal nickte zerstreut, wenig überzeugt von dieser Erklärung.

Während sie einmal auf allen vieren durch einen besonders schmalen Durchgang krochen, wurden sie auf etwas aufmerksam, das ihnen seltsam vorkam. »Bleib du hier«, sagte Sennar.

Er ließ ihr nicht die Zeit, etwas einzuwenden, und bewegte sich langsam durch das Wasser auf diesen Gegenstand zu. Es schien ein großes Bündel zu sein, verströmte aber einen unerträglichen Geruch nach Verwesung.

»Das wird doch nicht …«, Sennar legte eine Hand auf den Mund.

Im Wasser lag die Leiche eines Mannes. Seinem Zustand und dem Gestank nach zu urteilen, musste er schon einige Tage tot sein. Bis auf ein raues Leinengewand hatte man ihn vollständig entkleidet.

Nihal wich ein paar Schritte zurück und machte Anstalten, ihr Schwert zu ziehen, doch in dem Kanal war es zu eng, als dass sie es dort hätte führen können. So verharrten sie schweigend und lauschten auf mögliche Geräusche, hörten aber nichts weiter als das Plätschern des Wassers.

»Ob das ein Freund war oder ein Feind?«, fragte Sennar.

»Ich hab nicht die leiseste Ahnung ... Man hat ihm ja auch alle Waffen abgenommen.«

So leise wie nur möglich drangen sie weiter vor, wussten dabei aber, dass dies nicht genügen würde, um sie vor einem Feind zu schützen, der ihnen irgendwo im Dunkeln auflauerte. Wer auch immer den Mann getötet hatte, er musste sich in den Kanälen gut auskennen und beobachtete sie vielleicht schon, um im passenden Augenblick über sie herzufallen.

Bei der einen Leiche, die sie im Wasser gefunden hatten, blieb es nicht. Am selben Tag fanden sie an einer anderen Stelle weitere Tote, und als sie zum oberen Zufluss eines Sammelbeckens gelangten, sahen sie unten auf der Wasseroberfläche vielleicht zwanzig Leichen treiben. Den meisten hatte man, wie dem Mann im Kanal, die Waffen abgenommen, andere umklammerten noch ihre Schwerter, wieder andere trugen leichte Brustpanzer. Anscheinend hatte ein Kampf stattgefunden.

Stumm standen Nihal und Sennar da und betrachteten die Szene, als die Halbelfe plötzlich die Stille durchbrach. Wütend zog sie das Schwert und schlug gegen den Felsen. »Wer ist da? Kommt raus! Wenn ihr uns töten wollt, müsst ihr schon rauskommen!«, rief sie aus voller Kehle. Dabei verlor sie das Gleichgewicht, fiel ins Wasser und wurde von der Strömung mitgezogen.

Sennar stürzte ihr nach und konnte sie gerade noch an einem Arm packen, bevor sie zu der Stelle gespült wurde, wo sich das Wasser aus beträchtlicher Höhe in das Becken ergoss. Er zog sie wieder auf den Steg hinauf, lehnte sie gegen die Wand und blickte sie ernst an.

»Nicht die Nerven verlieren, Nihal. Schreien bringt doch nichts!«

Nihals Atem beruhigte sich, und sie gab sich Sennars Umarmung hin. »So kann das doch nicht weitergehen ...«

»Wir sind bloß erschöpft«, sagte der Magier, »es wird schon alles gut.«

Doch Nihal wusste, dass dies nur eine barmherzige Lüge war.

Sie erreichten eine weitere Halle und ruhten sich auf dem Felsabsatz aus. Er war schmal, und sie hatten kaum Platz nebeneinander.

»Am besten schläfst du dich mal aus. Ich übernehme die Wache«, bot Sennar an.

»Als wenn das so leicht wäre ..., zu schlafen, wenn man sich von unzähligen Augen beobachtet fühlt, die nur auf eine kleine Unaufmerksamkeit warten, um über einen herzufallen. Ganz zu schweigen vom Hunger, der Hitze und dieser unerträglichen Dunkelheit«, erwiderte Nihal.

»Glaub mir, ich bin auch am Ende. Aber wir dürfen nicht den Kopf verlieren. Ich bitte dich, versuch doch, ein wenig zu schlafen«, antwortete Sennar. Sein bestimmter Ton konnte die Halbelfe schließlich überzeugen.

Nihal kauerte sich neben ihm zusammen und legte den Kopf auf seine Schulter. So saß Sennar da und hielt allein die Augen offen. Die Flamme erhellte einen Bereich von einigen Ellen um ihn herum, und dahinter verloren sich die Umrisse in der Dunkelheit. Das Wasser vor ihm war schwarz wie Pech. Die Sinne des Magiers waren angespannt, wach. Angestrengt starrte er in die Finsternis, um jedes Anzeichen von Feinden zu erkennen, doch nichts rührte sich. Irgendwann ging ihm das rhythmische, unablässige Geräusch des Wassers auf die Nerven; es war, als wolle es ihn hypnotisieren, während er doch wach und ganz bei sich bleiben musste.

Dann allmählich kam ihm das Geräusch nicht mehr so rhythmisch und gleichförmig vor. Wie Stimmen in einem Chor mischten sich andere Klänge in das Plätschern. Es waren verschiedenste, unvermittelte Geräusche. Sennar lauschte, kam aber nicht dahinter, was es war, und sagte sich irgendwann, dass sie nur seiner Fantasie entsprungen sein konnten. Eine andere Erklärung gab es nicht. Er versuchte, sich abzulenken und an etwas anderes zu denken. Doch es war nichts zu machen: Die Geräusche wollten nicht verschwinden.

Dann war ihm, als höre er Stimmen, aber keine Worte, sondern nur undeutliche Laute, unterdrücktes, hämisches Gelächter. Man lachte über ihn, den jungen Magier, der da verschreckt und bis auf die Haut durchnässt allein in der Finsternis saß. Dann wurden die Stimmen deutlicher, und Schrittgeräusche gesellten sich hinzu. Schlurfen auf feuchtem Fels. Ein, zwei, drei, hundert Schritte, tausend Männer. Nein, da war niemand.

Das ist alles Einbildung. Bleib ruhig.

Da erglomm plötzlich ein schwacher Lichtschein, und Sennar rieb sich die Augen. Hatte er den wirklich gesehen? Nun war wieder alles dunkel. Er legte den Kopf gegen die Felswand zurück und schloss die Augen. Wieder Schrittgeräusche. Er hob die Lider und sah es ganz deutlich: ein starkes Licht, ein heller Punkt in der Dunkelheit. Er sprang auf.

»Was ist los?«, fragte Nihal im Halbschlaf.

»Da ist jemand«, flüsterte Sennar. Seine Hand leuchtete auf, um sofort mit einem Zauber reagieren zu können.

Nihal erhob sich und tastete nach ihrem Schwert, kam aber nicht mehr dazu, es zu ziehen. Sie spürte, wie eine Hand ihren Arm ergriff und umdrehte. Bevor sie zu Boden ging, sah sie Sennar vor sich: Ein Mann hatte ihn von hinten gepackt und hielt ihm ein langes Messer an die Kehle. Plötzlich war um sie herum alles hell. Nihals Gesicht wurde zu Boden gedrückt, aber sie nahm noch den Schein unzähliger Fackeln wahr.

»Schau mal einer an, wir haben Gäste hier unten«, sagte eine Stimme.

Nihal versuchte, sich freizumachen. Aber ein Schlag traf sie am Kopf, und ihr wurde schwarz vor Augen.

Sennar leistete zäheren Widerstand. Er sandte einen Zauber aus und konnte damit den Mann mit dem Messer außer Gefecht setzen. Dann suchte er sein Heil in der Flucht, wurde aber umzingelt und erhielt einen mächtigen Schlag gegen die Beine. Er ging zu Boden, und der Schmerz nahm ihm den Atem. Hunger und Anstrengung hatten ihn zu sehr geschwächt, um sich weiter wehren zu können. Sein letzter Zauber war sein Schwanengesang.

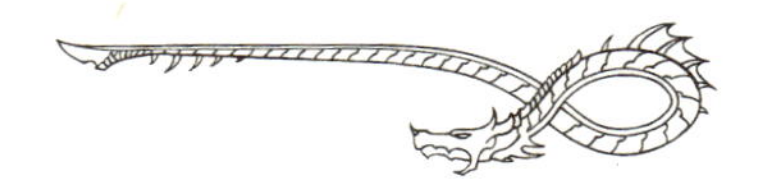

24

Das Auge

Als Ido wieder zu sich kam, war er von tiefer Finsternis umgeben. Er fühlte sich schwach, und ihm war, als habe sich ein Nagel in seinen Kopf gebohrt. Als er sich zu bewegen versuchte, waren seine Arme zu schwer, und er schaffte es nur, einen Finger zu heben. Dann hörte er ein Rascheln, und jemand trat an ihn heran.

»Wo bin ich?«, raunte er.

»In Dama, im Land des Meeres.«

Die Stimme kam ihm bekannt vor, er konnte sie im Augenblick aber nicht zuordnen.

»Wer bist du? Ich kann dich nicht sehen …«

»Ich bin Soana«, antwortete die Stimme.

Ido war verwirrt. Das Letzte, woran er sich erinnerte, war die Schlacht im Land des Wassers, und er konnte sich nicht erklären, wie er in das Land des Meeres gekommen war. Soana schien seine Ratlosigkeit zu spüren, denn sie sprach nun weiter.

»Am zweiten Tag der Schlacht wurdest du verwundet und warst seitdem nicht bei Bewusstsein. Das Land des Wassers ist fast ganz verloren, und das Heer hat sich hierher geflüchtet.«

»Verloren?«

Soana antwortete nicht.

Es war eigentlich kein Wunder. Alle wussten, dass diese Offensive im Grunde eine Verzweiflungstat war. Und dann noch der Tod König Gallas …

»Wie lange habe ich geschlafen?«

»Vier Tage.«

Ein leichtes Schwindelgefühl erfasste Ido. Er musste übel zugerichtet sein, denn dass er vier Tage nicht bei Bewusstsein war, passierte ihm zum ersten Mal. »Was ist das für eine Wunde …?« Er brach ab, das Reden strengte ihn an.

»Eine Kopfwunde. Deshalb kannst du auch nichts sehen. Du trägst einen Verband bis über die Augen. Aber vielleicht sollten wir nicht so viel reden. Ruh dich lieber aus.«

Ido hätte gern geantwortet, er habe sich nun lange genug ausgeruht, es sei an der Zeit, klarer zu sehen, und mit all den Fragen im Kopf könne er ohnehin nicht schlafen, aber bevor er diese Gedanken formulieren konnte, versank er schon wieder in einem traumlosen Schlaf.

Als er am folgenden Morgen aufwachte, fühlte er sich entschieden besser. Er versuchte, die Augen zu öffnen, aber das fiel ihm eigenartig schwer. Schließlich gelang es ihm, die Lider anzuheben, und plötzlich schien alles um ihn herum unglaublich hell.

Wieder stand Soana an seinem Lager.

Die Magierin lächelte ihn an. »Wie geht's heute?«

»Besser, denke ich.«

Ido versuchte, sich hochzuziehen, und mit einiger Mühe gelang ihm das auch. Soana richtete ihm ein Kissen hinter dem Rücken.

Vorsichtig betastete der Gnom seinen Kopf. Er spürte einen breiten Verband, der auch sein linkes Auge verdeckte. Er machte Anstalten, ihn ein wenig zur Seite zu schieben, doch Soana ergriff seine Hand und legte sie auf die Decke.

»Dazu ist es noch zu früh.«

Ido gehorchte, während ihm unzählige Fragen durch den Kopf gingen. Heute konnte er sich bereits an mehr Einzelheiten erinnern, vor allem an den Zweikampf gegen Deinoforo, wusste aber nicht mehr, wie er ausgegangen war.

»Ich hab dich einiges zu fragen«, begann er.

Soana verzog leicht die Miene, lächelte dann wieder und sagte: »Dann frag nur.«

»Um gleich mit der Tür ins Haus zu fallen: Was zum Teufel ist mir eigentlich passiert?«

»Deinoforo hat dich erwischt.«

Schon wieder, verflucht noch eins ...

»Musstet ihr mich vor ihm retten?«, fragte er düster.

Soana schüttelte den Kopf. »Du hast ihm die rechte Hand abgeschlagen. Er ist geflohen, und dich hat Vesa zur Erde hinuntergebracht, da warst du aber bereits bewusstlos.«

Der Gnom lächelte. Dann hatte er sich also immerhin ein Stück von dem Bastard geholt. Und dann noch die rechte Hand ... seine Kampfhand.

»Und was ist mit meinen jungen Soldaten geschehen?«, fragte er weiter.

Soana schaute ihn betrübt an. »Ido, das ist nicht so einfach. Das solltest du dir von jemandem erzählen lassen, der da genauer Bescheid weiß ... Außerdem bist du noch sehr erschöpft, wenn du wieder bei Kräften bist, wirst du auf alle Fragen eine Antwort erhalten.«

»Was ist mit meinen Leuten?«, ließ Ido nicht locker. Soanas Zurückhaltung begann ihm Sorgen zu machen. Noch nicht einmal über seine Verwundung hatte sie ihm Genaueres gesagt.

»Nelgar wird dir alles berichten, wenn er dich besuchen kommt«, fügte die Magierin hinzu, verabschiedete sich und ließ Ido mit seinen Fragen allein.

Am Abend kam Nelgar vorbei. Er zeigte sich sehr bemüht, fragte nach Idos Befinden, ob er richtig gegessen habe und einen Haufen unwichtiger Dinge mehr.

»Ich habe eine ganze Reihe von Fragen«, kam Ido gleich zur Sache.

Ähnlich wie Soana setzte auch Nelgar bei diesen Worten eine Miene auf, die nichts Gutes verhieß.

»Mach nicht so ein Gesicht! Ich bin ja wohl erwachsen genug, um die Wahrheit zu erfahren. Zunächst einmal, was ist mit meinen Leuten?«

»Von den Jungen aus der Akademie sind noch dreißig am Leben.«

Ido meinte, sein Herz bliebe stehen. »Was? Und von den Veteranen unter meinem Kommando?«

»Vielleicht fünfzig.«

»Das ist unmöglich ...«

Nelgar seufzte. »Du hast ja keine Ahnung, was das für eine entsetzliche Schlacht war ... Zunächst warst du plötzlich fort, weil du mit Deinoforo beschäftigt warst, dann wurdest du verletzt ...«

»Erzähl der Reihe nach«, unterbrach Ido ihn mit schwacher Stimme.

»Nun, während ihr beide, du und Deinoforo, euren Zweikampf austrugt, trafen zwei weitere Ritter auf schwarzen Drachen ein, zwei identische Wesen, die als Paar kämpften. Und damit nahm unser Untergang seinen Lauf. Gewiss, du hast Deinoforo unschädlich gemacht, er wurde nicht mehr gesehen, nachdem du ihm eine Hand abschlugst, aber auch du warst außer Gefecht gesetzt, und deine Truppe befand sich in Auflösung. Man ließ uns nicht zu Atem kommen. Die Schlacht wütete die ganze Nacht und zog sich bis zum anderen Morgen hin.«

Nelgar zögerte und stieß einen tiefen Seufzer aus, bevor er fortfuhr. »Im Morgengrauen des dritten Tages starb Mavern durch die Hand dieser beiden Ritter, und damit war klar, dass wir es nicht schaffen würden. Nach deiner Verwundung hatte er ja auch das Kommando über deine Leute übernommen. Von diesem Zeitpunkt an sind viele deiner jungen Krieger gefallen. Schließlich blieb uns keine andere Wahl, als zum Rückzug zu blasen ..., das heißt, es war mehr eine Flucht als ein Rückzug. Allein die Unterstützung von Truppen aus dem Land des Meeres konnte verhindern, dass das Heer des Tyrannen bis zur Grenze vorstieß. Ein Teil des Gebietes im Nordosten ist noch frei, aber sonst ist das Land des Wassers verloren gegangen.«

Ido blickte auf sein weißes Betttuch. Was hatte er anderes erwartet? Im Grunde hatte er doch immer gewusst, dass die Offensive scheitern würde. Aber das war natürlich kein Trost. Er dachte an all die Gefallenen der letzten drei Tage, an Galla, wie er sich im Todeskampf wand, an Maverns traurige Miene; dann hatte er wieder die jungen Gesichter seiner Schüler aus der Akademie vor Augen, wie sie voll Bewunderung zu ihm aufgeblickt hatten vor der ersten Schlacht. Tot. Fast alle tot. Er riss sich aus seinen Gedanken.

»Und nun?«, fragte er.

»Jetzt lecken wir uns die Wunden. Wahrscheinlich verstärken wir unsere Truppen im noch freien Gebiet des Landes des Wassers, auch mit Einheiten aus Zalenia, doch die Lage ist natürlich verzweifelt. Wir können nur warten und unsere Haut so teuer wie möglich verkaufen. Unsere letzte Hoffnung ruht jetzt auf Nihal und ihrer Mission, aber ich weiß nicht, ob wir durchhalten werden bis zu ihrer Rückkehr.«

Ido fühlte sich traurig und müde, wie ein alter Mann, auf dessen Seele der Schmerz eines ganzen Lebens lastet. Er wechselte das Thema. »Keiner will mir genau sagen, was ich für eine Verwundung davongetragen habe.«

Erneut seufzte Nelgar und erklärte dann in einem Atemzug: »Deinoforo hat dir ein Auge ausgerissen. Und dabei hattest du noch Glück, dass dir die Klinge nicht den Schädel durchbohrt hat. Zwei Tage hing dein Leben an einem seidenen Fädchen; Soana hat dir sehr geholfen.«

Ido erinnerte sich: der höllische Schmerz, dann das Rot überall. »Was meinst du mit ›ausgerissen‹?«

»Nun, dass nicht mehr viel übrig war von deinem linken Auge, als wir dich fanden. Es musste dir entfernt werden. Jetzt hast du nur noch das rechte.«

Ein lähmendes Schweigen machte sich im Raum breit. Ido war unfähig, etwas zu sagen oder auch nur zu denken. Er legte eine Hand an das linke Auge und fühlte keinerlei Wölbung unter dem Verband. Das Auge war einfach nicht mehr da.

»Es tut mir leid für dich«, murmelte Nelgar mit gesenktem Kopf.

Einige Tage vergingen. Fast ständig wachte Soana an Idos Lager, bis es der Gnom irgendwann leid war, den ganzen Tag das Bett zu hüten. Zwar fühlte er sich schwach, doch den Kranken zu spielen, hatte ihm noch nie gefallen. So gedachte er, den Heilungsverlauf etwas zu beschleunigen, obwohl ihn die Magierin davon abzuhalten versuchte.

»Wenn du dir keine Zeit lässt, erreichst du nur das Gegenteil.«

»Ich fühle mich aber gut und habe keine Lust, wie ein Invalide auf der Pritsche zu versauern.«

Schließlich konnte sich die Dickköpfigkeit des Gnomen durchsetzen. Er stand auf, machte sich fertig und ging hinaus.

Wie er feststellte, befand er sich in keinem richtigen Militärlager. Dama war ein ganz normales Dorf, das man zu einem Stützpunkt gemacht hatte. Er sah ein Hin und Her von Menschen und Karren, auf denen Nachschub transportiert wurde, doch offensichtlich war hier der Krieg noch weiter entfernt. Nelgar war wieder zur Front aufgebrochen, und die Soldaten im Dorf waren fast ausschließlich Verwundete wie er. Ido kam sich wie in einem Lazarett vor. Er sah Männer, denen ein Arm oder ein Bein fehlte, die an Kopf oder Brust verwundet waren, und viele blickten auch ihn mitleidig an.

Ich hab doch noch beide Arme und beide Beine. Was ist dagegen schon der Verlust eines Auges?, sagte er sich, den mitleidigen Blicken ausweichend.

Dabei wurde ihm selbst allmählich klar, dass er sich etwas vormachte. Mit nur einem Auge betrachtet, war die Welt eine völlig andere. Die Sonne, der Wald, die Zelte und die Verwundeten, alles erschien so irreal. Eine neue Wirklichkeit, die Ido aber nicht akzeptieren wollte. Wenn ihm Gegenstände entglitten, weil er die Entfernung nicht richtig einschätzte und er sie erst beim zweiten oder dritten Versuch greifen konnte, sagte er sich: *Das geht vorüber. Halb so schlimm. Man muss sich nur daran gewöhnen.*

Aber die Welt kam ihm auch kleiner vor, so als habe sie sich plötzlich um ihn herum zusammengezogen. Immer geschah irgendetwas außerhalb seines Gesichtsfeldes, und es kam häufig vor, dass er beim Gehen irgendwo anstieß. Obwohl er versuchte, dem keine Bedeutung beizumessen, ärgerte ihn diese Ungeschicklichkeit.

Es dauerte einige Zeit, bis er den Mut fand, sich im Spiegel anzuschauen. Zwar wurde sein Verband häufig gewechselt, doch sein neues Gesicht hatte Ido bislang noch nicht gesehen.

Eines Abends beschloss er, dass nun der Moment gekommen sei.

Ganz behutsam löste er den Verband, weil die Wunde immer noch schmerzte. Ja, ihm war sogar, als spüre er noch das linke Auge, nahm es als eine Art Nagel wahr, der in seinem Kopf steckte. Das hatte er schon häufiger gehört: Auch Amputierte spürten weiterhin ihr verlorenes Bein. Ido hätte nicht gedacht, dass es sich bei einem Auge genauso verhalten könnte, und in gewissem Sinn nahm er erst jetzt, da er es verloren hatte, sein linkes Auge richtig wahr.

Als er den Verband vollständig gelöst hatte, nahm er den Spiegel zur Hand, den er sich von Soana hatte bringen lassen. Er sah eine rötliche Narbe, die sich über sein halbes Gesicht zog, die schwarzen Punkte um das Augenlid herum, das geronnene Blut unter der Braue.

Er wusste nicht, wie er mit diesem neuen Bild seiner selbst umgehen, wusste nicht, was er fühlen sollte. Düstere Gedanken, bislang erfolgreich an den Rand des Bewusstseins verdrängt, begannen ihn zu bedrücken.

Jetzt wird alles anders. Du wirst das Schwert nie mehr so wie früher führen können. Du siehst nur noch die Hälfte, und aus der verdeckten Hälfte könnte der Feind hervortreten. Du wirst nie mehr der Krieger früherer Tage sein.

Als er eines Tages wieder mal durch das Dorf streifte, sah er ein bekanntes Gesicht, einen Jungen, der sich auf einer Krücke dahinschleppte. Der Gnom erinnerte sich gut an ihn. Es war Caver, der Schüler, der sich in der letzten Auswahlphase in der Akademie im Zweikampf so gut gegen ihn geschlagen hatte. Der Gnom hatte sich nicht in ihm getäuscht: Auch in der Schlacht hatte der Junge Mut und Tapferkeit bewiesen.

Ido rief seinen Namen und trat auf ihn zu.

»Wie schön, Euch zu sehen, Herr!« Caver lächelte.

Sie suchten sich einen ruhigen Ort, um sich ein wenig zu unterhalten. Zunächst jedoch schwiegen sie eine ganze Weile, so als hätten sie sich nicht viel zu sagen.

»Wie bist du verwundet worden?«, begann Ido dann.

»Das war am zweiten Tag, Herr, während Ihr mit Deinoforo beschäftigt wart. Ohne Eure Kommandos war unsere Truppe eine Zeit lang stark verunsichert, und in dieser Situation geschah es, dass mich ein Fammin erwischte.« Er lächelte traurig.

Ido dachte an jenen Tag zurück. Er hatte sich auf Deinoforo gestürzt und darüber alles andere vergessen, so als sei er ganz allein auf dem Schlachtfeld. Ein Verhalten, das er aus früheren Zeiten von sich kannte, ihn heute aber eigentlich anwiderte. Er schämte sich. »Ich habe mich hinreißen lassen …«, gestand er mit gesenktem Kopf.

»Ihr wart fantastisch!«, erwiderte der Junge. »Schade, dass ich nicht gesehen habe, wie Ihr ihm die Hand abschlugt, aber wie ich hörte, muss es ein unglaublicher Kampf gewesen sein. Ihr habt unseren gefährlichsten Feind ausgeschaltet. Nach seiner Verwundung war nichts mehr von ihm zu sehen.«

Dann bat Caver seinen Lehrer, ihm von dem Zweikampf zu erzählen, was der Gnom auch tat. Dabei freute er sich an den bewundernden Blicken seines Zuhörers, fühlte sich gleichzeitig jedoch auch unbehaglich. Ihm anvertraute Soldaten waren gefallen, und er war nicht bei ihnen gewesen, hatte sie sich selbst überlassen, um seinen persönlichen Kampf zu führen. Ein unmögliches Verhalten.

»Und was wirst du nun tun?«, fragte Ido schließlich.

Caver zuckte mit den Achseln. »Ich glaube nicht, dass ich noch einmal in den Krieg zurückwill. Dort habe ich Dinge gesehen, die ich mir niemals vorgestellt hätte. Ich kann weit und breit kein Ideal erkennen, für das es sich lohnen würde, noch einmal solch einem Grauen beizuwohnen. Außerdem wurde mir gesagt, dass mein Bein nie mehr ganz in Ordnung kommen wird. Ich werde wohl nach Hause zurückkehren, aber es wird nicht einfach sein, mein früheres Leben wieder aufzunehmen. Zu viele meiner Kameraden habe ich sterben sehen.«

Ja, diesen Schmerz kannte Ido nur allzu gut. In den letzten vierzig Jahren hatte er fast alle verloren, an denen ihm etwas lag. Nur Nihal war ihm noch geblieben.

Sie verabschiedeten sich voneinander, während eine blasse Sonne am Horizont unterging. Auf dem Weg in seine Unterkunft fühlte sich Ido wie ein Veteran. Es schien alles verändert seit seinem Zweikampf mit Deinoforo. Vielleicht ging eine Epoche zu Ende. Oder musste er nur selbst einen neuen Anfang finden?

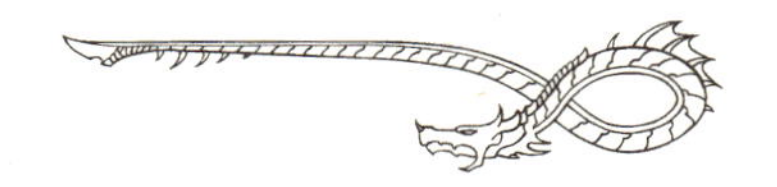

25

Wer nie zu kämpfen aufgab

»Verdammt!«, fluchte sie.

Als Nihal wieder zu sich gekommen war, waren ihre Hände mit schmierigen Stricken gebunden, und ihr Kopf schmerzte entsetzlich. Sie und Sennar waren eingesperrt in einem stinkenden Loch, lagen gefesselt auf einem feuchten Felsboden. Da hatte die Halbelfe plötzlich gespürt, dass etwas nicht stimmte, so als habe sich plötzlich ein Fehler in ein gewohntes Bild eingeschlichen. Sie hatte an sich heruntergeblickt: Ihr Schwert, man hatte ihr das Schwert abgenommen.

Seit sie es von Livon zum Geschenk erhalten hatte, war ihr das noch nie passiert. Nun aber wurde es von irgendeinem Fremden betastet, einem Feind, der es vielleicht schon in Besitz genommen und sich an die Seite gebunden hatte. Allein schon der Gedanke war ihr unerträglich. Dies war nicht einfach nur ihr Schwert, sondern alles, was ihr von Livon geblieben war.

»Verdammt!«, fluchte sie jetzt noch einmal.

»Es ist einzig meine Schuld«, stöhnte Sennar, »eine halbe Stunde habe ich dagesessen und mir immer wieder gesagt, dass ich mir diese Schritte bestimmt bloß einbilde. Hätte ich besser Wache gehalten, wären wir jetzt nicht hier.«

Doch Sennars Selbstvorwürfe waren Nihal auch kein Trost.

Wenigstens hatte man ihr das Amulett gelassen; sie spürte die Kälte des Metalls an ihrem Busen unter dem Oberteil. »Wem sind wir wohl in die Hände gefallen?«

»Das weiß ich auch nicht«, antwortete Sennar. »Jedenfalls befinden wir uns noch bei den Kanälen, und ich wüsste nicht, wieso die Schergen des Tyrannen hier unten Posten beziehen sollten.«

Aber das war auch nicht mehr wichtig. Wer auch immer sie überrumpelt haben mochte, jetzt waren sie deren Gefangene. Ende der Mission. Hin und wieder mühte sich Nihal, die Knoten zu lockern, die ihr in Hände und Füße schnitten, aber ohne Erfolg. Sie waren fachkundig verschnürt worden, und die Halbelfe hatte keine Kraft mehr. Der Hunger begann schon ihren Blick zu verschleiern, und die unerträgliche Hitze verschlug ihr den Atem.

Nach einigen Stunden öffnete sich die Tür ihrer Zelle, und blendendes Licht fiel ein. So konnten sie nichts Genaues erkennen, hörten aber Stimmen.

»Wir haben sie hier unten eingesperrt.«

»Ich seh's.«

Es war eine Frauenstimme, die Sennar irgendwie bekannt vorkam.

»Er ist wohl Magier, aber ziemlich übel zugerichtet, und sie eine Art Kriegerin, glaube ich.«

»Hol sie raus, ich habe keine Lust, mich in dieses Loch zu zwängen.«

Zwei starke Arme packten Sennar und stießen ihn unsanft über die Schwelle. Das Gleiche musste sich Nihal gefallen lassen.

»Schauen wir doch mal, wen wir hier haben«, sagte die Frauenstimme – und verstummte. »Das ist doch nicht möglich …«

Sennar hob den Blick und konnte jetzt die Person erkennen, die da sprach. »Du …?«

Aires warf sich ihm an den Hals. »Sennar!«

Nihal verstand gar nichts mehr, störte sich aber daran, mit welcher Inbrunst diese fremde Frau Sennar an sich drückte.

Lange lagen sie sich so in den Armen, und als sie sich voneinander lösten, lachten beide, dass ihnen die Tränen kamen. Aires konnte den Blick nicht von ihm abwenden und wiederholte unablässig: »Das ist doch nicht möglich … Aber du bist es tatsächlich, Sennar!«

Nihals Augen hatten sich an das Licht gewöhnt, sodass sie die Frau jetzt gut erkennen konnte. Sie war wunderschön mit ihrem langen, glänzend schwarzen Haar und den großen, braunen Augen, die durchdringend blickten. Obwohl sie wie ein Mann gekleidet war, fiel ihre üppige Weiblichkeit sofort auf. Eine Frau, eine richtige Frau. Wo mochte Sennar sie kennengelernt haben? Und warum waren sie sich so vertraut? Diese Fremde schien Sennar mit den Augen verschlingen zu wollen, und er antwortete mit der gleichen Hingabe. Nihals Verärgerung wuchs.

Erst jetzt, nach der stürmischen Begrüßung, forderte Aires ihre Leute auf, die beiden loszubinden. Als sie sah, dass sich Sennar nur mühsam auf den Beinen halten konnte, fragte sie, was geschehen sei. Ohne seine Antwort abzuwarten, hob sie sein Gewand an und blickte auf den großen Blutfleck, der sich, auf Höhe des Knies, auf seiner Hose abzeichnete.

»Meine Männer sind wenig zimperlich …«, erklärte sie. »Ich werde dich verbinden lassen.« Dann musterte sie ihn noch einmal von Kopf bis Fuß und nahm sein Gesicht zwischen die Hände. »Du siehst aus, als hättest du schon eine ganze Weile nichts mehr gegessen.«

»In der Tat …« Sennar nickte.

»Dann sehen wir mal, ob wir was zu essen für euch finden«, erklärte Aires und führte sie mit sich fort.

Nihal hatte Gelegenheit, sich umzublicken. Sie befanden sich noch in dem Kanalsystem und standen jetzt in einer der großen Hallen. In den Wänden waren Nischen, die mit Brüstungen versehen und wie Hütten eingerichtet waren. In den vielleicht dreißig Unterkünften wohnten Menschen, hauptsächlich aber Gnomen, die die Gefangenen jetzt neugierig beobachteten. Nihal fragte sich, wo sie gelandet waren.

Auf dem ganzen Weg dorthin hatten Sennar und diese Frau unaufhörlich miteinander getuschelt. Aires führte die beiden nun in eine Hütte und ließ sie an einem Tisch Platz nehmen, im Schein einer Fackel, die flackernde Schatten auf Wände und einige Fässer in einer Ecke warf. Dann trug sie zwei Gnomen etwas auf, die kurz darauf mit Reis gefüllte Teller herbeibrachten. Nihal und Sennar stürzten sich so gierig darauf, dass ihre Gastgeberin vor Staunen die Augen weit aufriss.

»Wie lange habt ihr denn schon nichts mehr gegessen?«

Sennar hob nur kurz den Kopf, um zu antworten: »Über den Daumen gepeilt sechs Tage, und dabei sind wir noch ununterbrochen in diesem verdammten Labyrinth herumgeirrt.«

»Ich weiß noch, dass du was aushalten kannst, aber das ist wirklich hart …«, bemerkte Aires.

Nachdem sie sich gesättigt hatten, holte ihre Gastgeberin eine lange Pfeife hervor, steckte sie an und begann zu rauchen. Nihal staunte. Sie hatte noch nie eine Frau rauchen gesehen.

»Jetzt bin ich ganz für dich da«, sagte Aires mit schmeichelnder Stimme, die Nihal noch nervöser machte. »Du bist wirklich der Letzte, den ich hier unten erwartet hätte.«

»Und ich dachte immer, du befährst noch die Meere«, antwortete Sennar.

»Lügner«, tadelte ihn Aires kokett. »Du hast nach unserem Abschied sicher nicht ein einziges Mal an mich gedacht.« Sie warf einen flüchtigen Blick auf Nihal, die bis zum Haaransatz errötet war. Aires lächelte. »Du bist sicher Nihal.«

Die Halbelfe fühlte sich getroffen. Diese Frau wusste von ihr, während sie selbst nicht die leiseste Ahnung hatte, wer das war. »Du kennst mich?«

Aires blickte sie belustigt an. »Sennar hat mir von dir erzählt«, antwortete sie, während sie an ihrer Pfeife zog. »Aber ich bin sicher, dass er mich dir gegenüber mit keinem Wort erwähnt hat«, fügte sie hinzu, während sie Nihal schief anblickte.

Nihal bemerkte, dass auch Sennar errötet war. »Warum glaubst du das?«, fragte der Magier.

»Ich kenn doch diesen Spitzbuben«, erwiderte Aires. »Also Nihal, ich bin Aires. Ich war Steuermann auf dem Schiff, das Sennar bis zum Tor der Untergetauchten Welt brachte.« Sie blickte wieder zu Sennar. »So, jetzt reicht's aber mit den Förmlichkeiten. Erzähl mir lieber mal, wie es dir gelungen ist, dieses Abenteuer zu überleben. Als wir dich in diesem Bötchen aussetzten, war ich sicher, dass du dem Tod entgegengehst.«

Sennar begann nun, ausführlich von seinen Erlebnissen zu erzählen. Nihal kannte ihn gut genug, um gleich zu merken, dass der Magier nach Anerkennung in den Pantheraugen dieser Frau suchte.

»Das Leck im Boot hast du Benares zu verdanken«, erklärte Aires, als Sennar geendet hatte.

Der Magier riss die Augen auf. »Unmöglich!«

»Doch, es stimmt«, bestätigte sie, während sie ihre Pfeife leerte. »Er gestand es mir, als wir wieder vor den Vanerien lagen. Aber damit war sein Aufenthalt auf meinem Schiff beendet. Mit Fußtritten habe ich ihn davongejagt.«

Sennar wunderte sich über die Gelassenheit, mit der Aires das erzählte. Er erinnerte sich, wie leidenschaftlich sie Benares geküsst hatte, damals, als sie ihn aus den Fängen der anderen Piraten, die ihn an die Miliz verschachern wollten, befreit hatte, und dass die beiden danach die meiste Zeit zusammen in der Kajüte verbracht hatten.

»Wahrscheinlich hockt er immer noch auf den Vanerien, wo wir ihn ausgesetzt haben. Er war ein Idiot«, fügte sie hinzu, doch ihre Stimme klang nun unsicherer. »Bevor er entführt wurde, war das noch anders. Früher hätte er niemals einen Kameraden verraten.«

»Wieso fährst du nicht mehr zur See?«, fragte Sennar.

»Daran bist du schuld«, antwortete Aires und sah ihn an. »Durch dich wurde mein damaliges Leben über den Haufen geworfen.« Sie stand auf und entnahm einem Regal in der

Wand eine Flasche mit einer bläulichen Flüssigkeit. »Erinnerst du dich?«, fragte sie Sennar.

Der Magier lächelte. »Gewiss.«

Die Frau nahm drei Gläser und füllte sie. Sie leerte ihres in einem Zug, während Sennar nur daran nippte.

Misstrauisch betrachtete Nihal das bläuliche Gesöff, kostete und spürte gleich, wie sie zu glühen begann. Es war stark ... Kein Vergleich mit dem Bier, das sie gewohnt war.

Mit dem Glas in der Hand nahm Aires wieder Platz. »Nachdem wir dich abgesetzt hatten, taten wir alles so, wie du uns geraten hattest. Wir umsegelten das Ungeheuer und liefen die Vanerien an, um das Schiff zu reparieren und unsere Vorräte aufzufrischen. Ich hab damals oft an dich gedacht«, erzählte sie, während sie ihn kokett anblickte, »und immer geglaubt, du hättest es nicht überlebt. Die Dinge, über die wir auf den Vanerien und an Bord gesprochen hatten, gingen mir nicht aus dem Kopf.«

Nihal nahm einen ordentlichen Schluck von der bläulichen Flüssigkeit.

»Und ich überlegte immer öfter, dass du vielleicht gar nicht so Unrecht hattest, als du von einem Leben mit einem höheren Ziel als bloßer Abenteuerlust sprachst«, fuhr Aires fort. »Auf alle Fälle fragten wir noch einmal Moni um Rat. Und die Wahrsagerin erklärte uns eine andere Route, an anderen Inseln entlang, auf der wir dem Sturm aus dem Weg gehen konnten. So begannen wir, unbekannte Gewässer zu erforschen. In gewisser Hinsicht war es eine herrliche Zeit: neue Länder, fremde Gestade, ferne Völker ...

Vier Monate lang kreuzten wir auf diese Weise umher, sahen alles, was das menschliche Auge nur erblicken kann. Als wir des Vagabundierens müde waren, erkundeten wir die Länder jenseits des Saar. Und schließlich nahmen wir unser normales Leben wieder auf. Doch ich war unzufrieden. Nach all den Orten, die ich gesehen, den vielen Abenteuern, die ich erlebt hatte, war mir, als bliebe mir nichts mehr zu tun übrig. Alles kam mir schal vor, langweilig. Schiffe entern, Feinde niedermachen, stets das Schwert in der Hand. Auch die vielen Männer, die ich kennenlernte, langweilten mich irgendwann. Ich dachte wieder an dich, an deinen Tod, und fragte mich, was auf dem Festland so Entsetzliches geschehen mochte, das jemanden wie dich dazu trieb, sein Leben für die Geschöpfe der Aufgetauchten Welt zu opfern.

Auf dem Meer fühlte ich mich mittlerweile wie in einem Käfig, und so beschloss ich, an Land zu gehen. Anfangs geschah es aus Neugier: Ich wollte sehen, woher du kamst, die Menschen kennenlernen, für die du dich geopfert hattest. Mein Vater bedauerte meine Entscheidung, widersetzte sich aber nicht. Zunächst zogen wir in die Freien Länder. Das Land der Sonne widerte mich bald an: All die Leute, die nur daran dachten, es sich gut gehen zu lassen, die Frauen mit Juwelen behängt, als seien sie Göttinnen ... Dann besuchte ich das Land des Wassers, aber auch von den Zuständen dort war ich enttäuscht: Menschen und Nymphen, die sich feindselig beäugten, dünkelhafte Generäle ... Ich konnte nicht verstehen, für wen du dein Leben geopfert hattest.

So fasste ich den Entschluss, in Feindesland zu ziehen. Nachts überwand ich die Grenze zum Land des Windes. Und dort begann ich dann zu begreifen. Blut und Leichen schrecken mich nicht, das weißt du. Doch dort erlebte ich eine Grausamkeit, wie ich sie auf dem Meer niemals kennengelernt hatte. Eine versklavte Bevölkerung, überall diese abstoßenden Bestien, die Fammin, Soldaten, die aus reiner Mordlust töteten, Massenhinrichtungen ... Es war der Triumph der Gewalt als Selbstzweck. Und dann diese entsetzliche Tyrannenfeste, die alles beherrscht und von überall zu sehen ist.

Lange zogen wir umher. Durch das Land der Felsen gelangten wir schließlich in dieses Land mit seinen unzähligen Vulkanen, in dem die Luft kaum zu atmen ist. Hier lernte ich zum ersten Mal Leute kennen, die schon lange unter dem Joch des Tyrannen lebten. Es waren versklavte, in ihrer Würde gebrochene Geschöpfe, denen der Mut zum Widerstand fehlte und die alles taten, was ihnen befohlen wurde, selbst wenn es hieß, einen Freund zu töten. Anfangs verachtete ich sie, überzeugt, dass sie die Knechtschaft verdient hatten. Dann jedoch musste ich an deine Worte bei unserem Gespräch auf den Vanerien, nach deinem Besuch bei Moni, denken. ›Warum sollen immer die Schwachen unterliegen?‹, fragtest du da.«

Aires sah Sennar lange in die Augen, bis der Magier verlegen den Blick senkte. Sie fuhr fort:

»Ich zwang mich, diesen Leuten tiefer ins Herz zu blicken, und was ich dort fand, führte mich schließlich hier an diesen Ort: Ich sah den Samen der Freiheit. Man zwang sie, in Knechtschaft zu leben, körperlich verwundet und gedemütigt in der Seele, und doch waren sie im Grunde ihres Herzens noch frei, das fühlte ich. Ich war immer schon der Ansicht, dass im Leben nichts wichtiger ist als die Freiheit. Man durfte nicht zulassen, dass der Samen dieser Freiheit, den jedes Geschöpf im Herzen trägt, auch noch abstirbt. So beschloss ich hierzubleiben, ich lernte andere kennen, die ebenso wie ich dachten, und zusammen organisierten wir einen Widerstand gegen den Tyrannen, um dieses Samenkorn zu schützen und aufgehen zu lassen.

Der Grundstein war bereits gelegt. Es gab schon einige Widerstandsgruppen, denen überwiegend Gnomen, aber auch Menschen angehörten. Was fehlte, war eine Struktur, die sie miteinander verband und ihre Aktionen koordinierte. Als ich von den unterirdischen Kanälen hörte, begriff ich sofort, dass dies unsere Chance war. Wir richteten uns hier unten ein und machten uns ans Werk. Einige Gnomen hatten hier gearbeitet und kannten jeden Kanal, jede Halle. Wir gruben dann weitere Gänge, errichteten die Hütten und planten unseren Widerstand. Einige zogen auch fort und bildeten neue Gruppen. So begann unser Kampf. Wir leben hier unten und wagen uns nur hinaus, wenn wir Aktionen, Überfälle und dergleichen unternehmen. Ohne Vorwarnung schlagen wir zu und verschwinden dann wieder im Untergrund. Manchmal hilft uns die Bevölkerung, manchmal verrät man uns auch. Aber wir machen weiter.«

Aires hielt inne und kippte einen weiteren Schluck Haifischschnaps hinunter. »Komisch, nicht wahr? Wer hätte gedacht, dass ich mich so ändern würde? Vor gut einem Jahr war ich noch mit dir zusammen auf See und sang dir das Loblied eines egoistischen Lebens. Und nun lebe ich hier unten und erzähle dir etwas vom Gut der Freiheit, als Anführerin dieser Habenichtse hier, engagiert in einem schier aussichtslosen Kampf ...«

Nihal hatte das Gespräch lange schweigend mit angehört und blickte Aires nun voller Bewunderung an. Sogar diese Frau, die als Piratin gelebt und diese Zeit, ihren Worten nach, richtig genossen hatte, besaß nun ein Ideal, dem sie nachstrebte. Sie wusste, was sie tat und warum. Neben ihr fühlte Nihal sich klein und überflüssig, mit ihrem blutbesudelten Schwert, ihren unzähligen Zweifeln und ihrer Unfähigkeit, zu leben, ihren eigenen Weg zu finden.

»Im Grunde bist du dir treu geblieben«, bemerkte Sennar, an Aires gewandt. »Auch als du mir von deinem Leben auf See erzähltest, spürte ich etwas von deinem Sinn für Freiheit und Gerechtigkeit. Ich sah es an der Liebe zu deinem Schiff, an der Treue zu deiner Mannschaft ...«

Aires blickte ihn forschend an. »Du hingegen hast dich verändert. Du wirkst bedrückt, niedergeschlagen, ich sehe es in deinen Augen. Du bist nicht mehr der junge Mann, den ich einst kennenlernte. Irgendetwas ist dir zugestoßen.«

Sennar schlug die Augen nieder, und Aires wechselte das Thema. »Was machst du eigentlich hier? Dein Platz als Ratsmitglied ist doch Makrat, oder irre ich mich?«

»Ich bin kein Rat mehr«, antwortete Sennar und erklärte dann, dass er, um diese Reise antreten zu können, aus dem Rat der Magier ausscheiden musste.

»Dann muss es sich um eine wichtige Angelegenheit handeln. Was ist denn das Ziel eurer Reise?«, fragte Aires.

Nihal spürte, dass sie eingreifen musste. »Das dürfen wir nicht verraten.«

Aires wandte ihr den Kopf zu und bedachte sie mit einem unergründlichen Blick. »Und warum nicht?«

»Weil von unserer Mission sehr viele Leben abhängen. Und Geheimhaltung ist wie eine Waffe.«

Aires blickte zu Sennar hinüber.

»Es hat auch mit dem Krieg und dem Tyrannen zu tun«, fügte dieser nur hinzu.

Aires zuckte mit den Achseln: »Wenn es so überaus wichtig ist, möchte ich selbst gar nicht mehr darüber wissen.«

Stundenlang saßen sie noch zusammen und unterhielten sich, aber Nihal fühlte sich ausgeschlossen von den Gesprächen und den gemeinsamen Erinnerungen der beiden. Sennar schien sich wirklich zu freuen, diese Frau wiedergetroffen zu haben, und sah sie voller Zuneigung an, während Aires' Katzenaugen flink hin und her huschten, so als wolle sie in die verborgensten Winkel seiner Seele blicken. Den ganzen Nachmittag fühlte sich Nihal traurig und gekränkt.

Als sie endlich Aires' Hütte verließen, verspürte die Halbelfe das Bedürfnis, für sich zu sein, und so setzte sie sich an den Rand des Beckens und ließ ihre nackten Beine im Wasser baumeln. Die Halle wies keine Öffnung nach draußen auf, und es war wohl auch besser so, dass dieses Versteck in keiner direkten Verbindung zur Welt dort oben stand. Obwohl ihr die Zeit in Gesellschaft dieser Frau ewig vorgekommen war, schätzte Nihal, dass es jetzt gerade erst Abend wurde.

Sie saß schon eine Weile da und bewegte langsam ihre Beine im Wasser, ganz versunken in das sanfte Plätschern und die Kreise, die ihre Füße beschrieben, als sie plötzlich jemanden hinter sich hörte.

»Was machst du?«

Nihal drehte sich nicht um. »Gar nichts, ich ruhe mich aus.«

Sennar setzte sich neben sie.

»Und du? Was hast du gemacht?«

Du warst bei Aires, das hast du gemacht …

»Ich hab ein wenig geschlafen, ich war sehr erschöpft«, antwortete der Magier.

Nihal zog weiter die Füße durch das Wasser. Sie spürte, dass auch Sennar traurig war, und fragte sich, wieso, ausgerechnet jetzt, da er diese Frau wiedergetroffen hatte, an der ihm offenbar so viel lag. »Warum hast du mir nie von Aires erzählt?«, fragte sie.

Sennar errötete und antwortete nicht.

»Du bist auf ihrem Schiff mitgefahren …, und ihr geht sehr vertraut miteinander um … Also, warum nicht?«, ließ Nihal nicht locker.

»Ich weiß nicht …, ich hab einfach nicht daran gedacht …«, murmelte Sennar, während er sich auf dem Boden neben ihr ausstreckte und zum Hallengewölbe hinaufstarrte.

Nihal überlegte, dass ihr der Freund noch niemals so fern und gleichzeitig so nahe vorgekommen war wie in diesem Moment. Sie lehnte sich auch zurück, und so lagen sie nebeneinander und blickten still zum Felsgewölbe über ihnen auf.

In den vier Tagen, die sie Aires' Gäste waren, machte die Frau sie mit der Gemeinschaft bekannt, deren Oberhaupt sie war. Auch die Bewohner zweier angrenzender Hallen zählten dazu. Die Rebellen waren in kleinen Gruppen mit je einem Anführer organisiert. Die Angehörigen der verschiedenen Gruppen kannten einander nicht, nur die Anführer standen in Verbindung. Fiel also jemand dem Feind in die Hände, konnte er nicht allzu viele Geheimnisse verraten. Die Organisation war wie eine Hydra mit vielen Köpfen. Flog eine Gruppe auf, standen, im Erdinnern verborgen, zahlreiche andere bereit, die ihre Mission weiterführen konnten.

Ihr Tun bestand in beständigen Sabotageakten gegen den Tyrannen. Hauptziel waren dabei die Waffenschmieden, die hier überall zu finden waren. Es hatte sie bereits gegeben, als das Land des Feuers noch frei war. Sie lagen stets in der Nähe der Vulkane, die das unruhige Profil dieser Landschaft prägten, und die dort geschmiedeten Waffen galten seit jeher als die besten und widerstandsfähigsten überhaupt. Seit der Ermordung König Molis durch die Hand seines Sohnes Dola lebte fast die gesamte Bevölkerung in Knechtschaft und war zur Arbeit in den Waffenschmieden gezwungen. Dort stellten sie die vielen tausend Schwerter her, mit denen das Heer des Tyrannen auf den Schlachtfeldern Tod und Verderben brachte.

Die Rebellen überfielen die Schmieden, befreiten die Gefangenen, töteten die Wachen und bemächtigten sich der Waffen.

»Das ist keine große Sache«, erklärte Aires, »aber wir stören den Ablauf. Wir sind überall und schlagen zu, wo wir können, sodass sich die Herstellung zwangsläufig verlangsamt.«

Der Aufenthalt der beiden Gäste konnte nicht ewig währen, und es war Nihal, die immer häufiger wieder an ihre eigene Mission dachte. Am Abend des vierten Tages sagte sie Sennar, dass sie am nächsten Morgen aufbrechen wollte. Aufmerksam musterte sie das Gesicht des Freundes, um sich auch nicht das kleinste Anzeichen möglichen Bedauerns darüber entgehen zu lassen, diesen Ort und damit auch Aires zu verlassen. Aber es war nichts davon zu erkennen.

»Das wollte ich auch schon vorschlagen«, antwortete Sennar. »Je eher wir diese verfluchte Reise hinter uns bringen, desto besser für uns.«

Sennar war allein, als er Aires den Entschluss mitteilte.

»So könnt ihr aber nicht gehen«, bemerkte Aires ruhig, während sie an ihrer Pfeife zog.

»Bitte versuch nicht, mich aufzuhalten«, ließ Sennar sich nicht beirren. »Es ist unverzichtbar, dass wir so bald wie möglich aufbrechen.«

Sie blickte ihn gelassen an. »Ich habe gar nicht vor, dich aufzuhalten. Ich meinte, ihr könnt nicht völlig allein losziehen. Ihr würdet euch im Nu wieder verirren und tagelang orientierungslos durch die Kanäle streifen, um schließlich hungers zu sterben. Wovor wir euch ja vor ein paar Tagen bewahrt haben.«

»In der Tat könnten wir einen Führer gut gebrauchen«, räumte Sennar ein.

»Dann müsste ich wissen, was denn nun euer Ziel ist.«

Sennar seufzte. »Das kann ich doch nicht sagen.«

»Von dem Hintergrund eurer Mission will ich ja auch gar nichts erfahren. Aber wie soll ich euch begleiten, wenn ich nicht weiß, wohin ihr überhaupt wollt?«

Sennar blickte sie verblüfft an. »Du willst mit uns kommen?«

Aires nahm einen langen Zug und stieß dann in aller Seelenruhe den Rauch aus. »Ich kenne mich hier unten aus und tue das gern.«

»Und was sagen deine Leute dazu …? Du bist doch ihr Anführer, trägst eine Verantwortung …«

»Ich habe niemals aufgehört, das zu tun, was ich für richtig halte.« Sie lächelte. »Eben weil ich die Anführerin bin, steht es mir auch frei, einen alten Freund zu begleiten. Zudem gibt es Kameraden, die mich vertreten können. Also, wo müsst ihr hin?«

»Ehrlich gesagt, wissen wir das selbst nicht so genau«, antwortete der Magier. »Wir suchen so eine Art See, mit einer Insel in der Mitte.«

Aires legte die Füße auf den Tisch und warf den Kopf zurück. Es sah aus, als suche sie auf einer imaginären Karte an der Hüttendecke nach dem genannten Ort. Dann senkte sie den Blick. »Es gibt nur einen See in diesem Land, im Osten, etliche Meilen von hier entfernt. Jol-See heißt er und ist alles andere als ein anheimelnder Ort. Vor Jahrhunderten erhob sich dort ein enormer Vulkan. Als er bei seinem letzten Ausbruch förmlich explodierte, bedeckten die Überreste lange Zeit weite Bereiche des Landes des Feuers. Dort aber, wo sich der Vulkan befunden hatte, bildete sich ein See, und die Glut dieses Infernos glimmt immer noch auf dem Grund des Gewässers. In seiner Mitte liegt ein Inselchen mit einem kleinen Vulkan darauf. Der ist ständig aktiv, und seine Lava ergießt sich ins Wasser, sodass der See immer von einer dichten Dampfwolke verhüllt ist. Das Wasser des Sees aber ist giftig und dermaßen salzig, dass sogar ein Bleigewicht darauf treiben würde.«

Sennar dachte an die Heiligtümer, die sie bislang aufgesucht hatten, und befand, dass dieser höllische Ort sehr gut geeignet schien, den Stein des Feuers zu bergen. »Ich fürchte, genau dort musst du uns hinbringen.«

»Wie du willst«, antwortete sie nur.

Sennar war schon fast zur Tür hinaus, als Aires ihn noch einmal zurückhielt. »Was ist los mit dir, Sennar?«, fragte sie unvermittelt.

Er blieb auf der Schwelle stehen, drehte sich aber nicht um. »Nichts.«

»Komm schon, mir kannst du nichts vormachen. Wir waren zwar nur drei Monate zusammen auf meinem Schiff, aber ich kenne dich gut genug. Du bist nicht mehr der Junge, den ich zum Tor der Untergetauchten Welt gebracht habe. Da ist etwas, etwas, das dir Kummer bereitet. Ist es wegen Nihal? Ihr seid doch wie füreinander geschaffen. Das sieht man auf Anhieb.«

Sennar lächelte und trat noch einmal zu ihr. »Während dieser neuen Mission sind Dinge geschehen, die niemals hätten geschehen dürfen. Ich musste Wahrheiten ins Auge sehen, die ich mir niemals hätte träumen lassen und von denen ich lieber nichts gewusst hätte. Das hat mich verändert«, erklärte er müde. Aires wollte etwas antworten, aber er unterbrach sie. »Ich selbst habe eine Grenze überschritten, die zu verletzen ich niemals für möglich gehalten hätte. Und jetzt frage ich mich, gibt es tatsächlich noch Geschöpfe auf dieser Welt, die es wert sind, gerettet zu werden? Wenn nicht, sind wir alle dem Untergang geweiht.«

Aires' Gesichtsausdruck veränderte sich, und es war, als gebe sie jetzt alles von sich preis. »Ich finde mein Ziel, und du kommst vom Weg ab«, bemerkte sie.

Sennar lächelte ein trauriges Lächeln.

Aires zog wieder an ihrer Pfeife. »Ohne dich wäre ich vielleicht heute gar nicht hier. Egal, was du getan hast, du musst dir verzeihen. Es führt zu nichts, sich mit Schuldgefühlen zu zerfleischen.«

Sennar lächelte sie dankbar an, um ihr zu zeigen, dass sie ihn überzeugt hatte. Aber so war es nicht. Gewiss, er würde seinen Weg fortsetzen, denn sicherlich gab es immer genügend Geschöpfe, die den Kampf gegen das Böse wert waren. Doch die Erinnerung an die Ereignisse auf der Lichtung und an die verkohlten Leichen würde ihn sein ganzes Leben lang begleiten. Zusammen mit der Gewissheit, dass danach nichts mehr so war wie zuvor.

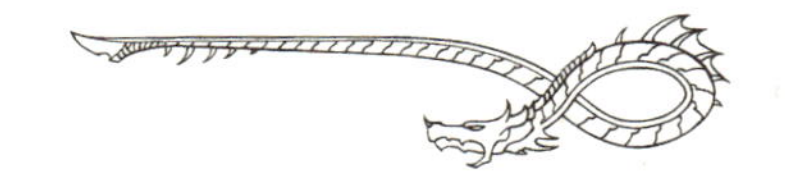

26

Eine wertvolle, unerwartete Lehre

Als sie am nächsten Morgen aufbrachen, erklärte ihnen Aires noch einmal ohne Umschweife, dass der Weg lang und beschwerlich sein würde. Schon der Auftakt gab ihr Recht, denn sie hatten sich wieder durch einen Tunnel zu zwängen, in dem sie kaum auf allen vieren kriechen konnten.

»Einige Gänge sind riskant, da treiben sich schon mal Soldaten des Tyrannen herum. Diese unbequemeren sind sehr viel sicherer«, erklärte Aires.

Sie krochen und liefen, so schnell es ihnen möglich war. Aires war eine sehr kundige Führerin und bewegte sich flink durch Tunnel und Gänge. Wie im Schlaf schien sie jeden Durchschlupf, jede Abkürzung zu kennen, und das nicht nur in ihrem Bereich, sondern in dem gesamten Kanalsystem. Sogar an Stellen, wo sich viele Kanäle kreuzten, zögerte sie nicht einen einzigen Moment und schlug sicher einen Weg ein.

Auf Feinde stießen sie nicht, waren aber mehr als einmal gezwungen, plötzlich die Richtung zu ändern. Dann blieb Aires wie angenagelt stehen und verharrte reglos, so als wittere sie etwas, oder sie kauerte sich auf den Boden und lauschte mit dem Ohr am Fels, um ihnen dann einen bestimmten Weg vorzugeben.

»Hin und wieder schicken unsere Feinde eine Vorhut aus; deswegen haben wir an einigen Stellen Kanäle zerstören müssen«, erklärte sie Nihal und Sennar an einem Nachmittag.

Die Halbelfe merkte, dass sich Aires doch besser ertragen ließ, als sie gedacht hätte. Abgesehen von den Momenten, wenn sie Sennar im Gespräch feurige Blicke zuwarf, so als wolle sie ihn provozieren, war sie eine angenehme Reisegefährtin. Hatte sie Nihal in den vier Tagen ihres Aufenthalts in der großen Halle kaum eines Blickes gewürdigt, so redete sie nun immer häufiger mit ihr.

Eines Tages schlug Aires ihr ein Duell mit dem Schwert vor. Begeistert stimmte Nihal zu, denn sie wünschte sich nichts sehnlicher, als diese Frau zu schlagen und sie ein für alle Mal in ihre Schranken zu verweisen.

Der Kampf fand auf dem Felsabsatz vor einem Sammelbecken statt. Verlieren sollte, wer zuerst ins Wasser fiele oder verletzt würde. Sogleich entwickelte sich ein verbissen geführter Kampf; mit voller Wucht stürzte sich Nihal auf ihre Gegnerin und versuchte auch all die kleinen Tricks anzuwenden, die sie auf den Schlachtfeldern gelernt hatte. Aires stand ihr jedoch in nichts nach. Sie war flink, ausdauernd, und vor allem zögerte auch sie nicht, zu unsauberen Mitteln zu greifen. Nihal wurde schnell klar, dass die Duelle, wie Aires sie kannte, durch Hinterlist oder durch Überrumplung gewonnen wurden.

Schließlich hatte Nihal nach einem langen, leidenschaftlichen Kampf das bessere Ende für sich. Sie konnte Aires ins Wasser stoßen, nachdem sie sie mit einer Reihe blitzschneller Attacken immer weiter zurückgedrängt hatte. Allerdings verschaffte ihr der Sieg nicht die große Genugtuung, die sie sich erhofft hatte. Der Zweikampf hatte ihr Spaß gemacht, sie bewunderte die Fechtkünste ihrer Gegnerin und fühlte sich jetzt fast versöhnt mit dieser Frau, die ihr doch zunächst so unsympathisch gewesen war.

In einer Nacht änderte sich ihr Verhältnis dann vollends. In Gedanken versunken hielt Nihal neben dem Feuer Wache, als sie hinter sich Aires mit ihrem typischen samtweichen Gang näher kommen hörte.

Wenn Nihal sah, wie Aires sich bewegte, musste sie häufig daran denken, wie Eleusi ihr das Einherschreiten einer Frau erklärt hatte. Damals verstand sie nicht, was ihre Freundin eigentlich meinte, aber als sie zum ersten Mal Aires die Hüften schwingen sah, wurde ihr schlagartig klar, wie sich eine richtige Frau mit fast hypnotisierenden Schritten durch den Raum bewegte.

Nihal rührte sich nicht.

»Deine Wache ist beendet, ich bin an der Reihe«, sagte Aires, während sie sich streckte.

»Du kannst ruhig weiterschlafen. Ich bleib gern noch ein wenig wach«, antwortete Nihal.

In jener Nacht war ihr tatsächlich nicht nach Schlafen zumute. Sie fürchtete, dass ihre Albträume wiederkämen, wenn sie die Augen schloss. Seit Laios Tod hatte sie Angst, auch ihr treuer Freund könnte unter den Gestalten auftauchen, die sie im Schlaf quälten.

»Wie du willst«, sagte Aires mit einem Achselzucken, »aber ich habe lange genug geschlafen und werde mit dir wachen.«

Dem Quersack, den sie immer mit sich trug, entnahm sie ihre Pfeife, zündete sie an und begann zu rauchen. Sogar diese Geste, die Nihal immer sehr männlich vorgekommen war, hatte bei ihr etwas Sinnliches.

»Du bist nicht so, wie ich dachte«, begann Aires. »Nach Sennars Beschreibung hatte ich mir ein anderes Bild von dir gemacht.«

»Und wie sollte ich diesem Bild nach sein?«

»Sehr viel … entschlossener. Ich hatte gedacht, auf eine Furie zu stoßen, und du kommst mir eher wie ein verängstigtes Mädchen vor.«

Nihal verzog gekränkt das Gesicht. Die Beschreibung ärgerte sie: Sie war doch ein Krieger und kein kleines Mädchen.

»Es ist nicht böse gemeint«, fuhr Aires fort. »Eine Frau bleibt immer eine Frau, und es ist gut, wenn sie ihre Weiblichkeit nicht verliert. Doch ich dachte, du seiest so eine Art muskelbepackte Hünin.«

Es entstand ein längeres Schweigen. Nihal fühlte sich unwohl, während Aires ruhig und gelassen ihre Pfeife rauchte.

»Warum fragst du mich nicht einfach?«, sagte Aires plötzlich in die Stille hinein.

Nihal hob den Kopf. »Was denn?«

»Du weißt schon, die Frage, die dich die ganze Zeit schon umtreibt.«

»Ich wüsste nicht, welche Frage du meinen könntest«, antwortete die Halbelfe, merkte aber, dass sie errötet war.

Aires seufzte. »Also, pass auf. Während der ganzen Zeit, die Sennar und ich zusammen auf meinem Schiff verbracht haben, hatte ich einen Geliebten. Und zwar jenen Mann, von dem ich Sennar erzählte, als wir uns vor ein paar Tagen wiedersahen. Idiotischerweise hatte ich nur Augen für diesen Mann, sodass ich gar keine Zeit hatte, einen Gedanken an deinen Verlobten zu verschwenden.«

»An wen?«, platzte Nihal heraus, das Gesicht rot wie eine Tomate.

»An Sennar«, antwortete Aires ganz ruhig, »deinen Verlobten.«

»Sennar ist mein bester Freund, sonst gar nichts.«

»Nur ein Freund?«, wiederholte Aires skeptisch.

»Mein einziger echter Freund«, präzisierte Nihal mit einem zärtlichen Tonfall in der Stimme.

»Wenn man euch zusammen sieht, bekommt man einen anderen Eindruck ...«

»Für solche Dinge habe ich keine Zeit; ich darf nur an meine Mission denken«, antwortete Nihal und starrte ins Feuer.

»Das sehe ich nicht so«, erwiderte Aires. Sie nahm einen langen Zug. »Für die Liebe sollte immer Zeit sein.«

»Das ist bei mir anders«, erklärte Nihal. »Das ist nicht nur meine Mission. Das ist mein Leben.«

»Ja, Sennar hatte mir erzählt, dass dein Lebensinhalt der Kampf ist ...«

»Ja, schon, aber ich bin mir heute gar nicht mehr so sicher ...«, murmelte Nihal. »Oft denke ich, es muss doch noch etwas anderes geben, das allem anderen einen Sinn verleiht.«

»Du meinst einen Beweggrund, sich täglich dem Leben zu stellen …?«, bemerkte Aires.

Nihal nickte. »Was du am ersten Tag über die Freiheit gesagt hast, hat mir gut gefallen«, erklärte sie. »Auch wie du es gesagt hast. Du wirktest so überzeugt. Auch ich würde so gern an etwas glauben, einen festen Halt besitzen, an den ich mich klammern kann.«

»Das verstehe ich nicht«, sagte Aires. »Du bist doch eine Kriegerin und stehst im Kampf gegen den Tyrannen. Wenn das kein guter Grund zu leben ist!«

»Es ist aber anders«, antwortete Nihal betrübt. »Nicht weil ich möchte, sondern weil ich muss, bin ich in dieser Mission unterwegs. Und ich kämpfe, weil ich nichts anderes kann. So mache ich immer weiter in der Hoffnung, irgendetwas zu finden. Aber ich finde einfach nichts. Jeder Halt, den ich gefunden zu haben glaubte, erwies sich als unsicher und ist mir unter den Händen weggebrochen. Vielleicht gibt es gar nichts, an das man sich klammern kann, oder zumindest nichts für mich.« Sie hob den Blick, verlegen ob ihrer ungeplanten Beichte, und sah, dass Aires sie verwundert anschaute.

»Vielleicht hast du nicht richtig gesucht«, sagte die Frau.

»Wie hast du denn gefunden, woran du glaubst?«

»Schwer zu sagen. Plötzlich überfiel mich diese Erkenntnis mit solcher Macht, dass ich mich unmöglich entziehen konnte. Wahrscheinlich trug ich sie schon lange Zeit in mir, und irgendwann trat sie dann zutage. Du hast doch immer gekämpft«, fuhr Aires fort, »aber hast du dich nie gefragt, ob der Sinn deines Lebens wirklich im Kampf liegt? Vielleicht liegt er ja woanders. Vielleicht ist er ganz nahe, und du hast es nur noch nicht bemerkt.«

Nihal war verwirrt und starrte in das Feuer, ohne zu antworten.

»Du musst nicht glauben, dass es immer die überragenden, hochtrabenden Ideale sind, die dem Leben einen Sinn geben und zum Handeln treiben. Manchmal muss man von kleinen Gewissheiten ausgehen, um daraus große Überzeugungen aufzubauen, und die kleinen Wünsche treiben an zu großen Taten. Hast du dir das nie überlegt?«

Nihal starrte weiter still in das Feuer.

»Und Sennar?«, fragte Aires ganz unvermittelt.

Nihal errötete erneut. »Was hat Sennar damit zu tun?«

»Glaubst du, dass du ihm vertrauen kannst? Traust du ihm?«

»Gewiss tue ich das. Er ist der einzige Mensch, zu dem ich absolutes Vertrauen haben kann.«

»Dann stimmt es also nicht, dass du keine Gewissheiten, keinen festen Anker hast, denn einer schläft hier, direkt neben dir«, schloss Aires. Dann steckte sie sich die Pfeife wieder in den Mund und rauchte in aller Ruhe weiter.

Dreizehn Tage brauchten sie bis zu ihrem Reiseziel, dem Jol-See. An einer Stelle endete plötzlich der Kanal, dem sie folgten, und das Wasser stürzte den Felsen hinab. Hoch oben sahen sie eine Öffnung, die sehr weit entfernt schien und schwaches Licht einließ.

»Jetzt wird's kompliziert«, sagte Aires. Sie entnahm ihrem Quersack ein Seil und eine Art Pickel. »Ich gehe voran und fixiere das Seil; ihr wartet hier. Wenn ihr später nachkommt, versucht am besten, euch langsam an das Licht zu gewöhnen, es blendet sehr stark.« Mit diesen Worten begann sie, behände den Fels hinaufzuklettern, während neben und unter ihr das Wasser die Wand hinunterrauschte.

Sennar musste lächeln, als er sie flink wie ein Wiesel die Wand erklettern sah. Das war die Aires, wie er sie kannte, die bei jedem Seegang in der Takelage ihres Seglers herumgeklettert war.

Sennars Lächeln erlosch jedoch, als Aires nach einer halben Stunde wieder da war und sie aufforderte, ihr nun zu folgen. Sie sollten das Seil ergreifen und sich mit der Kraft ihrer Arme und Beine hinaufziehen.

Für Nihal war die Kletterpartie kein Problem. Sennar jedoch kam nicht ganz so gut zurecht. Sein langes Gewand verhedderte sich unentwegt, und mehr als einmal lief der Magier Gefahr abzustürzen. Verzweifelt fragte er sich, was ihm denn nur eingefallen sei, sich in solch eine Situation zu bringen. Aber schließlich schaffte er es, und in weniger als einer Stunde erreichten sie das Tageslicht.

Als sie aus dem Schacht auftauchten, glaubten sie sich in ein Inferno versetzt. Zunächst nahmen sie nichts anderes als Rauch, dichten Dampf und scharfen Schwefelgeruch wahr. Hitze und Gestank ließen sie kaum zu Atem kommen. Dann wurde die Sicht etwas klarer, und in der Ferne erblickten sie eine Reihe leuchtender roter Punkte, die sich vor dem gelben Himmel abzeichneten. Als sie sich an das Licht gewöhnt hatten, erkannten sie, dass es sich um die Krater von Vulkanen handelte, die Steinchen und Asche spuckten und schwarze Rauchschwaden zum Himmel aufsteigen ließen.

Sie sahen keine Vegetation, nur nackten, von Regengüssen ausgewaschenen Fels in grellen Farben, gelb und orange. Auch aus der Erde stiegen übel riechende Dämpfe auf, die aber weiß wie Wolken an einem Sommerhimmel waren.

»Das Land des Feuers ist nicht überall so abweisend«, erklärte Aires, während sie ihnen voranging. »Dies hier ist das unwirtlichste Gebiet, zusammen mit den Totenfeldern. Richtung Norden hingegen wird die Landschaft ein wenig freundlicher. In der Gegend um Assa soll es vor vielen Jahren sogar Wälder gegeben haben. Ich für meinen Teil liebe ja diese Einöde.« Sie ließ den Blick schweifen. »Keine Ahnung, wieso, aber ich spüre, dass diese wilde Landschaft jetzt meine Heimat ist so wie einst die See.«

Sie folgten dem reißenden Wasserlauf, der sich an der Stelle, wo sie ans Licht gekommen waren, in die Tiefen der Erde hinabstürzte. Er zweigte vom Jol-See ab und war der einzige größere Fluss im Land des Feuers, der ein kurzes Stück an der Erdoberfläche floss; sonst wurden alle Wasser unterirdisch geführt und nur in der Nähe der größeren Städte emporgeleitet. Berühmt war das Aquädukt von Assa, ein beeindruckendes Bauwerk, das die Hauptstadt umspannte und alle Bewohner mit Wasser versorgte.

Es war kein sehr breiter, dafür aber wilder Fluss, der zwischen den ausgezackten, verwitterten Felsen in allen nur möglichen gelbroten Farbtönen dahinschoss. Durch die Berührung mit dem heißen Gestein verdampfte das Wasser und bildete jenen zähen Dampfschleier, der ihnen zunächst die Sicht genommen hatte.

Sie mussten nicht lange laufen, bis sie den See erreichten. Auch über diesem Gewässer lag dichter weißer Dampf, der an Frühnebel an einem Wintermorgen erinnerte. Die Luft war warm und stickig und roch stechend. Ein stetiges Hintergrundgeräusch dieser Landschaft bildete das düstere, majestätische Grollen der Vulkane, die damit, so schien es, die Herrschaft über dieses Gebiet für sich beanspruchten. Daneben hörten sie auch ein Gluckern, das Sennar an das Plätschern des Brunnens in jenem Garten erinnerte, in dem er Ondine Lebwohl gesagt hatte. Aber hier entstand es durch das gemächliche Brodeln des Sees. Große Gasblasen stiegen aus der Tiefe auf und platzten an der smaragdgrünen Wasseroberfläche, die zur Mitte des Sees hin, wo das Wasser immer tiefer wurde, eine dunkelblaue Färbung annahm. Und ebendort erhob sich der Vulkan, von dem Aires gesprochen hatte.

Er war wohl nicht höher als vielleicht fünfzig Ellen und wies einen kleinen runden Krater auf, aus dem zähflüssige Lava hervortrat, die träge in den See rann.

»Wie gesagt, das Wasser ist giftig und sehr salzig«, bemerkte Aires, als sie am Ufer rasteten. Sie hob einen Stein auf und schleuderte ihn auf den See hinaus. Das Wurfgeschoss versank, trat dann langsam wieder an die Oberfläche und trieb dann auf dem Wasser.

Verblüfft betrachteten Nihal und Sennar eine Weile dieses Schauspiel.

»Sind wir hier denn eigentlich richtig?«, fragte der Magier schließlich seine Gefährtin.

Nihal schloss die Augen, öffnete sie dann wieder. »Ja, das sind wir.«

»Nun gut«, wandte sich Aires an die beiden, »dann seid ihr ja am Ziel. Was ihr hier sucht, will ich gar nicht wissen, und wenn ich euch richtig verstanden habe, geht es mich auch nichts an. Ich lasse euch jetzt allein. Wir treffen uns dann wieder an der Stelle, wo wir ans Tageslicht gekommen sind.«

Mit diesen Worten wandte sie sich ab und machte sich auf den Rückweg. Sennar und Nihal blieben unentschlossen am Ufer stehen.

»Und nun?«, fragte Sennar.

»Das Heiligtum soll sich im Vulkan befinden«, antwortete Nihal ruhig.

»Na toll«, bemerkte Sennar, »und wie sollen wir dort hinkommen?«

»Durch einen Zauber«, antwortete Nihal.

Dem Magier fiel auf, dass ihre Stimme seltsam klang, jedwede Färbung verloren hatte. »Alles in Ordnung mit dir?«, fragte er.

»Zaubere uns einen Steg«, forderte Nihal ihn mit derselben monotonen Stimme auf.

Sennar betrachtete sie einige Augenblicke und gehorchte dann. Eine schmale Brücke begann sich auf der Wasseroberfläche abzuzeichnen. Die Halbelfe betrat sie, und Sennar wollte es ihr nachtun.

»Du bleibst hier«, hielt ihn Nihal zurück.

»Wieso das denn? Ich hab dich doch in fast alle Heiligtümer begleitet.«

»Diesmal kannst du nicht mitkommen. Mich erwartet jemand, dem ich geweiht bin.«

»Aber …«, versuchte Sennar zu protestieren, doch Nihal hatte sich bereits entfernt und wurde langsam von den Dampfwolken, die über dem See lagen, verschluckt.

Der Magier ließ sich am Ufer nieder und begann zu warten. Dann war es also Shevrar, der sie rief.

Mit dem Gefühl, einem Befehl zu gehorchen, einem seltsamen vertrauten Ruf, dem sie sich unmöglich widersetzen konnte, schritt Nihal voran. Der Talisman, unter ihrem Oberteil verborgen, wies ihr ganz deutlich den Weg in das Heiligtum; fast konnte sie auf ihrer Haut das Funkeln der Edelsteine spüren.

Auf der Insel in der Mitte des Sees würde sie ein treuer Diener von Shevrar empfangen, jenem geheimnisvollen Gott, dem sie durch ihre Mutter geweiht worden war.

Bald schon gelangte sie zur Insel. Sie lief einmal um den Vulkan herum, erblickte aber nichts als Lava, überall Lava, aber keinen Weg, der in das Innere geführt hätte. Als sie sich jedoch genauer umsah, erkannte sie eine kleine Fläche, die von Lava umspült wurde, selbst aber fest war. Sie ging hin.

Vor ihr, von einer Flammenwand umhüllt, sah sie ein Tor, auf dem in Feuerlettern »*Flaren*« geschrieben stand. Dies war also der Ort, wo Flar aufbewahrt wurde, Shevrars Heiligtum.

Mit einem Mal verlor Nihal ihre ganze Selbstsicherheit. Sie hörte, wie der Feuergott nach ihr rief, und bekam es mit der Angst zu tun. Was wollte er wohl von ihr? Sie kannte ihn nicht, diesen Gott, mochte seinen Namen nicht, der nach Krieg und Zerstörung klang. Am liebsten hätte sie diese Feuerschwelle gar nicht überschritten, doch sie konnte nicht anders, sie musste es tun. Sie ging auf das Flammentor zu und trat hindurch. Auf halbem Weg blieb sie verdutzt stehen. Die Flammen erreichten zwar ihre Haut, verbrannten sie aber nicht. Sie war also willkommen.

Die Halbelfe trat ein und stand in einem großen runden Saal mit blutroten Wänden, die eine unglaubliche Helligkeit verbreiteten. Wie Säulen ragten Feuerzungen zur Decke auf, und im hinteren Teil des Raumes sah sie Flar, rot glühend über einem Scheiterhaufen schweben. Eigentlich müsste die Hitze unerträglich sein, dachte Nihal, doch sie spürte sie nicht, fühlte sich im Gegenteil ganz behaglich, so als sei dies der Ort, der seit Langem schon für sie vorherbestimmt war. Sie hatte gut daran getan, sich nicht von Sennar begleiten zu lassen, denn er hätte diese Hitze nicht ausgehalten und wäre vielleicht noch nicht einmal unbeschadet über die Schwelle gekommen.

Als Nihal vortrat, hallten ihre Schritte durch die Stille.

»*Rassen, Sheireen tor Shevrar*«, sprach eine Stimme.

Ein von Flammen umhüllter Mann kniete vor ihr nieder.

Sie hatte diese Sprache früher schon einmal gehört, damals jedoch nichts verstanden. Nun war das anders, und sie antwortete, zu ihrer eigenen Verwunderung, auf den Gruß des Wächters: »*Rassen tor sel, Flaren terphen.*«

Der Wächter hob den Kopf, blickte sie an und lächelte. Es handelte sich um einen wunderschönen Jüngling, seine Glutaugen funkelten rötlich, und sogar sein Haar war aus Feuer. Als er wieder zu sprechen anhob, tat er dies in der Sprache der Aufgetauchten Welt: »So bist du also doch noch gekommen, Geweihte.«

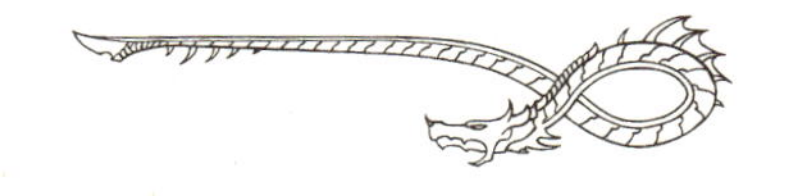

27

Flaren oder Vom Schicksal

»*Du bist ein Diener Shevrars,* nicht wahr?«, fragte Nihal.

»Ja, auch ich bin ihm geweiht, aber anders als du, die du immer ein Geschöpf dieser Welt bleiben wirst. Ich hingegen wurde von ihm geschaffen, um diesem Heiligtum vorzustehen«, antwortete der Jüngling.

Mit einem Mal fühlte sich Nihal wie erwacht aus der Verzauberung, die sie beim Eintritt in das Heiligtum umfangen hatte, und unwillkürlich versuchte sie, sich von diesem Wesen abzugrenzen.

»Nicht als Geweihte bin ich gekommen, sondern nur wegen des Steins«, sagte sie.

»Aber nur weil du eine Geweihte bist, Sheireen, verlangst du nach dem Edelstein«, antwortete der Jüngling und lächelte erneut.

Nihal blickte ihn fragend an.

»Als deine Mutter voller Verzweiflung meinen Gott um Rettung anflehte, machte Shevrar dich zu seiner Auserwählten, wie es vorhergesagt war.«

»Ich weiß nicht, wer Shevrar ist«, erwiderte Nihal. »Rais hat mir nur erzählt, dass er ein Kriegsgott sei und meine Neigung zum Kampf daher rühre, dass ich ihm geweiht wurde.«

Der Jüngling schüttelte den Kopf. »Schon. Aber Shevrar ist nicht nur der Gott des Krieges. Da hat Rais dir etwas verheimlicht. Geblendet von ihrem Hass, sieht sie in meinem Gott nichts weiter als Zerstörung, doch er ist nicht nur Feuer und Schwert. Auch Ael sagte es dir, wenn auch mit anderen Worten, weißt du nicht mehr? Shevrar ist der Anfang und das Ende, der Tod und das Leben. Das ist sein Wesen, und in diesem Zeichen steht auch deine Mission.«

»Er hat mich auserwählt, damit ich diese Mission auf mich nehme? Ich dachte immer, um zu kämpfen ...«

»So wie andere siehst auch du nur den Hass; dies ist der Grund, warum diese Welt dem Untergang entgegengeht. Tatsächlich aber birgt jeder Schmerz eine Freude und jedes Ende einen neuen Anfang. Als vor vielen Jahren der Tyrann an die Macht gelangte, machte ein Weiser jener Zeit eine Prophezeiung, die seitdem wie ein Fluch auf dem Gewaltherrscher lastet. Dieser Weise war der letzte Priester Shevrars, denn schon damals vergaßen die Halbelfen die Götter ihrer Väter, der Elfen. Der Tyrann, so prophezeite er, könne sein höchstes Ziel niemals verwirklichen, denn es widerspreche Shevrars Natur. Daher werde es auch eine Geweihte sein, eine diesem Gott geweihte Halbelfe, die einmal die frevelhafte Hand des Tyrannen aufhalten werde. Und diese Geweihte bist du, Sheireen.« Der Wächter schwieg.

»Worin besteht denn das höchste Ziel des Tyrannen?«, fragte Nihal nach einigen Augenblicken.

Der Diener schüttelte den Kopf. »Die Zeit ist noch nicht reif, um dir dies zu enthüllen. Du brauchst nur zu wissen, dass er sich gegen die Götter auflehnt, vor allem gegen Shevrar, und dem ewigen Fluss der Dinge zuwiderhandelt.«

Nihal war verwirrt. »Was muss ich also tun? Und warum hat Shevrar ausgerechnet mich als einzige Halbelfe gerettet?«

»Damit du mich hier aufsuchst und aus meinen Händen Flar in Empfang nimmst, um damit den Tyrannen zu stürzen.«

»Aber warum ausgerechnet ich?«, wiederholte Nihal noch einmal beunruhigt. Sie spürte, wie sich der Schatten des Schicksals auf sie legte, der Schatten des Todes und der Rache, dem sie so lange zu entfliehen versucht hatte.

»Weil deine Mutter es für dich erflehte.«

»Dann besteht darin also der Sinn meines Lebens? Dann ist das die Antwort, nach der ich suche?«

Der Jüngling erhob sich und blickte ihr in die Augen. Es war ein Blick von unendlicher Weisheit und Nachsicht. »Als du gerettet wurdest, als Säugling im Blut deiner Eltern liegend, gedachten die Götter, und vor allem Shevrar, dieser am Abgrund stehenden Welt eine neue Hoffnung zu schenken. Mit deiner Mission verbindet sich die Hoffnung auf eine neue Zeit, auf ein Zeitalter des Friedens.«

»Im Grunde ist es also doch so, wie es mir Rais vor nicht einmal einem Jahr in ihrer Hütte verkündet hat: Ich bin die Waffe, mit der diese Götter, die niemand mehr verehrt, Rache nehmen und den Frevel des Tyrannen bestrafen«, sagte Nihal verbittert, den Blick zu Boden gerichtet.

»Rache wird es nur geben, wenn du es so willst. Die Götter bestimmen nicht über die Herzen der Erdenbewohner, und noch nicht einmal das Schicksal hat absolute Macht über sie. Du bist die Einzige, Sheireen, die wieder Licht in diese Welt bringen kann, doch die endgültige Entscheidung liegt bei dir. Niemand kann genau vorhersagen, was du tun wirst, wenn du dem Tyrannen gegenüberstehst. Dein Schicksal ist kein Käfig, sondern eher ein Pfad, der die Richtung vorgibt.«

»Aber da ich die Letzte bin, habe ich gar keine andere Wahl«, erwiderte Nihal.

Der Wächter lächelte. »Thoolan hat dich richtig eingeschätzt: Du bist nicht mit ganzem Herzen bei der Sache. Du willst das eigentlich gar nicht, was diese Mission dir abverlangt.«

»Vielleicht. Aber ich muss es tun, du hast es selbst gesagt. Ich bin Sheireen und wurde dieser Aufgabe geweiht.«

»Das stimmt nur zum Teil. Denn du selbst warst es ja, die sich im Rat der Magier erhob und diese Bürde auf sich nahm«, erwiderte der Jüngling weiterhin lächelnd. »Der Sinn deines Lebens erschöpft sich nicht in dieser Aufgabe, und glaube nicht, mein Gott gönne nicht auch dir die Freude am Dasein. Du bist die Geweihte, und daher ist diese Mission deine Bestimmung. Doch den eigentlichen Sinn deines Handelns, deines Lebens, kann weder ich dir verraten noch mein Gott. Der steckt in dir und in dem, was um dich ist; ihn zu suchen, ist deine Aufgabe allein.«

Nihal seufzte. Dann war ihr Umherirren, ihr Suchen also noch nicht beendet. Was der Jüngling ihr gerade erzählt hatte, war nur eine Antwort. Dass sie sich auf diese Reise begeben würde, um die Edelsteine zusammenzutragen und dann zu versuchen, den Tyrannen zu stürzen, war seit Jahren festgeschrieben. Auch sie hatte es immer gewusst, hatte es im Herzen gespürt. Daher musste es etwas anderes sein, wonach sie eigentlich suchte.

»Überleg doch mal«, fuhr Flar fort. »Was andere für dich entschieden haben, kann nicht der letzte Sinn deines Handelns sein. Diese Mission wurde bereits festgelegt, noch bevor du geboren wurdest, ja bevor dein Vater und deine Mutter das Licht dieser Welt erblickten. Daher liegt der Sinn deines Lebens sicher nicht in dieser Reise.«

Nihal lächelte. »Ist denn auch schon festgeschrieben, ob ich den Tyrannen tatsächlich besiegen werde?«

Jetzt lachte der Wächter, und noch klarer erstrahlte seine Schönheit. »Sheireen, Herz und Geist der Geschöpfe dieser Erde sind so tiefgründig, dass noch nicht einmal mein Gott sie vollständig erkunden kann. Ich weiß nicht, was geschehen wird an dem Tag, da du dem Tyrannen die Stirn bietest. Mehr kann ich dir dazu nicht sagen.« Er schwieg einen Moment, drehte sich dann zu dem Scheiterhaufen um und rief Flar herbei. Sofort schwebte der Edelstein, blutrot funkelnd, auf ihn zu.

»Dieser Stein ist seit Langem schon für dich bestimmt. Andere Geweihte vor dir haben ihn entgegengenommen. Nun liegt er in deiner Hand und mit ihm das Leben der Geschöpfe dieser Erde.«

Nihal zögerte, zu groß kamen ihr die Worte des Jünglings vor.

»Nimm ihn«, ermutigte er sie.

Nihal streckte die Hand aus und ergriff den Edelstein. Er war rot wie Blut, und in seinem Innern züngelten unzählige Flammen. Ihr war, als halte sie das Wesen des Feuers selbst in Händen. Unter ihrem Leibchen holte sie das Medaillon hervor; es funkelte ebenso hell.

Sie machte Anstalten, den Ritus zu vollziehen, als sich der Wächter vor ihr verneigte. »Am Tag der letzten Schlacht werden wir uns wiedersehen«, sagte er.

Nihal sprach die rituellen Worte, und so wie die anderen Male auch war es, als nehme das Medaillon das gesamte Heiligtum in sich auf. Es wurde vollkommen finster und gleichzeitig die Hitze unerträglich. Der Halbelfe war klar, dass sie sich in dieser mit giftigen Dämpfen gesättigten Luft nicht länger aufhalten durfte, und rannte hinaus.

Der Steg lag noch auf dem Wasser, hatte aber an Festigkeit verloren. Nihal betrat ihn und lief rasch hinüber. Als sie sich umblickte, sah sie, dass die Lava bereits Flarens Tor mit den flammenden Schriftzeichen unter sich begraben hatte.

»Wie ist es gelaufen?« Sichtlich erleichtert sprang Sennar auf, als er Nihals Gestalt undeutlich aus den Dämpfen über dem See auftauchen sah. Er war erschöpft, denn das Aufrechterhalten des Steges hatte viel Kraft gekostet.

Nihal trat zu ihm und zeigte ihm das Medaillon. Es strahlte im Grau der Dampfschwaden, und alle Edelsteine schienen zu eigenem Leben erwacht.

Sennar atmete erleichtert auf. »Wen hast du angetroffen?«, fragte er.

»Einen Diener jenes Gottes, dem ich geweiht bin«, antwortete sie.

Während sie sich auf den Rückweg machten, berichtete ihm Nihal, was der Wächter gesagt hatte, und erzählte ihm von der Prophezeiung.

Bald gelangten sie zu Aires, die nichts wissen wollte von dem, was sie erlebt hatten. »Alles erledigt?«, fragte sie nur, und Nihal nickte.

Als sie sich erneut in die Tiefen der Erde hinunterließen, wurde es bereits Abend, und über das Land des Feuers legte sich eine Finsternis, die getüpfelt war von der Glut unzähliger Vulkane.

Der unterirdische Weg zur Grenze zum Land der Felsen war mit Hindernissen gepflastert. In diesem Teil der Kanäle kannte sich Aires weniger gut aus. Immer wieder zögerte sie an einer Gabelung, und irgendwann musste sie sich eingestehen, dass sie sich verirrt hatten. Einen ganzen Tag streiften sie orientierungslos durch die Gänge, Aires vorneweg, den Kopf ständig hin- und herwendend auf der Suche nach einem Anhaltspunkt.

Es war Glück, dass sie zufällig zu einer Halle gelangten, die von Rebellen bewohnt war. Hier hatten sie nach dreiwöchiger Wanderung endlich Gelegenheit, sich einmal richtig auszuruhen.

Die Halle war kleiner als jene, in der Aires das Kommando hatte, aber ganz bequem eingerichtet. Anführer der Gruppe war Lefe, ein lebhafter, scharfsinniger Gnom, der Nihal an ihren Lehrer erinnerte. Lefe kannte Aires nicht persönlich, hatte aber schon viel von ihr gehört.

»Du bist also Aires, jene Frau, die von der See zu uns kam, um unserem Leben neue Hoffnung zu geben«, rief er, kaum dass sie sich vorgestellt hatte.

In der Nacht schliefen sie in einem großen Raum auf bequemen Lagern. Sogar Nihal ruhte unbeschwert und wurde nicht von Albträumen heimgesucht.

Als Nihal und Sennar am nächsten Morgen aufwachten, war Aires' Lager leer. Doch kurz darauf erschien sie wieder und hatte Brot und Milch für ein Frühstück dabei.

»Ich kann euch jetzt nicht mehr weiterhelfen«, erklärte sie ohne Umschweife, als sie vor der Mahlzeit saßen. »Hier kenne ich mich nicht so gut aus, und einmal hätte ich euch fast schon in die Irre geführt.«

Es wurde still.

»Ich lasse euch nicht allein ziehen«, fuhr sie fort. »Einer von Lefes Männern hat sich erboten, euch bis zum Ausgang der Kanäle zu begleiten. Leider enden sie vor der Grenze, sodass ihr noch die Totenfelder durchqueren müsst.«

Es wurde ein trauriger Abschied. Sogar für Nihal, der Aires immer sympathischer geworden war, obwohl sie die leicht schmachtenden Blicke nicht ertragen konnte, die die Frau hin und wieder Sennar zuwarf.

Es war die Halbelfe, die das Wort ergriff. »Auch wenn ich dir von unserer Mission nichts Näheres erzählen darf, möchte ich dich doch um einen Gefallen bitten«, begann sie.

Aires blickte Nihal fest in die Augen und hörte aufmerksam zu.

»Ich möchte, dass du ein Heer aufstellst.«

Aires hörte auf zu kauen und starrte Nihal ungläubig an. »Wie bitte? Ihr seid doch das Heer, oder irre ich mich? Und jetzt verfügt ihr auch noch über Verstärkung aus der Untergetauchten Welt.«

»Hör mir gut zu.« Nihal reckte sich zu ihr vor und sprach leiser weiter.

»In Kürze, in ein, zwei Monaten, höchstens drei, werden wir, so hoffe ich, den Tyrannen direkt angreifen.«

Jetzt brach Aires in Gelächter aus, doch das Lachen erstarb ihr in der Kehle, als sie Nihals und Sennars ernste Gesichter sah. »Das ist Wahnsinn«, erklärte sie geradeheraus. »Das kann nicht dein Ernst sein. Seit vierzig Jahren befinden wir uns im Krieg, und in der ganzen Zeit haben wir ständig mehr Gebiete verloren. Wir sind doch zahlen- und kräftemäßig weit unterlegen. Die anderen verfügen über die Fammin, ganz zu schweigen vom Heer der Toten ... Nein, ein offener Angriff mit allen Kräften wäre der reinste Selbstmord.«

Nihal blickte sich um. Offenbar waren keine indiskreten Augen oder Ohren in der Nähe, aber man konnte nie vorsichtig genug sein. »Wie gesagt, kann ich dir den Hintergrund unserer Reise nicht verraten und auch nicht, was darauf folgen soll. Doch glaub mir, sollte es uns tatsächlich gelingen, diese Mission erfolgreich abzuschließen, werden wir noch am selben Tag den entscheidenden Angriff auf den Tyrannen vortragen. Und ich schwöre dir, das wird alles andere als ein Selbstmordkommando sein. Du kannst mir vertrauen.«

Aires seufzte. »Erklär mir, was du von mir erwartest.«

Nihal entspannte sich. »In diesen zwei oder auch drei Monaten müsstest du eine Truppe aufstellen, die wie ein echtes Heer zu kämpfen versteht. Überfallt also die Schmieden, tragt Schwerter und Rüstungen zusammen, Helme, Schilde, alle Waffen, die ihr nur finden könnt. Dann bildet euch aus für eine offene Schlacht, rekrutiert Soldaten. Und wenn möglich, weitet euren Widerstand aus.«

Aires schüttelte den Kopf. »Ich habe ja schon versucht, neue Rebellen zu gewinnen, und andere vor mir haben das ebenfalls getan. Aber die Leute haben keinen Mut und keine Kraft mehr, weitere Widerstandsnester werden sich schwerlich aufbauen lassen.«

»Versuch es noch mal«, schaltete sich Sennar jetzt ein. »Es wäre wichtig, dass es in jedem Land eine Truppe gibt, die jederzeit losschlagen kann.«

Aires war nicht überzeugt. »Wie stark sollte diese Truppe denn sein?«, fragte sie.

»Nun, sie muss gegen alle Männer und Gnomen, die in den Reihen des Tyrannen dienen, bestehen können. Gegen Fammin oder die Geister Gefallener werden sie aber nicht mehr kämpfen müssen«, antwortete Nihal.

Aires horchte auf. »Was willst du damit sagen?«

Nihal schüttelte den Kopf. »Denk nicht weiter darüber nach, versuch einfach nur, genügend Krieger für eine solche Schlacht zusammenzubringen. Wenn es so weit ist, werden wir dir Bescheid geben.«

Aires wandte sich an Sennar. »Durch einen deiner teuflischen Zauber, wie es so deine Art ist, nehme ich an.« Der Magier lächelte nur.

»Wir greifen an allen Fronten gleichzeitig an«, fuhr Nihal fort. »Es muss alles blitzschnell gehen, denn wir haben nur einen Tag Zeit. Was ich dir gesagt habe, muss aber unter uns bleiben. Und bitte, geht bei allen Aktionen so umsichtig wie möglich vor, damit kein Feind von unserem Vorhaben Wind bekommt. Halte den Angriffsplan geheim, bilde deine Leute aus, aber verrate ihnen nicht, was geschehen soll.«

»Aber zwei Monate sind wenig Zeit, und ich kann ja auch nicht alles allein machen. Irgendjemanden muss ich schon einweihen.«

»Gewiss, aber nur, wenn es unbedingt nötig ist«, warf Sennar ein. »Geheimhaltung ist der Schlüssel zum Erfolg unserer Mission. Und da du nun weißt, was wir vorhaben, liegt unser Leben auch in deiner Hand und damit die Zukunft der gesamten Aufgetauchten Welt.«

Aires schien sich von diesen Worten nicht schrecken zu lassen. Ein verschwörerisches Lächeln ließ ihr Gesicht erstrahlen. »Einverstanden«, sagte sie. »Du weiß ja, Sennar, dass ich Herausforderungen immer liebe. Ich werde mein Möglichstes tun, und wenn ihr mich ruft, werde ich zur Stelle sein.«

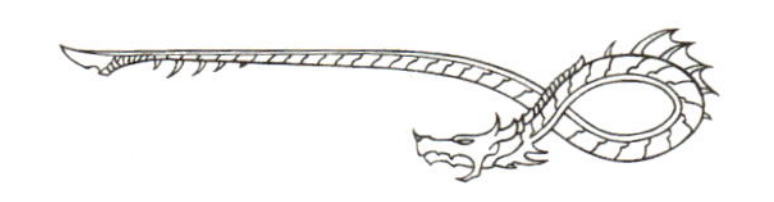

28

Trostlose Ebenen

Nach dem Mittagessen brachen Nihal und Sennar auf. Ihr Führer war ein magerer Junge mit rotem Haar und Sommersprossen, einer der wenigen Menschen, die sich den Rebellen angeschlossen hatten. Erneut war der Weg beschwerlich und eintönig. Die Kanäle waren alle gleich, die Dunkelheit undurchdringbar und die schwüle Luft erdrückend. Der Junge war einsilbig, aber flink wie ein Wiesel. Mehr als einmal geschah es, dass er behände in irgendeinen Durchgang kletterte und darin verschwand, sodass sie nach ihm rufen mussten, um nicht allein zurückzubleiben. Aber auch Nihal und Sennar sprachen nicht viel, denn die Anwesenheit dieses sommersprossigen Jungen machte sie ein wenig befangen. So legten sie fast den gesamten Weg wortlos zurück, ein jeder in die eigenen Gedanken vertieft.

»Wir sind da«, sagte der Junge irgendwann und durchbrach damit das lange Schweigen. Er deutete auf einen hellen Punkt in der Ferne. »Hier sind die Kanäle zu Ende. Gleich über uns ist der Hora. Haltet euch immer Richtung Westen, dann gelangt ihr über die Grenze«, fügte er hinzu.

Damit huschte er davon, fast lautlos, wie es seine Art war, ohne ihnen auch nur die Zeit zu lassen, ihm zu danken oder ihn Genaueres zu dem Weg zu fragen, den sie einzuschlagen hatten.

Nun waren sie wieder allein. Mühsam stiegen sie dem Licht entgegen und fanden sich an den Hängen eines riesengroßen Vulkans wieder, dessen Grollen meilenweit die Luft erfüllte. Er war völlig anders als der, den sie beim Jol-See gesehen hatten. Dieser hier war ein furchterregend hoher Berg, schwarz von Asche und Lava, einschüchternd wie eine mächtige Gottheit. Wie sie ihn so sahen, wirkte er in der Tat wie ein liegender Gott. Eine weniger steile Flanke fiel Richtung Süden ab, doch sonst ging es zu allen Seiten fast senkrecht hinauf. Der Krater selbst war rot wie Blut, und unablässig wurde glühendes Gestein ausgeworfen.

Als sie sich genauer umblickten, erkannten sie im Norden einen zweiten Berg, der sogar aus dieser Entfernung noch eindrucksvoller wirkte als der Hora, vor dem sie standen. Ein weiterer Vulkan, aller Wahrscheinlichkeit nach der größte der Gegend.

»Von Aires weiß ich, dass die Hauptstadt Assa zu Füßen eines enormen Vulkanes liegt, der von jedem Punkt in diesem Land aus zu sehen ist. Er heißt Thal. Das muss er sein«, erklärte Sennar.

Nihal betrachtete den Berg in der Ferne und musste an ihren Lehrer denken. In Assa hatte der Gnom lange gelebt, nach dieser Stadt hatte er sich in den Jahren seines Exils im Land der Felsen gesehnt, und dorthin war er zurückgekehrt, um den unrechtmäßigen König zu töten, wodurch er selbst zum Mörder wurde. Was Ido jetzt wohl trieb, welche Schlachten er wohl schlug, zusammen mit seinem treuen Vesa? Nihal hoffte inständig, dass es ihm gut gehen möge und dass sie ihn bald schon in den Freien Ländern heil und gesund wiedersehen werde.

Einen ganzen Tag brauchten sie, nur um den Hora zu umwandern. Dann hielten sie sich, wie angegeben, in westliche Richtung, auf dem Weg in ein Gebiet, das nicht sehr einladend sein konnte, zumindest dem Namen nach zu urteilen: Totenfelder. Aber auch die Landschaft, die sie jetzt durchquerten, hätte man sich schwerlich trostloser vorstellen können. Kein Grashalm weit und breit, die Luft war gesättigt mit einer Unzahl ekelhafter Gerüche, und die Sonne kam nie hinter der dichten schwarzen Wolkendecke hervor. Und dennoch gab es etwas Tröstliches in dem Bild, das sie vor sich hatten, etwas, das die Landschaft weniger trist machte als jene, die sie im Land der Tage passiert hatten. Hier wenigstens war die Einöde nicht die Folge des Zerstörungswahns des Tyrannen. Diese Gegend war auf ihre Art noch unversehrt und unberührt; der Erdboden war hier immer tot gewesen und die Luft immer verpestet, und genau darin lag ihre Schönheit. Es war das Reich einer Natur im Urzustand, ein Ort, wo die Naturgeister noch rein und mächtig waren. Unumschränkt herrschten hier Feuer und Wasser, und noch nicht einmal dem Tyrannen war es gelungen, sich dieses Reich einzuverleiben.

»Wenn man sich diese Landschaft ansieht, drängt sich der Gedanke auf, dass die Menschen, die Gnomen und alle Geschöpfe, die diese Welt bewohnen, eigentlich nur Eindringlinge sind«, bemerkte Sennar irgendwann.

Nihal nickte. Angesichts der Allgewalt der Natur an diesem Ort kamen ihr sogar die verheerenden Kriege ihrer Zeit, das viele vergossene Blut, wie eine Nichtigkeit vor. Jetzt glaubte sie zu verstehen, was Shevrars Diener sagen wollte, als er vom ewigen Fließen der Dinge gesprochen hatte. Alles war in Bewegung, in einem Kreislauf, dem es vorherbestimmt war, sich niemals zu schließen, mit einer Zukunft, in der sich noch nicht einmal die Erinnerung an einen Tyrannen gehalten haben würde. Die Geschichte der Erdbewohner würde in einem langen Todeskampf auslaufen, um schließlich ganz in Vergessenheit zu geraten. Und am Ende aller Tage würde von dieser Erde nur noch das Feuer übrig sein, der Fels der Gebirge, das Wasser der Flüsse, die Wellen des Ozeans und der Wind, der über die Ebenen fegte.

Nach vier Tagesmärschen gelangten sie zu den Totenfeldern und verstanden sogleich, wie passend der Name war für diese weite Ebene, die sich flach und gelb bis zum fernen Horizont hinzog. Sie war getüpfelt mit unzähligen Kratern; einige stießen Rauch aus, andere träge Lavaströme, die sich verteilten und seltsame geometrische Figuren auf den Erdboden zeichneten; aus wieder anderen schossen in regelmäßigen Abständen Wasserfontänen hervor. Kein Leben gab es hier, nur die Erdgewalten.

Die Totenfelder zu durchqueren, erwies sich als noch viel mühsamer als angenommen. An vielen Stellen war die Erde von breiten Rissen und Gräben durchzogen, und die Lava, die daraus hervorquoll, versperrte ihnen den Weg. Sie mussten sie umwandern, ebenso wie die kleinen Vulkane und Geysire. Hinzu kamen die Hitze und die Luft, die ihnen den Atem nahm. Je länger sie wanderten, desto mutloser wurden sie: Mit unerträglicher Langsamkeit, so schien es ihnen, schleppten sie sich schweißgebadet und mit brennenden Lungen dahin. Nur der Gedanke, dass sie hier unmöglich auf Feinde stoßen würden, tröstete sie. Wozu sollte der Tyrann auch einen Ort überwachen, der sogar von den Fliegen gemieden wurde?

»Vielleicht sollten wir Ido Bescheid geben, dass wir, wenn alles gut geht, bald zurückkommen«, sagte Nihal eines Abends.

Sie lagen auf dem Boden und blickten durch eine Lücke in der Wolkendecke zum Sternenhimmel hinauf.

»Es fehlen nur noch zwei Edelsteine.«

»Ich weiß nicht. Unsere Reise ist ja nun wirklich noch nicht zu Ende ...«, antwortete Sennar. Er befürchtete, das Schicksal herauszufordern, wenn sie jetzt bereits vom Abschluss ihrer Mission sprachen.

»Aber die Vorbereitung des entscheidenden Angriffs wird kein Kinderspiel. Wir müssen uns rechtzeitig melden, damit vorher alles Notwendige organisiert werden kann«, ließ Nihal nicht locker.

Sennar blickte weiter zum Himmel hinauf. »Wir wissen doch gar nicht, auf welche Hindernisse wir noch stoßen ...«, antwortete er zögerlich. »Vielleicht kommen wir ja auch gar nicht zurück ...«

Nihal lächelte und richtete sich auf, um ihn anzublicken. »Hast du Angst, es bringt Unglück?«

Sennar erwiderte das Lächeln. »Vielleicht.«

Er war unruhig, seit sie sich von Aires getrennt hatten. Eine ungute Vorahnung hatte ihn überkommen, als sie sich voneinander verabschiedeten, so als würde dieses Lebwohl ihr letztes sein, und seitdem fühlte er sich von einer Aureole des Todes umgeben. Er schüttelte den Kopf, um diese Gedanken zu vertreiben, und wandte sich Nihal zu. »Nehmen wir mal an, wir schaffen es tatsächlich, diese Geschichte zu einem glücklichen Ende zu bringen und den Tyrannen zu stürzen. Hast du schon mal darüber nachgedacht, was wir danach tun werden?«

Nihal legte sich wieder neben ihn und betrachtete den Himmel. »Ja, das habe ich, aber ich weiß es noch nicht genau …«, antwortete sie. »Fest steht, dass ich es leid bin, zu kämpfen. Wenn alles vorüber ist, werde ich wohl mein Schwert für eine Weile in die Ecke stellen.«

Jetzt war es Sennar, der sich aufrichtete und sie überrascht anblickte. »Das kann ich mir nicht vorstellen … Seit ich dich kenne, hast du nichts anderes im Sinn, als zu kämpfen. Und jetzt willst du so plötzlich damit aufhören?«

»Als wir mit Aires unterwegs waren, habe ich mich einmal nachts länger mit ihr unterhalten«, antwortete sie. »Sie hat mir einige Dinge gesagt, die mich nachdenklich gemacht haben. Lange Zeit habe ich im Kampf meine Bestimmung gesucht. Vielleicht ist es an der Zeit, irgendwo anders zu suchen, Abstand zu gewinnen, mal ganz für mich allein zu sein, ich weiß es nicht … Ich weiß nur, dass ich genug Blut gesehen habe, zumindest für den Moment.«

Sennar versuchte, seine Enttäuschung zu verbergen.

Allein sein? Warum kannst du nicht mit mir zusammen suchen, Nihal? Warum möchtest du nicht, dass ich dir helfe?

»Und du?«, fragte Nihal.

»Ich weiß es auch nicht so recht, mit Sicherheit möchte ich aber weiter Magier sein«, sagte er. »Wenn man mich noch haben will, werde ich in den Rat zurückkehren. Dort gibt es immer genug zu tun, mit oder ohne Krieg. Dann kann ich meine gewohnten Aufgaben wieder wahrnehmen und den Frieden genießen. Mal sehen, wie das ist. Es muss schön sein«, schloss er sehnsüchtiger, als er eigentlich gewollt hatte. Dann streckte er sich wieder neben ihr aus und betrachtete die wenigen Sterne, die sich über ihnen zeigten.

Am dritten Tag gelangten sie in das Zentrum der Totenfelder. Sie hatten es gründlich satt, durch diese Trostlosigkeit zu marschieren, in der es noch nicht einmal einen Grashalm gab, und wünschten sich, auf irgendetwas Lebendiges zu stoßen. Und ihre Bitten wurden erhört, aber nicht so, wie sie es sich vorgestellt hatten.

Während sie erschöpft unter der dichten Wolkendecke dahinwanderten, vernahmen sie plötzlich Stimmen. Bis zu diesem Moment hatte es keine anderen Geräusche gegeben als das Rauschen des Wassers, das aus den Geysiren schoss, oder das Zischen und Brodeln von Dampf und Lava, die aus der Erde hervortraten.

Sie versteckten sich hinter einem Felsvorsprung und warteten mit pochenden Herzen. Nach einer Weile, die ihnen unendlich lang vorkam, sahen sie zwei Gnomen näher kommen, in Kampfmontur und mit Wappen darauf, die keinerlei Zweifel ließen hinsichtlich der Armee, der sie angehörten. Nihal und Sennar duckten sich so tief wie möglich hinter den Fels und hielten fast den Atem an, um nicht auf sich aufmerksam zu machen. Was suchten ihre Feinde an diesem gottverlassenen Ort?

»Wenn du mich fragst, sind die tot.«

»Das glaube ich auch.«

»Und was soll dann die Sucherei?«

»Hör mal, es schadet uns nur, zu viele Fragen zu stellen. Du weißt doch, Befehl ist Befehl, und speziell dieser hier scheint von sehr weit oben zu kommen.«

»Von Ihm …?«

»Ich denke schon.«

»Dann müssen diese Eindringlinge wirklich äußerst gefährlich sein, wenn sogar Er sich damit befasst ...«

Sennar spürte, wie sein Herz in der Brust raste. So laut kamen ihm die Schläge vor, dass er fürchtete, die Gnomen könnten sie hören.

»Unsere Spione haben berichtet, dass ein Ratsmitglied aus Makrat verschwunden ist. Und das schon lange, drei Monate, bevor man den fremden Jungen im Land der Tage fand. Es soll sich um diesen Zauberer handeln, von dem man schon so einiges gehört hat, jenen Mann, der bis in die Welt unter dem Meer gefahren ist.«

»Der Tyrann soll sich sehr gewundert haben über den Wagemut dieses jungen Zauberers.«

»Das habe ich auch gehört. Jedenfalls vermutet man, dass einer der beiden Gesuchten wiederum er ist.«

Man war ihm also auf den Fersen. Halb so wild, versuchte sich Sennar zu sagen, wichtig war nur, dass sie nichts von Nihal wussten. Er suchte die Hand der Halbelfe und fand sie um das Heft ihres Schwertes gelegt. Er drückte sie.

»Die Toten, die man im Wald gefunden hat, sind durch einen Zauber eingeäschert worden. Wer soll schon auf einen Streich sieben Fammin und einem Mann den Garaus machen können, wenn nicht ein Magier aus dem Rat?«

»Mag sein, aber wieso suchen wir über einen Monat schon vergeblich nach ihnen?«

»Die Männer aus dem Suchtrupp haben erzählt, sie seien vor ihren Augen mitten im Wald plötzlich verschwunden. Der scheint mit allen Wassern gewaschen, dieser Magier.«

Nicht weit vor ihrem Versteck blieben sie stehen.

»Und wer ist bei ihm?«

Sennar betete, dass sie Nihal nicht erkannt hatten.

»Ein seltsamer Typ, ein Krieger. Er hat allein vier Fammin erledigt.«

»Hat man einen Verdacht, wer das sein könnte?«

»Nein, gar nicht. Aber was meinst du, sollen wir nicht

langsam zurückkehren? Die Sonne geht schon unter, und das Quartier ist weit.«

»Ja sicher, unsere Pflicht haben wir getan.«

So machten sie kehrt und verschwanden.

Nihal beruhigte sich und legte den Kopf auf den Boden. Sennar hingegen blieb angespannt.

»Sie wissen von uns«, sagte sie, während sie ihn skeptisch anblickte.

»Nein, nur von mir.«

»Wie konnten wir nur so dumm sein?«, fluchte Nihal. »Wieso haben wir geglaubt, sie würden plötzlich die Suche nach uns einstellen …? Und nun? Wir müssen noch durch das Land der Felsen und durch das des Windes.«

»Das Wichtigste ist, nicht den Kopf zu verlieren. Offenbar befindet sich hier in der Gegend ein Lager. Wir gehen nur noch in der Dunkelheit weiter, und das am besten getarnt. Dennoch müssen wir so schnell wie möglich aus diesen Totenfeldern hinaus.«

An diesem Tag rasteten sie nicht und zogen die ganze Nacht weiter. Das feindliche Lager war nicht sehr weit entfernt und schien nicht das einzige zu sein, denn von dort zweigten wieder verschiedene Wege ab. Wozu die feindlichen Soldaten in solch einem entlegenen Gebiet stationiert waren, blieb rätselhaft.

Als das Morgengrauen den Himmel im Osten zu erhellen begann, hielten sie Ausschau nach einem geeigneten Platz, um sich auszuruhen, streiften aber lange erfolglos umher. Erst als die Sonne schon höher am Himmel stand, entdeckten sie ein Erdloch, das ihnen als Unterschlupf dienen konnte.

Tagelang wanderten sie in diesem Rhythmus weiter. Wie schon im Land der Tage hatte Sennar mit einem Zauber Nihals Aussehen verändert. »Auf keinen Fall darf jemand merken, dass du eine Halbelfe bist«, sagte er.

Je weiter sie allerdings kamen, desto mehr Feinde kreuzten ihren Weg. In diesem Teil der Totenfelder wimmelte es von

Militärlagern und Bauten jeder Art: Wachtürme, die die Ebene beherrschten, kleinere Siedlungen, jenen ähnlich, die sie im Land der Tage gesehen hatten, befestigte Zitadellen, doch vor allem eigenartige Lager, umgürtet von hohen Mauern aus schwarzem Kristall, die keinen Blick hinein gewährten. Wenn sie an solch einem Lager, auf größtmögliche Entfernung bedacht, vorbeizogen, vernahmen die beiden immer wieder lautes Brüllen, und sie spürten, wie der Boden unter ihren Füßen bebte, wie von schweren Schritten erschüttert.

»Die Geräusche kommen mir so vertraut vor«, sagte Nihal irgendwann, »das könnten Drachen sein.«

Eines Nachts hörten sie aus der Richtung eines solchen Geheges lautes aufgeregtes Stimmengewirr, Gepolter und wildes Gebrüll. Dann sahen sie, wie sich ein riesengroßes Tier aus dem Dunkel der Nacht majestätisch über der Lagermauer erhob. Es stieß eine Feuerzunge zum Himmel aus und breitete seine weiten durchsichtigen Flügel aus. Ein schwarzer Drache. Das erklärte, was hinter all diesen Lagern steckte: Hier wurden die furchterregenden schwarzen Drachen gezüchtet.

»Ich spüre ganz deutlich, dass sich viele Magier in dieser Gegend aufhalten«, bemerkte Sennar irgendwann mit sorgenvoller Miene, denn wenn er diese Zauberer wahrnahm, so würden sie umgekehrt auch ihn erkennen können.

Von diesem Zeitpunkt an verwandelte sich ihr Marsch in eine Flucht. Unablässig spürten sie den Atem ihrer Feinde im Nacken und fanden keinen Moment Ruhe, weder am Tag noch in der Nacht.

Als sie an einem Abend umsichtig durch die nur von rot glühender Lava erhellte Ebene wanderten, hörte Nihal plötzlich ein Geräusch. Sie blieb stehen und führte die Hand zum Schwert. Auch Sennar hielt inne und horchte. Die Luft war voller Geräusche, am lautesten das Grollen der Vulkane, doch Nihal hatte etwas anderes vernommen. Eine Art Scheppern … Sie schloss die Augen, und ihr war, als spüre sie ein rhythmisches Beben unter ihren Füßen. Schritte vielleicht, möglicherweise auch etwas anderes, auf alle Fälle aber Anzeichen von Gefahr.

Nihal zog ihr Schwert. »Ich glaube, es kommt jemand«, sagte sie.

Sennar blickte sich um. »Hier finden wir aber kein Versteck.«

»Dann bleibt uns nur noch die Magie.«

»Das sollten wir lieber lassen. Damit könnten wir uns verraten.«

»Wir haben aber keine andere Wahl«, entschied Nihal.

Sennar konzentrierte sich also und sprach eine Formel. Gleich darauf nahm Nihal die Gestalt eines Fammin an und er selbst eines einfachen Soldaten. Die Halbelfe zog das Schwert. Ihre Sinne hatten sie nicht getäuscht: Die Schritte waren nun deutlich zu hören und ebenso das Klirren und Scheppern von Rüstungen.

Mit pochenden Herzen gingen sie weiter, während die Schritte immer näher kamen. Da tauchten im Schein der glühenden Lava einige Gestalten auf, vier vielleicht. Drei schnüffelten am Boden und konnten nur Fammin sein. Nihal schrak zusammen. Sie waren damit beschäftigt, Witterung aufzunehmen. Das hatte Vrašta auch häufig getan, als er mit ihnen unterwegs war, bevor er jagen ging.

Die Gestalten kamen näher. Die vierte war ein Gnom, offenbar höherrangig als ein einfacher Soldat, zumindest seinem fein gearbeiteten Brustharnisch und seinem Umhang nach zu urteilen.

Kaum hatte er die beiden ausgemacht, verlangsamte der Gnom seinen Schritt. Als er vor ihnen stand, bemerkte Nihal, wie verblüfft er dreinschaute. Sennar zog sich die Kapuze tiefer in die Stirn.

»Wer seid ihr?«, herrschte der Gnom sie an.

Kalte Schauer liefen Nihal den Rücken hinunter, und sie betete, dass dem Freund wiederum eine gute Erklärung einfiele.

»Wir kommen vom Lager und wurden ausgesandt, das Gelände nach den beiden Fremden abzusuchen«, antwortete Sennar.

Nihal merkte, dass seine Stimme zitterte. Unterdessen hatte sich einer der Fammin aufgerichtet, schnüffelte jetzt an der Luft und bedachte den Magier mit einem finsteren Blick.

»Heute Nacht bin ich auf Patrouille, und ich habe nicht gehört, dass sonst noch jemand losgeschickt wurde«, entgegnete der Gnom.

»Es war eine kurzfristige Entscheidung, deswegen konnte man Euch wohl nicht davon in Kenntnis setzen«, versuchte Sennar zu erklären.

Plötzlich begann der Fammin zu knurren, und die anderen reckten ihre Streitäxte.

»Wie heißt ihr?«, fragte der Gnom. Seine Hand lag auf seinem Schwert.

Da ergriff Nihal Sennars Arm und zog ihn, schon laufend, mit sich fort. Sofort setzten die Fammin nach.

»Was zum Teufel ...?«, fragte Sennar, während sie durch die Ebene flohen.

»Er hat dir nicht geglaubt. Uns blieb nichts anderes übrig, als abzuhauen«, antwortete Nihal.

Im Nu holten die Verfolger den Vorsprung auf, immer bedrohlicher klangen ihr keuchender Atem und ihre kehligen Rufe.

»Es hat keinen Sinn davonzulaufen!«, japste Sennar. »Sie wissen ja, wer wir sind, wir haben sie auf der Pelle.«

Nihal rannte weiter und drückte dabei seine Hand.

»Wir müssen kämpfen«, rief Sennar.

»Das willst du doch gar nicht. Ich weiß ja, was es für dich bedeuten würde.«

Da ließ Sennar Nihals Hand los, blieb stehen und drehte sich zu den Feinden um.

Nihal hatte keine andere Wahl, als ebenfalls stehen zu bleiben und sich zum Kampf aufzustellen. Sie trat dem Gnomen entgegen, während es Sennar mit den Fammin zu tun bekam.

Und erneut, so wie damals auf der Lichtung, vernichtete er sie mit seiner Zauberkraft. Einige Zeit lang hatten beide geglaubt, den Krieg vergessen zu können, doch der Tod war ihnen gefolgt, und während sie die Leichen der Feinde betrachteten, wussten sie, dass sich nichts geändert hatte. Erneut fühlten sie sich allein und verloren.

Am folgenden Tag überschritten sie die Grenze und ließen das Land des Feuers für immer hinter sich. Ein Jahrhundert schien mittlerweile der Abend zurückzuliegen, an dem sie sich über das Ende ihrer Mission unterhalten hatten. Nur noch zwei Edelsteine fehlten ihnen, aber man hetzte sie, und durch den Kampf in der Ebene würden noch mehr Feinde auf sie aufmerksam geworden sein.

»Wir werden uns auf keinen Kampf mehr einlassen«, sagte Nihal, als sie neben Sennar her marschierte. »Wenn wir ausschließlich in tiefer Nacht weiterziehen, wird uns schon niemand mehr entdecken. Wir müssen nur gut aufpassen.«

Sennar schwieg. Als er dann beschloss, sein Schweigen zu brechen, geschah das auf unerwartete Weise. Er lachte. »Mach dir wegen mir keine Gedanken«, sagte er dann. »Ich hab's aufgegeben, das Muttersöhnchen zu spielen und mich von jedem Tropfen Blut vor meinen Augen gleich umwerfen zu lassen. Auf mich kannst du zählen, wenn es nötig ist, werde ich mich meiner Haut zu wehren wissen.«

Nihal erwiderte nichts und vertraute darauf, dass ihr Schweigen mehr sagte als tausend Worte.

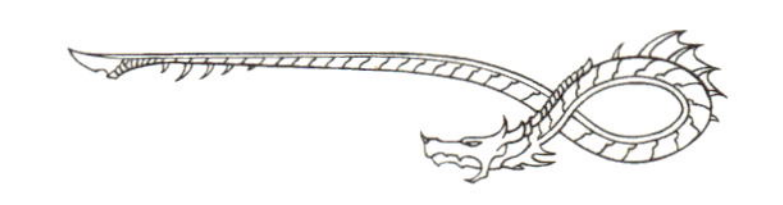

29

Ein Schrei der Wut

Der Aufenthalt in Dama zerrte an Idos Nerven. Der Sommer war weit fortgeschritten, und der Gnom rechnete damit, dass in Kürze wieder eine große Versammlung stattfinden würde, um die nächsten Schritte gegen den Tyrannen zu beraten. Er spürte, dass es an der Zeit war, sein Soldatenleben wieder aufzunehmen.

Was ihn verwunderte, war, dass sich noch niemand von der Armee bei ihm gemeldet hatte. Sein Lazarettaufenthalt konnte sich ja nicht ewig hinziehen, und er erwartete täglich, dass ihm neue Befehle zugestellt würden. Doch die Zeit verging ohne irgendeine Nachricht.

Und so beschloss der Gnom an einem sonnigen Morgen, an dem er sich besser als sonst fühlte, nach Makrat zu reisen. Er wusste, dass die militärische Führung, einschließlich Soana, dort vollständig versammelt war.

Er legte seine Kampfmontur an und fragte den Offiziersburschen, der sich um ihn kümmerte, wo er seine Rüstung und seine Waffen finden könne. Als er diese dann aber sah, erlebte er eine böse Überraschung: Etwas Wichtiges fehlte.

»Wo ist mein Schwert?«, rief er gereizt.

»Das hat Deinoforo entzweigeschlagen«, antwortete der Bursche eingeschüchtert.

Idos Herz begann zu rasen. Dieser Zweikampf hatte alle Sicherheiten seiner Existenz untergraben. Dieses Schwert war sein Leben, ohne diese Waffe konnte er unmöglich kämpfen.

»Aber ich habe Euch ein neues besorgt«, fügte der Bursche sogleich hinzu und deutete auf ein Schwert, das an der Wand lehnte. Das Heft wies keine Verzierungen auf, es schien also einem einfachen Soldaten gehört zu haben, der in der Schlacht gefallen war.

»Wo sind denn die Reste von meinem Schwert?«, fragte Ido, jetzt mit lauterer Stimme.

Der Bursche schrak zusammen. »Die Magierin hat sie mir ausgehändigt, bevor sie Dama verließ. Ich habe sie ins Lager gebracht.«

Ido stürzte davon. Die Vorstellung, dass sein Schwert inmitten von irgendwelchem Schrott lag, brachte ihn schier um den Verstand. Der Junge rannte ihm nach.

Er sah es auf Anhieb, achtlos hingeworfen in einer Ecke. Einige Zoll oberhalb der Glocke war die Klinge abgebrochen. Ido spürte, wie sich sein Herz zusammenzog. Er nahm die Bruchstücke in die Hand. Das Heft war voll verkrusteten Blutes – sein eigenes oder das von Deinoforo. Und auch die abgebrochene Klinge war tiefrot. Der Gnom dachte zurück an all die Jahre, in denen ihm sein Schwert gute Dienste geleistet hatte, und spürte, wie ihm die Tränen in die Augen stiegen. »Ich nehme es mit«, sagte er.

»Aber es ist doch zerbrochen, Herr …«, wunderte sich der Junge.

Ido beachtete ihn nicht und verließ entschlossenen Schritts den Lagerraum.

Zumindest Vesa, der den Zweikampf nahezu unbeschadet überstanden hatte, war an seinem Platz. Stolz wie immer stand er da und begrüßte Ido mit einem lauten Schnauben. Kaum hatte sich der Gnom in den Sattel geschwungen, waren die Gefühle wieder da, die ihm in der langen Zeit seiner Genesung am meisten gefehlt hatten, und fast gelang es ihm, sich vorzumachen, dass im Grunde gar nichts Dramatisches geschehen sei.

»Komm, auf, wir müssen zur Akademie und neue Befehle in Empfang nehmen«, trieb er mit einem Lächeln Vesa an.

Bei seiner Ankunft fand Ido Makrat sehr verändert vor. Die Nachricht von der Niederlage im Land des Wassers hatte auch hier wie ein Schock gewirkt, und die Menschen waren verängstigt. Durch die Straßen der Stadt marschierten Soldaten, und von dem üblichen sorglosen Treiben war nicht viel geblieben: Es waren weit weniger Passanten auf den Beinen, weniger Waren auf den Markttischen, und sogar die Kinder schienen nicht mehr so ausgelassen wie früher zu spielen. Die Lage war ernst, das war mittlerweile auch dem Letzten klar.

Ido begab sich geradewegs zur Akademie und bat um eine Audienz bei Raven. Er wollte diesen unangenehmen Besuch so schnell wie möglich hinter sich bringen. Wie üblich ließ man ihn eine Weile warten, bevor Raven ihn schließlich empfing. Der Oberste General saß in seinem Sessel und wirkte kalt und abweisend. Kein Gruß kam über seine Lippen. Ido war nicht zu Streitereien aufgelegt, und so beugte er rasch das Knie.

Ravens Blick wanderte zu der Binde über Idos Augenhöhle. »Was macht deine Verwundung?«

»Schon verheilt. Es war nichts Ernstes.«

Eine Weile wurde es still im Saal.

»Nun? Was führt dich her?«

»Das scheint mir auf der Hand zu liegen. Ich möchte wissen, wo ich Dienst tun soll. Ihr habt mich in Dama vermodern lassen ohne den kleinsten Befehl.«

»Du hast Urlaub.«

»Ich bin aber wieder gesund.«

»Wie ich sehe, weigerst du dich zu verstehen …«

»Nein«, erwiderte Ido gereizt, »ich verstehe tatsächlich nicht.«

»Du bist auf unbestimmte Zeit beurlaubt.«

Diese Worte trafen Ido mit der Gewalt eines Felsblocks. Das hatte er nun wirklich nicht erwartet. »Du hörst doch, dass ich wieder gesund bin«, protestierte er.

Raven erhob sich und trat auf ihn zu. »Ich weiß, es ist eine harte Entscheidung, aber du hast es selbst verschuldet«, erklärte er in kühlem Ton. »Es sind zwei Gründe, die mich dazu veranlasst haben, dich von deinen Aufgaben als Drachenritter zu entbinden.«

»Was soll das? Ist das wieder ein Versuch, mich endgültig loszuwerden? Ich dachte, wir hätten unsere Meinungsverschiedenheiten ein für alle Mal beigelegt«, schnaubte Ido.

Raven schien diesen Worten keine Beachtung zu schenken.

»Dein Verhalten in der Schlacht ist unentschuldbar. Du hast die dir anvertrauten Soldaten sich selbst überlassen, um einen Zweikampf auszutragen, der nur für dich persönlich wichtig war; mehr als dreihundert Gefallene hat uns dein Eigensinn gekostet.«

Ido spürte, wie sein Gesicht zu glühen begann. »Ich war verwundet, was hätte ich denn tun sollen? Ihnen vom Lazarett aus Befehle erteilen?«

»Darum geht es doch nicht, das weißt du. Du hast dich am zweiten Tag der Schlacht, ungeachtet aller strategischen Pläne, sogleich auf Deinoforo gestürzt und deine Männer ihrem Schicksal überlassen. Fast alle sind an diesem zweiten Tag gefallen, oder weißt du das gar nicht?«

Mit einem Mal hatte Ido die Gesichter jener Jungen vor Augen, die er ausgebildet hatte; sie kamen ihm jetzt so furchtbar jung vor, Kinder ... Dann erinnerte er sich einer Stimme, die auf dem Schlachtfeld nach ihm rief, Nelgars Stimme: »He, Ido, deine Leute, verflucht!«

»Ich habe doch ...«, wollte Ido etwas einwenden, fand aber keine Worte. Eigentlich wusste er es, seit er mit dem jungen Caver gesprochen hatte.

»Du hast den Beweis geliefert, dass ich gut daran tat, dir nie richtig zu vertrauen«, fuhr Raven fort. »Im Grunde hast du dich nicht verändert seit der Zeit, als du dem Tyrannen dientest; du bist eine Bestie, die es nach Blut verlangt, und dein Blutdurst hat viele Opfer gefordert.«

»So war es nicht, und das weißt du. Zugegeben, es war ein Fehler, aber ...«

»Kein Aber. Solch ein schweres Fehlverhalten könnte ich

noch nicht einmal einem Grünschnabel durchgehen lassen, geschweige denn einem Krieger, der schon Hunderte von Schlachten geschlagen hat.«

Die Fäuste geballt, stand Ido regungslos da. Er konnte kaum atmen und glaubte ersticken zu müssen.

»Dennoch ist das nicht der einzige Grund für deine Beurlaubung«, erklärte Raven jetzt. Er wandte sich ab und entfernte sich einige Schritte. »Du wurdest schwer verwundet und hast ein Auge verloren. Du wirst niemals wieder der Krieger früherer Tage sein.«

Ido spürte, wie die Wut in ihm brodelte. »So ein Unsinn!«, zischte er.

»Ich sage nur, wie es ist. Nur noch ein Auge zu haben, ist keine Kleinigkeit für einen Krieger.«

»Ach was, ich kämpfe noch genauso gut wie vorher. Soll ich's dir zeigen?«

»Sei nicht so kindisch. Du glaubst wohl immer noch, mit dem Schwert alle Probleme lösen zu können. Meinst du, ich hätte deinen großspurigen Auftritt in der Akademie vergessen? Nein, Ido, du kannst es nicht leugnen, es fällt dir schwer, Distanzen richtig einzuschätzen, und dein Gesichtsfeld ist stark eingeschränkt. Du kannst nicht mehr so wie früher kämpfen.«

Ido versuchte, sich zu beherrschen, doch gegen seine Wut kam er nicht an. »Zieh dein verdammtes Schwert und beweis mir, dass ich nicht mehr so gut bin wie früher. Beweis es mir! Wir beiden hätten schon vor Jahren miteinander abrechnen sollen.«

Raven ließ sich nicht aus der Ruhe bringen. »Ido, zwing mich nicht ...«

»Ich verlange es von dir, verflucht noch mal!« Idos Brüllen ließ die Wachen am Eingang zusammenschrecken.

»Du bist nicht bei dir!«, antwortete Raven gelassen. »Es hat keinen Sinn, dieses Gespräch fortzusetzen. Geh jetzt, wenn du zur Vernunft gekommen bist, reden wir noch mal darüber.«

Raven drehte sich um und bewegte sich auf seinen Sessel zu. Da sah Ido rot. Mit einem Schrei zog er das Schwert, das ihm der Offiziersbursche besorgt hatte, und griff den Obersten General an.

Raven parierte mit Leichtigkeit. »Denk dran, dass ich dein Vorgesetzter bin. Provoziere mich nicht, Ido.«

Doch der Gnom hörte ihn nicht und attackierte erneut. Und wieder parierte Raven fast mühelos, um dem Angreifer gleich darauf einen Hieb von der Seite zu versetzen. Ido sah ihn zu spät und fuhr herum, weil er ein Rascheln neben sich gehört hatte. Da erst bemerkte er, dass eine der beiden Wachen herbeigeeilt war.

»Na, bist du nun überzeugt? Du hast meinen Hieb nicht kommen sehen und nichts von der Wache bemerkt.«

Ido antwortete nicht, sondern ging mit einem erneuten Schrei gleich wieder zum Angriff über. Jetzt ging es Schlag auf Schlag, doch fast immer reagierte Ido zu spät auf die Attacken seiner beiden Gegner. Er war verwirrt, nahm den Raum um sich herum nicht richtig wahr, und so wurden seine Bewegungen immer fahriger. Als er dann an der Schulter getroffen wurde, nutzte Raven die Gelegenheit, um ihn zu entwaffnen. Scheppernd landete Idos Schwert auf dem glatten Fußboden, und er fiel keuchend auf die Knie.

»Du bist nicht mehr imstande zu kämpfen«, verkündete der Oberste General, »tut mir leid für dich, Ido, aber auf die Dienste eines Drachenritters, der nur noch die Hälfte wert ist, können wir verzichten.«

Mit diesen Worten verließ Raven den Saal. Das Klacken seiner Stiefel auf dem Marmorboden klang wie zusätzlicher Hohn in Idos Ohren.

Schwer atmend blieb er am Boden liegen, sein Schwert ein paar Ellen von ihm entfernt.

Es ist aus. Es wird nie mehr so wie früher sein. Er hat Recht. Als Drachenritter bin ich nur noch die Hälfte wert.

Und er schickte einen Schrei voller Wut zur hohen Decke des Saales hinauf.

Wie eine Furie rauschte Ido in Soanas Zimmer. Er sah blass aus und verwirrt, und die Magierin erschrak.

»Was tust du hier?«

Sie wusste noch nicht einmal, dass er in Makrat war, und dachte, er erhole sich in Dama.

»Gib mir mein Auge zurück!«

Soana blickte ihn verständnislos an.

»Was …?«

Und schon begann er herumzustöbern, zwischen ihren Büchern, ihren persönlichen Dingen, so als habe er den Verstand verloren. »Du bist doch eine Magierin, nicht wahr? Nun, dann gib mir mein Auge zurück, verflucht noch mal! Es wird doch irgendeinen verflixten Zauber geben, der mein Auge nachwachsen lässt. Ich muss wieder so wie früher sehen können!«

Soana trat auf ihn zu und versuchte, ihn zu beruhigen, doch der Gnom wollte nicht davon lassen, Bücher aufzublättern und auf den Boden zu werfen. »Ido, es gibt keine Magie, die zu so etwas in der Lage wäre, es gibt Grenzen, die niemand …«

»Das darf nicht sein! So darf es nicht enden!« Er stürzte sich noch einmal auf die Regale, doch als er wieder ein Buch herausziehen wollte, griff er daneben. »Verdammt!« Mit einem Schrei voller Wut und Verzweiflung warf er sich zu Boden, während ihm Tränen über das Gesicht rannen.

Soana hatte ihn noch niemals weinen sehen. Sie verharrte an ihrem Platz und wartete, dass Ido sich beruhigte.

»Deinoforo hat mir nicht nur mein Auge genommen, sondern auch meinen Lebensinhalt, den Kampf, das Letzte, was mir verblieben war. Mit nur einem Auge habe ich auf dem Schlachtfeld nichts zu suchen. Aber was bin ich dann noch ohne den Kampf? Nichts weiter als ein Verräter!«

Er blieb schluchzend am Boden liegen. Soana beugte sich über ihn und umarmte ihn still.

Nach und nach beruhigte Ido sich. Die Wunde an der Augenhöhle war wieder aufgegangen, und Soana versorgte sie.

Vor niemand anderem hätte sich der Gnom in diesem Zustand zeigen wollen. »Verzeih mir«, sagte er.

»Mach dir keine Gedanken«, antwortete die Magierin. »Offenbar geht es dir ja schon wieder besser.«

Ido führte eine Hand an das Auge. An diese Vertiefung unter seinen Fingern würde er sich nie gewöhnen. Draußen vor dem Fenster ging die Sonne langsam über der Stadt unter, und dem Abend gelang es, die schwüle Sommerhitze ein wenig abzuschwächen. Soana zündete die Kerzen an.

»Jetzt erzähl mal, was überhaupt geschehen ist.«

Ido berichtete ihr von der Unterredung bei Raven.

»Ich habe die Wache wirklich nicht bemerkt, bis sie plötzlich neben mir stand. Und von Ravens Vorstößen habe ich auch die meisten zu spät gesehen. Weißt du, erst heute begreife ich wirklich, was der Verlust dieses Auges für mich bedeutet. Ich werde nicht mehr kämpfen können.« Er blickte sie an. »Und der Kampf gegen den Tyrannen war für mich die einzige Möglichkeit, für all meine Fehler zu bezahlen.«

Soana lächelte ihn traurig an. »Ido, du brauchst kein neues Auge. Was du brauchst, ist Mut und Willensstärke. Du wirst lernen, dich auch mit einem Auge richtig zu bewegen und erfolgreich zu kämpfen, du wirst dein Gehör verfeinern und auf das Schlachtfeld zurückkehren.«

Eine Weile saßen sie schweigend da, während die Dunkelheit um den Lichtschein der Kerzen herum immer schwärzer wurde.

»Danke«, murmelte Ido.

»Bleib heute Abend hier«, sagte Soana. »Du brauchst Ruhe.«

Der Gnom nickte.

Längere Zeit blieb Ido bei Soana. Er brauchte Muße zum Nachdenken, und die Gesellschaft der Magierin tat ihm gut.

»Ich werde Parsel um Hilfe bitte«, sagte der Gnom eines Abends, während Soana die kühlere Luft genoss, die durch das Fenster einströmte. Der Sternenhimmel funkelte so hell, dass sein silbernes Licht die stillen Gassen Makrats beschien.

Die Magierin lächelte. »Schön, dann bist du also so weit.«

»Noch etwas anderes habe ich mir vorgenommen«, fügte Ido nach längerem Schweigen hinzu.

Soana blickte ihn fragend an.

»Ich will herausfinden, wer Deinoforo eigentlich ist.«

Die Magierin seufzte.

»Ich weiß, was du jetzt denkst«, fuhr der Gnom fort, »aber keine Sorge, das Gewand des einsamen Rächers habe ich jetzt abgelegt, es steht mir nicht, ich sehe lächerlich darin aus. Aber ich muss ihn besiegen.«

»Sei vorsichtig. Der Weg, den du da gehen willst, ist gefährlich.«

Ido spürte, dass Soana hin- und hergerissen war, so als wolle sie ihm etwas erzählen, überlege aber noch, ob das wirklich ratsam sei.

»Es ist seltsam, dass manche Leute immer wieder auftauchen, in den verschiedensten Geschichten«, sagte die Magierin schließlich. »Und gewöhnlich sind es nicht die sympathischsten Personen.«

Ido blickte sie verständnislos an.

»Nun, als es mir damals nach so langer Zeit endlich gelungen war, meine Lehrerin Rais ausfindig zu machen, bat sie mich, Nihal zu ihr zu bringen. Ich wollte nichts davon wissen, und sie sprach dann einen Satz, der mir damals Rätsel aufgab. Sie sagte, jene Geister, die einer scharlachroten Rüstung folgten, würden Sheireen dazu bewegen, ihr Schicksal anzunehmen so wie sie selbst, ebenjener Rüstung folgend, ihrem Schicksal entgegenging.«

Ido schlug die Augen nieder. »Die erste Schlacht gegen das Totenheer …«, murmelte er.

Soana nickte, und ein Schatten huschte über ihr Gesicht. »Ich weiß nicht, was sie mit dem zweiten Teil des Satzes meinte … und will es auch gar nicht wissen, aber sie wird es dir erklären können«, schloss sie düster.

Der Gnom schwieg einige Augenblicke. »Ich muss zu ihr.«

»Sei auf der Hut, Ido, sie ist nicht mehr ganz bei Verstand und hat nur noch wenig gemein mit meiner früheren Lehrerin. Sie ist erfüllt von Hass, einem tiefen Hass, der sie auch äußerlich gezeichnet hat.«

»Das macht nichts. Ich hatte schon mit so vielen hasserfüllten Leuten zu tun.« Sogleich fiel ihm sein Bruder ein, aber er verscheuchte den Gedanken. »Ich muss wissen, wer Deinoforo ist, ich muss wissen, warum ich so besessen bin von diesem Ritter.«

»Ich habe dir gesagt, wie ich darüber denke. Gib aber wenigstens gut auf dich acht.«

Ido nickte.

Am nächsten Tag machte sich der Gnom auf den Weg zur Akademie. Dort schaute er zunächst nach Vesa und erhielt die Erlaubnis, den Drachen noch länger in den Stallungen der Akademie zu belassen.

Dann suchte er Parsel. Man sagte ihm, der sei mit seinen Schülern beschäftigt, und so hinterließ er ihm eine Nachricht und hoffte, dass der Fechtlehrer ihn nicht allzu lange warten lassen würde.

Sie trafen sich außerhalb der Akademie in einem Wirtshaus in Makrat. Als Parsel eintraf, blickte er Ido verlegen an.

»Mach nicht so ein Gesicht«, beruhigte ihn Ido, »ich bin kein Invalide.«

Das ließ sich Parsel nicht zweimal sagen und fand schnell wieder zu seiner eher schroffen Art zurück.

Sie unterhielten sich über die tragische Schlacht, Idos Zweikampf gegen Deinoforo, die vielen Verluste ... Dann kam Ido auf sein Treffen mit Raven zu sprechen.

»Ohne Kampf kann ich nicht leben, ich denke, das wirst du verstehen«, erklärte Ido.

Parsel nickte, wenig überzeugt.

»Ich will mich nicht damit abfinden, dass der Verlust dieses Auges das Ende für mich bedeutet. Ich werde trainieren und versuchen zu lernen, wieder so gut wie früher zu fechten, besser sogar, mit dem einen Auge, das mir geblieben ist.«

Parsel schwieg.

»Hältst du das für unmöglich?«

»Bleibt die Sache mit dem toten Winkel. Der wird bei dir immer größer sein als bei anderen. Das kannst du nicht ändern«, antwortete der Fechtlehrer.

»Seit wann kämpft man denn nur mit den Augen? Was ist mit dem Gehör, der Nase, dem Tastsinn ... Ich will lernen, diese Sinne besser einzusetzen und Augen überall zu haben, auf dem Rücken, in den Fingerspitzen ... Aber allein schaffe ich das nicht. Ich brauche Hilfe. Könntest du ein wenig Zeit erübrigen, um mir beim Training zu helfen?«

»Ich ...«, begann Parsel zögernd.

»Ich weiß, wir beide sind keine Freunde. Und ich weiß auch, dass du früher häufiger schon mit meinem Verhalten nicht einverstanden warst. Aber uns verbinden all die jungen Leute, die da draußen ihr Leben gelassen haben, weil ich falsch gehandelt habe.« Ido brach ab und starrte ihn an. »Ich bitte dich: Tu es für sie! Hilf mir, meinen Fehler wiedergutzumachen.«

Parsel antwortete nicht, hielt den Blick gesenkt und ließ einen Finger lange über den Rand seines Glases wandern. Ido hing an seinen Lippen.

»Was ist nun?«, platzte er schließlich heraus.

»Also gut«, gab Parsel nach. »Du bist ein großer Krieger, das weiß ich, und es wäre ein schlimmer Verlust für die Armee, wenn du nicht mehr kämpfen könntest. Aber ich kann dir nur abends helfen. Tagsüber habe ich in der Akademie zu tun.«

Ido kippte sein Bier in einem Zug hinunter. »Ich muss lernen, mit meinem ganzen Körper zu sehen, die Dunkelheit wird mir dabei helfen.«

30

Die Rückkehr

Als Unterkunft fand Ido ein kleines Haus innerhalb der Stadtmauer von Makrat. Es war nicht so gut eingerichtet wie das von Soana, doch für seine spartanischen Gewohnheiten reichte es vollkommen. Die Zeit der Trauer war vorüber, jetzt begann eine neue Phase seines Lebens, in der er nur auf die eigenen Kräfte würde bauen können.

Rasch stellte er fest, dass ihm das Leben als Zivilist noch schwerer fiel, als er gedacht hätte. Die Tage, an denen er ziellos durch die Stadt streifte oder in seinem Zimmer lag und zur Decke hinaufstarrte, kamen ihm alle gleich und sterbenslangweilig vor. Doch dann kam der Abend, und Ido begann durchzuatmen. In einem Wäldchen vor den Toren der Stadt traf er sich mit Parsel und trainierte mit ihm bis tief in die Nacht.

Der Anfang war schwer. Er hatte das Gefühl, als bewege sich die Welt zu schnell für ihn, als wimmele es in dem Raum um ihn herum von unsichtbaren Wesen. Es war unglaublich, wie sehr die Macht der Gewohnheit seine Sinne abgestumpft hatte.

In der ersten Trainingsphase band Ido sich auch das gesunde Auge zu, die beste Methode, sein Gehör und seinen Tastsinn zu entwickeln.

Zunächst waren die Erfolge nicht sehr ermutigend, und häufig kehrte er mit irgendeiner oberflächlichen Verletzung nach Hause zurück. Nach ein paar Wochen aber trugen die langen Jahre, die er auf dem Schlachtfeld verbracht hatte, langsam Früchte. Ido gewöhnte sich daran, Geräusche und ihre Herkunft genau zu erkennen, sich am Rauschen des Windes in den Bäumen zu orientieren, die Richtung von Schwerthieben am Zischen der Klinge in der Luft zu erraten oder am Rascheln von Schritten im trockenen Laub. Es kam ihm so vor, als sei er noch einmal jung geworden, als habe er eine Begeisterung wiedergefunden, wie sie ihn lange nicht mehr erfüllt hatte. Abend für Abend wurde er besser, und obwohl es ihm noch nicht gelang, Parsel zu schlagen, spürte er, dass er seinem Ziel schon recht nahe war.

Zu Herbstbeginn war er mit dem Erreichten so zufrieden, dass er glaubte, sich ein paar Ruhetage gönnen zu können. Es war an der Zeit, Rais aufzusuchen.

Von Soana wusste er, dass die greise Magierin im Land des Wassers bei den Naël-Wasserfällen lebte, in jenem Gebiet, das die Heere des Tyrannen noch nicht überrannt hatten, und hatte sich genau beschreiben lassen, wie ihre Hütte zu finden war.

Es war ein grauer, düsterer Tag, als er bei Rais eintraf. Trotz Soanas Beschreibung kurvte er eine Weile unter dem Wasserfall herum und wurde nass bis auf die Knochen, bevor ihm aufging, wo das Häuschen stand.

Es war wirklich ein heruntergekommener Schuppen, und Ido war erstaunt, dass eine so mächtige Zauberin, die Frau, die Nihal den einzigen Weg zur Rettung der Aufgetauchten Welt gewiesen hatte, unter solchen Bedingungen lebte. Zögerlich klopfte er an, doch niemand antwortete. Er legte die Hand auf den Riegel und stellte fest, dass die Tür nur angelehnt war.

Als er eintrat, verschlug ihm der beißende Geruch von Schimmel und getrockneten Kräutern fast den Atem. Innen kam ihm die Hütte noch schäbiger vor als von außen. Auf den ersten Blick wirkte sie eher wie die Behausung einer Hexe denn einer Magierin; die Bücher, die aufgeschlagen auf dem

Fußboden durcheinanderlagen, die Seiten bekritzelt mit gefährlich anmutenden Runenzeichen, mussten voller verbotener Formeln stecken.

Seltsame Freundschaft, die Soana da pflegt …

»Wer ist da?«, rief plötzlich eine krächzende Stimme.

Ido schrak zusammen. »Drachenritter Ido, ein Freund von Soana.«

Eine hutzelige Gestalt trat vor, eine tief gebückt gehende Greisin. Zweifellos ein Gnom, war sie noch sehr viel kleiner als Ido, von fast unnatürlichem Wuchs. Es hatte den Anschein, als würde der Boden sie langsam verschlingen. Ihr Gesicht war von Falten entstellt, ihre Augen nur zwei weißliche Kreise. Sie hatte unendlich langes Haar, das wie eine Schleppe am Boden schleifte.

Die Greisin richtete ihren Blick auf den Besucher und betrachtete ihn lange. »Der Gnomritter …«, sagte sie schließlich. »Sheireens Lehrmeister … Ich habe dich nicht kommen hören. Was willst du?«

Ido empfand Abscheu vor diesem modrigen, nach Fäulnis stinkenden Raum und der wenig sympathisch wirkenden Alten. »Ich bin gekommen, um dich einige Dinge zu fragen.«

»Eine Zauberin weiß nichts, was einen Krieger interessieren könnte.«

Ido sah sie genauer an. Früher musste sie einmal sehr schön gewesen sein, doch diese Schönheit schien verwelkt wie die Kräuterbunde an den Wänden.

»Vielleicht doch. Ich möchte mehr über Deinoforo erfahren, den Ritter mit der scharlachroten Rüstung! Kennst du ihn?«

Rais zuckte zusammen, und Ido erkannte, dass Soana mit ihrer Vermutung Recht gehabt hatte.

»Nein, ich kenne niemanden dieses Namens.«

»Oh doch! Du kennst ihn. Und ich werde nicht eher gehen, bis du mir alles erzählt hast, was du von ihm weißt. Vor einiger Zeit habe ich gegen ihn gekämpft«, fügte Ido hinzu, »und dies hier ...«, er berührte seine linke Augenhöhle, »... ist sein Werk. Ich möchte wissen, wer er ist.«

Rais heftete den Blick ihrer milchigen Augen auf Idos Gesicht, und der Gnom begriff, dass sie, genau wie er, in diesem Moment an Nihal dachte. Eine Weile starrten sie sich an, und Ido hatte das ungute Gefühl, die Magierin versuche, ein obskures Anrecht auf die Seele seiner Schülerin geltend zu machen.

Plötzlich lächelte Rais ein heimtückisches Lächeln. »Setz dich«, sagte sie trocken.

Ido nahm auf einem eingestaubten Stuhl Platz, während sich die Alte auf einem Sessel hinter einem Tisch voller Pergamentblätter und Heilkräuter niederließ. In der Mitte stand ein kleines mit Asche gefülltes Kohlebecken.

»Sagt dir der Name Debar irgendetwas?«, fragte Rais.

Beim Klang dieses Namens spürte der Gnom einen alten Groll in sich aufsteigen. Als er Debar kennenlernte, war dieser ein sympathischer, vielversprechender Junge mit dunklem Haar und blauen Augen. Er diente in Idos Einheit, und für eine Weile hatte er den Jüngeren unter seine Fittiche genommen, bis Debar dann Rang um Rang aufstieg und in der Armee rasch Karriere machte. Eines Tages jedoch geriet seine Familie in den Verdacht, Verrat begangen zu haben. Es lag jedoch nur eine Reihe fadenscheiniger Beweise vor. Debars Eltern wurden gelyncht, seine Schwester vergewaltigt; er selbst wurde lebensgefährlich verletzt, konnte aber fliehen. Als Ido von den Anschuldigungen erfuhr, hatte er noch versucht, das Unheil abzuwenden und eine, wie er überzeugt war, schreiende Ungerechtigkeit zu verhindern. Doch es war zu spät gewesen.

»Ich erinnere mich sehr genau an ihn«, sagte er traurig. »Sein Tod belastet das Gewissen der Bewohner der Freien Länder.«

»Debar ist nicht tot«, erklärte Rais mit rauer, kräftiger Stimme. »Debar nennt sich jetzt Deinoforo.«

Ido erstarrte. Das konnte unmöglich wahr sein. Wie ließ sich das Bild dieses freundlichen Jungen mit dem des erbarmungslosen Ritters im Dienste des Tyrannen, gegen den er zweimal gekämpft hatte, in Einklang bringen? »Du lügst«, sagte er kaum vernehmbar. »Wie kannst du nur so etwas behaupten?«

Erneut zuckte die Greisin zusammen und schwieg dann einen Moment, bevor sie fortfuhr: »Es war vor vielen Jahren, noch bevor ich die Wahrheit über Sheireen entdeckte und das Medaillon fand, da wurde ich von einem Ritter der Schwarzen Drachen gefangen genommen und auf die Feste des Tyrannen gebracht. Auf dem Weg dorthin sah ich ihn eines Abends ohne Helm und erkannte Debars Gesicht wieder. Dieser Ritter war, wie du mittlerweile verstanden haben wirst, Deinoforo.«

Rais zitterte, sie schien unruhig.

Ido seinerseits konnte einfach nicht glauben, was er gerade gehört hatte. Zu vieles passte da in der Erzählung der Greisin nicht zusammen. »Was hast du gemeint, als du Soana gegenüber von deinem Schicksal sprachst?«, fragte er. »Und was wollte der Tyrann von dir?«

»Gar nichts«, wehrte Rais ab.

»Wozu ließ er dich dann von einem Drachenritter auf seine Feste bringen …?«

»Das hat nichts mit den Dingen zu tun, die du herausfinden wolltest. Das geht dich nichts an.«

»Warst du seine Gefangene?«, ließ Ido nicht locker.

»Kurze Zeit. Dann konnte ich fliehen.«

»Aus den Verliesen der Feste gibt es kein Entrinnen. Dies ist ein Ort des Todes.«

Rais' milchige Augen rollten, so als suche sie nach einem Ausweg.

»Was hast du auf der Feste gesehen? Warum willst du es mir nicht sagen?«, schrie Ido fast. Unwillkürlich führte er seine Hand an das Heft seines Schwertes. Wenn diese Megäre etwas über den Tyrannen wusste, würde er es auf alle Fälle in Erfahrung bringen.

»Wage es nicht, mir zu drohen!«, rief die Greisin.

Ido zog seine Waffe. »Was weißt du über den Tyrannen?«, fragte er jetzt ruhiger, wobei er jedes einzelne Wort betonte. Rais antwortete nicht. Da steckte er die Waffe zurück und ging gelassenen Schritts zur Tür. Er hatte fast den Ausgang erreicht, als er sich noch einmal umdrehte. »Gleich morgen werde ich mich an den Rat der Magier wenden. Ich lasse nicht zu, dass das Schicksal der Aufgetauchten Welt in den Händen einer Verräterin liegt.«

Zu Idos größter Verwunderung begann die Alte zu weinen. »Warum zwingst du mich, Dinge hervorzuholen, die ich tief in meinem Herzen begraben hatte? Warum willst du wissen, welche Schuld ich auf mich geladen habe?«

Rais schluchzte, doch Ido kannte kein Mitleid. Er spürte, dass etwas Finsteres von ihr ausging, etwas Niederträchtiges, jener Hass, von dem Soana ihm erzählt hatte.

»Sprich«, forderte er sie in strengem Ton auf, während er zum Tisch zurückkehrte.

Rais blickte ihn aus ihren vom Weinen geröteten Augen an. »Über meine Vergangenheit zieht sich ein langer Schatten, der mir wie eine tödliche Krankheit meine Lebensfreude nahm.«

Sie stand auf und entnahm einem Glas einige Kräuter, setzte sich wieder, entfachte mit einer Handbewegung ein blaues Feuerchen in dem Kohlebecken und gab die Kräuter hinein. Dichter blauer Rauch stieg auf, den Rais mit ruhiger Hand lenkte.

Nach und nach zeichnete sich das Gesicht eines jungen Mädchens im Rauch ab. Trotz der verschwommenen Umrisse erkannte man ihre betörende Schönheit. Sie war eine Gnomin. Erst nach einigen Augenblicken wurde Ido klar, dass es sich um Rais handeln musste, und er betrachtete daraufhin erschüttert die Greisin vor sich, deren Antlitz die Jahre zerstört hatten.

»Ich sah nicht immer so aus, wie du mich heute siehst«, erklärte in der Tat die Magierin nun. »Früher bot ich einen erfreulicheren Anblick. In jener Zeit lernte ich Aster kennen, einen wunderschönen Jüngling, der allem Guten zugetan schien. Er war Ratsmitglied wie mein Vater, und ich verliebte mich Hals über Kopf in seine strahlende Schönheit. Naiv, wie ich war, glaubte ich, auch er liebe mich, und schenkte ihm mein Herz. Ich hatte nur noch einen Wunsch, ihm zu gefallen und mitzuerleben, wie seine Träume Wirklichkeit wurden. Daher setzte ich mich bei meinem Vater für ihn ein, damit dieser ihm bei seinem Aufstieg helfe. Das war ein Fehler, aber ich brauchte lange, um dies zu begreifen. Zu lange. Und als es geschah, war es bereits zu spät.«

Ido spürte, wie sich sein Magen verkrampfte. Er wollte nicht glauben, was sein Verstand ihm nahelegte. »Warum war das ein Fehler? Und wer ist Aster?«

»Aster gibt es nicht mehr«, raunte die Greisin, »heute gibt es nur noch den Tyrannen.«

Ido erstarrte und schwieg.

»Mein Vater war es, der mir irgendwann die Augen öffnete«, fuhr Rais fort. »Da erkannte ich das ganze Grauen, das vom Schleier seiner samtenen Haut verhüllt wurde, sah, dass sich hinter Asters engelhaften Zügen ein Ungeheuer verbarg. Es brach mir das Herz, aber die Worte meines Vaters halfen mir, mich von einem Joch zu befreien. Als ich die Wahrheit erfuhr, als ich begriff, dass ich getäuscht und für die Zwecke des Bösen missbraucht worden war, sagte ich mich von Aster los und schleuderte ihm meinen ganzen Hass ins Gesicht: Weil nichts Echtes an seiner Liebe war, weil er mich dazu benutzt hatte, seine Macht auszubauen. Und ich war so töricht und leichtgläubig gewesen, auf seine schönen Worte und Umarmungen hereinzufallen. Dass ich dann von ihm floh und diese unreine Liebe zurückwies, reichte nicht aus, die Schuldgefühle aus meinem Herzen zu vertreiben, Schuldgefühle, die mich dazu brachten, meine Schönheit zu hassen, ebenjene Schönheit, die diesen Mann betört hatte.«

Der Rauch löste sich auf, während der Greisin immer noch Tränen über die eingefallenen Wangen liefen. Wie betäubt durch diese Enthüllungen, wartete Ido auf das Ende der Geschichte.

»Doch das Ungeheuer vergaß mich nicht. Es ließ mich gefangen nehmen und auf seine Festung bringen.«

Die imposanten Umrisse der Feste zeichneten sich im Rauch ab und schienen jedes andere Bild zu verschlucken.

»In Ketten schleifte man mich zu ihm. Nun, da er mich nicht mehr brauchte, um seine gierigen Hände nach der Welt auszustrecken, verlangte er nach meiner Schönheit, meinem Körper. So begann der Verfall, den du jetzt vor Augen hast. Denn meine Schönheit schwand, weil dies mein innigster Wunsch war. Langsam begann ich zu altern: Falten durchfurchten mein Gesicht, meine Haut wurde welk und hing bald schlaff wie ein altes Kleid an mir herunter, mein Haar ergraute. Je älter und hässlicher ich wurde, desto mehr jubelte ich.« Rais führte eine Hand zu ihrem Gesicht und brach in ein bitteres Lachen aus, während ihre Augen irre funkelten. »Er hasste mich für das, was ich tat, und versuchte mit seiner Magie, mich wieder zu der Frau zu machen, die ich einmal war. Doch gegen meinen Willen konnte er nichts ausrichten. Gleichzeitig wusste das Ungeheuer, dass es mich nicht gehen lassen durfte, und hielt mich mit Gewalt bei sich fest. Lange Zeit schmachtete ich in den Verliesen seiner Festung, bis mir irgendwann die Flucht gelang, denn auch ein Tyrann vermag nichts gegen die Unaufmerksamkeit einer Wache zu tun. Später versuchte ich dann, die Geheimnisse von Sheireens Vergangenheit aufzudecken, und fand auf diesem Weg den Talisman.« Rais hob den Blick und sah Ido aus ihren alten, jetzt irr wirkenden Augen an. »Wenn der Tyrann stürzt, dann durch meine Hand. Mir allein kommt dann das Verdienst zu, seinen Untergang herbeigeführt zu haben«, schloss sie.

Der Gnom blickte sie lange an und spürte dabei, wie ihm ein Schauer über den Rücken lief. Was er gerade gehört hatte, warf einen beunruhigenden Schatten auf Nihals Mission. Darüber hinaus passte da etwas nicht zusammen: Rais hatte ihm nicht die ganze Wahrheit erzählt. Niemand entkam aus der Festung des Tyrannen, und wenn dies jenem schwachen, verzärtelten Wesen geglückt war, dann musste es der Tyrann zugelassen haben. Aber aus welchem Grund?

»Behalte das alles für dich«, sagte die Greisin finster. »Was ich dir erzählt habe, darf diese vier Wände nicht verlassen.«

»Natürlich nicht«, erwiderte der Gnom, doch seine Absichten sahen vollkommen anders aus.

Abends in Makrat war Ido beim Training weniger konzentriert als üblich. Immer noch grübelte er über Rais' Worte, über die Geschichte des jungen Magiers, der den Weg des Bösen eingeschlagen hatte, vor allem aber über Debar. In gewisser Hinsicht war er sein eigenes Geschöpf, denn er hatte dem talentierten, sympathischen Jüngling vieles beigebracht. So erklärte sich auch der ähnliche Kampfstil des Ritters, und je länger Ido darüber nachdachte, desto wütender wurde er.

Deinoforo war genau den entgegengesetzten Weg gegangen wie er selbst, und dadurch waren sie sich auf eigenartige Weise ähnlich. Eine ganze Reihe von Dingen verband sie, führte sie immer wieder zusammen: Sie hatten miteinander gekämpft, hatten genau gegensätzliche Lebensentscheidungen getroffen und waren nun beide verstümmelt.

Da traf ihn ein Stoß, mit dem er nicht gerechnet hatte, der Gnom verlor das Gleichgewicht und fiel zu Boden.

»Du bist heute nicht bei der Sache«, sagte Parsel, während er ihm aufhalf. »Was zum Teufel geht dir denn durch den Kopf?«

»Nichts, nur Gedanken«, wich der Gnom aus.

Ido vertraute sich Soana an und erzählte ihr, was er von Rais erfahren hatte. Die Magierin hörte ihm aufmerksam zu, zeigte sich aber wenig überrascht. »Du wusstest davon?«, fragte der Gnom.

»Nein, aber ich habe mir so etwas gedacht. Dieser unbändige Hass auf den Tyrannen kam mir verdächtig vor. Wir alle verachten ihn, aber nicht mit solcher Inbrunst. Auch ihr hinfälliges Aussehen konnte ich mir nie so recht erklären: Sie ist ja höchstens zehn, zwanzig Jahre älter als du.«

Ido schauderte. »Ich weiß nicht, ob wir ihr trauen können ..., immerhin war sie ja mal seine Geliebte«, sagte er, »und dann noch diese Geschichte mit ihrer Flucht aus dem Verlies ..., nein, aus dieser Festung gibt es kein Entrinnen. Gewiss hat der Tyrann sie laufen lassen. Aber wieso?«

Soana schüttelte den Kopf. »Nein, ihr Hass ist echt. Rais spielt ihn nicht und würde niemals mit unseren Feinden gemeinsame Sache machen. Das Problem liegt woanders. Dieser Hass blendet sie so, dass sie wirklich zu allem bereit ist, um den Tyrannen zu vernichten.«

Soana erzählte Ido nun mit leiser Stimme, was Rais Nihal angetan hatte, von den Albträumen, mit denen sie das Mädchen quälte. Und der Gnom ballte die Fäuste vor Wut.

»Eben das meine ich. Daher wollte ich auch nicht, dass Nihal sie aufsucht, und war gegen ihre Mission. Doch Rais hatte schon längst alles bis ins Letzte geplant. Und jetzt können wir nichts anderes mehr tun, als das zu unterstützen, was sie für uns entschieden hat.«

»Elende ...«, zischte Ido.

»Egal wie«, fuhr Soana fort, »ihr verdanken wir unsere letzte Hoffnung. Vielleicht kann aus ihrem Hass doch etwas Gutes entstehen.«

Schnell vergingen die Wochen, und es wurde kalt. Ido trainierte täglich, bei Wind und Wetter, und es lief immer besser. Er war nun wieder der Krieger früherer Zeiten. Das hatte er begriffen, als er Parsel zum ersten Mal schlagen konnte. Mittlerweile gelang es seinem Lehrer nur noch selten, gegen ihn zu bestehen. Ido fühlte sich bereit. Und so beschloss er, dass es an der Zeit sei, auch sein Schwert wieder zusammenzuschmieden.

Er brachte es zu einem Waffenschmied in Makrat, einem Mann, der mit mehr Muskeln als Gehirn gesegnet schien.

»Nein, die Reparatur lohnt sich nicht«, erklärte er, nachdem er die Klinge geprüft hatte. »Das kommt dich teurer als ein neues Schwert.«

»Die Kosten scheren mich nicht, und ich werde zahlen, was du verlangst. Aber es muss wieder so gut wie vorher sein«, antwortete Ido.

Auch wenn der Schmied vielleicht nicht der Hellste war, auf seine Arbeit verstand er sich. Innerhalb einer Woche war Idos Schwert wieder wie neu.

Als er es zur Hand nahm, fühlte er sich wieder wie in alten Zeiten. Unverzüglich begab er sich zu Soana, die die Waffe noch einmal mit ihrem speziellen Zauber belegte.

Nun konnte Ido auch Raven gegenübertreten und das zurückfordern, was ihm zustand.

In seiner Rüstung mit dem Schwert an der Seite betrat der Gnom die Akademie und bat, empfangen zu werden. Die Wachen im Audienzsaal musterten ihn verwundert.

Eigenartigerweise ließ Raven heute nicht auf sich warten und präsentierte sich Ido in noch schlichterer Aufmachung als bei ihrer letzten Begegnung. Zum ersten Mal in seinem Leben begrüßte Ido ihn voller Ehrfurcht und ging vor ihm auf die Knie.

Raven schien überrascht, denn Ido hörte, wie der Klang seiner Schritte plötzlich erstarb.

»Erhebe dich«, forderte der Oberste General ihn auf, und Ido gehorchte.

Als der Gnom den Blick hob, saß Raven, gelassen wie immer, in seinem Sessel.

»Nun?«

Ido senkte das Haupt. »Ich bitte dich um meine Wiederaufnahme in den Dienst.«

»Hatte ich dir nicht bewiesen, dass die Voraussetzungen dazu nicht gegeben sind?«

»Vergiss diesen rückgratlosen Schwächling, der hier jammernd im Saal stand«, erwiderte Ido, das Haupt weiterhin gesenkt. »Der ist tot und begraben. Ich habe trainiert und hart gearbeitet in den letzten Monaten, und jetzt spüre ich, dass ich wieder der Krieger früherer Tage bin. Was die mir anvertrauten Soldaten angeht, so ist mein Fehler unentschuldbar. Unter diesen Umständen war es noch milde, mich nur auf unbestimmte Zeit zu beurlauben. Daher danke ich dir jetzt, dass du die Tür nicht ganz zugeschlagen hast.«

»Glaub nicht, dass du mich mit dieser gespielten Unterwürfigkeit dazu bewegen kannst, meine Entscheidung rückgängig zu machen!«

Endlich hob Ido den Kopf und blickte Raven direkt in die Augen. »Das ist keine gespielte Unterwürfigkeit. Du müsstest mich gut genug kennen, um das zu wissen. Ich habe mich noch nie erniedrigt, aus keinem Grund der Welt, und werde es auch jetzt nicht tun.«

Raven und Ido starrten sich eine Weile an.

»Ich kann dir kein Kommando anvertrauen«, erklärte der Oberste General schließlich.

»Das verstehe ich voll und ganz.«

»Es hat nichts mit Grausamkeit zu tun; dein Fehler war einfach zu folgenschwer.«

»Ich bitte dich nur darum, wieder in die Schlacht ziehen zu dürfen. Du weißt, dass ich ein hervorragender Kämpfer bin, und ebenso gut weißt du, dass der Verlust eines Auges meine Fähigkeiten nicht notwendigerweise beeinflussen muss.«

»Du wurdest aber hier in diesem Saal von mir besiegt.«

»Ich habe hart trainiert. Frag Parsel, der hat mir geholfen. Gib mir noch eine Chance, und ich werde dich nicht enttäuschen.«

Raven schwieg einige Augenblicke. »Gut, einverstanden. Du kämpfst also im Land der Sonne unter dem Kommando von General Londal. Es ist eine Chance, Ido, nur eine Chance. Nutze sie, eine weitere erhältst du nicht.«

Ido beugte wieder das Knie. »Ich danke dir«, murmelte er.

Raven trat auf ihn zu. »Ich muss zugeben: Ich bin mir deines Wertes bewusst. Und heute hast du mir eine Kostprobe davon gegeben«, murmelte er.

Dann drehte er sich um und verließ den Saal.

Die feindlichen Reihen vor sich. Vesas zitternder Leib zwischen seinen Beinen. Das Schwert in der Hand. Anstelle des Nieselregens wie bei seiner letzten Schlacht lag heute ein hartnäckiger feiner Nebel über dem Feld. Ido hielt nicht nach Deinoforo Ausschau. Er würde ihm noch einmal begegnen, das wusste er, und an jenem Tag würden sie ihre offenen Rechnungen ein für alle Mal begleichen. Er stand in den hinteren Reihen, aber darauf kam es nicht an. Was zählte, war nur, dabei zu sein, um einen neuen Anfang zu wagen, um sagen zu können: Heute wurde ich ein zweites Mal geboren.

Er schloss sein Auge und sah die Männer vor sich, die er beim letzten Mal in den Kampf geführt hatte. Auch sie verlangten nach einer Wiedergutmachung, und er würde sie nicht enttäuschen. Sein Herz schlug ruhig, sein Geist war konzentriert.

Als der Befehl zum Angriff kam, war er vorbereitet. Vesa breitete seine gigantischen Flügel aus, und kurz darauf spürte Ido schon den kalten Wind im Gesicht. Als der erste Feind vor ihm auftauchte, hatte er keinerlei Schwierigkeiten, ihn niederzumachen. Dann ein leichtes Rascheln, ein kaum merklicher Luftzug. Er drehte sich um, stieß zu und traf den Gegner, der ihn gerade von hinten angreifen wollte.

Ja, es war alles so wie früher.

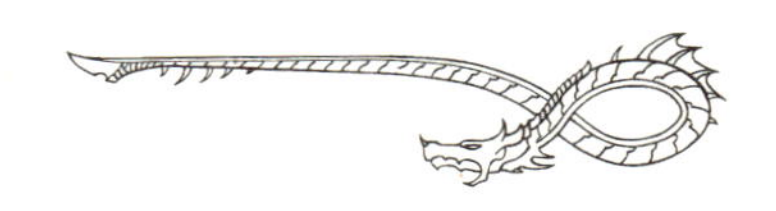

31

Das Lied der toten Stadt

Nihal und Sennar ließen sich zu einer kurzen Rast nieder, und die Halbelfe nutzte die Gelegenheit, um den Talisman nach der Richtung zu fragen, die sie einschlagen mussten. Jedes Mal, wenn sie ihn unter ihrem Leibchen hervorholte, schien er stärker zu strahlen. Die Farben der Edelsteine leuchteten kräftiger und erhellten das Dunkel der Nacht. Die Macht des Amuletts war gewachsen, das spürte sie.

Sie schloss die Augen, und die Vision war so deutlich, wie sie es noch nie erlebt hatte. Und was sie sah, machte sie sprachlos. Es war ein Wald, oder zumindest sah es auf den ersten Blick so aus, doch die Vegetation war von einer eigentümlichen Farbe, wie Erde oder Fels. Nihal konzentrierte sich noch stärker: Es handelte sich um einen versteinerten Wald mit Büschen, Bäumen, Blättern, sogar einigen Blumen, alles aus Stein.

Als sie die Augen öffnete, schien noch ein Teil der Vision in ihren Pupillen erkennbar, denn Sennar schaute sie staunend an.

»Was hast du gesehen?«, fragte er.

»Etwas ganz Außergewöhnliches«, antwortete sie und erzählte ihm dann von dem versteinerten Wald. Auch die Richtung war klar: Norden.

Sie zogen nur in der Dunkelheit weiter, und doch liefen sie mehr als einmal Gefahr, von Fammin entdeckt zu werden, die ihnen auf der Spur waren. Auch hier wusste man schon, dass zwei Feinde in den Landen des Tyrannen unterwegs waren.

Die ersten beiden Tage sah die Landschaft nicht sehr viel anders aus als jene, aus der sie kamen. Hoch aufragende Vulkane waren nicht mehr zu sehen, dafür war aber der Boden von vielen kleinen erloschenen Kratern aufgerissen. Der Atem des zerstörerischen Feuers, das sie hinter sich gelassen hatten, machte sich auch in diesem Land noch bemerkbar.

Am dritten Tag erblickten sie am Horizont einen dunklen Streifen, der sie beide an die Zerstörung Salazars erinnerte, als sie das Heer des Tyrannen auf die Turmstadt hatten zumarschieren sehen. Jetzt fürchteten sie, es könne sich um Siedlungen oder Befestigungsanlagen handeln. Als sie näher kamen, entdeckten sie jedoch, dass es sich um etwas sehr viel Mächtigeres handelte.

Es waren Berge, schwarz und scharfkantig, die sich majestätisch himmelwärts erhoben. Bei diesem Anblick erinnerte sich Nihal, was Livon ihr einmal vor langer, langer Zeit erzählt hatte. Im Geist sah sie ihren Vater wieder vor sich, wie er einen schwarzen Steinblock bearbeitete, und sich selbst neben ihm, wie sie ihm jede Handbewegung abschaute.

»Das ist schwarzer Kristall, das härteste Material auf der Welt. Sogar die Feste des Tyrannen wurde daraus errichtet«, hatte Livon erzählt, während er mit einem speziellen Hammer auf den auf einem Amboss ruhenden Kristallblock einschlug. »Ich beziehe es von einem Gnomen, der es aus dem Land der Felsen herausschmuggelt. Nur dort kommt dieses Material vor.«

Bei jedem Schlag stob ein Meer von Funken auf. »Dort im Land der Felsen gibt es riesengroße Berge. Sie sind schwarz und glitzern in der Sonne wie Edelsteine. Denn das normale Felsgestein ist durchzogen von schwarzem Kristall, das ihm diese Farbe verleiht.«

»Hast du diese Berge schon mal gesehen?«

»Ja, als junger Mann. Damals war das Land der Felsen noch nicht ganz in der Hand des Tyrannen, und ich wanderte dorthin, um ebenjenen schwarzen Kristall für meinen Meister zu suchen. Die Berge sind riesengroß, sie bilden eine schwarze Wand. Der Anblick verschlägt einem den Atem. Wer weiß, vielleicht gelangst du ja auch eines Tages einmal dorthin.«

Tatsächlich war sie nun dort und sah die Berge vor sich. Von einem zarten Lichtschein erhellt, hoben sie sich schwach glitzernd vor dem grauen Himmel des beginnenden Tages ab.

Als der Weg sie schließlich an dem Gebirge entlangführte, stellten sie fest, dass auch hier die Natur und ihre Geschöpfe nicht vom Wirken des Tyrannen verschont geblieben waren. Zahlreiche Tunnel waren in die Berge hineingetrieben worden, aus denen immer wieder Gnomen in Ketten auftauchten, die Schubkarren voll schwarzen Kristalls vor sich her schoben. Wie im Land des Feuers wurden auch hier die Bewohner in Knechtschaft gehalten und hatten jenes wertvolle Kristall abzubauen, aus dem die Waffen der Tyrannenarmeen geschmiedet wurden.

Während sie sich so weit wie möglich von den Minen fernhielten, umwanderten Nihal und Sennar das Gebirge. Die Feinde hetzten sie immer noch. Mehr als einmal mussten sie einen anderen Weg einschlagen oder sich lange versteckt halten, um nicht von Patrouillen aus Fammin oder Gnomen aufgespürt zu werden.

Je weiter sie vordrangen, desto deutlicher wurde, mit welcher Skrupellosigkeit man diese Berge zerstört hatte: Sie mussten im Innern vollkommen ausgehöhlt sein, waren im Grunde nur noch Felswände, die sich über Hohlräumen gegenseitig stützten.

Als sie in eine Gegend mit besonders viel Schutt aus den Minen kamen, bemerkten sie etwas Eigenartiges. Unter Staub und Steinblöcken entdeckten sie Trümmer, die von Häusern zu stammen schienen: Fußböden, Türen, Reste von Wänden. Alles war ganz aus Fels gearbeitet.

Schließlich hielten sie es doch für ratsam, noch ein Stück über die Berge zu wandern. An den Hängen, die sie passierten, wurde der schwarze Kristall immer intensiver abgebaut, und die Gegend wimmelte von Feinden. Nachdem sie die ersten steilen Wegstrecken überwunden hatten, wurde die Einsamkeit zu ihrer ständigen Reisegefährtin, und Stimmen, Trubel und Gebrüll im Umfeld der Minen verloren sich in der Stille der Berge. Nun konnten sie auch tagsüber weiterziehen.

Lange wanderten sie durch das Gebirge, mieden die höheren Lagen, aber auch die unteren Hänge mit ihren Stollen. Auf diese Weise drangen sie immer tiefer in das geheime Herz dieses Landes vor.

Sie durchquerten gerade eine lange Schlucht, nur ein paar Ellen breit und recht beschwerlich zu begehen wegen der vielen Felsblöcke, die die Witterung aus den bedrohlich zu beiden Seiten aufragenden Wänden gesprengt hatte, da öffnete sich plötzlich vor ihnen ein Tal, in dem ein kleiner Wasserfall mit klarstem Wasser rauschte und das rundum von hohen Bergen umgeben war. Nihal und Sennar hoben den Blick und entdeckten die Herkunft der Trümmer, die sie auf ihrem Weg gesehen hatten. Auf den Berggipfeln lagen Städte, doch die Gebäude waren nicht auf dem Fels errichtet, sondern bis in alle Einzelheiten aus dem Gestein selbst herausgeschlagen worden.

In ihrer Blütezeit hatten die Gnomen also oben auf den Bergen gelebt, in Städten, die so unverwüstlich und ewig waren wie der Fels, aus denen sie bestanden. Nun jedoch war die Stille hörbar und erzählte in ihrer stummen Sprache von der Aufgabe dieser Ansiedlungen. Die Spuren der Zeit und der Vernachlässigung waren überall sichtbar. Die höheren Häuser waren verfallen oder zernagt vom Wind, der Fels bröckelig. Die Spitzpfeiler, die sie einst zierten, wirkten abgeschliffen, die Umrisse zerklüftet durch Regen und Stürme.

Sennar erinnerte sich, ganz ähnliche Häuser schon einmal gesehen zu haben, und zwar auf den Vanerien, auf dem Weg in die Untergetauchte Welt. Aber damals hatte er nicht verstanden, was es mit ihnen auf sich hatte. Nun jedoch wurde ihm klar, dass sie Nachbildungen eines grandiosen Modells waren, eines Werkes, das ein erfindungsreiches, fleißiges Volk in Jahrhunderten geschaffen hatte.

Nihal und Sennar konnten es kaum fassen. Ehrfürchtig schweigend wanderten sie zu einem der Gipfel hinauf und besichtigten die dortige Felsenstadt. Es war ein Gewirr von

Häuschen, die sich dicht aneinanderdrängten, von engen, winkligen Gassen, von Türen, die sich überall öffneten. Alles war still, reglos. Nicht nur verlassen wirkte die Stadt, sondern mehr noch versteinert, so als sei sie von einem Zauberer mit einem finsteren Fluch belegt worden. Es begann zu regnen, ein trister, dichter Nieselregen, der bald schon den Staub der Gassen in Schlamm verwandelte, sodass es den Anschein hatte, als würden sich nun die Gebäude, bereits zerfressen von der Witterung, endgültig im Wasser auflösen. Doch Nihal und Sennar ließen sich nicht aufhalten und setzten ihre Besichtigung fort.

Spuren mutwilliger Zerstörung oder gar Blut und Leichen, wie in Seferdi, waren nicht zu erkennen. Alles wirkte aufgeräumt. Nicht menschlicher Vernichtungswille war es, der diesen Ort zur Einöde gemacht hatte, sondern das stille, unaufhörliche Wirken der Zeit. Überall erblickten sie Zeugnisse des Erfindungsreichtums der Erbauer dieser Stadt. In den Häusern gab es Wasserleitungen und raffinierte Heizungssysteme, bei denen über Zwischenräume in den Wänden die Wärme zu jedem gewünschten Ort geleitet werden konnte. Die heute versklavten Gnomen mussten früher einmal reich und glücklich gewesen sein.

Nihal und Sennar streiften durch die Straßen der Stadt, während der Regen, Vorbote eines zu frühen Herbstes, den allgegenwärtigen Stein um sie herum abwusch. Sie stiegen hinauf bis zum königlichen Palast, der leer und verlassen wirkte. Nur das sanfte Prasseln des Regens auf dem Stein durchbrach die unwirkliche Stille. Und ebenso unwirklich erschien ihnen, was sie wenig später an einer Straßenecke sahen.

Mitten im Regen saß dort auf einem Sessel, hin- und herschaukelnd, eine alte Frau und summte ein Liedchen. Sie war sehr zierlich und trug ein grünes Leinenkleid, das fleckig und an vielen Stellen zerrissen war. Nihal trat auf sie zu, doch die Frau beachtete sie nicht und sang ungerührt weiter, während ihr langes gelbliches Haar nasser und nasser wurde. Sie wirkte wie eine alte zerzauste Puppe.

Nihal berührte sie sanft an der Schulter. Die Frau zuckte zusammen und blickte die Halbelfe aus leeren Augen an.

»Ist es schon Zeit zum Essen?«, fragte sie mit einem Lächeln. »Dann ist der Markt heute aber früh zu Ende.« Sie sang weiter.

»Seid Ihr allein hier?«, fragte Sennar.

»Nein, nein. Ich bin nicht allein. Drinnen sind meine Angehörigen, meine Familie …«

Nihal warf einen Blick in das Innere des Hauses, vor dem die Alte saß, und sah einen schäbigen dunklen Raum mit allerlei Gerümpel darin. Doch keine lebende Seele.

»Die Jahreszeiten sind auch nicht mehr das, was sie einmal waren …«, seufzte die Frau, »deswegen ist sicher auch der Markt so früh zu Ende.«

»Da ist niemand …«, flüsterte Nihal, an Sennar gewandt.

»Seid Ihr schon lange allein hier?«, fragte Sennar und blickte sie sanft an.

»Ich bin nicht allein«, antwortete die Alte, weiter schaukelnd, »drinnen ist meine Familie … Ist es schon Zeit zum Essen?«, fragte sie dann noch einmal, während sie den Magier mit kindlichem Blick ansah.

Sennar schaute zu Boden und drehte sich dann zu Nihal um. »Haben wir noch genügend Vorräte?«

Nihal sah in ihrem Beutel nach.

»Die Kinder sind heute ganz leise«, fuhr die Alte fort. »Sonst machen sie solch einen Lärm, dass ich mich gar nicht ausruhen kann … Aber was soll man machen? Sie sind noch klein und sollen sich des Lebens freuen. Seid ihr Fremde?«, fragte sie Sennar.

»Ja«, antwortete er.

Nihal hatte ein Stück Brot aus ihrem Beutel hervorgeholt. »Das hier kann ich ihr geben.«

»Schaut euch mal den königlichen Palast über der Stadt an. Der ist herrlich«, fuhr die Alte fort. »Mittags lässt der König die Glocken läuten. Dann wird es still auf den Straßen, und alle gehen essen. Ist es schon Zeit zum Essen?«

Sennar reichte ihr das Brot. »Ja, es ist Zeit zum Essen«, sagte er leise.

»Ein großer Mann ist er, unser König, gut und großmütig. Er hat neue Kanäle bauen lassen und neue Wasserspeicher, und alle haben genug zu essen und zum Leben. Er sei gepriesen, Ler, der König des Landes der Felsen, und lange möge seine Herrschaft währen.« Gierig biss die Alte in das Brot und riss große Stücke heraus.

Nihal und Sennar wandten sich zum Gehen, während die Frau wieder zu singen begann.

»Wie mag sie wohl so allein dort überlebt haben?«, fragte Nihal.

Sennar zuckte mit den Achseln. »Vielleicht sind hier noch irgendwo Vorräte gelagert, oder es gibt einen Gemüsegarten hinter dem Haus ..., keine Ahnung ... Doch egal wie, lange wird sie nicht mehr durchhalten können.«

Der Singsang erfüllte die Gassen und hallte von den Häuserwänden wider, übertönte sogar noch das Rauschen des Regens, und immer mehr schien es, als seien es unzählige Stimmen, die da sangen, unzählige verlorene Seelen, die durch diese tote Stadt streiften. So verließen die beiden den Ort, während der Regen unaufhörlich weiterfiel und mit jedem Tropfen den Stein zerfraß.

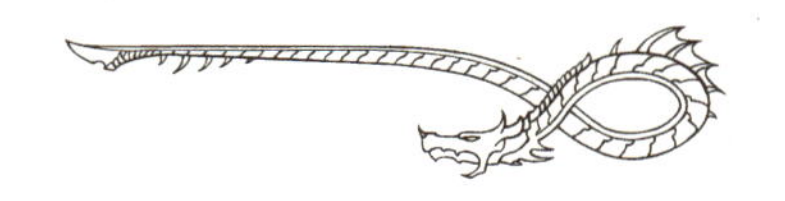

32

Tarephen oder Vom Kampf

Zwei Nächte hintereinander konnten Nihal und Sennar geschützt schlafen, weil sie sich in ähnlichen Städten einen Unterschlupf suchten. Es gab viele solcher Orte in der Gegend, und alle waren sie unbewohnt und verfielen. Die Alte war wahrscheinlich die einzige Überlebende im weiten Umkreis.

»Manchmal kommt es mir so vor, als sei diese Welt bereits tot«, sagte Sennar an einem Abend, »und dass wir gar nichts mehr tun können, um sie zu retten. Was wir erlitten haben, ist nicht mehr ungeschehen zu machen, auch wenn wir den Tyrannen tatsächlich stürzen können.«

Nihal blickte hoch zu den Rissen in dem steinernen Dach über ihnen.

»Ich weiß nicht, ob es uns gelingt, aus den Trümmern etwas Neues entstehen zu lassen ...«, fügte Sennar hinzu.

Nihal senkte den Blick. »Ich weiß es auch nicht. Manchmal glaube ich, dass der Schrecken kein Ende haben wird, dass die Geschöpfe dieser Welt bis in alle Ewigkeit weiterleiden werden. Vierzig Jahre lang herrscht der Tyrann bereits uneingeschränkt ..., vielleicht ist er gar nicht mehr zu besiegen.«

»Das widerspricht aber dem, was der Wächter Flarens zu dir sagte«, warf Sennar ein. »Er meinte doch, dass alles fließt, dass sich Gut und Böse in einer ewigen Spirale immer wieder ablösen. Wenn es sich so verhält, kommt es schon darauf an, den Tyrannen zu stürzen.« Sennars Worte verhallten in der Dunkelheit.

Ihr Weg führte sie nun aus dem Gebirge hinaus. Nihal spürte, dass ihr Ziel im Westen lag, und so mussten sie den Schutz der schwarzen Berge aufgeben. Sie suchten sich die Flanke aus, die ihnen am leichtesten begehbar erschien, und begannen mit dem Abstieg. Die Ebene, die sich zu ihren Füßen ausbreitete, wirkte unendlich weit und öde. Ganz in der Ferne erkannten sie einen dunklen Fleck.

»Das muss der Wald sein«, sagte Nihal. »Das ist unser Ziel.«

Wieder wanderten sie nur in der Dunkelheit weiter, mit dem ständigen Gefühl, verfolgt zu werden. Im Morgengrauen des elften Tages lag der Wald vor ihnen, eine braune Masse von grenzenloser Weite. Nihal und Sennar wanderten noch schneller; sie konnten es gar nicht erwarten, in den Schutz der Bäume zu gelangen.

Doch als sie den Wald endlich erreichten, stießen sie zunächst nur auf versteinerte Baumstümpfe. Das hieß, auch dieser Wald war bereits zerstört worden, um an das schwarze Kristall zu kommen, aus dem manche Stämme bestanden. Je weiter sie vordrangen, desto dichter wurde die Vegetation, und sie erblickten die ersten Bäume, die die Vielfalt und die Formen normaler Bäume zeigten. Nur waren diese ganz aus Stein – Stämme, Äste und Blätter – und wirkten dennoch lebendig. Ein erstarrter Wald, wie in einem bestimmten Augenblick seiner Existenz plötzlich eingefroren. Es gab kein Rauschen in den Baumkronen, keine Tiere, noch nicht einmal Wasser.

Nihal begriff, dass dies ein heiliger Ort war, nahm die Kräfte der Natur wahr, die sich in den Stämmen verbargen und nach ihr riefen. Den antiken Göttern geweiht, war dieser Wald ein Platz, an dem die Geschöpfe der Aufgetauchten Welt in Kontakt treten konnten mit der Natur, mit den Geistern in ihrer jeweiligen Erscheinungsform. Wie fromme Pilger mit gesenktem Haupt und in ehrfürchtigem Schweigen durchwanderten Nihal und Sennar den Wald.

Eines Abends blieb Nihal plötzlich stehen. »Es ist nicht mehr weit«, sagte sie. »Länger als einen Tag brauchen wir nicht mehr.«

Die Halbelfe schloss die Augen, drehte sich dann und zeigte in die Richtung, der sie folgen sollten. Schneller liefen sie nun durch den versteinerten Wald, als sei ein unsichtbarer Pfad für sie gespurt, der sie zum Ziel führen würde. Sie waren müde und hungrig, dazu aufgeregt, weil sie ihr Ziel in der Nähe spürten. Daher vernahmen sie nicht die Geräusche in der Ferne, den undeutlichen Widerhall von Schritten auf dem Fels, das kaum vernehmliche Scheppern von Schwertern.

Plötzlich blieb Nihal wieder stehen.

»Sind wir da?«, fragte Sennar.

Bevor sie antworten konnte, hallte ein metallisches Geräusch von einem steinernen Baumstamm wider. Nihal zog ihr Schwert.

»Einen Kampf können wir uns jetzt nicht erlauben, wir müssen zum Heiligtum«, rief der Magier.

Nihal überlegte einen Augenblick. »Dort hinüber«, zischte sie, und schon huschten die beiden hurtig zwischen den Bäumen entlang.

Einige Augenblicke hörten sie nichts mehr und wollten schon aufatmen, als sie wieder schwere, rasch näher kommende Schritte auf dem Fels wahrnahmen. Feinde, die ihnen dicht auf den Fersen waren. Schon begann ein erregtes Rufen hinter ihnen. Sie waren entdeckt worden.

»Sie dürfen nichts von dem Heiligtum erfahren«, keuchte Sennar. »Ist es hier in der Nähe?«

»Ja, es kann nicht mehr weit sein, ich spüre es deutlich.«

Nun wusste Sennar, was er zu tun hatte. »Ich halte sie auf, und du rennst zum Heiligtum und holst dir den Stein.«

»Es sind zu viele«, erwiderte Nihal. »Das kannst du unmöglich schaffen. Wir müssen sie abhängen.«

Sennar blieb stehen. »Du unterschätzt mich. Hast wohl vergessen, was auf der Lichtung geschehen ist.« Mit diesen Worten wandte er ihr den Rücken zu.

»Sennar ...«

»Lauf schon!«, rief er. Er drehte sich noch einmal zu ihr und lächelte sie an. »Sei unbesorgt, ich kann schon auf mich aufpassen. Wir sehen uns später.«

Ein paar Sekunden blieb die Halbelfe noch unschlüssig stehen. Dann wandte sie sich ab und stürmte los.

Nihal rannte, so schnell sie konnte, und machte sich dabei heftige Vorwürfe, dass sie Sennar alleingelassen hatte. Sie musste daran denken, wie sie ihn und Laio vor einem anderen Heiligtum sich selbst überlassen hatte, versuchte aber, den Gedanken schnell zu vertreiben.

Ich brauche ihn. Ihm darf nichts geschehen.

Niemand folgte ihr. Das hieß, Sennar tat sein Bestes. Sie zwang sich, noch schneller zu laufen, wobei sie immer mehr außer Atem kam. Sie spürte ganz deutlich, wo ihr Ziel lag, und hetzte Hals über Kopf darauf zu.

Plötzlich merkte sie, dass sie angekommen war. Sie blieb stehen, versuchte, sich zu beruhigen, und schaute umher. Vor ihr lag ein kleiner Hügel, der zu einer Seite eine Höhlung aufwies. Das war es. Als sie davor stand, hatte sie keine Zeit für Zweifel; das Schwert vorgereckt, trat sie in das Dunkel.

Sie fand sich in einem langen, engen Tunnel wieder, der in das Erdreich hinunterführte. Schon wollte sie mit einem kleinen Zauber Licht machen, als sie das Funkeln unter ihrem Leibchen bemerkte. Sie zog den Talisman hervor, und sofort verströmten die Edelsteine einen hellen Lichtschein, der den Weg vor ihr ein paar Ellen weit ausleuchtete. Es schien sich um eine Art Bergwerk zu handeln; zahlreiche schimmlige Balken stützten die Decke, und an den Wänden waren die Spuren von Pickelschlägen und Spatenstichen zu sehen. Sie bückte sich und kroch hinunter.

Bei der ersten Gabelung wurde sie unsicher. Sie blickte in die beiden Gänge, und erst nach langem Hin und Her ahnte sie, welchen sie nehmen musste. Immer schneller kroch sie weiter.

Die Mine war ein Labyrinth aus fürchterlich engen Gängen. Bald verlor sie die Orientierung, und es kam ihr so vor, als kreise sie ständig um dieselbe Stelle. Irgendwann ließ sie sich nur noch vom Zufall leiten, und die Tränen liefen ihr über die Wangen.

Da tat sich plötzlich der Boden unter ihren Füßen auf, und sie stürzte ins Leere. Als sie sich wieder aufgerappelt hatte, stellte sie fest, dass sie sich in einem großen Saal befand. Unter ihr prangte ein enormer Schriftzug, der so groß war, dass sie ihn kaum lesen konnte: »*Tarephen*«. In der Mitte des Raumes ragten zwei mächtige Säulen auf, und dazwischen stand ein Altar mit dem Edelstein darauf, der prächtig funkelte.

»Gib mir den Stein, ich bin Sheireen, die Geweihte!«, rief Nihal. Sie hatte keine Zeit für Förmlichkeiten.

Keine Antwort.

»Ich hab schon sechs zusammen«, fuhr sie fort und hob den Talisman, der so kräftig strahlte wie nie zuvor. »Wenn du erlaubst, nehme ich mir jetzt den Stein und verschwinde wieder!«, rief sie, und erneut antwortete ihr nur die Stille.

Umso besser, sie hatte ohnehin keine Zeit für Debatten oder Spielchen, sie brauchte einfach nur diesen verdammten Edelstein. Entschlossen hielt sie auf den Altar zu. Als sie davor stand und gerade den Fuß auf die erste Stufe setzen wollte, durchlief plötzlich ein starkes Beben den ganzen Saal. Nihal verharrte, und alles war wieder ruhig. Schnell hastete sie die Stufen hinauf und wollte die Hand zu dem Stein ausstrecken, da wurde der Saal von einem weiteren Erdstoß erschüttert, der so stark war, dass die Halbelfe zu Boden stürzte.

Noch während sie sich hochrappelte, sah sie, dass sich die beiden Säulen langsam in zwei Riesen verwandelten, deren Köpfe die Decke berührten. Ihre Umrisse waren grob, ihre Züge kaum angedeutet, ihre Körpermaße monströs, die Beine kurz und gedrungen, die Arme unnatürlich lang, die Hände gigantisch. Auf der Stirn trugen sie eine Art Inschrift. Nihal wich zurück, das Schwert in ihren Händen zitterte.

Nicht jetzt ... nicht jetzt ...

»Seid ihr die Wächter?«

Statt einer Antwort holte einer der Giganten aus, um Nihal niederzuschlagen, doch sie konnte sich gerade noch wegducken. Als das Wesen seine riesenhafte Faust wieder anhob, blieb ein Krater im Boden zurück. Nihal vernahm Gelächter, und eine Gestalt, die an einen Satyr erinnerte, erschien auf dem Altar.

»Der Wächter bin ich!«

Es war ihr unmöglich, Alter oder Geschlecht dieses Geschöpfes zu bestimmen; nur wenig größer als eine Elle, trug es einen braunen Umhang und hatte blaue, kalt und grausam wirkende Augen.

»Ich bin wegen des Edelsteins hier«, sagte Nihal, um Fassung ringend.

»Das weiß ich«, erwiderte der Wächter gelangweilt. »Deswegen habe ich ja auch meine Freunde herbestellt.«

Nihal verstand nicht, nahm nur etwas Bedrohliches wahr, das von diesem Wesen ausging. »Sieh doch, ich habe auch die anderen Steine!«, erklärte sie und zeigte das Amulett vor. »Ich brauche sie, um den Tyrannen zu besiegen.«

»Es kümmert mich nicht, wie viele Steine du besitzt und wer sie dir gab«, erwiderte der Wächter. »Um diesen hier zu erhalten, musst du dich mit meinen Freunden messen.« Einer der Riesen trat vor.

Nihal wich zurück. »Was soll das heißen?«

Der Satyr sprang vom Altar, stellte sich vor sie hin und blickte sie mit seinen blauen Augen an. In den Händen hielt er einen langen knotigen Stock, der in einer leuchtenden Kugel auslief. Er lächelte, das Lächeln eines frechen Kindes. »Seit Jahrhunderten …, was sag ich, seit Jahrtausenden wird dieser Stein, nach dem es dich verlangt, in diesem Heiligtum gehütet. Und seit Jahrtausenden wird er nur dem überlassen, der sich seiner würdig erweist, indem es ihm gelingt, die Giganten zu besiegen. Willst du den Edelstein wirklich mitnehmen, so bleibt dir nichts anderes übrig, als zu kämpfen.« Er lächelte wieder und schlug eine Art Purzelbaum.

Dieser Satyr hatte tatsächlich wenig mit den anderen Wächtern gemein. Nihal wurde nicht schlau aus ihm. Nahm er sie auf den Arm?

Mit jeder Minute, die verstrich, fürchtete Nihal mehr um Sennars Leben. »Du weißt doch sicher, dass mir die anderen Wächter ihre Steine aus freien Stücken überlassen haben. Überzeugt es dich nicht, dass ich ihrer würdig bin?«, fragte sie.

Tareph zuckte mit den Achseln. »Das geht mich nichts an. Mein Stein ist nicht wie die anderen, meinen Stein musst du dir schon verdienen.« Er ließ sein Lachen erklingen, machte einen Satz und stand wieder auf dem Altar. Dann bewegte er seinen Stock, und einer der Giganten stapfte auf Nihal zu.

»Ich hab keine Zeit, ich kann nicht so lange bleiben!«, schrie sie. »Ein Freund von mir riskiert gerade sein Leben für mich!« Sie wich einer Faust aus.

»Ach, das schert mich nicht«, antwortete der Satyr mit einem müden Schnalzen. »Unendlich lange lebe ich hier schon eingeschlossen, und mir ist sterbenslangweilig. Unterhalte mich, los!«

Mit großen Schritten war der Gigant auf sie zugestampft und bedrängte sie nun, doch Nihal versuchte nur, ihm auszuweichen. Irgendwann musste sie jedoch einsehen, dass sie den Wächter niemals dazu würde bewegen können, ihr diesen Kampf zu ersparen. Der Satyr hatte nichts anderes im Sinn, als sein Spiel mit ihr zu treiben, sie ordentlich auszulachen und wie eine Marionette tanzen zu lassen. Er wollte ihre Fähigkeiten nicht auf die Probe stellen, dies war keine echte Prüfung, er wollte sich bloß vergnügen.

Und so versetzte Nihal nun dem Giganten einen ersten Hieb mit dem Schwert, der aber vielleicht nicht heftig genug war oder schlecht platziert, jedenfalls rührte der Angreifer sich nicht.

»Eins zu null für mich!«, rief der Wächter. Er gab dem anderen Giganten ein Zeichen, der nun den ersten ablöste.

Nihal drehte sich um und versuchte, dessen Schläge mit

dem Schwert zu parieren, doch vergeblich. Diese Giganten waren unvergleichlich viel stärker als sie, und mit ihrer Waffe konnte sie nichts gegen sie ausrichten. Darüber hinaus fehlte ihr auch die Konzentration, weil sie ständig daran denken musste, wie viel Zeit sie hier vergeudete, während sich Sennar allein der Feinde erwehrte.

Plötzlich traf sie ein Schlag des Giganten mit voller Wucht und schleuderte sie gegen die Wand. Einen Augenblick lang sah sie nur schwarz. Als sie wieder zu sich kam, saß Tareph mit geschwellter Brust auf der Schulter des Giganten.

»So kann ich mir doch kein Bild machen von deinen Fähigkeiten«, rief er mit einem kreischenden Lachen, »das ist alles zu leicht. Streng dich doch mal an!«

Da, ein erneuter Schwinger, dem die Halbelfe allerdings auswich, indem sie sich zur Seite abrollte.

»Ich will dir ein Geheimnis verraten«, höhnte der Wächter, während der Gigant wieder zum Schlag ausholte. »Dies sind zwei Golems, die ich selbst geschaffen habe. Der Schriftzug auf ihrer Stirn bedeutet ›Leben‹, und solange er dort steht, bleiben sie auch am Leben. Sie sind stärker als du, unzerstörbar. Mit dem Schwert oder auf ähnliche Weise kannst du sie nicht besiegen. Gelingt es dir aber, den ersten Buchstaben auf ihrer Stirn auszulöschen, erhältst du das Wort ›Tod‹, und sie zerfallen zu dem Staub, aus dem sie kamen. Dies ist die einzige Möglichkeit, sie zu schlagen«, schloss er mit einem listigen Lachen.

Wieder ein mächtiger Hieb, doch Nihal wich aus. Sosehr sie es auch versuchte, sie konnte sich einfach nicht konzentrieren und wusste gleichzeitig, dass dies ihre Niederlage besiegelte.

Sie hasste diesen Satyr, der den Edelstein bewachte, und wünschte sich nichts sehnlicher, als ihn von dem Golem zu stoßen und für seine Frechheiten bezahlen zu lassen.

Der Wächter blickte sie schief an. »Ja, das ist eine Prüfung, Sheireen. Oder dachtest du, alle Wächter seien so wie Flar dazu bereit, sich gleich vor dir zu verneigen?«

Der Kampf ging weiter, und Nihal fiel immer noch nichts Besseres ein, als den Schlägen auszuweichen.

Sennar, wo bist du nur? Dir wäre doch schon längst etwas eingefallen, um mich aus dieser absurden Lage zu befreien ...

»Die einen schauen ins Herz, um die Geweihte zu beurteilen. Andere, so wie ich, achten eher auf ihre Stärke und ihre Fähigkeit, auch dann zu kämpfen und die nötige Konzentration zu finden, wenn Körper und Geist eigentlich ganz woanders sein wollen.«

Nihal blickte zu dem Satyr auf und sah etwas von Wahrheit und Weisheit in seinen kalten Augen aufblitzen. Dann wusste er also Bescheid ... Er war nicht so kindisch und naiv, wie er den Anschein erwecken wollte. Er wusste Bescheid, hielt sie aber dennoch hier fest.

»Du willst doch den Tyrannen besiegen! Ja, glaubst du denn, das sei so einfach? Auch an jenem Tag werden dir andere Dinge durch den Kopf gehen, auch an jenem Tag, wenn das gesamte feindliche Heer gegen dich steht, wirst du nicht vergessen können, was dir eigentlich am Herzen liegt. Dieser Kampf hier ist nicht so sinnlos, wie du glauben magst ...«

Nihal schloss die Augen. Wenn sie so weitermachte, würde sie Sennar nicht mehr retten können. Sie musste sich konzentrieren und dieses Ungeheuer besiegen, es war die einzige Möglichkeit, um von dort wegzukommen und ihrem Freund beizustehen. Jetzt galt es, kühlen Kopf zu bewahren.

Da, der nächste Schlag. Sie sprang zur Seite, konnte ausweichen und nutzte die Gelegenheit, um sich am Arm des Kolosses festzuklammern. Heftig rudernd versuchte der Golem, sie abzuschütteln, doch ohne Erfolg. Dieses Auf und Ab war leicht zu meistern für einen Ritter, der es gewohnt war, sich auf einem fliegenden Drachen zu halten.

Nihal kletterte bis zur Schulter hinauf, streckte die Hand aus und konnte nun den ersten Buchstaben wegstreichen. Aus *emeth* wurde *meth*, und der Golem zerbröselte unter ihren Beinen.

Sie hatte gerade noch Zeit, dem Satyr in die hinterlistig funkelnden Augen zu blicken, da war dieser schon auf die Schulter des zweiten Golems gesprungen.

»Du glaubtest doch nicht, dass deine Aufgabe schon erledigt sei?«, lachte er höhnisch, und sofort stürzte sich nun dieser Golem auf die Halbelfe.

Jetzt war Nihal ganz bei der Sache, war wieder die gefährliche Kriegerin, kühl und entschlossen, die sich durch nichts aus der Ruhe bringen ließ. Sie wich einigen Hieben aus, zog dann ihr Messer aus dem Stiefel und löschte mit einem gezielten Wurf das *e* aus dem Wort *emeth*. Schon zerfiel auch der zweite Riese zu Staub. Diesmal hatte sie den Satyr kalt erwischt, denn einen solch blitzschnellen Sieg hatte er nicht erwartet. Er stürzte zu Boden. Und gerade als er wieder aufstehen wollte, spürte er Nihals Schwertspitze an der Kehle.

»Gib mir den Stein!«, zischte die Halbelfe.

Der Wächter brach in Gelächter aus, hob einen Finger und schleuderte sie fort. »Glaubtest du wirklich, es mit einem Wächter aufnehmen zu können?«, fragte er, während er sich in aller Seelenruhe erhob. »Aber du hast gewonnen. Mein Spiel ist aus. Schade, es hat Spaß gemacht.« Er hob einen Arm, und der Edelstein schwebte vom Altar auf und fiel dann in seine geöffnete Handfläche.

Er gab Nihal ein Zeichen, und die Halbelfe trat zu ihm.

»Den hast du dir verdient«, sagte er. »Erinnere dich dieses Kampfes, wenn du vor dem Tyrannen stehst. Denn er wird etwas in der Hand haben, das dich leicht ablenken kann. Aber um dich selbst, die Menschen, die du liebst, sowie alle Bewohner dieser Welt zu retten, musst du kühlen Kopf bewahren. Nur so kannst du deine Aufgabe bewältigen.« Er legte ihr den Edelstein in die Hand, und Nihal betrachtete ihn.

»Nun, hattest du es nicht eilig?«, fragte der Wächter. »Von Feinden umringt und am Ende seiner Kräfte, wartet zwei Meilen von hier entfernt dein Freund auf dich. Mein Stein wird dich zu ihm führen.«

Nihal blickte ihn dankbar an.

»Tu jetzt, was du zu tun hast«, sagte er, wieder lächelnd, zum ersten Mal nicht hinterlistig.

Nihal sprach die rituellen Worte und fügte den siebten Stein an seinem Platz ein. Da begann sich alles um sie herum zu drehen, und von dem Heiligtum blieb nichts als der nackte Fels übrig. Sie hätte glauben können, nur geträumt zu haben, wäre da nicht der neue Edelstein gewesen, der nun neben den anderen funkelte.

Und schon rannte sie, so schnell sie konnte, während ihr das Amulett deutlich den Weg anzeigte, dem sie zu folgen hatte.

Sennar schlug sich wacker. Kaum war Nihal davongeeilt, hatte er damit begonnen, bunte Blitze auszusenden, schwache Offensivzauber, um die Feinde auf sich zu ziehen und von der Halbelfe abzulenken.

Da war mit einem lauten Krachen plötzlich eine weitere Schar Fammin, mindestens ein Dutzend, zwischen den Bäumen hervorgebrochen.

Zu viele für ihn.

Mit einem Zauber versteinerte er so viele Angreifer, wie er konnte, errichtete eine magische Schutzmauer, um weitere von sich fernzuhalten, und wandte sich schließlich den verbliebenen Gegnern zu. Drei Fammin, eigentlich auch zu viele, aber vielleicht konnte er es doch schaffen.

So kämpfte er mit dem Schwert, schützte sich mit der Barriere und versuchte dabei noch, den einen oder anderen Angriffszauber hervorzubringen. Es war schwierig, mehrere Formeln gleichzeitig zu sprechen, und bald schon spürte er, dass die Kräfte ihn verließen.

Jeden Gedanken, der nicht mit dem Kampf zu tun hatte, tilgte er aus seinem Geist, bis er nichts mehr verspürte, weder Schuldgefühle noch Schmerz, nicht einmal mehr die Erregung wie noch beim ersten Schlagabtausch. Einen Fammin stach er nieder. Zwei blieben noch. Währenddessen drohte die Barriere, die ihm die anderen Fammin vom Leibe hielt, nachzugeben. Da zerriss ein grünlicher Blitz das Dunkel und streckte einen der beiden Feinde vor ihm nieder.

»Sennar!«

Der Magier drehte sich um und sah gerade noch Nihal mit gezücktem Schwert auf sich zulaufen, bevor er erschöpft zu Boden sackte. Er hörte das Scheppern gegeneinanderschlagender Schwerter, das Geräusch, wie eine Klinge in Fleisch eindrang, schließlich einen dumpfen Schlag.

»Wir müssen hier weg. Kannst du laufen?«

Sennar nickte nur. Nihal umfasste ihn mit einem Arm und half ihm auf.

»Sie haben dich gesehen, wir können sie nicht am Leben lassen«, sagte Sennar, während er wieder auf die Beine kam. In diesem Moment zerbarst der Wall, und die Fammin, die er zurückgehalten hatte, verteilten sich brüllend um sie herum.

Nihal hatte Sennar untergefasst, und so suchten die beiden Hals über Kopf das Weite.

Sie hörten die Feinde dicht hinter sich, während die ersten Pfeile um sie herum niederregneten. Sennar versuchte noch einmal, eine Barriere zu errichten, doch seine magischen Kräfte waren fast restlos erschöpft.

Im Zickzack hasteten sie durch den Wald, strauchelten, kamen wieder hoch und zwangen sich weiterzulaufen, obwohl die Beine sie kaum noch trugen. Doch der Vorsprung auf die Verfolger verringerte sich mit jedem Schritt. Plötzlich merkte Nihal, wie sich Sennars Leib verkrampfte und neben ihr mit einem Stöhnen zu Boden sank.

Sie drehte sich zu ihm um und erschauderte. Im Bein des Magiers steckte eine Lanze, hatte es ganz durchbohrt. Das Blut, das aus der Wunde hervorquoll, rann in dicken Strömen über den Felsboden, während sich Sennar vor Schmerz krümmte.

Nihal zog ihn hoch und nötigte ihn weiterzulaufen. »Nicht aufgeben! Wir müssen es schaffen!«, brüllte sie, während ihr die ersten Tränen über das Gesicht liefen.

Sennar schrie auf und sackte mit schmerzverzerrter Miene wieder zu Boden. »Lass mich hier zurück …«, stöhnte er.

Nihal drehte sich um und sah die Feinde in nächster Nähe hinter sich. Jetzt gab es nur noch eine Hoffnung: den Flugzauber. Sie hatte ihn noch nie versucht, doch nun blieb keine andere Wahl.

Sie schloss die Augen und sprach die Formel, die sie bei Sennar gehört hatte, während sie an einen Ort in der Nähe zu denken versuchte, wo sie sich verstecken konnten. Nur das Heiligtum fiel ihr ein. Es war nicht weit, und vielleicht waren sie dort sicher. Ganz fest konzentrierte sie sich, bezog auch die Kraft des Talismans mit ein, und einen Augenblick später schon waren sie den Blicken der Feinde entzogen.

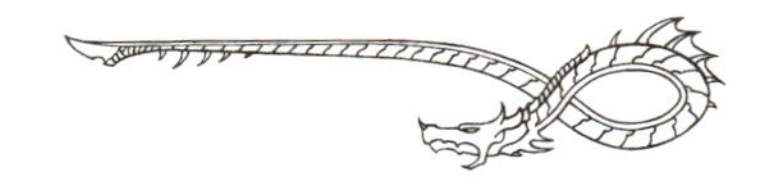

33

Die Wahrheit

Nihal hörte nichts anderes als Sennars keuchenden Atem. Sonst war es still.

Eine Weile verharrte sie mit geschlossenen Augen, denn sie fürchtete, wenn sie sie aufschlug, ihr Verhängnis zu erblicken: Fammin, die sie umringten, Gnomen mit gezückten Schwertern.

Als sie dann endlich die Lider öffnete, stellte sie fest, dass sie vor dem Stollen waren, der in das Heiligtum hineinführte. Sie hatte keine Zeit, sich darüber zu freuen, denn sie sah Sennar am Boden liegen, mit einer Hand auf der Lanze, die in seinem Bein steckte, und begriff, dass es jetzt auf jeden Augenblick ankam.

»Komm! Hier sind wir in Sicherheit, es ist das Heiligtum«, erklärte sie, während sie ihn anhob.

Der Magier unterdrückte einen Schmerzensschrei und zwang sich zu einem Lächeln. »Du hast dich zu einer bewährten Zauberin gemausert«, murmelte er.

Nihal antwortete nicht und half ihm hinein. Bevor sie ihm folgte, brach sie noch einige Zweige von den Bäumen und tarnte damit den Eingang, falls ihre Feinde dort vorbeikämen. Dann holte sie das Amulett hervor und leuchtete ihnen damit den Weg.

Sennar litt sehr viel stärker, als er zeigen wollte. Nihal stützte ihn und machte ihm Mut, doch der Magier hatte den entsetzlichen Verdacht, dass seine Wunde nicht mehr heilen würde. Wie damals bei Laio. Vielleicht war für ihn das Ende der Reise gekommen.

»Hast du den Stein erhalten?«, fragte er mit matter Stimme.

Die Halbelfe nickte.

»War es schwierig?«

»Nicht reden, du bist doch schwer verletzt.«

Sennar spürte, dass ihm das Atmen immer schwerer fiel. »Halb so wild ...«, log er.

Die Umrisse der Dinge verschwammen immer mehr, und ihm war, als verschwinde alles um ihn herum in der Finsternis. Er lag im Sterben, hatte aber keine Angst. Schlimm war nur, dass er Nihal allein lassen musste, ausgerechnet jetzt, da sie ihn so dringend brauchte. Und ohne das Versprechen gehalten zu haben, das er Ondine gegeben hatte.

»Halt durch, Sennar, der Raum, wo ich den Edelstein geholt habe, ist nicht mehr weit«, machte ihm Nihal weiter Mut, doch auch in ihren eigenen Ohren klang ihre Stimme nur noch wie ein entferntes Echo.

Bevor er starb, hatte Laio gesagt, er habe das Gefühl, gleich einzuschlafen. Es stimmte, es war, als falle man in einen tiefen Schlaf, und sogar die Schmerzen wurden erträglich. Die Wahrnehmungen lösten sich auf, das Bewusstsein entfernte sich.

»Es ist nicht mehr weit. Nur noch ein kurzes, kurzes Stück. Ich versorge dich gleich, du wirst sehen, gleich wirst du dich schon besser fühlen«, machte Nihal ihm noch einmal Mut.

Sennar schaffte es nicht mehr, ihr zu antworten. Er hörte sie schluchzen und spürte, dass sie ihn ganz fest an sich drückte. »Nicht weinen«, raunte er aus dem Abgrund, in den er immer tiefer hinabglitt.

»Wir sind da!«, rief sie, als sie endlich den Saal erreicht hatten. Der Lichtschein des Amuletts reichte nicht aus, um ihn zu erhellen. Nihal entzündete ein kleines magisches Feuer, bettete Sennar dann auf den Altar und besah sein Bein. Zunächst einmal galt es, die Lanze daraus zu lösen. Sie legte ihm eine Hand auf den Hals und atmete erleichtert auf, als sie seinen Herzschlag spürte. Es war noch nicht zu spät. Sennar atmete mühevoll, und auf der Stirn stand ihm kalter Schweiß.

»Auch wenn ich keine große Zauberin bin, deine Wunde bekomme ich schon noch geheilt«, murmelte sie ihm ins Ohr, während sie die Mächte dieses Ortes anflehte, ihr dabei zu helfen.

Sennar öffnete die Augen, richtete sie aber nicht auf Nihal, sondern schien den flüchtigen Gestalten eines fernen Traumes zu folgen. »Ich habe jemandem ein Versprechen gegeben ...«, begann er.

»Pst, nicht sprechen, ich kümmere mich um alles«, unterbrach ihn Nihal, indem sie ihm einen Finger auf die Lippen legte.

»... damals, in der anderen Welt in den Tiefen des Meeres, habe ich jemandem ein Versprechen gegeben ...«

Nihal betrachtete die Lanze und überlegte, wie sie herauszuziehen wäre, ohne Sennar allzu wehzutun. Sie hatte den Fremdkörper noch kaum berührt, als er schon vor Schmerz aufschrie.

»... ich habe versprochen, dass ich dich lieben würde ...«

Nihal hielt inne und brachte dann ihr Gesicht nahe an das von Sennar heran.

»... denn ich habe dich immer geliebt, und du weißt es nicht ...«

»Nicht sprechen ...«

»... ich habe dich geliebt, seit ich dir damals auf der Terrasse von Salazar den Dolch abgenommen habe, und nun sterbe ich ...«

»Du wirst nicht sterben, das darfst du nicht mal denken!«, rief sie, doch Sennar hatte die Augen geschlossen.

Nihal nahm sich ein Herz, umfasste die Lanze mit festem Griff und zog sie aus der Wunde. Sennars Schmerzensschrei zerriss die Stille im Saal.

Sofort begann die Halbelfe, die mächtigsten Heilformeln zu sprechen, die sie kannte. Sennar atmete kaum noch. Als sie erneut eine Hand an seinen Hals legte, spürte sie, dass der Puls schwach und langsam war. Sie machte unbeirrt weiter.

Nihal gab nicht auf. Die ganze Nacht über sprach sie unablässig Heilformeln und versuchte sich an Zaubern, die sie noch nie probiert hatte und nur Sennar hatte sprechen hören. Keinen Augenblick Pause gönnte sie sich und ließ sich auch nicht durch die Tatsache entmutigen, dass an der Wunde keine Anzeichen der Besserung sichtbar wurden. Sie kämpfte wie um ihr eigenes Leben.

Irgendwann hörte das Blut zu fließen auf und gerann an den Wundrändern, während Sennars Atem ruhiger und regelmäßiger klang. Am Morgen hatte das Gesicht des Magiers schon wieder ein wenig Farbe bekommen, und die Schmerzen schienen nachgelassen zu haben. Nihal gönnte sich eine Pause und wischte sich den Schweiß von der Stirn. Sie war erschöpft, doch Sennar ging es besser, vielleicht hatte sie doch keinen sinnlosen Kampf gekämpft.

Kurz darauf wagte sie sich aus dem Heiligtum, um draußen nach Heilkräutern zu suchen. Sie erinnerte sich noch an das Aussehen einiger Blätter, die Laio bei ihrer Verwundung an der Schulter verwendet hatte. Danach suchend schlich sie herum und wurde tatsächlich fündig: Zwar waren die Blätter welk, aber besser als gar nichts. Sogar auf ein Bächlein mit Wasser stieß sie. Es war schlammig, aber Nihal störte sich nicht daran und füllte die Flasche, die sie mit sich führte.

Erleichtert atmete sie auf, als sie bei ihrer Rückkehr die Zweige vor dem Eingang zum Heiligtum noch so liegen sah, wie sie sie zurückgelassen hatte. Sennar war nicht entdeckt worden.

Der Magier lag auf dem Altar. Sein Atem war wieder normal und sein Herzschlag stark und regelmäßig. Nihal untersuchte sein Bein. Die Lanze hatte den Knochen getroffen, und Sennar hatte viel Blut verloren, aber er würde es wohl überstehen.

Nihal entfachte ein Feuerchen, auf dem sie Wasser erhitzte. Dann bereitete sie einen Umschlag mit den gefundenen Kräutern zu und legte ihn auf die Wunde. Sennar seufzte vor Erleichterung.

Sie versorgte ihn weiter, bis sie merkte, dass er eingeschlafen war. Erst dann gönnte auch sie sich ein wenig Schlaf und träumte von ihnen beiden und ihrer Kindheit in Salazar.

Geweckt wurde sie von Schrittgeräuschen über ihren Köpfen. Sie schrak auf und zog ihr Schwert. Die Schritte entfernten sich jedoch, und sie beruhigte sich wieder. Da erst blickte sie zum Altar hinüber und sah, dass Sennar die Augen geöffnet hatte. Sie sprang auf. »Sennar!«, rief sie.

Der Magier wandte ihr den Kopf zu und lächelte schwach.

Im Nu war sie bei ihm und umarmte ihn. »Ich hatte so Angst, dass du stirbst …«

»Ich auch«, gab Sennar zu.

Nihal pflegte ihn ohne Unterlass den ganzen Tag. Sennar fühlte sich sehr schwach, doch sein Bein schmerzte nicht, es war wie betäubt. Als er die Wunde betrachtete, sah er erst, wie tief und breit sie klaffte, stimmte aber mit Nihal überein, dass er es wohl überstehen würde.

»Das hast du fantastisch gemacht«, sagte er mit einem Lächeln zu ihr. »Deine Zukunft liegt wohl doch eher in den magischen Künsten als im Kampf.«

Sie lachte, während sie weiter die Heilformel sprach.

Nun war sein letztes Stündlein doch noch nicht gekommen, dachte der Magier. Er erinnerte sich nicht mehr, was geschehen war, nachdem Nihal ihn in das Heiligtum geschleift hatte. Nur dass er sich so elend gefühlt hatte, dass er glaubte, sterben zu müssen.

Der Abend verlief ruhig. Sie aßen, unterhielten sich, lachten, berauscht durch die Tatsache, die Gefahr überstanden zu haben.

Es war der Morgen ihres dritten Tages im Heiligtum, als Sennar plötzlich alles einfiel. Nach Jahren stiller Hingabe und

Liebe, während derer er es nicht hatte darauf ankommen lassen, sie zu fragen, ob sie seine Gefühle erwidere, hatte er endlich den Mut gehabt, ihr seine Liebe zu gestehen. Damit hatte er das Versprechen gehalten, das er Ondine bei ihrem Abschied gegeben hatte, jedoch nur, weil er geglaubt hatte, sterben zu müssen. Und so kam er sich jetzt wie ein Idiot vor und wünschte sich, die Zeit mit einem Zauber zurückdrehen zu können, um diese salbungsvolle Liebeserklärung ungeschehen zu machen.

Den ganzen Tag über quälte ihn dieser Gedanke – während Nihal ihn pflegte, während sie aßen, miteinander sprachen. Am Abend endlich, vor dem Feuer, das flackernd den Saal erhellte, beschloss er, die Sache anzusprechen. Es ging ihm besser, und er fühlte sich stark genug, jedwede Reaktion auszuhalten, etwa die Antwort, er sei gewiss ein fantastischer Freund, doch in ihrem, Nihals, Herzen könne niemand Fen ersetzen.

»Was ich da zu dir gesagt habe, als du mich verwundet hierher gebracht hattest …«, begann Sennar in einem Moment des Schweigens, doch sogleich verließ ihn der Mut, als er sah, dass Nihal errötete. »Nun … ich wollt bloß … klarstellen …« Wieder schwieg er.

Nihal blickte ihn nicht an.

»Als ich dir sagte, dass ich …, nun, als ich dir … diese Sache sagte … hatte ich hohes Fieber«, murmelte er schließlich. »Ja, ich wusste nicht mehr, was ich redete …, ich war nicht bei mir … verzeih mir. Vergiss einfach, was ich gesagt habe«, schloss er und starrte ins Feuer.

Als er wieder aufblickte, war sie bei ihm, ganz nahe.

»Es lag mir schon lange, lange Zeit auf der Seele«, gestand er da, während er sah, wie ihr eine Träne über die Wange lief. »Seit wir uns kennen, glaube ich. Aber ich hätte es dir nicht sagen dürfen, noch dazu in diesem Moment. Verzeih mir. Tu so, als wenn nichts geschehen wäre.«

Nihals Gesicht streifte das seine, ihr blaues Haar umspielte seine Stirn. Sennar schlug die Augen nieder.

»Sieh mich an«, murmelte sie.

Sennar tat es. Nihal kam noch näher und ließ ihre Lippen einige Augenblicke auf den seinen ruhen. Sie nahm den Kopf zurück.

»Ich liebe dich auch und will mit dir zusammen sein«, sagte sie.

Sennar nahm ihren Kopf zwischen die Hände und küsste sie. Ihm war, als verschmelze er endlich mit ihr, nachdem er sich so lange nach ihr verzehrt hatte.

Als ihre Lippen die von Sennar berührten, hatte Nihal an den einzigen echten Kuss denken müssen, den sie jemals in ihrem Leben jemandem gegeben hatte, nämlich Fen, in Thoolans Heiligtum. Doch mit Sennar war es etwas anderes, es war die Wirklichkeit.

Was sie erlebte, war neu und fremd und gleichzeitig alt und bekannt. Nihal wusste genau, was sie zu tun hatte, so als habe die Berührung mit Sennars Lippen etwas geweckt, was seit Langem schon in ihr ruhte. Nur Sennar konnte es für sie geben, da war sie sich jetzt ganz sicher. Sie hätte nicht sagen können, wie, aber nun fand auch sie sich auf dem Altar wieder, neben Sennar, während ihre Küsse kein Ende nahmen. Sie hörte einen leisen Klagelaut und erinnerte sich wieder an sein verwundetes Bein.

»Verzeih mir, ich …«, begann sie.

»Es ist alles gut«, unterbrach er sie und küsste sie wieder.

Jetzt fiel Nihal wieder ein, was Aires geantwortet hatte, als sie sie fragte, woran man denn erkennen könne, dass man den richtigen Weg für sich gefunden habe: *Plötzlich überfiel mich die Erkenntnis mit einer solchen Macht, dass ich mich unmöglich entziehen konnte.* Das Gleiche fühlte Nihal nun auch: Plötzlich stand ihr die Wahrheit so klar vor Augen, dass sie gar nicht anders konnte, als sie anzunehmen. Jetzt hatte alles einen Sinn: diese Mission, ihre Lebensangst, ihre Suche.

Sie spürte, wie Sennar die Arme fest um ihre Hüften legte, und wusste plötzlich, dass sie in dieser leidenschaftlichen

Umarmung endlich ausruhen konnte. Es war, als sei dies nicht mehr ihr eigener Körper; sie fühlte sich anders, wie noch nie zuvor, fast so, als sei ein Teil ihrer selbst plötzlich befreit worden. Unter Sennars Berührungen wurde ihre Haut neu geboren, ihre Gestalt neu geformt. Sennar rief sie ins Leben zurück; je länger er ihren Körper berührte, desto deutlicher spürte sie, dass die Brücke zu ihrem Innersten immer stabiler wurde. Und als sie schließlich nackt war, empfand sie diese Nacktheit als ein großes Geschenk, das er ihr darbrachte.

Mit allem, was nun folgte, sagten sie sich das, was sie in all den Jahren nicht ausgesprochen hatten: dass sie einander gehörten, dass sie nichts mehr trennen konnte, dass sie nie mehr allein sein würden, weil jeder ein Teil des anderen war. Und in der Erfüllung erlebte Nihal zum ersten Mal in ihrem Leben, ganz sie selbst zu sein, die echte, wahre Nihal. Ihre Suche war zu Ende.

Ein paar Tage lang vergaß Nihal alles um sich herum. Sie war bei Sennar und pflegte ihn, ohne sich wegen der Tatsache Sorgen zu machen, dass ihre beschränkten magischen Fähigkeiten bei dieser Wunde wenig ausrichten konnten. Für sie gab es keine Feinde mehr, keine Mission, die zu erfüllen war. Die ganze Welt bestand nur noch aus diesem Raum, in dem sie zusammen waren.

Daher hörte sie auch die Schritte nicht, die immer häufiger von der Höhlendecke widerhallten, und ebenso wenig die Stimmen, das Rufen über ihren Köpfen.

»Es wird lange dauern, bis ich wieder laufen kann«, sagte Sennar am Morgen des sechsten Tages.

»Wir brauchen nur ein wenig Geduld«, antwortete sie ruhig. »Du weißt, dass ich im Zaubern keine große Leuchte bin, aber ich gebe mir alle Mühe.«

»Nihal, auch der Knochen ist verletzt, und dagegen vermag deine Magie wirklich wenig, das weißt du. Es kann einen Monat dauern, bis ich hier rauskann«, redete er weiter auf sie ein.

»Dann müssen wir eben warten.«

»Die Stimmen der Fammin klangen heute so nahe wie noch nie zuvor«, fuhr er fort.

»Hier werden sie uns niemals finden.«

Sennar nahm sie in die Arme, und Nihal küsste ihn, nahm den Kopf zurück und lächelte ihn an. Als sie jedoch sein Gesicht sah, wich das Lächeln aus ihrem Gesicht. »Was hast du?«

»Wir können nicht mehr länger untätig hier herumsitzen.«

»Aber du kannst doch nicht gehen, und so, in deinem Zustand, kommen wir nicht weit.«

»Ich weiß.«

»Sennar ...«, sagte sie mit leiser Stimme. Sie begann zu verstehen.

»Du weißt, warum wir hier sind.«

Nihal hielt sich die Ohren zu. »Sei still!«

»Viele Leben hängen von uns ab, und so viele Leute sind für diese Sache bereits gestorben. Das können wir nicht verdrängen.« Er löste ihre Hände von den Ohren. In ihren Augen standen Tränen. »Du musst weiter«, sagte er.

Die Halbelfe merkte, dass seine Stimme zitterte, obwohl er dagegen ankämpfte. »Das kannst du nicht von mir verlangen«, erwiderte sie und schüttelte den Kopf. »Ausgerechnet jetzt, da ich dich endlich gefunden habe, soll ich dich wieder verlassen? Nein, das kann ich nicht!«

»Für mich ist es auch entsetzlich, aber es gibt keinen anderen Weg.«

Nihal liefen die Tränen über das Gesicht. »Mich kümmert es nicht, warum wir hier sind. Ich will nichts wissen von den Leuten dort draußen. Wir beide sind hier, jetzt, in diesem Augenblick, das ist das Einzige, was zählt. Ich kann dich doch nicht einfach so auf feindlichem Gebiet zurücklassen, noch dazu schwer verwundet. Nein, das kann ich nicht! Das kann ich nicht, und das will ich nicht!«

»Wenn tatsächlich ich es bin, nach dem du so lange Zeit gesucht hast, dann musst du gerade deswegen gehen«, erklärte Sennar.

»Hör doch auf mit solch dummen Orakelsprüchen!«

»Das sind keine Sprüche«, rief Sennar. Seine Stimme klang nun hart. »Du hast nach einem Ziel gesucht, das deinem Leben einen Sinn geben kann, nach einem Beweggrund, um zu handeln, und der Kraft, es auch tun zu können. Das hast du nun gefunden, aber wenn du jetzt hierbleibst, war deine Entdeckung sinnlos.«

»Was ist denn schlecht daran, dass ich bei dir sein will? Ich liebe dich doch. Hast du nicht auch gesehen, wie schlimm es in der Welt draußen zugeht? Die Leute hassen einander, bringen sich gegenseitig um … Den Tyrannen zu beseitigen, wird daran gar nichts ändern. Solange wir beide hier sind, werden wir nie allein sein und können uns eine Welt schaffen, wie wir sie uns wünschen. Diese Welt hat dein Blut oder mein Opfer nicht verdient.«

»Das ist nicht wahr, und das weißt du«, erwiderte Sennar. »Laio hat sein Leben gegeben, damit du deinen Weg weitergehen kannst, und jetzt, während wir beide hier sind, kämpfen Soana und Ido weiterhin hartnäckig für die Rettung dieser Welt. Ihretwegen musst du gehen und mich zurücklassen, andernfalls wird das bislang vergossene Blut sinnlos geflossen sein.«

Nihal begann zu schluchzen, umarmte und drückte ihn, so fest sie konnte. »Ich bitte dich, verlang nicht, dich zu verlassen. Ohne dich kann ich es nicht schaffen. Bis hierher konnte ich nur gelangen, weil du bei mir warst. Ohne dich fehlt mir der Mut. Ich brauche dich …«

Sennar drückte sie an sich. Er atmete schwer, und Nihal spürte, wie weh ihm seine eigenen Worte taten und dass es ihm nicht leichtgefallen war, diese Entscheidung zu treffen. »Mir wird nichts geschehen. Du weißt doch, ich bin ein mächtiger Zauberer. In der letzten Schlacht werde ich an deiner Seite sein, und wenn dann alles vorüber ist, können wir endlich das Glück genießen, das wir uns verdient haben. Auch ich will mit dir zusammen sein, aber wenn du jetzt bleibst, wird es keine Welt mehr geben, in der wir leben könnten …« Er drückte sie noch fester.

Nihal machte sich von ihm los und trocknete sich mit dem Handrücken die Tränen. »Wenn es hier drinnen doch sicher ist, warum kann ich dann nicht warten, bis du gesund bist?«

»Weil der Aufgetauchten Welt keine Zeit bleibt. Unser Widerstand wird immer schwächer, und in Kürze wird der Tyrann auch das letzte freie Land unterjocht haben. Ich habe mein Leben der Aufgabe geweiht, diese Welt zu retten; wenn du jetzt bleibst, wird alles vergeblich sein …«

»Würdest du mich hier allein zurücklassen?«, fragte sie.

Sennar schwieg.

»Antworte.«

»Ja«, murmelte er, doch Nihal glaubte ihm nicht. Sie wusste, dass er eher gestorben wäre.

Sennar fasste sie an der Schulter. »Ich bitte dich, geh! Du schaffst es auch ohne mich. Wir müssen ja nicht beisammen sein, um zu wissen, dass wir einander gehören. Sobald es mir besser geht, werde ich selbst von hier verschwinden und mich auf den Weg ins Hauptlager machen. Dort treffen wir uns dann. Nihal, ich bitte dich …«

Die Halbelfe wandte sich ab und weinte leise.

Den ganzen Morgen über durchkämmte Nihal den Wald und trug so viel Nahrung wie nur möglich zusammen. Die stapelte sie in der Höhle und legte zudem einen Wasservorrat an. Sie überschlug, wie viel Proviant Sennar in einem Monat brauchen würde, und sorgte dafür, dass weit mehr als genug da war. Im Grunde wusste sie, dass Sennar Recht hatte, doch in diesem Moment hasste sie ihre Mission und den Talisman, der schwer an ihrem Hals hing. Wenn Sennar in ihrer Abwesenheit etwas zustieß, würde sie sich das nie verzeihen.

Nachmittags versuchten beide, sich nichts anmerken zu lassen, obwohl der Schmerz des bevorstehenden Abschieds in der Luft lag, greifbar war. Sennar bemühte sich, fröhlich zu erscheinen, doch Nihal wusste, dass er Angst hatte und sie am liebsten zurückgehalten hätte. Dann wurde es Abend.

»Hier, nimm«, sagte Sennar, als sie zum Aufbruch bereit war. In der Hand hatte er Livons Dolch, jene Waffe, über die sie sich kennengelernt hatten.

Als Nihal ihn erblickte, begriff sie, dass sie sich nun wirklich trennen würden, und brach in Tränen aus. »Warum willst du ihn mir geben?«, schluchzte sie.

Sennar lächelte. »Sei nicht dumm ... Wovor hast du Angst? Nicht weinen ...« Er trocknete ihr eine Träne. Dann zog er den Dolch aus dem Futteral, und Nihal sah, dass die Klinge in einem weißen Licht erstrahlte. »Ich habe ihn mit einem Zauber belegt: Solange die Klinge leuchtet, geht es mir gut, und das Licht zeigt dir auch, wo ich bin.«

Nihal nahm den Dolch entgegen und tauschte ihn mit jenem, den sie im Stiefel trug und mit dem sie Dola fast getötet hätte. »Dann behalte du diesen hier und benutze ihn, wenn es nötig ist«, sagte sie, während sie ihm den anderen Dolch reichte. Sie nahm Sennar in den Arm und überhäufte ihn mit Küssen. »Du darfst nicht sterben, Sennar, ich bitte dich, du darfst nicht sterben!«

»Du auch nicht ...«, sagte der Magier und gab ihr einen letzten, langen Kuss.

Als er sich endlich von ihr löste, sah Nihal, dass auch er weinte.

»Nihal, sollte ... sollte ich zur letzten Schlacht nicht da sein ..., solltest du mich nicht im Hauptlager antreffen ..., dann suche mich nicht, bevor du nicht den Tyrannen besiegt hast. Aber es wird mir nichts zustoßen, du wirst sehen ... Ich warte im Hauptlager auf dich«, schloss er mit einem Lächeln.

Nihal stand auf und entfernte sich durch den Gang, der ins Freie hinausführte. Sie drehte sich nicht um, denn sie wusste, täte sie es, würde sie zu ihm zurücklaufen. Nach nur wenigen Schritten hatte die Einsamkeit sie schmerzhaft im Griff.

Die letzte Schlacht

34

Mawas oder Vom Opfer

Geschwind bewegte sich Nihal durch eine dunkle, sternenlose Nacht. Noch nie war ihr die Stille so bedrückend vorgekommen. In den ersten Tagen war sie oft versucht gewesen, den Dolch hervorzuholen und zu sehen, ob er strahlte, ob ihre Wanderung überhaupt noch einen Sinn hatte. Viele Male hatte sie ihn in Händen gehalten, hatte hin und her überlegt und ihn schließlich doch wieder zurückgesteckt. Wozu ihn anschauen? Hätte sie festgestellt, dass die Klinge erloschen, Sennar also tot oder ihm etwas zugestoßen war, wäre alles aus gewesen. Es war sinnlos, Bescheid zu wissen. Sie musste weitermachen, weiter ihren Weg gehen, nur an das denken und sich darauf freuen, was sie erwartete, wenn der Tyrann endlich bezwungen war.

Nach acht Tagen gelangte sie in einer Neumondnacht an die Grenze zum Land des Windes. Es war stockdunkel, und um überhaupt etwas zu sehen, musste sie sich mit einem kleinen Zauber behelfen in der Hoffnung, dass niemand darauf aufmerksam wurde. In der Luft lag der Geruch der Steppe, wie sie ihn aus ihrer Kindheit kannte, und sie zögerte. Sie schickte sich an, in ein Land zurückzukehren, das ihre wertvollsten und ihre schmerzhaftesten Erinnerungen barg, jenes Land, in dem sie aufgewachsen war, wo sie Sennar kennengelernt hatte, wo vor mehr als drei Jahren Livon umgebracht und Salazar dem Erdboden gleichgemacht worden war. Sie zitterte bei dem Gedanken daran, wie es nun zugerichtet sein mochte; es wäre ihr lieber gewesen, nicht hindurchzumüssen und es so schön in Erinnerung zu behalten, wie sie es immer erlebt hatte.

Grob geschätzt musste sie sich im südlichen Bannwald befinden, und im fahlen Licht des Morgengrauens sah sie dann, was davon übrig war. Fast alle Bäume waren abgestorben oder ganz abgeholzt, sodass sie den Blick gut eine Meile weit schweifen lassen konnte. Früher, als Kind, hatte der Wald sie eingeschüchtert, weil er so dicht war, dass sie kaum eine Hand weit sehen konnte und sich alles in einem einzigen grellgrünen Farbton auflöste. Wem hätte dieser Wald heute noch Angst machen können?

Das Gesicht auf den Knien, hockte Nihal am Boden und spürte, wie die ganze Last der Einsamkeit auf sie einstürzte, während die Sonne aufging und nach und nach dieses trostlose Panorama in ein helleres Licht tauchte. Sie musste an Sennars Worte denken, die er einmal unterwegs zu ihr gesagt hatte: *Manchmal kommt es mir so vor, als sei diese Welt bereits tot und dass wir gar nichts mehr tun können, um sie zu retten.* Niemand würde dem Wald seine frühere Schönheit zurückgeben können. Die Halbelfen würden nicht wiederkehren, und mit ihr selbst würde dieses Volk für immer aussterben. Die verheerten, verwüsteten Länder würden viele, viele Jahre brauchen, um wieder die frühere Pracht zu entfalten, wenn dies überhaupt möglich war. Die ihnen bekannte Welt rang mit dem Tode.

Nach einiger Zeit stand sie auf und befragte den Talisman, aber diesmal sah sie keine Bilder, bloß eine Richtungsangabe. So wanderte sie nach Norden, durch eine trostlose Landschaft, zwischen den Resten gefällter Bäume und niedergebranntem Buschwerk hindurch, über unfruchtbar gewordene Böden. Sie erkannte die Stellen wieder, wo sie mit Sennar zum ersten Mal Himbeeren gepflückt hatte, wo sie zusammen trainiert, wohin Soana sie einmal zum Heilkräutersammeln ausgeschickt, wo sie mit Phos gespielt hatte .... Im Osten erhob sich über den kargen Resten dieses Waldes die Feste des Tyrannen und erschien mächtiger als je zuvor.

Durch ihr Oberteil hindurch strahlte der Talisman und wies ihr den Weg. Nihal spürte seine Kraft und die Nähe der Naturgeister. Zum ersten Mal aber hatte sie keine Vision von dem Ort, zu dem sie unterwegs war, und es sorgte sie, so gar nicht zu wissen, was sie wohl bei dem Heiligtum erwartete.

Sie musste sich jedoch nicht lange gedulden. Nach dreitägiger Wanderung spürte sie, dass ihr Ziel nicht mehr weit war. Um sie herum waren nur verkohlte Baumstümpfe, zu ihrer Rechten erhob sich in der Ferne mächtig die Tyrannenfeste, und nördlich davon meinte sie die Reste einiger Türme zu erkennen. Die Halbelfe befürchtete, es könne Salazar sein. Soweit sie sich erinnerte, ließ sich in vier Tagen der Bannwald durchqueren, und ihre Heimatstadt lag genau am Rand der Steppe.

Und in der Tat gelangte sie kurz darauf zu der Stelle, wo sie ihre Weihe zur Magierin empfangen hatte. Nihal erinnerte sich an eine kleine runde Lichtung mit einem Felsblock in der Mitte und einer Quelle mit klarem Wasser zu einer Seite. Jetzt waren die Bäume, die die Lichtung umgaben, niedergebrannt, anstelle des Grases sah sie nur grauen Erdboden, und die Quelle war versiegt.

Nihal setzte sich auf den Felsblock, während der Mond blass und müde zwischen den Wolken hervorlugte, eine schmale Sichel, die die Dunkelheit nicht vertreiben konnte. Die Halbelfe starrte vor sich hin und dachte daran zurück, wie Sennar sie hier aufgesucht und getröstet hatte. Jetzt fühlte sie sich so wie damals: allein, verängstigt, verloren. Doch es war niemand da, der ihr hätte Mut machen können.

In den ersten Tagen ging in der Höhle im Land der Felsen alles gut. Sennar begann daran zu glauben, dass er es wirklich schaffen konnte. Als er Nihal hatte ziehen lassen, glaubte er nicht, dass er sie jemals wiedersehen würde. Allein und verwundet auf feindlichem Gebiet, gab er sich selbst kaum eine Überlebenschance.

Anders als erwartet, hockte er nun aber schon eine Woche in dieser Höhle und hatte kein einziges Mal Schritte über sich gehört. Dort war nur die tiefe Stille des Steinwaldes. So beschloss er, dass es langsam an der Zeit sei, seine Genesung zu beschleunigen. Er wollte so schnell wie möglich wieder zu Nihal.

Am achten Tag war in der Höhle alles friedlich, und sogar etwas mehr Licht als gewöhnlich fiel hinein; vielleicht war draußen ein schöner Tag. Sennar schob sein Gewand zur Seite und betrachtete die Wunde. Sie sah eklig aus. In seinem Oberschenkel klaffte ein tiefer Spalt, ausgefranst und blutverkrustet. Bei der kleinsten Bewegung schossen ihm furchtbare Schmerzen durch das Bein. Ja, er hatte richtig gesehen, auch der Knochen war verletzt.

Ein abgesplitterter Knochen und ein tiefer Spalt im Fleisch. Keine leichte Aufgabe für einen kranken Magier. Er konnte nur versuchen, den Heilungsverlauf ein wenig zu beschleunigen. So machte er sich ans Werk und stellte fest, dass seine Kräfte für einen einfachen Heilzauber ausreichten. Den ganzen Morgen brachte er damit zu.

Es war ebendieser Zauber, der sein Schicksal besiegelte. Sennar war eingedöst. Er war müde, das Zaubern hatte seine Kräfte erschöpft, und fast ohne dass er es merkte, hatte ihn der Schlaf übermannt.

Zunächst glaubte er, er träume. Der rhythmisch über ihm vibrierende Erdboden kam ihm wie ein fernes, undeutliches Echo vor. Als das Geräusch stärker wurde, lag der Magier immer noch im Halbschlaf. Erst das Schleifen von Schwertern, die aus der Scheide gezogen wurden, weckte ihn, und sofort spürte er die Gefahr. Er fuhr hoch.

Feinde. Und ein Magier.

Im Nu wurde ihm klar, wie töricht und vergeblich seine Hoffnung gewesen war. Der Heilzauber hatte nur dazu geführt, die Feinde auf ihn aufmerksam zu machen. Die entsetzlichen Schmerzen im Bein ignorierend, stand er hastig auf und versuchte eine aussichtslose Flucht tiefer in die Höhle hinein.

Da waren sie. Vier Fammin und zwei Männer. Einer der beiden war ein Zauberer.

Mittlerweile stand Sennar mit dem Rücken an der Felswand.

Es ist aus.

Er ließ sich zu Boden sinken. Der feindliche Magier brauchte noch nicht einmal einen Angriffszauber anzuwenden. Gemächlichen Schrittes trat er auf Sennar zu und stellte ihm einen Fuß auf das verwundete Bein. Der Schmerz war unerträglich, und Sennars Schrei übertönte noch das Hohngelächter des Mannes.

Dann schoss ein violetter Blitz aus der Hand des fremden Magiers, und um Sennar herum wurde alles dunkel.

Nihals Weg führte in westliche Richtung weiter, und die Halbelfe fand sich in einem Teil des Bannwaldes wieder, in dem sie noch nie gewesen war. Jetzt erinnerte sie sich an die Worte, die Soana vor langer Zeit zu ihr gesagt hatte.

Das Herz des Bannwaldes gehört nicht den Lebenden, sondern den Geistern. Es ist ein heiliger Ort, den kein Bewohner der Aufgetauchten Welt, gleich welcher Rasse, betreten darf. Dort ruht das verborgene Leben des Waldes, und dies ist ein Geheimnis, das sogar die allermächtigsten Zauberer nicht ganz ergründen können. Denn es gibt Kräfte auf dieser Welt, die jedes Vorstellungsvermögen übersteigen und niemals von irgendjemandem beherrscht werden können.

Dieser Teil des Bannwaldes war weniger zerstört. Die Bäume standen noch, und gelbliche Blättchen färbten zaghaft die Zweige. Nihal spürte, dass das Ende ihrer Reise nahe war. Hier musste das Heiligtum liegen.

Plötzlich hatte sie ein völlig unerwartetes, aufsehenerregendes Bild vor Augen: ein riesengroßer Baum, den man zunächst für eine Eiche halten mochte. Kräftige Äste hoben sich majestätisch gegen den dunklen Himmel ab. Seine unzähligen goldgelben Blätter glitzerten in der Finsternis. Dieser Baum lebte, umgeben von einem Meer des Todes, gesund und mächtig.

Es war kein normaler Baum: Er schien kein Leben aus der Erde zu saugen, sondern dieser Leben zu schenken. Dort, wo die Wurzeln in den Boden eindrangen, wuchs dichtes, sattgrünes Gras. Eine Weile stand Nihal voller Bewunderung da und spürte dabei, dass im Grunde doch noch nicht jede Hoffnung gestorben war, wenn sich solch eine Pracht an diesem Ort erhalten hatte. Erst nach und nach ging ihr auf, dass es sich um einen Vater des Waldes handeln musste. Eine andere Erklärung gab es nicht. Sie erinnerte sich, wie ihr solch ein Baum im Kampf gegen Dola beigestanden hatte, und erkannte hier die gleiche Kraft, die gleiche erschreckende Gewalt, die gleiche Vitalität wieder. Wenn der Vater des Waldes lebte, dann war der ganze Wald noch nicht verloren. Solange dieses gigantische Herz weiter schlug, würde es noch Hoffnung geben für das Land des Windes.

Staunend trat Nihal auf den Baum zu und entdeckte etwas, was ihr zuvor nicht aufgefallen war. Auf einem der unteren Äste hockte ein winziges, leuchtendes Wesen. Die Halbelfe sah genauer hin, und als sie erkannte, um wen es sich handelte, jubelte sie. Endlich ein vertrautes Gesicht.

»Phos!«, rief sie und rannte zu ihm hin.

Phos bewegte sich nicht von seinem Platz, bedachte sie jedoch mit einem sanften Lächeln. »Willkommen zurück, Nihal«, sagte er.

»Nun, willst du mich nicht begrüßen kommen?«, wunderte sich Nihal.

Es war zweifellos Phos, und doch schien er nicht er selbst zu sein; zu ernst wirkte er für ihren kleinen Freund, zu betrübt, zu melancholisch. Der Kobold hatte immer so lustig ausgesehen, mit seinen überlangen Ohren, dem zerzausten grünen Haar, den sirrenden bunten Flügeln. Jetzt jedoch wirkte er feierlich und gefasst. Es war Phos, und gleichzeitig auch nicht.

»Ich habe auf dich gewartet, Sheireen«, sagte er, wobei er weiter auf seinem Ast sitzen blieb.

Nihal erstarrte. Der Talisman auf ihrer Brust strahlte so hell wie noch nie. »Wieso weißt du …?«

»Wie gesagt, ich habe dich erwartet«, antwortete er.

Nihal begann zu verstehen. »Das heißt also, dass …«

»Ja, hier endet deine Reise. Dies hier ist die letzte Station, danach erwartet dich nur noch die entscheidende Schlacht.«

»Bist du der Wächter?«

Phos nickte bedächtig.

»Wie ist das möglich? Du wusstest doch noch nicht einmal, was Halbelfen sind, hast nie die Heiligtümer erwähnt und …« Nihal brach ab und blickte ihn an. »Warum hast du mir nie von den Heiligtümern erzählt?«

Phos schlug die Beine übereinander, und jetzt, in dieser Haltung, erinnerte er sie an ihren alten Freund und seine lustige, spitzbübische Art. Doch seine Worte klangen betrübt: »Lange Zeit wusste ich selbst nicht, wer ich wirklich bin und welche Mission ich zu erfüllen habe. Aber mein Vater war über viele Jahrhunderte der Wächter von Mawas' Stein. Auch wenn wir nicht so aussehen, wir Kobolde sind sehr langlebig; ich war bereits auf der Welt, als zum letzten Mal ein Elf nach dem Edelstein verlangte, um sich dessen Kräfte anzueignen. Das war vor mehr als tausend Jahren. Doch da er nicht reinen Herzens war, weigerte sich mein Vater, ihn herauszugeben. Verbissen verteidigte er den Stein, bis er von der Hand des niederträchtigen Elfen gemeuchelt wurde. Doch bevor dies alles geschah, hatte er mir von Dingen erzählt, die ich damals nicht verstand: ›Als dein Erbe hinterlasse ich dir einmal etwas Großes und Gewaltiges, das im Herzen dieses Waldes ruht. Du wirst darüber wachen, und wenn der Moment gekommen ist, liegt es an dir zu entscheiden, was damit geschehen soll.‹

Ich fragte ihn, wie ich denn über etwas wachen könne, von dem ich gar nicht wisse, was es sei, und er antwortete mir, zur rechten Zeit würde ich alles dazu Notwendige erkennen. So wurde ich Wächter, ohne etwas davon zu wissen, und lebte als Anführer der Koboldgemeinde, die hier im Wald ihre Heimat hatte. Auch als ich dir begegnete, kannte ich die Wahrheit noch nicht. Als du dich dann aber auf die Suche nach den Edelsteinen machtest, erwachte etwas in mir, und ich hörte die Stimmen der anderen Wächter, die mich an meine Pflicht gemahnten. So erfuhr ich von Mawas. Ich kehrte in dieses Land zurück, das ich einst verlassen hatte, und fand es verwüstet vor. Aber ich ließ mich nicht abschrecken und begab mich zu dem Heiligtum, wo ich seitdem auf dich warte.«

»Was ist denn aus den anderen Kobolden geworden, die hier mit dir wohnten, deinen vielen Freunden?«, fragte Nihal.

Phos ließ die Ohren hängen und seufzte betrübt: »Die sind alle tot.«

Nihal dachte zurück an die kleinen fliegenden Geschöpfe, die sie mehr als drei Jahre zuvor aus dem Land des Windes hinausgeführt hatten. Sie konnte nicht glauben, dass es sie nicht mehr gab.

»Eine Weile ließen wir uns im Land der Sonne nieder«, erklärte der Kobold nun weiter, »in jener Zeit, als wir uns noch einmal wiedertrafen. Doch wie ich dir damals schon erzählte, stellten uns die Soldaten nach und fingen uns ein, um uns als Spitzel zu missbrauchen. Aus diesem Grund begab ich mich zum Rat der Magier. Doch niemand schenkte mir Gehör, ich wurde ausgelacht und weggeschickt. So kehrte ich in mein Dorf zurück, zu meinen Gefährten, und erlebte, wie sich die Gewalttaten fortsetzten, ohne dass wir etwas dagegen hätten tun können. Im Lauf der Zeit sah ich sie alle sterben. Die Wälder, in denen wir lebten, wurden vernichtet, wir selbst wurden gejagt, vertrieben und getötet. Zum Schluss blieb ich allein übrig, in der Einsamkeit des Waldes, in dem wir uns niedergelassen hatten. Ich allein.« Er blickte mit trauriger Miene in die Ferne. »Ich wusste nicht, was ich tun sollte, nachdem alles zerstört war. Gewiss, ich hätte mich anderen Koboldstämmen anschließen können, doch ich stellte mir vor, dass sie das gleiche Schicksal wie uns erwartete. Dann geschah es, dass ich erwachte und von meiner Berufung erfuhr, und so machte ich mich auf den Weg, um hierher zu gelangen.«

»Es tut mir so leid ...«

Phos lächelte traurig. »Dies ist das Schicksal dieser Welt: Zerstörung.«

Nihal blickte ihn an. »Nein, das stimmt nicht. Eben deswegen bin ich ja unterwegs durch die Aufgetauchte Welt, damit wieder alles so wie früher wird. Oder dient meine Mission etwa nicht dazu, diese Welt zu retten?«

»Was zerstört wurde, wird nicht mehr heil«, antwortete Phos.

Ja, dachte Nihal, das hatte sie immer gewusst. »Aber wozu nehme ich dann dies alles auf mich?«, fragte sie.

»Retten wirst du mit deinem Tun nichts. War dir das nicht bewusst?«, fuhr Phos ungerührt fort. »Unsere Welt ist in Auflösung begriffen. Die Halbelfen werden sich nicht aus ihren Gräbern erheben, meine Gefährten nicht zurückkehren, der Bannwald ist zerstört, und Tausende Väter des Waldes werden nicht ausreichen, um ihm seine frühere Pracht zurückzugeben. Etwas muss sterben, damit Neues entstehen kann.«

Nihal verstand nicht und beschränkte sich darauf, Phos fragend anzuschauen.

»Aus dem Tod des Samenkorns wächst der Baum«, erklärte der Kobold, »und aus den abgestorbenen Blättern bildet sich die neue Pflanze. Unaufhörlich stirbt etwas in der Natur, damit anderes wachsen kann. Diese Welt muss sterben, damit aus ihrer Asche etwas anderes entsteht. Ich gehöre zur alten Welt und mit mir dieser Wald; wir können hier nicht mehr leben, denn alles, was zu uns gehörte, ist untergegangen.«

»Auch ich bin Teil der alten Welt, es gibt keine Halbelfen mehr, und viele, die ich geliebt habe, mussten sterben«, erwiderte Nihal.

Phos schüttelte den Kopf. »Nein, Nihal, du bist wie eine Brücke zwischen der Welt, die stirbt, und jener neuen, die daraus entstehen wird. In deinen Händen liegt der Schlüssel zu unserer Wiedergeburt. Niemand weiß, ob du stark genug bist, die Tore aufzustoßen, hinter denen die Zukunft liegt, aber du bist die Einzige, die es überhaupt schaffen kann. Aus den Trümmern, die deinen Weg pflasterten, wird sich ein Phönix erheben, und den Geschöpfen dieser Welt wird eine zweite Chance gewährt. Dann liegt es bei ihnen, ob sie daraus eine Epoche des Friedens schaffen oder wieder eine des Krieges. Du bist die Trägerin dieser Chance, du schickst dich an, den Geschöpfen unserer Welt diesen Neuanfang zu schenken. Es ist eine schwierige Aufgabe, deretwegen du schon viel gelitten hast und noch mehr wirst leiden müssen.«

Nihal war nicht danach, auf diese Worte einzugehen, und vergaß sie lieber, um sich nicht über ihre volle Bedeutung klar werden zu müssen. »Wo ist das Heiligtum?«, fragte sie stattdessen.

»Vor deinen Augen«, sagte Phos. Er flatterte auf.

Nihal betrachtete den Baum und begriff, dass er das Heiligtum war. Seine enorme Kraft hatte sie vom ersten Anblick an gespürt.

Phos trat auf den Stamm des Baumes zu und vollführte eine Handbewegung. Sofort zog sich das Holz zurück, und ein strahlend hell glitzernder, weißer Edelstein, der in seinem Innern verborgen war, kam zum Vorschein.

»Was du jetzt zu tun hast, Nihal, wird dir nicht gefallen. Doch bedenkst du die Dinge, von denen ich gerade sprach, wirst du erkennen, dass es keinen anderen Weg gibt.«

Nihal blickte ihn besorgt an.

»Du siehst ihn vor dir im Vater des Waldes, Mawas, den letzten Edelstein. Er bringt jene Tränen hervor, von denen ich dir vor Jahren eine schenkte. Er ist das Herz dieses Baumes, das, was ihn am Leben erhält. Und du musst ihn dir nehmen.«

»Aber was wird dann aus dem Vater des Waldes, wenn ich ihm das Herz herausreiße?«

»Würdest du ihm den Edelstein nur für kurze Zeit entziehen, brächte ihn das nicht um. Aber damit du weiterleben kannst, musst du, nachdem du den Zauber gegen den Tyrannen gesprochen hast, den Talisman zerschlagen. Und damit werden alle Steine zerstört, einschließlich Mawas, und der Vater des Waldes wird sterben.«

»Und was wird aus dem Bannwald?«, fragte Nihal. »Mit dem Vater des Waldes würde ja auch dieser Wald sterben und sich nie mehr erholen können.«

»Siehst du nicht, der Bannwald ist bereits tot.«

Nihal schüttelte den Kopf. »Das kann ich unmöglich tun. Ich weigere mich«, sagte sie. »Zu viele Tote bleiben zurück auf meinem Weg, den ich als einzige Überlebende zu gehen habe. Das müsse so sein, wird mir immer wieder gesagt, damit ich schließlich diese Welt befreien könne. Doch der Preis ist zu hoch. Der Vater des Waldes gab mir die Träne, die mir so oft beistand, und er beschützt diesen Ort, den ich so liebte. Ich kann ihm nicht das Leben nehmen.«

Phos baute sich in Höhe ihres Gesichts vor ihr auf. »Du hast es wohl noch nicht verstanden? Nichts auf dieser Welt lässt sich ohne Leiden erwerben. Damit Rettung möglich ist, muss sich jemand opfern.«

»Aber es sind doch immer andere, die sich opfern!«, rief Nihal. Sie fiel auf die Knie. »Laio ist gestorben, damit ich mir den Stein im Land der Nacht holen konnte, Sennar riskiert im Land des Meeres sein Leben und ist in großer Gefahr! Ich will keine weiteren Opfer! Ich habe es satt, immer wieder Blut, Tod, Waffen ...«

Mitleid zeichnete sich in Phos' Gesicht ab, und mit dem Händchen streichelte er über Nihals Wange. »Aber auch du selbst hast gelitten, es waren nicht immer nur andere, die sich opferten«, sagte er. »Jahrelang hast du dich gequält, und als du endlich deinen Frieden gefunden hattest, erklärte man dir, dass du ihn noch einmal aufs Spiel setzen müsstest. Erneut griffst du zum Schwert, und gegen deinen Willen machtest du dich auf den Weg und gelangtest schließlich hierher. Mehr als alle anderen hast du gelitten, Nihal. Der Schmerz ist aber kein Selbstzweck. Daher erhebe dich nun und bringe dem Vater des Waldes die tödliche Verwundung bei. Nimm dir den Stein!«

Nihal hob den Blick und betrachtete den Baum, durch den das Leben strömte. Langsam streckte sie die Hand aus, und dabei sah sie Phos die Augen schließen und begriff, dass auch er litt, trotz all dem, was er ihr gerade gesagt hatte, oder vielleicht auch gerade deswegen. Denn zusammen mit dem Vater des Waldes würde auch seine eigene Welt vollständig untergehen.

Nihal ergriff den Stein und spürte, wie er pulsierte, sich gegen die Kraft stemmte, die ihn aus dem Holz reißen wollte. Gegen ihren Willen musste die Halbelfe energisch ziehen, bis es ihr gelang, ihn von seinem Platz zu entfernen. Und mit einem Mal verdorrte das Holz, die Blätter fielen ab, das Licht, das den Baum erhellt hatte, erlosch, und das Gras um seine Wurzeln herum wurde gelb.

Phos blickte zu Boden und setzte sich auf eine der Wurzeln. Nihal hielt den Stein in der geöffneten Handfläche. Er wirkte nun matter: Er war weiß, fast so wie der Edelstein in der Mitte, und von gräulichen Adern durchzogen. Nihal brauchte nur noch die Formel zu sprechen, und der Talisman war vollständig. Er erstrahlte in einem grellen Licht, und Nihal spürte, dass ihm eine ungeheure, nahezu unkontrollierbare Kraft innewohnte. Das Ziel ihrer Reise war erreicht.

»Was wirst du jetzt tun?«, fragte sie den Kobold.

Phos zuckte mit den Achseln und blickte sie an. »Ich werde hier bleiben und auf das Ende warten. Die Geschichte der acht Steine und ihrer Heiligtümer in der Aufgetauchten Welt wird an dem Tag erfüllt sein, an dem du, zum Guten oder zum Schlechten, den Zauber heraufbeschwörst. Auf diesen Tag werde ich warten und miterleben, ob es ein Tag der Freude oder des Schmerzes sein wird. Alles, was mich an diese Welt bindet, befindet sich hier.«

»Wenn du möchtest, kannst du auch mit mir kommen. Wir sind beide traurig und allein und könnten unser Leid teilen.«

Phos schüttelte den Kopf. »Wie gesagt, dies ist mein Zuhause. Hier möchte ich bleiben. Zudem habe ich auch gar nichts mehr zu tun, du hingegen hast noch Großes zu vollbringen. Dein Traum, deine Ideale können Wirklichkeit werden. Unsere Schicksale sind nicht gleich.«

Nihal holte den Dolch aus dem Stiefel und betrachtete ihn lange. Sie war sehr versucht, die Klinge aus dem Futteral zu ziehen. »Weißt du, wo er ist?«, fragte sie Phos.

Der Kobold senkte den Blick. »Die Zukunft ist unsicher geworden, sogar für uns Wächter. Ich weiß nicht, wo er sich aufhält, noch, ob er in Freiheit ist. Sicher ist jetzt nur deine Hoffnung.«

Nihal steckte den Dolch zurück.

»Sei zuversichtlich«, fügte Phos noch mit dem schelmischen Lächeln früherer Zeiten hinzu und sagte ihr Lebwohl.

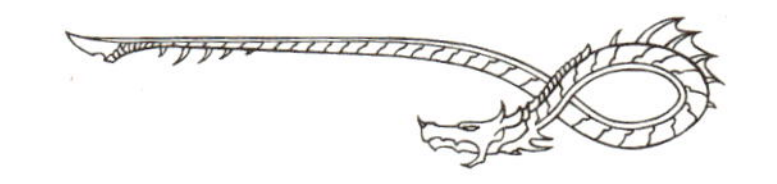

35

Der Tyrann

Tropfen. Tropfen, die in kurzer Entfernung zu Boden fielen. Ein gleichförmiges, nervtötendes Pling …, Pling …, das sich wie ein Keil in seine Schläfen bohrte. Er konnte sie nicht sehen, denn die Finsternis war undurchdringlich, aber er hörte sie, und dieses Geräusch brachte ihn fast um den Verstand. Dabei gab es an diesem Ort genügend andere, schrecklichere Laute: Schreie vor allem, unmenschliche Schreie, schwere Schritte, Schwerterrasseln. Zunächst hatten sie ihm Angst gemacht, doch nun war seine ganze Wahrnehmung auf diese monoton fallenden Tropfen ausgerichtet, die ihn dem Wahnsinn nahe brachten.

Plötzlich hörte er ein anderes Geräusch, das näher kam. Schritte. Er lächelte. Diese Schritte kannte er, das konnte nur er sein. Dass er ihn früher oder später wiedersehen würde, hatte er gewusst, nicht aber, dass er zu ihm herunterkommen würde.

Als er ihn zum ersten Mal sah, konnte er es nicht fassen. Das sollte der Tyrann sein? Und gleichzeitig wurde ihm klar, dass er diese Festung nicht mehr verlassen würde, nicht nachdem ihm der Tyrann sein Gesicht gezeigt hatte. Und er zitterte bei dem Gedanken daran, wie Nihal ihm von Angesicht zu Angesicht gegenüberstehen würde.

Die Zellentür öffnete sich, und seine unverwechselbare Gestalt zeichnete sich im Gegenlicht ab. Er war allein gekommen. Keiner seiner Untertanen, abgesehen von einigen besonders treu ergebenen Feldherren, hatte ihm je ins Gesicht gesehen. Langsam trat er auf den Magier zu.

»Welch eine Ehre! Ich hätte nicht gedacht, dass du mich hier besuchen würdest. Verzeih, dass ich mich nicht verneige und dich nicht bitte, Platz zu nehmen. Aber wie du siehst, ist meine Unterkunft nicht eben komfortabel eingerichtet.« Sennar lachte, doch schnell erstarb ihm das Lachen in der Kehle. Er spürte, wie ihm etwas aus dem Mund lief, höchstwahrscheinlich Blut. »Ich glaubte, ein Herrscher wie du sei sich zu fein, um einen solch schäbigen Ort wie diesen hier aufzusuchen, und halte sich lieber in seinem prunkvollen Thronsaal auf, um dort über den Ausbau seiner jetzt schon grenzenlosen Macht nachzudenken.«

»Du solltest wissen, dass mich die Macht und der dazu notwendige Apparat nicht interessieren.«

Sennar hasste diese Stimme, ihre Kälte. Sein Gegenüber schien keinerlei Gefühle zu haben, war nicht zu durchschauen.

Der Tyrann trat noch näher an ihn heran, entfachte ein schwaches magisches Feuer und hielt es dem Magier vor das Gesicht. Geblendet kniff Sennar die Augen zusammen. Die Flamme erlosch, und erneut machte sich Finsternis in der Zelle breit.

»Hat man dich misshandelt?«

»Allerdings! Stück für Stück bringst du mich hier drin um. Ich frage mich nur, wie lange du dich noch amüsieren willst, bevor du mir den Rest gibst.«

»Nicht ich bin es«, antwortete der Tyrann mit ruhiger Stimme, »der Henker ist es, der dich foltert.«

Sennar lachte wieder, und wieder nahm der Schmerz ihm den Atem. »Gewiss, gewiss«, fuhr er fort, als er wieder Luft bekam, »du hast damit gar nichts zu tun. Aber wer befiehlt denn, dass man mich foltert, damit ich erzähle, was du wissen willst?«

»Ich gab nur Befehl, dich zu verhören, nicht, dich zu foltern. Dir mit glühenden Eisen das Fleisch zu versengen, habe ich dem Kerkermeister nicht befohlen.« Die Stimme des Tyrannen hallte durch die düstere Zelle.

»Aber er tut es, weil er weiß, dass du dich an meinen Schmerzen ergötzt. Ohne dass du es ihm befehlen müsstest, foltert er mich zu deinem Vergnügen.«

»Mir bereitet es keinerlei Vergnügen, dich leiden zu sehen, und der Kerkermeister weiß das. Er tut es nur zu seiner eigenen Freude. Ordnete ich an, dich nicht länger zu foltern, würde er dennoch nicht aufhören. Denn so ist die Natur der Menschen und ebenso die der Gnomen, Nymphen und Kobolde: abartig und grausam. Das müsstest du doch wissen.«

Der Tyrann hatte weiter mit dieser ruhigen, bedauernden Stimme gesprochen, die Sennar so hasste. Warum befahl er ihm nicht, ihn respektvoller zu behandeln, oder ließ seine Wut an ihm aus? Das wäre ihm lieber gewesen als diese aufreizende Gelassenheit.

»Was willst du damit beweisen? Dass andere die Schurken sind?«, fragte Sennar nun.

»Nein«, antwortete der Tyrann seelenruhig. »Nur, wie mächtig Hass sein kann. Das müsstest du besser wissen als jeder andere.«

Sennar erstarrte.

»Weißt du eigentlich, dass ich dich bewundere?«, fuhr der Tyrann fort. »Du bist ein Mann, mit dem ich mich auseinandersetzen kann. Deswegen habe ich dir auch mein Gesicht enthüllt, denn ich wollte dir als deinesgleichen gegenübertreten. Es gibt nur wenige, bei denen mir das möglich ist.«

»Ja, weil du auf dem Boden herumkriechst. Nur die Würmer befinden sich auf deiner Augenhöhe«, antwortete Sennar.

Noch nicht einmal bei diesen Worten verlor der Tyrann die Fassung. »Die Menschen sind blutrünstige Bestien, die nur auf die passende Gelegenheit warten, um ihrem eigenen Bruder die Kehle durchzuschneiden.«

Sennar erschauderte und dachte an sein Erlebnis auf der Lichtung. Er schüttelte den Kopf. Er durfte sich nicht einwickeln lassen. Gern hätte er zumindest das Gesicht seines Gesprächspartners gesehen, aber in der Dunkelheit war das nicht möglich. »Wozu bist du gekommen?«, fragte er. Die Gegenwart des Tyrannen wurde ihm immer unbehaglicher, und langsam bekam er Angst.

»Wie lange bist du schon hier?«, erwiderte der Tyrann.

Sennar hatte keine Ahnung. Seinem Gefühl nach konnte er bereits ein Jahr in diesem Kerker sitzen oder vielleicht auch nur eine Stunde.

»Ich verrate es dir: fast einen Monat. In der ganzen Zeit habe ich nichts von dir erfahren. Ich kann nicht mehr länger warten.«

Eine bedrohliche Stille breitete sich in der Zelle aus.

»Ich möchte wissen, was dich dazu anhält, so beharrlich zu schweigen«, fuhr der Tyrann nun fort. »Offen gesagt kann ich deine Haltung nicht verstehen.«

»Du verstehst eben nicht, was Loyalität und Opferbereitschaft bedeuten«, antwortete Sennar.

»Unterschätz mich nicht«, entgegnete der Tyrann. »Ich kenne dich gut. Wir beide sind uns sehr ähnlich.« Sennar hörte seine Schritte in der Zelle widerhallen. »Du aber kennst mich nicht und glaubst, es verlange mich nur nach der Macht, dass nur dies der Beweggrund meines Handelns sei. Oder Rachsucht wegen eines erlittenen Unrechts. Aber da irrst du dich. Bevor ich zu dem wurde, was ich jetzt bin, zog auch ich lange umher und suchte eine Antwort auf dieselben Fragen, die du dir jetzt stellst. Wozu, glaubst du, bin ich wohl in den Rat der Magier eingetreten? Ich wollte die Welt verändern, das war mein größter Wunsch. Dabei lag die Antwort schon klar auf der Hand, so klar, wie du sie auch erkannt hast, aber ich wollte sie ebenso wenig akzeptieren. ›Es gibt doch auch viel Gutes auf dieser Welt, es gibt genug, das sich zu bewahren lohnt …‹, redete ich mir ein, ›man muss nur daran glauben, du darfst nicht aufgeben …‹«

Sennar merkte, dass er zu zittern begonnen hatte. Ganz deutlich spürte er, dass sich etwas in seinen Kopf einschlich, und das machte ihm Angst. Wieso erzählte der Tyrann ihm diese Dinge?

»Doch schließlich musste ich einsehen – so wie du es hoffentlich tun wirst –, dass sich die Wahrheit nicht ewig verleugnen lässt. Es ist nichts zu bewahren, niemand zu retten. Ja, mehr noch, niemand will überhaupt gerettet werden. Mörderisch ist die Natur der Geschöpfe dieser Erde, was sie wollen, ist, befehlen und töten. Deshalb hat es Kriege auch immer gegeben in unserer Welt und wird es auch immer geben. Denn alle Wesen, egal welcher Art, erliegen irgendwann der Mordlust, und hat man erst einmal Blut geleckt, will man nicht mehr darauf verzichten. Du verstehst mich, nicht wahr?«

Sennar versuchte, den Kopf zu schütteln, doch ein stechender Schmerz hielt ihn davon ab. Er glaubte zu spüren, was in Kürze geschehen würde, was bereits begonnen hatte, und Panik ergriff ihn. Krampfhaft versuchte er, sich an einen Zauber zu erinnern, der es ihm erlauben würde, dieser Folter zu widerstehen, aber es fiel ihm keiner ein.

»Ich weiß, dass du jemanden liebst, das spüre ich. Aber Liebe ist das Vergänglichste, was es überhaupt gibt. Sie tut uns nicht gut. Vielleicht hat jene Frau, an die du jetzt denkst, in der Ekstase der Wollust einen Moment lang tatsächlich geglaubt, dich zu lieben. Doch das war eine Illusion. Die Liebe beginnt und endet im fleischlichen Genuss; danach bleibt nichts. Ich sage dir das, weil ich selbst einmal jemanden sehr geliebt habe – vergeblich. Trenne dich von dieser Liebe, wenn du nicht leiden willst, und schließe dich mir an.«

»Lass mich!«, schrie Sennar. Er spürte, dass der Tyrann jetzt neben ihm war, ganz nahe.

»All dieses Leiden ist sinnlos, das weißt du. Ich kann in deinen Geist eindringen, und das werde ich auch tun, wenn du mir nicht endlich sagst, was ich wissen muss. Nicht um dir wehzutun, sondern weil das Werk, das ich begonnen habe, zu wichtig ist und ich mich von niemandem aufhalten lasse. Aber du wirst leiden, und das will ich gar nicht. Wie gesagt, ich bewundere dich, achte dich. Erzähl mir, was dich in mein

Herrschaftsgebiet führte, welche Pläne du verfolgtest. Dein Schweigen ist sinnlos. Diese Welt ist nicht eine Träne von dir wert und jene Frau, die du liebst, nicht dein Blut.«

»Solche Worte habe ich schon häufig gehört und nie daran geglaubt«, sagte Sennar.

Er zwang sich zu einem Lächeln, aber tatsächlich war er von Panik ergriffen. Als Magier würde er eine Weile widerstehen können. Aber wie lange? Seine Zauberkünste reichten bei weitem nicht an die des Tyrannen heran. Dieser würde in seinen Geist eindringen, in seine Seele, ihn dazu bringen, all seine Gedanken zu verraten, seine tiefsten Geheimnisse …

Der Tyrann nahm Sennars schweißüberströmtes Gesicht zwischen die Hände. »Du versuchst mir wohl zu widerstehen. Gut, eine Weile mag dir das vielleicht gelingen, aber ich bin stärker, als du denkst, und zu allem bereit. Ich werde nicht von dir ablassen, bis ich das erfahren habe, was ich wissen will; jeder Gedanke, jeder Wunsch von dir wird der meine sein. Ich werde du werden, Sennar, und nichts von dir wird noch ein Geheimnis für mich sein; in den hintersten Winkel deiner Seele werde ich blicken.«

Mit einem Mal erstrahlten die Augen des Tyrannen in einem besonderen Licht und hefteten sich auf die von Sennar. Den Magier überfiel eine wahnsinnige Furcht. Diese Augen waren nicht menschlich, in ihrem durchdringenden Grün lag eine Grausamkeit ohnegleichen. Schließlich zeigte der Tyrann sein Gesicht, jenes Gesicht, an das Sennar während ihres Gesprächs ständig gedacht hatte und das er auf keinen Fall sehen wollte. Er spürte, wie seinem Geist Gewalt angetan wurde, wie der Tyrann in ihn einzudringen versuchte. Doch er widerstand und schrie auf, mit aller Kraft, die er noch im Leib hatte.

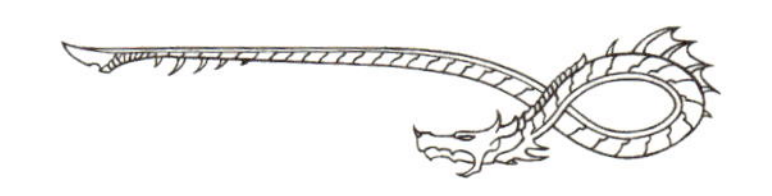

36

Vor der Schlacht

Der letzte Teil ihrer Reise wurde für Nihal noch einmal hart. Die Halbelfe stellte fest, dass das Land des Wassers nun fast vollständig in der Hand des Feindes war. Nur in einem Stückchen im Nordosten, an der Grenze zum Land des Meeres, wurde noch ein letzter zaghafter Widerstand geleistet.

Darüber hinaus war das ganze Gebiet dem Verfall anheimgegeben, ein Land im Todeskampf. Viele Wasserläufe waren versiegt, andere verseucht; auch die Wälder zeigten bereits die ersten Anzeichen von Zerstörung, viele Dörfer waren dem Erdboden gleichgemacht worden. Wie viele Nymphen mochten das überlebt haben?

Nihal begann zu fürchten, dass es keine freien Länder mehr gab. Sie dachte zurück an ihre letzte Schlacht, als die Geister der Gefallenen Tod und Verderben gebracht hatten. Diesem entsetzlichen Heer war auf Dauer nichts entgegenzusetzen. Vielleicht hatte sich ihre Mission bereits erledigt.

Dennoch durchquerte Nihal so schnell wie möglich das zerstörte Land, marschierte bis zur vollkommenen Erschöpfung und brauchte so nur zwei Wochen, bis sie die Freien Länder erreicht hatte. Auch dort war die Lage alles andere als rosig. Die Bevölkerung litt Hunger, die Ernten waren schlecht, doch immerhin war man noch nicht unterjocht.

Im Land des Meeres angekommen, begab sich Nihal sogleich in ein Militärlager und sandte Soana eine Botschaft, um sie über ihre bevorstehende Ankunft zu unterrichten. Dann ließ sie sich ein Pferd geben.

Als Nihal ungefähr eine Woche später im Hauptlager eintraf, schneite es in dichten Flocken. Es war schon wieder Dezember. Ein ganzes Jahr war seit ihrem Aufbruch vergangen.

Nihal stieg ab und klopfte an, woraufhin sich eine Klappe im Tor öffnete und ein Soldat sie musterte.

»Wer da?«, fragte er.

»Drachenritter Nihal aus der Turmstadt Salazar. Von ihrer Mission zurück. Ihr solltet unterrichtet sein.«

Die Klappe wurde zugeschlagen, und sie hörte das metallische Geräusch von Riegeln und Ketten, die zurückgezogen wurden, dann gingen die großen Torflügel auf. »Willkommen zurück!« Mit einem Lächeln im Gesicht trat die Wache auf sie zu und umarmte sie.

Nihal ließ ihr Pferd stehen und betrat das Hauptlager. Eine bedrückende Atmosphäre lag über dem Gelände, und die Gesichter, die sie anblickten, wirkten erschöpft. Viele kamen ihr entgegen und begrüßten sie mit einem Händedruck oder einer Umarmung.

Immer wieder sah sich Nihal suchend nach Sennar um, obwohl das Herz ihr sagte, dass er nicht da war. Nachdem sie so im Spalier der Soldaten das Lager durchquert hatte, sah sie jemanden am Ende des Weges warten.

Nihal murmelte leise seinen Namen und lief, immer schneller werdend, auf ihn zu, bis sie ihm schließlich entgegenrannte und sich in seine Arme warf.

»Ist Sennar da?«, fragte sie sogleich.

»Wir dachten, ihr kommt zusammen«, antwortete Ido.

Nihals Herz verkrampfte sich, und sie suchte Trost in den Armen ihres Lehrmeisters.

Idos Hütte war noch genauso wie in ihrer Erinnerung, nur sehr viel unordentlicher als früher. Solange sie bei ihm gewohnt hatte, hatte Nihal immer für ein wenig Ordnung gesorgt; nun jedoch legte Ido offenbar auf Äußerlichkeiten überhaupt keinen Wert mehr.

Der Gnom selbst hingegen hatte sich verändert. Nihal hatte es nicht sogleich bemerkt, weil sie zu froh war, ihn lebend wiederzusehen, doch Idos linkes Auge war geschlossen, und eine lange Narbe durchzog sein Gesicht.

Zunächst saßen sie sich schweigend vor zwei gut gefüllten Bierkrügen gegenüber. Es war Ido, der schließlich der Last der Fragen, die zwischen ihnen standen, nachgab.

»Was ist mit Laio geschehen?«, fragte er.

»Er wurde getötet, im Grenzgebiet des Landes der Nacht. Im Kampf. Er starb als Held«, antwortete Nihal knapp.

Ido senkte den Kopf und schwieg lange. Endlich blickte er wieder auf und fragte: »Und was ist mit Sennar?«

»Er ist verwundet worden, vor über einem Monat, im Land der Felsen, und hat mich gezwungen, ihn zurückzulassen.« Nihal blickte den Gnomen an und verstand, dass sie ihm nicht mehr erklären musste, dass er fühlte, wie schwer ihr diese Entscheidung gefallen war.

»Sobald es ihm besser gehe, sagte er, würde er sich auf den Weg machen, um mich hier zu treffen«, fuhr sie fort. »Er hatte eine tiefe Wunde im Oberschenkel, so etwas heilt nur langsam, dennoch ... ich habe Angst, dass ihm etwas zugestoßen ist ... Er hat mir auch keine Botschaft zukommen lassen.« Die Tränen, die sie bis dahin zurückgehalten hatte, liefen ihr nun langsam über die Wangen. Als sie den Blick hob, kam ihr Ido schlagartig gealtert vor.

»Sennar ist einer der besten Magier überhaupt«, sagte der Gnom. Er legte ihr eine Hand auf den Kopf und streichelte ihr über das Haar. »Ihm ist sicher nichts Schlimmes passiert. Er wird schon bald kommen.«

Nihal trocknete die Tränen. »Was hast du mit deinem Auge gemacht?«, fragte sie.

Ido lächelte. »Ein kleines Tauschgeschäft mit Deinoforo, dem Ritter der Schwarzen Drachen, der dich damals zwang, gegen den toten Fen zu kämpfen. Ich habe ihm eine Hand abgeschlagen, und er hat sich dafür an meinem Auge schadlos gehalten.«

»Willst du damit sagen, dass ...«, begann Nihal.

»Tja«, antwortete Ido gleichgültig, »ich hab nur noch ein Auge.« Er versetzte ihr einen sanften Klaps auf die Wange. »Du wirst doch nicht meinetwegen weinen? Glaub mir, es ist kein großer Verlust, ich hab ja noch das andere. Ich sehe immer noch so gut wie vorher.« Er lächelte, doch es war ein bitteres Lächeln.

»Wie ist das geschehen?«

Ido lehnte sich zurück und nahm einen großen Schluck Bier. »Das war damals bei der schweren Niederlage«, begann Ido und erzählte Nihal dann von den Ereignissen, die sich in den Monaten nach ihrem Aufbruch zugetragen hatten: vom ersten Zweikampf mit Deinoforo, dem Training mit Parsel, von der Unterstützung, die er durch Soana erfahren hatte. Die Halbelfe hörte still zu und versuchte, ihre Gefühle zu verbergen. Nur als ihr Ido von dem Geheimnis in Rais' Vergangenheit erzählte, zuckte sie zusammen.

Als Ido geendet hatte, nahm er seine Pfeife aus der Tasche und zündete sie an. Durch die ersten Rauchwölkchen hindurch sah er, dass Nihal glänzende Augen hatte.

»Nun stehst du also unter Londals Befehl«, bemerkte sie.

Ido schüttelte den Kopf. »Befehle erhalten oder erteilen, das ist mir gleich. Was zählt, ist, weiter gegen den Tyrannen kämpfen zu können. Darüber hinaus ist Londal ein intelligenter Mann und ein tüchtiger Feldherr; er versteht meine Lage und behandelt mich stets mit dem gleichen Respekt wie die anderen Offiziere.«

Erneut machte sich Schweigen zwischen ihnen breit. Während Nihal ihr Bier in einem Zug leerte, blickte Ido sie einige Augenblicke aufmerksam an. Sie hatte ihm gefehlt in all den Monaten, und nun war er glücklich, sie endlich wieder in seiner Nähe zu haben. Die Zuneigung, die sie ihm entgegenbrachte, gehörte zu den wenigen Dingen, die ihn noch mit Stolz erfüllten, und vermochte es, auch bei ihm längst verschüttet geglaubte Gefühle neu zu beleben. Aber sie hatte sich verändert, sie war nicht mehr das Mädchen früherer Zeiten. Irgendetwas musste auf ihrer Reise geschehen sein, was sie ihm nicht erzählt hatte.

Als Nihal ihm berichtet hatte, dass Laio tot und Sennar schwer verwundet war, hatte der Gnom gemerkt, dass ihn all die Abenteuer seines langen Lebens nicht hatten abstumpfen lassen. Doch im ersten Moment hatte er Nihal seinen Schmerz nicht zeigen wollen, um nicht an ihrem Leid zu rühren. Nun jedoch merkte er, dass es an der Zeit war, darüber zu sprechen, und er fragte sie, wie das alles gekommen war.

So erfuhr er von dem heldenhaften Verhalten des jungen Knappen, seinem Tod in Nihals Armen, von ihrer Flucht, bei der Sennar verwundet wurde, von ihrem Aufenthalt in der Grotte und dem Augenblick, als sie ihn hatte zurücklassen müssen. Ido bemerkte, dass sich Nihals Wangen an einer bestimmten Stelle ihrer Erzählung röteten, und als sie geendet hatte und wieder ein kurzes Schweigen entstand, begriff er, dass seine Schülerin endlich zu sich selbst gefunden hatte.

Nihal warf den Dolch, den sie noch nicht aus dem Futteral genommen hatte, auf den Tisch. »Als wir uns verabschiedeten, hat er mir den hier gegeben. Er hat ihn mit einem Zauber belegt, das heißt, solange er am Leben ist, strahlt die Klinge und zeigt mir, wo er sich befindet. Bevor ich ihn zurückließ, trug er mir noch auf, ich solle, falls ich ihn hier im Lager nicht anträfe, erst dann nach ihm suchen, wenn ich meine Mission erfüllt habe.« Ido betrachtete den Dolch und spürte die ihm innewohnenden Kräfte. »Bis jetzt hatte ich noch nicht den Mut, mir die Klinge auch nur ein Mal anzuschauen«, fügte Nihal hinzu.

»Ich bin sicher, dass es ihm gut geht«, tröstete Ido sie, wobei ihm bewusst war, dass seine Worte einer sinnlosen Lüge gleichkamen.

»Es muss ihm gut gehen«, erwiderte Nihal, so eindringlich, dass es ihn überraschte. Die Halbelfe schlug die Augen nieder. »Ich liebe ihn«, murmelte sie und starrte auf ihren Krug.

Ido zog nervös an seiner Pfeife, während ihn, kurz hintereinander, verschiedene Gefühle überkamen: zunächst eine Art Empörung, dann väterliche Eifersucht und zuletzt liebevolle Ergriffenheit. Ja, Sennar war der Einzige, der sie glücklich machen konnte.

»Ich hab's immer gewusst, seit ich ihn zum ersten Mal sah, damals, als er hier abgehetzt im Hauptlager eintraf«, bemerkte der Gnom schließlich.

»Ich hingegen habe sehr lange gebraucht, um es zu begreifen, aber jetzt ist er die einzige Sicherheit, die ich habe«, erklärte Nihal. »Über Jahre habe ich überall herumgesucht nach einem Grund zu leben, dabei hatte ich ihn die ganze Zeit schon an meiner Seite«, fuhr sie fort. »Nun kämpfe ich für ihn und werde für ihn den Tyrannen stürzen. Rache interessiert mich nicht mehr, alles, was ich mir wünsche, ist eine friedliche Welt, in der ich mit Sennar glücklich leben kann. Natürlich, gemessen an den Idealen, die dich und die anderen in diesem Heer leiten, ist mein Ziel unbedeutend und egoistisch, aber …«

»Zu lieben ist weder unbedeutend noch egoistisch«, unterbrach Ido sie. »Egal was uns antreibt, allein durch die Tatsache, dass es unserem Leben einen Sinn gibt, ist es wichtig.«

»Mir ist klar geworden, dass ich nicht die ganze Welt retten kann, ein Leben aber schon. Das ist der Grund, weshalb ich mir den Dolch nicht ansehen kann.«

»Du darfst die Hoffnung nie aufgeben«, sagte der Gnom. »Wenn dies alles hier überstanden ist, möchte ich euch beide, dich und Sennar, zusammen sehen, für den Rest eures Lebens.«

Nihal lächelte ihn an und umarmte ihn.

Jetzt war die Reihe an Oarf. Nihal rannte in die Stallungen, und als sie ihn sah, gesund, wohlbehalten und so stark, wie sie ihn zurückgelassen hatte, weinte sie vor Freude. Gerührt umarmte sie ihn lange, und es kam ihr so vor, als seien auch die strengen Augen des Drachen feucht geworden.

Am nächsten Tag bestieg sie nach langer Zeit wieder einmal einen Drachenrücken. Eine ganze Weile flog sie übermütig umher, vollführte akrobatische Kunststücke in der Luft und war glücklich festzustellen, dass sie und ihr Drache sich trotz der monatelangen Trennung immer noch perfekt verstanden.

»Zwischen uns beiden gibt es ein unverbrüchliches Band. Von nun an werde ich dich nie mehr verlassen, alles, was kommt, werde ich mit dir zusammen erleben. Sollte ich diesen Kampf verlieren, falle ich mit dir, sollte ich ihn gewinnen, dann auf deinem Rücken«, flüsterte sie Oarf ins Ohr, als sie wieder am Boden waren.

Stolz hob der Drache den Kopf.

Gleich am nächsten Tag begannen die Vorbereitungen für die große Schlacht, während Frost und Schnee immer stärker die Landschaft um das Lager herum prägten.

Allen war klar, dass sich in Kürze ihr eigenes Schicksal und das der Freien Länder entscheiden würde. Es würde sich herausstellen, ob es für die Welt, für die Aufgetauchte wie auch für die Untergetauchte, überhaupt noch Hoffnung gab.

Drei Tage nach ihrer Rückkehr sah Nihal auch Soana wieder. Die Magierin hatte sich beim Rat aufgehalten, wo über die Aufstellung der Truppen an der Front im Westen beraten wurde. Doch kaum hatte sie Nihals Botschaft erhalten, unterrichtete sie Nelgar und machte sich unverzüglich auf den Weg zurück ins Hauptlager.

Als Nihal sie erblickte, hatte sie den Eindruck, als sei für Soana mehr als bloß ein Jahr vergangen. Die Magierin war immer noch eine stolze Schönheit, edel und majestätisch wie früher, doch ihr Gesicht war blass und von vielen Falten durchzogen, so als hätten sich dort die Zeichen neuen Schmerzes, großer Anstrengungen und erdrückender Verantwortung eingeprägt. Sie trug wieder das schwarze Gewand, das sie auch damals bei der Rückkehr von ihrer langen Suche nach Rais angehabt hatte. Jetzt nahm sie Nihal liebevoll in den Arm.

Sie unterhielten sich lange. Soana erzählte von der Niederlage im Land des Wassers und den anderen Schlachten, bei denen sie selbst mit ihren magischen Künsten gegen die Feinde gekämpft hatte; nur kurz erwähnte sie Idos Verwundung und seine Genesung, doch Nihal erkannte am veränderten Licht in den Augen der Magierin, dass sie stärker mit dem Gnomen mitgelitten hatte, als sie zeigen wollte. Nihal erzählte ihr von ihrer Reise, von den Heiligtümern und wie sie ihre Gefährten verloren hatte.

Als Soana von Sennars Verschwinden hörte, verfinsterte sich ihre Miene; dennoch erklärte sie, dass ihm sicher nichts Schlimmes zugestoßen sei. »Nach dem Tyrannen ist Sennar der mächtigste Zauberer, den ich kenne, und ich spüre, dass er noch am Leben ist, für dich vor allem. Du musst an ihn glauben, musst fest überzeugt sein, dass er alles übersteht und ihr schließlich das Glück finden werdet, das ihr euch ersehnt.«

Nihal errötete. »Wieso …?«, stammelte sie.

Soana lächelte. »Wieso ich weiß, dass ihr euch liebt?« Sie blickte Nihal einige Augenblicke lang an. »Ich bin eben eine Frau und kenne dich, seit du ein kleines Mädchen warst. Es gibt Geheimnisse, die sich vor den Augen einer Frau nicht verbergen lassen, und alles in dir spricht von Liebe.« Sie seufzte, und Nihal wusste, dass sie an Fen dachte. »Glaube an eure Liebe, Nihal, und du wirst erhalten, was du dir erträumst«, sagte die Magierin noch einmal, als sie sich verabschiedeten.

Der Zeitpunkt der Schlacht wurde auf Ende Dezember festgelegt. Das hieß, sie hatten zwei Wochen Vorbereitungszeit. Unverzüglich gingen unzählige Botschaften in alle Richtungen hinaus, und bald schon begann es in den Freien Ländern zu gären.

Alle Drachenritter wurden zusammengerufen, und zum ersten Mal seit vielen Jahren sah man auch General Raven wieder an der Front.

Zum allgemeinen Erstaunen traf er eines Morgens im Hauptlager ein. Nihal war sprachlos, als sie ihn sah. Er trug keine Paradeuniform mehr, wie man es sonst von ihm gewohnt war, und auch von dem frechen Hündchen, das ihm gewöhnlich überallhin folgte, war nichts zu sehen. Der Oberste General hatte einen schmucklosen eisernen Harnisch angelegt.

»Ich konnte nicht mehr länger untätig in der Akademie herumsitzen. Der passende Platz für einen Krieger ist doch die Schlacht, und ich bin immer noch Soldat«, sagte er. Dann wandte er sich an Nihal und erklärte in seinem gewohnt rauen Ton: »Ich habe dir damals, vor Jahren, Steine in den Weg gelegt. Das war falsch von mir. Dir ist gelungen, woran viele andere, und ich an erster Stelle, gescheitert sind: Du hast einem Volk, das am Boden liegt, neue Hoffnung gegeben.«

In diesen zwei Wochen setzte Nihal alles daran, wieder in Form zu kommen. Sie fürchtete, in den langen Monaten ihrer Wanderung durch die Aufgetauchte Welt könnten ihre kämpferischen Fähigkeiten gelitten haben, und so brachte sie die meiste Zeit des Tages in der Arena zu. Gemeinsam mit Ido kämpfte sie am Boden und in der Luft, mit dem Schwert und allen nur denkbaren anderen Waffen.

Dabei konnte sich die Halbelfe überzeugen, dass ihr Lehrer sie nicht belogen hatte; trotz des Verlustes des linken Auges war er ein genauso hervorragender Fechter geblieben. Auf der anderen Seite hatte auch Nihal nichts von ihrem Können eingebüßt, und so reichten ihr wenige Begegnungen, um wieder genauso flink und schwungvoll zu Werke zu gehen wie in früheren Zeiten. Einige Male trat Nihal auch gegen andere Ritter an, doch seit Längerem schon war nur noch Ido in der Lage, es mit ihr aufzunehmen.

Je häufiger sie mit ihrem Lehrer trainierte, desto deutlicher wurde Nihal, dass er so etwas wie ein Vater für sie war. Livon hatte sie großgezogen, hatte ihr das Fechten beigebracht und ihr den Weg in das Leben gewiesen. Doch erst von Ido hatte sie gelernt, was Kämpfen bedeutete, er hatte ihr erklärt, was einen echten Krieger ausmacht, und sie zu einer erwachsenen Persönlichkeit geformt. Nihal wusste, dass dieses Gefühl kein Verrat am Andenken ihres Vaters Livon war, im Gegenteil, es war die Krönung.

Im Hauptlager fand Nihal auch ihre Rüstung wieder. Ido hatte sie für sie aufbewahrt und dafür gesorgt, dass kein einziges Staubkörnchen sie beschmutzte. Sie lag in einer Truhe und funkelte noch genauso wie damals, als der Gnom sie ihr geschenkt hatte.

Beim Anblick der Rüstung wurde Nihal das Herz schwer. Sie erinnerte sich der Worte, die Laio kurz vor seinem Tod noch zu ihr gesprochen hatte: *Wie gern hätte ich das Abenteuer bis zu Ende mit dir durchgestanden und dir am Tag der letzten Schlacht geholfen, deine Rüstung anzulegen*. Sie musste an die vielen Male denken, da der Knappe ihr vor der Schlacht die Riemen und Gurte der Rüstung geschnürt hatte.

Als sie die Rüstung aus schwarzem Kristall dann zur Hand nahm, wusste sie plötzlich, wie sie ihre in Seferdi getroffene Entscheidung in die Tat umsetzen würde.

Das Zeichen von Nammens Geschlecht, das Wappen also, das sie dort am Königlichen Palast entdeckt hatte, stand ihr noch klar vor Augen. Es war zweigeteilt: Im oberen Feld sah man einen Baum, zur Hälfte grün belaubt, zur anderen Hälfte kahl wie im Winter, während im unteren Feld ein Stern dargestellt war, der zur Hälfte das Aussehen des Mondes, zur anderen Hälfte ein Sonnengesicht zeigte. Das Wappen symbolisierte den unaufhaltsamen Lauf der Zeit – im Land der Tage verehrte man in erster Linie Thoolan, die Zeit – sowie die Doppelnatur der Halbelfen, die aus der Verschmelzung des Geschlechtes der Menschen mit dem der Elfen hervorgegangen waren.

Den Brustharnisch ihrer Rüstung und eine Zeichnung dieses Wappens brachte Nihal nach Makrat zu demselben Waffenschmied, der auch Idos Schwert repariert hatte. Sie erklärte ihm, dass sie die Gravur oberhalb des Drachenornaments wünsche und dass sie in einem strahlenden Weiß leuchten müsse, das sich möglichst deutlich von dem schwarzen Untergrund des Kristalls abheben sollte.

Zwei Tage vor der Entscheidungsschlacht brachte der Waffenschmied Nihal den Brustharnisch zurück; das Wappen war meisterhaft gearbeitet, vor allem aber blendend weiß, und Nihal zweifelte nicht daran, dass es auch auf weite Entfernung gut sichtbar sein würde. Genau das, was sie bezweckt hatte.

Wenn sie dann in Kürze in das Große Land zog und dort die Kräfte des Talismans entfaltete, würde der Tyrann das Wappen auf ihrer Brust erkennen und begreifen, dass keine seiner in den letzten vierzig Jahren verübten Untaten vergessen war und das von ihm verursachte Leid endlich gesühnt würde. Ihm sollte klar werden, so wünschte es sich Nihal, dass die Halbelfen nicht ausgestorben waren, dass es ihm nicht gelungen war, sie ganz auszurotten, ja, dass eine Angehörige dieses Volkes, die dieser Hölle entkommen war, seiner Schreckensherrschaft ein Ende bereiten würde.

Als sie das Wappen der Halbelfen auf dem Harnisch leuchten sah, fühlte sich Nihal bereit: Die Entscheidungsschlacht hatte begonnen.

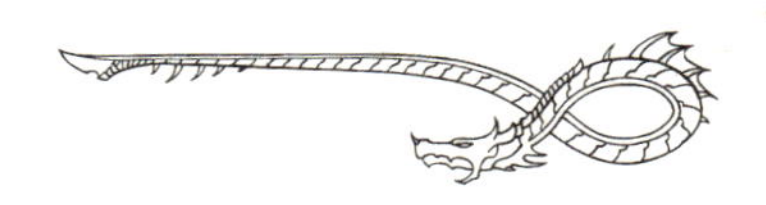

37

Der Schrei zur letzten Schlacht

So kam schließlich der Vorabend der entscheidenden Schlacht. Im Verlauf einer Woche hatten sich die Truppen langsam zu den Grenzen hin verschoben, und an diesem Abend, dem Abend des einundzwanzigsten Dezembers, war die Front zu den vom Tyrannen beherrschten Ländern eine einzige ununterbrochene Linie großer und kleiner Lager. Am Morgen würde das gesamte Heer Aufstellung nehmen, sodass kein Zoll der Grenze unbesetzt wäre, überall würden Soldaten stehen, die darauf brannten, sich in die Schlacht zu werfen.

Man hatte beschlossen, dass Nihal auf ihrem Oarf jenseits dieser Linie vorrücken und Ido und Soana sie begleiten sollten.

»Ich möchte mich nicht unerkannt wie eine Diebin in das Große Land einschleichen, sondern mit Stolz und für jedermann sichtbar«, hatte Nihal während der letzten Lagebesprechung geäußert. »Ich möchte, dass mich der Tyrann schon von Weitem kommen sieht, dass er sich beunruhigt fragt, wer das wohl sein und was er vorhaben mag, und mit Schrecken daran denkt, was ihm widerfahren könnte.«

Die Generäle hatten protestiert und sie beschworen, vorsichtiger aufzutreten.

»Der Talisman ist unsere einzige Chance; tötet man dich, bevor du die Zauberformel sprichst, war alles umsonst«, hatte Nelgar eingewandt in der Hoffnung, sie zur Vernunft zu bringen.

Nihal hatte entschlossen den Kopf geschüttelt. »Als meine Heimatstadt zerstört wurde, sah ich vom Turm aus das feindliche Heer anrücken. Nie werde ich den panischen Schrecken vergessen, der mich und alle Bewohner der Stadt erfasste, als wir mit dieser Armee den Tod auf uns zukommen sahen. Ich möchte, dass der Tyrann genau das Gleiche wie ich damals empfindet.«

»Das ist Wahnsinn, damit suchst du geradezu den Tod«, widersprach auch Raven.

»Ich gehe ja nicht allein«, erklärte Nihal. »Soana und Ido werden mich begleiten. Ido beschützt mich mit seinem Schwert, und Soana umgibt mich mit einer magischen Barriere; erst wenn ich den Ritus vollzogen habe, löst sie sich auf, und dann bin ich frei zu kämpfen und kann dem Tyrannen endlich von Angesicht zu Angesicht gegenübertreten.«

Die Versammelten begriffen, dass Nihals Entscheidung unumstößlich war, und stimmten ihr schließlich zu, wenn auch schweren Herzens.

Am Abend begann es zu schneien; ein dichter Vorhang aus feinen Flocken senkte sich über das Land. Nihal war in ihrem Zimmer in Idos Unterkunft und konnte nicht schlafen. Als sie in das Hauptlager zurückgekehrt war, hatte man ihr vorgeschlagen, ihre eigene Hütte wieder zu beziehen, die sie in den Monaten nach ihrer Ernennung zum Ritter bewohnt hatte. Doch kaum hatte sie einen Fuß hineingesetzt, wurde ihr klar, dass sie sich dort nicht wohlfühlen würde. Zu viele Erinnerungen gab es, denn es war noch alles so, wie sie es zurückgelassen hatte, einschließlich Laios Bett, in dem sie fast noch den Abdruck seines schmächtigen Körpers zu sehen glaubte. So hatte sie sich für Idos Hütte entschieden, wo sie zudem noch auf den Beistand ihres Lehrers zählen konnte.

Nun war sie allein in dem Raum und betrachtete die Rüstung, die vor ihr lag. Hätte Laio noch gelebt, wäre er jetzt bei ihr gewesen, um ihre Waffen zu polieren. Dies hatte Nihal nun selbst zu erledigen. Sie nahm ihr Schwert zur Hand und begann es zu säubern. Die Klinge glänzte nicht mehr so wie früher und trug die Spuren zahlreicher Schlachten, Kratzer und Kerben, die nicht mehr zu beseitigen waren. Aber es war immer noch so scharf wie damals, als Nihal es, von Livon frisch geschmiedet, zum ersten Mal in die Hände genommen hatte. Auch ihr Schwert war erschöpft, so wie sie selbst; es hatte zu viel gekämpft, hatte zu viel Blut geschmeckt; nun war es an der Zeit, es zur Ruhe kommen zu lassen. Wenn die Götter ihr beistanden, würde dies schon am nächsten Tag Wirklichkeit werden können – zusammen mit Sennars Küssen.

Dann ging sie dazu über, ihre Rüstung zu polieren, obwohl das gar nicht nötig war, denn der Waffenschmied hatte sie ihr sauber und glänzend zurückgebracht. Sie zu berühren, diente ihr jedoch dazu, in die Atmosphäre der Schlacht einzutauchen. Zum ersten Mal in ihrem Leben brannte Nihal nicht darauf, zu kämpfen, sondern empfand es mehr als eine schmerzliche Pflicht. Gewiss, einen Teil ihrer selbst verlangte es danach, sich mit dem Tyrannen zu messen, ihm gegenüberzutreten, zu verstehen, was diesen über all die Jahre dazu getrieben hatte, Tod und Schrecken zu verbreiten. Und vielleicht, so wurde ihr schaudernd bewusst, sehnte sie sich in einem entfernten Winkel ihres Herzens doch noch nach Rache, wünschte sie sich, dass mit dem Blut dieses Mannes all das Blut hinweggewaschen würde, das seinetwegen geflossen war. Wenn sie aber an Sennar dachte, verblassten Blutdurst und Rachsucht, und es blieben nur Liebe, die Sehnsucht nach ihm und der Wunsch, an seiner Seite ein friedliches Leben zu führen.

Was sie am meisten überraschte, war ihre Angst zu sterben. Das hatte sie noch nie zuvor empfunden, sondern sich im Gegenteil unzählige Male den Tod geradezu ersehnt. Als Ido ihr dann beigebracht hatte, dass sie sich als Drachenritterin nicht selbst zu einer Waffe machen musste, wünschte sie sich häufig, Angst vor dem Tod zu empfinden, hatte dieses Gefühl aber nie kennengelernt. Abgesehen vielleicht von ihrer allerersten Schlacht, als es um die Zulassung zur zweiten Phase der Drachenritterausbildung ging. Dies war die Schlacht, in der Fen gefallen war. So schloss sich der Kreis, sagte sie sich mit einem bitteren Lächeln: Angst verspürte sie, als sie zum ersten Mal in die Schlacht zog, und nun auch, bevor sie vielleicht zum letzten Mal kämpfte.

Sie legte die Rüstung auf den Boden und blickte aus dem Fenster auf den sacht fallenden Schnee. Sie wusste, dass sie eigentlich Schlaf brauchte, aber es ging nicht. Länger als drei Jahre hatte sie auf diesen Moment gewartet, und nun war die letzte Schlacht gekommen. Wie hätte sie da Ruhe finden können?

Als sie sich auszog, hatte sie plötzlich wieder Sennars Dolch in der Hand. Das Futteral verdeckte die ganze Klinge, und kein Licht schimmerte durch das Leder, aus dem es gefertigt war. Auf dem Dolch stand geschrieben, wozu sie anderntags kämpfen würde. Hätte sie dort gesehen, dass Sennar tot war, wäre ihr nichts als Hass geblieben. Doch morgen wollte sie dem Feind nur von dem Verlangen nach Frieden geleitet gegenübertreten.

Sie umklammerte den Dolch und fand nicht den Mut, ihn zu zücken.

Wo bist du, Sennar? Ich brauche dich, deine Worte, deine Stimme. Ich brauche die Sicherheit, dass du für mich da bist, damit ich morgen kämpfen kann.

Eine tiefe Furcht überkam sie, und auch die Stimmen der Geister, die ihr nie ganz Ruhe gaben, bedrängten sie wieder, und so merkte Nihal nicht, dass die Tür geöffnet wurde und jemand auf sie zukam.

Sie schrak erst auf, als Ido neben ihr stand und ihr eine Hand auf den zerzausten Haarschopf legte. Nihal umarmte und drückte ihn ganz fest.

»Hast du Angst?«, fragte der Gnom.

»Ich habe nur Angst, dass Sennar tot sein könnte. Wenn er nicht mehr da ist, hat all das, was ich tue, doch gar keinen Sinn mehr.«

Ido streichelte ihr weiter über den Kopf. »Ich weiß, wie schwierig es für dich ist, aber du solltest nicht daran denken. Das führt zu nichts, es hindert dich daran, dich richtig auf die Schlacht einzustellen. Wenn du aber tatsächlich die Wahrheit wissen willst«, fügte er hinzu, »hast du ja den Dolch. Du brauchst ihn nur herauszuziehen.«

»Und wenn ich dann sehe, dass er nicht mehr lebt? Nein, dann hätte ich keine Kraft mehr, um morgen zu kämpfen«, antwortete sie.

»Dann bleibt dir nichts anderes übrig, als zu glauben und zu hoffen. Sennar liebt dich, da wird er sich nicht so leicht umbringen lassen«, tröstete sie der Gnom mit einem Lächeln.

Ido blieb bei ihr, und nach und nach wurde sie ruhiger.

»Ich habe auch Angst«, sagte Ido irgendwann leise. »Ich habe dir ja oft gesagt, dass Angst eine Freundin des Soldaten ist, doch sie ist auch eine tückische Freundin, die sich nur schwer im Zaum halten lässt. Zum ersten Mal spüre auch ich heute Abend den Tod an meiner Seite und habe gleichzeitig entdeckt, dass mir letztendlich dieses verdammte Leben doch ganz gut gefällt, ja richtig gut sogar.«

Nihal blickte zu ihm auf. Nur selten hatte Ido so mit ihr geredet, ohne diesen mürrischen, ungeduldigen Ton, hinter dem er sich sonst gern verschanzte.

»Ich weiß nicht, ob ich die Schlacht überlebe«, fuhr der Gnom fort. »Morgen werde ich ein für alle Mal meine Rechnung mit Deinoforo begleichen, und es ist nicht gesagt, dass ich die Oberhand behalte. Deswegen möchte ich dir jetzt etwas sagen, was ich mir selbst lange Zeit nicht eingestanden habe.« Er errötete, und Nihal merkte, wie verlegen er war. Sie wusste, welche Überwindung es Ido kostete, über seine Gefühle zu reden. »Eine Erlösung von meiner Vergangenheit, die ich zwanzig Jahre lang auf dem Schlachtfeld suchte, habe ich nie erlebt. Was ich gewesen bin, all das, was ich im Dienste des Tyrannen angerichtet habe, lässt sich nicht auslöschen. Jahrelang habe ich für dieses Ziel gekämpft und es nie erreichen können. Und dann, eines Tages, kamst du.« Der Gnom räusperte sich. »Anfangs warst du mir furchtbar lästig. Das Letzte, was ich mir wünschte, war ein Schüler, noch dazu ein Mädchen, eine Halbelfe. Aber dann stellte sich heraus: Du warst das Beste, was mir überhaupt passieren konnte, Nihal.« Er schwieg erneut und wandte den Blick von ihr ab. »Du hast mir sehr viel gegeben. Mehr als unzählige Schlachten und getötete Fammin hast du es mir ermöglicht, mich von meiner Vergangenheit zu befreien. Einmal habe ich im Streit zu dir gesagt, ich müsse dir nicht alles von mir erzählen, du seiest schließlich nicht meine Tochter. Das war falsch. Nihal, du bist wie eine Tochter für mich, und ich bin sehr stolz auf das, was aus dir geworden ist.«

Der Gnom schwieg und seufzte.

Nihal umarmte ihn, so fest sie konnte. Nun hatte sie wieder einen Vater. »Ich bin dir so unendlich dankbar für alles, was du für mich getan hast.«

Ido hüstelte und schien sich ein wenig fassen zu wollen. »Sei zuversichtlich für morgen und denke nur an dein großes Ziel«, sagte er. »Du musst daran glauben, mit jeder Faser deines Körpers, damit das, was du dir wünschst, Wirklichkeit werden kann.«

Mit diesen Worten kehrte Ido in seine Kammer zurück und ließ Nihal allein.

Kurz darauf schlief Nihal ein. Der Dolch lag in ihren Händen, und ihr letzter Gedanke galt Sennar.

Noch bevor der Morgen graute und in der Ferne jenseits der Grenze die Umrisse der Tyrannenfeste erkennen ließ, erwachte das Lager, langsam und feierlich. Als die ersten schwachen Sonnenstrahlen durch das kahle Geäst des Waldes vor dem Lager lugten, waren fast schon alle zum Abmarsch bereit.

Ido trat zu Nihal in das Zimmer.

»Soll ich dir helfen, die Rüstung anzulegen?«, erbot sich der Gnom.

Nihal schüttelte den Kopf. »Nein, diese Rüstung gehörte zu Laio, nur er hatte das Recht, sie mir anzulegen. Zur Ehre seines Angedenkens erledige ich das jetzt lieber allein.«

Ido nickte, blieb aber im Raum, um ihr beim Festziehen jener Riemen zu helfen, an die sie nicht herankam. Draußen war alles still. Als Nihal fertig war, half sie Ido bei seinen Vorbereitungen. Dann griffen beide zu ihren Schwertern und traten ins Freie.

Die Sonne ging gerade an einem bleiernen Himmel auf. Die Luft war eiskalt, und am Boden lag alles unter einer Schneedecke, die unter den Stiefeln knirschte. Oarf, imposant wie immer, wartete in der Mitte der Arena auf seinen Ritter. Als Nihal sah, wie er stolz die mächtigen Flügel ausbreitete, wusste sie, dass sie nicht allein war. Sie schloss die Augen, und ihr Herz wurde ruhig.

Der Marsch begann, und als die Grenze in Sicht kam, stand die Sonne immer noch tief am Horizont. Die Soldaten blieben stehen. Entlang der Front hatten überall Heere Aufstellung genommen, die aus allen Winkeln der Freien Länder anmarschiert waren. Ungefähr eine Meile entfernt beobachtete der Feind, eine wilde Ansammlung von Fammin, Menschen, Gnomen und Geistern Gefallener, diese lange schwarze Linie und fragte sich wohl, was sein Gegner im Schilde führen mochte.

Den ganzen Anmarsch über hatte Nihal schon gespürt, wie die Kräfte des Amuletts, je näher sie dem Großen Land kamen, weiter zunahmen. Jetzt strahlte es in voller Stärke unter ihrer Rüstung, auf der groß Nammens Wappen prangte.

Raven reihte sich neben Nihal ein. Es war das erste Mal, dass sie ihn auf seinem Drachen sah, ein mächtiges, mattgrünes Tier, möglicherweise schon alt, gezeichnet von unzähligen Narben und sicher in vielen Schlachten bewährt.

»Es wäre eigentlich meine Aufgabe, eine Ansprache an die Soldaten zu halten, aber ich möchte dir diese Ehre zuteilwerden lassen. Ohne dich wären wir heute nicht hier versammelt«, sagte der Oberste General und forderte sie mit einer

Handbewegung auf, sich an die vor ihnen aufgereihten Truppen zu wenden.

Nihal errötete und drehte sich zu Ido um. Der Gnom lächelte ihr aufmunternd zu. Die Halbelfe bewegte sich nach vorn, zögerlich, während sie überlegte, was sie sagen sollte. Sie war verwirrt und aufgeregt; das einzig Klare in ihrem Kopf war Sennars Gesicht. Dann hob sie den Blick und merkte, dass die Soldaten sie bereits erwartungsvoll anschauten.

Nihal holte tief Luft. »Heute ist ein bedeutender Tag. Der bedeutendste Tag unserer Geschichte. Heute haben wir die Chance, den Frieden zu erobern. Viele von uns haben nur die Gräuel des Krieges kennengelernt und jahrelang unentwegt gekämpft. Heute können wir den Teufelskreis von Hass und Gewalt durchbrechen und tatsächlich den Frieden gewinnen, den wir uns so ersehnen. Viele haben schweres Leid ertragen. Ich bin eine Halbelfe. Mein Volk hat den höchsten Preis bezahlt in diesem Krieg: Es wurde vollständig getilgt von dieser Erde. Deswegen kämpfen wir gegen den Hass, gegen die Grausamkeit, gegen jene, die aus Mordlust töten. Wenn wir es wirklich wollen, wird dies die letzte Schlacht sein, das Blut, das wir vergießen, das letzte, das unsere Erde tränkt. Von morgen an kann alles anders sein. Jeder von uns hat einen Beweggrund, der ihn zu kämpfen anhält, jeder trägt eine Flamme im Herzen, die sein Leben erhellt und ihm einen Sinn verleiht. Ich wünsche mir, dass all diese Flammen zu einem einzigen großen Feuer des Friedens werden und dass hinter jedem Hieb, den ihr auf den Feind niederfahren lasst, nicht Rachsucht, sondern die tiefe Sehnsucht nach Frieden steht.«

Nihal schwieg. Ido, an seinem Platz, nickte lächelnd, und Nihal wusste, dass ihr Lehrer verstanden hatte. Diese Worte fassten den gesamten Weg zusammen, den sie in den letzten Jahren zurückgelegt hatte.

Zunächst legte sich Stille über die Zuhörerschaft, dann plötzlich explodierte die Truppe in einem einzigen Schrei, und dieser Schrei pflanzte sich fort zu den anderen Abteilungen, wo ebenfalls Feldherrn und Ritter zu ihren Soldaten gesprochen hatten. Nicht weit entfernt erblickte Nihal auch ein Heer aus Zalenia unter dem Kommando eines Mannes in einer leichten Rüstung, der stolz zu Pferd saß. Wie ein Lauffeuer entflammte der Schrei, wie von einer einzigen Stimme, alle Heeresteile längs der Grenze, von den nördlichsten Klippen im Land des Meeres bis zum Delta des Saar im Westen und zu entlegensten Gebieten am Rand der Großen Wüste im Osten. Und zum ersten Mal ließ dieser Schrei das Herz der Feinde erbeben.

Nihal setzte den Helm auf und bedeutete Soana, hinter ihr aufzusitzen. Während sie sich noch, gemeinsam mit Ido auf seinem Vesa, zum Flug bereit machten, überkam die Halbelfe so etwas wie eine Vorahnung, und sie wandte den Kopf nach links.

Da erblickte sie auf einem Felsvorsprung eine einzelne Gestalt, die etwas Dämonisches ausstrahlte. Sie wirkte alt und gebeugt, ihr zerschlissenes Gewand flatterte zusammen mit ihren endlos langen gelblichen Haaren im Wind dieses düsteren grauen Morgens.

Es war Rais. Die Magierin reckte eine Faust, der Feste des Tyrannen entgegen.

»Deine letzte Stunde hat geschlagen, du Bestie!«, schrie sie mit hasserfüllter Stimme. »Ich will dich, abgeschlachtet wie ein Kalb, in deinem Blute liegen sehen! Heute hat deine Schreckensherrschaft ein Ende!« Sie drehte sich zu Nihal um. »Sheireen, du mein Geschöpf, töte ihn! Schlag ihn in Stücke! Ich, die ich dich schuf und dir deine Kraft schenkte, befehle dir, dieses Ungeheuer abzustechen!« Ihre Worte gingen in irres Gelächter über.

Nihal wandte den Blick ab. Sie musste die Alte aus dem Kopf bekommen, durfte nur an das denken, was sie sich zu tun anschickte. Sie blickte zu Ido hinüber, und der Gnom nickte.

Sie hoben ab, und unter den entgeisterten Blicken der Feinde überflogen sie die Front. Soana baute eine magische

Barriere um sie herum auf, und Ido machte sich zum Kampf bereit.

Doch nichts rührte sich in den feindlichen Linien. Reglos standen die Soldaten da und starrten ungläubig in die Höhe. Nihal trieb Oarf zu höchster Eile an, denn solange aus dem Lager der Feinde keine Drachenritter aufstiegen, hatten sie nichts zu befürchten. Aber die Truppen des Tyrannen waren überrumpelt worden. Nihal merkte, dass Fammin, Menschen und Gnomen unter ihr auf der Erde etwas wahrnahmen von den enormen Kräften des Talismans, dass sie begriffen, dass es sich bei dem weiß leuchtenden Wappen auf ihrer Rüstung um ein Vorzeichen des Todes handelte. Sie lächelte. Die Naturgeister wirkten bereits und standen ihr bei.

So gelangten sie in Sichtweite der Tyrannenfeste, und ihre Drachen, Oarf und Vesa, schwebten zu Boden. Dichte schwarze Wolken waberten um die Festung und machten diesen schicksalhaften Morgen noch düsterer. Sogar die Erde war schwarz, vergiftet von dem Bösen, das an diesem Ort herrschte. Keinen einzigen Grashalm gab es hier, nichts, nur rissigen, unfruchtbaren Boden.

Verwundert stieg Nihal ab. Es war nichts zu spüren von der Macht des Tyrannen. Die Feste wirkte verschlafen, fast teilnahmslos.

Nur noch Aster und Sennar hielten sich in dem Verlies auf. Lange Zeit schon rangen sie gegeneinander, in vollkommener Stille. Sennar versuchte, das Geheimnis zu wahren, das Aster ihm zu entreißen drohte, indem er in den Geist seines Gefangenen eindrang. Doch es war ein ungleicher Kampf. Der junge Magier war mit seinen Kräften am Ende, dazu verwundet, und der Tyrann war unsagbar mächtig und entschlossen.

So spürte Sennar irgendwann, dass das gesamte Leid der Welt mit ungeheurer Macht gegen seine Schläfen und auf sein Herz drückte und sein Geist in einem Schmerz- und Farbtaumel explodierte. Alles lag bloß, seine Liebe, sein Leben, seine Erinnerungen, und das Geheimnis auf dem Grund dieses Strudels mittlerweile sinn- und namenloser Gefühle wurde offenbar.

Und der Tyrann las alles, was er hatte wissen wollen.

Nihal hatte nicht die Zeit gehabt, sich zu fragen, wieso die Tyrannenfeste so still dalag. Mit ihrem Einzug in das Große Land waren die Kräfte des Amuletts auf ihrer Brust deutlich gewachsen. Da schien die Festung plötzlich zu erwachen. Rascher und wütender wirbelten die Wolken umher, und die ungeheure Macht des Tyrannen entfaltete sich. Nihal begriff, dass Aster unterrichtet war, spürte seinen Zorn, seine Angst, vor allem aber seine Entschlossenheit. Würden seine geballten Kräfte sie treffen, wäre alles vergebens.

»Sprich den stärksten Abwehrzauber, den du kennst«, murmelte sie Soana zu.

Und schon holte sie den Talisman hervor, der jetzt in seinem vollen Glanz erstrahlte.

Nihal spürte, wie Asters Zorn, aber auch seine Furcht weiter zunahmen. Bald würde die von Soana errichtete Schutzmauer nichts mehr ausrichten können. »Ael«, rief da die Halbelfe mit lauter, eindringlicher Stimme, und ein bläuliches Licht vom Himmel erfasste den ersten Edelstein.

»Glael!«, fuhr Nihal fort, und diesmal war es ein goldener Lichtstrahl, der auf sie herabkam. Da begann auch die Festung, immer stärker zu strahlen; der Tyrann war dabei, einen Zauber heraufzubeschwören, der sie, Ido und Soana hinwegfegen sollte.

»Sareph! Thoolan! Flar!«, rief Nihal rasch, und vom Himmel herab schossen fast gleichzeitig ein tiefblauer, ein himmelblauer und ein roter Lichtstrahl.

Die Tyrannenfeste war jetzt ein einziges Lichtermeer, Asters Zauber der Vollendung nahe. Nihal zwang sich zur Ruhe und fuhr unbeirrt fort.

»Tareph! Goriar! Mawas!«, rief sie, und die letzten Blitze kamen auf sie nieder, ein brauner, ein schwarzer und schließlich ein weißer.

Plötzlich war die Welt in vollkommene Stille getaucht. Die Feste strahlte nicht mehr, die Wolken verharrten, der Wind legte sich, und jedes Geräusch verstummte.

Einen Moment lang waren Freund und Feind von derselben Furcht, derselben Ehrfurcht ergriffen: Die acht Naturgeister zeigten ihre Macht, und die antiken Götter kehrten zur Erde zurück. In diesem Augenblick fühlten sich alle klein und nichtig und nahmen ganz deutlich die Unerforschlichkeit der Schöpfung wahr. Da zerriss plötzlich eine Explosion von Farben und grellstes Licht die angespannte Ruhe.

Eine Lichtkugel flog vom Himmel herab, klein zunächst, aber schon bald unendlich groß, umhüllte die ganze Tyrannenfeste und alles, was sie umgab. Sie schloss alles ein, bis zu den letzten Grenzen der Erde, noch jenseits der Großen Wüste und der reißenden Wasser des Saar.

Im Zentrum stand Nihal. Die Halbelfe war erfüllt von der Kraft, die sie durchfloss, und einen Augenblick lang fühlte sie sich unendlich mächtig, so als läge ihr die gesamte Schöpfung, Bäume, Pflanzen, Tiere, zu Füßen, so als gehöre ihr die ganze Welt. War es nicht auch so?

»Deine Bitten wurden erhört«, sprach da eine feierliche Stimme zu ihr, »doch die Macht ist nicht für dich bestimmt, Geweihte, sondern für alle, die den Frieden anstreben. Missbrauche nicht, was wir dir gaben.«

Ja, sie hatte zu dienen, nicht zu herrschen, besann sich Nihal wieder. Sie kam zu sich und stellte fest, dass die Geister der Gefallenen, die eben noch so zahlreich die gegnerischen Kampfreihen bevölkert hatten, verschwunden waren, sich aufgelöst hatten, während sich die Fammin verloren umschauten und nicht wussten, was sie tun sollten. Sogar die Stimmen, die ihr seit Ewigkeiten keine Ruhe gelassen hatten, schwiegen nun. Sie hatte es geschafft.

Doch zum Jubeln kam sie nicht. Sie sank auf die Knie. Das Atmen fiel ihr schwer, und sie spürte einen schmerzhaften Druck auf der Brust. Der Talisman begann ihre Lebenskraft aufzusaugen.

»Was ist mit dir?«, fragte Ido besorgt, der sich sogleich über sie gebeugt hatte.

»Nichts, es geht schon«, antwortete Nihal, während sie sich aufrichtete, »aber der Talisman verlangt bereits seinen Tribut.«

Sie stand auf, bestieg ihren Drachen und schwang sich hoch in die Lüfte, damit alle Soldaten sie sehen konnten. Sie reckte ihr Schwert und stieß einen lauten Schrei aus. Die Truppen antworteten ihr, und die Entscheidungsschlacht begann.

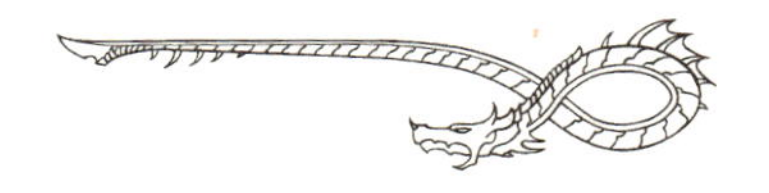

38

Die Morgenröte der Befreiung

Als sich die Sonne aus der Knechtschaft der Erde löste und auf die Welt hinabblickte, begrüßten ihre Strahlen ein Meer von Schwertern und Lanzen, ein Gewirr von Leibern, die sich entlang der Front, zwischen den äußersten Enden der Aufgetauchten Welt, bekämpften.

Zahlreiche Schlachten hatte diese Erde bereits gesehen, doch diese hier war anders als alle vorherigen, und jedermann, die freien Soldaten ebenso wie ihre Feinde, spürte das. Jeder Krieger war sich bewusst, dass in diesem Kampf über das Schicksal der Welt entschieden würde und auch auf der Klinge des eigenen Schwertes das Wort »Zukunft« stand.

Seit sich die Geister der Gefallenen durch den Zauber dieses Mädchens in der schwarzen Rüstung aufgelöst hatten, gehorchten auch die Fammin keinen Befehlen mehr und irrten nur noch mit verlorenen Blicken über die Schlachtfelder.

Für die Soldaten des Tyrannen, die es gewohnt waren, stets in erdrückender zahlenmäßiger Überlegenheit zu kämpfen, an der Seite von Kriegern, für die Leben und Tod gleich viel bedeuteten, war es ernüchternd, sich nun einem gleich starken Gegner gegenüberzusehen. Sie spürten, dass etwas Unausweichliches in Gang gekommen war, ahnten, dass nun der Zeitpunkt gekommen war, da alle alten Rechnungen beglichen wurden, und dass nach diesem Tag nichts mehr so wie früher sein würde. Auch die Luft war anders, sie roch bereits nach Tod und Niederlage. Es war so, als wende sich nun auch die Natur gegen das Heer des Tyrannen.

Wie groß war aber das Entsetzen der Magier in den feindlichen Reihen, als sie feststellten, dass kein einziger ihrer Zauber noch wirkte. Wieder und wieder versuchten sie es, fassungslos ob der eigenen Machtlosigkeit, mussten sich aber irgendwann eingestehen, dass sie nur noch einfache Menschen waren, schwach und unfähig, sich mit ihren Mitteln zu wehren.

Viele ergriffen die Flucht, andere nahmen Schwerter zur Hand, die sie nie benutzt hatten und die von den Gespenstern zurückgelassen worden waren. Alle aber waren sie heute in der Hand dieser Kriegerin in der schwarz glänzenden Rüstung, die wie eine Furie kämpfte und sich den Weg zur Tyrannenfeste bahnte.

Der Tyrann hatte sich in seiner Festung eingeschlossen und saß auf seinem mächtigen Thron in einem Saal, der ihm jetzt übergroß vorkam. Ihm war angst und bange geworden, als er spürte, dass sich seine Gespensterkrieger auflösten und seine magischen Fähigkeiten verflüchtigten. Doch nun war er ruhig; er hatte gewusst, dass dieser Tag einmal kommen würde, und nun war er eben da. Was hatte er zu befürchten? Die Geweihte war erschienen, wie es der Alte damals vor vierzig Jahren prophezeit hatte, doch sein Schicksal lag immer noch in seinen eigenen Händen, und sein Endziel war zu gewaltig, als dass er es sich von solch einem Mädchen, einer dem Schlund des Todes entronnenen Halbelfe, zerstören lassen würde. Um seinen Plan zu Ende zu führen, war Aster zu allem bereit. Es war Schicksal, dass er sich mit dieser Kriegerin messen musste, aber nirgendwo stand geschrieben, dass er verlieren würde. Auch ohne seine Magie wusste er sich noch unendlich stark, denn er kannte die Geschöpfe dieser Welt und verstand es, ihre Gedanken und Gefühle zu lesen. Er würde gegen das Mädchen kämpfen und sie niederringen, um seinen ehrgeizigen Plan zu Ende zu führen.

Als der Ruf zur Schlacht ertönte, stürzten sich die Truppen der Freien Länder auf einen orientierungslosen, verwirrten Feind, der es ihnen fast schon zu leicht zu machen schien. Allerdings bestand das feindliche Heer nicht nur aus einfachen Soldaten und Verrätern, sondern auch aus tapferen Kriegern und kampferprobten Rittern. Eben Letztere waren es, die bald nach dem ersten Hornsignal in großer Zahl aus der Tyrannenfeste strömten.

Einer schwarzen Wolke ähnlich schwärmten sie zu den Schlachtfeldern aus, verteilten sich längs der Front und warfen sich auf die Truppen der Freien Länder. Auch in deren Reihen fielen nun die ersten Soldaten, von Drachenfeuer verbrannt oder niedergestreckt von den Waffen, die die Ritter auf den Schwarzen Drachen führten. Auf der anderen Seite rückten Ritter aus dem Land der Sonne und dem Land des Meeres nach, und es entbrannte ein ebenbürtiger Kampf.

Unter ihnen befand sich Raven in der ersten Reihe. Seit vielen Jahren schon hatte er kein Schlachtfeld mehr betreten, doch diesen letzten Akt wollte er nicht versäumen, wollte sich nicht die Gelegenheit entgehen lassen, seine in den Samtgewändern der Akademie verloren gegangene Würde zurückzugewinnen und noch einmal als der große Krieger vergangener Zeiten aufzutreten. Und so hatte er an jenem Morgen seinen Drachen Tharser bestiegen, und beide genossen nun in vollen Zügen die wiederentdeckte Erregung der Schlacht.

Das Klirren der Schwerter und Lanzen klang für den Obersten General wie ein Gesang, der ihm von vergessenen, lange zurückliegenden Freuden erzählte. Raven führte seine Männer wie in alten Zeiten, reckte sein blutbesudeltes Schwert und trieb sie zum Angriff an, und kein Einziger zögerte, ihm zu folgen: Alle glaubten daran, dass der Sieg möglich sei, solange dieser Mann bei ihnen war. Immer wieder stürzte er sich mit seinem Drachen von oben in das Getümmel, und während er sein Schwert auf den Feind niederfahren ließ, war ihm, als sei noch nicht einmal ein Tag seit seiner letzten Schlacht vergangen. Offenbar hatte ihm ein Funke gereicht, um wieder wie früher zu werden, und er fühlte, dass dieser Funken gezündet hatte. Lange Zeit war Raven an diesem Tag der Schrecken des Feindes.

Jenseits der Front, in den vom Tyrannen beherrschten Ländern, schien diese Morgenröte nichts Außergewöhnliches zu haben. Eine blasse Sonne schickte ihre müden Strahlen zur Erde und kündigte einen neuen Tag der Knechtschaft an. Und doch gab es auch dort Leute, die mit anderen Augen auf diese Sonne blickten und mit Spannung auf ein Signal zum Angriff, jenen Schrei wie aus einem Munde warteten, der sich aus der Ferne, jenseits der Feste erheben würde, von dort, wo die Hoffnung noch nicht tot war.

Aires hatte sich nicht geschont und hervorragende Arbeit geleistet. Gleich nach Nihals und Sennars Aufbruch hatte sie sich selbst mit wenigen treuen Kameraden auf den Weg gemacht. Zunächst zogen sie durch das Land des Feuers und warben Kämpfer für den Widerstand. Dann überquerten sie die Grenze und setzten ihre Arbeit in den anderen unterdrückten Ländern fort. Ihre Bemühungen hatten nicht nur das Ziel, neue Krieger zu rekrutieren, sondern auch neue Hoffnung zu entfachen in den Herzen derer, die lange schon aufgegeben hatten. Zur entscheidenden Schlacht sollten, wenn der gemeinsame Schlachtruf längs der Grenzen ertönte, in allen versklavten Ländern Leute bereitstehen, die sich erheben würden. Unbewaffnet zumeist, doch zu allem entschlossen, um die Freiheit zu erringen, und daher unaufhaltsam.

Aires war es gelungen, eine Art Streitmacht zusammenzustellen, die zum größten Teil aus armen Teufeln bestand, die nichts mehr zu verlieren hatten. Diese Rebellen hatten sich Waffen gebaut oder gestohlen sowie seltsames fliegendes Kriegsgerät erfunden. Irgendwann war dann endlich die ersehnte Botschaft eingetroffen. Aires war überrascht, dass nicht Sennar, sondern Nihal sie sandte, und hatte sofort gewusst, dass etwas Schlimmes geschehen sein musste.

Der Morgen der Schlacht war also auch für viele Bewohner des Landes des Feuers kein beliebiger Morgen. Vor Sonnenaufgang standen sie auf und nahmen ihre Posten ein, darauf lauernd, sofort die anfälligen Punkte der Tyrannenherrschaft anzugreifen.

Als sich der gemeinsame Schrei erhob und wie ein Blitz die Front von einem zum anderen Ende durchlief, konnte in den unterjochten Ländern niemand gleichgültig bleiben. Es war, als sei die Zeit stehen geblieben. Die Sklaven ließen die Arbeit ruhen und blickten zum Himmel hinauf, die Folterknechte, Schinder, Offiziere und Soldaten bekamen es mit der Angst zu tun. Allen war klar, dass sich etwas Großes anbahnte, dass sich enorme Kräfte zu entfalten anschickten.

Das war der Moment, da Aires den Befehl zum Angriff gab. Überall hatte sie bewaffnete Gruppen aufgestellt, die den Hass der Sklaven aufnehmen und lenken würden, in jedem Land warteten von ihr eingeweihte Rebellen nur darauf, eine Revolte zu entfesseln. Als der Schrei verhallt war und die Schlacht begann, wurden viele dieser Kämpfer zu Märtyrern, konnten nur ein Strohfeuer entfachen und wurden dann wie Lämmer hingeschlachtet. Doch ein jeder kämpfte verbissen bis zum bitteren Ende, wohl wissend, dass das Opfer Einzelner entscheidend für den Sieg aller werden konnte. An anderen Stellen flammte das Feuer mächtig auf und griff rasch um sich. Sklaven erhoben sich, und wer über lange Jahre das Joch Asters getragen hatte, griff zu irgendwelchen Geräten, die auch nur entfernt einer Waffe ähnlich waren, und kämpfte.

Die ganze Welt schien aus den Fugen zu geraten. Die Revolte weitete sich aus, über die Felder, über die Kristallminen im Land der Felsen, über das Land der Nacht mit seiner ewigen Finsternis, und sogar im Land der Tage wurde zu den Waffen gegriffen. Keine Schlacht jedoch war grandioser und blutiger als jene, die im Land des Feuers ausgefochten wurde. Gemessen daran waren die anderen nur Scharmützel mit dem Zweck, den Feind abzulenken und Kräfte zu binden, damit die Heere der Freien Länder auf weniger Hindernisse stießen.

Wie Blitze aus heiterem Himmel gingen Aires und ihre Rebellen auf die feindlichen Soldaten nieder und ließen ihnen keine Zeit, sich von dem Schrecken zu erholen. Unzählige Männer und Gnomen tauchten bis an die Zähne bewaffnet aus dem Nichts auf und legten zunächst die Waffenschmieden lahm. Sie überrannten die Wachsoldaten und lösten die Ketten von Handgelenken und Knöcheln ihrer Brüder, erbeuteten Schwerter und Streitäxte und riefen: »Die Tyrannenherrschaft ist vorüber, schließt euch uns an und kämpft für die Freiheit!« Manche Sklaven flohen verängstigt, andere griffen sofort mutig zu den Waffen.

Schließlich tauchten die neu ersonnenen Fluggeräte am Himmel auf und feuerten auf die verschreckten und orientierungslosen feindlichen Truppen. In vorderster Front, das gezückte Schwert blutverschmiert, war immer Aires zu finden. Sie war die Seele des Aufstands, kämpfte überall und brüllte Befehle. Die wunderschöne, sinnliche, von allen bewunderte Frau schien zu einem Racheengel geworden zu sein.

Das große Ziel war die Tyrannenfeste. Die Aufständischen wussten nicht viel darüber, es hieß, noch nicht einmal die höchsten Generäle des Herrschers würden den Plan dieses gigantischen Bauwerks kennen. Aber dadurch wollten sich die Rebellen nicht aufhalten lassen; sie waren entschlossen, die Sperren zu durchbrechen, in die Feste einzudringen und alles niederzumachen, was sich ihnen in den Weg stellte.

Den ganzen Morgen über war das Land des Feuers ein einziges riesengroßes Schlachtfeld. Die Soldaten des Tyrannen leisteten immer härteren Widerstand, und auf beiden Seiten gab es zahlreiche Tote, aber niederschlagen ließ sich der Aufstand nicht.

Dann kam der Befehl, gebieterisch und unerwartet: »Kommt und macht diesem Wahnsinn ein Ende! Verlasst eure Stellungen an der Front, kommt zurück und vernichtet die Rebellen! Euer Herrscher befiehlt es euch!«

So geschah es, dass Semeion und Dameion, Ritter vom Orden der Schwarzen Drachen, der Front den Rücken kehrten und, eine unerhörte Begebenheit, in das Land des Feuers flogen, um den Aufstand der armen Sklaven niederzuschlagen. Als die Sonne gerade ihren höchsten Punkt überschritten hatte, sahen Aires und ihre Leute die beiden schwarzen Gestalten näher kommen. Aus dem schwarzen Rauch des Vulkanes Thal auftauchend, flogen sie langsam, in vollkommenem Gleichklang auf sie zu.

Sowohl die Rebellen als auch ihre Gegner brauchten eine Weile, um zu begreifen, was da geschah. Dann erhob sich die Stimme eines Soldaten: »Euch ist der Tod gewiss. Unsere Herren sind gekommen, um uns zu retten, ihr aber seid verloren!«

Die beiden Reiter waren jetzt nahe genug herangekommen, um sie eindeutig erkennen zu können. Sie sahen genau gleich aus. Obwohl Aires sie noch nie gesehen hatte, wusste sie sofort, um wen es sich handelte. Das Land des Feuers wurde von Zwillingen regiert, beide Generäle des Tyrannen, beide erbarmungslose Ritter vom Orden der Schwarzen Drachen. Furcht ergriff viele ihrer Männer. Sie aber umfasste das Heft ihres Schwertes noch fester und stellte sich zum Angriff auf.

Die Ritter trennten sich in der Luft, und zwei gigantische Flammen aus den Mäulern ihrer Drachen fegten über das Land der Vulkane und verbrannten im Nu alles, was sich in ihrer Bahn befand, Freund wie Feind.

Augenblicklich verflog der Mut, der die Rebellen bis zu diesem Augenblick beseelt hatte, und sie suchten ihr Heil in der Flucht. Ihre Begeisterung, ihre Waffen und auch jene eigenartigen Fluggeräte vermochten nichts gegen diese Drachenritter auszurichten.

Aires stand auf dem Schlachtfeld und überlegte, was zu tun sei. Unterdessen vollführten Semeion und Dameion umständliche Tänze am Himmel, und immer wenn sie eine Figur vollendet hatten, schossen sie zur Erde hinunter und brachten Tod und Verderben. Manche wurden von ihren Schwertern durchbohrt, andere eingeäschert von den Flammen ihrer Drachen oder von den Tieren in Stücke gerissen und auf dem Schlachtfeld verstreut. Die Aufständischen waren machtlos. Angesichts dieser Wendung fassten auch die einfachen Soldaten neuen Mut und warfen sich auf die Rebellen, die noch der Gewalt der Drachenritter entkommen waren.

Umgeben von Flammen, stand Aires wie betäubt da. Sie sah ihre Kameraden brüllend und wie Fackeln brennend im Rauch umherrennen, sah Unmengen von Blut den Boden tränken. Sollte das wirklich das Ende sein? Sollte ihr Traum tatsächlich an den Klingen dieser beiden Ritter zerschellen?

Sie riss ihr Schwert in die Höhe und stürzte sich auf einen der beiden, der gerade am Boden war. Sie zielte auf seinen Drachen, holte aus und stach die Klinge bis zum Heft in die Flanke des Tieres, und das mit einer solchen Gewalt, dass das Schwert brach und das Metall im Leib des Tieres stecken blieb. Der Drache bäumte sich auf und sackte, vor Schmerz brüllend, zu Boden. Der Ritter drehte sich zu Aires um, und sofort hefteten sich zahlreiche Blicke, von Freund und Feind, auf die beiden.

»Nur die Furcht kann uns besiegen!«, rief Aires. Ihre Stimme war kaum wiederzuerkennen. »Echte Männer fliehen nicht, echte Männer kämpfen! Kommt zurück und stellt euch dem Feind. Solange wir leben, ist noch nichts verloren!«

Die bis dahin undurchschaubare Miene des Ritters verzog sich zu einem mitleidigen Lächeln. »Dann hast du also beschlossen, auf der Stelle zu sterben«, sagte er ruhig und zog ein furchterregendes Schwert voller unheilvoller Runenzeichen, das über und über mit spitzen Stacheln besetzt war.

Aires antwortete ihm mit einem Lachen. »Nein, ich habe beschlossen zu kämpfen, bis zum letzten Blutstropfen«, schrie sie. Sie schleuderte das Heft ihres zerbrochenen Schwertes zu Boden.

»Willst du mit bloßen Händen kämpfen?«

»Wenn es sein muss, auch mit bloßen Händen, denn ich besitze eine Waffe, die du mir nicht nehmen kannst, und das ist meine Entschlossenheit ...«

Der Ritter gab ihr nicht die Zeit, zu Ende zu sprechen. Er zwang den schwer verwundeten Drachen, einen Feuerstoß auf sie zu richten, dem aber die Wucht fehlte, weil das Tier schon zu schwach war.

Aires wich der Flamme aus und sah dabei am Boden einen toten Soldaten, und neben ihm sein Schwert. Blitzschnell hob sie es auf.

Der Ritter sprang von seinem Drachen, stürzte sich auf sie und drängte sie zurück. Aires' Körper war bereits von zahlreichen Wunden gezeichnet, und jetzt traf auch ein Stoß dieses Ritters sein Ziel. Am Arm getroffen, sackte Aires zusammen.

Sie blieb am Boden liegen, fand aber noch die Kraft, ihren Männern, die reglos auf dem Schlachtfeld standen und sie anstarrten, zuzuschreien: »Kämpft doch endlich, ihr Idioten! Wir sind hier, um zu siegen und unsere Freiheit zurückzuerobern!«

Ein weiterer Hieb traf sie an der Hand. Dennoch raffte sich Aires auf und ging mit einem Schrei wieder zum Angriff über. Da fassten sich auch ihre Leute ein Herz und warfen sich auf den Feind. In großer Zahl bedrängten sie den anderen Drachenritter, ungeachtet der Tatsache, dass viele starben, bevor sie ihm auch nur einen einzigen Schwerthieb versetzen konnten. Doch für jeden Gefallenen war ein anderer zur Stelle, der dessen Kampf fortsetzte. Jetzt hatten sie den Ritter umstellt und zwangen ihn zu Boden.

Aires kämpfte weiter. Am Waffenklirren hörte sie, dass das Gefecht erneut begonnen hatte. Derweilen traf ihr Gegner sie immer wieder, brachte ihr eine Fleischwunde nach der anderen bei. Mit größter Wahrscheinlichkeit würden sie alle von der Hand dieser beiden Elenden sterben. Aber sie hatten keine andere Wahl. Sie konnten nichts anderes tun, als sich für die Ziele zu opfern, an die sie immer geglaubt hatten. Mit Sicherheit würden sie nicht umsonst gestorben sein, denn die beiden Ritter hielten sich jetzt mit ihnen auf und fehlten dadurch an der Front, wo sie den Truppen der Freien Länder große Schwierigkeiten bereitet hätten. Und Nihals Chancen, bis in das Innerste der Festung einzudringen und dem Tyrannen die Kehle durchzuschneiden, verbesserten sich. Ihr eigener Tod und der ihrer Leute konnte für viele, viele andere die Rettung bedeuten.

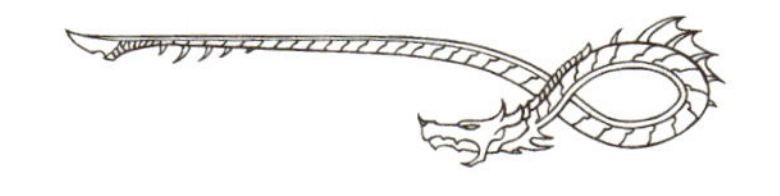

39

Idos Krieg gegen Deinoforo

Ido musste Soana in Sicherheit bringen; nun, da Nihals Zauber wirkte, war die Magierin nur noch eine ganz normale, wehrlose Frau. Der Gnom zögerte jedoch, die Halbelfe allein zurückzulassen, dort hinter der Front, in der Nähe der Tyrannenfeste im trostlosen Großen Land, wo sich ihr bald Scharen von Feinden in den Weg stellen würden, um ihr Eindringen in den Palast ihres Herrschers zu verhindern.

»Sorg dich nicht um mich, ich weiß, was ich tue. Soana kann nicht hierbleiben, und du hast noch einen Kampf zu Ende zu bringen«, sagte Nihal zu ihrem Lehrer.

Ido ließ Soana auf Vesa aufsitzen und flog mit ihr davon. Er wusste, dass die Schicksale seiner Schülerin und des Tyrannen untrennbar miteinander verbunden waren, dass Nihal seit Langem dazu ausersehen war, die Schwelle dieses Palastes zu überschreiten und sich mit ihm zu messen.

Weit hinter der Front, wo sie in Sicherheit war, setzte er die Magierin ab. Als er sich von ihr verabschiedete, merkte er, wie schwer es ihr fiel, untätig auf das Ende dieses Tages zu warten.

»Dass wir heute überhaupt hier stehen, haben wir auch dir zu verdanken und all dem, was du in den letzten Jahren für unsere Sache getan hast«, versicherte er ihr zum Abschied.

Einen kurzen Moment senkte Soana den Kopf und blickte Ido dann wieder an. »Wirst du nach Deinoforo Ausschau halten?«, fragte sie.

»Ja. Und ich will dieses Kapitel endlich ein für alle Mal abschließen.«

Soana streifte seine Hand. »Pass gut auf dich auf.«

Ido klappte das Visier herunter und reckte zum Gruß sein Schwert. »Wir sehen uns heute Abend«, sagte er und flog auf.

Unverzüglich machte sich der Gnom auf die Suche nach seinem persönlichen Feind, doch da sich Deinoforo lange Zeit nicht blicken ließ, hielt er sich derweilen mit einfachen Soldaten und niedereren Rittern schadlos. Dabei schonte er sich nicht und kämpfte mit ganzer Kraft. Eingedenk seines Fehlverhaltens bei der letzten Schlacht ließ er sich keinen Augenblick ablenken und sprang mehr als einmal auch bedrängten Kameraden bei. Doch seine Anspannung wuchs.

Dies war seine letzte Gelegenheit, mit Deinoforo abzurechnen. Stunde um Stunde kämpfte er nun schon, und je blutverschmierter sein Schwert wurde, desto ungeduldiger wartete er auf den Moment, da sich die scharlachrote Gestalt vor den mattgrauen Wolken am Horizont abzeichnen würde.

Ido gehörte zu den Besten auf dem Schlachtfeld, gewann mehr und mehr an Boden und konnte sich bis zu Nihal durchkämpfen. Er sah sie schon aus der Ferne, wie sie auf ihrem Oarf das Schlachtfeld überflog und keinem Gefecht aus dem Weg ging. Dabei vergaß sie aber keinen Augenblick ihre Mission und richtete den Blick immer wieder auf die Tyrannenfeste.

Der Gnom schloss zu Nihal auf. Die Sonne stand hoch am Himmel, fast auf dem höchsten Punkt, und stolz registrierte er, wie weit ihre Truppen bereits in das Große Land eingedrungen waren. Imposant wie nie zeichnete sich die Festung vor ihnen ab. »Wie ich sehe, hast du gute Arbeit geleistet«, sagte der Gnom in einer kurzen Pause.

Er hörte, wie sie unter dem Helm angestrengt schnaufte, und machte sich Sorgen. Das konnte nicht nur Erschöpfung sein, im Kampf war Nihal immer besonders ausdauernd gewesen.

»Ja, scheinbar komme ich ohne dich besser zurecht«, antwortete sie lachend, keuchte dann wieder. »Hast du Deinoforo schon erledigt?«

»Nein, den habe ich gar nicht zu Gesicht bekommen«, antwortete Ido.

»Willst du es aufgeben?«

Der Gnom wischte sich Blut und Schweiß von der Stirn. »So ein Unsinn, ich warte nur, dass er sich endlich zeigt.«

Kaum hatte die Sonne ihren Zenit überschritten, war Deinoforo plötzlich da. Ido sah Rauch vor sich aufsteigen und zahlreiche Soldaten panisch die Flucht ergreifen. Andere Kämpfer bildeten eine Gasse, und der Gnom sah sich der angsteinflößenden Erscheinung eines Schwarzen Drachen gegenüber, der ihm den Weg versperrte. Darauf saß sein Todfeind, dessen Rüstung flammend rot hervorstach. Der Augenblick war gekommen.

»So, auf zum letzten Akt!«, rief Deinoforo.

Ido schwieg. Das Blut pochte ihm in den Schläfen, während sein Blick zum Arm des Ritters wanderte. Anstelle der verlorenen Hand sah er ein mechanisches Gelenk aus Metall, das im Licht der blassen Sonne funkelte.

»Diesmal gebe ich mich mit nichts weniger als deinem Leben zufrieden«, fügte der Ritter auf dem Schwarzen Drachen hinzu.

»Für mich gilt das Gleiche«, versetzte Ido.

Er hob sein Schwert zum Gruß, und Deinoforo tat es ihm nach.

Und schon stürmten sie aufeinander los, erhoben sich in die Lüfte und ließen ihre Schwerter singen.

Zunächst studierten sie sich noch und ebenso die beiden Drachen, die genau wie ihre Ritter die Schicksalhaftigkeit dieses Kampfes spürten. Ido und Deinoforo phrasierten mit ihren Schwertern, entwarfen umständliche Schnörkel aus Attacken und Paraden, dass die Funken nur so sprühten. Gleichzeitig bedrängten sich die Drachen von den Seiten und wichen immer wieder den Hieben der Ritter aus, die sich in ihren Sätteln verrenkten, um noch fester zuschlagen und wirksamer parieren zu können.

Ido hatte sofort bemerkt, dass das eigenartige Leuchten, das sonst von Deinoforos Rüstung ausgegangen war, erloschen und das Glitzern seiner Klinge nur ein Widerschein der schwachen Nachmittagssonne war. Das hieß, es war ein Zauber gewesen, der die Ausrüstung des Ritters undurchdringlich gemacht hatte. Und Nihal hatte ihn mit ihrem Ritus gebrochen.

Lange kämpften sie auf diese Weise, ohne dass ein Hieb von der einen oder anderen Seite größeren Schaden anrichtete: Es schien ihnen Vergnügen zu bereiten, sich fast wie im Spiel mit den Waffen zu suchen und zu fliehen. Dann täuschte Ido an, und gleich darauf traf ein wuchtiger Stoß Deinoforos Rüstung und ritzte sie auf. Die beiden trennten sich.

Ido brach in Gelächter aus, während er gleichzeitig ruhig durchzuatmen versuchte. »Heute kann dich keine teuflische Magie mehr schützen«, rief er und zeigte auf das beschädigte Metall.

Deinoforo schnaufte. »Das wird mich auch nicht daran hindern, mir deinen Kopf zu holen.«

Erneut stürzte er sich mit voller Wucht auf Ido, und der Kampf ging weiter. Unter ihnen wütete die Schlacht, unzählige Männer fielen bei dem Versuch, die enormen Torflügel der Tyrannenfeste aufzubrechen oder zu verteidigen, doch für die beiden Drachenritter gab es nichts als den Himmel und den Feind.

Auch in diesem Duell mit Deinoforo sah sich Ido wieder mit seiner gesamten Vergangenheit und den dazugehörigen Gewissensqualen konfrontiert. Er dachte an seinen Bruder Dola, an die unzähligen Feinde, die er besiegt hatte, vor allem aber an den Tyrannen, an das entsetzliche Erbe, das dieser ihm ins Herz eingepflanzt, und was er ihm alles genommen hatte, in erster Linie den Vater und den Bruder. Mit noch größerem Elan attackierte er nun, wusste aber gleichzeitig, dass der eigentliche Kampf noch gar nicht begonnen hatte.

Plötzlich griff ihm, gänzlich unerwartet, Deinoforos Eisenhand in das Gesicht und versuchte an sein verbliebenes Auge heranzukommen.

Mit einem entschlossenen Hieb konnte Ido sich freimachen. Die Eisenhand musste den Griff lösen, riss ihm dabei aber ein großes Stück Haut aus dem Gesicht. Wie an dem Tag, als er halbblind wurde, sah Ido nur noch Blut. Erschrocken kauerte er sich auf Vesa zusammen und entfernte sich.

Nun war es Deinoforo, der lachte. »Anscheinend erinnerst du dich an unseren letzten Kampf, Ido. Auch ich kann ihn nicht vergessen, denn zuvor konnte mir niemand auch nur einen Kratzer beibringen. Du warst der Erste, der mich verletzt hat, und daher werde ich dir erst dann verzeihen, wenn ich dich in Stücke geschlagen habe, wenn du dafür gebüßt hast, dass du mir meine Hand raubtest. Dafür hasse ich dich, und weil du ein Verräter bist.«

Ido versuchte, die Schmerzen zu ertragen, und wischte sich das Blut ab, das seinen Blick verschleierte. Deinoforo streckte sein Schwert vor und stürzte sich erneut auf ihn.

Noch verbissener kämpften sie nun. Auf beiden Seiten trafen jetzt mehr Schläge ihr Ziel, und die Rüstungen wurden zerkratzt und verbeult. Ido konnte Deinoforo tief an der Seite verletzen, an der Stelle, wo Brustharnisch und der untere Teil seiner Rüstung zusammentrafen. Dieser antwortete, indem er wütend auf Idos Arm einschlug.

Erschöpft trennten sie sich wieder. Eine Weile standen sie sich nur gegenüber und beobachteten sich gegenseitig voller Hass und Bewunderung, im Grunde ihres Herzens erfreut, es mit einem Gegner zu tun zu haben, der ihnen alles abverlangte.

»Wahre Krieger bekämpfen sich am Boden«, rief Deinoforo da, während er sein Schwert zurück in die Scheide steckte. »Ich schlage vor, wir machen ohne die Drachen weiter.«

Ido nickte und steckte seinerseits das Schwert zurück; zu viel Achtung hatte er vor seinem Gegner, um einen Trick zu vermuten, um zu fürchten, Deinoforo könne die Kampfpause nutzen, um ihm den tödlichen Schlag zu versetzen.

Sie suchten sich einen Ort fern ab vom Schlachtgetümmel. Während sie sich fertig machten, um das Duell fortzusetzen, überlegte Ido, wenn auch grimmig, dass dieser Mann ein echter Ritter war. Ein erstklassiger Kämpfer, der sich, obwohl in den Reihen des Tyrannen dienend, doch an einen Ehrenkodex hielt.

»Dein Herr wäre wohl nicht sehr zufrieden mit dir«, sagte Ido, während er das Blut von seinem Schwert wischte, »da hast du die Gelegenheit, mich von hinten abzustechen, und ergreifst sie nicht.«

»Mein Herr weiß, was er von seinem Diener zu erwarten hat; niemals würde er von mir verlangen, das zu verraten, woran ich glaube. Er kennt mich besser als sonst irgendjemand.«

Ido lachte. »Wie hältst du es nur in diesem Heer von Bestien aus? Ausgerechnet du, der einst in unseren Reihen kämpfte. Ich erinnere mich an dich, Debar.«

Deinoforo zuckte zusammen. »Auch ich erinnere mich an dich und an deine gefühlsduseligen Lehren.«

»Aber wie ich sehe, hältst du dich immer noch an sie«, erwiderte Ido.

Deinoforo drehte sich ruckartig zu ihm um. »Glaubst du wirklich, euer Heer sei ehrenhafter als unseres? Hast du nicht gesehen, wie sich deine so anständigen Soldaten über die hilflosen Fammin hermachen? Wie sie lachen, während sie sie in Stücke hauen? Hältst du das etwa für ritterlich?«

Es stimmte. Kaum hatten die Soldaten der Freien Länder gemerkt, dass die Fammin keine Bedrohung mehr darstellten, waren sie in Scharen über sie hergefallen und hatten sie abgeschlachtet. Ido hatte es zu verhindern versucht. Diese plötzlich wehrlosen Fammin zu töten, war sinnlos, feige und grausam, aber das Blutbad ging weiter.

»Darauf weißt du keine Antwort, nicht wahr, Ido?«, fuhr Deinoforo fort. »Du hast unseren Herrn verraten, um dich solchen Würmern anzuschließen.«

»Ich floh vor der Gnadenlosigkeit des Tyrannen, vor einem Ungeheuer, das mich zwang, unschuldige Geschöpfe niederzumetzeln. Du kämpfst für einen Mann, der dir keine Hoffnung lässt.«

»Im Gegenteil, ich kämpfe für den Einzigen, der dieser Welt noch Hoffnung schenken kann«, antwortete Deinoforo. »Ich weiß das, denn er hat mit mir gesprochen und mich von dem Irrtum befreit, in dem ich gefangen war. Er hat mir den Weg der Rettung gewiesen. Warum hat denn diese Erde nie Frieden kennengelernt, Ido? Hast du dich das noch nie gefragt?«

»Solange es Leute gibt wie dieses Ungeheuer, für das du kämpfst, werden wir auch niemals Frieden erleben.«

Deinoforo ging nicht darauf ein und fuhr fort: »Ich werde es dir sagen: Weil die Bewohner dieser Welt unfähig sind, sich selbst zu regieren, weil sie, sich selbst überlassen, nichts anderes tun, als sich umzubringen. Es waren der Hass und die Niedertracht jener Leute, für die du kämpfst, die mir alles nahmen. Es waren meine eigenen Kameraden, die Menschen, die mich hatten aufwachsen sehen, die meine Schwester vergewaltigten und meine Familie lynchten. Es war ein Wunder, dass ich selbst mich retten konnte. Ich zog rastlos umher, floh vor mir selbst und vor dem, was ich gewesen war, hatte nichts mehr, woran ich glauben konnte, und auf dem Tiefpunkt meiner Verzweiflung geriet ich in die Gefangenschaft des Tyrannen. Er öffnete mir die Augen. Er erzählte mir alles über den Zweihundertjährigen Krieg, über Nammens falschen Frieden, über den Hass, der immer schon unsere Welt durchzieht. Und Er sagte mir, dies alles würde ein Ende haben – durch Ihn. Wenn die Acht Länder erst ganz unter Seiner Herrschaft stehen, wird es überall Frieden und Gerechtigkeit geben. Deswegen habe ich euer Heer verlassen und bin in Seinen Lichtkreis eingetreten.

Und deswegen werde ich dich besiegen, Ido, weil du ihn verraten hast.«

Er nahm den Helm ab, und Ido erkannte in ihm den Jüngling wieder, der bei ihm gedient hatte, sein lockiges Haar, die grauen, nachdenklichen Augen. Er hatte sich nicht sehr verändert, sein Gesicht war erwachsener geworden, gezeichnet von vielen Kämpfen, aber er war immer noch der von einst. Auch Ido setzte den Helm ab und zeigte die Narbe, die sich durch seine eine Gesichtshälfte zog.

Da zog Deinoforo plötzlich sein Schwert aus der Scheide, und Ido reagierte nicht schnell genug. Die Klinge traf und riss ihm das Bein auf. Der Gnom sank auf die Knie, und Deinoforo hob seine Waffe, um ihm den Gnadenstoß zu versetzen. Doch Ido war noch nicht besiegt, schlug zurück und nahm den Kampf wieder auf. Zwei weitere seiner Hiebe fanden ihr Ziel, und Deinoforo begann viel Blut zu verlieren. Beide gingen zu Boden, um gleich darauf den Kampf noch erbitterter fortzusetzen. Aber mittlerweile waren sie am Ende ihrer Kräfte, verwundet, erschöpft.

»Andere kannst du vielleicht hinters Licht führen mit deiner rührseligen Geschichte«, begann Ido, »mich aber nicht. Ich habe für den Tyrannen gekämpft und weiß, welche Gründe einen dazu bringen, zu seinem Gefolgsmann zu werden. Der Wunsch nach Frieden? Nach Harmonie? Nein, eher Rachsucht! Auch ich verblieb in seinen Diensten, um meine Mordlust zu befriedigen, gab es doch immer wieder neue Schlachten, Feinde, die niederzumachen waren, und Blut ohne Ende. Und aus keinem anderen Grund bleibst auch du bei ihm.«

Erneut warf sich Deinoforo auf ihn. Beider Hiebe kamen nur noch sehr ungenau, doch der Kampf hatte seinen Höhepunkt erreicht. Denn mit einem Mal stellten beide für den jeweils anderen genau das dar, was sie selbst einmal waren und tief, tief im Innern hatten begraben wollen. Beide kämpften sie um ihre Existenz.

»Du bist nicht würdig, ein Urteil zu fällen über mich oder

meinen Herrn«, rief Deinoforo im Eifer des Gefechts, während er Idos Brust traf.

Wieder ging der Gnom zu Boden, aber zum Glück hatte seine Rüstung den Schlag abgeschwächt. Mit einem Sprung war Deinoforo über ihm und versuchte, ihm den Todesstoß zu versetzen. Im letzten Moment konnte sich Ido zur Seite rollen.

»Hör endlich auf, dir was vorzumachen«, erwiderte der Gnom.

»Schweig!«, herrschte ihn Deinoforo an, seine Augen blitzten.

Ido rappelte sich auf; seine Brust schmerzte entsetzlich, und er musste sich auf sein Schwert stützen. »Nur um dich zu rächen, dienst du dem Tyrannen«, fuhr er fort, »alles andere sind Hirngespinste, und das weißt du. Wie viele Unschuldige hast du bereits getötet? Glaubst du denn, du bist etwas Besseres als jene, die deine Familie auf dem Gewissen haben?«

Ido sah, wie sich Zweifel in den Blick seines Gegners stahlen, und wusste, dass er eine empfindliche Stelle getroffen hatte. Doch im nächsten Augenblick hatte Deinoforos Zorn diese Unsicherheit hinweggefegt. Er umfasste sein Schwert und stürzte sich erneut auf den Gnomen.

Mittlerweile war dies kein Duell mehr, sondern eher eine Keilerei auf Leben und Tod. Fast unkontrolliert waren ihre Bewegungen, und kaum ein Hieb traf noch sein Ziel. Ido zwang sich, wieder konzentrierter zu kämpfen, und als sein Blick kurz auf das Heft seines Schwertes fiel, das seine blutbesudelte Hand umklammerte, erinnerte er sich wieder an all das, was ihn auf dieses Schlachtfeld geführt hatte, die vielen Jahre Krieg und das Gefühl, sich dennoch nicht von den Untaten seiner Vergangenheit befreien zu können. Jetzt wusste er wieder, warum er Deinoforo gesucht hatte. Er musste zu seiner Lebensentscheidung stehen, die moralische Haltung bestätigen, die ihn nach seiner Abkehr vom Tyrannen gerettet hatte.

Die allerletzten Kräfte mobilisierend, umfasste er sein Schwert noch etwas fester und stürzte sich erneut in den

Kampf. Auf diesen Vorstoß nicht gefasst, musste Deinoforo zurückweichen.

Ido merkte, dass sein Gegner plötzlich anders kämpfte. Es schien so, als hätten ihn mit einem Mal die Kräfte verlassen, als habe er die Lust verloren und fühle sich bereits besiegt, obwohl er gerade noch im Vorteil war. Ein Stoß traf ihn im Unterleib, fast an jener Stelle, an der Idos Schwert schon einmal durchgekommen war, und diesmal drang die Klinge tief ein, und der Ritter stürzte zu Boden.

Ido beobachtete, wie das Blut seines Gegners aus der Wunde strömte und bald schon eine rötliche Pfütze um den Verletzten bildete. Da wurde ihm klar, dass er Deinoforo besiegt hatte. Doch der Sieg hatte einen bitteren Beigeschmack.

»Warum hast du aufgehört zu kämpfen ...?«, murmelte Ido, während er langsam wieder zu Atem kam. Er hatte gemerkt, dass sich Deinoforo nicht mehr richtig gewehrt hatte. »Warum hast du dich umbringen lassen?«

Um Atem ringend, deutete Deinoforo ein Lächeln an.

»Du hast mich besiegt, daran ist nichts auszusetzen. Und ich bin glücklich, dass du es warst; so sterbe ich von der Hand des stärksten Ritters in dieser Schlacht.«

Der Gnom sah, wie Deinoforo die Augen schloss, und ließ sich erschöpft zu Boden fallen. Als er merkte, dass sein Feind nicht mehr atmete, traten ihm die Tränen in die Augen. Er weinte um Deinoforo, um Dola, seinen Bruder, weinte wegen des Krieges und all des vergossenen Blutes. Dann legte sich die Dunkelheit über ihn – und seine Tränen.

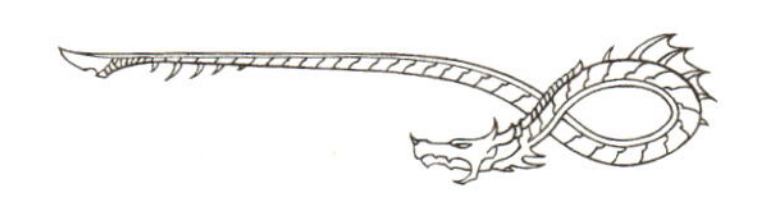

40

Nihals Krieg gegen Aster

Nachdem sie sich von Ido getrennt hatte, ließ Nihal sich zunächst in Richtung Grenze zurückfallen und begann dann, in die Schlacht einzugreifen, zunächst auf sich allein gestellt, dann im Kreis der Truppen der Freien Länder, die unterdessen die Frontlinie durchbrochen hatten.

So kam sie der Tyrannenfeste immer näher. Als sie irgendwann aufblickte, erhob sie sich direkt über ihr, so nah wie noch nie zuvor: Sie war schwarz und überladen mit Zinnen, Statuen und monströsen Ornamenten. Zwischen ihren enormen Fangarmen, die sich bedrohlich in Richtung der acht Länder der Aufgetauchten Welt ausstreckten, kämpften bereits die Truppen. Wie vieles Entsetzliche war auch dieses Bauwerk von einer beunruhigenden Schönheit: Das Dach war spitz und ragte wie ein Symbol grenzenloser Herrschaft endlos weit in den Himmel hinein, der Rumpf erstreckte sich breit und massiv. Zu Tausenden strömten die Feinde aus seinen Tentakeln und Geheimgängen, darunter auch viele Fammin, die dann verloren über das Schlachtfeld irrten und erbarmungslos abgeschlachtet wurden.

Eine Weile starrte Nihal zum Himmel hinauf, fasziniert von der Grandiosität dieses Bauwerks und seiner geheimnisvollen Ausstrahlung, so als würde es mit all seinen Bedrohungen nur auf sie warten. Dann riss sie sich los und nahm den Kampf wieder auf. Die Kräfte des Amuletts machten ihr das Atmen schwer. Nihal spürte, wie die acht Edelsteine ihre

Energien verströmten und nun nach und nach immer trüber wurden.

Dennoch schlug sie sich voller Mut und Eifer auf Oarfs Rücken immer näher zur Feste mit ihren verriegelten Toren durch. Es war bereits früher Nachmittag, als Nihal mit einer Schar Kameraden die schwarzen Torflügel erreichte. Die Soldaten brachten einen Rammbock in Stellung und machten sich daran, gegen das Tor anzurennen. Vielleicht waren die Schlösser und Riegel bislang durch einen Zauber zusätzlich gesichert gewesen, doch nun handelte es sich bloß um zwei schwere Holzflügel, die unter der Wucht des Rammbocks bald nachgaben. Der Widerstand war gebrochen, und mit dumpfen Schlägen krachten sie zu Boden.

Nihal reckte ihr Schwert. »Vorwärts!«, rief sie aus voller Kehle.

In diesem Augenblick dachte sie an Seferdi, an das aus den Angeln gerissene Stadttor und jubelte bei dem Gedanken daran, dass sie dem Tyrannen nun bereits heimzahlte, was dieser der Halbelfenstadt angetan hatte.

Doch die kurze Ablenkung wäre ihr fast zum Verhängnis geworden.

Ein Feind in ihrem Rücken, mit Pfeil und Bogen bewaffnet, legte bereits auf sie an, wahrscheinlich ohne zu wissen, dass er kurz davor stand, Schicksal zu spielen für diese Schlacht und den gesamten Krieg der Aufgetauchten Welt.

Doch General Raven, darum bemüht, ein wenig Ordnung in das überschwängliche Getümmel zu bringen, sah plötzlich den Pfeil, der auf ihre einzige Hoffnung abgefeuert wurde. Und er zögerte nicht, warf sich in die Flugbahn und fing das Geschoss ab.

Nihal drehte sich um und konnte nur noch beobachten, wie der Pfeil mit Leichtigkeit die Rüstung des Obersten Generals durchbohrte und in seine Brust eindrang. Sofort wusste sie, was geschehen war, und stand wie erstarrt da und erlebte das Sterben ihres alten Feindes, der ihr jetzt das Leben gerettet hatte.

Es war Ironie des Schicksals, dass ihr nun ebenjener Mann den Weg freimachte, der früher nichts unversucht gelassen hatte, ihn ihr zu versperren.

»Geh!«, rief Raven noch, bevor er von seinem Drachen stürzte, über den Boden rollte und dann reglos liegen blieb.

Es war der letzte Befehl des Obersten Generals, und Nihal gehorchte. Sie wandte sich dem aufgebrochenen Tor zu und stürmte, auf Oarfs Rücken und gefolgt von vielen Soldaten, mit einem Schrei hinein.

Das Innere der Festung lag völlig im Dunkeln. Nihal fand sich in einem Gang mit einem Spitzbogengewölbe wieder, der so breit war, dass Oarf bequem hindurchkam. Sie durchquerten ihn in einer vollkommenen Stille, sodass die Halbelfe hätte glauben können, der riesengroße Palast sei unbewohnt.

Obwohl der Zauber ihre Sinne geschärft hatte, nahm Nihal nichts von dem Tyrannen wahr. Und doch konnte er nicht weit sein: Fluchtwege gab es nicht, und die Ebene ringsumher war von Heeren überschwemmt. Lange Zeit vernahmen Nihal und die mit ihr eingedrungenen Soldaten nichts weiter als ihre eigenen Schritte auf dem Fußboden. Dann hörten sie von weitem rasch näher kommendes Getrappel. Wachen im Anmarsch.

Nihal streckte ihr Schwert aus. In kürzester Zeit füllte sich der Raum vor ihr mit unzähligen monströsen Geschöpfen von undefinierbarer Rasse. Sie ähnelten Fammin, waren aber kleiner, unbehaart und sehr dünn; rötliche Haut spannte sich über ihren unnatürlich langen Knochen. Sie waren bewaffnet und stürzten sich, ohne zu zögern, auf den Feind. Diese Sklaven musste sich der Tyrann ohne Magie erschaffen haben, wahrscheinlich durch die Kreuzung verschiedener Rassen oder mit Hilfe alchemistischer Formeln.

Eine lange, blutige Auseinandersetzung entbrannte. Nihal schlug mit dem Schwert um sich, während Oarf diese staksigen, jedoch unglaublich starken und widerstandsfähigen Wesen mit der Kraft seiner Kiefer bekämpfte. Es schienen immer mehr zu werden: Kaum hatten sie eine Reihe niedergemacht, verstellten ihnen schon die nächste den Weg.

Irgendwann wurde Nihal klar, dass sie sich nicht länger aufhalten lassen durfte. Sie setzte sich an die Spitze ihrer Soldaten und befahl Oarf dann, Feuer zu spucken. Im Nu war der Weg vor ihr mit verkohlten Kadavern gepflastert. »Wer kann, folge mir!«, rief sie, und gemeinsam mit einer Reihe Kameraden gelang es, den letzten Widerstand zu brechen.

Bald schon gelangten sie in einen großen Saal. Er war vollkommen leer und noch finsterer als der Korridor. Die Wände glitzerten in einem unheimlichen, düsteren Licht: schwarzer Kristall. Nihal und ihre Schar drangen weiter vor. Erneut stellte sich ihnen ein Haufen dieser abstoßenden Geschöpfe entgegen, doch Oarf fegte sie mit seinen Flammen hinweg.

So durchliefen sie zahlreiche Gänge und identische düstere, leere Räume und gelangten schließlich auf einen Platz im Freien. Es schien sich um eine Arena zu handeln. Auf einer Seite sahen sie enorme, jedoch leere Waffenständer sowie zahlreiche Pflöcke mit starken Ketten, die Drachen zu halten vermochten.

Auf Oarfs Rücken schwang sich Nihal in die Lüfte in der Hoffnung, vielleicht von oben zu erkennen, wo sich Aster versteckt halten mochte, konnte aber keinen Anhaltspunkt finden. Auf einer Seite der Arena erhob sich der mächtige zentrale Festungsturm mit unzähligen Fenstern, von denen viele erleuchtet waren. Sie schienen aber vollkommen unregelmäßig, wie zufällig angeordnet, was darauf hinwies, dass es sich bei dem Bauwerk um eine Art Labyrinth handelte.

Nihal und Oarf waren schon wieder im Sinken begriffen, als der Blick der Halbelfe auf einen weiter entfernten Teil der Festung fiel, der niedrig und gedrungen aussah und bis zu einer gewissen Höhe in der Erde zu stecken schien. Seitlich öffneten sich schmale Fenster mit schweren Gittern davor. Kerker. Nihals Herz machte einen Sprung. Vielleicht hielt man Sennar dort gefangen. Ja, Sennar war dort!

Am liebsten wäre sie auf der Stelle dorthin geeilt, um nach ihm zu suchen, hielt sich aber zurück. Sie hatte versprochen, zunächst ihre Mission zu erfüllen. Ihn zu befreien und dafür den Tyrannen nicht zu stürzen, wäre sinnlos gewesen. In Asters Welt war für sie beide kein Platz. Sie musste diesen Schurken so schnell wie möglich aufspüren.

Wieder am Boden, blickte sich Nihal um und erkannte, dass sie nun wohl ohne ihren Drachen weitersuchen musste. Die Türen, die vor ihnen lagen, waren mannshoch oder nur wenig höher. Oarf hätte nicht hindurchgepasst.

»Ich muss dich hier zurücklassen, du kannst nicht mitkommen«, sagte sie zu ihm. Der Drache antwortete mit einem ablehnenden Grunzen, doch Nihal streichelte ihm über das Maul und versuchte ihn zu beschwichtigen: »Du wirst hier kämpfen und die Wachsoldaten zurückhalten. Auch damit ist mir sehr geholfen. Wir sehen uns, wenn ich siegreich zurückkehre«, sagte sie und gab ihrem Drachen zum ersten Mal, seit sie sich kannten, einen zaghaften Kuss auf das Maul. Dann hastete sie auf eine der Türen zu.

Einige wenige Männer waren noch bei ihr. Sie durchquerten wieder viele Säle, Räume voller Bücher, Waffenkammern; bald hatten sie den Eindruck, im Kreis zu laufen und ihrem Ziel nicht näher zu kommen. Hin und wieder versuchten Wächter, ihnen den Weg zu versperren, doch Nihal räumte sie ohne viel Federlesens beiseite. Manche ihrer Soldaten blieben kämpfend zurück, andere fielen in den Scharmützeln.

Unaufhaltsam verrann die Zeit, und als die Halbelfe aus einem der Fenster blickte, merkte sie, dass der Nachmittag schon fast vorüber war. Sie musste sich sputen. Wenn die Sonne unterging, würde sie alle Hoffnung mit sich nehmen.

Der Schmerz, den sie zunächst nur in der Brust gespürt hatte, begann sich auf den ganzen Körper auszuweiten, und eine tiefe Erschöpfung bemächtigte sich ihrer; gleichzeitig verloren die Steine des Talismans immer mehr an Glanz.

Nicht jetzt schon, nicht bevor ich hinter mich gebracht habe, wozu ich gekommen bin. Nicht bevor ich Sennar wiedergesehen und gerettet habe.

Schließlich gelangte sie in einen überdimensionalen Saal, gewiss zehn Ellen hoch und so endlos lang, dass die gegenüberliegende Wand nicht zu sehen war. Er war voller Bücher, von denen Nihal viele bekannt vorkamen. Einige schienen in toten Sprachen geschrieben, in geheimnisvollen Lettern und mit Tod und Unheil verkündenden Runen versehen.

Die Bibliothek. In diesem Raum hatte der Tyrann die magischen Künste entwickelt, auf die sich seine Macht gründete.

Auf der Suche nach einem anderen Ausgang streifte Nihal die Regale entlang, fand aber keinen und lief immer wieder im Kreis. Als sie sich zum wiederholten Mal am Ausgangspunkt wiederfand, stieß sie einen Wutschrei aus und warf sich mit gezücktem Schwert auf das nächstbeste Regal. In einer Wolke aus Staub, Blättern und Papierschnitzeln schlug sie wie von Sinnen auf die Regale ein, als sie plötzlich eine flehende Stimme hörte und innehielt.

Am Boden hockte zitternd, die Arme um die Knie geschlungen, ein dünner, abgezehrter Mann. »Töte mich nicht, töte mich nicht«, rief er mit kreischender, unterwürfiger Stimme. »Ich habe nichts Böses getan!«

Dieses absurde Gestammel und der klagende Ton des Mannes ließen Nihal das Blut zu Kopf steigen. Sie hob ihr Schwert über ihn, während er rasch ihre Knie umklammerte.

»Verschone mich!«, rief er.

Mit einem Tritt stieß Nihal ihn fort. »Wo ist dein Herr?«

In panischer Furcht schüttelte der Mann den Kopf. »Ich … weiß es nicht …«

»Wo ist der Tyrann?«, schrie Nihal und setzte ihm das Schwert an die Kehle. »Sag es mir, oder ich töte dich.«

»Im Thronsaal«, antwortete das Männlein jetzt.

»Du Narr! Woher soll ich wissen, wo der Thronsaal ist? Wie komme ich dorthin?!«, brüllte Nihal weiter.

Da hob der Mann die Hand und zeigte in den hinteren Teil des Saales; er zitterte am ganzen Leib. »D-d-dort hi-hi-hinten sind die Labore … d-d-d-dort hi-hi-hindurch, da ist eine ho-ho-he Treppe.« Er schluckte. »Z-z-z-zwanzig Absätze hinauf, und d-d-du findest, was du suchst.«

Nihal rannte in die angegebene Richtung. Es dauerte eine Weile, bis sie die Bibliothek durchquert hatte, doch schließlich gelangte sie zu einer Reihe kleinerer Räume. Sie lagen im Dunkeln, und der Gestank war unerträglich, schimmelig, abgestanden und süßlich – nach Verwesung. Die Labore. Dies mussten die Labore sein.

Nihal begann zu zittern, als sie sich vorstellte, was dort verborgen sein mochte. Kaum hatten sich ihre Augen an die Dunkelheit gewöhnt, sah sie ganz deutlich, dass vieles hier an Rais' Hütte erinnerte.

Von der Decke hingen Bunde der verschiedensten Kräuter, und die Regale quollen über von Gläsern und Fläschchen mit den seltsamsten Inhalten. Während sie weiter vordrang, versuchte Nihal, nicht genau hinzuschauen, war sie doch längst gesättigt mit Schreckensbildern, doch bald schon stieg ihr der Geruch von Blut in die Nase. Sie blickte auf und sah das vollkommene Grauen: sezierte Leichen, mit Organen und blutigem Fleisch gefüllte Gläser; abartige Geschöpfe in Ketten, von denen sich einige sogleich auf sie zubewegten, als sie ihrer ansichtig wurden, Kreuzungen verschiedenster Rassen, abgetrennte Gliedmaßen, schauerliche Experimente. Unwillkürlich dachte Nihal an Malerba. Hier also hatte man ihn so zugerichtet.

Ein unbändiger Zorn überkam sie, und ihre Schritte wurden immer schneller, bis sie Hals über Kopf aus den Laboren stürzte. Sie rannte, so schnell sie konnte, mit brennenden Schmerzen in der Brust, und als sie die hohe Treppe sah, atmete sie erleichtert auf. Sie stürmte darauf zu und hastete mit weit ausholenden Schritten hinauf.

Wo steckst du, Elender? Wo steckst du?

Die Stufen wollten einfach kein Ende nehmen, und irgendwann musste sie stehen bleiben, weil ihr die Luft ausging. Die Schmerzen waren stärker geworden, und Nihal kauerte sich schwer atmend auf eine Stufe. Dort betrachtete sie den Talisman und sah, dass zwei Steine bereits ganz erloschen waren. Die Zeit rannte ihr davon, und jede Verzögerung war ein Luxus, den sie sich nicht erlauben konnte.

Nicht nur der Tyrann wartete auf sie, sondern auch Sennar. Einen Augenblick lang schob sich das Gesicht des Magiers vor die Schreckensbilder, die sie gerade in den Laboren gesehen hatte, doch sogleich vertrieb sie diesen Gedanken. Sie musste aufstehen und weiter hinauf. Doch schon nach wenigen Stufen begann sie wieder zu keuchen.

Endlich gelangte sie in den Thronsaal. Einen Moment lang versuchte sie, zu Atem zu kommen, doch ihr Herz schlug immer schneller. Sie spürte die Anwesenheit des Mannes, den sie suchte. Er war hier. Aster.

Nihal blickte sich um. Es handelte sich um einen unermesslich weiten Saal mit einem hohen Kreuzrippengewölbe, in fünf Schiffe unterteilt und getragen von solch wuchtigen Säulen, dass drei Männer nicht ausgereicht hätten, ihren Sockel mit ausgebreiteten Armen zu umfassen. Von Verzierungen, Statuen, Flachreliefs oder dergleichen war nichts zu sehen, nur die hohen nackten Wände und die imposanten Kreuzrippen der Decke.

Nihal kam sich winzig vor. Gleichzeitig nahm sie jedoch ganz deutlich die Gefühle wahr, von denen dieser enorme Raum durchdrungen war: Verzweiflung, eine so tiefe Verzweiflung, dass sie sich nicht in Worte fassen ließ, und Einsamkeit, eine erdrückende Einsamkeit.

»Was zögerst du, da du mich nun gefunden hast?«

Nihal spürte, wie ihr Herz in der Brust hämmerte. Das war er. Die Stimme jedoch klang anders als erwartet. Aster musste schon alt sein, doch dies war nicht die Stimme eines alten Mannes; sie klang wie eine Frauen- oder Knabenstimme. Mit ausgestrecktem Schwert drang Nihal weiter in den Saal vor, während das Geräusch ihrer Schritte von den kahlen Wänden widerhallte.

Sie durchquerte zwei Seitenschiffe und gelangte in das Mittelschiff, das mindestens dreißig Ellen breit war. Der hintere Teil lag im Dunkeln, doch Nihal wusste, dass er sich dort aufhielt. Während sie weiterging, wurde die Finsternis langsam von einem schwachen Licht erhellt. Nihal erkannte die Umrisse eines außerordentlich hohen Thrones.

»Da du nun schon hier bist, hat es keinen Sinn mehr, Angst zu haben«, sagte die Stimme wieder.

»Bist du Aster?« Nihal blieb stehen. Nun war sie ruhig, spürte keinen Hass mehr, nur Angst, eine unterschwellige, kalte Furcht.

»Ja«, sagte die Stimme.

Er war es. Endlich.

»Was zögerst du nur?«, fragte der Tyrann. »Nachdem du mich so lange schon mit deinem Hass verfolgst, müsste es dich doch interessieren, wie ich aussehe.«

Nihal trat weiter vor und begann eine Gestalt auf dem Thron auszumachen. Sie war so klein, dass Nihal kaum ihren Augen traute. Vielleicht ein Gnom? Die Gestalt erhob sich und trat einige Schritte vor, bis sie unter dem Lichtkegel stand, der durch ein Glasfenster hinter dem Thron einfiel. Nihal erstarrte, und das Schwert in ihren Händen zitterte.

Vor ihr stand ein Knabe von verstörender Schönheit. Er mochte höchstens zwölf Jahre alt sein und trug ein langes schwarzes Übergewand mit einem breiten Kragen und einem aufgemalten Auge auf der Brust; ein Magiergewand. Seine Augen schimmerten smaragdgrün, und sein gelocktes Haar war von einem tiefen Blau; einige widerspenstige Locken hingen ihm in die Stirn. Unter diesem Haarschopf von der Farbe der Nacht schauten zwei spitze Ohrmuscheln hervor.

»Aster, wo bist du?«, fragte Nihal mit vor Angst heiserer Stimme und wagte es dabei nicht, den Blick über den Knaben hinaus schweifen zu lassen.

»Ich bin es, ich bin hier«, antwortete der junge Magier ruhig.

»Was hast du diesem Kind angetan, Ungeheuer?!«, schrie Nihal.

Der Junge setzte eine betrübte Miene auf. »Aber Nihal, hast du dich nicht immer einsam gefühlt? Hat es dich nicht immer bedrückt, die Letzte eines ganzen Volkes zu sein? Du solltest dich freuen, mich zu sehen ...« Er lächelte. »Du bist nicht mehr allein, Nihal, auch ich bin ein Halbelf.«

Entsetzt wich Nihal zurück. Das konnte nicht sein. »Du bist nicht Aster! Aster ist ein alter Mann. Seit vierzig Jahren herrscht er bereits.«

»Ich bin älter, als ich aussehe, Nihal, ich bin sehr alt, und sehr erschöpft, um ehrlich zu sein.«

»Das ist unmöglich!«

»Der Vater jener Frau, die ich liebte, verlieh mir dieses Aussehen. Er war ein mächtiger Zauberer, und als er unsere Liebe entdeckte, belegte er mich mit einem Siegel. Bis zu meinem Tode werde ich ein Kind bleiben.«

Von Entsetzen gepackt, wich Nihal noch weiter zurück. Es war wie ein Albtraum. Aus unschuldigen Augen blickte Aster sie verwundert an.

»Ich verstehe dich ja. All die Jahre hast du mich gehasst, und nun will das Bild, das du dir von mir gemacht hast, nicht zu dem Knaben passen, den du vor dir siehst. Aber ich bin es.«

Nihal blieb stehen und hob ihr Schwert, so als drohe Aster, sie plötzlich anzugreifen. Sie war verwirrt, verunsichert.

Aster trat weiter auf sie zu. Mit jedem Schritt, den er näher kam, wuchs Nihals Entsetzen. Sie zwang sich, ihrem Feind in die Augen zu schauen. Sie waren den ihren verblüffend ähnlich, und kein Hass war darin zu entdecken und auch nicht die Niedertracht, die Nihal dort mit Gewissheit zu finden geglaubt hatte. Aster blickte sie weiter ruhig, fast bekümmert an. Er war tatsächlich ein Halbelf.

Nihal hatte noch nie einem Angehörigen ihres Volkes gegenübergestanden, spürte aber deutlich, dass dieser Junge wie sie selbst war, wie die Gestalten auf der Zeichnung, die Sennar ihr vor langer Zeit geschenkt hatte, wie die Geschöpfe, die auf dem Flachrelief in Seferdi dargestellt waren. Sie begann am ganzen Leib zu zittern.

»Was entsetzt dich so an mir? Dass ich ein Kind bin? Oder dass ich ein Halbelf bin?«, fragte Aster.

»Wie konntest du nur … als einer von uns …«, murmelte sie. »Es waren deine eigenen Brüder und Schwestern, die du ausrotten ließest …«

Aster lächelte. »Ich musste es tun«, sagte er ruhig. »Als ich all das, was du hier siehst, aufzubauen begann und mich an meine große Aufgabe machte, prophezeite mir ein Greis, dass du meinen Weg kreuzen würdest. Er sprach nicht von dir persönlich, nur von einem Halbelf, wie ich einer bin, der mir in den Arm fallen würde. Was ich mir vorgenommen hatte, war aber zu bedeutend, und daher durfte ich nicht zulassen, dass mich irgendjemand, wer es auch sei, von meinem Weg abbringt. Daher sandte ich meine Geschöpfe, die Fammin, die ich gerade geschaffen hatte, in das Land der Tage aus und ließ mein gesamtes Geschlecht auslöschen.« Asters Stimme klang kalt und gleichgültig.

»Das kann nicht wahr sein …«

»Doch, das ist es, Nihal. Deinetwegen tat ich es. Hättest du es dir nicht in den Kopf gesetzt, hier in mein Reich einzudringen, um dich zu rächen, würden die Halbelfen noch im Land der Tage leben. Vielleicht unter meinem Joch, aber sie würden leben.«

Nihal wich noch weiter zurück, während die letzten Worte des Tyrannen in ihrem Kopf widerhallten. Sie hatte es immer gewusst, hatte immer gefühlt, dass sie der Grund für tausendfaches Leid war, dass sie, wohin sie auch ging, Tod und Verderben mit sich brachte. So viel für sie vergossenes Blut: Ihr Volk, Livon, Fen, Laio, Raven … alle waren sie ihretwegen gestorben.

»Gräm dich nicht«, sprach Aster weiter, »zum Schluss hätten sie ohnehin alle dran glauben müssen. Die Halbelfen, deine Freunde, die freien Völker, die versklavten Völker. Alle.«

»Du bist ein Ungeheuer!«, rief Nihal aus, die jetzt mit dem Rücken zur Wand stand.

»Gewiss«, erwiderte Aster, »aber ich bin auch nicht schlimmer als andere. Nicht schlimmer als du oder deine Soldaten oder irgendein fühlendes Wesen, das diese unselige Welt bewohnt. Oder sind sie nicht gerade wieder alle dort draußen damit beschäftigt, sich gegenseitig abzuschlachten? Vor meinem Palast bekämpfen sie sich, töten einander ohne Gnade und haben noch ihren Spaß daran.«

»Wir kämpfen nur für Frieden und Freiheit«, entgegnete Nihal.

»Das bildet ihr euch nur ein«, verbesserte sie der Tyrann. »Aber mittlerweile müsstest du es doch auch begriffen haben: Frieden hat es in unserer Welt nie gegeben. Selbst die fünfzig Jahre währende Herrschaft Nammens, die ihr Rebellen ständig hochhaltet, war eine Zeit der Kriege, verdeckt, aber nicht weniger blutig. Und wer Seferdi zerstörte, weißt du auch: Es waren Menschen. Im Grunde weißt du das alles, aber du weigerst dich, genau hinzusehen.«

»Da irrst du dich. Ich sehe sogar sehr genau hin. Ich habe die Missgestalten in deinen Laboren gesehen, ich habe Malerba gesehen, ich sah die Gehenkten noch am Strang in Seferdi, ich sah Fammin, die gegen ihren Willen zum Töten gezwungen wurden. Und du bist der Urheber all dieses Grauens. Du bist das Böse, du bist der Hass«, antwortete Nihal, ohne Luft zu holen.

»Gewiss, was Hass angeht, kennst du dich besonders gut aus«, erwiderte Aster. Sein Blick wurde so durchdringend, dass Nihal die Augen niederschlug. »Du hast Hunderte von Fammin niedergemetzelt, ohne dich zu fragen, ob sie es verdient hatten – aus reiner Mordlust. Du liebtest das Gefühl, wenn dir das Blut deiner Opfer die Arme hinunterrann, fühltest dich unangreifbar, wenn dein Schwert Menschen oder Gnomen durchbohrte. Von deiner schwarzen Klinge hinweggeraffte Leben. Und komme mir nicht damit, du seiest nicht absichtlich grausam gewesen, denn das war wohl kein großer Trost für jene, die von deiner Hand starben.«

Nihal spürte, wie diese Worte sie tief in der Seele trafen

und dort einen Graben aufrissen, aus dem all das hervorquoll, was sie glaubte, für immer begraben zu haben. Es stimmte. Sie hatte das Blut geliebt und mit Freuden getötet. »Du bist nicht besser als ich!«, rief sie verzweifelt.

»Nein, aber du umgekehrt auch nicht. Doch überlege mal, was suchst du dann hier? Mit welchem Recht willst du dich über mich erheben, mich verurteilen und bestrafen? Nein, Nihal, wir leben in einer Welt unverbesserlicher Sünder, wir sind alle Ungeheuer«, erklärte Aster ruhig.

Nihal kochte vor Wut. Dieses Wesen vor ihr war nicht aus der Ruhe zu bringen, wurde nicht zornig, hasste sie nicht. War es denn möglich, dass hinter seinen Untaten gar kein Hass stand, sondern eine klare Überlegung? Sie verstand nicht, wie das zusammenpasste, diese erbarmungslose Kälte des Knaben und seine unschuldigen Augen, die sie daran hinderten, ihn zu hassen.

Aster begann im Saal auf und ab zu schlendern, und wie verzaubert folgte Nihal seinen Bewegungen. Die Sonne hinter dem Fensterglas sank bereits.

»Ich habe viele der sogenannten Helden der Freien Länder erlebt, und alle behaupteten sie das Gleiche: ›Wir kämpfen, um diese Welt zu befreien, um ihr neue Hoffnung zu geben.‹ Ich bezweifle nicht, dass ihr selbst daran glaubt, und doch handelt es sich nur um den hochtrabenden Versuch, einen Trost zu finden.«

»Das Streben nach Freiheit und einem friedlichen Leben ist das höchste und reinste Ziel, das ein Wesen auf Erden nur haben kann«, erwiderte Nihal.

Aster brach in schallendes Gelächter aus: »Ach, welch poetische Worte. Das hätte ich gar nicht erwartet von jemandem, der sich sonst nur mit dem Schwert auszudrücken versteht.« Er ging wieder ein paar Schritte und drehte sich dann abrupt um. »Ein Trost, nichts weiter. Illusionen, die sich beim leisesten Windhauch sofort in Luft auflösen. Und ihr klammert euch daran, als seien es ewige Wahrheiten, als gebe es nur eine Gewissheit: die angeborene Güte der Geschöpfe der Aufgetauchten Welt. Dabei ist die einzige Gewissheit der Hass. In dieser Welt weht ein Wind des Bösen, der die Herzen verdirbt und die Seelen vergiftet; die Schlechtigkeit durchdringt alles, infiziert die ganze Erde. Alles ist durchtränkt von Hass und Zerstörungswut. Dies ist die einzige Wahrheit, die wirklich unumstößlich ist.«

»Ich habe Geschöpfe kennengelernt, die reinen Herzens waren«, erwiderte Nihal verzweifelt. »Personen, die mir halfen, wenn ich allein war, die sich dem Guten verschrieben hatten.«

»Gut waren sie nur, weil sie noch nicht in die Lage gekommen waren, sich anders zu verhalten. Alle fühlenden Geschöpfe dieser Welt sind gut und freundlich bis zu dem Moment, da sich dem Hass, der ihnen innewohnt, eine Gelegenheit bietet hervorzubrechen.« Aster blieb stehen und betrachtete sie. »Auch dein treuer Laio, der gute, ach so wehrlose Knappe, fand schließlich die Kraft zu töten.«

»Wage es nicht, sein Andenken zu besudeln!«, schrie Nihal aufgebracht.

»Das ist nicht meine Absicht«, erwiderte Aster ruhig. »Ich möchte dir nur beweisen, dass das Gute flüchtig, das Böse aber ewig ist. Ich musste lange kämpfen, um zu dieser Überzeugung zu gelangen, aber dann akzeptierte ich sie.« Aster schwieg einen Moment, und als er dann fortfuhr, schien ihm das Sprechen Mühe zu bereiten: »Nihal, lange Zeit habe ich an die gleichen Dinge geglaubt wie du heute. Ich bin kein reiner Halbelf: Meine Mutter war eine Halbelfe, doch mein Vater ein Mensch. Damals galten solche Mischehen als Schande, und die Frauen, die sich damit befleckten, waren zu einem erbärmlichen Leben gezwungen. Deshalb versuchte meine Mutter lange, ihre Liebe zu meinem Vater geheim zu halten, doch als ich dann zur Welt kam, stand die Wahrheit jedermann vor Augen. Es gibt keine Halbelfen mit grünen Augen, Nihal. Auf Befehl des Dorfältesten wurde mein Vater umgebracht und meine Mutter mit glühenden Eisen als Dirne gebrandmarkt. Ich war noch nicht einmal drei, als mein Hang zur Magie offenbar wurde. Vielleicht lag es an der Kreuzung zweier Arten, jedenfalls sprach ich schon Zauberformeln und unterhielt mich mit den Tieren, ohne dass es mir jemand beigebracht hätte.

Zu jener Zeit waren Magier verhasst im Land der Tage; auf Anordnung des Königs mussten sie alle das Land verlassen, weil er ihre Macht fürchtete. Und so verurteilte man auch mich, den kleinen Knaben, auf der Stelle und ohne Gnade, denn es war ja eine günstige Gelegenheit, zwei Außenseiter, einen Bastard und eine Hure, loszuwerden. So wurde das Land der Nacht mit seiner ewigen Finsternis zu unserer neuen Heimat.

Wir waren arm und nirgendwo gern gesehen. Ich wegen meines Aussehens und meiner beunruhigenden Fähigkeiten, meine Mutter wegen des Mals auf ihrer Stirn. Für mich war es eine einsame Kindheit, und in dieser Einsamkeit hielt das ›Ideal‹ Einzug in mein Leben und entflammte meine Seele. Von tiefstem Herzen war ich überzeugt, dass es möglich sei, diese Welt vollkommen zu machen, eine Welt ohne Leid und mit Frieden und Wohlergehen für alle zu schaffen, und zu diesem Ziel wollte ich beitragen.

Meiner Mutter gelang es, einen Magier zu finden, der mich in die Lehre nahm. Und so begann meine Ausbildung. Im Grunde war es nicht viel, was dieser Zauberer mir noch Neues beibringen konnte, und dennoch war dieser Mann ein guter Lehrer für mich.

Zwei Jahre später starb meine Mutter in einer der vielen Auseinandersetzungen zwischen den Grundherren jenes Landes.

Mit vierzehn Jahren wurde ich zum Zauberer ernannt, was so jung noch niemand geschafft hatte. Ich entsinne mich noch der erschrockenen, verblüfften Gesichter der Leute, die mich zu prüfen hatten. Ja, sie bewunderten mich und fürchteten mich gleichzeitig. Dann bat ich meinen Lehrer, mich der Führung eines hohen Magiers, eines Ratsmitgliedes, anzuvertrauen. Von diesen Männern hatte mir meine Mutter häufiger erzählt, und ich stellte sie mir als strenge Herren mit langen Bärten vor, die in geschlossener Runde in einem Saal zusammensaßen und über die Geschicke der Welt berieten. So wie die wollte ich sein. Zwei Jahre schonungslosen Studierens erwarteten mich. Tag und Nacht saß ich über den Büchern, reiste zu fernen Bibliotheken, um mir das gesamte menschliche Wissen anzueignen. Ich schlief wenig und zauberte mehr, als es meine Kräfte eigentlich zuließen. Eines Tages stieß ich irgendwo auf Fragmente von Texten, die von den Lebensformen und der Herrschaft der Elfen berichteten, die, wie ich entdeckte, die gesamte Aufgetauchte Welt in einem einzigen großen Reich unter einem König vereint hatten.

Dies war wie eine Erleuchtung für mich. Acht Reiche mit acht verschiedenen Herrschern waren zu viel. Was die Welt brauchte, war ein einziger Souverän, eine einzige weise Persönlichkeit, die die Seelen aller Untertanen formen und zum Guten führen würde. Sich selbst nicht schonend, würde dieser gute Herrscher die gesamte Welt kontrollieren und überall Gerechtigkeit walten lassen. Glaube nicht, dass ich selbst dieser Fürst sein wollte, dafür hielt ich mich nicht für weise genug, doch je länger ich darüber nachdachte, desto überzeugter war ich, dass dies die einzige Möglichkeit sei, Frieden in unsere Welt zu bringen.

Mit sechzehn trat ich in den Rat der Magier ein, auch dies ein Rekord. Doch kaum hatte ich meine Arbeit dort aufgenommen, wurde mir bewusst, dass die Dinge ganz anders lagen, als ich sie mir vorgestellt hatte. Aber das wirst du wohl wissen, denn der Rat hat sich seitdem kaum verändert. Der eine oder andere hatte gewiss das Gemeinwohl im Sinn, doch die meisten Räte waren eigensüchtige Männer, die sich mit Klauen und Zähnen an die Macht klammerten, die sie sich über Jahre mit Intrigen und Ränken erarbeitet hatten. Ich war furchtbar enttäuscht, gab aber nicht auf. Vor den Kollegen erläuterte ich mein Konzept eines einzigen Souveräns, zog mir damit aber nur den Hass der allermeisten Räte zu. Man beschimpfte mich als dumm und unterstellte, ich wünschte mir einen Despoten, der sich die Seelen der Menschen unterwerfe. Was die Räte in Wahrheit aber fürchteten, war nur, ihre Macht zu verlieren.

In dieser Zeit lernte ich Rais kennen. Sie war die Tochter von Oren, einem der mächtigsten Ratsmitglieder aus dem Land der Felsen. Als ich sie zum ersten Mal sah, wusste ich, dass ich sie für immer lieben würde. Sie war stolz und wunderschön, und neben ihr verblasste jede andere Schönheit. Mit Rais lernte ich ein neues Leben kennen. Über die gemeinsame Leidenschaft für die Magie fanden wir zusammen und wurden schließlich ein Liebespaar. Erst nach einiger Zeit sprach sie mit ihrem Vater. Doch Oren erklärte, nie und nimmer würde er seine Tochter solch einem machthungrigen Bastard wie mir zur Frau geben, einem Mann mit gefährlichen Fantastereien im Kopf, einem Halbblut mit beunruhigenden Kräften und Fähigkeiten. Er verbot Rais, mich weiter zu treffen, doch sein Verbot konnte uns nicht entzweien. Hinter seinem Rücken sahen wir uns weiter, trafen uns heimlich an den unmöglichsten Orten und zu den ungewöhnlichsten Zeiten. Dann eines Tages war es damit vorbei.

Als Oren uns in flagranti erwischte, geriet er außer sich vor Zorn. Er ließ Rais fortbringen an einen abgeschiedenen, mir unbekannten Ort und sorgte dafür, dass ich aus dem Rat verstoßen und in ein verdrecktes Verlies gesperrt wurde. Einige Zeit später ließ er mich aus diesem Loch herausholen und in seinen Palast bringen. Er empfing mich am Fuß einer Treppe und stieß mich sofort zu Boden. Ganz oben, auf dem obersten Absatz, sah ich Rais stehen, wunderschön wie immer. Einen Augenblick lang glaubte ich, Oren habe es sich anders überlegt, Rais habe ihn dazu bewegen können, sich unserer Liebe nicht zu widersetzen. Ich rief nach ihr, und sie drehte sich zu mir um und blickte zu mir hinunter. Augenblicklich verzerrte Abscheu ihre Züge. ›Wie kannst du es nur wagen, mir noch einmal unter die Augen zu kommen, du Wurm? Du hast mich betrogen, hast mich benutzt für deine verdorbenen Ziele. Aber mein Vater hat mir die Augen geöffnet über deine Verkommenheit. Das werde ich dir nie verzeihen, solange ich lebe. Scher dich fort!‹, rief sie.

Ich spürte ihren tiefen, unauslöschlichen Hass, der mir das Blut in den Adern gefrieren ließ. ›Dein Vater hat dich belogen!‹, rief ich, doch sie hatte mir schon den Rücken zugekehrt und entfernte sich.

So stand ich da an der Treppe und rief ihr, meine Unschuld beteuernd, nach, doch Rais kehrte nicht zurück. Ich spürte, wie sich der ganze Hass, den sie mir entgegengeschleudert hatte, auf mich legte und mich erdrückte. Nun war alles klar: Oren hatte Rais gegen mich aufgehetzt, hatte sie davon überzeugt, dass meine Liebe nur vorgetäuscht war und mir dazu dienen sollte, noch größere Macht zu erlangen. Aber nur weil Rais sich selbst hasste, konnten diese Verleumdungen auf fruchtbaren Boden fallen. Sie hasste sich, weil sie schwach geworden war und ihren Gefühlen für mich nachgegeben hatte. Oren jedoch wünschte nicht nur meinen Tod, sondern wollte mich auch erniedrigen, vernichten. Dazu belegte er mich mit einem Siegel, durch das ich diese kindliche Gestalt annahm, die du vor dir siehst. Zunächst verstand ich nicht, wieso er das getan hatte; ich war ein mächtiger Zauberer und würde es auch in Knabengestalt bleiben. In der Einsamkeit meiner Zelle wurde mir dann aber klar, dass er auf diese Weise dafür gesorgt hatte, dass mich nie mehr eine Frau begehren würde. Schließlich brachte er einen Prozess vor dem Rat in Gang, in dem ich zum Tode verurteilt wurde. Doch zur Vollstreckung kam es nicht, denn ich konnte fliehen.« Nach diesen Worten schwieg Aster.

»Du lügst«, warf Nihal ein. »Du hast Rais hintergangen, und aus diesem Grund hasst sie dich. Du hast sie betrogen und später in deiner Festung gefangen gehalten, um sie erneut zu missbrauchen.«

Aster drehte sich zu Nihal um und blickte sie traurig an; seine Augen glänzten. »Du behauptest Dinge, die du selbst nicht glaubst. Trotz meines Aussehens wollte ich sie eines

Tages wiedersehen. Ich beauftragte einen Ritter, sie für mich ausfindig zu machen, und dieser brachte sie schließlich zu mir. Im ersten Moment verhielt sich Rais genauso wie du vorhin: Sie blickte an mir vorbei und suchte den Tyrannen. Als sie dann aber begriff, dass ich es war, verzog sie nur angewidert das Gesicht. Ich versuchte, sie an unsere Liebe zu erinnern, flehte sie an, mein Erscheinungsbild zu vergessen und tiefer zu blicken, aber es war sinnlos. Eine Zeit lang behielt ich sie noch bei mir, stets in der Hoffnung, sie von der Reinheit meiner Gefühle überzeugen zu können, doch Rais glaubte felsenfest, ihre Schönheit sei das Einzige, was ich an ihr begehrte, und ihr Hass auf mich und auf sich selbst steigerte sich immer mehr. So verfiel sie irgendwann auf die Idee, ihr Gesicht und ihren Körper mit jedem Tag mehr zu verunstalten. Dadurch begriff ich, dass ihr Hass zu stark war und dass ich die Frau, die ich liebte, nie mehr wiederfinden würde. Und ich ließ sie gehen. Zuvor jedoch gedachte ich noch in ihren Geist einzudringen, um zu sehen, ob dort nicht doch noch eine Spur von Liebe für mich zu finden war.« Nihal erschauderte bei diesen Worten. »Was ich dort sah, war entsetzlich. Ihr Geist war vom Hass vollkommen beherrscht. Aber immerhin gelang es mir, ihre Erinnerung an mein Aussehen zu tilgen, sodass sie niemandem davon erzählen konnte.«

»Du lügst«, fiel ihm Nihal ins Wort.

»Ich lüge nicht, und das weißt du, denn du spürst es im Herzen.«

Es stimmte. Nihal spürte, dass Aster die Wahrheit sagte, dass er nie aufgehört hatte, Rais zu lieben. Sie war es gewesen, die mit ihrem Hass die Liebe zwischen den beiden zerstört hatte.

Aster trat an ein Fenster und fuhr mit seiner Erzählung fort, während das letzte Tageslicht seine kleine Gestalt einrahmte. »Diese zweite Zurückweisung war nur die Bestätigung dessen, was mir längst klar war. Bereits als mir Rais oben auf dem Treppenabsatz den Rücken zuwandte, hatte ich das Prinzip, das hinter ihrer Unversöhnlichkeit steckte, erkannt und akzeptiert: Alle Geschöpfe dieser Welt sind zum Hass geboren. Die Götter schufen uns, damit wir einander hassen und töten, und dabei schauen sie uns zu und haben ihren Spaß an unseren Kämpfen. Für sie sind wir nicht mehr als ein Zeitvertreib, Marionetten in ihren Händen. Denk mal genauer nach, Sheireen, und du wirst mir zustimmen, dass sehr viel mehr Menschen aus Hass als aus Liebe zu sterben bereit sind. Denn der Hass ist ewig, die Liebe aber flüchtig.«

»Was du da sagst, ergibt keinen Sinn«, antwortete Nihal. »Wenn der Hass dich anwidert, warum nährst du ihn dann schon seit vierzig Jahren? Warum hast du diese Welt in die Barbarei zurückgeworfen?«

»Damit es mit den Grausamkeiten ein Ende hat«, erwiderte Aster, und seine grünen Augen erstrahlten in einem neuen Glanz. »Es reicht mit dem Blutvergießen, den Rachefeldzügen und Fehden, die sich über Jahre und Jahrhunderte fortsetzen und Generation um Generation vergiften. Frieden jedoch kann es niemals geben, weil die Bewohner dieser Welt nicht dafür geschaffen sind. Wir sind bösartig, wir sind ein Geschwulst der Erde. Es gibt nur einen klugen Weg: Uns selbst zu vernichten und dadurch der Aufgetauchten Welt eine Chance zum Neubeginn zu geben.« Aster schwieg einige Augenblicke, und in dieser Stille begann Nihal zu zittern.

»Habe ich erst alle acht Länder unter meiner Herrschaft vereinigt, werde ich einen Zauber heraufbeschwören, an dem ich seit meinem Ausschluss aus dem Rat der Magier experimentiere. Er wird es mir ermöglichen, alle Geschöpfe dieser Welt, ohne Ausnahme, zu vernichten. In diesem Zauber wird sich mein Geist vollkommen erschöpfen und damit ebenfalls von der Erde verschwinden, sodass von unserer Welt rein gar nichts erhalten bleiben wird.«

Das Entsetzen, das Nihal beim Betreten des Saales gepackt hatte, griff wieder mit eiskalten Händen nach ihr. »Niemand kann im Ernst so etwas wünschen … noch nicht einmal du«, sagte sie mit kaum vernehmlicher Stimme.

»Würdest du genauer darüber nachdenken, dir tiefere Gedanken machen, kämest auch du zu dem Ergebnis, dass dies kein Wahnsinn ist, sondern ein Akt der Barmherzigkeit. Ja, es handelt sich um eine Rebellion gegen den Himmel und seine Götter. Deswegen wurdest du hierher gesandt, weil die Götter es nicht hinnehmen, dass ein Wesen wie ich, von so kümmerlicher Gestalt, gegen sie aufbegehrt. Und doch tue ich es, im Namen der Gerechtigkeit. Warum das Leben auf dieser Erde verlängern, wenn in jeder Generation aufs Neue unschuldige Kinder abgeschlachtet werden und Frauen, wie meiner Mutter, Gewalt angetan wird? Wozu überleben und das Blutbad fortführen, das gleich mit unserer Erschaffung begann? Nein, soll doch lieber alles Blut auf einmal vergossen werden und die Erde tränken. Vielleicht entsteht daraus eine neue Generation, die diese Welt gerechter zu regieren weiß.«

Nihal starrte Aster voller Entsetzen an und begriff plötzlich, dass dieser von einer ausweglosen Verzweiflung beherrscht wurde.

»Sheireen, du kennst die Abgründe des Hasses doch sehr genau. Kannst du mir einen einzigen Grund nennen, warum diese Welt gerettet werden sollte?«, fragte Aster ernst.

Nihal fand nicht die Worte, um gleich zu antworten. Sie zitterte, und das nicht nur, weil sie entsetzt war angesichts der Pläne des Tyrannen, sondern auch, weil sie seine Beweggründe verstand, weil er, in gewisser Hinsicht, sogar Recht haben konnte. Aster blickte aus dem Fenster, und hinter seinen kindlichen Schultern sah Nihal, wie sich die Sonne immer rascher dem Horizont zuneigte. Bis zum Sonnenuntergang blieb gerade noch eine halbe Stunde.

»Es gibt Gerechte, und die müssen gerettet werden«, sagte sie schließlich. »Ich kann es nicht zulassen, dass du die Gerechten tötest, die diese Welt bewohnen; es gibt genügend Leute, die zu leben verdient haben, Leute, die für den Frieden kämpfen ...« Nihal fühlte sich ihrem Ziel näher kommen. Asters Erklärungen stützten sich allein auf die Logik, doch Nihal wusste, dass oft genug der Verstand dem Herzen unterlag, und in ihr war noch Hoffnung, war noch die Überzeugung, dass eine Rettung möglich sei.

In diesem Moment bedachte der Tyrann sie mit einem zweideutigen Lächeln, das sie erstarren ließ. »Du selbst weißt doch am besten, dass Hass viel stärker ist als Liebe«, sagte er.

»Das ist nicht wahr!«, rief Nihal.

»Und warum hast du Sennar dann verwundet auf feindlichem Gebiet allein zurückgelassen?«

»Woher weißt du das?«, fragte sie mit zitternder Stimme.

»Ich weiß es eben. Aber als du ihn zurückließest, konntest du wählen. Du konntest in jener Grotte, abseits von allem, ein Leben voller Liebe leben oder dich bis hierher zu meinem Thron durchschlagen, um Rache zu üben.«

»Wo ist Sennar!?«, rief Nihal angsterfüllt.

»Und du trafst deine Wahl. Der Hass war stärker.«

»Wo ist Sennar!?«, wiederholte sie, jetzt laut schreiend.

»Dabei liebt er dich. Er hat dich immer geliebt. Über Jahre, als treuer Freund an deiner Seite, ohne dich je berühren zu dürfen. Und du, was tatest du? Du verlorst dich in unzähligen Schlachten, im Blutrausch, begierig, weiter Tod und Verderben zu bringen.«

»Ich bitte dich, bring mich zu ihm ...«

»Dann schließlich gabst du dich ihm hin und schenktest ihm damit das größte Glück seines Lebens. Es ist wahr, glaub mir. Ich weiß es, weil ich in sein Herz sah.«

Mit weit aufgerissenen Augen starrte Nihal ihn an.

»Aber du tatest es nur, weil du dich einsam fühltest, weil du Zuspruch und Trost brauchtest und wusstest, dass du sie von ihm erhalten würdest. Das ist keine Liebe, Sheireen. Du hast ihn benutzt.«

»Sag mir, dass es ihm gut geht ...«

»Bis zuletzt hat er dich beschützt. Trotz langer Folter redete er nicht. Gewiss, er schrie, aber von dir kein Wort.«

Tränen rannen über Nihals Wangen.

»Schließlich musste ich die Sache selbst in die Hand nehmen. Ich suchte ihn auf und machte mich daran, in seinem Geist zu stöbern. Nicht, dass ich ihm wehtun wollte. Ich bewunderte ihn ja. In vielerlei Hinsicht war er mir ähnlich, auch er liebte eine Frau, von der er nichts zurückbekam. Unglaublich lange widerstand er meinem Geist. Doch schließlich behielt ich die Oberhand, überwand seinen Widerstand und drang in seine Seele ein. Jedes seiner Gefühle machte ich mir zu eigen, durchforstete sein Herz, sezierte es. So erfuhr ich von dir und deiner Mission.«

Sosehr Nihal es auch hasste, sich vor diesem Ungeheuer schwach zu zeigen, nun weinte sie haltlos. »Sag mir, dass es ihm gut geht ...«

»Ich hatte Gnade mit ihm. Es war ihm vorherbestimmt, so wie ich zu leiden, jede Sicherheit, dich und seine Träume zu verlieren. Ja, ich habe furchtbar gelitten, Sheireen, nicht einmal meinem ärgsten Feind wünsche ich diesen Schmerz. Es war ein Akt der Barmherzigkeit, dass ich ihn tötete.«

Nihal fiel auf die Knie, und zum ersten Mal in ihrem Leben glitt ihr angesichts des Feindes das Schwert aus den Händen.

Mit einem triumphierenden Lächeln trat Aster auf sie zu. Die fahle Sonne draußen hatte fast schon die Ebene erreicht. »Nun ist auch deine letzte Hoffnung dahin, Nihal. Du hast kein Ziel mehr. Jetzt bleiben dir nur noch zwei Möglichkeiten: Entweder dich mir anzuschließen und mir zu helfen, meine Aufgabe zu Ende zu führen, oder auf der Stelle zu sterben. Für Geschöpfe wie uns gibt es keinen Frieden auf Erden, nur die Stille des Todes.«

Die letzten Sonnenstrahlen hatten sich rötlich gefärbt, der Sonnenuntergang hatte begonnen. Und Aster hatte gesiegt.

Er würde seinen Plan in die Tat umsetzen, würde alle Völker ausrotten, die diese Welt bewohnten, und schließlich selbst im Nicht-Sein versinken.

Unfähig, sich zu bewegen, kauerte Nihal am Boden. Ihr Schwert lag gleich vor ihr.

Aster war auf sie zugetreten, doch als er sich gerade über sie beugen wollte, bäumte sie sich mit schmerzverzerrter Miene auf.

»Vielleicht hast du Recht, und nur der Tod kann mir noch Frieden schenken. Aber immerhin gehst du mir ins Grab voran«, zischte sie.

Sie hatte ihr Schwert ergriffen und rammte es ihrem ewigen Feind mit der Kraft der Verzweiflung in den Unterleib. Sie sah, wie sich die Augen des Knaben vor Schmerz weiteten und sich sein Mund zu einem stummen Schrei öffnete. Doch tief in diesem Blick erkannte sie noch etwas anderes: Freude. Im Grunde hatte sich Aster nichts anderes gewünscht als den Tod.

Nihal zog das Schwert aus seinem Leib, und der Tyrann sackte zusammen. Da verwandelte sich plötzlich sein Knabenkörper und durchlief all die Jahre, die er gelebt hatte, bis er ein Greis war. Dann verschwand auch dieser Anblick, und Aster zerfiel zu Staub.

Die Rache war vollendet. Lange, lange hatte Nihal auf diesen Augenblick gewartet, hatte ihn sich in allen Einzelheiten vorgestellt und erwartet, dann eine unsagbare, überschäumende Freude zu empfinden. Nun aber stellte sie fest, dass sie bitter schmeckte.

Ja, sie hatte den Tyrannen getötet, dadurch aber nichts an der Vergangenheit ändern können. Die Toten ruhten unter der Erde und mit ihnen jetzt auch Sennar. Alles, was Nihal getan hatte, war für ihn oder durch ihn geschehen; nun hatte ihr Kampf seinen Sinn verloren, und ihre Zukunft war unklarer als je zuvor.

Allein in dem unermesslichen Thronsaal, dessen Wände bereits zu beben und zu zerbröckeln begannen, war es Nihal unmöglich, sich Sennar tot am Boden in einer kalten, düsteren Zelle tief im Innern der Festung vorzustellen. Der Tod und Sennar waren zwei Dinge, die unmöglich zusammenpassten, so wie umgekehrt Leben und Sennar zwei Gedanken waren, die untrennbar zusammengehörten. Was sollte jetzt aus ihr werden?

Wie gelähmt, die einstürzende Festung gar nicht richtig wahrnehmend, lag Nihal da und wünschte sich nichts weiter, als dort für immer liegen zu bleiben. In einem hatte Aster Recht: Für sie gab es keinen Frieden und keine Befreiung. Es tat ihr leid für Ido, für Soana, für alle, die ihr zugetan waren, aber sie spürte keinen Lebensmut mehr in sich – wenn sie so etwas überhaupt je besessen hatte.

Sie bekam kaum noch Luft, und die Steine hatten ihren Glanz fast völlig eingebüßt. Die Aufgetauchte Welt war gerettet und sie verloren.

Der Dolch, den Sennar ihr mitgegeben hatte, steckte noch in ihrem Stiefel. Mit Tränen in den Augen zog Nihal ihn hervor und hielt ihn fest in den Händen. Die Klinge erloschen zu sehen, würde ihr helfen, die Wahrheit zu akzeptieren, deshalb zückte sie ihn.

Als ihr Blick auf die Klinge fiel, machte ihr Herz einen Sprung. Sie leuchtete. Das Licht war schwach, im Erlöschen begriffen, erhellte aber noch ein wenig das Eisen. Der Tyrann hatte gelogen, um seine letzte Karte auszuspielen. Sennar lebte!

Nihal gönnte sich noch nicht einmal die Zeit zu jubeln, sie durfte keinen Augenblick verlieren. Die Festung würde bald einstürzen, und wollte sie Sennar retten, war höchste Eile geboten.

Sie sprang auf, und schon diese Bewegung nahm ihr fast den Atem. Auch ihre Beine spürte sie kaum noch. Sie blickte aus dem Fenster hinter dem Thron: Das Tageslicht war fast erloschen. Sie riss sich zusammen und folgte dem schwachen Schein des Dolches.

Sie begann zu laufen, während der Boden unter ihren Füßen schwankte, sich die Treppen wellten. Ihrer Seele beraubt, fiel die Tyrannenfeste wehrlos in sich zusammen. Nihal rannte durch den einstürzenden Palast, vorbei an Wänden, die unter ihrer Berührung zerbröckelten und ihre Hände mit dunklem Staub überzogen. Säulen stürzten um, mächtige Quader krachten aus den Mauern zu Boden.

Ich finde ihn, ja, ich werde ihn finden, und wir werden so glücklich leben, wie wir es verdient haben.

Um Luft ringend, hastete sie weiter, obwohl ihre Beine fast taub waren und die Schmerzen in der Brust immer unerträglicher wurden. Durch die Labore, dann durch die Bibliothek. Im Labyrinth der Säle, in dem sie sich auf dem Hinweg fast verirrt hatte, lagen die Fußböden schon voller Schutt und Trümmer. Dazwischen Leichen von Freund und Feind und überall Blut, das den Boden glitschig und ihre Schritte unsicher machte.

Ich bin ganz nahe, ich bin gleich bei dir!

Als sie zur Arena gelangte und den Blick hob, sah sie, dass der mächtige Turm bedrohlich schwankte. Sie stürmte weiter in Richtung des Kerkertrakts, den sie von oben gesehen hatte, dann eine steile Treppe hinunter und durch düstere, feuchte Flure bis zu einem System schmaler Gänge, die von Stöhnen und Klagen erfüllt waren. Gern hätte Nihal alle Gefangenen befreit, aber dazu reichten ihre Kräfte nicht mehr. Der Weg durch die Gänge wollte kein Ende nehmen, die Schreie klangen wild, das Stöhnen unmenschlich; es wurde immer düsterer, und von Sennar keine Spur.

Schließlich gelangte sie zu einer Tür und wusste sofort, dass es die richtige war. Sie nahm ihre letzten Kräfte zusammen, warf sich dagegen und stürzte in die Zelle.

Am Boden liegend sah sie in der Ecke einen Mann an den Armen aufhängt; seine Kleidung war zerfetzt und voller Blut, sein Körper mit Wunden übersät. Nihal schleppte sich zu ihm, zitternd angesichts seines erbarmungswürdigen Zustands.

»Sennar, Sennar ...«, rief sie unter Tränen, doch der Magier antwortete nicht. »Bitte, bitte Sennar ... wir müssen hier fort ...«

Als sie ihm über die Wange streichelte, hob er langsam den Kopf, und Nihal sah, dass auch sein Gesicht mit Blutergüssen und Wunden übersät war; seine Augen aber waren unverändert, jene so hellen blauen Augen, die sie liebte.

Sennar deutete ein Lächeln an und bewegte seine Lippen und hauchte ihren Namen. Während um sie herum schon alles bebte und wankte, tastete Nihal nach ihrem Schwert, um Sennars Ketten zu durchschlagen, fand jedoch nur die leere Scheide an ihrem Gürtel. Die Waffe lag noch in dem Saal, in dem sie den Tyrannen erstochen hatte. In Gedanken schon ganz bei der Suche nach Sennar, hatte sie sie dort vergessen.

Sie blickte sich um und fand einen schweren Stein, der möglicherweise als Sitz diente. Den hob sie auf und schlug mit aller Gewalt damit auf die Ketten ein, die tatsächlich zerbrachen. Sennar sackte zu Boden, während fast gleichzeitig die Wände zu zerbrechen und zu zerfallen begannen. Nihal hob ihn an, legte sich seinen Arm um die Schulter und machte sich auf den Rückweg.

Mit allerletzten Kräften schleppte sich Nihal mit Sennar im Arm zwischen den wankenden Mauern die Treppe hinauf, kämpfte sich Stufe für Stufe aufwärts, dem Ausgang entgegen. Sie musste es schaffen. Sie würde ihren Traum nicht aufgeben, würde nicht verzichten auf das Glück, das ihnen zustand.

Sie fiel, rappelte sich wieder hoch, schleppte sich, immer schwächer werdend, weiter. Auf dem oberen Treppenabsatz, bei der Arena, angekommen, ließ sie sich zu Boden fallen und wusste, dass sie nie mehr würde aufstehen können. Die Sonne war wohl immer noch nicht ganz untergegangen, denn um sie herum war alles feuerrot. Der Boden vibrierte unter der Last der Steinquader, die auf ihn herniederkrachten. Nihal war völlig entkräftet, und ihr Schwert aus schwarzem Kristall, mit dem sie das Amulett hätte zertrümmern müssen, um sich zu erholen, hatte sie verloren. Es war ihr Schicksal, dass sie beide nun hier in dieser Arena würden sterben müssen, ohne die Früchte ihrer Mission ernten zu können.

Könnte wenigstens Sennar sich retten, um für uns beide zu leben …

Da plötzlich erinnerte sich Nihal an Rais' Worte und an die Kräfte des Talismans: Sie hatte noch einen Zauber frei, der ihren eigenen Tod bedeuten, Sennar aber retten würde. Für sie selbst gab es keine Hoffnung mehr. Sobald die Sonne vollständig untergegangen wäre, würde sie sterben.

Die Welt kann ich nicht retten, aber ein einzelnes Leben.

Nihal hatte Angst zu sterben, ausgerechnet jetzt, da sie zu leben gelernt hatte, doch dies war ihr Schicksal. Sie sprach die Worte für den Flugzauber, und während sie sich den Kräften der Magie überließ, während sie spürte, wie ihr Leben zerrann, bewegten sich die schwarzen Flügel auf ihrem Rücken und spreizten sich im Wind.

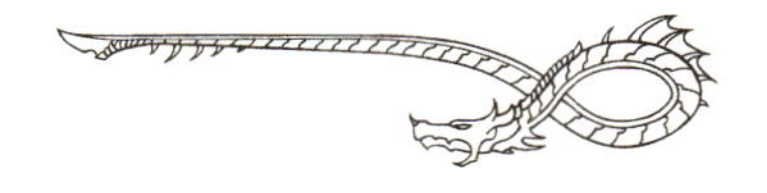

Epilog

Als der Tyrann in meinen Geist eindrang, erfuhr ich, was wahre Verzweiflung ist. Zuvor hatte ich schon manches Mal geglaubt, wirklich verzweifelt zu sein: Als ich Nihal halbtot inmitten der Sümpfe Salazars fand, als ich in Zalenia in meiner Zelle saß oder als ich über das Blutbad nachgrübelte, das ich im Land der Nacht angerichtet hatte. Aber erst in dem Moment, als der Tyrann meinen letzten Widerstand brach und meiner Seele Gewalt antat, wusste ich, was es bedeutet, keinerlei Hoffnung mehr zu haben. Denn während er in meinem Geist nach jenem Geheimnis suchte, das er mir durch die Folter nicht hatte entreißen können, konnte ich für einen kurzen Augenblick in seine Seele schauen und fühlen, was er selbst fühlte. So entdeckte ich, dass dieser Mann hoffnungslos verzweifelt war.

Vor langer Zeit schon hatte er aufgehört, an etwas zu glauben, alle Gewissheiten waren ihm unter den Händen zerfallen, bis zum Schluss nur noch Schmerz und Leere übrig waren. In jenem Augenblick wurde mir dies alles klar. Bis dahin hatte ich mir nicht erklären können, wie ein lebendes Wesen so ausschließlich die Zerstörung suchen konnte. Ich hatte immer geglaubt, auch hinter der Todessehnsucht des Selbstmörders stehe im Grunde der verzweifelte Wunsch zu leben. Der Tyrann strebte eine völlige Auslöschung seiner Person und der Welt an, denn er war erfüllt von einem grenzenlosen Mitleid mit sich selbst und allen Geschöpfen der Aufgetauchten Welt. Was ihn bewegte, war also weniger Grausamkeit, als vielmehr eine absonderliche Form der Liebe zur Welt. Eine voll-

kommene Vernichtung, so war er überzeugt, sei die einzige Hoffnung für die leidgeplagten, verlorenen Länder dieser Erde.

Und obwohl ich wusste, dass er anders nicht aufzuhalten war, empfand ich Trauer um ihn, als ich hörte, dass er getötet worden war, denn letztendlich war auch er ein Opfer gewesen – so wie wir alle übrigens.

Als Nihal Aster erstach, habe, so wurde mir erzählt, plötzlich die Erde zu beben und seine Festung zu wanken begonnen. Von all dem merkte ich zu diesem Zeitpunkt nichts, weil ich mehr tot als lebendig in meiner Zelle hing. Doch allen, die es erlebten, war sofort klar, dass nun die vierzigjährige Herrschaft des Terrors und des Todes beendet war. Sie reckten ihre Schwerter in die Höhe und schmetterten einen Siegesschrei zum Himmel. Dieser Schrei des Jubels und der Freude pflanzte sich überallhin fort, bis zum Saar im Westen und der Großen Wüste im Osten, wurde ausgestoßen von den Kehlen all jener, die bis dahin nur die Leiden der Knechtschaft kennengelernt hatten. Es war überstanden, eine neue Zeit brach an für die Aufgetauchte Welt.

Unter den zerstörten Bollwerken der Feste wütete die Schlacht noch bis in die Nacht weiter. Und so begann auch diese neue Zeit mit Blutvergießen. Viele Gefolgsleute des Tyrannen ergaben sich, andere führten den Kampf fort, doch niemand wurde geschont, weder jene, die blieben, noch die Fliehenden. Die Soldaten der Freien Länder, die »für den Frieden kämpften«, wie Nihal dem Tyrannen gegenüber betont hatte, machten sich mit dem Hochmut und der Grausamkeit, zu der nur Sieger fähig sind, über die Besiegten her. Erst in tiefster Nacht kam der Friede über die Erde.

Am nächsten Morgen beschien eine bleiche Sonne die blutdurchtränkte und mit Trümmern übersäte Ebene vor der Tyrannenfeste. Von dem Reich, das der Tyrann gegründet hatte, waren nur Blöcke schwarzen Kristalls und die Leichen derer übrig, die für ihn gekämpft hatten. Doch es war nicht nur das Blut seiner Gefolgsleute, das die Erde rot färbte; auch viele Tausende unserer Soldaten waren gefallen. Ravens Leiche fand man vor den aus den Angeln gerissenen Torflügeln der Festung; trotz allen Hochmuts, er war ein großer General gewesen, und viele weinten um ihn.

Mit Ido hingegen zeigte sich das Schicksal milde, wobei Vesa daran größeren Anteil hatte als das Schicksal selbst. Als der Gnom bewusstlos zu Boden stürzte, wütete um ihn herum die Schlacht, und mehr als ein feindlicher Soldat machte Anstalten, sich auf ihn zu stürzen, um den neben ihm liegenden Deinoforo zu rächen. Da ließ sich Vesa neben seinem Herrn nieder, bedeckte ihn mit seinen riesigen Flügeln und schützte ihn gegen die Feinde; er zerriss sie, verbrannte sie, gab alles, um sie fernzuhalten. Nur so kam Ido mit dem Leben davon. Gewiss, er war übel zugerichtet, und es dauerte lange, bis alle seine Wunden geheilt waren. Nach anderthalb Monaten aber war er, mit einigen zusätzlichen Narben, wieder an seinem alten Platz und half mit, das neue Zeitalter zu gestalten, das sich alle ersehnten.

Die Truppen der Untergetauchten Welt leisteten einen wichtigen Beitrag zum Sieg, und auch Varen selbst schlug sich vortrefflich. Viele seiner Leute sah er fallen, doch er kämpfte unverdrossen weiter, bis schließlich auch seine leichte Rüstung von einer feindlichen Lanze durchbohrt wurde. Aber der Graf hatte Glück und überlebte trotz seiner schweren Verwundung an der Schulter diesen denkwürdigen Tag.

Den höchsten Blutzoll hatten die vom Tyrannen unterjochten Länder zu entrichten. Ein Großteil der dortigen Rebellen wurde niedergemacht. Von den dreitausend Mann, die Aires um sich versammelt hatte, kamen nur dreihundert mit dem Leben davon. Sie selbst wurde lebend unter einem Berg von Leichen gefunden. Lange weinte sie um ihre Gefährten, wusste aber gleichzeitig auch, dass dieser Sieg nur mit Blut und Opfern zu erkaufen war und dass diese Kameraden nicht umsonst gestorben waren.

Was mich selbst betrifft, so wurde ich mehr tot als lebendig vor der Feste gefunden. Es waren weniger die körperlichen Verletzungen, durch die mein Leben am seidenen Faden hing, als die seelischen. Was der Tyrann mir angetan hatte, war verheerend für mich; mein Geist war erschüttert, mein Lebensmut dahin. Doch diejenigen, die mich pflegten, entrissen mich dem Tod, und langsam kehrte ich ins Leben zurück. Als ich aus diesem langen, langen Schlaf endlich erwachte, war ich unwissend wie ein Kind, und viele glaubten, ich hätte den Verstand verloren. Ich musste neu zu leben lernen und meinen Geist noch einmal von dieser Welt formen lassen. Langsam nur kehrte die Erinnerung an das, was ich gewesen war, zurück, und ich wurde neu geboren.

Nicht zu retten jedoch war mein Bein. Es ist noch an seinem Platz, aber ich kann es nicht mehr benutzen und schleppe es nur noch hinter mir her. Mittlerweile habe ich mich jedoch daran gewöhnt und finde, dass mir der Stock etwas von einem Veteranen verleiht und mich älter und weiser wirken lässt. Da nun auch mein Bart weiter gewachsen ist, gleiche ich heute tatsächlich jenen weisen Männern aus dem Rat der Magier, wie Aster und ich sie uns als Kinder vorstellten. Gewiss, bei all dem half mir das, was Aster nie bekam, sich aber so sehr ersehnte: Liebe.

Als man mich zu Füßen der Festung fand, lag Nihal neben mir. Der Talisman an ihrem Hals war schwarz geworden, und sie atmete nicht mehr.

Viele Tage hielt man sie für tot. Man brachte sie in den Waffensaal der Akademie, wo man sie in ihrer Rüstung mit dem grellweiß hervorstechenden Wappen auf der Brust aufbahrte und mit ihrem Schwert, das man neben Asters zerborstenem Thron gefunden hatte. Alle erwiesen ihr die letzte Ehre, denn sie war es gewesen, die den Tyrannen getötet hatte, ihr verdankten wir die Rettung der Aufgetauchten Welt. Oarf kauerte neben ihr. Die ganze Zeit über hatte er in der Arena auf sie gewartet und tapfer gegen die Feinde gekämpft. Er erinnerte sich an Nihals Versprechen, dass sie sich wiedersehen würden, wenn alles überstanden sei, und sie dann für immer zusammenbleiben würden, und nun war er gekommen, um diesem Versprechen treu zu bleiben, das Nihal ihrerseits nicht mehr hatte halten können. Es sah so aus, als wolle er dort bis in alle Ewigkeit über seine Herrin wachen.

Der öffentliche Scheiterhaufen, auf den alle gefallenen Drachenritter ein Anrecht haben, sollte in Kürze errichtet werden, doch der Zeitpunkt wurde verschoben, weil sich in der Zwischenzeit etwas

Unerwartetes, etwas Unerhörtes zutrug. Nihals Körper zeigte keinerlei Anzeichen von Verwesung, er war rosafarben und fest, so als wenn sie noch lebte.

»Bitte, wartet noch«, sagte Soana unter Tränen an Nelgar gewandt, der darauf drängte, die Trauerfeier so schnell wie möglich abzuhalten. »Ich kann es Euch auch nicht genau erklären, aber ich fühle, dass die Geschichte dieser Drachenritterin auf Erden noch nicht beendet ist.«

Die Anwesenden bedachten sie mit mitleidigen Blicken, entsprachen aber ihrer Bitte.

Es geschah, als die Sonne über Makrat unterging. Bis auf zwei Wachen neben Nihals Leichnam war der Saal leer, als ein winziges, geflügeltes Geschöpf hereingeflattert kam. Die Wachen beobachteten, wie es auf Nihal zuflog, und nahmen an, es wolle, wie so viele andere, der Heldin die letzte Ehre erweisen.

Das Geschöpf näherte sich Nihals Gesicht, ließ sich auf ihrem Kinn nieder und blickte sie traurig an. »Was ist, Nihal«, sagte es leise, »hast du dich aufgegeben? Willst du auf deinen Traum verzichten? Sennar liegt nur einige Zimmer entfernt. Er ringt um sein Leben und wartet auf dich. Meinst du nicht, du solltest zu ihm gehen?« Es lächelte. »Du hast dein Leid bis zur bitteren Neige erdulden müssen, du hast alles, was dir gegeben war, dem einzigen Menschen zum Geschenk gemacht, den du retten konntest. Zum Schluss hast du deinen Daseinsgrund gefunden. Die neue Welt, von der ich sprach, nimmt jetzt Gestalt an, und du musst dabei sein!«

So wie beim letzten Mal, als sie sich gesehen hatten, streichelte Phos Nihal über die Wange.

»Der Vater des Waldes wartet auf sein Herz. Nähme ich den Stein, der auf deiner Brust liegt, und brächte ihn zu ihm, würde er zu neuem Leben erwachen. Aber hätte sein Leben jetzt einen Sinn? Wer würde sich an seinem Dasein erfreuen? Du wirst von vielen gebraucht, von Sennar in erster Linie, und noch so viel liegt vor dir, während mein lieber Vater des Waldes, mein Zuhause, meine Zuflucht, mein bester Freund, bereits alles getan hat, was er nur tun *konnte. Um ihn herum ist nichts als verbrannte Erde, abgestorbene Bäume, Ödnis; der Bannwald, der sein Leben war, ist tot. Ich habe es dir schon einmal gesagt, der Vater des Waldes und ich, wir sind Überbleibsel der alten Welt. Und das Schicksal derer, die lange gelebt haben und sehr alt sind, ist es nun einmal, Platz zu machen.« Er schwieg wieder, so als suche er nach den richtigen Worten. »Der Vater des Waldes hat sich entschieden: Er möchte dein Vater sein, er möchte dir seinen Lebenssaft schenken, damit du weiterlebst und all das erleben kannst, was noch vor dir liegt. Das ist keine kleine Sache. Das Geschenk des Lebens ist mit das Schönste und Verantwortungsvollste, was man erhalten kann, denn es ist Ehre und Last zugleich. Doch der Vater des Waldes und ich wissen, dass du dieser Gabe würdig bist.« Phos streckte seine winzigen Hände zu Mawas, dem Stein aus dem Land des Windes, aus und sprach eine unverständliche Litanei. Da erstrahlte der Edelstein in einem hellen Licht und übertrug seine Kraft auch auf alle anderen Steine des Medaillons, die ebenfalls wieder aufleuchteten, nicht so strahlend wie am Tag des Zaubers, doch in einem sanften und beruhigenden Licht. Und zusammen mit diesem Licht kehrte Farbe auf Nihals Wangen zurück, und das Leben beseelte sie von Neuem.*

»So stirbt denn der Vater, damit die Tochter lebe. Solange du diesen Talisman am Hals trägst, wirst du leben. Verliere ihn niemals, denn dies würde deinen Tod bedeuten.« Offenbar erschöpft, stützte sich Phos auf seine Ellbogen. »Nun hast du nichts weiter zu tun, als deinem Traum entgegenzugehen und den Lohn in Empfang zu nehmen, der dir zusteht. Aber missbrauche nicht, was ich und mein alter Baum dir gaben.«

Leise, wie er gekommen war, machte sich Phos wieder davon. Seitdem wurde er nie wieder gesehen.

Nihal hat sich vollkommen erholt. Sie erinnert sich an nichts, weder an ihren vermeintlichen Tod noch an die Begegnung mit Phos, doch die Worte, die der Kobold damals zu ihr sprach, haben sich ihrem Geist eingeprägt, und so trägt sie das Amulett immer bei sich. Sie war es, die mir half, wieder zu mir selbst und ins Leben zurückzufinden, die mich gesunden ließ. Manchmal müssen wir lachen, wenn wir daran denken: Ich bin ein Hinkebein, und ihr Leben hängt bis zum Ende ihrer Tage von einem Talisman ab. Vielleicht sind wir ja die Ruinen der alten Welt.

Die Geister aber, die so lange in Nihals Kopf herumspukten, sind fort; sie haben sich aufgelöst wie Schnee in der Sonne, wurden endlich zum Schweigen gebracht. »Fast fühle ich mich alleingelassen, jetzt, da die Stimmen nicht mehr da sind. Aber sie ist schön, diese Stille, ich empfinde eine Ruhe, die ich gar nicht kannte ...«, sagte sie eines Abends zu mir. Von dem Zauber, der sie so lange quälte, ist nichts mehr übrig geblieben, denn auch Rais ist tot. Sie wurde Opfer ihres eigenen Hasses. Am Tag der Schlacht hielt sie sich mitten im Getümmel auf, um der Vernichtung ihres Todfeindes beizuwohnen. Und in dem Moment, da Nihals Schwert ihn durchbohrte, schrie Rais aus Leibeskräften, während ihre milchig weißen Augäpfel weit aus den Höhlen traten: »Er ist tot! Endlich ist das Ungeheuer vernichtet!«

Von der Anhöhe nahe bei der Festung, auf der sie stand, zog es sie in die Ebene hinunter. Berauscht von einer schier unmenschlichen Freude, rannte sie, so als seien all ihre Lebensjahre plötzlich verflogen, auf das einstürzende Bauwerk zu und wurde dort unter den Trümmern begraben. Am nächsten Tag fand man sie, von einem Steinblock erschlagen, in ihren weit aufgerissenen Augen noch derselbe Hass, der sie ihr ganzes Leben geleitet hatte. Von allen Personen dieser Geschichte ist sie die einzige, für die ich kein Mitgefühl empfinden kann, nur eine tiefe Abscheu.

»Letztendlich ist auch sie ein Opfer«, meint Nihal hingegen, »wir sind alle Opfer des Hasses, der in uns schlummert und der nur auf einen Moment der Schwäche von uns wartet, um uns zu ersticken.«

Nachdem wir beide wiederhergestellt waren, erlebten wir eine glückliche Zeit. Die Welt schien uns jung und wie für uns gemacht, und eine Weile glaubten wir, der Tod des Tyrannen habe alles verändert, das Böse sei besiegt und eine Zeit des Friedens angebrochen. Wir hatten überlebt und waren zusammen, was hätten wir uns Schöneres wünschen können? Doch diese Zeit währte nicht lange.

Bald stellten wir fest, dass es nicht nur schwer gewesen war, den Tyrannen zu besiegen, sondern ebenso hart werden würde, aus den Trümmern etwas Neues entstehen zu lassen. Aster und seine Getreuen waren nicht die Schöpfer des Bösen, sondern bloß dessen ahnungslose Kreaturen. Auch wenn wir sie bezwungen hatten, Hass und Niedertracht blieben bestehen.

Zum ersten Mal wurde mir das bewusst, als wir die Fammin aufsuchten. Gleich von Beginn an stellte sich das Problem, wie mit diesen Wesen zu verfahren wäre. Wehrlos und unwissend geworden wie Kinder, hatten sie sich in das Land der Tage geflüchtet, weit entfernt von den grollerfüllten Blicken und den Rachegelüsten der Sieger. Im Rat der Magier berieten wir lange über ihr Schicksal. Die einen schlugen vor, sie auszurotten, andere, sie zu Sklaven zu machen. Erst nach langen, hitzigen Debatten konnte sich meine und Dagons Linie durchsetzen: Die Fammin sollten im Land der Tage bleiben und allein versuchen, ihre Zukunft zu gestalten.

Und so machten sich an einem Morgen Nihal, Ido und ich auf den Weg zu ihnen, um sie über diese Entscheidung in Kenntnis zu setzen. Als wir ihnen entgegentraten, blickten uns viele von ihnen mit Mienen voller Furcht und Entsetzen an, denn sie hatten nicht vergessen, was unsere Leute, auch Nihal, ihnen angetan hatten.

Nihal stieg auf eine Erhebung. Die Ebene zu ihren Füßen war jene, die wir damals zornerfüllt und hoffnungslos auf unserer Reise durchwandert hatten. Es hatte sich nichts verändert, hier herrschte immer noch dieselbe Trostlosigkeit wie zu der Zeit, als Aster an der Macht war, dieselbe Atmosphäre des Todes. Nun jedoch drängten sich hier zitternde, verängstigte Wesen, in eine Welt geworfen, von der sie nichts begreifen konnten.

»Ich weiß, viele von euch werden mich wiedererkennen und sicher nicht in guter Erinnerung haben«, begann Nihal zu ihnen zu sprechen, während sie nervös mit dem Amulett an ihrem Hals spielte. »Ich weiß, dass ich eine Mörderin bin, und ich will euch auch nicht bitten, darüber hinwegzusehen. Begangenes Unrecht kann und darf nicht vergessen werden, es verbleibt in den Herzen und gräbt sich tief in den Seelen ein. Um was ich euch aber bitte, ist,

keine Rache zu üben. Rache kann weder den Toten noch den Lebenden Frieden schenken.«

Sie schwieg einen Moment und ließ den Blick über ihre ungewöhnliche Zuhörerschaft schweifen. »Deswegen bitte ich euch um Vergebung für alles, was euch von mir und meinesgleichen angetan wurde und teilweise immer noch angetan wird. Gleichzeitig verspreche ich euch, dass auch eure eigenen Taten vergeben sein sollen, zumal ihr nicht aus freien Stücken gehandelt habt. Die Zeit des Friedens ist angebrochen. Die Zeit, da ein jeder den Krieg hinter sich lässt und sich daran macht, eine neue Welt aufzubauen, in der Hoffnung, dass sie gerechter als die alte sein möge.« Sie hielt wieder inne und fuhr dann mit lauterer Stimme fort: »Die Verantwortlichen meiner Seite haben beschlossen, dass dies hier von nun an euer Land sein soll. Hier seid ihr eure eigenen Herrn, hier seid ihr frei, in Frieden eure Bestimmung zu finden. Von nun an soll Eintracht herrschen zwischen eurem und allen anderen Völkern, und ich schwöre euch, dass ich niemandem erlauben werde, die Hand gegen euch zu erheben. Ich weiß, dass ihr im Moment verwirrt seid und nicht wisst, was ihr tun sollt. Wenn ihr das wollt, werden wir euch helfen, euren Weg zu finden.« Sie ließ den Blick wieder über die Menge verängstigter Gesichter zu ihren Füßen schweifen. »Das war alles. Ihr seid frei, frei für immer.«

An diesem Tag hatten wir das Gefühl, nun tatsächlich Frieden zu schaffen. Doch heute weiß ich, dass damals ein Problem entstand, das bis heute noch nicht gelöst ist. Denn der Friede zwischen den Fammin und den anderen Völkern liegt in weiter Ferne, und immer noch schwelt Feindschaft zwischen den Stämmen.

Nihal wurde die Stellung eines Obersten Generals der Akademie angeboten. Doch sie lehnte ab.

»Dazu bin noch zu jung und unerfahren in strategischen Fragen«, erklärte sie, und so trug man Ido diese Position an. Auch er brachte einen ganzen Haufen Einwände vor, betonte mehrmals, dazu fehle ihm die Würde und außerdem habe er keine Lust, sich mit all den Problemen herumzuschlagen, die ein solches Amt mit sich bringe. Schließlich aber konnte Nihal ihn überzeugen, und nun

sitzt Ido auf dem Sessel, auf dem einstmals Raven residierte, mit Vesa zu seinen Füßen.

Nihal und ich ließen uns im Land des Windes nieder. Es war ihr Wunsch, denn sie empfindet es als ihr Heimatland.

Ido kommt uns häufig besuchen und trainiert dann immer lange mit Nihal; es sind die einzigen Anlässe, da sie noch das Schwert zur Hand nimmt. Sie hat beschlossen, für eine Weile die Waffen ruhen zu lassen, und ihr Schwert hängt jetzt an der Wand unserer Kammer, doch kein Körnchen Staub ist darauf zu finden, und ich glaube, dass sie es bald wieder gebrauchen wird.

Wir reisten auch in das Land der Nacht, um Laios Grab zu besuchen. Er fehlt uns sehr, vor allem mit seiner unverdorbenen Art. Er war der Einzige von uns allen, der in diesen Kriegsjahren keine Schuld auf sich geladen hat. Nihal hinterließ ihre Rüstung an Laios Grab, ganz in der Nähe jener Lichtung, auf der ich damals viele Illusionen, vor allem über mich selbst, verloren und zurückgelassen habe.

Ich bin weiterhin Ratsmitglied. Auch wenn ich heute unter den anderen Magiern größeres Ansehen als früher genieße, bin ich immer noch unbequem und ecke häufig an. Meine Aufgabe kommt mir heute sogar noch schwieriger vor als in den Kriegsjahren, denn der Friede ist ein viel zerbrechlicheres Gut, als ich jemals geglaubt hätte.

Das Land des Windes ist eine Trümmerlandschaft. Es war sehr schmerzhaft für uns beide, nach der langen Zeit das zerstörte Salazar wiederzusehen. Durch die einsturzgefährdete, vom Feuer angesengte Stadtmauer betraten wir die Stadt. Nihal führte mich zu der Werkstatt, in der ihr Vater Livon ermordet wurde und wo alles begann.

»Manchmal fühle ich mich wie dieser Raum hier«, sagte sie, »verbrannt und zerstört. Meine Mission ist erfüllt, aber was geschehen ist, lässt sich nie mehr ungeschehen machen.«

Sie trat auf eine Ecke zwischen den Trümmern zu; dort hatte Livon seine herrlichen Waffen geschmiedet, und an der Wand hingen noch die Stümpfe vom Rost zerfressener Schwerter. Sie brach in Tränen aus.

»Und dennoch kann es in unserer Zukunft noch viel Schönes geben«, antwortete ich ihr. »Gewiss, das alles zu vergessen, ist unmöglich. Ich werde ja auch niemals die Schmerzen der Folter vergessen können oder die Verzweiflung, die ich in der Seele des Tyrannen erblickte. Vielleicht aber wird aus all diesem Leid etwas Gutes entstehen können. Und wir beide sind zusammen. Ist das nicht schon unglaublich viel?«

Sie lächelte und nahm mich fest in den Arm.

Nun leben wir also in diesem zerstörten Land und versuchen, Glück und Schmerz zu trennen. Aber ich weiß schon, dass wir auf lange Sicht nicht hier bleiben werden.

»Irgendwann brechen wir wieder auf«, hat Nihal zu mir gesagt. »Ich möchte meinen Kindheitstraum verwirklichen, frei sein, reisen, auf Oarfs Rücken einfach losfliegen und die reißenden Wasser des Saar überqueren. Mit dir. Dann aber nicht mehr als die tapfere Drachenkämpferin und das kluge Ratsmitglied, die die Welt vom Tyrannen befreiten, sondern einfach als Nihal aus der Turmstadt Salazar und Sennar der Magier. Dann entdecken wir Länder, die zuvor noch nie jemand gesehen hat, mit furchterregenden Ungeheuern, aber auch endlosen Wäldern von atemberaubender Schönheit. Ja, das machen wir.«

Sie hat Recht, auch ich möchte das, und ich weiß, dass dieser Tag nicht mehr fern ist. Daher war es mir wichtig, noch diese Geschichte aufzuschreiben: vielleicht, damit man uns nicht ganz vergisst, wenn wir die bekannten Länder hinter uns lassen, oder damit Nihal nicht vergisst, wie sie sich selbst besiegt hat, oder aber um den tieferen Sinn der Ereignisse jener Jahre begreiflich zu machen.

Es gibt da eine Frage, die der Tyrann mir gestellt hat und auf die ich bis heute noch keine Antwort gefunden habe: Lässt sich diese Welt tatsächlich retten? Zuweilen habe ich den Eindruck, dass er Recht hat, dass also nur der Hass alle Geschöpfe vereint und wir daher gewissermaßen alle gleichzeitig Opfer und Täter sind. Dann jedoch denke ich an Nihal und weiß wieder, dass es sich zu leben lohnt, zu kämpfen, auch wenn der Kampf vergeblich sein sollte.

Vielleicht ist das der entscheidende Unterschied zwischen Aster und mir: Ich bin auf meinem Weg Nihal und der Liebe begegnet, er nicht.

Irgendwann in nächster Zeit werden wir uns verabschieden und eine Welt zurücklassen, in der ein stets gefährdetes Gleichgewicht herrscht; früher oder später wird es zerbrechen, und es wird wieder Krieg geben. Ich weiß aber auch, dass dann wieder Friede und Hoffnung einziehen werden und danach erneut Finsternis und Verzweiflung.

Liegt nicht in diesem ewigen Kreislauf der Sinn unseres Daseins?

SENNAR
RATSMITGLIED AUS DEM LAND DES WINDES

Register

Ael	Naturgeist, der über das Wasser gebietet
Aires	Piratin, Tochter von Rool
Assa	Hauptstadt des Landes des Feuers
Aster	Junges Ratsmitglied. Geliebter von Rais, wird zum Tyrannen
Astrea	Nymphe, Königin des Landes des Wassers
Avaler	Kommandant einer Garnison des Tyrannen
Aymar	Drachenritter
Barahar	Hauptstadt des Landes des Meeres
Benares	Pirat, Geliebter von Aires
Caver	Schüler aus der Akademie
Dagon	Ratsältester im Rat der Magier
Dameion	Ritter der Schwarzen Drachen, Zwillingsbruder von Semeion

Debar	Name Deinoforos vor seiner Ernennung zum Ritter der Schwarzen Drachen
Deinoforo	Ritter der Schwarzen Drachen
Dohor	Schüler aus der Akademie
Dola	Gnom, Krieger im Heer des Tyrannen, Bruder Idos
Eleusi	Junge Frau aus dem Land der Sonne, Mutter von Jona
Falere	General der Truppen des Landes des Meeres
Fen	Drachenritter, Geliebter Soanas, fiel in einer Schlacht und wurde zum Gespenst
Flar	Naturgeist, der über das Feuer gebietet
Flogisto	Magier im Land der Sonne, betagter Lehrmeister Sennars während dessen Ausbildung zum Ratsmitglied
Galla	König des Landes des Wassers
Glael	Naturgeist, der über das Licht gebietet
Goriar	Naturgeist, der über die Finsternis gebietet
Ido	Gnom, Drachenritter und Lehrer Nihals, Bruder von Dola
Jona	Sohn von Eleusi
Laio	Knappe, Freund Nihals und früherer Mitschüler auf der Akademie
Laodamea	Hauptstadt des Landes des Wassers

Lefe	Gnom, Anführer einer Widerstandsgruppe
Ler	Einstmals König im Land der Felsen
Livon	Adoptivvater Nihals und glänzender Waffenschmied, Bruder von Soana, wurde von Fammin ermordet
Londal	General des Landes der Sonne
Makrat	Hauptstadt des Landes der Sonne
Malerba	Gnom, Opfer der Experimente des Tyrannen, Küchenhilfe in der Akademie
Marhen	Früherer König im Land des Feuers
Mavern	General im Heer der Freien Länder
Mawas	Naturgeist, der über die Luft gebietet
Megisto	Geschichtsschreiber und Magier, über Jahre rechte Hand des Tyrannen
Moli	Vater von Ido und Dola, König des Landes des Feuers
Moni	Greise Wahrsagerin auf den Vanerien
Nammen	Früherer König der Halbelfen, leitete eine Epoche des Friedens nach dem Zweihundertjährigen Krieg ein
Nelgar	Kommandant des Hauptlagers im Land der Sonne
Nereo	König Zalenias in der Untergetauchten Welt
Nihal	Junge Kriegerin und Drachenritter, letzte Halbelfe der Aufgetauchten Welt

Oarf	Nihals Drache
Ondine	Junges Mädchen in Zalenia, verliebt in Sennar
Oren	Ratsmitglied, Vater von Rais
Parsel	Drachenritter, Fechtlehrer Nihals in der Akademie
Pewar	General des Ordens der Drachenritter, Vater Laios
Phos	Anführer der Kobolde
Raven	Oberster General des Ordens der Drachenritter im Land der Sonne
Rais	Gnomin, früheres Mitglied im Rat der Magier
Salazar	Turmstadt im Land des Windes
Sareph	Naturgeist, der über das Meer gebietet
Sate	Gnom, Mitglied im Rat der Magier, Vertreter des Landes der Sonne
Seferdi	Hauptstadt des Landes der Tage
Semeion	Ritter der Schwarzen Drachen, Zwillingsbruder von Dameion
Sennar	Mitglied im Rat der Magier, Vertreter des Landes des Windes, bester Freund von Nihal
Sheireen	Nihals Name unter den Halbelfen, bedeutet »die Geweihte«
Shevrar	Gott des Feuers und des Krieges

Soana	Magierin, früheres Mitglied im Rat der Magier, erste Zauberlehrerin Sennars, Schwester von Livon
Sulana	Blutjunge Königin des Landes der Sonne
Tareph	Naturgeist, der über die Erde gebietet
Tharser	Drache von Raven
Theris	Nymphe, Mitglied im Rat der Magier, Vertreterin des Landes des Wassers
Thoolan	Naturgeist, der über die Zeit gebietet
Vanerien	Inselgruppe auf dem Weg in die Untergetauchte Welt
Varen	Graf in Zalenia
Vesa	Idos Drache
Vrašta	Fammin, Freund von Laio
Zalenia	Die Untergetauchte Welt

Danksagung

Dieses Buch zu schreiben war ein Abenteuer, eine Reise, die fast drei Jahre dauerte. Ganz allein bin ich aufgebrochen, habe abends in meinem Zimmer geschrieben, ohne die leiseste Ahnung, wohin mich das Ganze führen sollte, und bin jetzt schließlich bei der Veröffentlichung des letzten Bandes der Trilogie angekommen. Dass ich es bis hierher geschafft habe, ist gewiss nicht bloß das Verdienst meiner Willenskraft oder der Tatsache, dass ich immer an die Geschichte, die ich erzählte, geglaubt habe. Daher liegt es mir am Herzen, all denen zu danken, die mich bei diesem Abenteuer begleitet und es mir ermöglich haben, das Ziel zu erreichen. Mein erster Dank gebührt dabei zweifellos Sandrone Dazieri, ohne den dieses Abenteuer gar nicht begonnen hätte; er hat als Erster an meine Arbeit geglaubt und mir mit seinen Ratschlägen geholfen, immer besser zu werden.

Die drei Romane wären gewiss weniger flüssig und angenehm zu lesen ohne die Hilfe meiner beiden Lektorinnen Francesca Mazzantini und Roberta Marasco. Auch ihnen Dank für den Feinschliff meiner Manuskripte und all das, was sie mir in der Zeit unserer Zusammenarbeit beigebracht haben.

Noch einmal herzlichen Dank meinen Freunden, die mich während meiner Arbeit unterstützt haben; mehr als einmal mussten sie einspringen, wenn meine Willensstärke nachließ; sie haben immer an mich geglaubt. Hätte ich mich nicht so geliebt gefühlt, wäre es mir wahrscheinlich nicht gelungen, bis zum Ende durchzuhalten.

Ein Dank auch an meine Eltern, die mir die Liebe zur Literatur mitgaben. Ohne sie und ihre enorme Bibliothek hätte ich sicher nicht zu schreiben begonnen. Sie haben es mir immer ermöglicht, meine Talente zu entdecken und zu entfalten, und haben mich, ohne mir etwas vorzuschreiben, in meinen Entscheidungen unterstützt, egal wie richtig oder falsch sie auch sein mochten.

Schließlich noch einen riesengroßen Dank an Giuliano. Ich habe ihn gezwungen, das ganze Manuskript in Folgen zu je zwanzig Seiten zu lesen und mir jeweils seine Meinung dazu zu sagen. Er war mein erster Leser und mein erster Kritiker, und von ihm kam auch die Anregung zum Finale der Geschichte. Ich danke ihm vor allem, weil er immer für mich da ist, mich erträgt und unterstützt.

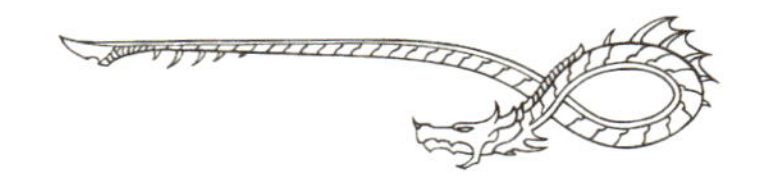

Leuchtturm von Dessa
Letztes Vorgebirge
Giafta (Hafen)
Barahar-Bucht
Lome
Barahar
Sümpfe
Laia
Kleines Meer
Mittlere Wüste
Seewald
Nael-Wasserfälle
Westlicher Wald
Sonnenberge
Laodamea
Loos
Land des Wassers
Steppe
Großes
Land des Windes
Salazar
Bannwald
Daress (nördliche Berge)
Wüste
Thal
Assa
Land der Felsen
Nassel
Steinwald
Schwarzes Gebirge
Land des Feuers
Passel
Totenfelder
Hora (Südkegel)

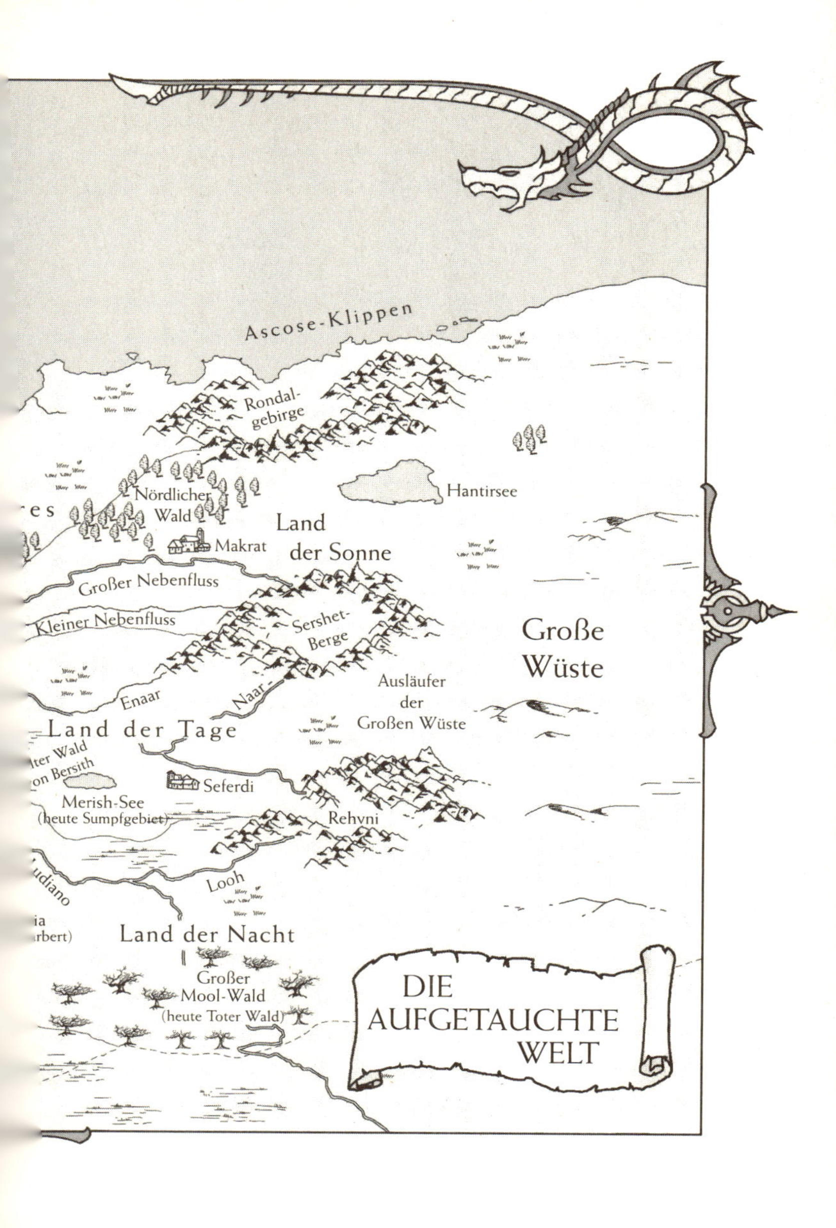
Ascose-Klippen
Rondal-
gebirge
Hantirsee
Nördlicher
Wald
Land
der Sonne
Makrat
Großer Nebenfluss
Kleiner Nebenfluss
Sershet-
Berge
Große
Wüste
Ausläufer
der
Großen Wüste
Enaar
Naar
Land der Tage
Seferdi
Merish-See
(heute Sumpfgebiet)
Rehvni
Looh
Land der Nacht
Großer
Mool-Wald
(heute Toter Wald)
DIE
AUFGETAUCHTE
WELT

LICIA TROISI

DIE SCHATTENKÄMPFERIN

DAS ERBE DER DRACHEN

ROMAN

›LESEPROBE

HEYNE‹

Die Halbelfe Nihal und der Magier Sennar haben die Aufgetauchte Welt vom Tyrannen befreit, nun kämpft die blutrünstige Gilde der Assassinen um seine Wiederauferstehung. Allein Dubhe, die furchtlose junge Kämpferin, vermag sie aufzuhalten. Nach der fulminanten Drachenkämpferin-Saga hier nun der Auftakt zu einer neuen Fantasy-Trilogie der Spitzenklasse, wunderbar bildhaft erzählt und fesselnd bis zur letzten Seite.

Als die achtjährige Dubhe beim Spiel versehentlich einen Kameraden tötet, wird sie aus ihrem Dorf verstoßen. Der geheimnisvolle Sarnek rettet sie, doch will er das Mädchen nicht bei sich behalten. Einst Söldner der Assassinen, ist er nun auf der Flucht vor der blutrünstigen Gilde, die mit allen Mitteln die Macht in der Aufgetauchten Welt an sich reißen will. Dubhe überredet Sarnek, sie als Schülerin bei sich aufzunehmen, und schon bald ist sie zur perfekten Kämpferin gereift und gerät ins Visier der Assassinen. Da sie als Achtjährige getötet hat, ist Dubhe ein Kind des Todes und muss der Gilde dienen. Dubhe versucht zu fliehen, doch ihre Häscher locken sie in einen Hinterhalt. Wird es der jungen Kämpferin gelingen, der todbringenden Gilde zu entkommen? Wird sie ihre Welt vor dem Tyrannen bewahren?

So kam es zur Großen Winterschlacht, *mit der die Tyrannenherrschaft ihr Ende fand. Die immensen Heerscharen, die ins Feld geführt wurden, wären jedoch nutzlos gewesen, hätte Nihal nicht zuvor die gewaltigen Zauberkräfte der schwarzen Magie gebunden, auf die sich die Tyrannenherrschaft stützte. Um dies zu vollbringen, bediente sich Nihal einer elfischen Magie, die lange Zeit in Vergessenheit geraten war: In den acht Ländern der Aufgetauchten Welt wirkten die acht Urgeister der Natur, die von den Elfen verehrt wurden, und jeder dieser Geister war Wächter eines Edelsteins, dem außerordentliche mystische Kräfte innewohnen. Nihals Aufgabe war es, diese acht Edelsteine in einem speziellen Talisman zu vereinen und dem Tyrannen entgegenzutreten. Als Trägerin dieses Talismans war es ihr gegeben, die Geister zu beschwören, die ihre ungeheure Kraft entfalteten und die schwarze Magie des Gewaltherrschers vernichteten.*

Allerdings ist in unseren Tagen von dieser unermesslichen Kraft nichts mehr erhalten. Denn Nihal, die letzte Halbelfe der Aufgetauchten Welt, hat die Energien des Talismans vollkommen erschöpft, der damit heute nichts weiter mehr als ein bloßes Schmuckstück ist.

Auf diese Weise verschwand das letzte Zeugnis elfischer Magie aus der Aufgetauchten Welt.

LEONA AUS DEM RAT DER MAGIER,
DER STURZ DES TYRANNEN, KAPITEL XI

1

Die Einbrecherin

Gähnend blickte Mel zum Sternenhimmel auf, und ein dichtes Atemwölkchen bildete sich vor seinem Mund. Obwohl erst Oktober, war es schon unangenehm kalt. Der Mann zog seinen Umhang enger über der Brust zusammen. Warum musste ausgerechnet er hier draußen diese verfluchte Nachtwache halten? Und das auch noch in den schlechten Zeiten, die sein Herr durchmachte. So ein Pech. Früher waren es immer mehrere gewesen, die im Garten patrouillierten. Mit den Männern im Haus waren es mindestens ein Dutzend Wächter gewesen. Nun jedoch waren sie nur noch zu dritt. Er selbst im Garten, Dan und Sarissa vor dem Schlafgemach. Die zweite Sparmaßnahme hatte darin bestanden, sie schlechter auszurüsten.

»Damit ich nicht gezwungen bin, euch den Lohn zu kürzen«, hatte ihr Herr, der Rat Amanta, erklärt.

Es dauerte nicht lange, und Mel fand sich nur noch mit einem kurzen Schwert bewaffnet wieder, dazu trug er einen zerschlissenen ledernen Brustharnisch und den leichten Umhang, in dem er jetzt so fror.

Mel seufzte. Da war es ihm früher als Söldner noch besser gegangen.

Die Friedenszeiten waren schon lange vorbei. Dohor, der König im Land der Sonne, hatte bereits das Land der Tage und das Land der Nacht unterworfen, und der Krieg im Land des Feuers gegen den Gnomen Ido schien wirklich nur ein

Geplänkel zu werden. Diese wenigen Hungerleider gegen die stärkste Arme der Aufgetauchten Welt: Das sollte ein Kinderspiel werden.

Gewiss, vor seinem Verrat war Ido Oberster General gewesen und davor noch ein großer Held im Krieg gegen den Tyrannen, aber diese Zeiten waren längst vorbei. Er war ein Greis, und Dohor selbst Oberster General und nicht nur König.

Tatsächlich aber wurde es ein harter, erbitterter Kampf. Ein langer Krieg. Diesen verfluchten Gnomen war nicht beizukommen. Ihre Taktik bestand darin, Fallen zu stellen und aus dem Hinterhalt anzugreifen, und statt eines offenen Kampfes hieß es bald nur noch: herumschleichen, sich verstecken, sich bei jedem Schritt argwöhnisch umschauen. Ein Albtraum, der zwölf Jahre währte – und für Mel kein gutes Ende nahm: wieder mal ein Hinterhalt. Und dann ein entsetzlicher Schmerz in einem Bein.

Er hatte sich nie davon erholt und das Soldatenleben aufgeben müssen. Das war eine schlimme Zeit. Er verstand sich nur auf das Kämpfen. Was sollte er nun tun?

Als er dann diese Stelle als Wächter bei Amanta fand, schien ihm das zunächst eine ehrenvolle Lösung zu sein.

Da wusste er aber noch nicht, welche Langeweile ihn erwartete, eintönige Tage und eine Nacht wie die andere. In den acht Jahren, die er nun schon bei Amanta in Diensten stand, war nie etwas Besonderes vorgefallen. Und doch wurde Amanta immer noch von diesem Sicherheitswahn beherrscht. Sein Haus, voller vielleicht kostbarer, aber gänzlich nutzloser Dinge, ließ er strenger bewachen als ein Museum.

Mel ging an der Rückseite des Hauses entlang. Man brauchte eine Ewigkeit, um dieses Anwesen mit der viel zu großen Villa zu umrunden, die Amanta sich hatte bauen lassen. Und nun war er völlig verschuldet wegen dieses Gemäuers, das ihn bloß an die besseren Zeiten erinnerte, als er noch ein wohlhabender Edelmann war.

Mel blieb stehen und gähnte noch einmal laut vor sich

hin. Da geschah es. Völlig überraschend. Ein gezielter Schlag auf den Kopf. Dann Finsternis.

Der Schatten hatte den Garten für sich, blickte sich um, huschte dann zu einem niedrigen Fenster. Seine leichten Schritte bewegten noch nicht einmal das Gras.

Er öffnete das Fenster und kletterte hurtig hinein.

An diesem Abend war Lu besonders müde. Den ganzen Tag über hatte die Herrin sie schon auf Trab gehalten, und nun auch noch dieser absurde Auftrag. Das alte Tafelsilber auf Hochglanz zu bringen. Wozu sollte das gut sein ...?

»Falls uns jemand besuchen kommt, dumme Gans!«

Aber wer denn? Der Hausherr war in Ungnade gefallen, und die feinen Damen aus den besseren Kreisen waren daraufhin dem Haus ferngeblieben. Allen stand noch klar vor Augen, was damals, vor fast zwanzig Jahren, mit den Adligen im Land der Sonne geschehen war, die versucht hatten, sich gegen Dohor zu erheben, und ein Komplott gegen ihn geschmiedet hatten. Obwohl rechtmäßig König – er hatte Königin Sulana geheiratet –, wollten sie ihn loswerden. Denn Dohor wurde immer mächtiger, und sein Ehrgeiz schien grenzenlos. Das Komplott war gescheitert, und Amanta war nur um Haaresbreite unversehrt aus der Sache herausgekommen. Er hatte sich seinem König unterworfen und war vor ihm zu Kreuze gekrochen.

Lu schüttelte den Kopf. Sinnlose, müßige Gedanken, die zu nichts führten.

Ein Rascheln.

Sanft.

Wie ein Hauch.

Das Mädchen drehte sich um. Das Haus war groß, viel zu groß, und voller unheimlicher Geräusche.

»Wer ist da?«, rief sie ängstlich.

Der Schatten verbarg sich im Dunkeln.

»Kommt raus«, rief Lu noch einmal.

Keine Antwort. Der Schatten atmete ruhig und leise.

Lu rannte zu Sarissa ins Obergeschoss hinauf, so wie häufig, wenn sie abends allein aufbleiben musste. Sie fürchtete sich vor der Dunkelheit, und außerdem gefiel ihr Sarissa. Er war nicht viel älter als sie und hatte ein schönes, tröstendes Lächeln.

Lautlos folgte ihr der Schatten.

Halb schlummernd auf seine Lanze gestützt, hielt Sarissa Wache vor dem Schlafgemach seines Herrn.

»Sarissa …«

Der Junge schrak auf.

»Lu?«

»Ja.«

»Ach, Lu … nicht schon wieder …«

»Diesmal bin ich mir aber ganz sicher … Da war jemand.«

Entnervt stieß Sarissa die Luft aus.

»Komm doch, nur ganz kurz … bitte …«, ließ Lu nicht locker.

Sarissa nickte, zögernd.

»Gut, aber beeilen wir uns.«

Der Schatten wartete, bis die junge Wache die Treppe hinunter verschwunden war, und schlich dann zur Tür. Das Zimmer war noch nicht einmal abgeschlossen. Er schlüpfte hinein. In der Mitte des Raums, vom Mondschein schwach erhellt, stand ein Bett, aus dem ein sanftes Schnarchen drang, nur hin und wieder unterbrochen von einem seltsamen Röcheln und Stöhnen. Vielleicht träumte Amanta von seinen Gläubigern oder von solch einem Schatten, der angeschlichen kam, um ihm die letzten Kostbarkeiten zu nehmen, die ihm verblieben waren. Alles war wie erwartet. Die Hausherrin schlief, von ihrem Gatten getrennt, in einem Nebenraum. Dort war die Tür.

Der Schatten schlüpfte hinein. Die Schlafgemächer waren identisch, doch hier drang vom Bett kein Atemzug zu ihm. Eine echte Dame, Amantas Gattin.

Mit lautlosen, sicheren Schritten bewegte er sich zu der Stelle, die er im Sinn hatte, und öffnete die Kassette: kleine Brokat- und Samthüllen. Er musste noch nicht einmal hineinsehen, denn er wusste genau, was sie enthielten. Er nahm sie an sich und steckte sie in den Brotbeutel, den er umhängen hatte. Der Schatten warf noch einen Blick auf die Frau im Bett, schlang dann seinen Umhang fester um den Körper, öffnete das Fenster und verschwand.

Makrat, die Hauptstadt des Landes der Sonne, breitete sich wuchernd aus, was vor allem nachts gut erkennbar war, wenn die Lichter der Schenken und Wohnhäuser ihre Silhouette in das Dunkel zeichneten. Im Zentrum standen die protzigen Adelspaläste, in den Außenbezirken die kleinen Wirtshäuser, schlichten Häuschen und Baracken.

Die Kapuze tief ins Gesicht gezogen, lief die Gestalt dicht an den Häuserwänden entlang, lautlos und unerkannt durch die menschenleeren Gassen. Noch nicht einmal zu dieser Stunde, da überall die Arbeit ruhte, hallten ihre Schritte vom Pflaster wider.

Sie lief bis zum Stadtrand, zu einem abseits gelegenen Gasthaus, wo sie in diesen Tagen untergekommen war. Ein letztes Mal würde sie dort schlafen. Sie durfte sich nicht ausruhen, musste ständig ihren Aufenthaltsort wechseln, ihre Spuren verwischen. Bis in alle Ewigkeit wie ein gehetztes Tier.

Langsam stieg sie zu ihrer Kammer hinauf, in der nur ein spartanisches Bett und eine Truhe aus dunklem Holz standen. Draußen vor dem Fenster leuchtete ein greller, klarer Mond am Himmel.

Sie warf ihre Tasche auf das Bett und legte den Umhang ab. Eine Kaskade glänzender, kastanienbrauner Haare, zu einem Pferdeschwanz zusammengefasst, ergoss sich über ihren Rücken. Sie zündete eine Kerze an, die auf der Truhe stand, und der matte Schein erhellte ein erschöpftes Gesicht mit kindlichen Zügen.

Ein junges Mädchen.

Nicht älter als siebzehn, mit ernstem, blassem Gesicht, dunklen Augen und olivenfarbenem Teint.

Ihr Name war Dubhe.

Sie begann ihre Waffen abzulegen. Dolch, Wurfmesser, ein Blasrohr, Köcher und Pfeile. Im Grunde konnte eine Einbrecherin nicht viel damit anfangen, aber sie hatte sie immer dabei.

Sie legte das Wams ab und warf sich in ihrer üblichen Kleidung, Oberteil und Hose, auf das Bett, lag dann reglos da und blickte hinauf zu den feuchten Flecken an der Decke, die im Mondschein besonders schmuddelig wirkten.

Sie war erschöpft, aber nicht einmal sie selbst hätte genau sagen können ob von der nächtlichen Arbeit, von diesem rastlosen Umherziehen oder von der Einsamkeit. Endlich erlöste der Schlaf sie von diesen Gedanken.

Im Nu verbreitete sich die Nachricht, und bald schon wusste ganz Makrat Bescheid. Amanta, der frühere Erste Höfling und Ratgeber Königin Sulanas, war in seinem Haus bestohlen worden.

Nichts Besonderes eigentlich, das passierte vornehmen Leuten im Umkreis der Stadt in letzter Zeit gehäuft.

Die Ermittlungen verliefen im Sand, so wie immer, und der Schatten blieb ein Schatten, wie immer in den vergangenen beiden Jahren.

Lesen Sie weiter:

Die Schattenkämpferin – DAS ERBE DER DRACHEN

von Licia Troisi

ISBN 978-3-453-26563-9